U0361709

王瑶 著

中国现代文学史论集

北京大学出版社
PEKING UNIVERSITY PRESS

图书在版编目(CIP)数据

中国现代文学史论集 / 王瑶著. —2 版. —北京：北京大学出版社，2024.5
ISBN 978–7–301–34897–0

Ⅰ①中… Ⅱ①王… Ⅲ.①中国文学—现代文学史—文集 Ⅳ.①I209.6–53

中国国家版本馆 CIP 数据核字（2024）第 052341 号

书 名	中国现代文学史论集	
	ZHONGGUO XIANDAI WENXUE SHI LUNJI	
著作责任者	王 瑶 著	
责 任 编 辑	高 迪 张凤珠	
标 准 书 号	ISBN 978–7–301–34897–0	
出 版 发 行	北京大学出版社	
地 址	北京市海淀区成府路 205 号 100871	
网 址	http://www. pup. cn 新浪微博：@ 北京大学出版社	
电 子 邮 箱	编辑部 wsz@ pup.cn 总编室 zpup@ pup.cn	
电 话	邮购部 010– 62752015 发行部 010– 62750672	
	编辑部 010– 62756467	
印 刷 者	涿州市星河印刷有限公司	
经 销 者	新华书店	
	650 毫米 × 980 毫米 16 开本 23.25 印张 361 千字	
	1998 年 1 月第 1 版	
	2024 年 5 月第 2 版 2024 年 5 月第 1 次印刷	
定 价	108.00 元	

目　次

001　序 / 孙玉石

001　论鲁迅作品与中国古典文学的历史联系

031　论《野草》

053　《故事新编》散论

099　论鲁迅作品与外国文学的关系

138　论巴金的小说

181　"五四"时期散文的发展及其特点

211　"五四"新文学前进的道路

231　关于现代文学研究工作的随想

250　现代文学的民族风格问题

262　论现代文学与中国古典文学的历史联系

285　"五四"时期对中国传统文学的价值重估

300　念朱自清先生

338　念闻一多先生

序

孙玉石

1949年9月,王瑶先生由专治"中古文学史"转而从事"中国现代文学史"的教学和研究,在清华大学第一次系统开设这门课程,并着手编写《中国新文学史稿》一书。1951年9月,即出版上册,1953年8月,下册亦出版。在短短不到四年的时间里,年仅39岁的王瑶先生,就以他厚重而扎实的《中国新文学史稿》这一专著,成为中国现代文学史学科的奠基者和开山人。

《中国新文学史稿》下册刚出版,日本早稻田大学的实藤惠秀等几位教授即动手进行全书的日文翻译,很快在日本出版。以后,虽经各种政治磨难,批判之声缕缕不绝,又有各种中国现代文学史出版,这本《史稿》仍然葆有它特殊的无法取代的学术生命力,终于在1982年12月出版了修订本,不久被教育部列为大学课程的必读教材。

《中国新文学史稿》为王瑶先生带来了许多不应有的痛苦和灾难,同时也永远地确定了他在中国现代文学史研究领域中科学而坚实的开拓者的地位。

先生从《史稿》出版以后,到匆匆离世的80年代末期,除掉十年灾难的沉默,在仅有的二十五年的学术生涯中,勤于著述,笔耕不辍,除撰写了古典文学方面的《李白》《〈陶渊明集〉编注》、《中国诗歌发展讲话》(也包含了新诗的部分)和个别单篇论文之外,主要将精力用于现代文学史的研究,发表了许多学术论文,他在这个研究领域里,开掘纵深,多所建树,产生了深远的影响。这些论文,大多属于两个方面,一是关于鲁迅的研究,一是关于现代文学史的整体、创作现象和作家作品的研究。中古文学史研究、鲁迅研究、现代文学研究,可以说代表了王瑶一生学术成就的三个高峰。收入"北大名家名著文丛"时,《中古文学史论》一书,单出一册;这里选入的一些文字,即是属于后两个方面研究成果的一部分具有代表性的论文。

在十年灾难过去之后的 80 年代初期,《中古文学史论》一书得以将原来作为三册分别出版的著作汇在一起,重新出版。为这本书写的《重版题记》中,先生说,这本书在写作过程中曾得到朱自清和闻一多先生"亲承音旨"式的指导;同时,研究的思路和方法方面,也深深受到鲁迅《魏晋风度及文章与药及酒之关系》一文的影响。鲁迅的《中国小说史略》《汉文学史纲要》《〈中国新文学大系〉小说二集序》等,都具有"典范的意义"。这是因为"它比较完满地体现了文学史既是文艺科学又是历史科学的性质和特点"。文学史作为一门独立的学科,既不同于以分析和评价作品的艺术成就为任务的文学批评,也不同于以探讨文艺的一般的普遍规律为目的的文艺理论。"它的性质应该是研究能够体现一定历史时期文学特征的具体现象,并从中阐明文学发展的过程和它的规律性。"先生从鲁迅的文学史研究中得出这样的结论:"他能从丰富复杂的文学历史中找出带普遍性的、可以反映时代特征和本质意义的典型现象,然后从这些现象的具体分析和阐述中来体现文学的发展规律。"这种文学史研究具有方法论性质的思想,一直作为先生文学史"研究工作的指针"。他这样说:"作者深信自己所遵循的思路和方法还是比较对头的,而且仍然希望能在今后的工作中继续努力。"在古代文学研究中,先生坚持的这种精神和方法,也贯穿于他的现代文学史研究的始终。这种精神和方法,在现代文学史研究中的体现所具有的"典范的意义",已经比先生那些著作论文本身,更有悠久性,更值得我们承继和发扬。

先生的许多论文的具体论述,充分体现了他的这种精神和方法,如在本书中收入的关于鲁迅作品的论述,关于巴金小说的论述,关于"五四"时期散文发展及其特点的论述,关于现代文学民族风格的论述,均能于丰富的历史现象中,努力发现和阐述一些带有规律性的见解;他还在一些文章中,反复申明对于文学史研究科学的方法论的认识。"四人帮"刚刚粉碎之后,在一次中国现代文学学科的学术会议上,他就现代文学的研究的性质、方法的科学化等问题,谈了很多经过深思熟虑的意见。如针对一些新方法的引入,他说:"我们是努力运用马克思主义来指导我们的研究工作的,我们相信马克思主义不仅是科学的世界观,也是科学的方法论。我们从客观实际出发,尊重历史和尊重事实,具体分析所要研究的课题,以期得出符合事物真实情况的科学的结论,这是不能动摇的。我们当然要学习和借鉴别人的长处,但绝不能像邯郸学步那样,为了追求新奇而放弃了根本的原则。"(《关于现代文学研究的随想》)同一篇讲话中,他又对于过去文学史研究中"以人定品",以一个人的政治观点代替对他的作品的分析评价的问题,进行了历史的反思。他说:"这个问题在古典文学的研究中就不存在,现代文学史由于所研究的作家是我们的同时代人,因此常常不免有超出学术范围的干扰;但科学地研究问题必须有勇气排除这些干扰,文学史只能根据作品在客观上所反映的思想倾向和艺术成就来评价,而不能根据作者在政治运动中的表现来评价。"问题是提出来了。后来研究的现实状况,也有很大的转变。但这些"干扰"的排除,何止仅仅是研究者的"勇气"所能解决得了的。它有更深层的原因。一种研究原则的实现,不是光靠原则所能保证。他说,朱自清先生的《中国现代文学研究纲要》"评述文学现象和不同流派的态度,应该说是客观的和谨严的","比较尊重客观事实和重视社会影响,避免武断和偏爱"(《念朱自清先生》)。先生也说过,"作者并不以客观的论述自诩,因为绝对的超然客观,在现实世界是不存在的;只要能够贡献一些合乎实际历史情况的论断,就是作者所企求的了"(《中古文学史论·初版自序》)。"以前的清华文科似乎有一种大家默契的学风,就是要求对古代文化现象作出合理的科学的解释",要在"释古"上多用力,对历史"必须作出符合当时情况的解释"(《念闻一多先生》)。既承认没有"绝对的超然客观",又要使文学发展规律与文学现象的阐释,能够做到"尊重历史","尊重客观事实","合乎实际历史情况",力求避免"武断和偏爱",这中间,就体现了一种对于现代文学史研究的科学精神和方法的追求。

在整体性的视角和学科生成发展的内在联系中,对文学史的发展规律及复杂的现象作深入的考察和探讨,是先生现代文学史研究的一个重要特点,诚然如在论述闻一多时先生说的,"无论纵向或横向说,他的眼光都是十分开阔的,观察方式完全是宏观的"。这也适用于先生自己的研究。先生的研究,从始至终特别注意于研究中国现代文学、鲁迅、中国现代散文,与中国古典文学的文学传统以及外国文学的联系,就是一个突出的表现。

先生于50年代出版《鲁迅与中国文学》一书,这里收入的《论鲁迅作品与中国古典文学的历史联系》《〈故事新编〉散论》《论鲁迅作品与外国文学的关系》《"五四"时期散文的发展及其特点》《现代文学的民族风格问题》《论现代文学与中国古典文学的历史联系》等文章,都显示了他自 20 世纪 50 年代至 80 年代的这种一以贯之的学术努力。先生所以这样做,一方面是由于他在学术观点上对于符合客观历史实际的真理的追求。他多次引述这样关于中国现代文学生成来源的说明:周作人把新文学解释为明朝"公安派"和"竟陵派"的继承,胡风则把它解释为欧洲文艺复兴以来"一个新拓的支流",先生指出,这些都是既忽略了新文学所产生的特定的历史条件和现实生活的基础,又片面地夸大了某一方面影响的结果。先生用大量的事实证明,中国现代文学的产生及其主要精神、作家所受的教育和文化素养,乃至于各种文学体裁的发展,都与民族文化传统有着很深的联系。这是现代文学具有民族特色的重要原因。先生并就作家的创作作出了这样的概括:"现代文学中的外来影响是自觉追求的,而民族传统则是自然形成的。它的发展方向就是使外来的因素取得民族化的特点,并使民族传统与现代化的要求相适应。"这个著名的论断,得到了大家的认同。先生所以这样做,另一个重要原因,是伴随"五四"文学革命所产生的新文学,在很长时期里过分强调了它与古代文学传统断裂的一面,从而不能科学地认识这一年轻学科的本质特征。先生努力论述现代文学与中国古代文学的历史联系,就"五四"时期对中国传统文学的价值重估问题进行新的反思,并从忧患意识、爱国主义、人道主义、现实主义等这些重大问题上,找到现代文学与古典文学之间深刻的精神联系,第一次精辟地阐述了"中国现代文学的'人民本位主义'的传统""中国现代文学本质上就是人民的文学"这样的命题。先生对于各种文体与传统文学之间联系的论述为他的总体性的认识找到了佐证。这样,就为一个生命尚短的新学科找到了它的本质和渊源。另外,先生本身治古代文学的深厚根底,也为他在这一论题范围的研究提供了别人无法代替的功力。仅看一看他这方面的论文中关于中国现代文学、鲁迅与"魏晋文章"关系的论述,关于《故事新编》中现代性细节和"油滑"描写与喜剧性人物的艺术效果、中国传统戏中"二丑艺术"、绍兴民间演戏风俗等传统表现方法关系的精彩论证,就可以看到先生这方面所表现的研究思路之开阔新颖、搜寻史料之丰实与实证功力之深厚,是为我们所望尘莫及的。

现代文学这一新兴的学科所研究对象与现代的切近,中国 20 世纪 50

年代初期到 70 年代末期政治运动和意识形态的纷争的影响,决定了现代文学史的研究所面临的复杂而艰难的命运。如何将这一学科放在正确的位置上,进行科学化的研究和建设,成为先生多年关注并身体力行的问题。这一方面表现在他的文章所阐发的观点上,如何运用历史的辩证的思维,使之尽量达到客观的科学的地步,另一方面是如何认清这门学科的性质、特点和研究方法。前者,如在论述巴金的小说艺术成就时,先生没有回避作家创作的弱点,而是客观地指出:"大体上说,当小说的构思主要植根于作者的经历与体验的时候,作品就深厚一些,光彩一些。而当有些作品的构思过多地宣泄了作者的情绪和思想的时候,虽然那也可以感染一些带有类似情绪的读者,但就不能不给作品带来一定的损害了。"(《论巴金的小说》)这篇后来遭到姚文元等讨伐的很有分量的论文,同样也没有回避学术上的难点,而是用自身的认真论证,给以科学的令人信服的解释。谈到巴金小说所受的"无政府主义"——"安那其主义"——的影响时,先生一方面用创作规律说明小说不可能成为一种思想的传声筒,巴金通过作品给人的是反抗旧制度、反抗帝国主义的民主主义精神和庄严的人道主义声音;另一方面,也毫不掩饰地说明,这一思想给作品带来的"把牺牲来绝对化的思想",使革命者不能不只限于不"平常"的少数人,他们的努力走上了一条"于心无愧"的献身道路,这样就与中国人民在民主革命道路中的"实践脱离"了。作者"从动机上来原谅了人的行为的一切缺点和错误,因为他认为献身本身就是伟大的和值得歌颂的"。这方面表现比较突出的作品,"对青年读者所发生的消极影响也就比较大",如《灭亡》《新生》《电》。同时,先生又以一些作品实例说明,作者的描写符合生活本身的逻辑,因而对于那种图一时之快的"恐怖暗杀方式"作出了批判,"这正是一个作家忠实于生活的结果"。论述的思维总是沿着实事求是的轨道运行,而不带着个人的情感倾向或理论激情的偏见。在论述《雾》《雨》《电》的成败得失之后,先生得出了一段非常重要的结论性的思想:"作者自己所喜爱的作品,即比较充分地表现了他自己的社会思想的作品,在客观上并不一定就是最能够代表作者创作成就的作品;因为衡量一部作品的成就毕竟是有一个客观标准的。"复杂的问题,用复杂的思维给予实事求是的解决,这是先生很多文章所努力躬行的。属于后者的,就是先生对于现代文学学科的性质、特征以及研究方法等各方面的认真一贯的思考。这里选录的《"五四"新文学前进的道路》(《中国新文学史稿》重版代序)、《关于现代文学研究工作的随想》两篇论文,就是先生这方面的代表。如他对于"五四"新文学性质的把握,持一贯的认识,而这认识,我认为恰好显示了他对于这个时期文学理解的真知灼见。"总的看来,'五四'革命文学传统的最重要的内容,就是对文学如何更好地为人民革命服务这一光荣使命的不断努力和追求。中国古典文学尽管有许多民主性的精华,历史上大的农民战争也在文学上有不同程度的反映,但就文学运动和创作的主流说,把团结人民和打击敌人作为自己的努力目标,把文学作为改造社会的有力工具,是从'五四'新文学开始的。"(《"五四"新文学前进的道路》)尽管这里面的看法,仍然带有很浓重的"正统"的色彩和他所写作那个时期的思想观念的烙印,但这些,也正好表现了先生的思想特征,表现了那个时代气候下先生对于现代文学科学化的认识。先生曾多次半开玩笑地对我说,我的《中国新文学史稿》,台湾的研究者说我是太马克思主义了,这里又说我是资产阶级的伪科学,这真让我"左右为难",然而我自认我的研究还是坚持历史唯物主义的观点,对此,我是至死不悔的!"四人帮"粉碎之后,直至他去世之前,先生对于一些不甚科学的研究现象的坦率批评,正体现了他一贯的学术精神和品格。

先生对于现代文学史研究的这种努力,无论如何都摆脱不了时代政治斗争和学术气候的制约。这里所选论文,不少是写在"四人帮"粉碎之前,有些是在刚刚摆脱灾难的十年,进入思想理论上"拨乱反正"的初期,对于中国现代文学史上一些重大问题的看法,如对于胡适等一些作家的评价,如在"现代文学在斗争中发展"这个命题下,所涉及的一些历史事件和理论讨论,就很大程度上带有那个时代的烙印,尚不可能获得更科学的说明。这种历史与时代气候所带来的理论局限,甚至也表现在一些纯属学术问题的探讨上,如在讨论"五四"散文的历史评价时,对于周作人的散文的论述,就是一个明显的例子。先生生前多次说过,研究现代的问题,即使是学术问题,谁也不可能摆脱开那个时代气候的影响,就如同夏天来了,人们要穿单衣服,冬天来了,就要穿上棉衣服一样。我们收入时,保留这些文章的原始面貌,观点文字,一仍其旧,不仅仅是对于先生本人学术研究历史足迹的一种尊重,也从中可以看出,中国现代知识分子,在他们的学术生涯和心灵历程中,曾经有过怎样的精神上的被扭曲的状态。这种情形,到 80 年代初,才得到初步的扭转。阅读此书，人们不难发现，只要气候条件允许，先生就会将追求学术研究科学化的努力发挥到最佳限度的状态。如 1957 年反右派斗争之前那个宽松的时期，先生写了《论巴金的小说》等论文；1961 年到 1963 年那个又一段比较宽松的时期，先生写了《论〈野草〉》《"五四"时期散文的发展及其特点》这样杰出的论文；到了 1980 年之后，又出现一个学术比较宽松的环境，先生才达到了他的学术生涯中又一个高峰，连续写出了像《〈故事新编〉散论》《论现代文学与中国古典文学的历史联系》等这样可以传之后世而不朽的论文。

只可惜，这个时代，给予先生的这样的时光，真是太少了。

1996 年 9 月 21 日

论鲁迅作品与中国古典文学的历史联系

一

鲁迅对于中国古典文学的精湛的研究和深邃的修养，是可以由他关于中国文学史的著作和关于旧籍的辑校工作所证明的，无须多所论列。值得加以探讨的是在鲁迅的全部创作中也无不浸润着中国古典文学的滋养，这是构成他创作特色和艺术风格的重要因素，也是使他与中国文学史上的伟大的古典作家们保持历史联系的根本原因。诚然，鲁迅从开始创作起就接受了外国文学的影响，他的文学活动又是和中国人民的民主革命保持着血肉联系的，因此无论就文艺思想或作品的某些形式特点说，都与中国古典作家带有很大的不同；但这只是问题的一方面，如果我们加以细致的考察，则在他的作品中又无不带有我们民族的优秀传统的光辉。中华民族是一个发展着的向上的民族，他之所以勇于接受外来的影响，正是为了发扬我们自己的文化传统和建设我们的新的文学事业。他自然不是复古主义者，单纯地因袭过去的人；但他也绝不是虚无主义者。通过他的民主革命的理性的照耀，他是在传统文献中能够有明确的抉择的。对于那些糟粕部分，他自然是坚决地给以"一击"；但他也从古典文学中学习到了很多东西，继承并发扬了那些长久为人民所喜爱的精华，而这正是构成他的作品的伟大成就的重要因素。

鲁迅开始从事文学事业是出于爱国主义的热忱，想从改变人民的精神面貌上来改变中国的处境。正是由于这种对祖国的热爱，一方面固然引导他无情地抨击旧文化中的消极方面，但一方面也促使他向传统历史中探索那些积极的因素。我们不只从他早期所受的教育和阅读的书籍中可以知道他很早就对古典文学有了广泛的知识，而且从他少年时期对于屈原的爱好①，从他早期作品中的那种"我以我血荐轩辕"的情绪中，也感到了他对古典文学的精神上的向往。这是很容易理解的；清末民主革命的首要任务在于推翻清朝统治者，因之"光复旧物"的口号在当时是有实际的战斗意义的；鲁迅就回忆过清末在日本的抱有革命思想的留学生们的"钞旧书"的活动，而且认为那是"可以使青年猛省的"。鲁迅记载那本集录的书的封面上的四句古语是："摅怀旧之蓄念，发思古之幽情，光祖宗之玄灵，振大汉之天声。"②正是这种爱国主义的热忱和民主革命的要求，在青年心目中就自然地表现为对传统文化的积极方面的热情的向往和追求。爱国主义和人道主义的精神本来是在长期的历史传统中所不断积累和丰富起来的，也是伟大的古典文学作品中所经常蕴藏着的内容，这样，在文学活动中就自然和历史上的战斗传统取得了精神上的联系；鲁迅以后的治小说史、校《嵇康集》等种种工作，都是和这种少年时期的爱好有关的。

这里有两个问题值得注意：第一，鲁迅既然从少年起就从未间断地接触了许多中国古典文学的作品，而这些又都是长期为人民所喜爱的富有艺术感染力的伟大作品，则除了那里面所蕴藏着的思想内容以外，鲁迅自然也得到了许多艺术上的感受，包括表现形式和描写手法等等；这对鲁迅自己的创作就不可能没有影响。第二，鲁迅从来就很注重于向古典文学汲取有用的东西，其中自然也包括古典作家的艺术表现方法。因此对于过去一些作品中的有用的因素，鲁迅是接受了的，对他的创作也是有影响的。不过这种影响既然不是简单的模仿，而作品又表现着不同范畴的社会内容和人民生活，则自然也不是一目了然、具体可摘的。换句话说，虽然在作品的形式渊源、某些艺术构思和表现手法以及风格特点上，我们很容易感到鲁迅作品的民族特色以及它和一些古典作品中的相类似的因素，但同时又感到他们彼此间还是有很大差别的。这也很自然，鲁迅对于古典文学的继承本来是带创造性的、有发展的，并不是简单的模拟；他的吸收和学习是经过融化的。而且除此之外，他所接受的影响的来源也是多元的，其中还有外国文学的影

---

① 见许寿裳《亡友鲁迅印象记·屈原和鲁迅》。
② 鲁迅：《而已集·略谈香港》。

响,更有从人民生活中直接提炼来的因素。但在这种多元的因素中,中国古典文学的影响是更为显著的,是形成他作品中风格特色的重要部分,也是使他与中国古典作家取得历史联系的根本原因。

为了建设和发展中国的新文学,鲁迅一向是非常注重向古典文学传统学习的,他说:

> 我也以为"新文学"和"旧文学"这中间不能有截然的分界,然而有蜕变,有比较的偏向。①

> 因为新的阶级及其文化,并非突然从天而降,大抵是发达于对于旧支配者及其文化的反抗中,亦即发达于和旧者的对立中,所以新文化仍然有所承传,于旧文化也仍然有所择取。②

在这种对于"旧文学"的"承传"和"择取"中,不只指那些作品中所表现的思想内容,而且也是很注意于表现方法和艺术技巧的。他曾说:"古典的,反动的,观念形态已经很不相同的作品,大抵即不能打动新的青年的心(但自然也要有正确的指示),倒反可以从中学学描写的本领,作者的努力。"③这说明他是非常注重向古典作品中学习"描写的本领"的。1928 年在与创造社讨论革命文学时,他的意见是"当先求内容的充实和技巧的上达",他不顾别人讨厌他说"技巧",而强调文艺对于革命的用处之所以有别于标语口号者,"就因为它是文艺"④。在论到木刻时也曾说:"木刻是一种作某用的工具,是不错的,但万不要忘记它是艺术。它之所以是工具,就因为它是艺术的缘故。"⑤文艺作品是有它自己的特征的,要使文艺发生它所能发生的作用,就必须讲求艺术特点,就必须学习"描写的本领"和"技巧"。而那学习的重要对象之一就是我们民族自己的古典作品。这在美术方面,他是有更详尽的说明的:

> 我们有艺术史,而且生在中国,即必须翻开中国的艺术史来。采取

---

① 鲁迅:《准风月谈·"感旧"以后(上)》。
② 鲁迅:《集外集拾遗·〈浮士德与城〉后记》。
③ 鲁迅:《准风月谈·关于翻译(上)》。
④ 鲁迅:《三闲集·文艺与革命》。
⑤ 鲁迅:1935 年 6 月 16 日致李桦信。

什么呢？我想，唐以前的真迹，我们无从目睹了，但还能知道大抵以故事为题材，这是可以取法的；在唐，可取佛画的灿烂，线画的空灵和明快，宋的院画，萎靡柔媚之处当舍，周密不苟之处是可取的，米点山水，则毫无用处。后来的写意画（文人画）有无用处，我此刻不敢确说，恐怕也许还有可用之点的罢。这些采取，并非断片的古董的杂陈，必须溶化于新作品中，那是不必赘说的事。恰如吃用牛羊，弃去蹄毛，留其精粹，以滋养及发达新的生体，决不因此就会"类乎"牛羊的。①

这里讲的都是艺术上的风格和表现手法；他对中国文人画的缺点是有过批评的，说它"两点是眼，不知是长是圆，一画是鸟，不知是鹰是燕"②，但并没有得出否定的结论，而说"也许还有可用之点的罢"，这和他说的从过去的反动作品中也可以学习"描写的本领"的论点是一致的。他自己有抉择，因此有接受多方面长处的恢廓的胸襟；他曾多次称赞汉唐两代的勇于接受外来影响的"闳放"态度③，这和他认为新文学应该多方面地吸取经验来充实自己的意见也是一致的。对于"木刻"他曾说过："倘参酌汉代的石刻画像，明清的书籍插画，并且留心民间赏玩的所谓'年画'，和欧洲的新法融合起来，许能够创出一种更好的版画。"④我以为这也同样可以理解为他对文艺创作的意见；这里固然要接受欧洲的先进的经验，但更重要的还是向中国古代的和民间的作品学习，以求创造出新的作品。他称赞陶元庆的绘画是"都和世界的时代思潮合流，而又并未梏亡中国的民族性"⑤，这就是说好的作品一定要发扬我们自己的民族特点，并使之现代化，来表现今天的生活。

对于文学作品也是一样，他称赞唐代传奇是"而大归则究在文采与意想"⑥。所谓"文采与意想"大体相当于我们现在所说的艺术表现力和艺术构思，这正是特别值得我们去学习的地方。他说："《诗经》是经，也是伟大的

① 鲁迅：《且介亭杂文·论"旧形式的采用"》。
② 鲁迅：《且介亭杂文末编·记苏联版画展览会》。
③ 参看鲁迅《坟·看镜有感》《而已集·略谈香港》，以及孙伏园《鲁迅先生二三事·杨贵妃》各文。
④ 鲁迅：1935 年 2 月 4 日致李桦信。
⑤ 鲁迅：《而已集·当陶元庆君的绘画展览时》。
⑥ 鲁迅：《中国小说史略·唐之传奇文（上）》。

文学作品;屈原宋玉,在文学史上还是重要的作家。为什么呢?——就因为他究竟有文采。……司马相如在文学史上也还是很重要的作家,为什么呢?就因为他究竟有文采。"①这些作品的内容尽管彼此不同,但其有"文采"则一,就是说都有艺术表现力和艺术特点,因此都不失其为伟大;也都值得我们去学习。

值得注意的是鲁迅的这些意见并不只是当作一个文学史家来示人以研究的成果,更重要的是当作一个从事创作实践的作家来讲他自己的体会;因此这些意见的重要意义也不仅在于它在理论上的正确程度,而更在于它是和中国现代文学的奠基者——鲁迅的作品的特色和渊源相联系的。因此,发掘鲁迅作品在这些方面的特点不只对了解这一伟大作家的独特成就有重大的意义,并且可以由之明确中国现代文学与古典文学的历史联系,理解鲁迅在中国文学史上的"继往开来"的重要地位。

二

鲁迅作品的风格特色是与"魏晋文章"有其一脉相承之处的,特别是他那些带有议论性质的杂文。这是鲁迅自己也承认的;据孙伏园先生记载,刘半农曾赠送过鲁迅一副联语,是"托尼学说,魏晋文章"。"当时的朋友都认为这副联语很恰当,鲁迅先生自己也不加反对。"②关于"托尼学说"对于鲁迅的影响我们这里不拟论述,而且也是经过鲁迅自己后来批判了的;但主要作为作品风格特色的"魏晋文章"却是贯串着鲁迅的全部作品的,影响非常深远。在具体分析魏晋文章与鲁迅作品的某些共同的特色之前,有两个问题需要说明:第一,是鲁迅如何开始接近了魏晋文章;第二,是鲁迅为什么特别爱好这些魏晋时代的作品。

鲁迅开始接近魏晋文学,是与章太炎有关的。在《集外集·序言》中,鲁迅自称早年曾受严又陵的影响,"以后又受了章太炎先生的影响,古了起来"。据许寿裳《亡友鲁迅印象记》中记载,鲁迅少年时曾受过严复、林纾的

---

① 鲁迅:《且介亭杂文二集·从帮忙到扯淡》。
② 孙伏园:《鲁迅先生二三事》。

影响,能背诵好几篇严译《天演论》,"后来却都不大佩服了",还和严译文体"开了玩笑";许氏并记鲁迅读了章太炎批评严复译文的《〈社会通诠〉商兑》一文后,就戏呼严氏为"载飞载鸣"了,因为章氏文中有云:

> 然相其文质,于声音节奏之间,犹未离于帖括。申夭之态,回复之词,载飞载鸣,情状可见,盖俯仰于桐城之道左,而未趋其庭庑者也。

"载飞载鸣"正是对于严氏文体受"帖括"影响的一种讥刺,鲁迅是同意章太炎的看法的。鲁迅从章氏问学虽在1908年,但在此以前鲁迅就读过他的许多文章,对他很钦佩。鲁迅在《关于太炎先生二三事》一文中曾说:

> 我的知道中国有太炎先生,并非因为他的经学和小学,是为了他驳斥康有为和作邹容的《革命军》序,竟被监禁于上海的西牢。

鲁迅又说他爱看章氏主持的《民报》,"但并非为了先生的文笔古奥,索解为难……却为了他是有学问的革命家";鲁迅对章太炎是一直保有着敬意的,而且为了章氏死后一些"名流"们特别赞扬他的"国学",鲁迅就着重指出章氏的革命家的一面,这在当时是有深刻的战斗意义的。但在少年鲁迅开始对革命家的章太炎发生景仰时,却是通过章氏的带有革命意义的文章的。例如他所说的痛斥改良主义的《驳康有为论革命书》及《邹容〈革命军〉序》等,都是1903年发表的;就在这年发生了轰动一时的《苏报》案,章氏入狱。在这时期,鲁迅无疑是章氏政论的一个忠实的读者,而且正是由此培植了他对于章氏的景仰的;因此他在前引一文的后面就说:"战斗的文章,乃是先生一生中最大,最久的业绩。"据许著年谱,鲁迅于1902年至日本,开始"课余喜读哲学与文艺之书",次年"为《浙江潮》杂志撰文",可知鲁迅于爱好文学与从事写作之初,正是非常爱读章太炎文章的时候。当然,首先是章氏那些文章的战斗性的内容吸引了鲁迅,但章氏的这些文章同时又是以"魏晋文章"的笔调和风格著称的,这对鲁迅也同样地发生了影响。这种影响也并不仅只在阅读文章时的无形感染方面,而是在理论上也认为只有"魏晋文章"才最适宜于表达这种革命的议论性质的内容。当时章太炎是这样看法,鲁迅也同样接受了这种看法;他的"不大佩服"严又陵正是由此来的。

章太炎在《自述学术次第》中说他少年时曾学韩愈的文章,后来又随乡

人谭献学汪中、李兆洛一派的"选体"文章,下云:

> 三十四岁以后,欲以清和流美自化;读三国两晋文辞,以为至美,由
> 是体裁初变。然于汪、李两公,犹嫌其能作常文,至议礼论政则踬焉。
> 仲长统、崔寔之流,诚不可企;吴魏之文,仪容穆若,气自卷舒,未有辞不
> 逮意,窘于步伐之内者也。而汪、李局促如斯,此与宋世欧阳、王、苏诸
> 家务为曼衍者,适成两极,要皆非中道矣。①

章太炎生于1868年,34岁时正当1901年(中国传统虚数计算),就是他开始
写那些洋洋洒洒的革命政论,并刻《訄书》行世的时候。他从实践中感到像
汪中、李兆洛那种"选学派"的文体过于局促,而桐城派的效法韩欧又"务为
曼衍",对于"议礼论政"的政论内容都不能胜任,只有魏晋文章"未有辞不逮
意"的毛病,于是就感到"夫王弼、阮籍、嵇康、裴颁之辞,必非汪、李所能窥
也";于是才"中岁所作既异少年之体"。中国文学史上的散文一体,是有着
不同的流派和时代特色的;清末以来,最流行的文派是效法六朝的"选学派"
和效法唐宋八家的"桐城派",这些文章的内容在清末已是空洞无物的了,而
那种笔调和风格也限制着内容的表现;因此到"五四"文学革命时就提出了
把"桐城谬种"和"选学妖孽"当作抨击的对象。在章太炎那时,还没有可能
提出如"五四"时代那样的主张,但他对当时流行的这两种文派也同样感到
了不满,他对严复文体的批评正是把它当作桐城流裔来处理的;但用什么来
代替呢? 他只好从历史上去找寻那种适合于议论和表达政见的文体,于是
他找到了魏晋文;应该说,这在当时是有革命意义的。黄侃赞美章太炎说:
"持论议礼,尊魏晋之笔;缘情体物,本纵横之家。可谓博文约礼,深根宁极
者焉。"②这是当时人们对章氏文体的评价,他正是以这种文体来写他的战
斗文章的。

　　章太炎在许多地方都论述过魏晋文章的特点,他说:"老庄形名之学,逮

---

　　①　见《章氏丛书三编》。关于《文选》和唐宋八家作品的本身,是与清末的所谓"选体派"
和"桐城派"应该区别看待的;鲁迅在《写在〈坟〉后面》中就记他正在看《文选》,而在《花边文学》
中的《古人并不纯厚》一文中,也称赞过欧阳修的"悻悻",可见他也并不是采取完全否定态
度的。

　　②　黄侃:《〈国故论衡〉赞》。

魏复作，故其言不牵章句，单篇持论，亦优汉世。""魏晋之文，大体皆埤于汉，独持论仿佛晚周。气体虽异，要其守己有度，伐人有序，和理在中，孚尹旁达，可以为百世师矣。"又说："效唐宋之持论者，利其齿牙；效汉之持论者，多其记诵，斯已给矣。效魏晋之持论者，上不徒空文，下不可御人以口，必先豫之以学。"①这里说明他所称赞的是带有议论性质的文章；他以为老庄思想在魏晋的抬头使文章的内容有了独立的见解，不牵于章句；这种"持论"有论辩效力，可以"伐人"；学魏晋文必须自己先有"学"，并不是学腔调记诵，因之这种文章可以为"百世师"。这些道理说明了他是为了要表达新的内容和与人论辩才喜爱了比较善于表述自己政见的魏晋文章的。

值得注意的是：鲁迅不只通过章太炎的"战斗的文章"接触了魏晋文章的笔调风格，启发了他以后研究魏晋文学的志趣，而且对于章氏的这些意见他也是基本上同意的，因而也直接影响到了他自己的创作风格。鲁迅也以为"汉末魏初这个时代是很重要的时代，在文学方面起一个重大的变化"。他称之为"'文学的自觉时代'，或如近代所说是为艺术而艺术（Art for Art's Sake)的一派"。②后来鲁迅曾说：

> "为艺术而艺术"在发生时，是对于一种社会的成规的革命，但待到新兴的战斗的艺术出现之际，还拿着这老招牌来明明暗暗阻碍他的发展，那就成为反动。③

鲁迅正是把魏晋文学当作"对于一种社会的成规的革命"来看待的，而且也是特别喜欢这时期的议论文的。魏晋时期由于老庄思想的起来，个性比较发展，新颖的反礼教的意见比较多；但除过这些内容的战斗性使鲁迅发生爱好之外，在文章风格上也同样是引起了他的喜爱的。

郭沫若有《庄子与鲁迅》一文，许寿裳有《屈原与鲁迅》一文④，他们列举了很多例证来说明庄子和屈原对于鲁迅作品的影响。这是正确的；鲁迅自己在1907年作的《摩罗诗力说》里就对屈原作过很高的评价，在《汉文学史

---

① 俱见章太炎《国故论衡》中卷《论式》。
② 鲁迅：《而已集·魏晋风度及文章与药及酒之关系》。
③ 鲁迅：《南腔北调集·又论"第三种人"》。
④ 见郭沫若《今昔蒲剑》及许寿裳《亡友鲁迅印象记》。

纲要》中对庄子也甚为称誉,虽然后来他对老庄思想的消极因素已给予了深刻的批判。魏晋文学的特色之一正是发扬了庄子和屈原作品中的那些优良部分的,就为鲁迅所特别称道的"竹林七贤"中的阮籍和嵇康说,这都是"好老庄"的;而屈原那种"放言无惮,为前人所不敢言"①的精神,也正是鲁迅所说的魏晋文学的特色。就是在作品的风格和表现方式上,也正有许多相类似的地方;譬如屈原的"引类譬喻"②,庄子的"寓言十九,重言十七,卮言日出"③,也正是魏晋议论文字在表现方法上所常用的。因此就鲁迅作品的风格特色说,尤其是杂文,与魏晋文章有更其直接的联系。

三

这里我们可以说明鲁迅为什么特别爱好魏晋文章的问题了。当然,在许多点上鲁迅的看法是与章太炎相同的;这是因为魏晋文章长于论辩说理本是公认的特点,就连桐城派和选学派也承认他们不善于作说理论辩文字。曾国藩《与吴南屏书》云:"尝谓古文之道,无施不可,但不宜说理耳。"孙梅《四六丛话》序论云:"若乃命微言以藻思,责奥意于腴词,以妃青媲白之文,求辨博纵横之用,譬之蚁封奔骋,佩玉走趋;舌本间强,恐类文家之吃;笔端繁拥,终滋腹笥之贫。"这就是说无论桐城古文或骈文,都不宜于作论辩文字。而鲁迅论嵇康却说"康文长于言理"④,又云:"刘勰说:'嵇康师心以遣论,阮籍使气以命诗。'这'师心'和'使气',便是魏末晋初的文章的特色。"⑤鲁迅在校勘和考订《嵇康集》上所花的功力,正说明了他对这种富有个性和独立见解的"师心"以遣的议论文的深刻爱好。这也不仅是鲁迅个人的偏爱,而是人所公认的。刘师培《中古文学史》就说嵇阮之文大抵相同,但"嵇文长于辩难,文如剥茧,无不尽之意"。又说嵇文"析理绵密,亦为汉人所未有"。但鲁迅对嵇康等人的说明侧重在文章内容的反礼教精神方面,而且

① 鲁迅:《坟·摩罗诗力说》。
② 王逸:《离骚章句序》。
③ 庄子:《寓言篇》。
④ 鲁迅:《古籍序跋集·〈嵇康集〉考》。
⑤ 鲁迅:《而已集·魏晋风度及文章与药及酒之关系》。

不赞成章太炎的那种过分着重在"文笔古奥"的特点,应该说这正是鲁迅的伟大和他超越了章太炎的地方;但他对魏晋文章的议论性质和表现方式,仍然是非常爱好的,而且与章太炎的意见也是基本上一致的。

从这里可以说明鲁迅杂文的历史渊源和表现方式的某些特点。在中国文学史上,除了小说戏曲一向被认为"小道"外,最普遍常用的文体形式就是诗和文,因此诗文集是与经、子、史并列的四部之一。文的含义很广,包括议论、抒情、叙事等各种内容,是作者表达自己思想感情最常用的形式。因此传统之所谓"散文"或"古文",是在"文"这一大类中与骈文相对待的名词,而不是与诗相对待的名词;像嵇康等人的议论文也正是包括在散文之中的。鲁迅也说过:"骈文后起,唐虞三代是不骈的,称'平文'为'古文'便是这意思。由此推开去,如果古者言文真是不分,则称'白话文'为'古文',似乎也无所不可。"[1]从这种意义讲,"杂文"正是承继了古典文学中的散文这一形式的发展,特别是承继了魏晋文这一流派的发展的。鲁迅曾说:"我是爱读杂文的一个人,而且知道爱读杂文还不只我一个,因为它'言之有物'。"[2]这里不只说明了鲁迅从"五四"起就一直坚持运用杂文这一武器的原因,而且同时也说明了鲁迅为什么特别爱好"言之有物"的魏晋文章。

《新青年》设《随感录》始于四卷四期(1918年4月),当时在这一栏写杂感最多的是鲁迅、陈独秀、钱玄同等人;从开始起这种文体就是进行文化战斗的有力武器。当时大家认为杂文也是文学的一种主要形式,正是受了古典文学的影响。如刘半农在《我之文学改良观》中就说:"故进一步言之,凡可视为文学上有永久存在之资格与价值者,只诗歌戏曲、小说杂文二种也。"后来鲁迅也说过,"其实'杂文'也不是现在的新货色,是'古已有之的'"[3]。只是有些写杂文的人后来脱离了战斗,"有的高升,有的退隐",才放弃了这种不容许吞吞吐吐的文体;而鲁迅,由于他坚持了战斗的工作,也由于他善于向我们的优秀传统学习,因之才不断地运用了这种形式;才在实践中感到对于"猛烈的攻击,只宜用散文,如'杂感'之类,而造语还须曲折"[4]的必要。

---

① 鲁迅:《花边文学·做文章》。
② 鲁迅:《且介亭杂文二集·徐懋庸作〈打杂集〉序》。
③ 鲁迅:《且介亭杂文·序言》。
④ 鲁迅:《两地书·三二》。

同时在作品的艺术风格上也继承和高度地发展了类似魏晋文学的那种特色。

　　什么是魏晋文章的特色呢？鲁迅以为"总括起来,我们可以说汉末魏初的文章是清峻、通脱"。他又加解释说："清峻的风格——就是文章要简约严明的意思。"通脱即随便之意。"此种提倡影响到文坛,便产生多量想说甚么便说甚么的文章,更因思想通脱之后,废除固执,遂能充分容纳异端和外来的思想,故孔教以外的思想源源引入。"①这就是说:没有"八股"式的规格教条的束缚,思想比较开朗,个性比较鲜明,而表现又要言不烦,简约严明,富有说服力。鲁迅是非常喜爱"简约严明"的风格的,他曾说他的文章"常招误解","可见意在简练,稍一不慎,即易流于晦涩"②;足见既"简约"而又"严明"是并不很容易的。无须多说,魏晋文章的这些特色正是鲁迅平日所致力,也是在鲁迅的杂文中得到继承和发展的。在魏晋文人中,鲁迅特别喜爱的是孔融和"竹林七贤"中的阮籍和嵇康的文章,尤其是嵇康。这些人的作品是有共同特点的,鲁迅说竹林七贤"差不多都是反抗旧礼教的"。而刘师培论嵇康的文章就说他"近汉孔融"③。鲁迅论陶渊明也说:"陶潜之在晋末,是和孔融于汉末与嵇康于魏末略同,又是将近易代的时候。"④然这也关系到他们的作品精神和艺术风格的渊源和类似。而在鲁迅的杂文中,这些特色更得到了崭新的表现和高度的发展。

　　我们不妨就某些类似的特色来分析一下。

　　譬如鲁迅称赞"孔融作文,喜用讥嘲的笔调",但"并不大对别人讥讽,只对曹操"⑤。据冯雪峰同志回忆说鲁迅晚年"曾以孔融的态度和遭遇自比"⑥;所谓"遭遇"当然是鲁迅所谓"专喜和曹操捣乱",曹操"借故把他杀了"。而"态度"却正是孔融的不屈的反抗精神,并且是通过他的讥嘲笔调的文章的;从这里可以看出鲁迅与孔融在精神上的共鸣,和他对孔融作品的喜爱。我们不妨抄一段孔融的文章看看:曹操下令禁酒,"令"中引古代贪酒亡败的事例为理由,孔融在《又难曹公制酒禁表》中就说:

---

①④⑤　鲁迅:《而已集·魏晋风度及文章与药及酒之关系》。

②　鲁迅:《两地书·十二》。

③　见刘师培《中古文学史》。

⑥　冯雪峰:《过来的时代·鲁迅论》。

虽然，徐偃王行仁义而亡，今令不绝仁义。燕哙以让失社稷，今令不禁谦退。鲁因儒损，今令不弃文学。夏商亦以妇人失天下，今令不断婚姻。而将酒独急者，疑但惜谷耳；非以亡王为戒也。

这种风格和表现方法不是和鲁迅杂文很类似吗？鲁迅自己说他的杂文特点是"论时事不留面子，砭锢弊常取类型"[①]。在表现方法上则是"好用反语，每遇辩论，辄不管三七二十一，就迎头一击"[②]。又说："我自己也知道，在中国，我的笔要算较为尖刻的，说话有时也不留情面。……尤其是用于使麒麟皮下露出马脚。"[③]这些话是可以概括地说明鲁迅杂文的特色的；他擅长于讽刺的手法，常常给黑暗面以尖利的一击；在表现方法上则多用譬喻、反语，使自己的思想能形象地表现出来；因此也常常援引古人古事来说明今人今事，引对方的话来举例反驳，这样不只可以增加读者的亲切感受，而且也特别富有战斗力量。而这些特点的类似状态的存在，在中国文学史上曾经出现过的，例如前面所举的孔融的文章。

其实不只孔融，这些特点在魏晋文章中是相当普遍的。鲁迅特别喜欢嵇康，是和嵇康作品中的那种"非汤武而薄周孔"的坚定的反礼教精神分不开的。嵇康的诗不多，集中大半为议论文；鲁迅说"嵇康的论文，比阮籍更好，思想新颖，往往与古时旧说反对"。又说"嵇康的害处是在发议论"[④]。嵇康自己也说他"刚肠嫉恶，轻肆直言，遇事便发"[⑤]；他的见杀，"罪案和操的杀孔融差不多"[⑥]。在嵇康的论文中，上面所谈的一些特点也是非常显著的；特别在他与别人辩难的一些文章中，更显得说理透辟，层次井然，富有逻辑性；但那表述方式又多半是通过"据事以类义，援古以证今"[⑦]的，不只风格简约严明，而且富于诗的气氛。例如著名的《与山巨源绝交书》，在说明不能出仕的理由时就是通过"有必不堪者七，甚不可者二"的"九患"来陈述的，可以当得起传统所谓"众理虽繁，而无倒置之乖；群言虽

①　鲁迅：《伪自由书·前记》。
②　鲁迅：《两地书·一二》。
③　鲁迅：《华盖集续编·我还不能"带住"》。
④⑥　鲁迅：《而已集·魏晋风度及文章与药及酒之关系》。
⑤　《嵇康集·与山巨源绝交书》。
⑦　刘勰：《文心雕龙·事类篇》。

多，而无棼丝之乱"①的说法。又如在《难张叔辽自然好学论》中，那论点即是通过譬喻来展开的，他说张叔辽用的譬喻是"以必然之理，喻未必然之好学"，是"似是而非之论"，下面他就以一连串的譬喻来反驳之，说明自己的论点。鲁迅对这种双方辩难的文字是很感兴趣的，他说：

> 魏的嵇康，所存的集子里还有别人的赠答和论难，晋的阮籍，集里也有伏义的来信，大约都是很古的残本，由后人重编的。《谢宣城集》虽然只剩了前半部，但有他的同僚一同赋咏的诗。我以为这样的集子最好，因为一面看作者的文章，一面又可以见他和别人的关系，他的作品，比之同咏者，高下如何，他为什么要说那些话……②

通过彼此间的论辩文章，是更可以体会双方意见的区别和那种"针锋相对"的表现方式的。我们不只从《伪自由书》《准风月谈》等书的附录别人文字的体例中可以看出鲁迅仿照这样的编排法，而且从鲁迅的一些著名的思想论争的文章里，譬如《"硬译"与"文学的阶级性"》等，也看到了类似这种"针锋相对"而简约严明的表现方式。

中国古典文学中的散文作品当然并不完全是议论性质的文字，抒情写景、叙今忆昔，内容和风格都是非常丰富多样的。鲁迅就称赞过"唐末诗风衰落，而小品放了光辉"，也说过明末的小品"并非全是吟风弄月，其中有不平，有讽刺，有攻击，有破坏"。③"五四"以后，写作散文的作家很多。收获也很丰富；鲁迅认为"散文小品的成功，几乎在小说戏曲和诗歌之上"④，朱自清在《背影》序中也说："但就散文论散文，这三四年的发展，确是绚烂极了：有种种的样式，种种的流派。"我以为这种成功是和古典文学中的历史凭借分不开的。在这种种不同的样式和流派中，如果大致区分，则依习惯可分为议论、抒情、叙事三大类，而这些内容又都是在古典文学中有着大量存在的。就"五四"期文学的成就说，则除过带有议论性质的鲁迅杂文以外，《野草》是抒情诗式的散文，而《朝花夕拾》是优美的叙事作品。鲁迅的创作正全面地代表着"五四"期散文的绚烂成绩的顶端。这种成就也正是继承了中国

---

① 刘勰：《文心雕龙·附会篇》。
② 鲁迅：《且介亭杂文二集·"题未定"草（八）》。
③④ 鲁迅：《南腔北调集·小品文的危机》。

古典文学的优良传统而得到发展的。

当然，鲁迅的精神代表着中国文学史上的新的创造，是和过去的作者有很大不同的；我们这里只在阐明他的作品与中国古典文学在历史继承上的联系，从这里更可以了解鲁迅作品的创造性的实绩。

四

鲁迅是很早就对中国古典小说发生了兴趣的。他在少年时自己买得的第一部书是《唐代丛书》①，这虽是一部书贾汇刻的相当芜杂的书，但内容包括了很多的唐人传奇笔记等，在当时他是非常喜欢的。在《中国小说史略》中他称道唐代传奇的"特异成就"在于"文采与意想"，这就是说他对这些作品的艺术表现和艺术构思是很爱好的。他曾广泛地阅读过各种野史杂传和笔记小说等，而这些在中国的传统文学观念里都是视为"小说"的。到他对魏晋文学发生兴趣以后，他也在阮籍、嵇康、陶渊明等人的作品中找到可以借鉴的类似小说的文章；他说：

> 但六朝人也并非不能想象和描写，不过他不用于小说，这类文章，那时也不谓之小说。例如阮籍的《大人先生传》，陶潜的《桃花源记》，其实倒和后来的唐代传奇文相近；就是嵇康的《圣贤高士传赞》（今仅有辑本），葛洪的《神仙传》，也可以看作唐人传奇文的祖师的。李公佐作《南柯太守传》，李肇为之赞，这就是嵇康的《高士传》法；陈鸿《长恨传》置白居易的长歌之前，元稹的《莺莺传》既录《会真诗》，又举李公垂《莺莺歌》之名作结，也令人不能不想到《桃花源记》。②

我们前面讲到鲁迅杂文的简约严明的风格特点与魏晋文章的联系，这其实也是包括他的小说在内的。不仅如此，即在某些艺术构思和人物形象的塑造上，也有可以看出这种影响的地方。

知识分子的形象是鲁迅小说中经常描绘的重点之一；据冯雪峰同志回

---

① 周启明：《鲁迅的少年时代·关于鲁迅》。
② 鲁迅：《且介亭杂文二集·六朝小说和唐代传奇文有怎样的区别？》。

忆，1936 年鲁迅先生逝世前还计划写一关于四代知识分子的长篇小说，"一代是章太炎先生他们；其次是鲁迅先生自己的一代；第三，是相当于例如瞿秋白等人的一代"，最后是如柔石等当时的革命青年一代。当时鲁迅曾说："倘要写，关于知识分子我是可以写的……而且我不写，关于前两代恐怕将来也没有人能写了。"①这个计划没有完成当然是无法弥补的损失；但我以为，鲁迅对于这个题材是酝思已久的了，特别是关于前两代，而且在他的作品中是已经有所表现的。关于"章太炎先生他们"的一代，我觉得《狂人日记》中的狂人和《长明灯》中的疯子的构思和人物刻画，是属于这一类的。那都是早期的社会改革者的形象，是初步觉醒起来的进步知识分子的挣扎和斗争的面貌的描绘。在清朝末年，孙中山和章太炎都是曾被某些人叫作"疯子"的，这在革命者的鲁迅的思想中是不能不引起深刻的感触的。我们只要举下面一件事就很清楚了：章太炎因《苏报》案被清廷拘捕，在狱中三年，于1906 年获释至日本，东京留学生集会欢迎，到者七千余人，座无隙地；章太炎当时发表的《演说词》中有云：

> 自从甲午以后……对着朋友，说这逐满独立的话总是摇头，也有说是疯癫的，也有说是叛逆的，也有说是自取杀身之祸的。但兄弟是凭他说个疯癫，我还守我疯癫的念头。……大凡非常可怪的议论，不是神经病人，断不能想，就是想也不敢说，说了以后，遇着艰难困苦的时候，不是神经病人，断不能百折不回，孤行己意。所以古来有大学问、成大事业的，必得有神经病才能做到……近来有人传说：某某有神经病，某某也有神经病，兄弟看来，不怕有神经病，只怕富贵利禄当面现前的时候，那神经病立刻好了，这是要不得呢！（鼓掌）略高一点的人，富贵利禄的补剂，虽不能治他的神经病，那艰难困苦的毒剂，还是可以治得的。这总是脚跟不稳，不能成就什么气候。兄弟尝这毒剂是最多的，算来自戊戌年以后，已有七次查拿，六次都拿不到，到第七次方才拿到。……但兄弟在这艰难困苦的盘涡里头，并没有一丝一毫的懊悔，凭你什么毒剂，这神经病总治不好（欢呼）。或者诸君推重，也未必不由于此。……

---

① 冯雪峰：《过来的时代·鲁迅先生计划而未完成的著作》。

若要增进爱国的热肠，一切功业学问上的人物，须选择几个出来，时常放在心里，这是最紧要的。就是没有相干的人，古事古迹都可以动人爱国的心思。当初顾亭林要排斥满洲，却无兵力，就到各处去访那古碑、古碣传示后人，也是此意。①

这是一篇充满昂扬气概的"狂人颂"，我们现在读来都感到很激动。鲁迅在《狂人日记》中的小序记狂人已早愈，于是便"赴某地候补矣"，这正是对富贵利禄面前"神经病立刻好了"的另一类人的顺笔讽刺。鲁迅对章太炎是极崇敬的，所受的影响也很大。一直到他逝世前所写的《关于太炎先生二三事》中还说："考其生平，以大勋章作扇坠，临总统府之门，大诟袁世凯的包藏祸心者，并世第二人；七被追捕，三入牢狱，而革命之志，终不屈挠者，并世亦无第二人：这才是先哲的精神，后生的楷模。"可以想见，鲁迅在他的未完成的长篇小说中将是怎样来塑造这"第一代"的先进知识分子的形象的；而"狂人"和"疯子"正是鲁迅对这种"先哲精神"的歌颂，是鲁迅作品中的正面人物形象。此外在别的作品中也还有一些受到章氏影响的痕迹。譬如《故事新编》中的《出关》，鲁迅自己就说："老子的西出函谷，为了孔子的几句话，并非我的发见或创造，是三十年前，在东京从太炎先生口头听来的，后来他写在《诸子学略说》中，但我也并不信为一定的事实。"②这就是说在"出关"这一情节的构思上是受到了章太炎的启发的。又如关于发辫和革命者的关系描写，在《头发的故事》《风波》以及杂文《随感录三十五》《病后杂谈之余》中，都有充满感情的叙述；这当然与他自己的经历有密切关系，但在《因太炎先生而想起二三事》中，鲁迅首先就想到了章太炎的剪辫，并引了章氏《解辫发》文中的一段。章氏剪辫早在庚子(1900)，当时唐才常乘义和团起义事件谋独立，但仍以"勤王"为名，章太炎坚决主张"光复"，反对首鼠两端式的改良主义路线，遂断发以示决绝。这是关系着清末革命派与改良派的政治路线的问题，从这里正表现出了章氏的革命精神，在当时影响是很大的；因此也在鲁迅的记忆中保有了深刻的印象。值得注意的是鲁迅从章太炎那里也学习了从古人古事中找出"爱国心思"的方法，他的抄古碑、校辑古籍等活动

① 见《民报》六号。
② 鲁迅：《且介亭杂文末编·〈出关〉的"关"》。

都与此有关，而更重要的，他也在阮籍、嵇康等人身上找到了反礼教、反周孔的"思想新颖"的精神。

关于鲁迅小说中"第二代"的知识分子的形象，除了那些带有自叙性质的以第一人称出现的、可以在某种程度上理解为鲁迅自己的经历的篇章以外（这一点我们后面还要谈到），《孤独者》中的魏连殳和《在酒楼上》的吕纬甫无疑是属于这一代的知识分子形象的。我以为鲁迅对于这些人物的塑造在态度上是与他对历史上某些人物的看法有类似之处的，例如对于阮籍；因此在某些情节和性格的描写上也是受有古典作品的影响的。鲁迅对于魏连殳的悲愤心情是赋予了内心的同情的，但对他的"与世浮沉"的态度则是批判的；那描写魏连殳的"古怪"由对祖母的送殓开始，写他在别人虚伪的拜哭中"始终没有落过一滴泪"，到大家想走散的时候，"他流下泪来了，接着就失声，立刻又变成长嚎，像一匹受伤的狼，当深夜在旷野中嗥叫，惨伤里夹杂着愤怒和悲哀"。这里沉重地写出了魏连殳的孤独和愤世的心情，他对祖母其实倒是最有感情的。这里我们很容易想到阮籍的故事：

> 母终，正与人围棋；对者求止，籍留与决赌。既而饮酒二斗，举声一号，吐血数升。及将葬，食一蒸肫，饮二斗酒，然后临诀。直言"穷矣"！举声一号，因又吐血数升。毁瘠骨立，殆致灭性。裴楷往吊之，籍散发箕踞，醉而直视，楷吊唁毕便去。或问楷："凡吊者主哭客乃为礼，籍既不哭，君何为哭？"楷曰："阮籍既方外之士，故不崇礼；我俗中之士，故以轨仪自居。"时人叹为两得。籍又能为青白眼，见礼俗之士，以白眼对之。及嵇喜来吊，籍作白眼，喜不怿而退。喜弟康闻之，乃赍酒挟琴造焉。籍大悦，乃见青眼。由是礼法之士，疾之若仇。[①]

鲁迅以为阮籍、嵇康等人是"不平之极，无计可施，激而变成不谈礼教，不信礼教，甚至于反对礼教。""这是，因为他们生于乱世，不得已，才有这样的行为，并非他们的本态。"[②]像阮籍的"时率意独驾，不由径路，车迹所穷，辄痛哭而返"，当然是怀抱不满而找不到出路的一种悲愤心情的表现，这与魏连

---

① 见《晋书》卷四十九阮籍本传。
② 鲁迅：《而已集·魏晋风度及文章与药及酒之关系》。

叐的为"亲手造成孤独,又放在嘴里咀嚼的人的一生"痛哭是颇相像的;我们这里并不想论证阮籍等人与魏连叐之间在思想上的相似之点,但至少鲁迅对待他们的态度是有其类似之处的;而在写作时的一些情节的构思和性格的描写上,就不能不受到鲁迅所熟悉并有所共鸣的阮籍、嵇康等人的行为和文章的影响了。在我国历史上对现实抱有强烈不满的知识分子本来是很多的,但他们在"无计可施"的情况下,不是"与俗浮沉"就是"悲愤以殁",这种情况一直到魏连叐的时代仍然是存在的。例如鲁迅的朋友范爱农,在他与鲁迅的信中就说:"如此世界,实何生为,盖吾辈生成傲骨,未能随波逐流,惟死而已,端无生理。"①鲁迅在《范爱农》一文和《哀范君三章》的旧诗里也是寄予了同情的;范爱农与魏连叐、吕纬甫当然是属于同一代的人物,但在他的身上却存有多少嵇康式的孤愤的感情啊! 当然,这些人和阮籍、嵇康等人不同,他们是已经有条件可以走另外一条不同的路了,因此鲁迅才给了他们以深刻的批判;"孤独者"的题目就是鲁迅对魏连叐所作的评价。但鲁迅对这些人的悲愤心情也是充分理解并赋予了同情的,因此在塑造他们的性格时,在构思上也就有受到古代叛逆者的事迹的影响了。吕纬甫的性格当然比较更颓唐和消沉一些,那种嗜酒和随遇而安的心情是更有一点类似刘伶的。

鲁迅的《呐喊》与《彷徨》都写于前期,因此对于坚决走向党所领导的革命的知识分子形象在作品中没有能够写出来;但《伤逝》中的涓生和《幸福的家庭》中的"作家"在时代上应该是属于所谓"第三代"的,这些人的脆弱和不幸的遭遇正显示了这一代知识分子的面临抉择的歧途。鲁迅所以把有不平、有理想的知识分子当作自己写作的重要题材之一,除过为中国人民革命的现实所决定的因素以外,他对于这类人物的性格和生活非常熟悉也是重要的原因;而这种"熟悉"是包括着他对于历史传统的深刻理解在内的。

在鲁迅小说中作者给予了极大同情的一类人物是受旧的社会制度和传统习惯所凌辱歧视的妇女和儿童。鲁迅说他写小说的用意就在于揭露"所谓上流社会的堕落和下层社会的不幸"②,而下层社会中的妇女与儿童是尤

---

① 见周遐寿《鲁迅小说里的人物·哀范君》。
② 鲁迅:《集外集拾遗·英译本〈短篇小说选集〉自序》。

其不幸的。在《灯下漫笔》一文中,鲁迅曾引《左传》的"人有十等"的记载,那最下层的一等叫作"台",鲁迅说:"但是'台'没有臣,不是太苦了么?无须担心的,有比他更卑的妻,更弱的子在。"下层的妇女和儿童一直是处在最底层,为社会所歧视凌辱的。华大妈和小栓,单四嫂子和宝儿,祥林嫂和阿毛,《幸福的家庭》中的主妇和女孩,鲁迅塑造了一连串的这一类的人物形象,并寄予了极大的同情。他曾说:"我还记得中国的女人是怎样被压制,有时简直并羊而不如。"[①]对被压迫的妇女儿童采取同情态度的精神本来是有极其悠久的历史传统的,汉乐府中的著名篇章中就有《妇病行》和《孤儿行》,唐宋传奇以及后来的章回小说中,妇女的形象常常居于主要的地位,民间文学中也有像虐待至死的童养媳"女吊"那样的形象;而鲁迅对于儿童一代的幸福生活的希冀是与他的深厚的爱国主义精神分不开的。在《狂人日记》中他已发出了"救救孩子"的呼声,在《故乡》中更对宏儿和水生的未来寄予了那么恳切和确信的期待,在这一点上我以为是与鲁迅的关于阮籍、嵇康等人对待下一代的态度的理解颇有联系的,他曾由嵇康《家诫》等文献中引论"社会上对于儿子不像父亲,称为'不肖',以为是坏事,殊不知世上正有不愿他的儿子像自己的父亲哩。试看阮籍嵇康,就是如此"[②]。在《故乡》中鲁迅不也是热忱地希望宏儿、水生的一代不要像他们父辈的"辛苦展转"或"辛苦麻木"而生活么?"他们应该有新的生活",这正是伟大的作家们对人类未来的共同期望。

五

鲁迅的《〈中国新文学大系〉小说二集序》一文,实际上是以文学史家的态度来论述作家作品的;他说《狂人日记》《药》这些最初的小说受到了果戈理和安特列夫等外国作家的影响,而以后就"脱离了外国作家的影响,技巧稍为圆熟,刻划也稍加深切,如《肥皂》,《离婚》等",这个叙述是正确的。我们觉得使鲁迅完成了自己的独特风格的因素之一,是他有意识地向中国文

---

① 鲁迅:《华盖集·忽然想到(七)》。
② 鲁迅:《而已集·魏晋风度及文章与药及酒之关系》。

学去探索和学习了表现的方法,特别是古典小说。鲁迅自己说他的小说的特点是:

> 我力避行文的唠叨,只要觉得够将意思传给别人了,就宁可什么陪衬拖带也没有。中国旧戏上,没有背景,新年卖给孩子看的花纸上,只有主要的几个人(但现在的花纸却多有背景了),我深信对于我的目的,这方法是适宜的,所以我不去描写风月,对话也决不说到一大篇。①

我以为这不仅是鲁迅小说的风格特点,也是中国古典文学的一般的风格特点;而且正如鲁迅所说,是和古典戏剧和古典美术也有共同之点的。鲁迅对于美术是有很精湛的研究的,我们前面已经说过,他称赞陶元庆的绘画时就说,"都和世界的时代思潮合流,而又并未梏亡中国的民族性",这个批语指出了陶氏的绘画未消灭类似旧日中国年画的那种朴素的风格,而表现的内容和思想又是现代化的;这其实是可以说明鲁迅自己的小说特色的,他也"并未梏亡中国的民族性",而是将其发展并给以现代化的。正是因为他承继并发展了这种"民族性",才达到如他自己的谦逊的说法,"技巧稍为圆熟,刻画也稍加深切"。在中国古典文学中,除上节所谈者以外,与他的小说创作最有直接联系的当然是那些古典的白话小说,其中对他影响最大的是吴敬梓的《儒林外史》。鲁迅在《中国小说史略》全书中,以对《儒林外史》的评价为最高。这是有许多原因的。第一,鲁迅对于《儒林外史》所写的"士林"的风习是有深切的感受的,他对作者的讽刺和揭露不能不引起激动。据周作人的"日记"所记,鲁迅在 18 岁时到南京之前(戊戌闰三月)还遥从三味书屋受业,还在习作八股文和试帖诗。周氏戊戌三月的日记有云:"二十日:晴。下午接绍函,并文诗各两篇,文题一云:'左右皆曰贤',二云'人告之以过则喜',诗题一云'苔痕上阶绿'(得苔字),二云'满地梨花昨夜风'(得风字)。"②除他自己亲自受过这样的教育以外,可以想见他对于受过科举制度毒害的上一辈读书人的面貌是有过许多接触的,因此他深切地感到了《儒林外史》的艺术力量。后来他曾说:"《儒林外史》作者的手段何尝在罗贯中

---

① 鲁迅:《南腔北调集·我怎样做起小说来》。
② 周遐寿:《鲁迅小说里的人物·附录一:旧日记里的鲁迅》。

下,然而留学生漫天塞地以来,这部书就好像不永久,也不伟大了。伟大也要有人懂。"①他对社会上不理解《儒林外史》的伟大感到很气愤,而归咎于漫天塞地的"留学生"不懂得《儒林外史》中所写的生活,不懂得中国知识分子的痛苦的历史经历。因此在《白光》里,他写了陈士成的落第发疯;这不是历史题材,但却仍然是"外史"式的人物,只是没有可能再像范进那样的"大器晚成"罢了,而在精神世界里,却正是非常类似的。孔乙己是更其渺小而可怜的牺牲者,鲁迅在憎恨吃人的制度之余,甚至不能不给以某些同情;据孙伏园记载,这是鲁迅自己最喜欢的一篇作品②,我以为这是与他自己的深刻感受有关的。

第二,《儒林外史》的讽刺艺术也是使鲁迅喜爱的重要原因。鲁迅创作的目的既然"意思是在揭出病苦,引起疗救的注意"③,则自然需要采取讽刺的手法来对不合理事物给予尖锐的批判,因此他是非常喜爱讽刺作品的;他对果戈理的作品是如此,对《儒林外史》也是如此。《中国小说史略》中只将《儒林外史》称为"讽刺小说",他以为中国小说中之真正可称为讽刺,可与果戈理、斯惠夫特的讽刺艺术并称者,只有一部《儒林外史》。④ 他说:

> 迨吴敬梓《儒林外史》出,乃秉持公心,指摘时弊,机锋所向,尤在士林;其文又感而能谐,婉而多讽:于是说部中乃始有足称讽刺之书。……既多据自所闻见,而笔又足以达之,故能烛幽索隐,物无遁形,凡官师,儒者,名士,山人,间亦有市井细民,皆现身纸上,声态并作,使彼世相,如在目前……是后亦鲜有以公心讽世之书如《儒林外史》者。⑤

鲁迅小说的一个重要特色是讽刺;特别在对一些否定的人物形象,他是常常给以无情的狙击的。这是鲁迅的现实主义的重要成就之一,他写过两篇讲讽刺的文章,说明"非写实决不能成为所谓讽刺",而所举的例子之一就是《儒林外史》中的写范举人守孝,鲁迅并且说:"和这相似的情形是现在还可

---

① 鲁迅:《且介亭杂文二集·叶紫作〈丰收〉序》。
② 孙伏园:《鲁迅先生二三事》。
③ 鲁迅:《南腔北调集·我怎么做起小说来》。
④ 参阅鲁迅《且介亭杂文二集》中《什么是"讽刺"?》及《论讽刺》二文。
⑤ 鲁迅:《中国小说史略·清之讽刺小说》。

以遇见的。"我以为像《端午节》中方玄绰的买彩票的想法,像《肥皂》中"移风文社"那些人的聚会情形的描绘,是和范进丁忧的"翼翼尽礼","而情伪毕露"的写法可以媲美的;都可以说是"诚微辞之妙选,亦狙击之辣手矣"①。类似这种例子还可以举出很多;在赵太爷、举人老爷、七大人、慰老爷这一类人物形象的塑造上,是可以在《儒林外史》中找出类似的表现手法来的;例如严贡生、张静斋以及王德、王仁这些人的性格表现和处理方法,就和赵太爷等有许多相似的地方。《风波》中的赵七爷讲"倘若赵子龙在世"等等,是和匡超人讲自己是"先儒匡子"颇有异曲同工之处的;而在七斤桌旁发生的那个争论的场面,是通过人物的简劲的对话来写出不同的性格的;这和《儒林外史》第三十四回中写众人纷纷议论对杜少卿的意见的紧凑的性格化的对话,在写法上是颇有共同点的。鲁迅说:

> "讽刺"的生命是真实;不必是曾有的实事,但必须是会有的实情。所以它不是"捏造",也不是"诬蔑";既不是"揭发阴私",又不是专记骇人听闻的所谓"奇闻"或"怪现状"。②

这可以理解为鲁迅对运用讽刺手法的现实主义原则,也是他对《儒林外史》给以高度评价的依据。他把清末吴趼人写的《瞎骗奇闻》和《二十年目睹之怪现状》等作品别名之为"谴责小说",就因为这类"辞气浮露,笔无藏锋"的作品较之《儒林外史》的"度量技术"是相去很远的,从这里也可以看出鲁迅的讽刺艺术的精神来。

第三,在形式和结构上,《儒林外史》也是最近于鲁迅小说的。唐宋传奇名虽短篇,但在有头有尾,故事性很强等特点上,其实是很近于《三国演义》《水浒传》等长篇的;而《儒林外史》则正如鲁迅所指出,是"事与其来俱起,亦与其去俱讫,虽云长篇,颇同短制"③的。在《肥皂》《离婚》等鲁迅自己觉得技巧圆熟的作品中,这种"事与其来俱起,亦与其去俱讫"的结构特点就更明显;就是在《阿Q正传》《孤独者》等首尾毕具,人物性格随着情节的发展而展开的作品中,那种以突出的生活插曲来互相连接的写法也不是传奇体或

---

①③　鲁迅:《中国小说史略·清之讽刺小说》。
②　鲁迅:《且介亭杂文二集·什么是"讽刺"?》。

演义体的,而更接近于《儒林外史》的方法。中国的古典文学在样式和风格上也是多样化的,《儒林外史》和《三国演义》就具有显然不同的特点;而鲁迅小说的形式结构,因为它是短篇,并受了外国近代短篇小说的影响,因此在向民族传统去探索时,就更容易受到《儒林外史》的影响了。

以上只是就主要方面而言;鲁迅先生是全面地研究了中国小说史的,因之他对其他一些古典作品也是推许过,并继承了其中的许多优点的。他称赞《金瓶梅》的"凡所形容,或条畅,或曲折,或刻露而尽相,或幽伏而含讥,或一时并写两面,使之相形,变幻之情,随在显见"①,《红楼梦》的"正因写实,转成新鲜"②;这些特点在鲁迅的作品中也是有所继承的。我们在鲁四老爷身上看到了贾政式的虚伪的"正派",在"高老夫子"的形象中也可以看到应伯爵式的市井人物的影子。在描写技巧和语言的运用上,鲁迅先生也曾称赞过《红楼梦》等书的优点,他说:

> 高尔基很惊服巴尔札克小说里写对话的巧妙,以为并不描写人物的模样,却能使读者看了对话,便好像目睹了说话的那些人。中国还没有那样好手段的小说家,但《水浒》和《红楼梦》的有些地方,是能使读者由说话看出人来的。③

对于这些优点,鲁迅是采取的;他自述他用的语言是"采说书而去其油滑,听闲谈而去其散漫,博取民众的口语而存其比较的大家能懂的字句,成为四不象的白话"④。在这当中,所谓"采说书"就是采自旧日的章回小说。他曾说他写完一篇之后,总要求"读得顺口";"没有相宜的白话,宁可引古语,希望总有人会懂,只有自己懂得或连自己也不懂的生造出来的字句,是不大用的"⑤。与有些作家的习于用过分"欧化"的语言不同,他要求合乎我们祖国语言的规律和习惯,要求"顺口";这在文学语言的继承性上就自然会在以前的白话小说和可用的古语中去采取了。这是构成鲁迅作品的风格特点的重

---

① 鲁迅:《中国小说史略·明之人情小说(上)》。
② 鲁迅:《中国小说史略·清之人情小说》。
③ 鲁迅:《花边文学·看书琐记》。
④ 鲁迅:《二心集·关于翻译的通信》。
⑤ 鲁迅:《南腔北调集·我怎么做起小说来》。

要因素之一,而这正是和我国的古典文学相联系的。

六

法捷耶夫在《论鲁迅》中说:"鲁迅的讽刺和幽默到处都表现出来。但是如果说在《阿 Q 正传》中,鲁迅是一个表面上好像是无情地叙述事件的叙事作家,那么在《伤逝》中,他就是一个触动心弦的深刻抒情的作家。"[①]我们也感觉到,鲁迅小说的写法是大致可以分为如法捷耶夫所说的两类的。关于前者,如《阿 Q 正传》《风波》《离婚》《肥皂》等等,就是鲁迅自己所说的白描的写法:

> "白描"却并没有秘诀。如果要说有,也不过是和障眼法反一调:有真意,去粉饰,少做作,勿卖弄而已。[②]

这类作品的讽刺性较强,带有一些与他的杂文共同的特色;那表现方法是比较接近于《儒林外史》等古典小说的。但另外一类,那些特别能激动我们心弦的带有浓厚的抒情气氛的作品,我以为是与中国古典诗歌的联系更其密切的。《伤逝》是通过涓生的抒情式的独白写出来的,就带有这种特色;但在另外一些作品里,像《故乡》《祝福》《在酒楼上》《孤独者》等,这种特色就更其显著。这些作品都是用第一人称"我"的经历和感受写出来的,"第一人称"的形象在作品中并不是着重描写的,在情节上也不占显著地位,但作品中那些引起我们强烈地关心他们命运的主人公的遭遇却都是通过他的感受来写出的,并且首先在他的心弦上引起了震动,于是那种深刻的抒情气氛就不能不深深地激动着我们。《故乡》中的这些诗一样的句子:"我只觉得我四面有看不见的高墙,将我隔成孤身,使我非常气闷;那西瓜地上的银项圈的小英雄的影像,我本来十分清楚,现在却忽地模糊了,又使我非常的悲哀。"以及下面的在"潺潺的水声"中对宏儿、水生辈的前途的瞩望,是我们所永远不能忘怀的。《祝福》中的关于第一人称形象的"在阴沉的雪天里,在无聊的书房

---

① 见 1949 年 10 月 19 日《人民日报》。
② 鲁迅:《南腔北调集·作文秘诀》。

里"的强烈不安的抒写,是多么增强了我们对祥林嫂的悲惨命运的不安!《在酒楼上》的默默的饮酒,《孤独者》中的无聊的送殓,都是通过第一人称"我"的感受来深沉地写出了对方的为人和性格的,而且正是在这些地方引起了我们对于主人公的一些同情。毋庸多说,在这些作品中本来就是有作者自己的深沉的感情的,而且那种触动心弦的抒情的写法,也是非常富有诗意的。中国是一个有悠久的诗歌传统的国家,在那些伟大诗人们的不朽的篇章中,类似这样的抒情诗的作品是非常之多的。他们常常将在人生长途中的某些遭际和感受,某些引起过他的心弦震动的人和事,用优美深刻的抒情诗的笔触抒发出来;这类例子是不胜枚举,也无须举的。我们知道鲁迅平日有所感触时也还是写旧诗的,譬如在杨杏佛被刺后他所写的下面一首诗:

> 岂有豪情似旧时,花开花落两由之。何期泪洒江南雨,又为斯民哭健儿。①

这里通过自己悲愤的感触来写杨氏的被难,是与他那些小说中的抒情写法很类似的,而又与中国古典诗歌保持着多么密切的联系。许寿裳说"这首诗才气纵横,富于新意,无异龚自珍"②。唐弢同志也曾说过"先生好定庵诗"③。我们知道龚定庵是晚清的比较进步的思想家,梁启超曾说:"光绪间所谓新学家者,大率人人皆经过崇拜龚氏之一时期。"④定庵诗的特点正是继承古典诗歌的传统,在抒情气氛中抒发新意的;特别是绝句,前人也以"才多意广"⑤称之。鲁迅的这一类小说,正是带有抒情诗的特点的。

像古典诗歌一样,这种"抒情"常常是通过自然景物、通过心情感受而形成一种统一的情调和气氛的。当然,在小说中,写景色、写气氛,实际也是在写人物的;但这样就能使作品形成一种独特的艺术风格,增强作品的感染力。《故乡》是从深冬阴晦的天色中的萧索荒村开始的,而结尾则是在金黄的圆月下听着"潺潺的水声"离开的;这里不能不映衬出被隔绝开的双方的

① 鲁迅:《集外集拾遗·悼杨铨》。
② 许寿裳:《亡友鲁迅印象记》。
③ 唐弢:《〈鲁迅全集补遗〉编后记》。
④ 梁启超:《清代学术概论》。
⑤ 陈衍:《石遗室诗话》。

辛苦的心情。《祝福》中这种特点就更显著，爆竹声中的祝福气氛本身就成了一种反衬，而寂静雪夜又是多么凄凉啊！"雪花落在积得厚厚的雪褥上面，听去似乎瑟瑟有声，使人更加感得沉寂。"这里深沉地表达出了人间的不幸。《在酒楼上》的情节发生在风景凄清的大雪中的狭小阴湿的小酒店，而作品中还有一大段对于酒楼外的废园雪景的富有诗意的描写。结尾是在风雪交加的黄昏中，这一对友人方向相反地告别了；充满了"意兴索然"的感触。《孤独者》中在写深冬灯下枯坐，"如见雪花片片飘坠，来增补这一望无际的雪堆"中，突然接到了两眼像嵌在雪罗汉上小炭一样黑而有光的正在怀念中的魏连殳的来信，而这位久别的正陷在绝境中的孤独者的信也正是写在大雪深夜中吐了两口血之后的，这是多么沉重、孤寂而悲凉的气氛。到最后送殓归来的时候，却是散出冷静光辉的一轮圆月的清夜，在那里隐约听到狼似的长嗥，"惨伤里夹杂着愤怒和悲哀"。鲁迅多次地描写了冬雪的景色，是和他要写的孤寂的气氛和人物的沉重的心情紧密联系的；那写法虽然也各不相同，但都有一种抒情诗的气氛，能够吸引读者浸沉在那情境里面，关心着主人公的命运。中国古典诗歌的写法向来就是"诗人感物，联类不穷"的；"天高气清，阴沉之志远；霰雪无垠，矜肃之虑深"[①]。通过景物的描绘来写情绪和气氛正是一向所注重的；因此才要求"情在词外"和"状溢目前"能够统一起来，提高作品的表现力量。就以雪景的描写来说，从《诗经》的"今我来思，雨雪霏霏"，《楚辞》的"霰雪纷其无垠兮，云霏霏而承宇"开始，写景一向就是同抒写情绪和气氛紧密结合的。这样的著名篇章不知有多少，而鲁迅《野草》中的一篇《雪》，不是大家都认为是抒写怀念情绪的散文诗吗？

　　鲁迅小说又常常以景物或气氛的描写结尾，使人读后留有余韵，可以引起人的深思。如上面所说，这也同样是与古典诗歌有联系的。不只像上面所举的那些篇，别的许多篇也是如此。例如《明天》中对鲁镇深夜景色的描写，《药》中的写乌鸦飞向远处的天空，都是显著的例子。中国的古典文学向来是很讲求结尾的余韵的，《文心雕龙·附会篇》说："若首唱荣华，而膝句憔悴，则遗势郁湮，余风不畅。"纪昀评云："此言收束亦不可

---

　　① 刘勰：《文心雕龙·物色篇》。

苟,诗家以结句为难,即是此意。"鲁迅的小说正是注意到结尾对于整篇作品的效果的。

　　至于以历史传说为题材的《故事新篇》,则除了前述的那些特点以外,由于他的素材是从文献的简短记载中采取来的,与从广阔复杂的现实生活中汲取来的有所区别,因此在艺术构思上也特别与过去的文献有所联系。鲁迅自称这书是"神话,传说及史实的演义"[1],这个说明是非常恰切的。中国过去也有这一类"演义"体的小说,例如大家所熟知的《封神演义》和《三国演义》;那写法当然与"故事新编"不同,但就这类与原始记载的关联说,却都可以说是"只取一点因由,随意点染"而成的[2]。这点"因由"虽然与后来写成的作品存在着性质的差异,但那"因由"却不只提供了写作的题材,也是同时引起作家的思维过程并在创作构思上有所联系的。鲁迅对神话传说向来很喜爱,他以为"神话不特为宗教之萌芽,美术所由起,且实为文章之渊源"[3]。因此在写作时他就能从"一点旧书上的根据"出发,把传说中的人物赋予了性格和生命。其中《补天》和《奔月》,原来的记载就很简略,的确只有一点"因由";但小说中却由此展开了动人的故事情节。但像《铸剑》,鲁迅自己就说"只给铺排,没有改动"[4]。所据的《列异传》的故事即收在《古小说钩沉》中,在情节安排和故事精神上,它都是与原来的传说基本符合的;那彼此间在构思和表现方法上的联系就更其明显。此外各篇也有类似情形;其中当然有许多地方是作家自己的新意,例如自己关于《出关》就说,"至于孔老相争,孔胜老败,却是我的意见"[5];但也有和"旧书上的根据"相同点比较多的作品,例如《采薇》。总之,这些小说除过在语言风格等方面与其他作品保有共同的特色以外,当作者在向传统文献摄取题材的时候,就必然同时也会在创作构思上引起启发和联想,因而也就与过去的文献有了更多的联系。

　①　鲁迅:《南腔北调集·〈自选集〉自序》。
　②　鲁迅:《故事新编·序言》。
　③　鲁迅:《中国小说史略·神话与传说》。
　④　鲁迅:1936 年 2 月 17 日致徐懋庸信。
　⑤　鲁迅:《且介亭杂文末编·〈出关〉的"关"》。

七

现实主义文学的泉源既然是现实生活,则构成伟大作品的最重要的成功因素自然是作家对于客观现实的认识和感受。以鲁迅而论,他自己就说过:"但我母亲的母家是农村,使我能够间或和许多农民相亲近,逐渐知道他们是毕生受着压迫……偶然得到一个可写文章的机会,我便将所谓上流社会的堕落和下层社会的不幸,陆续用短篇小说的形式发表出来了。"[①]这正是构成鲁迅作品的伟大成就的重要原因;我们在古典文学作品中,就很难看到像闰土、七斤、阿 Q 等这样鲜明生动的农民形象。即使是在古典文学中有过类似存在的,譬如知识分子的形象,也因为时代不同,客观现实有了变化,而作家的观察角度和表现方法也都有着很大的差异,那成就也并不是前人所能比拟的。但现实主义文学也是有它的历史基础的,任何作家都不可能完全脱离了历史的传统而有所成就;因此善于学习和继承古典文学的优良传统正是一个作家获得成功的重要原因;它不但不是与作家的创造性相抵触的,而且正是构成他的创造性成就的重要条件。特别在作品的形式风格、艺术技巧以及创作构思等方面,在每一民族的文学史的发展上常常是带有比较显明的继承性的。鲁迅自然与过去的古典作家不同,他不仅是承受了中国古典文学的影响,同时也自觉地接受了外国进步文学的有用成分,而且这种接受都是通过一个革命作家的理性的抉择的,他所要采取的是那些对建设中国现代文学有用的东西。他的学习就绝不是生搬硬套,而是经过融化的。为了接受中国古典文学的优良成分,使之为当前的文学事业服务,那自然就必须有所发展;而接受外国文学的影响也同样是必须经过融化的。这是为文学创作的现实主义要求和文学发展的历史继承性所决定的,而鲁迅的作品就正体现了这种性质;他的接受中国古典文学的影响,正是丰富和发展了我们民族的优良传统的。

从这里也可以连带说明中国现代文学与古典文学传统的历史联系。资产阶级的民族虚无主义者常常喜欢吹嘘说"五四"以来的新文学完全是欧洲

---

① 鲁迅:《集外集拾遗·英译本〈短篇小说选集〉自序》。

文学的"移植",是与中国的文学传统截然分开的;而"五四"时期在反封建的高潮中,的确也有一部分人对传统文学不加区别地作了过多的否定,因而常常出现一些混乱的看法。"移植"的说法当然是无稽的,我们并不否认中国现代文学接受了外国进步文学的很大影响,但现实主义文学总是植根在现实生活的土壤上的,并且是要适应于人民的美学爱好的,而这却都不是任何外来的"移植"可以"顿改旧观"的。"五四"时期有些人作了过激的主张,像毛泽东同志在《反对党八股》中所批判过的,是由于"他们对于现状,对于历史,对于外国事物,没有历史唯物主义的批判精神,所谓坏就是绝对的坏,一切皆坏,所谓好就是绝对的好,一切皆好"。但即使在"五四"当时,由于"这个运动是生动活泼的,前进的,革命的",也并不是所有的人都抱着上述的那些看法。举例说,鲁迅曾说过"在中国,小说不算文学,做小说的也决不能称为文学家"①的话,这说明了在封建社会里对于一些人民性很强的小说戏曲作品的歧视和抑制,但在"五四"新文化运动中却把《水浒传》《红楼梦》《儒林外史》等作品提到了文学正宗的地位;鲁迅曾慨叹"中国之小说自来无史"②,而他的研究中国小说史正是为了发扬古典那些有价值的部分,为建设新的现实主义文学创造条件的。又如给予民间文学以很高的评价并开始收集和研究,也是从"五四"以后开始的,鲁迅对于民间文学的"刚健清新"的风格就非常赞赏。应该说,这才是"五四"新文化运动的精神和主流。鲁迅反对旧文化中的糟粕部分是非常坚决和彻底的,所谓"从旧垒中来,情形看得较为分明,反戈一击,易制强敌的死命"③。但他绝不是民族虚无主义者,他说:"我们从古以来,就有埋头苦干的人,有拼命硬干的人,有为民请命的人,有舍身求法的人,……虽是等于为帝王将相作家谱的'正史',也往往掩不住他们的光耀,这就是中国的脊梁。"④而那些以为"中国事事不如人",主张"全盘西化",认为新文学完全是"移植"来的虚无主义者,却恰好又是大吹大擂地提倡"整理国故"的人;这里我们看出了民族虚无主义者与国粹主义者相通的道理,因而也就更加明白在胡适等人给青年大开什么"最低

① 鲁迅:《南腔北调集·我怎么做起小说来》。
② 鲁迅:《中国小说史略·序言》。
③ 鲁迅:《坟·写在〈坟〉后面》。
④ 鲁迅:《且介亭杂文·中国人失掉自信力了吗》。

限度的国学必读书目"的时候,鲁迅主张青年们"要少——或者竟不——看中国书"①的实际战斗意义。这一条是绝不能概括为鲁迅对中国古代文化的具体意见的。

"五四"以来这种正确对待古典文学的态度和精神是给了现代文学创作以积极影响的,当作"中国文化革命的主将",鲁迅自己的作品就代表着现代文学的主流;它与中国古典文学保有着血肉的联系,并标志着中国文学历史的新的发展。三十多年来,现代文学创作中的比较成功的作品,总是在艺术风格上带有一定的民族特色的,从这里正可以看出文学历史的继承关系。这也很容易理解,我们的许多老作家在青年时期都还受过读古书的教育,而在他们的阅览或研究古典文学中也不能不给创作以影响;郭沫若早在《女神》中就有过对于屈原的赞颂,茅盾对于中国古代神话和古典小说的研究也是对他的创作有一定的影响的;这都显示了中国现代文学正是中国文学史的一个新的发展部分。

当鲁迅还活着的那些年代,人们在估计现代文学的成就的时候,都觉得在小说、散文方面的收获似乎更丰富一些;从《中国新文学大系》的各集"导言"中就可以看出这样的消息。我觉得这是和我们古典文学中历史蕴藏的丰富以及像鲁迅那样的善于继承和发展的精神分不开的;而在创作收获比较单薄的部门如诗歌和话剧中,这种历史联系也就比较薄弱一些;但"新月派"就在这种情况下以"诗镌""剧刊"起家了,这确实值得我们深思。这种情形后来当然有所改变,但如何向古典文学的优良传统学习,到今天仍然是我们繁荣创作的重要问题之一。鲁迅的作品与古典文学的联系不只给我们说明了继承民族优良传统的重要性,而且由于这些作品在思想和艺术上的不朽价值,它本身已经成为我们民族传统的一个组成部分,成为我们应该首先向之学习的重要遗产。认真地学习鲁迅的作品对于社会主义文化建设和社会主义文学的发展,都具有极其重大的意义。

1956 年 9 月 16 日为鲁迅先生逝世二十周年纪念作

----

① 鲁迅:《华盖集·青年必读书》。

论《野草》

一

鲁迅的散文诗集《野草》写于 1924—1926 年间,与小说集《彷徨》同时,正是他在北京与"正人君子"们苦战的时候;这以后,他就怀着对革命力量追求与向往的心情,离京南下了。这部作品与他的其他许多杂文集不同,它主要不是针对社会现实所发表的意见,不是如"投抢"一样的对敌斗争的产物,而是对自己心境和思想中矛盾的解剖、思索和批判。从这部抒情意味深厚而艺术上又十分完美的作品中,我们不只可以得到很高的艺术享受,更重要的是由此我们可以细致地体会"鲁迅的道路"的伟大意义,了解像鲁迅这样的革命家在获得马克思主义世界观的过程中所经历的内心世界的曲折和自我解剖的深刻;这不只对研究鲁迅这一作家有帮助,而且在今天对许多人都还有很大的现实意义。

人们都有这种感觉,在鲁迅的作品中《野草》是相当难懂的。这是因为:第一,《野草》是诗;诗的语言总是要求更其集中、隽永、意致深远的;一般说来,诗总比普通散文要难懂一些。一首诗的主要特点并不在它所用的文字有韵或无韵,而在它是否包含有诗意,诗的内容和表现方式。《野草》虽是用散文体写的,但不仅由于"那时难于直说,所以有时措辞就很含糊"[①],而且鲁迅自己即称之为"散文诗"[②],并自谓乃"碰了许多钉子之后写出来的","技术并不算坏"[③],那它比之那些带有政论性质的"当头一击"的杂文来,自

---

① 鲁迅:《二心集·〈野草〉英文译本序》。
② 鲁迅:《南腔北调集·〈自选集〉自序》。
③ 鲁迅:1934 年 10 月 9 日致萧军信。

然就要隽永、含蓄得多。第二,《野草》主要是抒情诗,它不仅属于如古典诗歌中之"咏怀""言志"一类,而且作者一方面以充分的自我批评精神,解剖自己思想感触中的矛盾;一方面又"并不愿将自以为苦的寂寞",再来传染给"正做着好梦的青年"①,而作者当时又正处于"路漫漫其修远兮,吾将上下而求索"的对新的道路的探索过程,因之这种"言志"就往往采取了比较隐晦的寓意的表现方式。我们如果缺乏对当时具体环境与作者思想感受的实际了解,读来自然就难免感到有点难懂了。

鲁迅曾说:"我的确时时解剖别人,然而更多的是更无情面地解剖我自己。"②又说:"我知道我自己,我解剖自己并不比解剖别人留情面。"③我们读过许多鲁迅的精辟的解剖别人的文章,而像《呐喊》中的《一件小事》和《野草》中的《风筝》那种带有深刻的自我批判性质的文字,同样给人们以难以磨灭的印象;就因为从这种文章中我们更容易体会到一个革命者的勇于正视自己缺点的高尚品质。正如鲁迅自己所说:"然而革命者决不怕批判自己,他知道得很清楚,他们敢于明言。"④鲁迅向来是十分憎恶"瞒"与"骗"的⑤,"阿Q"的精神胜利法的主要特征之一就是不敢正视自己的缺点,鲁迅之所以那么深刻地批判阿Q精神,也正是要启示人们勇于洗涤自己的灵魂,走向改革的道路。以《风筝》为例,作者在叙述二十年前儿时的一段生活时,心情沉重地感到当时对小兄弟做了一件错事,于是充满内疚地抒写自己的心绪,而"心也仿佛同时变了铅块,很重很重的堕下去了"。当然,《风筝》是通过叙事来抒情的,而且作者的思绪已经非常明确,因之它的内容并不难于理解。但另有许多篇其实也是属于自我解剖性质的,不过由于抒发的是作者写作当时的心情和思想上感到的矛盾,又采取了隐喻或寓意式的表现方式,而且由于作者当时尚在探索新路的过程中,因之即使到文章的结尾那种矛盾也并未真正解决;我们只能看到作者当时的思想实际和自我批判的认真努力,从而受到启示和教育。这一类内容是《野草》中的主要部分,也往

---

① 鲁迅:《呐喊·自序》。
② 鲁迅:《坟·写在〈坟〉后面》。
③ 鲁迅:《而已集·答有恒先生》。
④ 鲁迅:《三闲集·"醉眼"中的朦胧》。
⑤ 鲁迅:《坟·论睁了眼看》。

往是比较最难懂的篇章,如《影的告别》《墓碣文》等篇。要认真地了解这些篇章的含义,也即理解《野草》一书的主要性质,就必须对作者当时在思想上所感到的矛盾及其实质有一明确的认识,然后才能真正体会作者的自我解剖和批判的革命者的精神,以及他在到达马克思主义高峰前的思想历程。

与《野草》主要部分写作时间约略同时,1925 年 5 月鲁迅在给许广平的信中说:"其实,我的意见原也一时不容易了然,因为其中本含有许多矛盾,教我自己说,或者是人道主义与个人主义这两种思想的消长起伏罢。"①正确理解鲁迅所谓人道主义和个人主义这两个名词含义的实质,是可以了解鲁迅当时所感到的思想矛盾和《野草》中作者所解剖、批判的内容的。鲁迅当时还不是一个马克思主义者,他对很多名词的运用是按照自己的理解来借用的,与我们今天的一般理解有所不同。以人道主义一词为例,我们今天都知道资产阶级人道主义的核心就是个人主义,二者之间是根本不存在什么矛盾的;显然鲁迅心目中的所谓人道主义一词的含义并非如此。我们已经有很多文章分析和批判过抽象的人道主义的伪善性质,但用形象来彻底揭露这种思想的实质,那么《野草》中的《聪明人和傻子和奴才》一文中的"聪明人"的形象,可以说是最鲜明地勾画出了人道主义者的面貌的;他的对被压迫者的同情只能为统治者起一种使人安于奴才地位的帮忙作用,而作者则显然是对之采取极端憎恶的批判态度的。和这相类似的是他在给许广平的信中批评某一小说里的牧师对一个历诉困苦的乡下女人说:"忍着罢,上帝使你在生前受苦,死后定当赐福的。"他不只说"我不相信",而且指出"其实古今的圣贤以及哲人学者之所说,何尝能比这高明些。他们之所谓'将来',不就是牧师之所谓'死后'么"。② 这里对人道主义的批判是十分深刻的。我们常常借用鲁迅的"哀其不幸""怒其不争"③这两句话

① 鲁迅:《两地书·二四》。
② 见鲁迅《两地书·二》。按此小说指波兰显克微支所作《炭画》一书。1908 年鲁迅与周作人译《域外小说集》时,周作人也将《炭画》用文言文译出,1914 年在上海文明书局出版,1926 年又由北新书局重印。《炭画》中女主人公农民来服之妇谒牧师契什克求教,牧师素以"聪明正直,常能锡以善言,慰其愁苦"著称,但对农妇仅作如鲁迅先生所引之语。《两地书·三七》许广平致鲁迅函中,曾言阅读《炭画》事。此书反映农民痛苦甚深刻,于开始介绍外国文学作品时即注意及之,故印象极深。
③ 鲁迅:《坟·摩罗诗力说》。

来说明他早期对劳动人民的态度，这是非常正确的；如同"聪明人"或牧师那样的人道主义者，他有时或者可以"哀其不幸"，但绝不会"怒其不争"；而鲁迅所赞美的"傻子"精神的特点就在于"必争"。早在1907年鲁迅就说："故不争之民，其遭遇战事，常较好争之民多，而畏死之民，其苓落殇亡，亦视强项敢死之民众。"[①]可知鲁迅所谓的人道主义是以人民起来抗争和摆脱奴隶地位为主要内容的。早在"五四"时期的《随感录六十一》中，他就批判了许多人空谈人道，并指出"其实近于真正的人道，说的人还不很多，并且说了还要犯罪"。又说"因为人道是要各人竭力挣来，培植，保养的，不是别人布施，捐助的"[②]。后来在与创造社论争的时候，他批评有些人"知道人道主义不彻底了，但当'杀人如草不闻声'的时候，连人道主义式的抗争也没有"[③]。可知鲁迅虽然还没有能够从阶级观点来明确区别资产阶级人道主义与革命人道主义的不同内容，但他所指的人道主义乃"真正的人道"，是以人民起来抗争为主要特征的；这就与那种宣传对人民"布施捐助"的资产阶级人道主义有了鲜明的区别。《野草》中的《求乞者》一文中说："我不布施，我无布施心，我但居布施者之上，给与烦腻，疑心，憎恶。"也同样反映了鲁迅的这种心情。因此鲁迅的所谓人道主义，实质上是一种不妥协地进行反抗斗争、彻底改变人民群众的被压迫地位的思想，是有丰富的革命内容的。它在实践过程中必然与集体主义相联系，而与个人主义相矛盾，这在鲁迅当时思想上是实际感受到了的。

鲁迅所谓"个人主义"一词的内容也是值得分析的。瞿秋白在《〈鲁迅杂感选集〉序言》中，曾经分析到"鲁迅在'五四'前的思想，进化论和个性主义还是他的基本"。而在1925—1926年的时候，中国思想界已经准备着第二次"伟大的分裂"，"一方面是工农民众的阵营，别方面是依附封建残余的资产阶级"。又说："正是这期间鲁迅的思想反映着一般被蹂躏被侮辱被欺骗的人们的彷徨与愤激，他才从进化论最终的走到了阶级论，从进取的争求解放的个性主义进到了战斗的改造世界的集体主义。"[④]鲁迅所说的他思想

---

① 鲁迅：《坟·摩罗诗力说》。
② 鲁迅：《热风·随感录六十一》。
③ 鲁迅：《三闲集·"醉眼"中的朦胧》。
④ 见《瞿秋白文集》。

中的个人主义,实质上就是瞿秋白同志所谓"进取的争取解放的个性主义"。早在 1907 年的《文化偏至论》中,鲁迅就说明他所说的"个人",并非"害人利己主义",其精神在于"据其所信,力抗时俗",以求"国人之自觉至,个性张,沙聚之邦,由是转为人国"。这种个性解放思想在早期的反封建战斗中虽然也有其一定的积极意义,但仅就战斗者个人而言,也极易有"不阿世媚俗,而不见容于人群"的寂寞空虚之感,极易产生彷徨与愤激的情绪;这就是《题呐喊》一诗中所说的"弄文罹文网,抗世违世情"的感触。特别在《新青年》的团体散掉以后,同一战阵中的伙伴发生了变化,"有的高升,有的退隐,有的前进"①,自己感到像在沙漠中走来走去的"游勇"的时候,这种思想情绪就更容易产生。这个时期正是鲁迅写作《野草》与《彷徨》的时期,而这种寂寞空虚的思想情绪就是鲁迅所说的"个人主义"一词在特定社会历史条件下所表现的具体内容。"由进取的争取解放的个性主义进到战斗的改造世界的集体主义"是一个飞跃的质的变化,在达到这个飞跃之前,二者之间就不可能没有矛盾,这正是思想向前发展的契机;鲁迅当时所实际感受到的个人主义与人道主义两种思想的矛盾,用准确的科学语言表达出来,就正是瞿秋白同志所分析的个性主义与集体主义的矛盾。鲁迅在《野草》中所自我解剖的思想矛盾,所批判的一些虚无绝望的思想,所反映的彷徨愤激的情绪,都正说明了在鲁迅思想中正孕育着一种向前飞跃发展的潜力,而鲁迅正是自觉地解剖自己、克服其中的消极部分,而最终达到了"战斗的改造世界的集体主义"的。《野草》中的主要内容就反映了这一思想矛盾的历程,因此这部作品不但不因为它包含有一些空虚寂寞的感情而减去光彩,而且由于它反映了一个伟大的革命者在前进过程中如何克服负荷,严肃地进行自我批判的精神,因而更给我们以巨大的启示和教育。

二

在鲁迅当时的思想中是否已经萌有集体主义的因素呢?这应该是没有什么疑问的。瞿秋白同志认为在"五四"之前,进化论和个性主义是鲁迅思

---

① 　鲁迅:《南腔北调集·〈自选集〉自序》。

想的基本；而到"五四"以后，鲁迅在新的历史条件下参加了战斗，他的思想中就已经产生了新的集体主义的因素。他自称他在"五四"期的作品是"遵命文学"，并说："不过我所遵奉的，是那时革命的前驱者的命令，也是我自己所愿意遵奉的命令。"①为了"与前驱者取同一的步调"，他努力使自己的作品"显出若干亮色"；为了给战士"助威"，他把小说集取名《呐喊》②；这种在革命阵营内部自觉地"遵命"以及与前驱者采取同一步调的思想基础当然就是集体主义，而"革命的前驱者"就是指在"五四"初期对革命发生实际指导作用的李大钊等曾有初步共产主义思想的知识分子。在写作《野草》的时期情况与前不同，《新青年》的团体散掉了，自己感到成为"在沙漠中走来走去"的"游勇"，"布不成阵了"③，但他不但自己继续进行坚韧的战斗，而且在思想上仍然追求集体的战阵和温暖；而那种彷徨寂寞的情绪正是与这种追求相联系的。因此他说："新的战友在那里呢？我想，这是很不好的。"④ 在《彷徨》前面他引录了《离骚》的名句"路漫漫其修远兮，吾将上下而求索"，应该说他所求索的实际上包含新的道路与新的战友的双重意义。1925年3月在给许广平的信中就说："我现在还要找寻生力军，加多破坏论者。"⑤他是并不愿孤军作战的。

鲁迅当时对青年们寄托了很大的希望，对他们的觉悟和反抗极表欢欣，对他们的颓唐消沉则很感不安，这正是和他寻求战友的思想相联系的。《野草》里的《一觉》一篇记他从青年作者的文稿中看到"不肯涂脂抹粉的青年们的魂灵"，"他们已经粗暴了，或者将要粗暴了，然而我爱这些流血和隐痛的魂灵，因为他使我觉得是在人间，是在人间活着"。这里青年人的觉醒和粗暴给了他多么大的鼓舞和欢欣。他曾说，"我早就很希望中国的青年站出来，对于中国的社会，文明，都毫无忌惮地加以批评"⑥；又说："创造这中国历史上未曾有过的第三样时代，则是现在的青年的使命！"⑦他是把中国的希望寄托于青年的。《野草》中的《希望》一篇他自述是"因为惊异于青年

---

① ② ③ ④　鲁迅：《南腔北调集·〈自选集〉自序》。
⑤　鲁迅：《两地书·八》。
⑥　鲁迅：《华盖集·题记》。
⑦　鲁迅：《坟·灯下漫笔》。

之消沉"①而作的,篇首第一句话就是"我的心分外地寂寞",在剖析这寂寞的原因时说,当他的青春尚在时虽也感到空虚,但"用这希望的盾,抗拒那空虚中的暗夜的袭来,虽然盾后面也依然是空虚中的暗夜"。下边却说:"然而现在何以如此寂寞? 难道连身外的青春也都逝去,世上的青年也多衰老了么?"自己的迟暮不足惜,但对"青年们很平安"的消沉状态却使他"分外地寂寞"。这篇文章是以鲁迅多次引用过的匈牙利诗人裴多菲的诗句"绝望之为虚妄,正与希望相同"作结的。作者虽然对希望还未能充分肯定,但这里正是为了否定绝望而说的。因为所谓绝望也是一种在追求和战斗中的感触,如果处于麻木的平安状态,则正如作者所说:"青年们很平安,而我的面前又竟至于并且没有真的暗夜。"但他对此是加以批判的,"纵使寻不到身外的青春,也总得自己来一掷我身中的迟暮"。像《这样的战士》一篇所描写,"他举起了投枪"。他仍然是要坚持战斗的,但这自然就难免要产生空虚寂寞的情绪了。《淡淡的血痕中》一篇写于"三一八"惨案之后,副题是"记念几个死者和生者和未生者",他预期"叛逆的猛士出于人间","正视一切重叠淤积的凝血,深知一切已死,方生,将生和未生"。"他将要起来使人类苏生",结语是"天地在猛士的眼中于是变色"。这里他不只否定了那个不合理的黑暗的世界,而且正在期待着暴风雨般的革命的来临。他对未来是有强烈的希望和理想的;只是由于他当时的思想局限,这种希望和理想尚未能成为科学的预见,尚未能加以充满信心的肯定,因而虽然绝不与黑暗妥协,但面对着强大的敌人,就不能不有空虚寂寞之感了。他后来曾说:"先前,旧社会的腐败,我是觉到了的,我希望着新的社会的起来,但不知道这'新的'该是什么;而且也不知道'新的'起来以后,是否一定就好。待到十月革命后,我才知道这'新的'社会的创造者是无产阶级,但因为资本主义各国的反宣传,对于十月革命还有些冷淡,并且怀疑。"②因为对"新的"社会尚不免有所怀疑,而对于旧的又极端憎恶,"毫不可惜它的溃灭",这就给他的战斗带来了许多必须解决而尚未能彻底解决的问题,例如革命斗争的道路、动力、前途等等,这些都给他以很大苦闷。在写作《野草》的时期他给许广平的信

---

① 鲁迅:《二心集·〈野草〉英文译本序》。

② 鲁迅:《且介亭杂文·答国际文学社问》。

中说，"我自己对于苦闷的办法，是专与袭来的苦痛捣乱，将无手段当作胜利，硬唱凯歌，算是乐趣"①；这种"捣乱"其实就是通过思想斗争的自我批判，他要求自己必须排开苦闷"硬唱凯歌"。《野草》中的许多篇就是这种"与袭来的苦痛捣乱"的产物。他在同年写的《北京通信》中，说他"正站在歧路上，——或者，说得较有希望些：站在十字路口。站在歧路上是几乎难以举足，站在十字路口，是可走的道路很多"②。这正表现了他苦心孜孜地"上下求索"道路的彷徨情绪。因此他虽然有强烈的理想和希望，但在当时毕竟还处于朦胧状态，还不太具体，而这也正是他对空虚绝望之尚未能彻底摆脱的原因。《野草》中《好的故事》一篇所写的在"昏沉的夜"里他在朦胧中所看见的"好的故事"，正是抒写了理想与现实的对立，抒写了在现实中所看不到的"许多美的人和美的事"，"美丽，幽雅，有趣，而且光明"。但他正要"凝视他们"时，却变成了"碎影"，而且终于"碎影"也消失了，只剩下了"昏沉的夜"。这并不是如有人所解释的那样，是"回忆故乡绍兴田园景色，富有天趣的佳作"③，而是借景抒情，表现了作者对理想的美好事物的凝视与追求。作者当时处于军阀统治下的北京，黑暗的现实强大而具体，在与"正人君子"的苦战中又受到了严重的迫害，他不能不深切感到"惟'黑暗与虚无'乃是'实有'"④。但理想和希望尽管很朦胧，仍然给了他很大的力量；因为他清楚："黑暗只能附丽于渐就灭亡的事物，一灭亡，黑暗也就一同灭亡了，它不永久。然而将来是永远要有的，并且总要光明起来；只要不做黑暗的附着物，为光明而灭亡，则我们一定有悠久的将来，而且一定是光明的将来。"⑤正因为他有蔑视黑暗的气概，因此虽然感到了理想与现实的对立，希望与绝望的矛盾，但仍然能够坚强地进行战斗，"与黑暗捣乱"。当时他的学生许广平就感到："虽则先生自己所感觉的黑暗居多，而对于青年，却处处给与一种不退走，不悲观，不绝望的诱导，自己也仍以悲观作不悲观，以无可为作可为，向前的走去。"⑥这里

① 鲁迅：《两地书·二》。
② 鲁迅：《华盖集》。
③ 见卫俊秀《鲁迅〈野草〉探索》一书。
④ 鲁迅：《两地书·四》。
⑤ 鲁迅：《华盖集续编·记谈话》。
⑥ 鲁迅：《两地书·五》。

可以看出鲁迅的战斗精神,但同样也说明了他思想情绪上存在的一些矛盾;这种矛盾给他以很大痛苦,而且成为前进中的负荷,使他不能不严肃地进行自我解剖。《野草》中的篇章就真切地显示了他的这种思想历程。

《野草》中有许多篇写出了他当时心境上的阴影,这种阴影首先是当时强大的黑暗现实的反映。《野草》的《题辞》就写得很明白:"我自爱我的野草,但我憎恶这以野草做装饰的地面。地火在地下运行,奔突;熔岩一旦喷出,将烧尽一切野草,以及乔木,于是并且无可朽腐。""我希望这野草的死亡与朽腐,火速到来。"他期望"地火"(革命)的火速到来,极端憎恶这把"地火"压在下边的地面,而野草正是在这样的地面上产生的。和这可以对照说明的一篇是《死火》,作者梦见自己处于冰谷中遇着冰结的死火,他要出这冰谷,而且用自己的温热惊醒死火,使他燃烧,并一同跃出冰谷;纵然最后死火烧完,自己被突然驰来的大石车碾死,但也看到大石车的坠入冰谷而得意地笑着。"大石车"当然是指黑暗的统治势力,冰谷似的现实冻结了改革者,但作者却怀着"时日曷丧,予及汝偕亡"的战斗精神,渴望死火复燃于地面。鲁迅认为"改革最快的还是火与剑"①,所谓"地火""死火"的"火",都是革命的象征性的代词,他是一向渴望革命的火燃烧起来的。但正如《热风·题记》中所说,"我却觉得周围的空气太寒冽了",这样的冰谷似的环境不能不在鲁迅的身上投下阴影。《秋夜》中的萧条衰飒的气氛,《雪》中所描写的"在无边的旷野上,在凛冽的天宇下"的"孤独的雪",都实际上写出了当时的时代气氛和环境特征。《失掉的好地狱》一篇写他"在荒寒的野外,地狱的旁边"所感到的"地下太平"的感触,更形象地写出了当时的黑暗的中国。在这篇写作时间(1925年6月16日)前不久(同年5月21日),他在《华盖集》的《"碰壁"之后》一文中写道:"我眼前总充塞着重迭的黑云,其中有故鬼,新鬼,游魂,牛首阿旁,畜生,化生,大叫唤,无叫唤,使我不堪闻见。"这篇文章的内容是关于"女师大"学潮的,正是在与那些"正人君子"们的战斗中他充分看到了周围黑暗势力的强大。《〈野草〉英文译本序》中说:"这也可以说,大半是废弛的地狱边沿的惨白色小花,当然不会美丽。但这地狱也必须失掉。这是由几个有雄辩和辣手,而那时还未得志的英雄们的脸色和语气

---

① 鲁迅:《两地书·一○》。

所告诉我的。我于是作《失掉的好地狱》。"①这篇文章不只写出了地狱的残酷和鬼魂们的痛苦，而且写了人类赶走魔鬼后，做了新的地狱的统治者，而鬼魂却"一样呻吟，一样宛转，至于都不暇记起失掉的好地狱"。这篇文章的写作时间已在"五卅"运动之后，作者从那时自以为是"鬼魂"的解放者，而当时尚未得志的一些国民党"英雄们"的嘴脸上，已天才地预感到这些人是根本不可能担负打破地狱、解放鬼魂的使命的。在同年写的《杂语》一文中他说："称为神的和称为魔的战斗了，并非争夺天国，而在要得地狱的统治权。所以无论谁胜，地狱至今也还是照样的地狱。"②表面上看来这包括着他对前途和理想的怀疑，但这里正说明了他所要求的革命的彻底性和他从宝贵的生活经验中所得来的深刻的教训。当时他曾对辛亥革命说过这样的话："我觉得革命以前，我是做奴隶；革命以后不多久，就受了奴隶的骗，变成他们的奴隶了。"③事实的教训使他不能不考察那些自命为改革者的实质，而他也的确从那些当时虽然还未掌握政权的国民党"英雄们"的脸色和语气中得出了应有的结论；这些人并不是"鬼魂"的解放者，而是要取得地狱的统治权的。但他坚定地相信，"这地狱也必须失掉"。一个处在地狱似的环境中的战士，对前途尚未能充分肯定的时候，强大的黑暗势力会在他的心境上投下阴影，是一点也不奇怪的。重要的是他并未被这阴影所吞没，而是势力在和它"捣乱"，努力摆脱它的侵袭。

　　对于周围的黑暗势力，鲁迅从来是毫不容情地给以打击的。这不只在他的杂文和小说中可以看到，就在散文诗集《野草》中，有几篇也是属于讽刺诗性质，而那讽刺的锋芒仍然是指向社会上的不合理事物的。不过既然采取了诗的表现方式，就更能引起人的深思和反省，但那精神还是一贯的。例如《我的失恋》讽刺了当时盛行的失恋诗，而以"由她去罢"作结。《这样的战士》则作者自述"是有感于文人学士们帮助军阀而作"④。《狗的驳诘》讽刺了那些比狗还势利的人。《立论》一篇揭露了"瞒与骗"的社会现象，"说谎的得好报，说必然的遭打"，否则就只能打"哈哈"。这就是他所憎恶的中国文人的特点，他

----

① 鲁迅：《二心集》。
② 鲁迅：《集外集》。
③ 鲁迅：《华盖集·忽然想到(三)》。
④ 鲁迅：《二心集·〈野草〉英文译本序》。

们"对于社会现象,向来就多没有正视的勇气"。而"必须敢于正视,这才可望敢想,敢说,敢作,敢当"①。从这里可以看出,所谓"阴影"固然是黑暗势力在他思想中的反映,但这并没有使他产生退却或妥协的任何想法;反之,尽管内心有矛盾、有痛苦,他却感到必须向前走去,必须进行新的探索和追求。

三

《过客》一篇是最能说明鲁迅先生这时期的感受、矛盾和不断追求的态度的。"过客"这一形象的本身就在很大程度上体现了作者自己当时的感受和情绪。他"约三四十岁,状态困顿倔强,眼光阴沉,黑须,乱发……"向着"似路非路"的前面不歇地走去;尽管十分劳顿,但绝不能回转,因为"回到那里去,就没一处没有名目,没一处没有地主,没一处没有驱逐和牢笼,没一处没有皮面的笑容,没一处没有眶外的眼泪"。他极端憎恶这些,绝不能与之作任何妥协,而且"有声音常在前面催促",使他不能停歇下来;因此尽管"力气太稀薄",而且不能肯定在前面催促他的声音的性质和前面究竟是什么所在,但仍然一个人"昂了头,奋然向西走去"。这一形象的对过去憎恶之深切和对前途追求之坚定,都是十分令人感动的;但他孤独、困顿,而且不能肯定前面是什么所在和听到的是什么声音,也许没有力气再往前走而竟然止于坟前,但这些都不能使他停歇下来,他必须向前走。这其实就是鲁迅先生当时的实际感受,《野草》中的好些篇都含有这样的内容。如果竟然半途停止下来呢?这个老翁的形象就回答了这个问题;这是一个与小说《在酒楼上》的吕纬甫相类似的人物,他也熟悉走过来的地方,前边的声音也曾叫过他,但他终于休息了,于是就再也听不到前边有声音叫了,他只知道前面是坟了。我们知道吕纬甫早先也是勇敢地参加过反封建的革命斗争的,但后来变得悲观颓唐了,"敷敷衍衍,模模胡胡"地休息下来了,于是"无非做了些无聊的事情,等于什么也没有做"。在小说和散文诗中一样,鲁迅批判了这种屈从于黑暗势力的性格,他是一定要向前探索和追求的。至于那个女孩,则像鲁迅在别处所说的"正做着好梦的青年";她看到的不是坟,而是野

---

① 鲁迅:《坟·论睁了眼看》。

百合和野蔷薇,她目前是很难理解现实的严酷程度的。

从《过客》中可以看到鲁迅的与旧的彻底决裂、不顾一切地向前追求的精神,但同样也看到了他的困顿和孤寂的情绪,而从根本上说来,像这样坚定勇敢的战士而有时竟然感到困顿,那正是因为他处于孤军作战的孤寂状态的缘故。所谓"孤军作战"自然是指作者主观上的感受,实际上当时正处于大革命时期,党所领导的群众运动在各个方面都已经形成很大的社会力量,全国人民的革命斗争无论在目标上或方向上,都与鲁迅在北京所进行的文化战线上的斗争是一致的;而且既然都是整个人民革命力量的组成部分,客观上也不能彼此不发生联系和互相支援的作用。因而从整个革命斗争的形势说来,尽管黑暗势力还仍然十分强大,但他并不是处于孤立的"游勇"状态。那么他自己为什么会有孤军作战的寂寞之感呢?这一方面固然是由于《新青年》的团体散掉以后,革命的文化战线还没有像后来左翼文化运动时期那样的形成自己的强大的队伍,但主要的还是由于鲁迅自己当时思想上有弱点,他还不能准确地估计当时各方面的革命力量以及它们之间的联系。正如瞿秋白同志所分析,一方面鲁迅的"为着将来和大众而牺牲的精神,贯串着他的各个时期",而且"他的神圣的憎恶和讽刺的锋芒,都集中在军阀官僚和他们的叭儿狗",而另一方面,他又"不是立刻就能够脱离个性主义——怀疑群众的倾向的"。① 这两方面的矛盾其实就是鲁迅自己所说的人道主义与个人主义的矛盾。正是由于存在这种个性主义的思想负荷,才使他在战斗中感到了孤独和空虚,使他对于革命的前途未能充分肯定,对于革命的动力缺乏真实的估计。譬如对于"新的战友"的寻求,他这时是把注意力更多地着重在青年身上的;他说:"我一向是相信进化论的,总以为将来必胜于过去,青年必胜于老人。"②青年知识分子富有朝气,对新事物比较敏感,旧的负荷比较少,因而易于接受革命思想,这是他们的优点;但他们本身的弱点很多,需要在实践中不断地锻炼和改造,是不能作为一种社会力量来担负中国革命的重任的。因此后来在他目睹"同是青年,而分成两大阵营"之后,就"思路因此轰毁"③,而且终于从事实的教训中明确地提出了

---

① 瞿秋白:《瞿秋白文集·〈鲁迅杂感选集〉序言》。
②③ 鲁迅:《三闲集·序言》。

"惟新兴的无产者才有将来"的结论①。

但在写作《野草》的时期,他的心境的确有如《过客》中所表现的那样,是免不了有"孤军作战"的悲愤之感的。《复仇(其二)》一篇就借着以色列人迫害耶稣的故事,沉痛地描写了一个孤独的改革者的遭遇和心情。而这心情又是和改革者对于周围人的看法相联系的;他感到"四面都是敌意",自己也要被钉死了,但他"玩味"周围的人,"而且较永久地悲悯他们的前途,然而仇恨他们的现在"。这当然也就是"哀其不幸,怒其不争"的意思。《复仇》第一篇更强烈地批判了那种缺乏热烈的爱憎而习惯于持旁观态度的人们,他自己说这篇是"因为憎恶社会上旁观者之多"而作的②;两篇都充满了愤激的情绪,这由《复仇》的题名也可以看出来,而这正是作者当时的孤寂心情的反映。他后来曾自述这一篇:"我在《野草》中,曾记一男一女,持刀对立旷野中,无聊人竞随而往,以为必有事件,慰其无聊,而二人从此毫无动作,以致无聊人仍然无聊,至于老死,题目《复仇》,亦是此意。但此亦不过愤激之谈,该二人或相爱,或相杀,还是照所欲而行的为是。"③这是 1934 年写的,观点与前不同,他指出了那"不过愤激之谈";但这种愤激情绪却是由来已久的,小说《示众》中看客无聊的围观,《祝福》中鲁镇人们对祥林嫂的痛苦的咀嚼,以及《阿 Q 正传》中人群麻木冷漠地鉴赏阿 Q 示众的"盛举",都是鲁迅一向感到悲愤的现象。他曾沉痛地说,不觉悟的群众"永远是戏剧的看客",并说:"只好使他们无戏可看倒是疗救,正无需乎震骇一时的牺牲,不如深沉的韧性的战斗。"④由于过多地看到群众身上的精神创伤,而对他们的"革命可能性"估计不足,是鲁迅早期一些杂感中往往有的缺点,这种缺点正是由个性主义的思想负荷、由孤独感而来的一种愤激痛苦的情绪产生的。这种情绪在《这样的战士》《颓败线的颤动》《死后》等篇中都有所流露。

鲁迅在战斗中由于尚未能充分肯定理想和前途,由于感到黑暗势力强大而自己处于"游勇"状态,更重要的,由于已经感觉到自己思想中存在着矛盾,因此在他与敌人进行战斗的同时,他也不断解剖和批判自己思想中的

---

① 鲁迅:《二心集·序言》。
② 鲁迅:《二心集·〈野草〉英文译本序》。
③ 鲁迅:1934 年 5 月 16 日致郑振铎信。
④ 鲁迅:《坟·娜拉走后怎样》。

一些空虚阴暗的情绪。他并不认为他所有的或一心绪的波动都是对的,反之,他努力思索、解剖、批判那些他自己也感到的思想上的矛盾,努力求得有利于战斗的解脱,而这正是促进他后来思想飞跃的重要原因。《影的告别》和《墓碣文》两篇就表现了他的这种对自己思想矛盾的自我解剖和批判,而且是十分认真严肃的。前者中有影对形的言辞,后者中有“我”与死尸的交晤,文章中所表现的两方面的感受态度有所不同,但又同为作者的诗的抒情,即皆代表诗人的思想情绪的一面;作品解剖了这种矛盾,并努力批判那种空虚阴暗的思想;这两篇是可以深刻地说明鲁迅先生当时的思想实际和自我解剖的内容的。“影”来告别时说出了许多话,他告别的对象是“人”,就是“形”;“形”在这里没有说话,但他显然是一个勇往直前的战斗者;他是属于影所说的“有我所不乐意的在你们将来的黄金世界里”的“你们”中的一员,他对“将来的黄金世界”是肯定的。形影本来是应该不分离的,但影竟然要告别了,他感到“不愿彷徨于明暗之间”,又不能肯定“是黄昏还是黎明”,而他的命运只是或被沉没于黑夜,或被消失于白天,他所有的只是“黑暗和虚空”;于是他愿独自远行,沉没于黑暗。以形与影的不同想法来写自己思想矛盾的在中国有很老的传统,陶渊明的《形影神诗》三首即其一例,其中《影答形》一首即记影对形所说的一番话。这里影所说的当然是作者曾经有过的一种思想,而且显然成了形的战斗的负荷,作者并未否定黎明或白天的到来,但也未能充分肯定,而是“彷徨于无地”。这就是说,他一方面在战斗中有“黑暗和虚空”的感觉,一方面又愿意与之分别,使黑暗消失于白天,虚空不占于心地。这种“黑暗和虚空”的思想在《墓碣文》中表现得更其阴郁,那墓碣阳面和阴面的残存文句所表现的极端虚无的思想是属于那个死尸的,他何以如此则虽“抉心自食”也难知“本味”,这种思想在一个战士身上只能是一时的波动,它和战斗实践当然是矛盾的;作者在深刻地解剖这种思想之际,不只以死尸的形象和剥落的墓碣刻辞来表现作者的批判态度,而且最后的文句是:“我疾走,不敢反顾,生怕看见他的追随。”他是努力要克服矛盾并与这种虚空思想决绝的。这两篇作品中所写的虚空阴暗的思想本身当然是不健康的,但作者是以一种自我解剖和批判的态度写的,而并非赞扬它;虽然由于当时他还没有到达马克思主义的高峰,因而这种思想矛盾还未能获得真正解决,但他感觉到自己思想中有矛盾并努力排除一些阴暗的情绪,正预示着在他思想发展的道路上将有一个极大的飞跃。另外《腊叶》一篇,作者说"是为爱我者的想要保存我而作的"①。据孙伏园先生回忆,《腊叶》中也是反映了作者的一些思想矛盾的。作者曾对孙伏园说:"许公很鼓励我,希望我努力工作,不要松懈,不要怠忽,但又很爱护我,希望我多加保养,不要过劳,不要发很。这是不能两全的,这里面有着矛盾。《腊叶》的感兴就从这儿得来,《雁门集》等等却是无关宏旨的。"②这里是日常谈话记录,如与其他各篇参看,则所谓矛盾的内容实质上仍然是与前述情形一致的。

四

《野草》中从《死火》到《死后》一连七篇都是用"我梦见自己……"开始的,通篇叙述的似乎都是梦境;其余的如《影的告别》是从"人睡到不知道时候的时候"开始,《好的故事》是写在"昏沉的夜"里闭了眼睛在朦胧中看见的景象;而在最后一篇《一觉》中,更写了在夕阳西下,昏黄环绕中,他"在无名的思想中静静地合了眼睛,看见很长的梦"。为什么写梦变成《野草》中表现方式的一个显著特色呢? 第一,当然是如作者自己所说,"因为那时难于直说,所以有时措辞就很含糊了"③,是因为处于言论不自由的环境下的不得已的办法。第二,这些文章是作者痛苦地进行思索和自我解剖的结果,他正是为了记录他在思索中的矛盾和感触才写下来的;这些感触都是思想深处的折磨自己灵魂的思绪,是只能在独自思索中产生的,其本身就属于抒情咏怀性质的诗的意境,因此用梦的形式来表现不只可以增加诗意,收到"言有尽而意无穷"的艺术效果,而且也正表现了它与黑暗现实的某种对立的性质。他曾说:"假使寻不出路,我们所要的就是梦;但不要将来的梦,只要目前的梦。"④他做梦并不是企图在超现实的梦幻境界中来逃避斗争,而正是为了目前的战斗来探索正确的道路的;这些梦也并不是为了在幻觉中找寻

---

①③ 鲁迅:《二心集·〈野草〉英文译本序》。
② 孙伏园:《鲁迅先生二三事·腊叶》。
④ 鲁迅:《坟·娜拉走后怎样》。

精神上的慰藉,而正是一些为了要改造现实而必须严肃思考的问题。他后来曾说:"虽然梦'大家有饭吃'者有人,梦'无阶级社会'者有人,梦'大同世界'者有人,而很少有人梦见建设这样社会以前的阶级斗争,白色恐怖,轰炸,虐杀,鼻子里灌辣椒水,电刑……倘不梦见这些,好社会是不会来的,无论怎么写得光明,终究是一个梦,空头的梦,说了出来,也无非教人都进这空头的梦境里面去。"①他是坚决反对做那种引导人去逃避现实的"空头的梦"的;他也梦想将来的好社会,但更重要和迫切的是从现实出发,首先思索在创造这好社会的过程中所应该走的道路和必须进行的斗争。在给许广平的信中,他反对一味地"怀念'过去'"和"希望'将来'","而对于'现在'这一个题目,都缴了白卷"。② 这正表现了鲁迅的清醒的现实主义精神。《野草》中的梦就带有这样的性质,作者的心情是十分沉重的;《颓败线的颤动》一文最后说:"我梦中还用尽平生之力,要将这十分沉重的手移开。"这正表现了一个伟大的革命家对现实社会和对自己的思想所进行的极其严肃认真的解剖。他又说:"做梦,是自由的,说梦,就不自由。做梦,是做真梦的,说梦,就难免说谎。"③从这里可以想到,鲁迅所做的"真梦"远比写出来的要多得多,因为把这些"真梦"都说出来确实是困难的,所谓"不自由"和"难于直说",就已经表示出了这些"真梦"的性质;而一个严肃的作家当然是不愿"说谎"的,因此在写这种"梦"的时候,就不得不采取了含蓄和暗示的方式。这固然不如"直说"明确,但却使作家更多地运用了他的艺术修养,采取了意致深远和发人沉思的诗的表现方式,这就使《野草》一书在艺术上隽永醇厚,成为精致的抒情小品了。

当然,对于那些梦想将来的人鲁迅也是有分析的;有一种人不过是统治者的帮闲,像《聪明人和傻子和奴才》一篇中的聪明人那样,以"总会好起来"的"空头的梦"来麻痹人的灵魂,鲁迅是向来投以极大的憎恶的。但有些青年人由于生活经验不深,不理解现实的严酷性质,他们也常常有丰富的对将来的美丽的遐想,但这首先是由对现实的不满来的,而且并未放弃斗争,那么鲁迅即使看到他们的梦想的某些超现实性质,也并不忍于戳破它们,反而给以各种各样的支持和鼓舞,所谓"并不愿将自以为苦的寂寞,再来传染给

---

① ③　鲁迅:《南腔北调集·听说梦》。
②　鲁迅:《两地书·四》。

也如我那年青时候似的正做着好梦的青年"①,正是此意。《野草》中《秋夜》一篇中所描写的"在冷的夜气中,瑟缩地做梦"的极细小的粉红花,就想着"春的到来","胡蝶乱飞,蜜蜂都唱起春词来了。她于是一笑,虽然颜色冻得红惨惨地,仍然瑟缩着"。作者虽然写了小粉红花目前的悲惨的处境,但并未否定春天的到来,这精神在他是一贯的。正因为如此,作者在抒写自己的一些痛苦寂寞的情绪中,也就不愿多所渲染,而在构思上宁愿采取一种含蓄隐喻的方式,这自然就增加了这部作品的诗的气氛,增强了它的艺术力。

《野草》中在艺术构思和形象选择上都充满了诗的性质,正是为了适应他的这种思想感受的表现需要的。"影"的告别词,在四面灰土中一个小孩的求乞,冰山冰谷中的死火,地狱中的"地下太平"和鬼魂反狱的绝叫,墓碣上的隐晦的文句和坟中死尸的坐起,运动神经废灭而知觉尚在的死后感觉,对战士一式点头的无物之阵,不敢使血色永远鲜秾的怯弱的造物主,以及《复仇》的两篇中的人物形象,《颓败线的颤动》中垂老的女人的痛苦遭遇和颤动反抗——所有这些构思都是奇特的、创造性的,我们不只在一般散文中很难看到,就在抒情咏怀的诗篇中也是罕见的;而他所给人的感受和所产生的形象力量确实是沉重的、发人深思的;它使我们深刻地感受到一个伟大的战士在与强大敌人孤军作战时的精神状态,他对黑暗现实的憎恨和对自己思想感触的无情解剖,他的愤激和痛苦,而这一切都是和这部作品的艺术构思密切联系的。在一些描写景物的画面中,无论是秋夜的天空和星星,墙外的枣树和室内的小青虫,或者是暖国的雨和朔方的雪花,小船行山阴道上的景色或庭前木叶凋零的变红的枫树,都不只描绘得极其精致,有些还以拟人化的手法,写出了它们的生命和感情;更重要的是由这些景物所引起来的思绪使作者所要表达的那种感触达到了动人心弦的效力。以鲁迅先生之谦虚而自谓这部作品"技术并不算坏",可见他在创作时是花费了多么巨大的艺术劳动。

五

由《野草》中可以看出,随着中国革命的向前发展,鲁迅前期的革命民主

---

① 鲁迅:《呐喊·自序》。

主义思想已使他感到了许多对现实的疑问和思想上的矛盾,革命的前途、动力等问题苦恼着他,他迫切地在探索正确的道路;"新的战友在哪里呢?"他在战斗实践中感到孤独,因而也就产生了与革命主流进一步结合的要求。与《野草》的写作同时,除小说集《彷徨》和《两地书》以外,在《华盖集》《集外集》等杂文集中就存有他当时所写的许多战斗性很强的杂文,他从来没有产生过悲观动摇的想法;但很显然,他的世界观的限制已使他不能正确把握现实的发展,在战斗中面对着强大的敌人他不能没有势孤力单和胜利前途渺茫的感觉,《这样的战士》一篇就像肖像画似的画出了这一时期作为战士的鲁迅的特色。他对"无物之阵"中的一切迷人的花样看得十分清楚,而且毫不妥协地永远"举起了投枪",但他感到战士"终于在无物之阵中老衰,寿终。他终于不是战士,但无物之物则是胜者"。虽然他仍然"举起了投枪",但他思想中的矛盾和痛苦是很容易觉察到的;这就表明革命现实的发展已使他对自己原来观察事物的思想基础有所怀疑,他产生了与革命主流建立更密切的联系的愿望。他的找寻"新的战友"的想法实质上就表现了这种要求,而这也正是他力图摆脱"游勇"感和思想矛盾的合乎逻辑的发展。当时正值大革命时期,革命主力集中在南方,鲁迅的南去厦门和广州,除了他在北京受到统治者迫害的原因以外,也正表现了他迫切地要求靠近革命主流的愿望。《野草》中的最后一篇是《一觉》,他自己说:"奉天派和直隶派军阀战争的时候,作《一觉》,此后我就不能住在北京了。"[1]但他的南下是抱着若干兴奋的心情的,在初到厦门过"双十节"的时候,他感到"商民都自动的地挂旗结彩庆贺,不像北京那样,听警察吩咐之后,才挂出一张污秽的五色旗来"[2]。不管这种观感是否符合当时情况,但它至少已经表现了鲁迅对大革命高潮和人民觉悟的殷切期待,他的心情是颇为愉快的。后来他到广州,更是怀着参加革命斗争的热情和希望的;在给许广平的信中他说:"其实我也还有一点野心,也想到广州后,对于'绅士'们仍然加以打击,至多无非不能回北京去,并不在意。第二是与创造社联合起来,造一条战线,更向旧社会

① 鲁迅:《二心集·〈野草〉英文译本序》。
② 鲁迅:《两地书·五三》。

进攻,我再勉力写些文字。"①这些愿望后来由于形势变化当然没有实现,但它说明鲁迅在写完《一觉》之后的南下,正是为了要求与革命主力建立密切联系,结束《野草》写作时期的"游勇"状态和思想矛盾的。

鲁迅的这种对真理的迫切追求是与他的革命责任感密切联系的。我们谈过鲁迅对青年知识分子曾寄予很大的期望,而且努力在那里寻找"新的战友",但事实上他也感觉到他在青年中具有很高的威信,青年人是希望他来引路的,这就使他感到困惑了;他自己如果不能探索到新的正确的道路,势将对别人发生深远的影响,因此现实的发展使他不能不从更广阔的视野来考察中国革命的主流和动力,他的南下实际上就表现了他要求解决他与整个革命力量的结合问题。他曾说:"我自己,是什么也不怕的,生命是我自己的东西,所以我不妨大步走去,向着我自以为可以走去的路;即使前面是深渊,荆棘,狭谷,火坑,都由我自己负责。然而向青年说话可就难了,如果盲人瞎马,引入危途,我就该得谋杀许多人命的罪孽。"②在《两地书》中也说:"假使我真有指导青年的本领——无论指导得错不错——我决不藏匿起来,但可惜我连自己也没有指南针,到现在还是乱闯。倘若闯入深渊,自己有自己负责,领着别人又怎么好呢?"③他并没有拒绝领别人,而是感到迫切需要掌握革命的"指南针"。1926 年他又说:"倘说为别人引路,那就更不容易了,因为连我自己还不明白应当怎么走。……在寻求中,我就怕我未熟的果实偏偏毒死了偏爱我的果实的人,而憎恨我的东西如所谓正人君子也者偏偏都矍铄。"④这些都说明了他的革命责任感不断驱使他"寻求"真理和正确的革命道路。在 1927 年国民党背叛革命、屠杀人民的最黑暗的年代,在鲁迅那样悲愤填膺地营救青年无效后,他经受了远比写《淡淡的血痕》中的"三一八"惨案更为惨痛的血的教训,他自己说"被血吓得目瞪口呆"⑤,而这种对青年人引路的革命责任感更激烈地绞痛了他的心。他说:"中国的筵席上有一种'醉虾',虾越鲜活,吃的人便越高兴,越畅快。我就是做这醉虾的

① 鲁迅:《两地书·六九》。
② 鲁迅:《华盖集·北京通信》。
③ 鲁迅:《两地书·二》。
④ 鲁迅:《坟·写在〈坟〉后面》。
⑤ 鲁迅:《三闲集·序言》。

帮手,弄清了老实而不幸的青年的脑子和弄敏了他的感觉,使他万一遭灾时来尝加倍的苦痛,同时给憎恶他的人们赏玩这较灵的苦痛,得到格外的享乐。"①这虽然是愤激的声音,但在感情上难道还有比一个革命者感到自己苦战的结果仅仅是为统治者制造屠杀的对象而更痛苦的事吗?因此鲁迅感到他的"思路因此轰毁",他的思想发展到此非有一个飞跃不可了;这就是如他后来所说的"由于事实的教训,以为惟新兴的无产者才有将来"②。所谓"事实的教训"虽然主要是指国民党的叛变革命,但实际上是包括了鲁迅自己长期战斗经验的总结的。经过党和马克思主义思想所给予他的教育和帮助,现实主义者的鲁迅终于认清了什么才是中国革命的主流和领导力量,这就是如他后来所说的,与共产党人"得引为同志,是自以为光荣的"③。他的世界观的变化给他后期的战斗和创作提供了新的思想基础,使他在第二次国内革命战争时期建立了更为辉煌的战绩。

在《野草》写作时期,鲁迅做了许多的"梦",他在写完《一觉》之后南下了,但结果呢?如他自己所说:"抱着梦幻而来,一遇实际,便被从梦境放逐了,不过剩下些索漠。"④在这革命的转折关头,他从刀光血色中看出"中国现在是一个进向大时代的时代"⑤。敏感到"地火"的"运行,奔突",期待着"熔岩"的冲腾。这种感触我们从《野草·题辞》中感受得很清楚。这篇《题辞》写于 1927 年 4 月 26 日的广州,是刚刚经历了血的教训以后写的。他说:"我自爱我的野草,但我憎恶这以野草装饰的地面。""地火在地下运行,奔突;熔岩一旦喷出,将烧尽一切野草,以及乔木,于是并且无可朽腐。""我以这一丛野草,在明与暗,生与死,过去与未来之际,献于友与仇,人与兽,爱者与不爱者之前作证。"这是他在对反革命大屠杀极端愤怒和对光明未来热烈向往的心情下写的。《野草》各篇的写作本来是由于他感到"由本身的矛盾或社会的缺陷所生的苦痛,虽不正视,却要身受的"⑥。因此他以

---

① 鲁迅:《而已集·答有恒先生》。
② 鲁迅:《二心集·序言》。
③ 鲁迅:《且介亭杂文末编·答托洛斯基派的信》。
④ 鲁迅:《三闲集·在钟楼上》。
⑤ 鲁迅:《而已集·〈尘影〉题辞》。
⑥ 鲁迅:《坟·论睁了眼看》。

严肃的自我解剖的心情写下那些战斗的抒情诗篇,但他的南下却是希望结束这样一种心情的。1927 年 1 月他在广州中山大学学生会欢迎会上的演说中,希望青年人不要懒,要"紧张一点,革新一点"。并说:"有了旧的灭亡,才有新的发生。旧的思想灭亡,即是新的思想萌芽了,精神上有了进步了。故不论新的旧的,都可以叫出来,旧的所以能够灭亡,就是因为有新的,但若无新的,则旧的是不亡了。"①这正是他渴望"野草的死亡与朽腐,火速到来"的意思,但到刚刚经历了国民党的血腥屠杀之后,他感到像《野草》中所写的那样严酷的时代并未过去,而且更处于"人与兽"的"生与死"的激烈斗争之际,于是他就表示对《野草》的自爱,且愿以之献出作证了。在同年 5 月 1 日作的《朝花夕拾小引》中说:"我那时还做了一篇短文,叫做《一觉》,现在是,连这'一觉'也没有了。……虽生之日,犹死之年。"他当时的愤怒心情是可以想见的。这种珍惜《野草》的心情实际上表示了他感到即使再如写作《野草》当时那样地成为"游勇"状态,他也仍然是要坚持斗争的。1934 年他对当时的白色恐怖还说过下面的话:"杀不掉,我就退进野草里,自己舐尽了伤口的血痕,决不烦别人傅药。"②这正表现了他经得起任何考验的坚强不屈的革命精神。

但《野草》中的思想情绪毕竟是属于鲁迅思想发展的特定阶段的产物,到他后期成为伟大的共产主义战士以后,他对《野草》就有过一些从新的观点所作的说明,而不像在写《野草》那时候的心情了。例如说《野草》的"心情太颓唐了"③;又说:"我不再作这样的东西了。日在变化的时代,已不许这样的文章,甚而至于这样的感想存在。"④这些话正是从马克思主义的高度对《野草》内容所作的一些新的说明。在《二心集·序言》中他更严肃地进行自我批评:"而且我时时说些自己的事情,怎样地在'碰壁',怎样地在做蜗牛,好像全世界的苦恼,萃于一身,在替大众受罪似的:也正是中产的智识阶级分子的坏脾气。"这里所说的那些他说过的"自己的事情",当然可以包括《野草》的内容在内,而且体现了鲁迅一贯的勇于解剖自己的精神;但一个

---

① 见《鲁迅在广东》一书。
② 鲁迅:《南腔北调集·答杨邨人先生公开信的公开信》。
③ 鲁迅:1934 年 10 月 9 日致萧军信。
④ 鲁迅:《二心集·〈野草〉英文译本序》。

人的思想或一本书的内容都是与一定的时代特点相联系的;我们都为鲁迅先生后期思想的到达共产主义高峰而欢欣,但这种思想上的飞跃正是与他所经历的思想矛盾和自我解剖的精神分不开的,而《野草》一书就为一个伟大的革命家在他思想发展的一个特定阶段给我们预示了那种向前跃进的脉络;这对于我们是尤其珍贵的。由革命民主主义到达共产主义的鲁迅思想发展的道路应该是中国作家、知识分子和革命群众相结合的典范,它对于我们不只有历史认识的价值,而且仍然有着丰富的现实意义。

为鲁迅诞生八十周年纪念作

1961 年 8 月 11 日于北戴河海滨休养所

《故事新编》散论

一 性质之争

鲁迅《故事新编》共收作品八篇,写于 1922 年到 1935 年,前后历时十三年。

在鲁迅作品中,《故事新编》是唯一的一部存在它是属于什么性质作品的争论的集子。这种不同观点在全国解放前已略露端倪,但尚无人公然说它不是历史小说;在 1951 年关于新编历史剧的讨论中,因为有人援引《故事新编》为历史剧创作中的反历史主义倾向辩护,就引起了人们对这部作品的性质的思考,但当时并未展开讨论。1956 年至 1957 年间,由于党提出了在学术上百家争鸣的方针,学术思想比较活跃;又由于苏联《共产党人》专论《关于文学艺术中的典型问题》的发表以及它在我国产生了相当广泛的影响,遂对《故事新编》的性质展开了一次比较集中的讨论;发表了一批观点不同的文章,摆出了针锋相对的意见。以后上海《文艺月报》编辑部曾将有代表性的文章编为《"故事新编"的思想意义和艺术风格》一书,编者在前记中说:"这次讨论的中心问题之一是《故事新编》的作品是历史小说,还是讽刺作品。"其实主张《故事新编》不是历史小说的人的更准确的表述,是认为它"是以故事形式写出来的杂文"①。因为历史小说与讽刺作品并不是对立的概念,讽刺作品可以包括诗歌、小说、戏剧等多种样式。这次论争并没有取得一致的认识,这个问题也一直没有很好解决。在以后的年月里发表的涉及《故事新编》的文章或书籍中,虽然绝大多数都承认它是历史小说,但对以

---

① 伊凡:《鲁迅先生的〈故事新编〉》,《文艺报》1953 年十四号。此文发表较早,但其论点在讨论中屡次为人沿用。

往论争中的主要分歧，即对作品中有关现代性情节的作用及其与表现历史人物的关系，大多仍采取回避态度；说明对这个问题的认识，迄今仍然是模糊的。

鲁迅自己对《故事新编》性质的说明是很清楚的，即它是历史小说。在序言中，他回溯了开始写《补天》时的想法，即"从古代和现代都采取题材，来做短篇小说"，而《补天》是第一篇。他又把历史小说分为两类，一类是"博考文献，言必有据者"，一类是"只取一点因由，随意点染，铺成一篇"者，而他的作品属后一类。虽然他有时称这些作品为"速写"①，但"速写"不过是指在艺术上还不够精致和完整而已，它仍然是取材古代的小说；在《答北斗杂志社问》中他谈自己的创作经验时就说："宁可将可作小说的材料缩成 Sketch（速写），决不将 Sketch 材料拉成小说。"可见速写只是一种没有充分展开的比较短小的小说，并不是另外一种性质。他的《自选集》收创作五种，不收杂文；其中包括《故事新编》，并且解释说它是"神话，传说及史实的演义"②，而"演义"一词的通常含义就是历史小说，如《三国演义》之类。1935 年 12 月他正写《采薇》等篇时在给王冶秋、增田涉的信中都说："现在在做以神话为题材的短篇小说。"③可见鲁迅视《故事新编》为历史小说是无可置疑的。在写作方法上，这些作品也与他取材于现代生活的小说一样，都是采用典型化的方法。他写现代题材是"大抵有一点见过或听到过的缘由，但决不全用这事实，只是采取一端，加以改造，或生发开去，到足以几乎完全发表我的意思为止"④。写历史题材也是"只取一点因由，随意点染，铺成一篇"⑤。对于人物的描写也是如此，他一贯反对"视小说为非斥人则自况的老看法"⑥，对《阿Q正传》是这样，对《出关》也是这样；认为小说人物的"一肢一节，总不免和某一个相似，倘使无一和活人相似处，即非具象化了的作品，而邱（韵

---

① 见鲁迅《故事新编·序言》及《〈出关〉的"关"》。
② 鲁迅：《南腔北调集·〈自选集〉自序》。
③ 鲁迅：1935 年 12 月 4 日致王冶秋信，1935 年 12 月 3 日致增田涉信。
④ 鲁迅：《南腔北调集·我怎么做起小说来》。
⑤ 鲁迅：《故事新编·序言》。
⑥ 鲁迅：1936 年 2 月 21 日致徐懋庸信。

铎)先生却用抽象的封皮,把《出关》封闭了"①。可见《故事新编》之为历史小说,本来应该是没有疑义的;这也就是多数人虽然回避了关于性质之争的主要分歧,却仍然认为它是历史小说的原因。

但不愿承认它是历史小说的一方就毫无根据,他们的观点就毫无合理因素吗?也不尽然。因为关键问题对于作品中出现的某些现代性情节的理解这个问题在全国解放前就已存在,如欧阳凡海在《鲁迅的书》中就说:"我们不能说鲁迅取材于历史的小说在原则上是现实主义的,若是从细节上说,鲁迅取材于历史的小说,却没有一篇足以作为现实主义的小说家处理历史题材的完整的范型。"甚至说鲁迅"因目前的愤懑而扭歪古人的地方差不多是每篇都有的,这也是因为他对古人,不及对今人诚敬的缘故"。而茅盾则认为《故事新编》"给我们树立了可贵的楷式",作者"非但'没有将古人写得更死',而且将古代和现代错综交融,成为一而二,二而一"②。很明显,这两种意见是对立的。到50年代展开论争以后,这种分歧就更明朗化了。主张《故事新编》是历史小说的一方明白地说那些"直接抨击现实细节""是这部作品的客观上确实存在的缺点",我们"不必为贤者讳"③。而另一方则由艺术直感和对鲁迅的虔敬心情出发,不能接受这样的观点;以为如果承认《故事新编》是历史小说,势必要导致鲁迅有反历史主义和反现实主义倾向的结论,而这显然是与作品实际不符合的。于是就特别强调了这些现代性细节的现实意义和战斗作用,甚至说"鲁迅先生原就不想去写什么古人"④。因为现代性细节在作品中确实存在,这是双方都承认的,有的人还作了统计,说"占全书篇幅的十分之一左右"⑤;数量虽不算多,但十分醒目,因此争论的焦点就集中在这些现代性情节在作品中所起的作用方面。我们说后来的一些涉及《故事新编》的书籍或文章对此采取了回避的态度,就是说他们

---

① 鲁迅:1936年2月21日致徐懋庸信。
② 茅盾:《玄武门之变·序》。
③ 吴颖:《如何理解〈故事新编〉的思想意义》,收于《"故事新编"的思想意义和艺术风格》一书。
④ 伊凡:《鲁迅先生的〈故事新编〉》,《文艺报》1953年十四号。
⑤ 吴颖:《再论如何理解〈故事新编〉的思想意义》,收于《"故事新编"的思想意义和艺术风格》一书。

既承认《故事新编》是历史小说，又阐述了其中某些针对现实的情节所起的战斗作用，而对于两者之间的关系却一般未加说明；也就是说对于性质之争的焦点未能作出科学的解释，问题依然存在。尽管双方的主张都有某些合理的因素，但都未能从作品实际出发进行深入的分析，因而也就未能充分理解鲁迅对历史小说创作的创造性探索及其成就。

细节真实对于现实主义创作诚然是重要的，但也要具体分析这些被认为是缺点的细节在作品中的地位和作用，以及它们对主要人物性格的影响。就《故事新编》来说，各篇所描写的主要人物的言行和性格大致都有典籍记载上的根据，无论是正面形象如女娲、羿、眉间尺及宴之敖者，大禹及墨翟，还是批判性人物如老子、庄子、伯夷、叔齐，在他们身上并没有出现那些带有喜剧因素的现代性细节。即以论争一方所具体指摘的"缺点"来看，那些细节都出于虚构的喜剧性的穿插人物身上，这些人物的出现是否必要和成功，当然可以讨论；但并没有直接损害主要人物的历史真实性则是无疑的。有一篇文章指摘说：这些细节"虽然本身'起过一定的战斗作用'，但从艺术形象的真实性上看是'确实存在的缺点'，如'补天'中的'古衣冠的小丈夫'，'"理水"中的"OK"、"莎士比亚"，"采薇"中的"海派会剥猪猡"，《出关》中的"来笃话啥西"等'"[①]。以上这些细节别属于古衣冠的小丈夫、"文化山"上的学者、华山大王小穷奇和函谷关的账房，都是穿插性的虚构的"随意点染"的人物；我们后面将要重分析这类人物在作品中的意义和作用，但无论如何他们并未对女娲、大禹、夷齐和老子的性格构成损害。就历史真实性来说，由于这些细节的现代特点异常鲜明，如"OK""莎士比亚"之类，反而泾渭分明，谁也不把它和主要人物活动的历史环境混同起来。这与1951年所讨论的历史剧创作中的反历史主义倾向有根本的不同；那类作品的特点是使主要历史人物具有现代人的思想、做今天的事，使古代史实与当前现实作不恰当的比拟或影射，这样既不能正确反映古代生活，也不能正确反映现实，因而是反历史主义的；《故事新编》完全不是这样，鲁迅之所以坚决反对小说人物"非斥人即自况"的看法，就是反对把小说中的古代人物当作比拟

---

① 吴颖:《再论如何理解〈故事新编〉的思想意义》，收于《"故事新编"的思想意义和艺术风格》一书。

或影射现实的写法。他对主要人物的描写是完全遵循历史真实性的原则的，其中的某些虚构成分也是为了不"把古人写得更死"，是可能发生的情节，这同对那些穿插性的喜剧人物的勾勒是两种完全不同的写法，因而决不会发生混淆古今的反历史主义的问题。在这一点上，论争中对立的一方不承认《故事新编》有反历史主义和现实主义的倾向是合理的和正确的，只是把它排除于历史小说之外并不能解决困难。问题必须深入分析，仅凭一种虔敬的感情是无法真正解决学术问题的。如果把问题的焦点集中到这些穿插性的虚构的喜剧人物在作品中出现的意义和作用，则不仅可以解决"性质之争"的主要分歧，而且有助于我们深入理解鲁迅对创作历史小说的认识与实践。

1956 年之所以展开一次关于《故事新编》的"性质之争"，是与苏联《共产党人》专论《关于文学艺术中的典型问题》的发表和影响直接有关的。该文于 1955 年发表后，《文艺报》于 1956 年第三期全文译载，并在全国发生了广泛的影响。这篇文章的内容主要是批判马林科夫在苏共"十九大"的报告中关于"典型是一定社会历史现象的本质"和"典型问题任何时候都是政治问题"的提法，文章斥之为烦琐哲学和教条主义。它认为"这种把两者（典型同党性）等同起来的作法，会促使人们以反历史的态度来对待文学和艺术的现象"。它要求"在艺术创作中要从生动的现实中的事实和现象出发，而不要从主观的设想和意愿出发。真正的共产主义的党性是同主观主义的一切表现格格不入的，是同把人物变成思想的简单传声筒，把不适合人物性格的思想和感情强加在人物身上的这种作法格格不入的"。在当时关于《故事新编》的讨论文章中，从开始起就有人援引"专论"作为理论的依据，实际上是把《故事新编》的写法作为反历史的从主观出发的态度来看待，认为鲁迅把不适合人物性格的思想感情强加在历史人物身上了。另外一些人显然感到不能这样看问题，但又无力作出理论上的说明，于是就把《故事新编》视为杂文的讽刺作品，以便摆脱关于典型问题理论的拘束。这当然就会出现不能自圆其说的地方，也无力起到保卫鲁迅的作用。其实《共产党人》专论当时是为赫鲁晓夫上台制造舆论的，并不是在马克思主义文艺理论上有什么重要突破。典型不能与党性等同起来，并不说明作者的倾向性对于典型创造就没有重要意义；典型问题诚然不同于政治问题，但这并不等于说典型性格可以不包括政治内容。文艺作品的表现方式更有它的独创性和多样化的问题，文学艺术历史发展的丰富经验是启发作家进行创造性探索的源泉之一，其中包括创造新的表现方式的问题。这最终要经过社会实践和效果的检验；不承认这一点而只从概念上推理和追求逻辑的完整性，同样是烦琐哲学和教条主义。马林科夫的提法是片面的，但"专论"却从一个片面走向另一个片面。就《故事新编》的写法来说，它既然是鲁迅的一种独特的创造，我们就应该从实践效果上看它是否成功，以及考察作者这种创造性探索的历史渊源和现实根据，并对它作出一定的评价。任何不能概括作家新的成功的创造的理论都是苍白的，而仅仅根据一篇外来文章就指摘不合于该文论点的本国著名作品，则不仅是教条主义的，而且也是十分轻率的。这次"性质之争"之所以未能取得应有的成果，是完全可以理解的。

二　关于"油滑"

鲁迅的《故事新编·序言》说他在《补天》中写了一个"古衣冠的小丈夫"，"是从认真陷入了油滑的开端。油滑是创作的大敌，我对于自己很不满"。但又说以后各篇也"仍不免时有油滑之处，过了十三年，依然并无长进"。这就给我们提出了两个问题：第一是"油滑"的具体内容是什么？第二是它在作品中究竟起什么作用，为什么鲁迅既然对此不满而又历时十二年还在坚持运用？从鲁迅所指出的"古衣冠的小丈夫"看来，它是指虚构的穿插性的喜剧人物；它不一定有古书上的根据，反而是从现实的启发虚构的。因为它带有喜剧性，所以能对现实起到揭露和讽刺的作用；鲁迅认为"喜剧将那无价值的撕破给人看。讥讽又不过是喜剧的变简的一支流"[1]。所谓"油滑"，即指它具有类似戏剧中丑角那样的插科打诨的性质，也即具有喜剧性。在《〈出关〉的"关"》中，鲁迅说他对老子用了"漫画化"的手法，"送他出了关，毫无爱惜"，而并未将老子的"鼻子涂白"。老子是《出关》的主要人物，"漫画化"是一种根据他原来具有的特征加以突出和夸张的写法，是作家进行典型概括时常用的方法，并不属于"油滑"的范围；而如果将"鼻子涂

---

[1]　鲁迅：《坟·再论雷峰塔的倒掉》。

白"则将使老子成为丑角一类的可以调侃和插科打诨的人物,这对历史人物老子显然是不适宜的。但《出关》中也不是没有"鼻子涂白"的人物,被人指为"缺点"的说"来笃话啥西"的账房就是一个,要听老子讲恋爱故事的书记当然也是;他们在作品中只是穿插性的"随意点染"的人物,但在他们身上可以有现代性的词汇和细节,这就是"油滑"的具体内容。鲁迅指出:《故事新编》"除《铸剑》外,都不免油滑"①,其实《铸剑》中那个扭住眉间尺衣领,"说被他压坏了贵重的丹田,必须保险,倘若不到八十岁便死掉了,就得抵命"的瘪脸少年,也是穿插进去的喜剧性人物;不过笔墨不多,没有掺入现代性细节而已。这类人物以《理水》中为最多,文化山的学者、考察水利的大员,以及头有疙瘩的下民代表,都属此类;在他们身上出现了许多现代性细节,但都没有直接介入作品的主要人物和主要线索,都是穿插性的。问题不在分量的多寡而在性质,这些喜剧性人物除过与故事整体保持情节和结构上的联系以外,他们都有现实生活的依据,在他们身上可以有现代性的语言和细节。这种如茅盾所说的"将古代和现代错综交融"于一身的特点②就是"油滑"的具体内容。鲁迅的创作态度是严肃的,他认为"油滑是创作的大敌",而且还批评过别人作品的"油滑"③,但鲁迅又说:"严肃地观察或描写一种事物,当然是非常好的。但将眼光放在狭窄的范围内,那就不好了。"④严肃和认真是就创作态度说的,如果对创作采取的是油滑的态度,那当然不好,所以说是"创作的大敌"。但作者在观察和描写时使自己视野开阔,敢于做"冲破一切传统思想和手法的闯将"⑤,又是另一回事。鲁迅对于"油滑"的写法,历十三年而未改,并且明白地说"此后也想保持此种油腔滑调"⑥,当然是就这种手法的艺术效果考虑的,而不能理解为他决定要采取不严肃的创作态度。其实当他"止不住"要写一个"古衣冠的小丈夫"时,态度也是严肃的,就是希望在取材于古代的小说中也对现实能起比较直接的

---

① 鲁迅:1936年2月1日致黎烈文信。
② 茅盾:《玄武门之变·序》。
③ 鲁迅:1933年2月1日致张天翼信。
④ 鲁迅:1935年2月6日致增田涉信。
⑤ 鲁迅:《坟·论睁了眼看》。
⑥ 鲁迅:1933年6月7日致黎烈文信。

作用;但如何能在不损害作品整体和古代人物性格的前提下做到这一点,他正在进行艺术上的新的探索。他不希望别人奉为圭臬,而且深恐它会导致创作态度的不够认真和严肃,这是他所"不满"的主要原因。他说:《故事新编》"都不免油滑,然而有些文人学士,却又不免头痛,此真所谓'有一利必有一弊',而又'有一弊必有一利'也"①。难道真的是利弊参半吗?事实并不如此。鲁迅曾说:"譬如中国人,凡是做文章,总说'有利然而又有弊',这最足以代表知识阶级的思想。其实无论什么都是有弊的,就是吃饭也是有弊的,它能滋养我们这方面是有利的;但是一方面使我们消化器官疲乏,那就不好而有弊了。假使做事要面面顾到,那就什么事都不能做了。"②我们当然不能说这种"油滑"的用法绝对没有弊,它被人指为"缺点"就是一弊,然而鲁迅所以坚持运用者,就因为这种写法不仅可以对社会现实起揭露和讽刺的作用,而且由于它同故事整体保持联系,也可以引导读者对历史人物作出对比和评价。文学史上不乏这样的例子,某些情节似乎是不真实的,但就作品整体说来,它反而有助于作品的真实性。卢那察尔斯基曾指出过这一点:"只要它具有很大的、内在的、现实主义的真确性,它在外表上无论怎样不像真实都可以。"他举"漫画笔法"为例说:"用这种人为的情节,不像真实的情节,比用任何其它方法更能鲜明而敏利地说明内在的真实。"③就《故事新编》中这些穿插的喜剧性人物来说,由于它是以古人面貌出现的,与故事整体保有一定联系,我们可以设想古代也有这种在精神和性格上类似我们在现实生活中所习见的人物;同时它又可以在某些言行细节中脱离作品所规定的时代环境,使我们可以鲜明地感到它的现实性,使它与作品的主要人物和主要线索保持一定的距离,从而除对现实生活产生讽刺和批判作用以外,还可以使人们易于对历史人物和事件产生理解和作出评价;这就是"油滑"对作品整体所起的作用。当然,这种古今杂糅于一身是会产生矛盾的,但一则它是穿插性的,对整体不会有决定性影响;二则它集中于喜剧性人物身上,而"鼻子涂白"的丑角式的人物本身就是有矛盾的,这是构成喜剧

---

① 鲁迅:1936 年 2 月 1 日致黎烈文信。

② 鲁迅:《集外集拾遗补编・关于知识阶级》。

③ 卢那察尔斯基:《论文学・社会主义现实主义》。

性格的重要因素。捷克学者普实克对《故事新编》这种手法给予了很高的评价，视为开创了世界文学中历史小说的新流派。他说："鲁迅的作品是一种极为杰出的典范，说明现代美学准则如何丰富了本国文学的传统原则，并产生了一种新的结合体。这种手法在鲁迅以其新的、现代手法处理历史题材的《故事新编》中反映出来。他以冷嘲热讽的幽默笔调剥去了历史人物的传统荣誉，扯掉了浪漫主义历史观加在他们头上的光圈，使他们脚踏实地地回到今天的世界上来。他把事实放在与之不相称的时代背景中去，使之脱离原来的历史环境，以便从新的角度来观察他们。以这种手法写成的历史小说，使鲁迅成为现代世界文学上这种新流派的一位大师。"①

　　鲁迅于写毕《非攻》之后，正在酝酿《理水》等篇时，在致萧军、萧红的信中说："近几时我想看看古书，再来做点什么书，把那些坏种的祖坟刨一下。"②鲁迅笔下的这些喜剧性人物的言行，就其实质说来，本来是古今都存在的，其中并非没有相通的地方。鲁迅曾在《又是"古已有之"》一文中，对一些骇人听闻的社会现象从"古已有之"谈到"今尚有之"又谈到还怕"后仍有之"③；又说过从史书中可以"知道我们现在的情形，和那时的何其神似，而现在昏妄举动，胡涂思想，那时也早已有过，并且都闹糟了"。"总之：读史，就愈可以觉悟中国改革之不可缓了。"④他写历史小说和写现代生活题材的小说一样，都是为了"揭出病苦，引起疗救的注意"⑤，目的都是改变现实，因此才把不"将古人写得更死"作为创作时遵循的原则；而喜剧性人物的出场，即所谓"油滑之处"，却明显地有可以使作品整体"活"起来的效果，有助于使古人获得新的生命。鲁迅曾翻译了日本芥川龙之介的以古代传说为题材的小说《鼻子》和《罗生门》，并介绍其特点说："他想从含在这些材料里的古人的生活当中，寻出与自己的心情能够贴切的触著的或物，因此那些古代的故事经他改作之后，都注进新的生命去，便与现代人生出干系来

---

①　J.普实克：《鲁迅》，见《鲁迅研究年刊》(1979)。
②　鲁迅：1935 年 1 月 4 日致萧军、萧红信。
③　鲁迅：《集外集拾遗·又是"古已有之"》。
④　鲁迅：《华盖集·这个与那个(一)》。
⑤　鲁迅：《南腔北调集·我怎么做起小说来》。

了。"①其实芥川的注入新生命只表现在材料的选择和感受的传达方面,在表现上仍然用的是传统的方法;而鲁迅,为了探索在历史小说中如何将古人写"活",使作品能更好地为现实服务,他采用了"油滑"的手法,并且一直保持了下去;可见他对这种写法的好处是经过认真思考的。他所考虑的不是它是否符合"文学概论"中关于历史小说的规定,他曾说"如果艺术之宫里有这么麻烦的禁令,倒不如不进去"②;他所思考的是这种写法所带来的艺术效果和社会效果。所谓"有一利必有一弊",所谓对自己"不满",主要是指他不愿提倡和让别人模仿这种写法;因为如果处理不当,是很容易影响到创作态度的认真和严肃的。所谓"油滑是创作的大敌",就在于此。鲁迅希望读者从作品中得到的是"明确的是非与热烈的爱憎",而不是模仿的帖括或范本。因为这种手法确实是不易学习的,"弊"很可能就出在这上面。茅盾对此深有体会,他一方面说《故事新编》"给我们树立了可贵的楷式",一方面又说"我们虽能理会,能吟味,却未能学而几及"。他并且对"继承着《故事新编》的'鲁迅主义'"的作品进行了考察,认为"就现在所见的成绩而言,终未免进退失据,于'古'既不尽信,于'今'也失其攻刺之的"③。足见鲁迅自称"油滑"是"不长进",不仅是自谦,而且是有深刻用心的。

三 "二丑艺术"

鲁迅在《故事新编》中所采用的这种"油滑"的写法,在以往的文艺作品中是否有类似的存在呢?我们已经说明这是指一种穿插性的喜剧人物;这种人物既同作品整体有一定的情节上的联系,同时又可以脱离规定的时代环境而表现某些现代性的语言或细节;它通常是"鼻子涂白"式的和有点油腔滑调的,而且能对现实起讽刺的作用。根据这些特点,我们自然会联想戏曲艺术中的丑角。鲁迅有一篇《二丑艺术》的杂文,我们现在不谈这篇文章的思想意义,仅就鲁迅所举的浙东戏班中二丑这种角色在剧目整体中的作

① 鲁迅:《译文序跋集·〈日本现代小说集〉附录》。
② 鲁迅:《华盖集·题记》。
③ 茅盾:《玄武门之变·序》。

用来看,他所扮演的身份既然是依靠权门贵公子的清客或拳师,则舞台上演出的一定是一出有关一位古代贵公子的剧目,二丑当然也在故事中有一定的任务;但他在表演中又可以"回过脸来",向台下的看客指出他公子的缺点,摇着头装起鬼脸道:"你看这家伙,这回可要倒楣哩!"[1]台下的看客当然是现代人,那么就二丑这一人物来说,当然就是古今交错于一身了。据徐淦《鲁迅先生和绍兴戏》一文介绍,绍兴"乱弹班""除了大花脸(净)小花脸(小丑)之外,还有二花脸,三花脸,四花脸之分,而二花脸——二丑为重要"。[2] 别的剧种的丑行分得没有这么细,但戏曲中的丑角都有这种特点,即有时可以脱离剧情和规定的时代环境而表现某些现代性的语言细节,则各剧种都是相同的。为什么可以如此呢? 就因为他是丑角,可以油腔滑调,可以插科打诨,谁也不会把丑角的脱离剧情的穿插性的现代语言当作剧情的一部分。即以大家都熟悉的京剧而论,生旦等扮演严肃的古代人物的角色说话时用"韵白",只有丑角和花旦说的最接近生活的语言"京白";而花旦,鲁迅说海派戏叫"玩笑旦","他(她)要会媚笑,又要会撒泼,要会打情骂俏,又要会油腔滑调。总之,这是花旦而兼小丑的角色"[3]。丑角或花旦都是可以油腔滑调的,他们在舞台上说接近现代口语的京白不但没有使人觉得破坏了历史故事的整体,反而是使整体的演出获得成功的必要条件;所以清李斗《扬州画舫录》记"花部脚色"云:"丑以科诨见长……惟京师科诨皆官话,故丑以京腔为最。"不但如此,他们还可以脱离剧情而插入有关现代生活的语言细节,而且演出时反应热烈,并没有受到什么指责。现在电台还经常广播的京剧唱片《连升店》,是名丑萧长华和小生姜妙香合演的,内容是叙述一个势利眼的店主人对应考的穷书生前倨后恭的态度;当那个书生嫌把他安置在堆草的小屋表示不满时,店主人说:"嗬! 他还想住北京饭店呐!"剧场立刻充满了笑声。又如尚小云和荀慧生合演的《樊江关》,也是电台的保留节目,内容是叙述樊梨花和薛金莲姑嫂之间的拌嘴的;当樊梨花自炫她"自幼拜梨山老母为师"时,由荀慧生饰演的薛金莲(花旦应工)立刻接着说:

---

① 鲁迅:《准风月谈·二丑艺术》。

② 见 1956 年 9 月 5 日《人民日报》。

③ 鲁迅:《伪自由书·大观园的人才》。

"嗬!你有师傅,是科班出身,我也不是票友呀!"这当然是就两位演员的身份说的,而不是就唐代故事中的两个剧中人物的身份说的;由于他们是著名演员,所以反应特别强烈。丑角的这种特点在全国各剧种中都是存在的;鲁迅就曾指出:"绍兴戏文中,一向是官员秀才用官话,堂倌狱卒用土话的,也就是生,旦,净大抵用官话,丑用土话。我想,这也并非全为了用这来区别人的上下,雅俗,好坏,还有一个大原因,是警句或炼话,讥刺和滑稽,十之九是出于下等人之口的,所以他必用土话,使本地的看客们能够彻底的了解,那么,这关系之重大,也就可想而知了。"①鲁迅说二丑"乃是小百姓看透了这一种人,提出精华来,制定了的脚色"②。这就是说丑角的一些特点,包括说接近口语的"警句或炼话",像二丑那样脱离规定的古代环境的"讥刺和滑稽",都是长期以来为人民所创造和批准的,因此它才会在全国各剧种中形成一个普遍存在的传统。川剧名丑周企何在《川剧丑角艺术》一文中说:丑角"有时也不妨来点生活语言,更见效果"③。他所谓生活语言实际上就是指脱离剧情规定的现代语言细节。

　　这个传统是古老的,它绝不仅仅属于表演艺术的范围,而且在戏剧文学中也同样存在;就是说剧作家在创作时就给丑角规定了他在剧中的"油滑"的任务。元杂剧中丑、搽旦等喜剧性角色,都有穿插性的科诨成分。著名剧作家关汉卿的作品中就有很多,甚至在《窦娥冤》这样的悲剧中穿插着楚州太守在大堂上跪迎告状的,说"但来告状的就是我衣食父母"的喜剧性细节。在旦本戏《蝴蝶梦》第三折末,丑扮的王三明日将被处死,他问狱卒张千怎样死法,张千云:"把你盆吊死三十板,高墙丢过去。"王三云:"哥哥,你丢我时放仔细些,我肚子上有个疖子哩。"这还属于调侃和滑稽性质,但接下去王三却唱起来;才唱"端正好"第一句"腹揽五车书",张千惊问:"你怎么唱起来?"王三回答:"是曲尾。"④就这里的对话看,张千是以演员和观众身份发问,王三是以演员或作者的身份作答,皆脱离了宋代故事《蝴蝶梦》的剧情和时代,是穿插进去的现代性细节。以后如明沈璟的传奇《义侠记》,写武松与

---

① 鲁迅:《且介亭杂文·答〈戏〉周刊编者信》。
② 鲁迅:《准风月谈·二丑艺术》。
③ 见1963年3月24日《光明日报》。
④ 见《元曲选·包待制三勘蝴蝶梦》。

西门庆故事，丑扮王婆，净扮西门庆，小丑扮武大；到武大及西门庆死后，又以净扮差役，小丑扮乔郓哥。在第十九出《薄罚》中，王婆的白语有："（丑扯净介）老爹，西门庆是他装做的。（扯小丑介）武大郎不死还搬戏。"这里丑扮的王婆显然是告诉观众那两位演员又重扮另外的角色出场了，与剧情中的古代故事毫无关系。这个传统一直保持了下来，60年代初新造作的湖南花鼓戏《补锅》，是现代题材，写一农村少女与一青年补锅匠恋爱，女方的母亲看不起补锅的，而她家的锅又坏了，于是这两个青年趁机设计了一些喜剧性细节，来促进老妈妈的转变；最后老妈妈觉察到了真相，问道："你们两个演的什么戏啊？"二人同时回答："湖南花鼓戏。"于是故事就以喜剧形式结束了。这个戏的演出效果很好，还拍了电影；扮演青年男女的演员是继承传统戏中丑与花旦的特点的，即可以脱离所扮演的规定角色而掺入演员自己的另外一种身份的语言。这些为历代剧作家所习用的丑角的"油滑"特点以及可以脱离作品规定的时代环境而自由发挥的特点，也为戏剧理论家和批评家所承认。清李渔《闲情偶寄》词曲部，认为科诨"乃看戏之人参汤"，"妙在水到渠成，天机自露，我本无心说笑话，谁知笑话逼人来"。李渔由他的文艺观点出发，不赞成丑角运用讽刺，而着重在科诨的"雅俗同欢"的作用，但对其喜剧性特点还是重视的。明谢肇淛《五杂俎》云："凡为小说及杂剧戏文，须是虚实相半，方为游戏三昧之笔，亦要情景造极而止，不必问其有无也。……凡事事考之正史，年月不合，姓字不同，不敢作也。如此，则看史足矣，何名为戏？"清梁廷枏《曲话》云："《牡丹亭》对宋人说大明律，《春芜记》楚国王二竟有'不怕府县三司作'之句，作者故为此不通语，骇人闻听；然插科打诨，正自有趣，可以令人捧腹，不妨略一见之。"他注意到了某些剧作中的今古杂糅不是作者一时的疏忽，而是故意为之，是插科打诨所允许的。当然，古代剧作中的一些脱离剧情，喜剧性穿插不一定有很高的思想意义，有时只是为了"令人捧腹"；但这样的写法是一种由来已久的传统，而且在关汉卿、汤显祖等著名大作家的作品中也同样存在，却是无疑的。

其实丑角"油滑"的可贵之处主要还在于它能机智地对现实进行讽刺，古今交错的目的也在于它能对"今"进行嘲讽和批评。关于丑角可以讽刺的传统尤其古老，它源于古之俳优，优孟衣冠，它的职能本来就是寓庄于谐、进行讽谏的。历史上这类记载连绵不绝，王国维所辑《优语条》中所收甚多。今转录其所辑钱易《南部新书》一则："王延彬独据建州,称伪号,一旦大设,伶官作戏,辞云:'只闻有泗州和尚,不见有五县天子。'"这种利用"泗州"和"五县"成对的谐语来当面讽刺盘踞五县地盘当皇帝的统治者,应该说是机智而勇敢的,这个传统也是流传下来了的,《明史纪事本末》卷三十七"汪直用事"条载:"汪直用事久,势倾中外,天下凛凛。有中官阿丑,善诙谐,恒于上前作院本,颇有谲谏风。"一日,丑作醉者酗酒状前,遣人佯曰:"某官至!"酗骂如故。又曰:"'驾至!'酗亦如故。曰:'汪太监来!'醉者惊迫帖然。旁一人曰:'驾至不惧,而惧汪太监何也?'曰:'吾知有汪太监,不知有天子。'又一日,忽效(汪)直衣冠,持双斧趋跄而行,或问故,答曰:'吾将兵惟仗此两钺耳!'问钺何名?曰:'王越,陈钺也。'上微哂。自是而直宠衰矣!"这是明代成化时丑角讽刺宦官擅权的故事。丑角的这种以油滑的姿态讽刺现实的特征一直为人民所喜爱,清末昆曲名丑杨鸣玉,人称"苏丑杨三",死时正值甲午之战前后,当时李鸿章主持签订中日和约,为人所不齿,曾有人作联语云"杨三已死无苏丑,李二先生是汉奸",传诵一时。可以看到人们对丑角艺术的爱好。而清末京剧名丑赵赶三是以在戏中借题发挥,嘲笑统治者闻名的;最后竟因讽刺李鸿章的丧权辱国受杖责,郁愤而死。可见丑角在历史题材的戏曲故事中虽然也扮演着某种穿插性的人物,与作品整体保持一定联系,但他的喜剧性格可以允许他以油滑的姿态对现实进行揭露或讽刺。这一传统渊源悠久,一直为人民所喜闻乐道,而且从社会效果看也从未造成使剧情整体发生时代错乱的感觉。这种文艺现象难道不值得人们去注意吗?

我们对于这种文艺现象的美学意义还缺乏研究,但决不能认为它只是一种原始形态的落后的表现方式。这种为人民所创造并经过历史检验为人民所欢迎的表现方式,尽管其中杂有许多庸俗的成分,但它的表现能力和艺术效果都是无容争辩的。鲁迅说,"我是不薄'庸俗',也自甘'庸俗'的"[①];一个严肃的重视人民美学爱好的作家,是会注意到文艺现象的价值和它的

---

① 鲁迅:《故事新编·序言》。

意义的。德国戏剧家布莱希特著有《中国戏曲表演艺术中的间离效果》一文①，他是吸取了中国古典戏曲的特点而创立了自己著名的戏剧流派的。他认为中国戏曲表演的特点就是"间离效果"，演员只是表演人物而不是全部化为剧中人物；表演的目的不是把观众的感情吸引到剧情中去，而是让观众保持批判的立场，能用清醒的头脑来观察舞台上所发生的一切。他认为中国戏曲演员在演出中与所扮人物区分开的方法是"自我间离"，它可以使观众清醒地保持他同舞台的距离，而不致陷入舞台幻觉。他说："戏曲演员在表演时的自我观察是一种艺术的和艺术化的自我间离的动作，防止观众在感情上完全忘我地和舞台表演的事件融合为一，并十分出色地创造出二者之间的距离。但这绝不排斥观众的共鸣，观众会跟进行观察的演员取得共鸣，而他是习惯处于观察者，旁观者的地位的。"②值得注意的是布莱希特讲的不仅是演剧理论，而且是剧作理论；他自己就是一位剧作作家，还用他特有的戏剧手法写了以中国题材为内容的剧本《四川好人》《高加索灰阑记》。应该说，古典戏曲中的丑角艺术是最符合他所要求的既是演员、又是角色的双重身份的，而且它也确实起到了引导观众或读者对作品整体进行思考和评价的间离效果的作用。我们这里并不想对布莱希特的戏剧理论作出评价，但我们不能不承认，他对中国戏曲，特别是丑角艺术的观察是敏锐的，他抓住了它的特点和优点。

四　戏曲的启示

鲁迅为了使历史小说能对现实发生最大的作用，为了在古代题材中也能有社会批评的内容，他当然会从文艺的历史经验中汲取有益的成分，丰富自己的艺术表现力，这就是他之所以要长期保持"油滑之处"的原因。他对中国的传统戏曲十分熟悉。他虽然不大看京剧，主要是因为那时京剧"已被

---

① 该文主要论点黄佐临于 60 年代初已有介绍，《戏剧学习》1979 年第二期发表了译文，题为《中国戏剧艺术中的"陌生化"效果》。

② 转引自《戏剧学习》1980 年第二期丁扬忠《布莱希特与中国古典戏曲》。与该刊 1979 年第二期发表之译文，文字间略有出入。

士大夫据为己有,罩进玻璃罩"了①;但对绍兴戏和目连戏却是十分喜爱的,尤其是目连戏。他写专文介绍的"无常""女吊"的形象,都是出现在目连戏中的;他自己"在十余岁时候"还曾瞒着父母扮演过鬼卒②,而且一直保留着美好的记忆。他说"大戏"(即绍兴戏)和"目连"的"不同之点:一在演员,前者是专门的戏子,后者则是临时集合的 Amateur(业余演出者)——农民和工人;一在剧本,前者有许多种,后者却好歹总只演一本《目连救母记》"③。《目连救母记》讲的是佛的大弟子目连入地狱救母的故事,唐代已有讲这个故事的"变文",《东京梦华录》"中元节"条云:"构肆乐人,自过七夕,便般目连救母杂剧,直至十五日止,观者增倍。鲁迅在《无常》中所引明张岱《陶庵梦忆》"目连戏"条,说演出"凡三日三夜"。明代有一部《目连救母行孝戏文》,共有一百出之多。这个故事历代皆有演出,越搞越长。其实它的主要故事情节没有变,只是穿插的小故事越来越多,因此才能演出许多天。就故事主线来说,它是敬神的宣传因果报应的很正经的戏,但穿插的小故事却都是一些具有相对独立性的诙谐油滑的应归丑角表演的节目。后来在舞台上独立演出的剧目《定计化缘》《瞎子观灯》《王婆骂鸡》《哑子背疯》以及由《和尚上山》《尼姑思凡》合成的《僧尼会》,原来都是《目连救母记》中的穿插性节目。鲁迅特别欣赏的"鬼而人,理而情,可怖而可爱的无常"和"带复仇性的,比别的一切鬼魂更美,更强的"女吊④,以及"比起希腊的伊索,俄国的梭罗古勃的寓言来""毫无逊色"的"武松打虎"故事⑤,也都是《目连救母记》中的人物和故事。鲁迅说:"这是真的农民和手业工人的作品,由他们闲中扮演。借目连的巡行来贯串许多故事。"⑥由于它在民间是由劳动人民业余演出的,这些穿插性故事一般都有诙谐油滑的特点;它同主要线索目连救母的联系很少,而且大部都带喜剧色彩。它是人民自己创作的,内容反映了一些社会现实,说出了一些平时不敢说的话,它为鲁迅所喜爱是很容易理解的。鲁迅不但过了多少年还记得"无常"的唱词,而且还在《朝花夕拾·后记》中自己画了一幅他所记得的"活无常",是我们现在所见的鲁迅的唯一美

---

① 鲁迅:《花边文学·略论梅兰芳及其他(上)》。

②③ 鲁迅:《且介亭杂文末编·女吊》。

④ 鲁迅:《朝花夕拾·无常》及《且介亭杂文末编·女吊》。

⑤⑥ 鲁迅:《且介亭杂文·门外文谈》。

术作品。他说农民做目连戏"虽说是祷祈,同时也等于娱乐"①,是十分喜爱这些活动的。目连戏中的一些精彩节目也为专业的大戏(即绍兴戏)所演出,所以鲁迅说要真正知道"无常"的可爱,"最好是去看戏。但看普通的戏也不行,必须看'大戏'或者'目连戏'"②。究竟"无常"在戏中如何可爱呢?下面一段文章记述了绍兴戏演出《跳活无常》的情况:无常"领了老婆儿子去捡一个路边的猪头吃;谁知那不是猪头,却是狗头,当他去捡时,竟给狗咬了一口。于是,他便拍拍蒲扇骂起狗来了。他用各种各样的话语,骂了各种各样的狗。这时,台下观众中间,便不断地发出哄笑,觉得他骂得好,有意思,诙谐可笑。""还有,那活无常嫂不仅漂亮,而且活泼,不愧是活无常的老婆。"③可以看出,这是由丑角和花旦扮演的讽刺喜戏,表演诙谐油滑,但重要的是他机智地骂了现实中的各种各样的狗,吐出了人们心中的不平,取得了讽刺的强烈效果。可见人们喜爱的都是一些穿插性的喜剧小节目。

鲁迅也十分喜爱绍兴戏,《社戏》中记述了他幼年时看戏的情景:"忽而一个红衫的小丑被绑在台柱子上,给一个花白胡子的用马鞭打起来了,大家才又振作精神的笑着看。在这一夜里,我以为这实在要算是最好的一折。"据徐淦《鲁迅先生和绍兴戏》一文考证,这折戏名叫《游园吊打》,内容是叙述唐宰相卢杞陷害忠良、纵子作恶的;卢子携帮闲老丁至忠良朱文光家抢亲,被花白胡子的朱文光将恶少吊打了一通,直到恶少写了"服辩"(悔过书)为止。恶少由小丑扮,老丁由二丑扮:"服辩"的词句是:"恶少:'抢姣姣',老丁:'起祸苗'! 恶少:'下遭再来抢姣姣',老丁:'变猪变狗变阿猫!'"这里就为鲁迅所欣赏的二丑艺术提供了一个生动的例证。鲁迅对绍兴戏的熟悉还可以从他的小说的细节描写中看出来。当阿 Q 发生"生计问题",决定要打小 D 的时候,他将手一扬,唱道"我手执钢鞭将你打!"于是演出了一场和小 D 不分胜负的"龙虎斗";而当他用"儿子打老子"的精神胜利法得意起来去酒店的时候,唱的却是《小孤孀上坟》;这些唱词的选择都是紧扣人物的心理状态的。由于"生计问题"是不能用精神胜利法来解决的,所以它

---

① 鲁迅:《朝花夕拾·后记》。
② 鲁迅:《朝花夕拾·无常》。
③ 王西彦:《论阿 Q 和他的悲剧·狼的奶汁》。

是阿Q出走以至后来想要革命的关键,这时他就不再唱一向感兴趣的《小孤孀上坟》而要"我手执钢鞭将你打"了。这句唱词出自绍兴戏《龙虎斗》,是叙一个武艺出众的小将为报父仇而坚决要打宋朝皇帝赵匡胤的,那么它对阿Q后来的命运之重要,便是不言而喻的了。从这些地方我们可以了解鲁迅熟悉地方戏曲的情况,他是深爱这些和人民保持血肉联系的民间艺术的。鲁迅杂文中也有些篇是引用戏曲故事来阐述他的思想的,如《准风月谈·偶成》以群玉班的情况来揭露反动文艺的遭人唾弃;《且介亭杂文·脸谱臆测》以戏曲脸谱来勾勒一些反动文人的嘴脸。鲁迅还说他的小说"只要觉得能够将意思传给别人了,就宁可什么陪衬拖带也没有。中国旧戏上,没有背景,新年卖给孩子看的花纸上,只有主要的几个人,我深信对于我的目的,这方法是适宜的"①。这就是说他所以喜爱旧戏和年画,就因为它是农民喜爱的艺术;这同他喜爱目连戏和绍兴戏的情形是一样的。他十分注意农民的艺术趣味,这是他的作品富有浓厚的民族特色的重要原因。他认为绍兴戏中的二丑是"小百姓""制定了的角色",绍兴戏中丑角的分档很细,正说明了人民对丑角艺术的欣赏和重视;这是不会不引起一向重视农民艺术趣味的鲁迅的注意,并给他的创作以有益的启示的。中国戏剧演的都是历史故事,它对古代人物和事件的处理方式,对于正在写历史小说的鲁迅来说,当然也是不会不引为借鉴的。

鲁迅不仅在他的青少年时期培育了他对戏曲的爱好和感情,而且他对中国戏曲的文献资料也是十分熟悉的。戏曲和小说的关系本来很密切,许多传统剧目都来自古典小说;鲁迅是专门研究中国小说史的,他在研究过程中一定会接触到许多有关戏曲的文献资料。《华盖集·补白》有一段话说:"记得宋人的一部杂记里记有市井间的谐谑,将金人和宋人的事物来比较。譬如问金人有箭,宋有什么?则答道,'有锁子甲'。又问金有四太子,宋有何人?则答道,'有岳少保'。临末问,金人有狼牙棒(打人脑袋的武器),宋有什么?却答道,'有天灵盖'!"这是他在五卅运动后写的杂文,是批判当时"不以实力为根本的民气"论的。值得注意的是他所引用的这条宋人杂记的材料恰恰是伶人作杂戏时说的话,而且显然是与丑角的油滑和讽刺的特点

---

① 鲁迅:《南腔北调集·我怎么做起小说来》。

紧密相关的。这条材料见于宋代张知甫的《可书》，原文云："金人自侵中国，惟以敲棒击人脑而毙。绍兴间有伶人作杂戏云：'若要胜其金人，须是我中国一件件相敌乃可。且如金国有粘罕，我国有韩少保；金国有柳叶枪，我国有凤凰弓；金国有凿子箭，我国有锁子甲；金国有敲棒，我国有天灵盖。'人皆笑之。"鲁迅在引用时并没有查阅原书，所以文字有所出入，这正证明了他平日对戏曲中丑角以油滑的姿态讽刺现实的传统留有十分深刻的印象；而这对于他创作历史题材的小说是不会没有启示作用的。小说与戏曲当然是两种不同的文艺形式，但有些创作原则并不是不能相通的。清方东树《昭昧詹言》"附论诸家诗话"第五十二条引黄庭坚论古体诗"煞句宜活"时说："如杂剧然，要打诨出场。"方东树还用杂剧的打诨来比喻苏轼"波澜浩大，变化不测"的七言古诗[①]。如果戏曲中的打诨或油滑的手法可以运用于古体诗而取得"活"的效果的话，那么鲁迅在力求不"将古人写得更死"的历史小说中，这种传统对他不是更有值得借鉴的地方吗？《故事新编》中关于穿插性的喜剧人物的写法，就是鲁迅吸取了戏曲的历史经验而作出的一种新的尝试和创造。它除了能对现实发生讽刺和批判的作用以外，并没有使小说整体蒙受损害，反而使作者所要着重写出的主要人物和故事更"活"了。

五　且说《补天》

所谓"油滑之处"并不是《故事新编》的主要部分，我们用了许多篇幅来阐述，是因为它是一个有争议的问题。作为历史小说，鲁迅每一篇都着重描写了历史或神话传说中的重要人物，这些形象的塑造和它的意义，才是《故事新编》的主要部分。下面我们将从鲁迅的第一篇历史小说《补天》开始，分别对这些作品的内容和成就，提出一些自己的理解和看法。

鲁迅在《故事新编·序言》中说："第一篇《补天》——原先题作《不周山》——还是 1922 年的冬天写成的。那时的意见，是想从古代和现在都采取题材，来做短篇小说，《不周山》便是取了'女娲炼石补天'的神话，动手试

---

① 《昭昧詹言》卷二十一。

作的第一篇。"这说明在写出了《狂人日记》《阿Q正传》等著名作品以后，鲁迅正在扩大自己的视野，进行艺术的新探索。这不仅表现在他开始用新的观点来处理古代题材方面，而且也是在创作方法和艺术风格上的新探索。鲁迅说他的构思《补天》时追求一种"宏大"的结构与风格①，茅盾说《补天》的"艺术境界"是"诡奇"②，以及我们在读到女娲抟土作人和炼石补天时那种雄伟的瑰丽的画面，都显示了这篇作品的浪漫主义的特色。这是与神话的题材和女娲的宏伟的形象有关的。《故事新编》是"神话，传说及史实的演义"③，而八篇中只有《补天》是取材于神话的。照鲁迅的说法，神话是古代人民"睹天物之奇觚，则逞神思而施以人化，想出古异，诙诡可观"④，而传说则为神话演进以后，中枢者已由"神格""渐近于人性"，"或为神性之人，或为古英雄，其奇才异能神勇为凡人所不及"者⑤，所以《中国小说史略》举女娲炼石补天及共工怒触不周山为神话，而举羿射十日及嫦娥奔月为传说。古代神话是人类童年时期征服自然的想象结晶，高尔基认为"浪漫主义是神话的基础"，它是"从既定的现实中所抽出的意义上再加上——依据假想的逻辑加以推想——所愿望的、所可能的东西，这样来补足形象"的⑥。中国古籍中虽有关于女娲神话的记载，但皆十分简略，鲁迅既然意在表现人和文学的创造缘起，要在人类诞生的黎明期来表现女娲创造生命和生活的巨大的喜悦与艰辛，他在构思时寻求"宏大"的结构与风格，用他的美好的想象来塑造女娲的形象，他自觉地运用浪漫主义的方法是很自然的。鲁迅对古代神话十分欣赏，他认为"太古之民，神思如是，为后人者，当若何惊异瑰大之"，使"思想文术"达到"庄严美妙"的境界⑦。《补天》可以说就是他对这个神话故事的"惊异瑰大"的产物。鲁迅之所以对"古衣冠的小丈夫"的出现感到有点遗憾确实是因为它对原来创作意图的"宏大"结构和"庄严美妙"的画面有所损害；但这种穿插性的人物不仅使神话故事与现实有了联系，而且并

---

① 鲁迅:《南腔北调集·我怎么做起小说来》。
② 茅盾:《茅盾评论文集·联系实际,学习鲁迅》。
③ 鲁迅:《南腔北调集·〈自选集〉自序》。
④⑦ 鲁迅:《集外集拾遗补编·破恶声论》。
⑤ 鲁迅:《中国小说史略·神话与传说》。
⑥ 高尔基:《高尔基文学论文集·苏联的文学》。

没有影响女娲的宏伟壮美的形象。它反而使作品突破了弗洛伊德学说的限制，着重描写了女娲创造性工作的喜悦和艰辛；她对这种猥琐丑恶的小人物给予了最大的轻蔑，从而使伟大的创造力在对比中展现出了更为瑰丽动人的色彩。

鲁迅虽然是革命现实主义的奠基人，但对浪漫主义并不是陌生的。早在童年时代，他就对《山海经》的神话故事发生了浓厚的兴趣，《补天》中的"女娲氏之肠"的情节就源于《山海经》的《大荒西经》。据周遐寿回忆，鲁迅少年寝而不即睡，招人共话，最普通的是说仙山。"想象居住山中，有天然楼阁，巨蚁供使令，名阿赤阿黑，能神变。"① 可见很早他就习于驰骋自己的想象力。到他开始从事文艺事业时，首先吸引他的便是以拜伦、雪莱为代表的浪漫主义的摩罗诗派。只是由于严峻的社会现实的影响，鲁迅才走上了现实主义道路。但我们仍然可以从他对现实的批判中感到他对理想的追求，从他的冷静的刻画中感到作者的灼热的感情。作家总是希望通过正面形象来体现自己的美学理想的，正因为鲁迅在现实中还没有找到可以充分寄托自己理想的现实力量，而他对理想的追求又十分执着和强烈，因此他就把这种热情凝聚到古代神话传说中的人物身上了；《补天》《奔月》《铸剑》这三篇前期所写的历史小说其实都是英雄的颂歌，尤其是《补天》。鲁迅在缅怀古代人民神思的基础上，对之"惊异瑰大"，焕发了自己的浪漫主义的才情。

鲁迅说《不周山》"原意是在描写性的发动和创造，以至衰亡的"；又说他是"取了茀罗特说，来解释创造——人和文学的——缘起"。② 但在作品的具体描写中，我们只从女娲的精力洋溢和极端无聊的心境中，看到有一点性的苦闷的影子，而主要篇幅则是描绘女娲进行创造性工作的喜悦和艰辛，是对创造精神的歌颂。许寿裳曾说："鲁迅是诗人，他的著作都充满着美的创造精神。"③ 在描绘女娲为之献身的最初和最宏大的创造性工作的情景中，作者倾注了他的全部热情。鲁迅曾说他在"学了一点医学"以后，才明白

---

① 周遐寿：《鲁迅的故家·童话》。
② 鲁迅：《南腔北调集·我怎么做起小说来》及《故事新编·序言》。
③ 许寿裳：《我所认识的鲁迅·鲁迅的人格和思想》。

了"虐待异性的病态"①,可见他是在日本留学时期接触到弗洛伊德学说的;1921年在《译了〈工人绥惠略夫〉之后》一文中他说,"但性欲本是生物的本能,所以便在社会运动时期,自然也参互在里面"②;但如同他对待任何外国学说一样,他从未对弗洛伊德学说予以全面肯定。不仅在后期他指出过"佛洛伊特恐怕是有几文钱,吃得饱饱的罢,所以没有感到吃饭之难,只注意于性欲"③。就在前期,他也指了"奥国的佛罗特一流专一用解剖刀来分割文艺,冷静到入了迷,至于不觉得自己的过度的穿凿附会",因为他只"研钻着一点有限的视野"④。在他介绍厨川白村的《苦闷的象征》时,既指出了厨川同柏格森和弗罗特学说的渊源关系,又指出了厨川与他们的"小有不同"⑤;厨川把文艺看作是"苦闷的象征",是压抑的生命的创造活力同强制性的压抑力冲突的产物,这种受压抑的内容当然也可以包括性的苦闷。鲁迅是痛感到社会的黑暗而要求有冲决"萎靡锢蔽"的创造精神的⑥,他很重视厨川的这种"小有不同";因此才会在描绘女娲的创造工作时,写了她在创造之前由周围现实所感到的"懊恼"和"无聊"。正如他在一则"小杂感"中以警句的形式所写的:"人感到寂寞时,会创作;一感到干净时,即无创作,他已经一无所爱。创作总根于爱。杨朱无书。"⑦可见他在描写女娲的创造精神时是为了写她的热爱生活才写到她的懊恼和无聊的,并不是着意在宣扬弗洛伊德学说。这是就他的"原意",即最初的构思说的;到作品完成的时候,由于写了女娲献身以后践踏创造业绩的"女娲氏之肠"等情节,也由于写了古衣冠的小丈夫和脸有白毛的老道士这类喜剧性的穿插人物,作品现实感大大增强了,因而也就突破了弗洛伊德学说的限制,而成为一曲创造精神的壮丽颂歌。

女娲的形象是通过抟土作人和炼石补天两起创造性劳动来描绘的。小说一开始,就在广阔的宇宙间展现出了浓艳的画卷:"粉红的天空","石绿色

---

① 鲁迅:《且介亭杂文末编·我的第一个师父》。

② 鲁迅:《译文序跋集》。

③ 鲁迅:《南腔北调集·听说梦》。

④ 鲁迅:《集外集拾遗·诗歌之敌》。

⑤⑥ 鲁迅:《译文序跋集·〈苦闷的象征〉引言》。

⑦ 鲁迅:《而已集·小杂感》。

的浮云","血红的云彩","流动的金球","冷而且白的月亮","嫩绿"的大地,"桃红和青白色"的杂花,"斑斓的烟霭"——这种色彩缤纷的绚丽的奇景宛如一幅巨大的画幅,而当女娲"擎上那非常圆满而精力洋溢的臂膊,向天打一个欠伸,天空便突然失了色,化为神异的肉红"。她走到海边,"全身的曲线都消融在淡玫瑰似的光海里,直到身中央才浓成一段纯白"。多么神异美丽的景象,女娲就是在这样的背景下开始创造了人类的。由于女娲"全体都正在四面八方的进散",那些软泥揉捏的小东西都从她的身上得到了生命,都是这位巨人的后裔。她第一回在天地间看见笑,"于是自己也第一回笑得合不上嘴唇来"。长久地浸沉在创造性劳动所带来的喜悦中。在炼石补天中,"情形不比先前,——仰面是歪斜开裂的天,低头是龌龊破烂的地,毫没有一些可以赏心悦目的东西了"。这里作者着力描写的是这种创造性劳动的艰辛和女娲的献身精神。她终于"累得眼花耳响,支持不住了"。但仍以极大的毅力坚持着,"风和火势卷得伊的头发都四散而且旋转,汗水如瀑布一样奔流",最后"天上一色青碧",大功告成了;而她也在"用尽了自己一切"之后"躺倒"了,"而且不再呼吸了"。这位人类之母以浑厚淳朴的心地,坚毅顽强的自我牺牲精神,创造了人类赖以生存的环境;她的劳动是艰辛的,但也给创造者自己带来了欢乐、勇气和满足。作者歌颂了女娲,实际上也歌颂了古代劳动人类和世界的伟大业绩。

鲁迅并不是一味缅怀往古的人,他并没有忘记现实世界中还存在着形形色色的有负于先民创造的猥琐丑恶的破坏者。在女娲正要点火补天的时候,出现了含着眼泪的小丈夫;而在她死后,颛顼的禁军竟然在她死尸的肚皮上扎了寨,并且自称是"女娲的嫡派",旗子上也写了"女娲氏之肠"。鲁迅曾经尖锐地指出过"一方面是庄严的工作,另一方面却是荒淫与无耻"的社会现象①,在《补天》中,这种对比尤其强烈:一方面是伟大的创造,另一方面却是卑琐的破坏;这不仅更其显示了创造精神的崇高,而且也使作品的思想意义大大深化了。正因为如此,始终面向现实的鲁迅才一直沿用了由《补天》开始的"油滑"的穿插,使之成为《故事新编》的重要的思想与艺术特色。

《补天》的艺术风格不仅与《呐喊》中其他各篇不同,而且在《故事新编》中

----

① 鲁迅:《且介亭杂文二集·田军作〈八月的乡村〉序》。

也是独具一格的。在瑰丽的背景下,主人公女娲是神奇的,场面更是惊心动魄的;试看看补天时的情景。"火焰的柱,赫赫的压倒了昆仑山上的红光。大风忽地起来,火柱旋转着发吼,青的杂色的石块都一色通红了,饴糖似的流布在裂缝中间,像一条不灭的闪电。"这样奇异壮丽的画面是浪漫主义的最浓重的一笔。难道中国的神话故事真的那么贫乏吗?它不过如鲁迅所说,有待于后人"异惊瑰大之"罢了。读了《补天》,我们不能不敬仰女娲的创造性劳动,同时也不能不赞叹塑造伟大的女娲形象的作者的创作力。

六 《奔月》与《铸剑》

《奔月》和《铸剑》是鲁迅经历了"女师大学潮""五卅运动"和"三一八"惨案之后,离开北京在厦门和广州写作的。如他自己所说:"我来厦门,虽是为了暂避军阀官僚'正人君子'们的迫害。然而小半也在休息几时,及有些准备。"①他是抱着"真的猛士,将更奋然而前行"和"寻求别种方法的战斗"南下的②,因此所谓"休息"和"准备",实际上必然是休整和总结经验的意思。这时正值鲁迅思想变化的前夕,他需要静下来思考一些问题;而当时厦门和广州的生活又为他提供了这样的条件。他"一个人住在厦门的石屋里,对着大海,翻着古书,四近无生人气,心里空空洞洞"③。就是在这种背景下他又开始《故事新编》的写作。而在广州,则"慨自被供在大钟楼上以来……孤子特立"④,情形和厦门差不多。他感到"寂静浓到如酒,令人微醺"。他能"听得自己的心音,四远还仿佛有无量悲哀,苦恼,零落,死灭,都杂入这寂静中,使它变成药酒,加色,加味,加香"⑤。当时正值大革命高潮,全国都卷入了动荡变化的激流,人们都在选择自己的道路,历史要求鲁迅思想有一个新的飞跃。在厦门他"在静夜中,回忆先前的经历"⑥,他正在总结经验,清理

---

① 鲁迅:《两地书·一〇二》。
② 鲁迅:《华盖集续编·记念刘和珍君》及《空谈》。
③ 鲁迅:《故事新编·序言》。
④ 鲁迅:《三闲集·在钟楼上》。
⑤ 鲁迅:《三闲集·怎么写》。
⑥ 鲁迅:《两地书·七三》。

自己的思路,考虑今后的道路。其中他思考得最多的一个问题就是老一代和青年一代的关系。鲁迅在北京是和青年并肩作战的,而且认为"创造这中国历史上未曾有过的第三样时代,则是现在的青年的使命!"①但他也知道青年有各式各样,不能一概而论。还在 1925 年关于"青年必读书"的论争中,他就说过"我自问还不至于如此之昏,会不知道青年有各式各样"②。在他从"先前的经历"思考自己与各种不同表现的青年的关系时,他是从战斗效果的角度来考察问题的。这种心情,就在《奔月》和《铸剑》的人物塑造中有了投影;因为这两篇作品所表现的是战士的命运和战士的道路的严肃主题。

鲁迅是一向反对"视小说为非斥人则自况的老看法"③的,但他又说:"但小说里面,并无实在的某甲或某乙的么?并不是的。倘使没有,就不成为小说。纵使写的是妖怪……在人类中也未必没有谁和他们精神上相像。"④《奔月》和《铸剑》是写古代传说的,我们不能径直说它是写现实中的某人;但就精神上有某种相像而言,它又确实有现实的投影,特别是鲁迅当时心情的投影。《奔月》以英雄羿为主人公,但不是写他当年射日的战功和雄姿,而是着力铺写他在完成历史功绩之后的遭遇;《铸剑》中的黑色人不惜献身来坚决复仇的坚强刚毅的精神以及他同青年眉间尺的关系,而他的名字"宴之敖者"恰好又是鲁迅用过的笔名,因此在这两位战士的形象身上,我们不能不感到他们精神的某些方面与小说作者的联系,不能不感到鲁迅的经历和心情在作品中的投影。当然,这决不能穿凿成为"自况"说,但指出这一点对理解作品的思想意义并不是不重要的。其实不仅作品中的主人公不能用自况说来解释,即如《奔月》中的逢蒙,尽管现在研究者已经找出有许多细节包含着对高长虹的讽刺,但我们仍然只能把他当作一个传说中的人物来理解;高长虹这种类型的青年不过同他在精神上有相似之处罢了。林辰在《鲁迅与狂飙社》一文中谈到《奔月》时说:"但在当时,除鲁迅和景宋之外,大概只有长虹一人领悟这小说的含义罢。在《两地书》未出版前,读者是

---

① 鲁迅:《坟·灯下漫笔》。
② 鲁迅:《集外集拾遗·聊答"……"》。
③ 鲁迅:1936 年 2 月 21 日致徐懋庸信。
④ 鲁迅:《且介亭杂文末编·〈出关〉的"关"》。

无法明白的。"①可见重要的仍然在这些形象本身的意义。他们身上有现实的投影只能说明作者的创作过程和作品的现实性,这可以在一定程度上帮助我们理解人物形象的精神实质,但不能脱离作品而堕入索隐式的泥坑。鲁迅指出:"纵使谁整个的进了小说,如果作者手腕高妙,作品久传的话,读者所见的就只书中人,和这曾经实有的人倒不相干了。"②我们读《奔月》和《铸剑》,当然也只能把羿和黑色人作为古代传说中的战士形象来理解。

《奔月》着重描写了战士的遭遇。羿曾经是射落九个太阳,射死封豕长蛇,为民除害的英雄,但现在不仅无用武之地,人们也早已忘记了他,老婆子甚至骂他是"骗子"。门庭冷落,彤弓高悬,生活的困难不说,最痛心的是弟子逢蒙的背叛,反过来还造谣、诬蔑,甚至暗害他;妻子嫦娥不耐清苦,离开他奔月了,只剩下他一个人,孤独而寂寞。这对于一个战士说来,是难堪的;但也是许多战士所曾经有过的遭遇,《补天》中女娲不也是在她为人类献出一切以后被那些世界的毁坏者在她肚皮上扎寨的吗?鲁迅也说过:"我其实还敢站在前线上,但发见当面称为'同道'的暗中将我作傀儡或从背后枪击我,却比被敌人所伤更其悲哀。"③世界上有这样的事情并不重要,重要的是战士对之所采取的态度。作品描写了羿的勇敢豪迈的性格,他虽然感到寂寞和孤独,但并不悲观。看看他在愤怒中射月的情景:"身子是岩石一般挺立着,眼光直射,闪闪如岩下电,须发开张飘动,像黑色火,这一瞬息,使人仿佛想见他当年射日的雄姿。"战士依然是战士,即使失败了,他仍然决定吃饱睡足,再去找一服仙药,吃了追上去。羿不仅勇猛,而且正直和豪迈,但周围却是逢蒙那样的青年和嫦娥那样的女人,他当然会感到寂寞。这里确实倾注了鲁迅自己的经验和感情,他痛感到"有些青年之于我,见可利用则尽情利用,倘觉不能利用了,便想一棒打杀,所以很有些悲愤之言。"④又说:"我现在对于做文章的青年,实在有些失望;我看有希望的青年,恐怕大抵打仗去了,至于弄弄笔墨的,却还未遇着真有几分为社会的,他们多是挂新招牌的利己主义者。"⑤这

① 林辰:《鲁迅事迹考》。
② 鲁迅:《且介亭杂文末编·〈出关〉的"关"》。
③ 鲁迅:《两地书·七一》。
④ 鲁迅:《两地书·九三》。
⑤ 鲁迅:《两地书·八五》。

类青年看到"活着他不能吸血了,就要打杀了煮吃,有如此恶毒"①。逢蒙的形象确实有这类青年的投影,所以羿给了他最大的蔑视:哈哈大笑地教训他说:"这些话你只可以哄哄老婆子,本人面前捣什么鬼? 俺向来就只是打猎,没有弄过你似的剪径的玩艺儿……。"羿态度开朗,在诅咒声中径自走了。鲁迅对于类似遭遇的态度也是这样的,一方面他要对着诬蔑他的人"黑的恶鬼似的站着"②,一方面仍然对青年采取热情帮助的态度;如他所说,"不能因为遇见过几个坏人,便将人们都作坏人看"③,这种态度和情绪是影响到了羿的战士形象塑造的。尽管羿的精神气质中注入了强烈的感情。《奔月》的主要情节都有古书上的根据,包括逢蒙的剪径;只是羿的女侍中有一些喜剧性的穿插。

《铸剑》写的是正在进行战斗的战士。眉间尺和黑色人,一个是正在成长的复仇者,一个是久经锻炼的老战士,他们共同向"善于猜疑,又极残忍"的国王进行反抗和复仇;这里当然体现了老一代和青年一代在战斗中的关系。这个传说本身就富有人民性,鲁迅"只给铺排,没有改动"④;但这是就故事轮廓说的,重要的是写出了人物的性格。作者由眉间尺与水缸里的老鼠搏斗起笔,正是要写一个怀有深仇大恨的青年如何由善良优柔而成为刚强坚定的战士的;像他父亲在熔炉中铸剑那样,在听了母亲的严肃的申诉以后,眉间尺的心也由人民的苦难和复仇的希望而铸炼成才了。他没有恐惧,没有彷徨,"像是猛火焚烧着",走上了复仇的道路。但像一切缺乏斗争经验的青年战士一样,仅有勇气和决心是很难取得战果的。在听了黑色人的教导以后,他毫不犹豫地抽剑削下了自己的头;而这颗不屈的头最后在全鼎的沸水中欢快地跳着复仇之舞,唱着复仇之歌,终于在"嫣然一笑"中完成了他与敌人血战到底的战士的形象。它说明战士的性格不是天生的,而是像铸剑一样,需要在斗争中去铸炼。

但作者着力描写的却是黑色人宴之敖者,他是在眉间尺被闲人包围、处境困难的时候出现的。他的特点是冷峻,令人战栗的冷峻;满身黑色,瘦得

---

① ③　鲁迅:《两地书·七三》。
②　鲁迅:《两地书·九三》。
④　鲁迅:1936 年 2 月 17 日致徐懋庸信。

如铁,甚至在他提出要眉间尺的剑和头来报仇的时候,他的声音也是"严冷的",没有任何惋惜或犹豫。他只说:"聪明的孩子,告诉你罢。你还不知道么,我怎么地善于报仇。你的就是我的,他也就是我。我的魂灵上是有这么多的,人我所加的伤,我已经憎恶了我自己!"这就把复仇的性质升华到了人民对统治者和压迫者的反抗;他忍受着过重的创伤,承担着过多的苦痛,他懂得生活的严峻和斗争的残酷,他的感情里只有憎恶,包括憎恶自己的无力,而把全部力量集中到一个神圣的目标,要为一切遭受苦难的人民报仇。冷峻是他的性格特征,这是复仇的需要,也是热情凝聚到极点的结果;像那把纯青的雄剑一样,这是久经铸炼的坚决要为人民复仇的性格。他的一切行动指向一个目标,以生命向压迫者作无情的殊死的战斗。这个形象是鲁迅的伟大创造,它反映了鲁迅渴望和期待着新的战斗的巨大热情。

鲁迅在致增田涉的信中谈到《铸剑》时说,"但要注意的,是那里面的歌",又说"第三首歌,确是伟丽雄壮"。[1] 这些歌是根据《吴越春秋》中"勾践伐吴外传"的歌调改写的,强调了复仇的意义和性质。鲁迅在晚年写的复仇的鬼魂《女吊》的开始,就引了明末王思任的话:"会稽乃报仇雪耻之乡。"这与勾践复仇的故事有关;鲁迅这里采用了它的歌调,使复仇精神更加强烈地表现了出来。本来变戏法的场面是复仇的高潮,是作者着意渲染铺排的部分,这些雄壮激越的歌就使作品的战斗性和抒情性大大增强了;这些歌其实也是鲁迅心中的歌。经过两个战士的头颅协力作战,终于将王头咬得"眼歪鼻塌,满脸鳞伤",在"四目相视,微微一笑"中完成了复仇的胜利。鲁迅曾说:"与革命爆发时代接近的文学,每每带有愤怒之音;他要反抗,他要复仇。"[2]《铸剑》的写作,不仅反映了鲁迅要求投入新的战斗的心情,也是反映了当时处于大革命高潮时期的时代特点的。

"伟丽雄壮"不仅是那首歌的特点,也是《铸剑》全篇的艺术特色。宴之敖者和后来的眉间尺都是"铁的人物",就像鲁迅所称赞的木刻画那样,"放笔直干","黑白分明"[3],它所呈现的是一种刚劲有力的美。鲁迅一向欣赏

---

① 鲁迅:1936 年 3 月 28 日致增田涉信。
② 鲁迅:《而已集·革命时代的文学》。
③ 鲁迅:《集外集拾遗·〈近代木刻选集〉(二)小引》;1934 年 4 月 5 日致张慧信。

这种力的艺术,他称赞汉人石刻"气魄深沉雄大"而认为明代木刻"有纤巧之憾"①。他也称赞《毁灭》《铁流》等苏联小说写了"铁的人物和血的战斗,实在够使描写多愁善病的才子和千娇百媚的佳人的所谓'美文',在这面前淡到毫无踪影"②。《铸剑》中当然也写到残忍、多疑和愚蠢的国王和他那些颟顸的臣属及王妃,而且投以揶揄和嘲笑,但就主要人物老一代和青年一代两个同力协作的复仇者的形象来说,确实是"铁的人物和血的战斗",刚劲有力,线条分明,有强烈的震撼人心的力量。

七 《非攻》与《理水》

《非攻》写于 1934 年 8 月,《理水》写于 1935 年 11 月,距《铸剑》写成已经七八年了,时代背景和鲁迅自己的思想都发生了重大的变化。当时的中国处于十年内战时期,日本侵略者占领了中国的东北以后,正向华北一带扩展;鲁迅已经成为伟大的共产主义者,是当时风靡全国的左翼文化运动的旗手;这些时代的和作家思想的特点必然会在作品中反映出来。以《非攻》《理水》为开端的鲁迅后期写的五篇历史小说都表现了作家在自觉地运用历史唯物主义的观点来处理古代题材,致力于真实地反映历史的本质,而且洋溢着乐观主义的精神。在题材选取和喜剧性人物的穿插等方面,都表现了强烈的现实性和战斗性,使之能够更好地为思想文化战线的现实斗争服务。这样就使后期这几篇作品带有了与前期不同的思想和艺术的特色。

《非攻》和《理水》中所塑造的墨子和大禹的形象的最重要的特点,是不仅他们的"阻楚伐宋"或"理水"的业绩体现了人民的利益和愿望,而且他们本身就体现了劳动人民的气质风格,而这一切又是符合文献记载的,这才是真正"中国的脊梁"。在写成《非攻》后一个月,鲁迅写了《中国人失掉自信力了吗》的名文,尖锐地批判了当时流行的不相信人民力量的历史唯心主义思潮。其中说:"我们从古以来,就有埋头苦干的人,有拼命硬干的人,有为民请命的人,有舍身求法的人,……虽是等于为帝王将相作家谱的所谓'正

---

① 鲁迅:1935 年 9 月 9 日致李桦信。
② 鲁迅:《二心集·关于翻译的通信》。

史',也往往掩不住他们的光耀,这就是中国的脊梁。"①他所举的这些"中国的脊梁"的重要的特点,就是"干",而不是空谈。鲁迅一向重视改革的行动和实践,而且这正是导致他思想向前发展的重要原因。他强调路是人走出来的,"遇见深林,可以辟成平地的,遇见旷野,可以栽种树木的,遇见沙漠,可以开掘井泉的"②。早在前期,他就认为"现在的青年最要紧的是'行',不是'言'"③。而他后期告诫左翼作家的首要一点,就是"坐在客厅里谈谈社会主义,高雅得很,漂亮得很,然而并不想到实行的。这种社会主义者,毫不足靠"④。墨子和大禹所以是"中国的脊梁",就因为他们是"埋头苦干"和"拼命硬干"的人。要"干",即从事改变现实的实践,当然很辛苦;远不像《非攻》中的曹公子鼓吹"民气"或《理水》中文化山上的学者们那样轻松,但历史的真正创造者人民群众从来就是这样的。鲁迅深知过去的史籍"涂饰太厚,废话太多,所以很不容易察出底细来。正如通过密叶投射在莓苔上面的月光,只看见点点的碎影"⑤。因此他主张"即如历史,就该另编一部"。以便"褫其华衮,示人本相,庶青年不再乌烟瘴气,莫名其妙"⑥。他后期写历史小说首先从"中国的脊梁"墨子和大禹写起,正是自觉地运用历史唯物主义,做拨开密叶来显示月光的工作。

如同儒家的称道尧舜,道家的称道无怀氏、葛天氏一样,墨家自称是直接师承大禹的。《庄子·天下篇》就记载墨子称道大禹治水的话说:"禹亲自操橐耜,而九杂天下之川,腓无胈,胫无毛,沐甚雨,栉疾风,置万国。禹大圣也,而形劳天下也如此。"而且认为"不能如此,非禹之道也,不足为墨"。所以墨子和大禹在许多方面是一致的,艰苦朴素的生活,不辞劳顿的奔波,言行一致的作风,等等;这一切都体现了劳动人民的品德和风格,而这正是作者所要歌颂的。他写墨子,不是宣传墨家的兼爱思想,而是由"阻楚伐宋"这一侧面来写墨子的反对侵略。当然,"非攻"的思想基础是与兼爱分不开的;

---

① 鲁迅:《且介亭杂文》。
② 鲁迅:《华盖集·导师》。
③ 鲁迅:《华盖集·青年必读书》。
④ 鲁迅:《二心集·对于左翼作家联盟的意见》。
⑤ 鲁迅:《华盖集·忽然想到(四)》。
⑥ 鲁迅:1933 年 6 月 18 日致曹聚仁信。

但在"阻楚伐宋"这件事上，"兼相爱，交相利"已成为国与国之间关系的基础，而不是一般的哲学原则了。由他所选择的这一侧面出发，通过许多细节，他着意渲染了墨子的平凡。他的穿着是旧衣破裳，草鞋，背着破包袱，像一个乞丐；当听从公输般的劝告借穿上好的但是太短的衣裳去见楚王时，就像"高脚鹭鸶似的"，吃的是窝窝头和盐渍藜菜干；要喝水就到井边"绞着辘轳，汲起半瓶井水来，捧着吸了十多口"。半夜赶路歇下来，就"在一个农家的檐下睡到黎明，起来仍复走"。总之，是从生活细节上写他的劳动人民的习惯和气质。小说开头两节写了墨子对子夏弟子公孙高和民气论者曹公子的蔑视的态度，然后正面展开了对侵略者楚王及其帮凶公输般的斗争。他早已安排自己的弟子管黔敖、禽滑釐等在宋国做了抵抗的准备，对侵略者并不抱幻想；并且叮嘱说："你们仍然准备着，不要只望着口舌的成功。"因此他与公输般的斗争既是智慧的较量，也是力量的斗争。他从容沉静，不卑不亢，义正词严，锋利敏捷，在对垒中鲜明地显示了他的勇敢机智的特点。墨子有真理，有群众，有胆量，有智慧；他的以人民有利为标准的真理观显示了与实际生产活动有联系的古代思想家的特色。这个形象是鲜明的和丰满的。在论战的层次上也深具匠心，表现了墨子与公输般既是政敌，又是同乡的特殊关系。在墨子的对比下，楚王的昏庸和公输般的狡黠就很明显了。这些情节都有文献的根据，只是曹公子虽也有记载说他是墨子的弟子，但这个形象却全是鲁迅的创造。他是在宋国做了两年官之后才变了样的，他那夸张地"手在空中一挥"、叫嚷"我们都去死"的表演，在精神上是与 30 年代民族主义文学家的叫嚷"准备着我们的头颅去给敌人砍掉"十分相像的。墨子说："不要弄玄虚，死并不坏，也很难，但要死得于民有利。"显示了墨子反对空谈、重视实践的思想特色。和墨子的性格特征相适应，《非攻》采取了简洁的叙述式写法，故事情节如流水般缓缓展开，表现了一种单纯朴实的风格。

对鲁迅说来，《理水》中大禹的形象孕育时间是相当长的。在青少年时期，鲁迅经常探访的故乡名胜古迹中就有禹陵；1912 年在《〈越铎〉出世辞》中，他热烈称颂故乡人民"复存大禹卓苦勤劳之风"[1]。1917 年作《〈会稽郡故

---

[1]　见鲁迅《集外集拾遗补编》。

书杂集〉序》①,对大禹表示无限景仰,以后又写了《会稽禹庙窆石考》②,对窆石的由来、文字刻凿的年代以及后人的种种说法作了谨严的考证。无疑,大禹的"埋头苦干"和"拼命硬干"的精神对鲁迅是有深刻影响的。《理水》不仅写大禹为民治水的与自然灾害作斗争的功绩,更着重写了围绕治水问题他与周围的人的斗争,突出了为民谋利的正义事业的艰巨性。小说是要塑造禹的光辉形象的,但前两节不仅禹没有登场,而且在开场时连禹的存在也成了问题,小说正是由一场"世界上是否真有这个禹"的激烈论战开始的。鲁迅让一些喜剧性人物充分表演,通过文化山的"学者"和"乡下人"之间展开的这场形式荒唐、内容严肃的论争,赋予了禹的形象以深刻的人民的性质。禹不是孤立的一个人,他的背后站着被称为"愚人",其实是最聪明的"乡下人",他是劳动人民利益的代表者。那些文化山上的官场学者,那些考察水情的昏庸的"中年的胖胖的大员",以及奴才气十足的"下民的代表",都以喜剧性人物的姿态,作为禹的对立面纷纷登场了。鲁迅运用了许多现代性语言,把他们的鼻子都涂上了白粉,让他们充分表演,自我揭露,显出"历史小丑"的原形。鲁迅这样写不仅是为了讽刺当时的社会现实,而且是要用这些"历史小丑"来衬托出历史的真正主人,禹和他的同事们,以及他所代表的劳动人民。

就在水利局的要员们大排筵宴,淋漓尽致地表演丑剧的时候,"一群乞丐似的大汉,面目黧黑,衣服奇旧,竟冲破了断绝交通的界线,闯到局里来了"。在那群要员被吓退了酒意、狼狈地"退在下面"的场面中,"禹便一径跨到席上,在上面坐下";"伸开了两脚,把大脚底对着大员们,又不穿袜子,满脚底都是栗子一般的老茧"。这就是小说的主人公,当然也是历史的主人公——禹和他的同事们的精彩的出场。接着是一个会议的场面,禹出场后并没有立刻说什么,而是让那群要员们再次提出种种荒谬的"建议",然后他突然大声地说出了自己的意见:"我经过查考,知道先前的方法:'湮',确是错误了。以后应该用'导'!"于是围绕着两种治水方法,实际上是革新和守旧的两种思想,展开了一场短兵相接的论争。鲁迅用夸张和揶揄的口吻来渲染那些要员们的恐惧和愤怒以及拼死维护陈规旧法的挣扎,但禹斩钉截

---

① 见鲁迅《古籍序跋集》。
② 见鲁迅《集外集拾遗补编》。

铁地说:"我查了山泽的情形,征了百姓的意见,已经看透实情,打定主意,无论如何,非'导'不可!这些同事,也都和我同意的。"他指的是和他同来而并未在论争中说话的人,"一排黑瘦的乞丐似的东西,不动,不言,不笑,像铁铸的一样",这里用笔浓重,含义深刻;它提醒读者,不仅禹的治水方法是从实际出发和来自老百姓的,而且他的背后有"乞丐似的"穷困艰苦而又"铁铸"般坚定的支持这个世界的人民。禹的形象是高大和深厚的,在他身上作者概括了劳动人民勤劳坚毅的品德,穿插进去的喜剧性人物虽多,但并未对禹的历史真实性有所损害;反之,这些学者和官吏的表演不仅有讽刺社会现实的作用,而且它突出了理水不只是对自然界的斗争,历史本身就是必须经过艰苦的对立面的斗争才能前进的。

在小说的结尾,写了禹回京以后,管理了国家大事,在衣食上"态度也改变一点了",终于连商人也说起好来。其变化颇似《范爱农》中所写的王金发于辛亥革命胜利后进入绍兴的情况:"穿布衣来的,不上十天也大概换上皮袍子了,天气还并不冷。"①鲁迅并没有忘记历史的规定性,他是严格地以历史主义观点来处理这一题材的。

八 《出关》与《起死》

《出关》和《起死》的主人公是老子和庄子,是通过他们的形象和言行来批判老庄思想的。30年代,在民族危机日益严重的情况下,"恰如用棍子搅了一下停滞多年的池塘,各种古的沉滓,新的沉滓,就翻着筋斗漂上来,在水面上转一个身,来趁势显示自己的存在了"②。在这些泛起的沉滓中,就有不少奇谈怪论实质上是宣传老庄思想的。有的人搬出"柔能克刚"的说法来鼓吹以不抵抗为抵抗,有的人向青年推荐《庄子》与《文选》;有的宣扬"老庄是上流",有的在做"高人兼逸士梦"。还有人以"文人相轻""文坛悲观"等口舌来抹杀是非,否定原则;真是"'彼亦一是非,此亦一是非',是与非不想辩;'不知

---

① 鲁迅:《朝花夕拾·范爱农》。
② 鲁迅:《二心集·沉滓的泛起》。

周之梦为蝴蝶欤,蝴蝶之梦为周欤?'梦与觉也分不清"①。这一切说明老庄思想在现实中仍然有很大影响,鲁迅除在一些杂文中结合现实予以尖锐批判外,还感到有必要"把那些坏种的祖坟刨一下"②,于是他写了《出关》和《起死》,让老子和庄子的形象在现实社会关系中显示出他们的学说的虚伪和矛盾。

鲁迅对老庄思想从来是采取批判态度的。对于老子,早在《摩罗诗力说》中他就以"进化如飞矢"的道理,批判了老子的"不撄人心"的倒退的哲学思想。在《说不出》一文中他说:"太上老君的《道德》五千言,开头就说'道可道非常道',其实也就是一个'说不出',所以这三个字,也就替得五千言。"③《汉文学史纲要》评论老子说:"老子之言亦不纯一,戒多言而时有愤辞,尚无为而仍欲治天下。其无为者,以欲'无不为'也。"这仍然是他写《出关》时的看法。他说:"那《出关》其实是我对于老子思想的批评。""这种'大而无当'的思想家,是不中用的,我对于他并无同情,描写上也加以漫画化,将他送出去。"④所以《出关》写孔老相争中老子的失败,写时人对老子及其哲学的奚落,写老子在出关前尚须做自己不愿做的事情,都是为了写老子清静无为的思想如何不合时宜,即在现实面前如何的"不中用",在与现实的矛盾中显示其"大而无当",终于老子也只好一个人走流沙了。

小说由孔老矛盾开始,把老子出关的原因直接归于孔胜老败的结果。孔子问礼于老本有文献记载,老子西去函谷是为了避孔子的加害则如鲁迅所说,乃本之于章太炎的《诸子学略说》。章氏此文是反儒的,所以同情在老子方面。原文有云:"孔学本出于老,以儒道之形式有异,不欲崇奉以为本师。……老子胆怯,不得不曲从其请。逢蒙杀羿之事,又其素所怵惕也……于是西去函谷,知秦地之无儒,而孔子之无如我何,则始著《道德经》以发其覆。"⑤这当然不一定是事实,但它有助于表现老子的软弱退让和孔子的阴险权诈的性格;而且由于对现实所采取的态度不同,孔老相争中孔胜老败是必然的。小说从此写起,就不仅批判了老子,也批判了孔子。孔子虽然采取

---

① 鲁迅:《南腔北调集·"论语一年"》。
② 鲁迅:1935 年 1 月 4 日致萧军、萧红信。
③ 鲁迅:《集外集》。
④ 鲁迅:1936 年 2 月 21 日致徐懋庸信。
⑤ 见《国粹学报》二十期。

的是进取的态度,但他是"上朝廷"的,是为"权势者设想""出色的治国方法"的[①],因此在小说中是一个逢蒙式的人物。相形之下,老子只是"一段呆木头",结果他只能走流沙。作者一再使老子处于不谐调的环境中,让他显出狼狈相。一向主张清静无为的老子竟然"免不掉"要当众"讲学"了,而听众又是账房、书记、探子、巡警一类喜剧性人物;有的"显出苦脸",有的"手足失措","七倒八歪斜"地打起呵欠和瞌睡来。接着还"免不掉"要"编讲义",否则是走不了的;所谓"无为而无不为"的哲学在实际生活面前显得多么狼狈!而出关以后,那些人还要就他的著作和行径议论一番。在这些专谈生意经或爱恋故事的喜剧性人物的极其庸俗和轻薄的议论中,一方面充分地显示了老子学说的"不中用"的实质,一方面也揭示了老子的真相。所以鲁迅说:"我同意关尹子的嘲笑,他是连老婆也娶不成的。"[②]关尹喜正做着现任官,他只对《税收精义》有兴趣,当然是不会欢迎老子那一套的;但真的就没有人要看老子的书了吗?那个账房就尖锐地说出了问题的实质:"总有人看的,交卸了的关官和还没有做关官的隐士,不是多得很吗?"可见老子的无为哲学也是"敲门砖",是为那些在野的人准备登朝的哲学;交卸了的官僚想东山再起,未登仕途的隐士心怀魏阙,就都会在老子哲学中找到精神的支柱。本来"无为"的目的就在"无不为",即以"无为"来达到阻碍历史前进的目的,这就是老子哲学的实质。当人们在小说的结尾看到关尹喜把老子的《道德经》和"充公的盐,胡麻,布,大豆,饽饽等类"一起放在积满灰尘的架子上时,自然会对老子的无为哲学及其现代崇拜者投以轻蔑的一笑;而喜剧性人物在作品中对于深化主题所起的作用,也就十分清楚了。

鲁迅对庄子思想的批评也是从来就很尖锐的。《汉文学史纲要》说:"故自史迁以来,均谓周(庄周)之要本,归于老子之言。然老子尚欲言有无,别修短,知白黑,而措意于天下;周则欲并有无修短白黑而一之,以大归于'混沌',其'不谴是非','外死生','无终始',胥此意也。"由于庄子的唯心主义哲学发展得相当精致,他的文章又"汪洋辟阖,仪态万方"[③],因此历来的社

---

① 鲁迅:《且介亭杂文二集·在现代中国的孔夫子》。
② 鲁迅:《且介亭杂文末编·〈出关〉的"关"》。
③ 鲁迅:《汉文学史纲要·老庄》。

会影响都很大；鲁迅就说过"我们虽挂孔子的门徒招牌，却是庄生的私淑弟子"①。有着明确的是非和热烈的好恶的鲁迅，对庄子的相对主义的"无是非观"最为反感，曾在许多文章中予以批判。他斥责有些文坛悲观论者"不施考察，不加批判，但用'彼亦一是非，此亦一是非'的论调，将一切作者，诋为'一丘之貉'"②。就在1935年，他一连写了七篇论"文人相轻"的文章，主旨即在明是非之辨，批判"混淆黑白"的相对主义。他指出"庄生自己，不也在《天下篇》里，历举了别人的缺失，以他的'无是非'轻了一切'有所是非'的言行吗？要不然，一部《庄子》，只要'今天天气哈哈哈……'七个字就写完了。"③这些文章说明鲁迅在30年代批判庄子的无是非观是有强烈的时代原因和现实针对性的，同时他也看到庄子本身在言行上就存在着矛盾；于是为了"刨祖坟"，他写了《起死》，使庄子在极端矛盾的处境中显出狼狈相，揭示了他的相对主义哲学的为统治者服务的本质。

《起死》主要取材于《庄子·至乐篇》。《至乐篇》是借庄子和髑髅在梦中的对话来宣扬"不知悦生，不知恶死"的"外死生"观点的。鲁迅的《起死》则把髑髅与鬼魂分开，鬼魂讲的仍是《至乐篇》中髑髅说的那些关于死的轻松快乐的话，而髑髅则原来是一个五百年前在探亲途中被打死并抢走衣物的乡下人，毫无知觉；只是庄子请司命大神把他起死之后，才恢复了原来的知觉和思维。他活转来当然首先要衣服，要活就得有生活资料，不能赤条条，这是很现实的问题；于是一场关于"是非观"的论战竟然围绕着"赤条条"问题展开了。这一切是以最荒唐的形式表现出来的，却包含了最深刻和真实的内容。庄子对汉子大讲他的相对主义："衣服是可有可无的，也许是有衣服对，也许是没有衣服对，鸟有羽，兽有毛，然而王瓜茄子赤条条。此所谓'彼亦一是非，此亦一是非'，你固然不能说没有衣服对，然而你又怎么能说有衣服对呢？……"但汉子只是揪住不放，斥为"强盗军师"，要剥他的道袍；逼得庄子狂吹警笛，叫来了巡士。当巡士请他赏给汉子一件衣服时，他却说因为要去见楚王，不能同意。作品使庄子在现实中处于进退失措、十分狼狈

① 鲁迅：《南腔北调集·"论语一年"》。
② 鲁迅：《准风月谈·"中国文坛的悲观"》。
③ 鲁迅：《且介亭杂文二集·"文人相轻"》。

的状态。自己既然不能脱去衣服,足见有衣服是对的;既然把去见楚王看得很重要,足见贵贱是有区别的;汉子在活转来时与他为难,足见死生是不同的;他由汉子所记得的大事来推算汉子已死去五百年,足见大小古今也是有差别的;这一切都显示了他的虚无主义、相对主义思想的虚伪性和荒谬性。最后保护他的竟不得不是楚王的命令和警笛,而爱读他的文章的人竟是做巡警局长的"隐士"(!),则这种哲学的实质不是非常清楚的吗?而且不仅那个汉子骂他是"贱骨头""强盗军师",连司命大神也说"不安分","认真不像认真,玩耍又不像玩耍"。鬼魂也说他是"胡涂虫","花白了胡子,还是想不通"。作者用了极度夸张的写法,弃去假象,廓大本质,使其否认质的规定性和真理的客观性的相对主义学说"赤条条"地当场出丑;不仅显示了这种学说在现实世界根本行不通,而且连庄子自己也并不真的相信这一套。当那些庄子学说的现代门徒们费力地鼓吹"彼亦一是非,此亦一是非"的时候,同样自己也并不真的"信从";他们从来就不准备实行、事实上也是不可能实行的。他们只不过可以补巡警局长之不足,为当时的统治者服务,力图使人民安于"赤条条"的命运而已。

《起死》用了独幕剧式的写法,为的是使矛盾集中,显出庄子的狼狈处境,最后他只能借助巡士的帮助仓皇逃走。由于庄子学说本身具有扑朔迷离、故弄玄虚的特点,它的实质常常被一层精致的外衣所掩盖,因此在同一场合用紧凑的对话使矛盾尖锐化的写法,是可以取得有力的艺术效果的。1934 年底鲁迅翻译了西班牙作者 P. 巴罗哈的《少年别》,他介绍说这是一篇"用戏剧似的形式来写的新样式的小说","因为这一种形式的小说,中国还不多见,所以就译了出来"①。《起死》就是在这以后鲁迅受到启发所写的一篇新样式的小说。

九 《采薇》略谈

《采薇》写的是伯夷、叔齐兄弟二人"义不食周粟"而饿死首阳山的故事。这是两个在历史上很有影响的人物,孔孟以下,历代多有称颂,唐韩愈甚至

---

① 鲁迅:《译文序跋集·〈少年别〉译者附记》。

颂为"昭乎日月不足为明"等等,但也偶有持异议的,如宋代的王安石①;到了现代,仍然常常有人称道他们的气节,但也有人斥之为充满封建正统观念的遗老。总之,评价是很不相同的。这些不同既与夷齐本身思想性格的复杂性有关,也与知识分子对现实采取的不同态度有关,因为夷齐早已成为一些知识分子尊崇和向往的人物。鲁迅写《采薇》,就当时的现实意义说来,显然也有针对某些知识分子既对黑暗现实有所不满而又采取消极逃避态度的批判性质;而要使这种批判具有艺术效果,就必须写出夷齐思想性格的复杂性。正如鲁迅所指出,《出关》中对老子的正确看法是出于喜剧人物关尹喜②;同样地,《采薇》中对伯夷、叔齐的恰当评价也出于丑角式的人物小丙君。他评论伯夷、叔齐说:"他们的品格,通体都是矛盾。"鲁迅正是通过"通体矛盾"来写出夷齐思想性格的复杂性,并对他们的处事态度予以讽刺和批判的。

伯夷、叔齐是笃信所谓先王之道的,为了孝悌,他们放弃王位,相继逃离了自己的国土来到西伯的养老堂隐居;为了反对周武王"不仁不孝""以暴易暴"的军事行动,他们敢于面对刀斧,"扣马而谏";为了抗议武王"竟全改了文王的规矩",他们决定不食周粟,千辛万苦来到首阳山采薇为生;最后,为了将他们"不食周粟"的信念贯彻到底,连"薇"也吃不下去了,只能"缩做一团",饿死在山洞里。就是在日常生活的细节里,他们两人之间对礼让友悌之类的"先王之道"也是决不含糊的;例如伯夷一见叔齐,总是"先站起身,把手一摆,意思是请兄弟在阶沿上坐下",而叔齐则必定是"恭敬的垂手"而立。凡此种种,尽管迂腐可笑,但他们主观上是真诚的,而且自以为很正直。因此对于他们看不惯的背离他们所信的先王之道的现实,就不能不有所不满;即使逃到首阳山也"不肯超然",不但"有议论",而且"还要做诗","还要发感慨,不肯安分守己";"不但'怨',简直'骂'了"。但这种不满又是十分软弱无力的,不但毫无实际效果,只落得饿死的下场,而且周武王也是以恭行天罚、推行王道为号召;那个投靠武王的小丙君竟然谴责他们"撇下祖业",不是孝子;"讥讪朝政",不像良民,有违"温柔敦厚"的诗道,"都是

---

① 见《昌黎先生文集·伯夷颂》及《临川集·伯夷》。
② 鲁迅:《且介亭杂文末编·〈出关〉的"关"》。

昏蛋"。究竟谁的行为符合所谓先王之道呢?鲁迅曾经说过,历代的阔人读了一点记载先王之道的大书,就"能够假借大义,窃取美名","只有几个胡涂透顶的笨牛,真会诚心诚意地来主张读经。""况且既然是诚心诚意主张读经的笨牛,则决无钻营,取巧,献媚的手段可知,一定不会阔气;他的主张,自然也决不会发生什么效力的。"①伯夷、叔齐就是这种"胡涂透顶的笨牛"式的角色,他们不像小丙君那样"聪明",竟然"身体力行"起他们所信的先王之道来,迂腐而又正直,结果只能表现为消极无力的反抗,陷于"通体矛盾"之中。鲁迅在写他们的软弱迂腐的性格的时候,不但写他们到处遇到轻蔑和讥刺,而且还写了他们自己的一些偶然闪现的与他们自己的信念相矛盾的心理活动,当伯夷在首阳山上由于多嘴,把他们"让位"和"不食周粟"的原委传播开去,结果惹来麻烦的时候,叔齐心里想:"父亲不肯把位传给他,可也不能不说很有些眼力。"原来他内心深处对父亲要把王位传给自己还感到相当满意,这是同他的礼让友悌的一贯信念有矛盾的。又据阿金姐说当老天爷吩咐母鹿用奶去喂他们时,叔齐一面喝着鹿奶,一面心里想:"这鹿有这么胖,杀它来吃,味道一定是不坏的。"这不正是他们一向反对的以怨报德、有违恕道的吗?其实这正说明他们真诚地相信先王之道那一套是矫情。为父亲赏识而自慰,因腹中空空想吃肉,这本来是常情;只是他们平日努力压抑自己的感情和愿望,使之符合先王之道的准绳,这正说明先王之道本身的伪善性质,而他们则不能不成为迂腐可笑的笨牛式的人物了。

在《采薇》里,真正懂得先王之道精髓的并不是伯夷和叔齐,而是他们的对立面:周武王,小丙君,乃至华山大王小穷奇。周武王是打着推行王道、"恭行天罚"的旗号伐纣的,在"血流漂杵"之后又"归马于华山之阳",博得了"王道的祖师而且专家"②的美名;一直到鲁迅写《采薇》的年代,不是从日本侵略者、国民党统治者,一直到胡适,都在喧嚣着要提倡王道吗?而一些自以为正直的知识分子,虽对黑暗现实有所不满,但只能在"有所不为"的无力抗议中自我安慰,结果当然不能不陷入"通体矛盾"的悲剧。鲁迅曾指出:"倘说先前曾有真的王道者,是妄言,说现在还有者,是新药。""在中国的王道,看去虽然

---

① 鲁迅:《华盖集·十四年的"读经"》。
② 鲁迅:《且介亭杂文·关于中国的两三件事(二)》。

好像是和霸道对立的东西,其实却是兄弟,这之前和之后,一定要有霸道跑来的。"①王道的这种实质,那些卖力提倡的人都是心照不宣的,包括那个让人把夷齐从马前拖开去的周武王;只有夷齐这一类软弱的知识分子,才会产生逃避和不合作的要求和悲剧。鲁迅曾质问过那些以"有不为"名斋的人说"'有所不为',是卑鄙龌龊的事乎,抑非卑鄙龌龊的事乎?"②可见重要的在于辨清事情的是非和性质,而这正是一些对现实采取逃避态度的知识分子所不敢正视的。鲁迅对伯夷、叔齐的批判态度是十分严峻的,但都有文献上的根据,并没有丑化他们,也没有使之"现代化",但其思想意义仍然是非常深刻的。在《论"第三种人"》一文中鲁迅曾说:"生在战斗的时代而要离开战斗而独立⋯⋯这样的人,实在也是一个心造的幻影,在现实世界上是没有的。"③这也就是夷齐不能不"缩做一团"地饿死在山洞里的根本原因。

小丙君和小穷奇都是鲁迅创造的喜剧性人物。他们也讲王道,而且思想性格上并无矛盾,从他们身上反倒可以看出所谓先王之道的真谛和实质。这位"首阳村的第一等高人小丙君""原是妲己的舅公的干女婿",在纣王下面"做着祭酒",当他看到纣王大势已去,便果断地"带着五十车行李和八百个奴婢"到武王那里去"投明主"。他慷慨激昂地高谈"温柔敦厚才是诗",高谈"普天之下,莫非王土";称武王为"圣上",骂夷齐不是"良民";这种历史上和现实生活中屡见不鲜的见风转舵的人物,不正是"先王之道"的勇敢的捍卫者吗?而华山大王小穷奇,尽管干的是杀人越货的勾当,却口口声声"小人们也遵先王遗教,非常敬老",甚至在动手抢劫时还说什么"恭行天搜""瞻仰贵体",他也在认真地躬行先王之道哩!鲁迅用这种喜剧性人物的极度夸张的语言,尖锐地揭示出先王之道的骗人的和掠夺的实质。从小丙君、小穷奇的伪善言行的对照中,就越显出伯夷、叔齐的"真诚"的迂腐与可笑。在小说的结尾,作者创造了一个婢女阿金,她"大义凛然"地对夷齐说:"你们在吃的薇,难道不是我们圣上的吗!"她的话一下子戳破了这幕自欺欺人的喜剧,于是夷齐只能为他们所笃信的那套思想殉葬了。

---

① 鲁迅:《且介亭杂文·关于中国的两三件事(二)》。
② 鲁迅:《集外集拾遗补编·"有不为斋"》。
③ 鲁迅:《南腔北调集》。

茅盾很欣赏《采薇》的艺术成就,他说:"《故事新编》中的《采薇》无一事无出处,从这样一篇小说就可以窥见鲁迅的博览。"《采薇》却巧妙地化陈腐为神奇(鹿授乳、叔齐有杀鹿之心、妇人讥夷齐,均见注《列士传》《古史考》《金楼子》等书,阿金姐这名字是鲁迅给取的),旧说已足运用,故毋须再骋幻想。"①鲁迅并不反对"博考文献",只是着眼点在于不"将古人写得更死",即写出活的人物形象来。《采薇》的情节皆有所本,主要人物伯夷、叔齐的言行符合文献记载,鲁迅将各种材料精心地组织起来,赋以新意;虽有很强的现实意义,但仍然是写古代史实的历史小说。鲁迅重在写人物,即如伯夷、叔齐两人,在性格上作者也把他们写得有所区别;伯夷满足于"有所不为",而叔齐则不满于"为养老而养老",还颇想"有所为",因此在许多细节上就表现出了二人在性格上的差别。至于喜剧性人物小丙君和小穷奇,他们在作品中既衬托出了夷齐性格的迂腐和软弱,也对主题的深化有明显的作用。在小说的最后,作者写下了夷齐死后留在人们心目中的印象的一幅漫画:"好像看见他们蹲在石壁下,正在张开白胡子的大口,拼命的吃鹿肉。"茅盾说《采薇》的"艺术境界"是"诙谐"②;"诙谐"也是为了批判,而且是同夷齐这两位"通体矛盾"的主人公的思想性格相适应的。

十 "演义"新诠

从《故事新编》各篇的主要人物看来,鲁迅是严格地根据历史文献来加以描写的,既没有随意的涂饰,也没有任何比附或影射现实的痕迹;反之,有的倒是对古代人物的精神面貌的深刻的理解和如实的描绘;因此就主题思想说来,各篇都闪耀着历史真理的光辉。它对于读者正确认识古代人物的精神实质,了解历史发展的真谛,自然会有很大的启示作用。作者当然是重视作品的现实意义和社会效果的,但正如他在《古人并不纯厚》一文中所分析③,如果不经后人的歪曲和选择而示读者以古人的真面目,则古代可资现实借鉴的事例是很多的。所谓不"将古人写得更死"的意思,就是说所写的

---

①② 茅盾:《茅盾评论文集·联系实际,学习鲁迅》。
③ 见鲁迅《花边文学》。

人物仍然保持着古人的面目,没有写歪;但又不同于文献记载,而是写出了有思想感情的活生生的形象。这不正是历史小说的写作要求吗?鲁迅说,"对于历史小说,则以为博考文献,言必有据者,纵使有人讥为'教授小说',其实是很难组织之作"①,他说《故事新编》不同于这类作品。但从现在人们对《故事新编》的注解和研究看来,鲁迅是经过"博考文献"的功夫的,他的"只取一点因由",正是"博考文献"之后严于选材的结果;只是并不"言必有据",而是加以"点染"罢了。为什么有人会对精心组织的"言必有据"的作品讥为"教授小说"呢?就因为这样必然要失去生动的生活气息、失去文艺作品的感染力。因为所谓"据"者,必定是有关历史人物或事件的文献记载,这些记载无论多么详细和丰富,都属于史料性质,它不可能为文艺作品提供必要的生动的细节和生活画面;根据这些史料可以写成非常详细的历史书籍,但如果根本排斥虚构或点染,是不可能写成生动感人的文艺作品的。这是任何一个运用古代题材来写文艺作品的人都会遇到的问题,用鲁迅的话说,就是"据旧史即难于抒写,杂虚辞复易滋混淆"②。既然"言必有据"难于抒写,则虚构对于历史小说就是必要的和不可避免的;问题只在于如何运用,即这种虚构必须有助于把人物写活而对文献记载又不发生"混淆"之弊。茅盾把文艺理论家对历史性作品习用的"历史真实与艺术真实的统一"一语,经过理论分析,解释为其实是"历史真实与艺术虚构的结合"③,精辟地说明了虚构在历史性作品中的重要性。这也是鲁迅的看法,他说:"艺术的真实非即历史上的真实,我们是听到过的,因为后者须有其事,而创作则可以缀合,抒写,只要逼真,不必实有其事也。"④鲁迅写《故事新编》时的所谓"随意点染",实际上指的就是虚构;《故事新编》的艺术成就的表现之一就是他较好地处理了文献根据与艺术虚构之间的关系。茅盾评论说:"《故事新编》为运用历史故事和古代传说(这本是我国文学的老传统),开辟新的天地,创造新的表现方法。这八篇小说各有其运用史实,借古讽今的特点,但仍有共同之处,即:取舍史实,服从于主题,而新添枝叶,绝非

---

① 鲁迅:《故事新编·序言》。
② 鲁迅:《中国小说史略·元明传来之讲史(上)》。
③ 茅盾:《茅盾评论文集·关于历史及历史剧》。
④ 鲁迅:1933 年 12 月 20 日致徐懋庸信。

无的放矢。"①鲁迅所创造的这种处理"史实"和"枝叶"的艺术经验,是值得我们充分重视的。

鲁迅把《故事新编》说成是"神话,传说及史实的演义"②,这是具有深意的。"演义"本来是中国传统对历史小说的称呼,如人们所熟知的《三国演义》等书,鲁迅沿用了这一名称,正说明了他对中国古典历史小说的写法是经过考察和总结的;而且认为它的某些处理古代题材的方法仍然是值得肯定和继承的。在《中国小说史略》中,鲁迅曾全面地研究过中国的历史小说的起源和发展,它的各种写法及其得失;正是在这样的基础上,他肯定和丰富了"演义"一词的含义,并且用自己的创作实践说明了"演义"是比"言必有据"的写法更能揭示历史的本质,它是一种符合中国民族传统和人民欣赏习惯的历史小说的写法。

据《中国小说史略》的研究成果,中国的历史小说实源于宋人之"说话",它本来就是民间艺人所创造的一种群众性的艺术形式。孟元老《东京梦华录》所载说话人的专长中已有"说三分"和"说五代史"的条目;吴自牧《梦粱录》所录说话的四科中即有"讲史书"的一科,他解释说:"谓讲说《通鉴》汉唐历代书史文传兴废战争之事。"而周密《武林旧事》所叙四科中就把"讲史书"更名为"演史",着重在"演"字。鲁迅根据各种记载考证后,得出结论说:"是知讲史之体,在历叙史实而杂以虚辞。"③他并且根据残本《五代史平话》,考察了史实与虚辞的安排处理的方法:"大抵史上大事,即无发挥,一涉细故,便多增饰,状以骈俪,证以诗歌,又杂诨词,以博笑噱。"④这些"增饰"的部分的成就和效果姑且不论,但它显然有一个原则,即在不影响历史事件的真实性的前提下,尽量增加作品的艺术感染力。这就是"演",就是加入虚构的成分;但又不能改变"史上大事"的脉络和面貌,而只能渲染和丰富它,这就是后来把历史小说叫做"演义"的由来。鲁迅曾说:"'讲史'是讲历史上底事情,及名人传记等;就是后来历史小说之起源。"⑤在这类后来的历史小说中,《中国小说史略》对《三国志演义》和《隋唐演义》的评价较高,此外

①　茅盾:《茅盾评论文集·联系实际,学习鲁迅》。
②　鲁迅:《南腔北调集·〈自选集〉自序》。
③④　鲁迅:《中国小说史略·宋之话本》。
⑤　鲁迅:《中国小说史略》附录《中国小说的历史变迁》第四讲《宋人之"说话"及其影响》。

作者对于明清两代的许多演义体小说总括评论说："且或总揽全史(《二十四史通俗演义》)，或订补旧文(两汉两晋隋唐等)，然大抵效《三国志演义》而不及，虽其上者，亦复拘牵史实，袭用陈言，故既拙于措辞，又颇惮于叙事，蔡奡《东周列国志读法》云：'若说是正经书，却毕竟是小说样子，……但要说他是小说，他却件件从经传上来。'本以美之，而讲史之病亦在此。"①值得注意的是鲁迅认为这些小说之所以不及《三国志演义》者，主要在于"拘牵史实，袭用陈言"，并且以《东周列国志》作为这类小说的代表；而《东周列国志》就是以多纪实事、不事虚构著称的。清章学诚《丙辰札记》就推崇《东周列国志》"多纪实事"，批评《三国演义》"七分实事，三分虚构，以致观者往往为所惑乱"。他主张"但须实则概从其实，虚则明著寓言，不可错杂如'三国'之淆人耳"。章学诚是史学家，一味求真，照他的观点势必根本否定了历史小说的写作。鲁迅在讲《三国志演义》时也引了他的话，但同时又引了明谢肇淛《五杂俎》的"太实则近腐"的评论，两说并存，而以"据旧史即难于抒写，杂虚辞复易滋混淆"②来概括历史小说必须处理好史实与虚构的关系。鲁迅并未指责《三国志演义》的虚辞，他所不满的是这部书的人物形象没有写好。他说："至于写人，亦颇有失，以致欲显刘备之长厚而似伪，状诸葛之多智而近妖；唯于关羽，特多好语，义勇之概，时时如见矣。"③他也注意到三国故事在民间受欢迎的情况，指出"金元杂剧亦常用三国时事……而今日搬演为戏文者尤多，则为世之所乐道可知也"④。又说《三国演义》"人都喜欢看它；将来也仍旧能保持其相当价值的"⑤。由上述可知，中国传统的历史小说的写法，向来就有以《东周列国志》为代表的和以《三国志演义》为代表的两派，而鲁迅是不赞成前者的。这也是许多人和一般读者的看法。清末曾有人加以比较说："历史小说最难作，过于翔实，无以异于正史。读《东周列国志》觉索然无味者，正以全书随事随时，摘录排比，绝无匠心经营于其间，遂不足刺激读者精神，鼓舞读者兴趣。若《三国志演义》，则起伏开合，萦拂映带，虽无一事不本史乘，实无一语未经陶冶，宜其风行数百年，而妇孺皆耳熟能详

---

① 鲁迅：《中国小说史略·元明传来之讲史(下)》。
②③④ 鲁迅：《中国小说史略·元明传来之讲史(上)》。
⑤ 鲁迅：《中国小说史略》附录《中国小说的历史变迁》第四讲《宋人之"说话"及其影响》。

也。"①《三国志演义》的成功之处,就在于它是"演义",而不仅仅是"志"。20世纪初叶,随着中国民主革命高潮的兴起,小说的宣传教育作用普遍受到重视,历史小说的这种"演义"体写法在清末特别引起了人们的注意。黄摩西《小说小话》云:"历史小说当以旧有之《三国志演义》、《隋唐演义》为正格。""若今人所谓历史小说者,但就书之本文,演为俗语,别无点缀斡旋处,冗长拖沓,并失全史文之真精神,与教会所译之《新旧约》无异。……演义者,恐其义之晦塞无味,而为之点缀,为之斡旋也,兹则演词而已,演式而已,何演义之足云!"②他认为所演之"义"应该是历史的真精神,而作者必须运用"点缀""斡旋"等"演"的手段,来达到发挥历史精神的作用。他以为《三国演义》就是"演义"的正格,所以说"小说感应社会之效果,殆莫过于《三国演义》一书矣"③。鲁迅写《故事新编》虽然是"五四"以后的事情,但在清末他也是注意到小说的感染力和《三国演义》这些书的社会影响的。1903 年他在《月界旅行·辨言》中说:"彼纤儿俗子,《山海经》,《三国志》诸书,未尝梦见,而亦能津津然识长股奇肱之域,道周郎,葛亮之名者,实《镜花缘》及《三国演义》之赐也。"④到他写《中国小说史略》的时候,就全面地考察和研究了中国历史小说的源流演变及其得失,终于肯定了宋朝以来的"演义"这一传统是值得继承和发扬的。

但鲁迅并不以为《三国志演义》是理想的历史小说,他对"演义"这一传统的考察更着重于记载中的宋代说话人的创造,而不仅仅是由《三国志演义》而来。我们根据《故事新编》的序言和其中的八篇作品,根据他在《中国小说史略》中对传统历史小说的考察,就可以知道他把《故事新编》称为"演义",是有他自己对于历史小说创作原则的理解的。他所说的"演义"既是继承了过去历史小说的传统,又是有所发扬、赋予了新的诠释的。这就是作者必须依据历史事实和古代人物品德的实质,即"义";而在构思和情节安排上又必须按照文艺创作的要求,加以一定的虚构或点染,即"演";以便发扬历史的根本精神,有益于今天的读者。具体地说,"演义"一词应该包括下面一些内容:第一,主要人物和事件须有"旧书上的根据",但选材要严,只取自

① 觚庵:《觚庵随笔》,《小说林》第一卷。
② 见《小说林》第一卷。
③ 黄摩西:《小说小话》,《小说林》第一卷。
④ 鲁迅:《译文序跋集》。

己选定的"因由",即重点或侧面;而不过于受史料的拘牵。他评论郑振铎的历史小说《桂公塘》时即"以为太为《指南录》所拘束,未能活泼耳"①。这同他评论某些传统历史小说的观点是一致的。第二,必须根据自己的创作意图予以灵活的艺术加工,即"随意点染",其中包括作者的想象和虚构。第三,重要的是塑造出生动的古代人物的形象,使之比历史记载能给人以活生生的感觉,即不能"将古人写得更死"。第四,要重视作品的现实意义,但不是简单的比附或影射,而且要表彰"中国的脊梁"和刨"坏种的祖坟",即按照历史唯物主义的观点来揭示历史的精神和实质。上述这些内容和要求,是可以用"演义"一词来概括的。尽管过去并没有哪一部传统的"演义"体小说达到了这个要求,但由宋代的说话人开始,他们面对广大听众的欣赏要求,根据他们自己的认识和能力,是努力以这种精神来处理历史题材的,这个传统值得我们肯定和发扬。至于穿插进去的喜剧性人物,包括他们身上的现代性细节,鲁迅在总结宋代说话人"演史"的特点时,就把"又杂诨词,以博笑噱"作为"增饰"中的最后一点②;就是说它有时是可以存在的,但并不是"演义"所必不可少的;这要看作者的意图和当时的社会条件,但重要的是这种"增饰"只能给作品增加"活泼"而不能对"史上大事"有所损害。就鲁迅所理解的"演义"的内容,即历史小说的创作原则来说,它并不是其中的必要的组成部分。鲁迅在《故事新编》中所以运用了许多的"油滑",主要是为了适应时代和社会现实的需要,但它也是"演义"这种写法所允许的。鲁迅既一贯反对用既定的"文学概论"的格式把他的作品"封闭"起来,也反对把他的作品当作范本或帖括。文艺贵在创造,他早就希望中国能产生"冲破一切传统思想和手法的闯将"③,因此他只把他的《故事新编》准确地称之为"神话、传说及史实的演义"。

1981 年 8 月 25 日脱稿

---

① 鲁迅:1934 年 5 月 16 日致郑振铎信。
② 鲁迅:《中国小说史略·宋之话本》。
③ 鲁迅:《坟·论睁了眼看》。

论鲁迅作品与外国文学的关系

一 "向西方找真理"的一个侧面

鲁迅的文学事业,是从翻译和介绍外国文学开始的。他决定弃医学文,提倡文艺运动来唤醒人民的觉悟,就是受到外国文学的启发的。从1907年写《摩罗诗力说》直到逝世以前他翻译果戈理的《死魂灵》,三十年间他从未停止过翻译和介绍的工作。他曾说:"注重翻译,以作借镜,其实也就是催进和鼓励着创作。"①早在1909年他为《域外小说集》写的序言中就说:"异域文术新宗,自此始入华土。使有士卓特,不为常俗所囿,必将犁然有当于心,按邦国时期,籀读其心声,以相度神思之所在。"所谓"相度神思之所在",就是要作为创作的借鉴,因此他才把"弗失文情"作为翻译的准绳。后来他自述他开始创作时"所仰仗的全在先前看过的百来篇外国作品和一点医学上的知识",而且把"看外国的短篇小说"作为一条创作经验②,可知他的创作特色是同对外国文学的借鉴密切联系的。当然,他又说过以后他"脱离了外国作家的影响"③。从学习、借鉴到脱离,其实就是一个对外国文学的批判、吸收和民族化的过程。因为文学作品的民族特色本来是一个历史性的范畴,它不但应该有批判继承民族优良传统的因素,而且也要有使之适应时代潮流的现代化的特点。鲁迅的作品是最富有民族特色的,但又与过去时代的作品截然不同,它是广泛借鉴和吸收了外国文学的优点又同时使之为反映中国人民生活服务的。这就使他的作品具有了鲜明的独特风

---

① 鲁迅:《南腔北调集·关于翻译》。
② 鲁迅:《南腔北调集·我怎么做起小说来》及《二心集·答北斗杂志社问》。
③ 鲁迅:《且介亭杂文二集·〈中国新文学大系〉小说二集序》。

格,达到了新的创造性的成就。因此考察鲁迅作品与外国文学的关系,不仅对深入理解鲁迅作品及其艺术上的成就和贡献是必要的,而且同时可以帮助我们领会正确对待和借鉴外国文学的态度和方法。

鲁迅开始接触外国文学,是和他"向西方找真理"的过程一同开始的,因此他的爱好和抉择就不能不受到中国人民民主革命的需要的制约。就在他热烈地读着严复译的《天演论》的前后,在当时流行的"看新书的风气"下,他就大量地读了林纾译的外国小说。据许寿裳氏回忆,林译小说"出版之后,鲁迅每本必读,而对于他的多译哈葛德和科南道尔的作品,却表示不满"①。林译小说一百数十种中,绝大部分为英国小说,其中哈葛德占二十种,科南道尔占七种,数量最多。青年时代的鲁迅是怀着追求进步和了解外国人民的生活与文艺的心情来读这些新书的,但内容却使他完全失望,后来他多次叙述过对这些作品的感受。他说:"我们曾在梁启超所办的《时务报》上,看见了《福尔摩斯包探案》的变幻,又在《新小说》上,看见了焦士威奴所做的号称科学小说的《海底旅行》之类的新奇。后来林琴南大译哈葛德的小说了,我们又看见了伦敦小姐之缠绵和非洲野蛮之古怪。……包探,冒险家,英国姑娘,非洲野蛮的故事,是只能当醉饱之后,在发胀的身体上搔搔痒的,然而我们的一部分的青年却已经觉得压迫,只有痛楚,他要挣扎,用不着痒痒的抚摩,只在寻切实的指示了。"②这段话是有他自己的亲切感受的。怀着"我以我血荐轩辕"的为祖国为人民的伟大心愿的鲁迅,他阅读和介绍外国文学的目的,是要寻求"切实的指示"的,因此他的爱好和抉择就自然倾注到了那些描写被压迫民族和被压迫人民的作品,而这完全不是林译小说所能满足的。后来他说:"18世纪的英国小说,它的目的就在供给太太小姐们的消遣,所讲的都是愉快风趣的话。"而他要求的是"在小说里可以发见社会,也可以发见我们自己"。③ 他从来是为艺术而艺术的坚决反对者,他要求在外国作品中可以看到现代社会和我们自己的影子,这样才会对中国有益。当他看到了日本,他的德语和日语可以帮助他广泛接触外国文学的时

---

① 许寿裳:《亡友鲁迅印象记·杂谈名人》。
② 鲁迅:《南腔北调集·祝中俄文字之交》。
③ 鲁迅:《集外集·文艺与政治的歧途》。

候,他并没有因为语言上的方便,和单纯的对文艺的爱好,而使自己的精力花在歌德、席勒或《源氏物语》等德国和日本的著名作品上,而是"因为所求的作品是叫喊和反抗,势必至于倾向了东欧,因此所看的俄国,波兰以及巴尔干诸小国作家的东西就特别多"①。他的目的十分明确,是为了寻求"叫喊和反抗"的被压迫者的声音来振奋中国人民的精神,这是为中国民主革命服务的现实需要所决定的。正如他从事创作是为了改良社会一样,他对外国文学的爱好、翻译和介绍,也是始终遵循着对中国青年读者和中国现代文学有所裨益这一根本愿望的。正是因为中国半殖民地半封建的社会现实,才促使他特别注意被压迫民族的文学情况。他说:"我向来是想介绍东欧文学的一个人。"②1907 年他在《摩罗诗力说》中介绍了波兰诗人,1921 年《小说月报》出《被损害民族的文学》专号,他译介了《近代捷克文学概观》和《小俄罗斯文学略说》二文,后来他在驳斥林语堂攻击他"今日绍介波兰诗人,明日绍介捷克文豪"时说:"那时满清宰华,汉民受制,中国境遇,颇类波兰,读其诗歌,即易于心心相印,不但无事大之意,也不存献媚之心。……波兰捷克,虽然未曾加入八国联军来打过北京,那文学却在。"③可见他爱好和抉择的着眼点是作者的受压迫的社会背景与中国相似,其思想感情能引起中国读者的共鸣,可以激发人们要求进步和改革的热情,对中国社会和文学有所裨益的作品。即使是在世界文坛上声名显赫的作家,如果不是上述情形,就引不起他的爱好。他说过他总不能爱但丁和陀思妥耶夫斯基,因为"那《神曲》的《炼狱》里,就有我所爱的异端在";而陀氏则"把小说中的男男女女,放在万难忍受的境遇里","使他们什么事都做不出来"。④ 就是说,这类作品无论其艺术成就如何,那种对现实的宗教式的忍从和对不幸者的冷酷的态度,对于启发中国人民的觉悟是没有帮助的。这同样也是他的介绍翻译工作的出发点,他说他翻译外国作品"不过要传播被虐待者的苦痛的呼声和激发国人对于强权者的憎恶和愤怒而已,并不是从什么'艺术之宫'里

---

① 鲁迅:《南腔北调集·我怎么做起小说来》。
② 鲁迅:《南腔北调集·〈竖琴〉前记》。
③ 鲁迅:《且介亭杂文二集·"题未定"草(三)》。
④ 鲁迅:《且介亭杂文二集·陀思妥夫斯基的事》及《集外集·〈穷人〉小引》。

伸出手来,拔了海外的奇花瑶草,来移植在华国的艺苑"①。与资产阶级文人妄图依附名人名著来炫学和传世不同,他明白地说"我是向来不想译世界上已有定评的杰作,附以不朽的"②,他的为人民革命服务的意图十分清楚。他曾给青年讲过选读文艺作品的方法:"先看几种名家的选本,从中觉得谁的作品自己最爱看,然后再看这一个作者的专集,然后再从文学史上看看他在史上的位置;倘要知道得更详细,就看一两本这人的传记,那便可以大略了解了。"③从鲁迅的经历可以了解,这就是他自己开始阅读外国作品时的经验。这个方法是否可靠的关键就在"自己最爱看"这个标准里的"自己"究竟是个什么样的人。我们不能说徐志摩不爱看曼殊斐儿或者梁实秋不爱看白璧德,但对于别人来说情况就完全不同;鲁迅自己的爱好所以具有一定的普遍性和进步意义,就因为他是一个革命者和新文学的建设者,他的爱好实际上是有批判和抉择的,那标准就是对于中国人民和中国现代文学有启发和借鉴的作用,而这就从根本上保证了他的工作的进步意义。

他所爱看的外国作品既然在思想感情上打动了他,那么对于他的创作自然会产生一定的影响。当然,文艺创作总是植根于人民生活的,像鲁迅这样伟大的作家,他的作品反映了中国民主革命时期广阔的历史图景,他的富有民族特色的艺术风格根本上是来自他对人民生活和人民美学爱好的深刻理解的;但作为借鉴,作为他作品的艺术力的有机部分,外国文学的影响仍然是很显著的。这种影响当然不是在主题思想或表现手法上对某一外国作家的硬搬和模仿,或者在作品中渲染所谓异域情调之类,甚至也不是作为作家艺术修养的自然流露,而是经过他有意识地借鉴、汲取、消化和脱离的过程,成为他的艺术成就的营养而存在的。他给青年作者的信中曾说:"此后如要创作,第一须观察,第二是要看别人的作品,但不可专看一个人的作品,以防被他束缚住,必须博采众家,取其所长,这才后来能够独立。"④他把观察生活摆在创作的首位,其次才是借鉴,他借鉴的方法就是"博采众家,取其所长",然后在这基础上形成自己的独特风格。他认为这种借鉴对于创作

---

① 鲁迅:《坟·杂忆》。
② 鲁迅:《译文序跋集·〈壁下译丛〉小引》。
③ 鲁迅:《而已集·读书杂谈》。
④ 鲁迅:1933年8月13日致董永舒信。

的发展十分重要。他说："我们的文化落后……作品的比较的薄弱,是势所必至的,而且又不能不时时取法于外国。"①这同毛泽东同志指出的"所以我们决不可拒绝继承和借鉴古人和外国人,哪怕是封建阶级和资产阶级的东西"②,精神是完全一致的。"五四"以来的中国现代文学,由于追求民主和革新,由于为民主革命服务的社会需要所决定,在它的成长和发展过程中确实受到了外国文学的影响。鲁迅就指出现代小说产生的原因,"一方面是由于社会的要求的,一方面则是受了西洋文学的影响"③。但并不是所有外国作品所产生的社会影响都是积极的,因为这不仅取决于这些作品本身的思想价值和艺术成就,而且也取决于接受者的思想感情和对待借鉴的态度,取决于他的批判和汲取的能力。鲁迅曾批评 20 年代的一些创作说:"从实说,好的也离不了刺取点外国作品的技术和神情,文笔或者漂亮,思想往往赶不上翻译品,甚者还要加上些传统思想,使他适合于中国人的老脾气。"④鲁迅反对这种对外国文学的形式主义的模仿;他提倡翻译,自己用很大精力从事翻译和介绍的工作,就是为了促进中国革命和中国现代文学的健康发展。他认为好的译本"不但在输入新的内容,也在输入新的表现法"⑤。他一方面寻求外国的进步和民主的思想来帮助中国人民的革命斗争,同时努力为读者多提供一些有新的表现方法的外国作品,来扩大文艺工作者的眼界,促进中国新的革命文学的成长。因此,从中国民主革命的历史过程来考察,从鲁迅的文学活动和中国革命的关系来考察,他的介绍、翻译、汲取和借鉴外国文学,是同先进的中国人向西方寻找真理的进程完全一致的,他只是从文学领域开拓了一个新的侧面。但文学作品又与社会政治思想有所不同,虽然总的说来,鲁迅介绍的外国文学除后期少数的如高尔基等的作品以外,绝大部分都是资产阶级民主主义的文学,但如果能够正确地对待和批判,它对我们的文学创作仍然有继承和借鉴的作用,因而它有可能成为鲁迅作品的艺术成就的重要的养料。

---

① 鲁迅:《南腔北调集·关于翻译》。
② 毛泽东:《在延安文艺座谈会上的讲话》。
③ 鲁迅:《且介亭杂文·〈草鞋脚〉小引》。
④ 鲁迅:《坟·未有天才之前》。
⑤ 鲁迅:《二心集·关于翻译的通信》。

当然,我们只能历史地看待这些作品的价值,决不能将它同无产阶级文学混为一谈。鲁迅后来也严正地指出了这一点,他说:"凡这些,离无产者文学本来还很远,所以凡所绍介的作品,自然大抵是叫唤,呻吟,困穷,酸辛,至多,也不过是一点挣扎。"①因此鲁迅借鉴和汲取之后又努力脱离它的影响,这不仅是艺术创造独立的民族风格的需要,同时也是思想上的革命批判精神的表现。

二 "摩罗"精神

1907年鲁迅写的《摩罗诗力说》是他最早的一篇介绍外国文学的文章,也是中国最早的系统地介绍以拜伦为代表的积极浪漫主义文学的文章。直到1926年他编完杂文集《坟》以后,还在后记中特意向读者介绍这一篇,他确实是喜爱这些诗人和他们的精神的。他把拜伦、雪莱直到裴多菲的这些诗人总名曰"摩罗诗派",宗主始于拜伦,因为拜伦的诗确实对欧洲许多国家浪漫主义文学的发展起过很大作用。这派诗人的共同特点是"无不刚健不挠,抱诚守真;不取媚于群,以随顺旧俗;发为雄声,以起其国人之新生,而大其国于天下"。为了唤醒人民反抗外来侵略和争取民族解放的觉悟,为了否定封建主义的一切传统束缚,鲁迅从他文学活动的开始,首先就爱上了拜伦和其他浪漫主义诗人,这是完全符合青年时代鲁迅的思想逻辑的。鲁迅用"立意在反抗,指归在动作"来概括摩罗诗人的精神,他所指的其实就是革命精神,这是同他当时决定选择用文艺来进行战斗的革命道路密切联系的。拜伦、雪莱等人的诗是那个时代他所能找到的最富有振奋人心的革命精神的作品。恩格斯在《英国工人阶级状况》中指出:"雪莱、天才的预言家雪莱,以及怀有满腔热情而对当前社会进行辛辣讽刺的拜伦,他们的读者极大多数是在工人中间;资产者自己只有着经过阉割而适合于当前伪善的说教的所谓'家庭版'。"就拜伦说,他的对英国上层统治者的憎恶和对祖国的热爱,他的热爱自由和对被压迫民族的援助,都深深地激动了青年鲁迅的心,因此鲁迅热烈地歌颂了他,说他"自尊而怜人之为奴,制人而援人之

----

① 鲁迅:《南腔北调集·〈竖琴〉前记》。

独立,无惧于狂涛而大傲于乘马,好战崇力,遇敌无所宽假,而于累囚之苦,有同情焉。意者摩罗为性,有如此乎?"鲁迅所歌颂的摩罗精神就是这种敢于向压迫者进行斗争的革命精神。

　　鲁迅所以赞扬这种精神,是有深刻的社会原因的。身受帝国主义和清朝统治者压迫的中国人民,处在辛亥革命前夕民主革命思潮高涨时期,所需要的正是复仇和反抗,所追求的正是自由和解放,因此拜伦诗中那种奔放热烈的革命情绪就很容易激动人们的心弦。他的《哀希腊》(长诗《唐·璜》第三篇中一个希腊爱国志士所唱的歌)在清末就有马君武、梁启超、苏曼殊等人的译文,为中国读者所传诵,就因为当时人们痛感到中国与希腊的命运相似,也是往古光荣而今零落,因此"如此好河山也应有自由回照""难道我为奴为隶今生便了"这种内容就很容易得到感应(诗句引自当时传诵较广的梁启超《中国未来记》中的译文)。鲁迅追忆当时的情形说:"有人说 G. Byron(拜伦)的诗多为青年所爱读,我觉得这话很有几分真。就自己而论,也还记得怎样读了他的诗而心神俱旺;尤其是看见他那花布裹头,去助希腊独立时候的肖像。……其实,那时 Byron 之所以比较的为中国人所知,还有别一原因,就是他的助希腊独立。时当清的末年,在一部分中国青年的心中,革命思潮正盛,凡有叫喊复仇和反抗的,便容易惹起感应。"①接着他在《摩罗诗力说》中又着重介绍了波兰的复仇诗人密茨凯维支,匈牙利的爱国诗人裴多菲。1929 年他说密茨凯维支"是波兰在异族压迫之下的时代的诗人,所鼓吹的是复仇,所希求的是解放,在二三十年前,是很足以招致中国青年的共鸣的"。裴多菲"是我那时所敬仰的诗人。在满洲政府之下的人,共鸣于反抗俄皇的英雄,也是自然的事"。② 鲁迅正是在这样的时代条件下为摩罗诗人的"复仇和反抗"精神所鼓舞而"心神俱旺"的,他的基本出发点是革命。当时他所专注的是怎样才能使被压迫民族起来反抗压迫者,怎样才能使中国走上革新和进步的道路,因此拜伦式的革命激情就自然地打动了他的心。拜伦诗歌中的主要形象,如康拉德、曼夫列特、卢希飞勒、该隐等,都是勇敢倔强的反抗者的形象,按照鲁迅的理解,他们都体现了诗人自己的革命精

---

① 鲁迅:《坟·杂忆》。
② 鲁迅:《集外集·〈奔流〉编校后记(十一)(十二)》。

神。这些人物虽然并不明确斗争的道路和目标,而且过于相信个人的力量,因而最后不能不得到悲剧的结局,但他们是坚强不屈的战士,忠于美好的理想,敢于向反动势力公开挑战,宁可战死也决不向压迫者投降妥协。这种"刚健抗拒破坏挑战之声"投合了鲁迅当时的思想和情绪,因此他的文章首先不是从艺术上来对他们的诗歌加以评述,而是着重在赞扬他们的复仇和反抗的革命精神对人们所起的巨大鼓舞作用。

鲁迅作的诗歌数量不多,小说中也没有拜伦式的个人主义英雄的悲剧,一般地说,他作品中浪漫主义的激情和理想也并不突出,这些是否意味着摩罗诗人对他的作品没有什么显著影响呢?事实并不如此。鲁迅既然首先是从革命精神这一点来爱好和高度评价这些作品的,因此在他对待现实的态度上、对各种不同人物的爱憎倾向上,他的作品就有着显著的同摩罗诗人相类似的地方,特别是拜伦。革命的首要问题是分清革命的动力和对象,这是敌我问题,作者的倾向性必须鲜明。很多研究者都把鲁迅对待阿Q、闰土等农民形象的态度概括为"哀其不幸,怒其不争",这是正确的。其实不只限于农民形象,鲁迅对待吕纬甫、涓生、子君等受反动势力压迫的知识分子,又何尝不是"哀其不幸,怒其不争"呢!这是因为农民和受压迫的知识分子在他们提高了觉悟之后,都有可能成为革命的动力,因此作者在同情他们的不幸遭遇和批判他们的严重弱点的同时,也对他们的觉醒和前途寄予了殷切的希望。"哀其不幸,怒其不争"这两句话就是引自鲁迅概括的拜伦对待被压迫奴隶的态度,他说:"苟奴隶立其前,必衷悲而疾视,衷悲所以哀其不幸,疾视所以怒其不争,此诗人所为援希腊之独立,而终死于其军中者也。"①这其实也是鲁迅自己为革命文学贡献一切的出发点。人们也常常把鲁迅在对敌斗争中的彻底的不妥协的态度概括为"不克厥敌,战则不止"。这也同样是鲁迅论述拜伦的话,他说:"故其平生,如狂涛如厉风,举一切伪饰陋习,悉与荡涤,瞻顾前后,素所不知;精神郁勃,莫可制抑,力战而毙,亦必自救其精神;不克厥敌,战则不止。"这种坚决的斗争精神不仅表现在鲁迅的光辉的一生,同样也表现在他作品中对待反面人物的态度上面。不论是赵太爷,还是鲁四老爷,作者不仅对他们毫无怜悯和同情,而且绝不是把这

---

① 鲁迅:《坟·摩罗诗力说》。

些人的行为当作道德上或生活上的过失或堕落来处理的,如很多批判的现实主义作家那样;而是把他们作为反动势力代表,作为农民的对立面,只能使读者引起憎恶的感情而存在的。正因为鲁迅把摩罗诗人理解为革命者,所以他的作品《伤逝》中的"五四"知识青年涓生和子君可以在一起谈论雪莱,从中得到鼓舞;而《幸福的家庭》中被讽刺的喜剧性人物"作家",就以为拜伦的诗"不稳当",有碍于一个"幸福的家庭",而只能读《理想的良人》之类的书。鲁迅当时也指出了拜伦作品中的消极面,说他"渐与社会生冲突,乃以是渐有所厌倦于人间"。但决心献身于祖国和人民的鲁迅,是不能对厌世情绪引起同感的;他只吸取并发扬了摩罗诗人积极抗争的精神,把它熔铸在自己的生活和创作中,后期则更在无产阶级立场上,对之加以马克思主义的改造,使它发出了新的独特的光彩。

鲁迅在谈到他的《狂人日记》时,曾说过它"不如尼采的超人的渺茫"的话[①],有些研究者就用力研究尼采对鲁迅作品的影响。确实,鲁迅在1907年作的《文化偏至论》中就谈到尼采的思想,后来又翻译了他的《察拉图斯忒拉的序言》,鲁迅当时还没有分清楚资产阶级上升时期的个性解放思想同后来资产阶级走向没落时期针对工人阶级集体主义的尼采反动思想的区别,他从反对安于现状、要求发扬个性和"力抗时俗"出发,也介绍了尼采的思想。但他不仅是从个性解放的角度去说明,而且从最初起,他对尼采的思想就是有着保留和批判的。就在《摩罗诗力说》里,他把拜伦同尼采作了比较,说拜伦"正异尼佉"(即尼采),"故尼佉欲自强,而并颂强者;此(指拜伦——引者)则亦欲自强,而力抗强者";处在帝国主义和封建统治者强力压迫之下的中国人民,虽然力求自强,但决然无法接受歌颂强者的思想,而只能是要求"力抗强者"的。所以鲁迅当时就批评尼采的学说是"虽云据科学为根,而宗教与幻想之臭味不脱"[②]。1925年他在《杂感》一文中指出:"勇者愤怒,抽刃向更强;怯者愤怒,却抽刃向更弱者。"[③]这不正是对尼采的颂强凌弱的反动思想的批判吗?因为他痛感到"中国人所蕴蓄的怨愤已经够

---

① 鲁迅:《且介亭杂文二集·〈中国新文学大系〉小说二集序》。
② 鲁迅:《集外集拾遗补编·破恶声论》。
③ 鲁迅:《华盖集·杂感》。

多了，自然是受强者的蹂躏所致的。但他们却不很向强者反抗，而反在弱者身上发泄"①，对于迫切要求提高人民觉悟的鲁迅来说，他当然不能同意尼采的那种对待被压迫人民的态度。1918 年他就不仅指出尼采的超人"太觉渺茫"，而且反对尼采说的"见车要翻了，推他一下"的说法，而赞成"扶他一下"，只是"倘若不愿你扶，便不必硬扶"，如果真的翻倒，"再来切切实实的帮他抬"②。可见即使在鲁迅早期，他同尼采的思想也是有原则区别的。到了后期，他就更明确地指出了尼采的虚伪和反动，他说："尼采就自诩过他是太阳，光热无穷，只是给与，不想取得。然而尼采究竟不是太阳，他发了疯。"③尼采不是文学作家，他的《察拉图斯忒拉如此说》一书虽然借用了察拉图斯忒拉这个人物，但其言行并无现实根据，并不是什么文学形象，作者只是用他来阐述自己的思想。因此无论就思想或艺术来考察，鲁迅作品所受的尼采的影响都不是主要的，他只是在早期对尼采的"重新估定价值"和"偶像破坏"等观点有所赞同罢了。就《狂人日记》说，只有"将来是容不得吃人的人"这一思想表面上好像与尼采的超人类似，但狂人是对封建礼教的控诉，有充分的现实生活根据，不仅"不如尼采的超人的渺茫"，而且本质上是完全不同的。

在鲁迅所介绍的摩罗诗人中，鲁迅始终都喜爱的是匈牙利爱国诗人裴多菲。1908 年他译介了《裴象飞诗论》，1925 年又译裴多菲的五首诗，还在自己作品中多次引用过裴多菲的诗句④。1931 年他还说，"我向来原是很爱 Petöfi Sándor（裴多菲）的人和诗的"，"正如作者虽然死在哥萨克兵的矛尖上，也依然是一个诗人和英雄一样"。⑤ 他对于裴多菲亲自参加抗击奥地利侵略者的卫国战争，用笔和武器同敌人搏斗，最后贡献了自己生命的事实，十分敬佩，同时也为他诗中的"斗志"所感染。他感慨地

---

① 鲁迅：《坟·杂忆》。

② 鲁迅：《热风·随感录四十一》及《集外集·渡河与引路》。

③ 鲁迅：《且介亭杂文·拿来主义》。

④ 见鲁迅《野草·希望》《集外集拾遗·诗歌之敌》《南腔北调集·〈自选集〉自序》《南腔北调集·为了忘却的记念》《且介亭杂文二集·〈中国新文学大系〉小说二集序》《且介亭杂文二集·七论"文人相轻"——两伤》。

⑤ 《集外集拾遗补编·〈勇敢的约翰〉校后记》。

说:"悲哉死也,然而更可悲的是他的诗至今没有死。"①就是说裴多菲所抗击的反动势力当时仍然存在,需要努力战斗。当然,鲁迅是知道裴多菲的局限性的。他只称之为"爱国诗人",对于殷夫的曲译为"民众诗人",他认为大可不必故意为之掩护,并且指出:"他生于那时,当然没有现代的见解,取长弃短,只要那'斗志'能鼓动青年战士的心,就尽够了。"②鲁迅对于外国作家,是贯彻了他所说的"取长弃短"的批判精神的。从鲁迅作品中看出,裴多菲对他同样起了鼓舞斗志的作用。当鲁迅在 1925 年前后感到自己成了"游勇",有点寂寞彷徨的时候,正是裴多菲的诗句"绝望之为虚妄,正与希望相同"给了他提笔的力量③;他当时虽然还感到希望渺茫,但认识到"希望是附丽于存在的,有存在,便有希望,有希望,便是光明。如果历史家的话不是诳话,则世界上的事物可还没有因为黑暗而长存的先例"④。于是他毅然否定了绝望,确立了"吾将上下而求索"的战斗追求。1935 年他在《七论"文人相轻"——两伤》一文中引用了裴多菲的《我的爱——并不是……》一诗,来说明"在现在这'可怜'的时代,能杀才能生,能憎才能爱,能生能爱,才能文"。而且称赞说裴多菲"说得好",就因为这首诗表现了作者的鲜明的憎的感情,因此那爱才是可信的。鲁迅三十年间一直把《裴多菲诗集》的德文译本带在身边⑤,因此他的作品有时也表现出与裴多菲类似的思想和情绪。譬如在他逝世前不久写的《半夏小集》中说:"假使我的血肉该喂动物,我情愿喂狮虎鹰隼,却一点也不给癞皮狗们吃。养肥了狮虎鹰隼,它们在天空,岩角,大漠,丛莽里是伟美的壮观,捕来放在动物园里,打死制成标本,也令人看了神旺,消去鄙吝的心。但养胖一群癞皮狗,只会乱钻,乱叫,可多么讨厌。"这同裴多菲在《狗之歌》《狼之歌》等诗篇中所表达的情绪是相似的;诗人憎恶"带着快乐的心情"舔主人脚跟的狗,而赞美"在赤裸的沙漠之中""有自由的生命"的狼。当然,这不能简单理解为艺术构思上的借鉴,首先还在于他们表达的

---

① 鲁迅:《野草·希望》。
② 《南腔北调集·为了忘却的记念》及《集外集·〈奔流〉编校后记(十二)》。
③ 鲁迅:《南腔北调集·〈自选集〉自序》。
④ 鲁迅:《华盖集续集·记谈话》。
⑤ 鲁迅:《南腔北调集·为了忘却的记念》。

都是一个战斗者所具有的那种鲜明热烈的爱憎,也就是鲁迅所赞美的摩罗精神。

三 "上流社会的堕落和下层社会的不幸"

鲁迅于 1908 年开始《域外小说集》的翻译工作,他所选译的三篇全是俄国作品。为了"将旧社会的病根暴露出来,催人留心,设法加以疗治的希望"①,他把目光从对"刚健抗拒破坏挑战之声"的追求,转为对社会现实的凝视,从浪漫主义转向了现实主义。他翻译介绍的目的很明确,是为了让中国人从中认识自己的社会和处境,为了中国的"新生",因此他首先把注意力集中在那些所反映的生活与中国社会相类似、容易为中国读者所理解的作品。"波兰和巴尔干诸小国"当时都是被压迫民族,它们受外来侵略和国内反动势力压迫的情况与中国类似是很容易理解的;俄国当时正在侵略中国,但鲁迅从清末开始翻译一直到逝世,都对俄国文学十分重视,表面上好像情况有所不同,其实那原因是一样的。毛泽东同志在《论人民民主专政》一文中指出:"中国有许多事情和十月革命以前的俄国相同,或者近似。封建主义的压迫,这是相同的。经济和文化落后,这是近似的。两个国家都落后,中国则更落后。先进的人们,为了使国家复兴,不惜艰苦奋斗,寻找革命真理,这是相同的。"由于有相同或者近似的社会背景,俄国文学中所反映的生活就容易为中国人所理解和接受,鲁迅的经历感受就充分说明了这一点。他追忆说:"那时(十九世纪末)就知道了俄国文学是我们的导师和朋友。因为从那里面,看见了被压迫者的善良的灵魂,的酸辛,的挣扎;还和四十年代的作品一同烧起希望,和六十年代的作品一同感到悲哀。我们岂不知道那时的大俄罗斯帝国也正在侵略中国,然而从文学里明白了一件大事,是世界上有两种人:压迫者和被压迫者!"②鲁迅自己就是当时的先进的中国人,他从俄国文学中看到了阶级的对立和矛盾,看到了被压迫人民的痛苦和挣扎,这不仅有助于他加深对中国社会的理解,而且也有助于他明确中国的新

①　鲁迅:《南腔北调集·〈自选集〉自序》。
②　鲁迅:《南腔北调集·祝中俄文字之交》。

文学应该具有怎样的性质。

除了作为浪漫诗派,鲁迅在《摩罗诗力说》中介绍了俄国诗人普希金和莱蒙托夫以外,在散文作家中,为什么鲁迅首先注意到的是安特列夫、迦尔洵、阿尔志跋绥夫这些消极因素较多,艺术成就不大的作家呢?他在《域外小说集·略例》中开头就说:"集中所录,以近世小品为多。"这就是说他寻求的是当代短篇作品,他首先注意的是同时代的声音。这种精神在他是一贯的,他曾说:"但我自己,却与其看薄凯契阿,雨果的书,宁可看契诃夫,高尔基的书,因为它更新,和我们的世界更接近。"①他的翻译夏目漱石、森鸥外等人作品的《现代日本小说集》,翻译俄国及东欧作品的《现代小说译丛》,都是着眼于"现代"这一意义。但在 19 世纪末,资产阶级文学普遍处于颓废堕落的时期,他的出发点虽然是寻求时代的强音,但最容易接触到的却往往是不健康的作品。鲁迅后来在评论"沉钟社"的青年"摄取异域的营养"时说:"但那时觉醒起来的智识青年的心情,是大抵热烈,然而悲凉的。即使寻到一点光明,'径一周三',却更分明的看见了周围的无涯际的黑暗。摄取来的异域的营养又是'世纪末'的果汁:王尔德,尼采,安特莱夫们所安排的。"②这些人中除英国的王尔德和法国的波特莱尔这些唯美主义作家与鲁迅关系较少外,这段话可以看作他对自己最早寻求外国作品的经历的回顾,也是对"世纪末"文学的消极影响的批判。安特列夫这些作家感觉到了现实的缺陷,提出了生活中的重大问题,这是吸引鲁迅接近他们的原因;但"径一周三",鲁迅也敏锐地看出了他们的阴暗消极的悲观主义思想倾向,看出了他们对待生活的错误态度。他指出安特列夫"全然是一个绝望厌世的作家";迦尔洵"悯人厌世""入于病态";"阿尔志跋绥夫是厌世主义的作家",他的小说《沙宁》中的议论"也不过一个败绩的颓唐的强者的不圆满的辩解",而《工人绥惠列夫》"临末的思想却太可怕"。③ 他从中国人民的需要出发,始终贯彻了批判的精神。鲁迅自己有时虽然也有过失望和悲愤的情绪,但那原因在于人民被压迫的苦难处境和革命力量的挫折,同安特列夫等

---

① 鲁迅:《且介亭杂文二集·叶紫作〈丰收〉序》。

② 鲁迅:《且介亭杂文二集·〈中国新文学大系〉小说二集序》。

③ 见 1925 年 9 月 30 日致许钦文信,《译文序跋集·〈一篇很短的传奇〉译者附记(二)》、《译文序跋集·译了〈工人绥惠略夫〉之后》、《华盖集续编·记谈话》各文。

人的悲观主义有着本质的不同。这些作家对他的创作也没有显著影响,他虽然说过"《药》的收束,也分明的留着安特莱夫式的阴冷",而且指出过《药》和安特列夫的《齿痛》是相类似的作品①,但如果我们把《药》同《齿痛》比较就可知道,由于《药》里写了两个母亲的交晤和坟上出现了花环,那情调就完全不同了,不是悲观颓唐,而是表达出了对将来的信心。可见这几个作家虽然是他最早注意到的,却并不是他最爱好的;他自己就说:"记得当时最爱看的作者,是俄国的果戈理和波兰的显克微支。"②他很快就扩大了自己的视野,就俄国文学说,对果戈理、柯罗连科、萨尔蒂珂夫(谢德林)、托尔斯泰、屠格涅夫、契诃夫、高尔基这些作家,都有所论述。他说:"我们虽然从安特来夫的作品里遇到了恐怖,阿尔志跋绥夫的作品里看见了绝望和荒唐,但也从珂罗连珂学得了宽宏,从戈理基感受了反抗。"③这就是说,他从这类俄国文学中所得到的并不都是恐怖绝望之类的消极东西,而是从更多的作家那里得到了有益的启发和营养的。

在《英译本〈短篇小说选集〉自序》一文中,鲁迅把他的小说的内容概括为"上流社会的堕落和下层社会的不幸",而且说这是受了外国文学的启发。他回顾了他和许多农民相亲近的经历,"知道他们是毕生受着压迫,很多苦痛",很想让大家知道这些景况。他说:"后来我看到一些外国的小说,尤其是俄国,波兰和巴尔干诸小国的,才明白了世界上也有这许多和我们的劳苦大众同一运命的人,而有些作家正在为此而呼号,而战斗。"这才启发他把眼中"分明地再现"的生活体验,"陆续用短篇小说的形式发表出来了"④。这就说明,外国的现实主义文学启发了他对中国社会现实和人民生活的深入解剖,这同他的热爱人民和探索革命动力的思想结合起来,就使得他的观察力特别广阔和深刻,使他的作品的现实主义成就为中国人民革命的理想所照耀而达到了新高度。1902 年他批评那些讨厌现实主义的人说:"不厌事

---

① 见鲁迅《且介亭杂文二集·〈中国新文学大系〉小说二集序》及孙伏园《鲁迅先生二三事·〈药〉》中记鲁迅的谈话。

② 鲁迅:《南腔北调集·我怎么做起小说来》。

③ 鲁迅:《南腔北调集·祝中俄文字之交》。

④ 鲁迅:《集外集拾遗·英译本〈短篇小说选集〉自序》。

实而厌写出，实在是一件万分古怪的事。"①文艺作品是反映现实的，生活在半殖民地半封建的旧中国，他写作的目的是"引起疗救的注意"；为不合理事实的存在感到讨厌则追求改革或疗救，为文艺作品写出"病态"感到讨厌只能产生"瞒和骗的文艺"，而这是不能成为他所追求的"引导国民精神的前途的灯火"的新文艺的②。鲁迅的小说，无论是写农民的或写知识分子的，都深刻地反映了从辛亥革命到第一次国内革命战争之前的中国社会现实，而且形式和风格也是民族化的，但它又和中国传统小说的面貌完全不同。其中最重要的一点就是鲁迅写了有重大社会意义的题材，写了"上流社会的堕落和下层社会的不幸"，写了阶级的对立和矛盾，而且他自己是鲜明地站在被压迫人民一边的。鲁迅是研究和考察过中国小说史的，他说："古之小说，主角是勇将策士，侠盗赃官，妖怪神仙，佳人才子，后来则有妓女嫖客，无赖奴才之流。'五四'以后的短篇里却大抵是新的智识者登了场，因为他们是首先觉到了'欧风美雨'中的飘摇的，然而总还不脱古之英雄和才子气。"③中国有长达两千年的封建社会，但竟没有一部以创造社会财富的农民为主人公的小说；《水浒传》的题材是写农民起义的，但其中的人物已经脱离了土地和劳动，在中国文学史上真正把农民当作小说中的主人公的，鲁迅是第一人。这是和中国民主革命的历史任务相适应的。毛泽东同志在《论联合政府》中指出："农民是最大的革命民主派。"正因为鲁迅的出发点是革命，他才把农民看作革命的动力和历史的主人公，并把他们摆在和压迫者相对的地位来描写。这对中国现代文学的健康发展是有伟大意义的，鲁迅就痛斥过资产阶级文人的那种文艺观点，他们"一听到下层社会的叫唤和呻吟，就使他们眉头百结，扬起了带着白手套的纤手，挥斥道：这些下流都从'艺术之宫'里滚出去！"④而鲁迅则坚持了从被压迫人民的角度来反映生活的现实主义观点。即使是写知识分子的，鲁迅也和这些人根本不同，丝毫没有什么"英雄和才子气"，而是从人民革命的角度来考察知识分子的优点和弱点，使他们在社会矛盾中接受考验，就是说他们其实也是分别属于"上流

---

① 鲁迅：《译文序跋集·〈幸福〉译者附记》。
② 鲁迅：《坟·论睁了眼看》。
③ 鲁迅：《南腔北调集·〈总退却〉序》。
④ 鲁迅：《南腔北调集·〈竖琴〉前记》。

社会的堕落和下层社会的不幸"的范畴。高老夫子、方玄绰,显然属于堕落的一群,而吕纬甫、涓生、子君等则同样属于不幸者。作品的艺术成就当然并不单纯决定于"写什么",但"写什么"并不是一个无关紧要的问题,它不仅关系到作品的社会意义,而且也是同作家的立场观点密切联系的。革命的作家总是首先把目光集中到社会的主要矛盾和有重大意义的题材上,鲁迅就是这样。他一向深恶以小说为"闲书"的人们,他是为了唤醒"铁屋子"里面熟睡的人们才开始创作的,如他自己所说,这就是"那时的革命文学"[①]。因此鲁迅把注意力转到外国的现实主义作品方面,就不仅仅是为了艺术方法上的借鉴,而首先是为中国民主革命的政治需要所决定的。他要探索革命的道路和动力,他要从外国作品中寻求为被压迫人民"呼号"和"战斗"的声音,而俄国和其他东欧国家的现实主义文学就给了他以有益的启发,使他的创作反映了当时中国社会的重大矛盾,对人民革命起了伟大的作用。

鲁迅在他后期的十年中,怀着无产阶级的强烈感情和建设中国无产阶级文学的热切愿望,对十月革命后苏联文学的情况十分关心,并且用了很大力量来翻译和介绍苏联的作品。他称赞高尔基是"'底层'的代表者,是无产阶级的作家"。并且说:"然而革命的导师,却在二十多年以前,已经知道他是新俄的伟大的艺术家,用了别一种兵器,向着同一的敌人,为了同一的目的而战斗的伙伴,他的武器——艺术的语言——是有极大的意义的。"[②]他所指的是列宁在1910年的论断:"而高尔基毫无疑问是无产阶级艺术的最杰出的代表,他对无产阶级艺术作出了许多贡献,并且还会作出更多的贡献。"[③]鲁迅不但翻译了高尔基的《俄罗斯的童话》和短篇《恶魔》,介绍了短篇《一月九日》和《母亲》的插图木刻,而且为了供青年作者的借鉴,特意译介了高尔基的《我的文学修养》,他还写了《做文章》和《看书琐记》两文来阐发其中的要点。他认为高尔基的一身,"就是大众的一体,喜怒哀乐,无不相通"[④],他重视的是作家的无产阶级思想感情。他还以极大的热情翻译了法

---

① 见鲁迅《南腔北调集·我怎么做起小说来》《〈呐喊〉自序》《南腔北调集·〈自选集〉自序》各文。

② 鲁迅:《集外集拾遗·译本高尔基〈一月九日〉小引》。

③ 列宁:《论召回主义的拥护者和辩护人的"纲领"》。

④ 鲁迅:《且介亭杂文末编·关于太炎先生二三事》。

捷耶夫的《毁灭》，并且写了很长的后记来分析和介绍它的思想和艺术，就因为他认为这"'毁灭'正是新生之前的一滴血，是实际战斗者献给现代人们的大教训"。对正在进行革命斗争的中国人民特别有教育意义。而且艺术上的特色也"随在皆是"，"非身历者不能描写"，因此他说他"就像亲生的儿子一般爱他，并且由他想到儿子的儿子"。①他是为了中国革命和革命文学的发展来作介绍工作的，实际效果也是这样，如毛泽东同志所指出，这部书在中国"产生了很大的影响"。他翻译了玛拉式庚的短篇《工人》，虽然认为这"不是什么杰作"，但由于描写了列宁和斯大林，而且"仿佛妙手的速写画一样，颇有神采"②，他就非常乐于介绍了。为了汲取经验和教训，他对十月革命后苏联文学的发展是经过全面的考察和了解的。他既看到了上述那类作品的"内容和技术的杰出"的成就，也注意到了叶遂宁和梭波里从革命前的热情歌颂到革命后的苦闷自杀，并且"因此知道凡有革命以前的幻想或理想的革命诗人，很可有碰死在自己所讴歌希望的现实上的运命；而现实的革命倘不粉碎了这类诗人的幻想或理想，则这革命也还是布告上的空谈"③。另外他也翻译介绍了雅各武莱夫的《十月》等所谓"同路人"的作品。但他指出《十月》"所描写的大抵是游移和后悔，没有一个铁似的革命者在内"，因为所谓"同路人"作者"究不是战斗到底的一员，所以见于笔墨，便只能偏以洗练的技术制胜了"。他既指出了《十月》"通篇的阴郁的绝望底的氛围气"，也指出了它描写巷战等处"显示着电影式的结构和描写法的清新"。他之所以介绍这类作品，除了因为它们的"洗练的技术"还有可取之外，就是为了和无产阶级作家的作品可以对比，"足令读者得益不少"④。他是希望引导中国读者从对比中认识到参加革命实践和端正立场的重要意义的。

鲁迅介绍和翻译苏联文学的工作虽然对于中国的读者和作者有过很大的影响，但对他的创作，则正如他自己所说，因为"不在革命的旋涡中心，而且

---

① 见鲁迅《译文序跋集·〈毁灭〉第二部一至三章译者附记》《译文序跋集·〈毁灭〉后记》《二心集·关于翻译的通信》各文。
② 鲁迅：《译文序跋集·〈一天的工作〉后记》。
③ 见鲁迅《南腔北调集·祝中俄文字之交》及《三闲集·在钟楼上》两文。
④ 鲁迅：《译文序跋集·〈竖琴〉后记》《译文序跋集·〈十月〉后记》。

久不能到各处去考察”，反动势力的压迫使他“写新的不能，写旧的又不愿”①，因此他后期就很少写小说，自然也就谈不上对作品的影响了。文化战线上的尖锐复杂的反“围剿”斗争使他更多地运用了杂文这一武器，而杂文与外国文学的关系就远非直接和明显了。

四　“表现的深切和格式的特别”

作为“文学革命的实绩”出现的鲁迅小说，在“五四”时期曾起了激动人心的巨大影响，后来鲁迅在分析发生这种社会影响的原因时说：“又因那时的认为‘表现的深切和格式的特别’，颇激动了一部分青年读者的心。然而这激动，却是向来怠慢了绍介欧洲大陆文学的缘故。”②这就说明，就形式体裁和表现方法这些艺术特点说来，它确实接受了外国文学的很大影响。鲁迅的小说都是短篇，所谓“格式的特别”主要就是指现代短篇小说这种形式。中国古典文学中当然也有短篇小说，而且还有不少为人传诵的篇章，然而无论就“始有意为小说”的唐宋传奇以及后来如《聊斋志异》之类的“拟传奇”，或“即以俚语著书，叙述故事”的宋元话本以及明代的“拟话本”③，那“格式”都是和现代短篇小说不同的。这不仅表现在它特别着重在故事情节的奇异和巧合上，而往往忽略了时代环境和人物性格的描写，这从它的名称叫“传奇”，书名叫《聊斋志异》《拍案惊奇》《今古奇观》等就可以看出来；更重要的是那写法就是以压缩的、省俭的形式来表现长篇在展开的过程中所显示的内容，而不是如鲁迅所理解的现代短篇小说所具有的那种特点。鲁迅把长篇喻作“时代精神所居的大宫阙”，而短篇则是“一雕阑一画础”，它“虽然细小，所得却更为分明，再以此推及全体，感受遂愈加切实”，这就是说短篇小说不是长篇的具体而微的模型或盆景性质的东西，而是可以“借一斑略知全豹，以一目尽传精神”的作品④，当然，不论是鲁迅的小说或外国作家的

---

① 见鲁迅《且介亭杂文·答国际文学社问》及《集外集拾遗·英译本〈短篇小说选集〉自序》两文。
② 鲁迅：《且介亭杂文二集·〈中国新文学大系〉小说二集序》。
③ 引语见鲁迅《中国小说史略》。
④ 鲁迅：《三闲集·〈近代世界短篇小说集〉小引》。

短篇,也都有正面描写一个人的一生的,如鲁迅的《祝福》《阿Q正传》,契诃夫的《打赌》《宝贝儿》,但它的写法仍然是从典型塑造的要求出发,不过是从纵的方面选取全过程的极小部分而已。鲁迅开始创作的时候,这种注重环境和人物描写的现代短篇小说的形式,对读者还十分新鲜,因而也就感到是"特别的"。中国古典小说名著章回体的长篇,清末流行的谴责小说,林琴南翻译的外国小说,也绝大部分是长篇。鲁迅则从他清末开始介绍外国小说起,就把精力倾注到短篇作品上。他后来回忆说:"《域外小说集》初出的时候,见过的人,往往摇头说,'以为他才开头,却已完了!'那时短篇小说还很少,读书人看惯了一二百回的章回体,所以短篇便等于无物。"①但他介绍的目的就在使读者"不为常俗所囿",而注意别人的"神思之所在"②。因此可以说,由"五四"开始的中国现代短篇小说的创作,就是由鲁迅以自己的介绍翻译和创作实践来奠定了基础的。我们现在看《鲁迅译文集》,他所介绍的绝大部分小说是短篇,只是由于他后期"所见的无产者作家的短篇很有限",见到的"却又是不能绍介,或不宜绍介的"③,他才译介了《毁灭》《死魂灵》等长篇,但我们由他称高尔基的短篇《一月九日》为"先进的范本",翻译了高尔基的《俄罗斯的童话》等短篇,而且极加称赞,就可看出他重视短篇小说这种形式是始终一贯的。

每个作家都有他自己喜爱和熟谙的文学形式,这并不排斥其他的体裁,鲁迅就认为长篇和短篇是"巨细高低,相依为命",就是说两者相互依存,相得益彰。他之所以特别重视短篇,除了考虑到读者"忙于生活,无暇来看长篇"之外,就因为在短篇中可以深刻地反映虽是局部但具有典型意义的生活,可以由此"推及全体",使人产生深刻的印象。特别是当这种形式还不为中国所熟悉的时候,为了开阔人们的眼界,使人知道世界文学的"种种作风,种种作者,种种所写的人和物和事状",以便作为借鉴,汲取营养,为中国现代文学的发展和丰富提供条件,他便把翻译和创作短篇小说作为自己的工作重点了。④

---

① ② 鲁迅:《译文序跋集·〈域外小说集〉序言》。
③ 鲁迅:《译文序跋集·〈一天的工作〉》前记及后记。
④ 本段引语见鲁迅《三闲集·〈近代世界短篇小说集〉小引》。

鲁迅十分重视从外国文学中批判地吸收艺术表现方法,他明白地说:
"我所取法的,大抵是外国的作家。"①但他不仅是用它来为反映中国人民的
现实生活服务,而且能够推陈出新,使之获得民族的特色。鲁迅小说中表现
的深切和形式结构的多样化,是同他重视吸收多种有用的表现方法分不开
的。《呐喊》出版后,茅盾在 1923 年《读〈呐喊〉》一文中说:"在中国新文坛
上,鲁迅君常常是创造'新形式'的先锋;《呐喊》里的十多篇小说几乎一篇有
一篇新形式,而这些新形式又莫不给青年作者以极大的影响,必然有多数人
跟上去试验。"②这里说明了"格式的特别和表现的深切"在当时所起的深刻
影响。我们试以发表在《新青年》上的最初的三篇小说为例,就可以充分看
出他在表现方法上的多样化。《狂人日记》用的是日记体,是由"狂人"自述
他的感受和遭遇的,这样便于写出直接的控诉和呼吁,因而深切地表达出了
反封建的战斗呼声。《孔乙己》通过一个酒店小伙计的眼睛,用第一人称来
叙述,由柜台内外、长衫短衣的对照中,鲜明地写出了孔乙己这个没落的封
建知识分子的悲剧。《药》则用了客观描写的方法,它用人血馒头的细节来
连接两个牺牲者的不幸命运,由不同的场景展示了广阔的社会画面。这些
不同的表现方式服从于内容的需要,都是为塑造人物和深化主题服务的。
像这种为反映现代生活服务的表现方法,仅靠对中国古典文学的借鉴是不
够的,因此鲁迅认为"不能不时时取法于外国"③。他之所以那么重视多方
面地吸收表现方法,正是为了获得能够深切地表现内容的艺术手段。这种
精神在鲁迅是一贯的,1934 年底他译了西班牙作者 P. 巴罗哈的《少年
别》,他说这是一篇"用戏剧似的形式来写的新样式的小说","因为这一种形
式的小说,中国还不多见,所以就译了出来"。④ 次年他就运用这种形式写
了篇以批判庄子思想为内容的历史小说《起死》。这篇作品以紧凑的对话尖
锐地揭露了庄子的无是非观在现实中的破产,取得了格式特别和表现深切
的艺术效果,同时又富有浓厚的民族风格。可见对外国文学的借鉴是鲁迅
作品取得高度艺术成就的一个不可忽视的因素。

---

① 鲁迅:1933 年 8 月 13 日致董永舒信。
② 见李何林编《鲁迅论》。
③ 鲁迅:《南腔北调集·关于翻译》。
④ 鲁迅:《译文序跋集·〈少年别〉译者附记》。

在鲁迅对外国作品的评述中，我们也可以看到他十分重视一些有创造性的艺术特点。例如他不喜欢陀思妥耶夫斯基的作品，但也指出了"他写人物，几乎无须描写外貌，只要以语气，声音，就不独将他们的思想和感情，便是面目和身体也表示着"①。这是因为鲁迅认为在有"正确的指示"的前提下，人们可以从那些思想内容不大能打动读者的"古典的，反动的"作品中"学学描写的本领，作者的努力"②。他对苏联作家拉甫拉涅夫的小说《星花》的思想内容很不赞成，指出它和无产作者的作品"截然不同"，但同时也指出了它有"洗练的技术"，其中"所写的居民的风习和性质，土地的景色，士兵的朴诚，均极动人，令人非一气读完，不肯掩卷"。③ 当然，这些只说明他对作品的艺术特色很重视，但更受他重视的还是那些思想内容与艺术表现都比较好的作品。如对罗马尼亚作家索陀威奴的短篇《恋歌》，他就认为不仅有"美丽迷人的描写"，而且"前世纪的罗马尼亚的大森林的景色，地主和农奴的生活情形，却实在写得历历如绘"。④ 更不必说像高尔基的作品了。

在外国短篇小说作者中，鲁迅在艺术上比较欣赏的作家是契诃夫。他曾对人说："契诃夫是我顶喜欢的作者。"⑤这是同他重视俄国文学和短篇小说这种形式有关的。高尔基给契诃夫的信中曾说："在俄国文学中，还没有一个像您这样的短篇小说家，而您现在是我国一个最珍贵和卓越的人物。""您拿您的小小的短篇小说进行着巨大的事业——在人们心中唤起对这种醉生梦死和半死不活的生活的憎恶——让魔鬼把这种生活抓走吧！"⑥这既同鲁迅的"揭出病苦，引起疗救的注意"的创作意图有所联系，同时艺术上的成就又是可以和值得借鉴的。郭沫若同志曾说："毫无疑问，鲁迅在早年一定是深切地受了契诃夫的影响的。""鲁迅的作品与作风和契诃夫的极相类似，简直可以说是孪生的弟兄。假使契诃夫的作品是'人类无声的悲哀的

① 鲁迅：《集外集·〈穷人〉小引》。
② 鲁迅：《准风月谈·关于翻译（上）》。
③ 鲁迅：《译文序跋集·〈竖琴〉后记》。
④ 鲁迅：《译文序跋集·〈恋歌〉译者附记》。
⑤ 李何林编《鲁迅论》中，收有《新中国的思想界领袖鲁迅》一文，美国巴来特（R. M. Bartlet)作，石孚译。原作者曾于1926年在北京会见过鲁迅，这里引的是他记录的鲁迅的谈话。
⑥ 高尔基：《文学书简（上）》中译本20页及66页。

音乐'("Still and sad music of humanity"),鲁迅的作品至少可以说是中国的无声的悲哀的音乐。"①这里指的当然是鲁迅的小说。1929年为了纪念契诃夫逝世二十五周年和开始创作五十年,鲁迅在他主编的《奔流》上曾刊登了他译的论文《契诃夫和新文艺》,另外还刊登了两篇契诃夫的作品。他曾在杂文中引述过这篇论文中的下述论点:"安特列夫竭力要我们恐怖,我们却并不怕;契诃夫不这样,我们倒恐怖了。"②就是欣赏契诃夫作品在艺术表现上的深切有力。1935年他译了契诃夫早期的八个短篇,收为《坏孩子和别的奇闻》一书,他称赞这些小说"字数虽少,脚色却都活画出来了","没有一篇是可以一笑就了的"。③但同时也指出了作者思想上的阴郁悲观的气息。可见鲁迅主要是从艺术借鉴的角度来喜欢这个作者的。契诃夫的短篇用简短的篇幅写了具有社会意义的主题,他暴露了俄国社会广泛流行的平庸、灰暗和堕落的生活(如《普里希别叶夫中士》等),描写了在物质和精神方面都极端贫乏的俄罗斯农民生活(《农民》),也刻画过不少知识分子的形象(如著名的《套中人》和列宁喜欢的《第六病室》),这些都是能够吸引鲁迅的注意的。契诃夫对现实的态度严肃认真,鲁迅曾说:"契诃夫说过'被昏蛋所称赞,不如战死在他手里。'真是伤心而且悟道之言。"④就是对他的创作态度的概括评价。但鲁迅是革命者,他对旧社会的批判要比契诃夫锐利得多,他对农民有更深刻理解,这些都不是契诃夫所能比拟的,因此引起他更大注意的还是这些作品的艺术特色。契诃夫的短篇小说结构谨严,写得十分精练,他善于启发读者的想象力,推动他们思考问题。他的作品人物不多,而且只突出其中他所选定的中心人物,由主要情节讲起,排除一切多余的东西,只用基本线索和选取有特征的细节来刻画人物的性格。他很少大段地描写风景,语言简洁生动,不大用华丽的辞藻和堆砌的形容词,同时又有把握描写对象的能力。这些特点同鲁迅所说的"要极省俭的画出一个人的特点,最好是画他的眼睛"的塑造人物的方法,以及"有真意,去粉饰,少做

---

① 《沫若文集(第十三卷)·契诃夫在东方》。
② 鲁迅:《三闲集·铲共大观》。
③ 鲁迅:《译文序跋集·〈坏孩子和别的奇闻〉》译者后记及前记。
④ 鲁迅:《且介亭杂文二集·徐懋庸作〈打杂集〉序》。

作，勿卖弄"的"白描"手法①，都是十分接近的。总之，白描、传神、集中的表现方法，是契诃夫的作品引起鲁迅喜爱的主要原因，同时也是他在自己的创作实践中所注意借鉴的主要方面。显然，这些特点对鲁迅的小说是有一定影响的；只是由于鲁迅思想的深刻性和战斗性，他对中国人民生活的熟悉和理解，以及他对中国古典小说传统风格的重视和继承，就使他的作品绝不是仅如契诃夫那样的对"小人物"的怜惜和同情，而是真正从革命的角度写出了农民和知识分子的遭遇和前途，因而不仅在思想上，而且也在艺术上取得了崭新的卓越的成就。

五　散文诗·社会批评

鲁迅自称《野草》为散文诗，而且说它"技术并不算坏"②。我们从这部抒情意味浓厚和艺术优美的作品中，确实可以看到作者对自己心境感受的解剖和抒发；他虽然是用散文写的，但意致深远，内容和表现方式都有浓郁的诗意。应该承认，散文诗这一体裁的运用是受到外国文学的影响的。中国古代有"以文为诗"的宋诗，也有如辞赋之类的韵文，也就是以诗的形式写的散文，但这些不仅都受一定格律和韵脚的限制，而且它所借助的形象和思想感情的容量都是比较狭窄的，和《野草》显然不是同一类的体裁。"五四"以后外国文学中的散文诗一类作品，在中国有了广泛的流传，才逐渐有了这种形式的创作。鲁迅早在日本留学时期，就爱上了荷兰诗人望·蔼覃的《小约翰》，这本书原序的作者德国人保罗·赉赫称蔼覃是"荷兰迄今所到达的抒情诗里，他的诗也可以算是最好的"，又称《小约翰》是"象征写实底童话诗"。③鲁迅在中译本《引言》中同意这种说法，而且说它是"无韵的诗，成人的童话"。在该书"附录一"鲁迅译的荷兰诗人波勒·兑·蒙德的介绍文章中，则径直称它为散文诗。鲁迅从 1906 年开始接触这本书，就感到"非常神往"，"是自己爱看，又愿意别人也看的书，于是不知不觉，遂有了翻成中文的

---

① 鲁迅：《南腔北调集·我怎么做起小说来》《南腔北调集·作文秘诀》。

② 鲁迅：《南腔北调集·〈自选集〉自序》、1934 年 10 月 9 日致萧军信。

③ 《鲁迅译文集（第四卷）·〈小约翰〉原序》及《鲁迅译文集（第四卷）·〈小约翰〉附录一》。

意思"。^①但直到 1926 年才开始翻译,次年出版。1936 年鲁迅曾应读者之请,把他译著的各书开了一个单子,在所译书目中,他只在《小约翰》和《死魂灵》两书上加注了一个"好"字,而且在信中说明:"别的皆较旧,失了时效,或不足观,其实是不必看的。"^②他曾说:"我也不愿意别人劝我去吃他所爱吃的东西,然而我所爱吃的,却往往不自觉地劝人吃。看的东西也一样,《小约翰》即是其一。"^③可见这是从他从事文学工作开始,三十年来一直爱好不释的一本书。这不仅因为原作者曾研究过医学和生物学,以及学识渊博、关心儿童等方面与鲁迅有共同点,主要还在于它的内容和体裁。它是童话,但故事大部是在"幻惑之乡"开演的,"那地方是花卉和草,禽鸟和昆虫,都作为有思想的东西,互相谈话,而且和各种神奇的生物往还"^④,"其中如金虫的生平,菌类的言行,火萤的理想,蚂蚁的平和论,都是实际和幻想的混合"^⑤。这种表现方式和鲁迅自己认为"大半是废弛的地狱边沿的惨白色小花"的《野草》^⑥,颇有近似之处,都是通过形象和想象来抒发作者的情绪和感受的。《野草》中不仅有许多奇特的构思和幻想的故事,而且如《秋夜》中所写的瑟缩地做梦的细小的粉红花,《狗的驳诘》中大发议论的狗,都是作为有思想的东西活动的,正是一种实际和幻想相混合的写法。当然,《野草》所抒写的是鲁迅在他思想发展的一个特定阶段的独有的心情和感受,是和写作当时的具体时代特点相联系的,这与作为童话的《小约翰》根本不同;我们所指的仅只限于两者在体裁和写法上的近似。

在中国流行得比较广泛的散文诗作品,是《屠格涅夫散文诗》。据孙伏园回忆,鲁迅曾对他讲过关于《药》的创作情况,并举出屠格涅夫的《工人和白手人》和《药》的用意有些仿佛^⑦。《工人和白手人》是《屠格涅夫散文诗》五十首之一,可见鲁迅对这部作品是很熟悉的。《散文诗》是屠格涅夫的晚年作品,就内容说,其中表现着作者对人生无常和关于衰老死亡的命运的沉思,往事的回忆和爱的幻想,有严重的忧郁感伤情绪和悲观主义倾向。但它

---

① ③ ⑤ 　鲁迅:《译文序跋集·〈小约翰〉引言》。

② 　鲁迅:1936 年 2 月 19 日致夏传经信。

④ 　《鲁迅译文集(第四卷)·〈小约翰〉附录一》。

⑥ 　鲁迅:《二心集·〈野草〉英文译本序》。

⑦ 　见孙伏园《鲁迅先生二三事·〈药〉》中记鲁迅的谈话。

在艺术上又是十分成熟的，浓郁的抒情因素，对大自然的冷漠和威力的描写，艺术幻象的精巧的构思和引人思索的寓意，都使它充满了诗的意境和感染力。写作《野草》时期的鲁迅处于当时的黑暗现实下固然也有某种孤寂阴暗的情绪，但同时他还正在"上下求索"革命途径和"新的战友"，而且他是为了解剖自己的思想矛盾才抒发感受的，因此在思想倾向上同《屠格涅夫散文诗》有着根本的不同。但是当他决定选择散文诗这种形式来抒写他在获得马克思主义世界观的过程中所经历的内心曲折和思想感触的时候，对同一类型的艺术上较好的作品他当然是会有所借鉴的，特别是在艺术构思和形象选择方面。我们试举用幻象来抒写感触的表现方法为例，就可以说明这一点。《野草》中从《死火》到《死后》一连七篇都是用"我梦见自己……"开始的，通篇写的似乎都是梦境，此外如《影的告别》《好的故事》《一觉》，写的也都是朦胧中的幻象。这是因为作者要写的是他在解剖自己思想情绪时的矛盾和感触，是在独自思索中产生的，而且这些矛盾还没有找到真正的解决办法，因此用梦境和幻象的构思方式不仅可以收到意致深远的诗的效果，而且也显示了这些感触与黑暗现实的某种对立的性质。这种方法在中国古典诗歌和散文中是比较少见的，但在《屠格涅夫散文诗》中却是常用的一种构思方式，如《世界的末日》《虫》《自然》《蔚蓝的国》和《基督》，写的都是梦境；《老妇》《两兄弟》《仙女》等篇写的是幻象。当然，梦或幻象的具体内容和思想意义是每篇各不相同的，更不用说它同《野草》的根本区别了，但作为散文诗的一种艺术构思和选择形象的方式，则《野草》显然是对它有所借鉴的。这种借鉴对于鲁迅当然只能是一种启发，因为即使是类似的构思和形象，由于思想倾向的根本不同，艺术表现也是完全两样的。《野草》中有一篇《求乞者》，《屠格涅夫散文诗》中有一篇《乞丐》，表面上都是通过第一人称"我"在路上遇到一个乞丐来抒发感触的，但屠格涅夫珍视的是人类的互助和同情，认为这是对不幸者的最好的布施，在另一篇《施舍》中更宣扬了施舍关系可以得到道德的完善，和平和欢乐。鲁迅则极端厌恶这种人和人之间的布施关系，认为它不过是"无物之阵"的灰色生活的点缀，消除求乞这种现象同样"是要各人竭力挣来，培植，保养的，不是别人布施，捐助的"。因此他对于布施式的关系"给与烦腻，疑心，憎恶"。① 不同的思想内容使两篇作品在艺术表现上也采取了完全不同的方式。又如屠格涅夫的《基督》和鲁迅的《复仇》（其二）都是借基督的形象来抒发感触的，前者只用自己的感觉表现了基督就是像常人一样的普通人的思想，后者则通过耶稣去钉十字架的场面，沉痛地描写了在其同胞尚未觉悟的情况下一个孤独的改革者的遭遇和心情——他要被钉死了，感到"四面都是敌意"，但他"较永久地悲悯他们的前途，然而仇恨他们的现在"。也就是写了一个对群众"哀其不幸，怒其不争"的先驱的改革者的形象。两者都不是把基督当作"神"来写的，但形象的思想意义和表现方法是完全不同的。这就充分地说明，鲁迅对于外国作品的借鉴采取的完全是"为我所用"的主人公态度，既没有为原作者的悲观主义思想所束缚，也没有在艺术上运用近似的表现手法，而是创造性地汲取营养，丰富和扩大了自己在艺术构思上的视野，获得了更多的可以为表现内容服务的艺术手段。

杂文是鲁迅进行战斗的主要武器。就杂文这一体裁的产生，渊源或风格特色来说，都同中国社会现实和古典文学的传统有着密切的联系，而与外国文学的关系则是相当远的。但鲁迅既然一贯重视和提倡杂文的写作，把它称为"'文明批评'和'社会批评'"②，那么当他接触的外国作品中也有类似杂文的关于社会现实和文化思想的揭露批判的内容时，自然会引起他的密切的注意。1925 年鲁迅译了日本厨川白村的《出了象牙之塔》，就因为他感到这本书"于本国的微温，中道，妥协，虚伪，小气，自大，保守等世态，一一加以辛辣的攻击和无所假借的批评。就是从我们外国人的眼睛看，也往往觉得有'快刀断乱麻'似的爽利，至于禁不住称快③。他把这本书当作针对中国"隐蔽着的痼疾"的"从外国药房贩来的一帖泻药"，就是希望它能在中国发生杂文一样的作用。厨川白村是日本的唯心主义文艺理论家，这本书是他的论文随笔集。鲁迅所欣赏的主要是其中社会批评的部分；他说："作者对于他的本国的缺点的猛烈的攻击法，真是一个霹雳手。……他所狙击的要害，我觉得往往也就是中国的病痛的要害；

---

① 鲁迅：《热风・随感录六十一：不满》《野草・求乞者》。
② 鲁迅：《两地书・十七》。
③ 鲁迅：《译文序跋集・〈出了象牙之塔〉后记》。

这是我们大可以借此深思,反省的。"①1928 年他译了日本鹤见祐辅的《思想·山水·人物》,而且在《题记》中径直称这本书是"杂文集"。原作者是资产阶级自由主义者,鲁迅当时就不同意作者的一些观点,认为书中"有大背我意之处",只是"觉得其中有些有用,或有些有益",才把它翻译过来。这这本书中的许多观点的确是鲁迅一向所反对的,例如《论自由主义》一篇,鲁迅说虽然是作者"神往的东西",却"并非我所注意的文字"。② 又如《说幽默》一篇,鲁迅向来认为幽默"是只有爱开圆桌会议的国民才闹得出来的玩意儿,在中国,却连意译也办不到"③。更明显的是《断想》一文,作者竟然对"费厄泼赖"大加赞扬,而鲁迅是于1925年就写过《论"费厄泼赖"应该缓行》的名文的。可见鲁迅对这本书的观点基本上是批判的,因此他才在《题记》中指出"并非要大家拿来作言动的指南针"。他所觉得"其中有些有用,或有些有益"的主要是两点,一是在作者的某些批评中"分明可见中国的影子",二是作者的文笔"很有明快切中的地方,滔滔然如瓶泻水,使人不觉终卷"。④而这两者都是有益于关心社会批评和写作杂文的借鉴的。

鲁迅认为在"五四"以后的新文学创作中,"散文小品的成功,几乎在小说戏曲和诗歌之上"。而且指出"因为常常取法于英国的随笔(Essay),所以也带一点幽默和雍容;写法也有漂亮和缜密的",这类作品起了"对于旧文学的示威"的战斗作用⑤。鲁迅自己的散文简练隽永,抒情味很浓,和英国随笔的风格迥然不同,他并未有意地去取法。但他不反对这种借鉴,只要作者牢记思想革命的战斗任务。1928年他编《奔流》时曾译载了随笔《大地的消失》一文,并且在后记中指出:"Essay(随笔)本来不容易译,在此只想绍介一个格式。将来倘能得到这一类的文章,也还想登下去。"⑥这就说明他是赞成散文作者熟悉随笔这一格式的,而且愿意多介绍一些可供借鉴的作品。这些都是和他一向主张的"博采众家、取其所长"的观点一致的。

---

① 鲁迅:《译文序跋集·〈从灵向肉和从肉向灵〉译者附记》及《〈观照享乐的生活〉译者附记》。

②④ 鲁迅:《译文序跋集·〈思想·山水·人物〉题记》。

③ 鲁迅:《南腔北调集·"论语一年"》。

⑤ 鲁迅:《南腔北调集·小品文的危机》。

⑥ 鲁迅:《集外集·〈奔流〉编校后记(一)》。

六 讽刺艺术

无论小说和杂文,鲁迅作品显著的艺术特色之一就是讽刺。这是因为他要"揭出病苦,引起疗救的注意",要"论时事不留面子,砭锢弊常取类型"①,所以他就需要抓住生活中有典型意义的事例,采取最有意义的事例,采取最有力的艺术手法来给以致命的一击;他的讽刺对象主要是敌人,是用来撕破旧中国的脸的。鲁迅认为讽刺的作用与喜剧相同,是"将那无价值的(东西)撕破给人看"②的,而在半殖民地半封建的旧中国,多少卑劣可笑的事情都习以为常地被当作庄严正常的现象来看待啊!鲁迅曾慨叹说:"假使现在有一个英国的斯惠夫德似的人,做一部《格利佛游记》那样的讽刺小说,说在二十世纪中,到了一个文明的国度,看见一群人……在正正经经的研究古代舞法,主张男女分途,以及女人的腿应该不许其露出。那么,远处,或是将来的人,恐怕大抵要以为这是作者贫嘴薄舌,随意捏造,以挖苦他所不满的人们的罢。然而这的确是事实。"③这就说明当时的现实生活是讽刺作品产生的根源,但它又不是简单的拉杂的生活记录,要使作品真正有力量,就必须对生活素材进行艺术加工,使它充分发挥战斗的作用。鲁迅写过《论讽刺》和《什么是"讽刺"?》两篇文章,其中不仅精辟地论述了讽刺艺术的特征,而且可以认为是总结了他自己的创作经验的。他一方面强调了"非写实决不能成为所谓'讽刺'"④,一方面又指出了作者"有意的偏要提出这等事,而且加以精练,甚至于夸张,却确是'讽刺'的本领。同一事件,在拉杂的非艺术的记录中,是不成为讽刺,谁也不大会受感动的"⑤。这就说明作者除了正确的认识生活之外,还必须在精练、夸张的讽刺艺术上用功夫,才可能产生感人的力量。鲁迅作品在讽刺艺术上的高度成就,当然首先在于他对社会生活的正确认识和革命者的战斗态度,但他的艺术加工的本

---

① 鲁迅:《南腔北调集·我怎么做起小说来》《伪自由书·前记》。
② 鲁迅:《坟·再论雷峰塔的倒掉》。
③ 鲁迅:《花边文学·奇怪》。
④ 鲁迅:《且介亭杂文二集·论讽刺》。
⑤ 鲁迅:《且介亭杂文二集·什么是"讽刺"?》。

领也同样是重要的,而在这方面,就同他对过去作品的借鉴有了联系。在那两篇论讽刺的文章里,他推崇的讽刺作品除了《儒林外史》等中国小说外,就举出了斯惠夫德和果戈理两个外国作家。斯惠夫德的《格利佛游记》,鲁迅称赞它在讽刺艺术上的成就,但英国社会情况和作品中所写的生活同中国的差别太大,因此对鲁迅作品没有显著的影响。果戈理就不同,鲁迅认为他"那《外套》里的大小官吏,《鼻子》里的绅士,医生,闲人们之类的典型,是虽在中国的现在,也还可以遇见的"[①]。由于俄国社会生活和旧中国的生活相似,果戈理的作品容易为中国读者所理解,这同样也是鲁迅三十年来一直喜爱果戈理的重要原因。

早在1907年写的《摩罗诗力说》里,鲁迅就称赞果戈理"以描绘社会人生之黑暗著名","以不可见之泪痕悲色,振其邦人"。他创作的第一篇白话小说《狂人日记》用的是与果戈理小说相同的名字,虽然果戈理的作品只表现了卑微的弱者呼救的声音,而鲁迅则号召人们打破吃人的制度,比较起来"忧愤深广"得多,但在艺术形式上是受到果戈理作品的启发的。他对《死魂灵》的翻译付出了极大的精力,直到逝世前不久,他还在忙于《死魂灵》第二部的翻译,他对果戈理的喜爱是一贯的。鲁迅所欣赏的主要是果戈理作品的现实主义成就,尤其是讽刺艺术,而这也正是他所要借鉴的地方。他论《死魂灵》第一部时说:"其中的许多人物,到现在还很有生气,使我们不同国度,不同时代的读者,也觉得仿佛写着自己的周围,不得不叹服他伟大的写实的本领。"又说,"讽刺的本领,在这里不及谈,单说那独特之处,尤其是在用平常事,平常话,深刻的显出当时地主的无聊生活","写法的确不过平铺直叙,但到处是刺,有的明白,有的却隐藏"[②]。《死魂灵》第一部主要写的是地主们,附带也描写了一些官吏集团的人物,它通过乞乞科夫的访问各贵族庄园,描绘了农奴制俄罗斯的地主生活,其中都是些庸俗、猥琐、丑恶的角色;作者辛辣地嘲笑了他们,用讽刺艺术来批判了那个"一无是处的时代"。鲁迅是深知果戈理的弱点和局限的,他指出果戈理对地主的"讽刺固多",实则"都各有可爱之处。至于写到农奴,却没有一点可取了",因为"果戈理自

---

① 鲁迅:《且介亭杂文二集·论讽刺》。
② 鲁迅:《且介亭杂文二集·〈死魂灵百图〉小引》《几乎无事的悲剧》《"题未定"草(一)》。

己就是地主"。① 《死魂灵》第一部着重描写的是讽刺对象,这个弱点还不很突出,到第二部作者企图塑造正面形象的时候,他的局限便成为致命的了。鲁迅认为:"这一部书,单是第一部就已经足够的,果戈理的运命所限,就在他本身所属的一流人物。所以他描写没落人物,依然栩栩如生,一到创造他之所谓好人,就没有生气。"② 这是为作家的阶级立场所决定的,他要描写地主们改心向善,完全违反了现实主义的创作原则,当然是要失败的。因此鲁迅指出这种人物形象的"积极者偏远逊于没落者:在讽作家果戈理,真是无可奈何的事"③。就是对于第一部,鲁迅也依然是有批判的,不仅指出了它描写了地主的尚有"可爱之处",而且他表示同意《死魂灵》德译本序言作者珂德略来夫斯基的意见,认为果戈理"有一种偏见,以为位置高的,道德也高,所以对于大官,攻击特少"④。但鲁迅在批判他的弱点和局限的同时,也指出了作者在艺术上的杰出成就,称赞他写出了极平常的"几乎无事的悲剧","非由诗人画出它的形象来,是很不容易觉察的"⑤。这种现实主义成就,特别是对于丑恶形象的讽刺艺术,在旧中国是非常需要的,因而也是值得借鉴的。

鲁迅曾介绍过一篇日本作者论述果戈理的文章,其中有这样一段话:"从果戈理学什么呢,单从他学些出众的讽刺手法,是不够的。他的讽刺,是怎样的东西呢?最要紧的是用了懂得了这讽刺,体会了这讽刺的眼睛,来观察现代日本的这混浊了的社会情势,从中抓出真的讽刺底的东西来。"⑥ 这其实大体上是概括了鲁迅的借鉴态度和鲁迅作品的讽刺特色;他从中国的现实生活出发,针对各种不同的对象,抓住它的特征,运用精练的艺术手法,给以辛辣的讽刺,以达到打击敌人和教育人民的目的。和果戈理不同,在鲁迅笔下的地主和其他反面人物,例如赵太爷、鲁四老爷、七大人、慰老爷、四铭、高老夫子之类,我们丝毫也发现不了他们有任何可爱之处,或有

———————————

① 鲁迅:《且介亭杂文二集·几乎无事的悲剧》。
② 鲁迅:《译文序跋集·〈死魂灵〉第二部第二章译者附记》。
③ 鲁迅:《译文序跋集·〈死魂灵〉第二部第一章译者附记》。
④ 鲁迅:1935 年 10 月 20 日致孟十还信。
⑤ 鲁迅:《且介亭杂文二集·几乎无事的悲剧》。
⑥ 《鲁迅译文集(第十卷)·立野信之:〈果戈理私观〉》。

任何"改心向善"的可能,因为作者就是把他们作为旧的社会制度的支柱和人民的敌人来彻底否定的。他鲜明地站在人民一边,从压迫者与被压迫者的关系来表现人物,而不是仅从这些人的生活空虚或道德堕落来着眼的。当然,在鲁迅笔下的讽刺对象也有一些带有"可爱之处"之人物,例如阿Q,甚至孔乙己,但他们都是被压迫者,他们身上的可笑之处是和他们的被压迫和被损害的地位不可分的。鲁迅不但在运用讽刺时的态度不同,而且他还写了阿Q的革命性,孔乙己对待孩子们的善良的性格,就因为在他们身上本来就有值得同情的地方。鲁迅的敌我界限十分明确,他说:"讽刺家,是危险的。假使他所讽刺的是不识字者,被杀戮者,被囚禁者,被压迫者罢,那很好,正可给读他文章的所谓有教育的智识者嘻嘻一笑,更觉得自己的勇敢和高明。"[1]鲁迅坚决反对恶意地讽刺劳动人民和被压迫者,他对他们身上的缺点的讽刺全出于"怒其不争"和促使他们觉醒起来的迫切愿望,这和对地主阶级等反面人物的讽刺是有根本区别的。小说如此,杂文也一样;毛泽东同志指出:"'杂文时代'的鲁迅,也不曾嘲笑和攻击革命人民和革命政党,杂文的写法也和对于敌人的完全两样。"[2]这种态度鲜明的根本原因就在于作者是革命者,他讽刺的目的在于改造社会,因此他对讽刺的运用十分严格,既反对"觉得一切世事,一无足取,也一无可为"的冷嘲,又反对"将屠户的凶残,使大家化为一笑"的幽默[3],他是把讽刺艺术作为战斗武器来使用的。可见虽然他十分喜爱果戈理的写实和讽刺,他也有意识地把果戈理的作品作为借鉴,但他们之间的现实的态度以及艺术特色,都是有很大区别的。

　　除果戈理外,从"博采众长"出发,鲁迅也介绍了别人的讽刺作品。他翻译了俄国萨尔蒂珂夫(谢德林)《某城记事》中的《饥馑》,称赞作者的"锋利的笔尖,深刻的观察",而且认为这类作品"于中国也很相宜"。[4]他也翻译了法国作家腓立普的短篇《食人人种的话》,认为这是"圆熟之作",但他"所取

---

①　鲁迅:《伪自由书·从讽刺到幽默》。

②　毛泽东:《在延安文艺座谈会上的讲话》。

③　鲁迅:《且介亭杂文二集·什么是"讽刺"?》《南腔北调集·"论语一年"》。

④　鲁迅:《译文序跋集·〈饥馑〉译者附记》、1935年2月9日致孟十还信。

的是篇中的深刻的讽喻"①,并不赞成作者的思想。当1933年英国作家萧伯纳到上海时,一时无聊文人纷纷指萧为幽默大师、行动怪诞的人,鲁迅则说:"我是喜欢萧的。"因为"他往往撕掉绅士们的假面","终于拉住耳朵,指给大家道,'看哪,这是蛆虫!'连磋商的工夫,掩饰的法子也不给人有一点"。②恩格斯在1892年在批评萧伯纳参加费边派的活动时,曾指出过萧"作为文学家是很有才能和富于机智的"③。讽刺是萧伯纳作品的主要特色,而这正是鲁迅喜欢他的原因。可见鲁迅对外国作家采取的都是分析批判的态度,从未加以盲目的推崇和全盘的肯定。

七　体裁家(Stylist)

鲁迅在《我怎么做起小说来》一文中说:"我做完之后,总要看两遍,自己觉得拗口的,就增删几个字,一定要它读得顺口;没有相宜的白话,宁可引古语,希望总有人会懂,只有自己懂得或连自己也不懂的生造出来的字句,是不大用的。这一节,许多批评家之中,只有一个人看出来了,但他称我为Stylist(体裁家)。"④这是说他很注意语言的提炼工作,而这一点在"五四"时期新文学的建设中是有非常重要的战斗意义的。从当时先驱们的主张看来,他们之所以坚决主张"白话当为文学之正宗",主要有两方面的理由:第一,白话能够为一般人所看懂,容易普及;第二,白话是一种完善的文学语言,它比文言文更富于艺术表现力,更能完满地反映现实生活。白话文容易普及这一点是常识之内的事情,有充分的说服力;但白话文是否可以成为一种完善的文学语言,当时就有人抱着怀疑的态度。这当然可以据理驳斥,但更重要的还在于用创作实践来证明。白话小说虽然在中国有悠久的历史,但由于它是从"平话"和说书的口头文学演变来的,从文学语言的观点看就不够精练和完美,人们日常的口语和谈话当然是作家采取的源泉,但须

---

① 鲁迅:《译文序跋集·〈食人人种的话〉译者附记》。
② 鲁迅:《南腔北调集·看萧和"看萧的人们"记》《论语一年》。
③ 马克思、恩格斯:《论艺术》第四卷。
④ 这个批评家指黎锦明。见他的《论体裁描写与中国新文艺》一文,1928年2月《文学周报》第五卷。

加提炼的功夫。因此鲁迅说他用的语言是"采说书而去其油滑,听闲谈而去其散漫,博取民众的口语而存其比较的大家能懂的字句,成为四不象的白话"①。这里所谓"采说书"就是采自旧的章回小说,而闲谈和口语则是从生活中直接提炼的,所以他称赞高尔基说的"大众语是毛胚,加了工的是文学"是"很中肯的指示"②。鲁迅非常重视从艺术表现力方面做到新文学"对于旧文学的示威"③,因此注重文学语言的提炼工作,在当时就有实际的战斗作用,同时这也形成了他自己的文体风格。

文学语言当然属于民族的范畴,但为了丰富它的表现力,使它精密和完善,能够更好地反映现代生活,仍然是可以从外国文学中得到启发和借鉴的。鲁迅称刘半农对于"'她'字和'牠'字的创造"是"五四"时期打的一次"大仗"④;这表面上看来好像有点夸张,其实他是有深刻体会的。拿女性第三人称的"她"字来说,鲁迅起初用的也是"他"字,如《明天》中的单四嫂子的代词;后来觉得意义含混,有加以区别的必要,便用"伊"字来代替,《呐喊》中的《风波》等篇就是如此。大概总感到"伊"字读音与口语不同,并不妥善,因此到"她"字出现之后,从《祝福》起,便欣然应用了。他文章中的副词语尾用"地"字,是从 1924 年开始的。这只是最显明的例子,说明为了丰富语言的表现力,为了精密和完善,他是很注意从外国语言中汲取有用成分的。他认为外国作品的译本可以"输入新的表现法",而且其中有的"后来便可以据为己有"。⑤ 因为随着社会的发展,生活中有了新鲜事物和新的概念,当然就要求有新的用语来确切地表现它。"他要说得精密,固有的白话不够用,便只得采些外国的句法。比较的难懂,不像茶淘饭似的可以一口吞下去是真的,但补这缺点的是精密。"⑥当然,在文学语言的提炼上,鲁迅是把"从活人的嘴上,采取有生命的词汇"摆在第一位的,但文学语言"应该比口语简

---

①　鲁迅:《二心集·关于翻译的通信》。
②　鲁迅:《花边文学·做文章》。
③　鲁迅:《南腔北调集·小品文的危机》。
④　鲁迅:《且介亭杂文·忆刘半农君》。
⑤　鲁迅:《二心集·关于翻译的通信》。
⑥　鲁迅:《花边文学·玩笑只当它玩笑(上)》。

洁,然而明了"①;这就需要从古语或外国语言吸收一些有用的东西来丰富它。所以他主张"要支持欧化式的文章,但要区别这种文章,是故意胡闹,还是为了立论的精密,不得不如此"②。有些作者硬搬外国语的表现方式,生造一些只有自己懂得或连自己也不懂的字句,是崇洋思想作怪,只能属于"故意胡闹"之列;而为了精密和丰富表现力从外国作品中吸收有用的成分,则完全是另外一回事。毛泽东同志在《反对党八股》一文中指出:"要从外国语言中吸收我们所需要的成分。我们不是硬搬或滥用外国语言,是要吸收外国语言中的好东西,于我们适用的东西。"作为丰富文学语言的途径之一,鲁迅是十分注意从外国作品中吸取有用的成分的,这是形成他的文体风格的一个因素。

鲁迅认为称他为体裁家的批评者看出了他的文学语言的特点,他在外国文学中同样也很注意在这方面有成就的作家。1921 年他翻译了保加利亚作者跋佐夫的短篇《战争中的威尔珂》,并且在《附记》中也称作者为体裁家。他说:"跋佐夫不但是革命的文人,也是旧文学的轨道破坏者,也是体裁家(Stylist),勃尔格利亚(保加利亚)文书旧用一种希腊教会的人造文,轻视口语,因此口语便很不完全了,而跋佐夫是鼓吹白话,又善于运用白话的人。"跋佐夫是中国读者比较熟悉的作家,他的描写土耳其战争的长篇《轭下》和短篇集《过岭记》都有过中国译本,1935 年鲁迅又翻译了他的短篇《村妇》。鲁迅虽然称赞他作品中的爱祖国爱人民的思想和"使巴尔干的美丽,朴野,都现于读者的眼前"的艺术,但显然,更引起他重视的是作者"是旧文学的轨道破坏者",是努力运用新的文学语言的人,就是说,是体裁家,因为这是同中国新文学的建设和鲁迅自己创作实践的目标相一致的。

我们知道在翻译外国作品的方法上,鲁迅一向是主张直译的,原因就在他不仅要介绍作品的内容,而且也要介绍新的表现方法;他认为为了顺眼顺口就把翻译变成"改作",这对艺术借鉴没有好处。他说:"凡是翻译,必须兼顾着两面,一当然力求其易解,一则保存着原作的丰姿,但这保存,却又常常和易懂相矛盾:看不惯了。不过它原是洋鬼子,当然谁也看不惯,为比较的

---

① 鲁迅:《且介亭杂文二集·人生识字胡涂始》《且介亭杂文·答曹聚仁先生信》。
② 鲁迅:1934 年 7 月 29 日致曹聚仁信。

顺眼起见，只能改换他的衣裳，却不该削低他的鼻子，剜掉他的眼睛。"①他在翻译的理论和实践上都把"保存原作的丰姿"摆在重要位置，有时说要"保存原来的精悍的语气"，有时说"竭力想保存原书的口吻"②，目的都同时在介绍原作在表现方法上的特点。这些新的表现方法，包括句法和用语，是可以供创作上的借鉴的，所以他主张"一面尽量的输入，一面尽量的消化，吸收，可用的传下去了，渣滓就听他剩落在过去里。……其中的一部分，将从'不顺'而成为'顺'，有一部分，则因为到底'不顺'而被淘汰，被踢开。这最要紧的是我们自己的批判"③。如果善于批判和吸收，这些外来的特点是可以丰富我们文学语言的艺术表现力的。他并没有认为外来的一切都是精华，而是主张凡"渣滓"就"踢开"；就连他自己用力推敲的译文，他也认为如有更好的能够传达原作风貌的译本，"那时我就欣然消灭"④。他的根本出发点是为读者、为中国现代文学创作的健康发展着想的。

八 "拿来主义"

1934 年，鲁迅写了《拿来主义》的名文，对于如何正确对待文化遗产，特别是外国文学，作了理论的概括。这篇文章不仅用马克思主义的观点对这一重要问题作了精辟分析，而且可以认为是他自己三十年来实践的总结。他的全部经历和作品就说明他拿来了什么，吸收了什么和抛弃了什么。鲁迅所接触、介绍和翻译的外国作品，绝大部分是资产阶级文学，这就有一个如何对待的问题：既不能如国粹主义者那样一律排斥，全盘否定；也不能如一些资产阶级文人那样顶礼膜拜，无批判地硬搬和模仿。鲁迅从中国人民革命和新文学建设的需要出发，在长期实践中积累了丰富的经验，《拿来主义》就是他的宝贵经验的结晶。

在这篇文章中，他主张对于遗产首先要敢于"拿来"，他既批判了那种在旧的遗产面前徘徊不前的"孱头"，又批判了那种为了表示自己"革命"而毁

---

① 鲁迅：《且介亭杂文二集·"题未定"草（二）》。
② 鲁迅：《二心集·"硬译"与"文学的阶级性"》《译文序跋集·〈出了象牙之塔〉后记》。
③ 鲁迅：《二心集·关于翻译的通信》。
④ 鲁迅：《译文序跋集·〈俄罗斯的童话〉小引》。

灭遗产的"昏蛋",他们貌似前进,实则极端错误;当然他也同时批判了那种对遗产采取羡慕态度而欣欣然全盘继承的"废物"。他认为英国鸦片、美国电影之类外国东西是别人"送来"的,当然无益,我们应该根据我们的需要主动地"拿来"。他曾称赞汉唐时代人民具有"自信心",敢于吸收外来文化,"凡取用外来事物的时候,就如将彼俘来一样,自由驱使,绝不介怀"①。无产阶级为了建设新的文学,对于过去时代遗留下来的文学遗产,也是要批判地继承的。他说:"因为新的阶级及其文化,并非突然从天而降,大抵是发达于对于旧支配者及其文化的反抗中,亦即发达于和旧者的对立中,所以新文化仍然有所承传,于旧文化也仍然有所择取。"而在当时的中国,"单就文艺而言,我们实在还知道得太少,吸收得太少"。② 所以他要首先要求"运用脑髓,放出眼光,自己来拿!"

"拿来"之后,就要"挑选","或使用,或存放,或毁灭"。根据情况,区别对待。对人民有营养的,就利用;对于既有毒素又有用处的,则正确吸取和利用其有用的一面,而清除其有害的毒素;对人民毫无益处的,则除留一点给博物馆外,原则上都须加以毁灭。这里强调的是革命的批判精神。他主张"拿来",但与那种兼收并蓄的全盘继承论者不同,他要根据人民群众的需要和利益,严加"挑选",他曾举日本派遣唐使学习中国文明为例,说明"别择"(就是"挑选")的重要性,他说"日本虽然采取了许多中国文明,刑法上却不用凌迟,宫廷中仍无太监,妇女们也终于不缠足"③。这是对那些无批判地崇拜西方的资产阶级文人的有力批判,说明不加"挑选"的硬搬和模仿就只能学到消极有害的东西。在他所举出的可供"挑选"的三种情况中,数量最多、内容最复杂的是第二种,即既有消极作用又有用处的那一类,这就特别需要分析和批判。他反对那种"对于作者,作品,译品"十分苛求的形而上学的态度:"首饰要'足赤',人物要'完人'。一有缺点,有时就全部都不要了。"而主张用"吃烂苹果"的方法,"倘不是穿心烂",虽有烂疤,"然而这几处没有烂,还可吃得"。④ 这个譬喻就形象地说明了批判分析的重要性,它可

---

① 鲁迅:《坟·看镜有感》。
② 鲁迅:《集外集拾遗·〈浮士德与城〉后记》《集外集·〈奔流〉编校后记(二)》。
③ 鲁迅:《译文序跋集·〈出了象牙之塔〉后记》。
④ 鲁迅:《准风月谈·关于翻译(下)》。

以剔除糟粕,吸收精华。

"占有"和"挑选"并不是目的,而是为了借鉴,为了推陈出新,也就是为了新的创作。因此他的结论是:"没有拿来的,人不能自成为新人,没有拿来的,文艺不能自成为新文艺。"鲁迅在很多文章里讲过借鉴和创新的关系,他认为旧形式的采取"并非断片的古董的杂陈,必须溶化于新作品中,那是不必赘说的事,恰如吃用牛羊,弃去蹄毛,留其精粹,以滋养及发达新的生体,决不因此就会'类乎'牛羊的"。"旧形式是采取,必有所删除,既有删除,必有所增益,这结果是新形式的出现,也就是变革。"①鲁迅正是吸取了世界优秀作品所提供的经验,经过他的吸收和消化,使之融于自己的创作中,取得了民族的特色,形成了继承与革新的统一的。对于内容含有鸦片式的毒素的作品,他不主张消极的禁止,认为"一面也必须有先觉者来指示,说吸了就会上瘾,而上瘾之后,就成一个废物,或者还是社会上的害虫"。就是说要用有分析的文章来帮助读者正确理解,以便"从中学学描写的本领,作者的努力"。②总之,我们对过去作品的态度归根到底决定于我们建设新世界的理想和需要,离开了这一点,无论谈破坏或保存,都是错误的。他说:"新的建设的理想,是一切言动的指南针,倘没有这而言破坏,便如未来派,不过是破坏的同路人,而言保存,则全然是旧社会的维持者。"③他一贯是为了新文艺的建设,为了创新而向外国优秀作品借鉴的,这才是"拿来主义"的真谛。所以他说:"我已经确切的相信:将来的光明,必将证明我们不但是文艺上的遗产的保存者,而且也是开拓者和建设者。"④

毛泽东同志指出:"我们必须继承一切优秀的文学艺术遗产,批判地吸收其中一切有益的东西,作为我们从此时此地的人民生活中的文学艺术原料创造作品时候的借鉴。有这个借鉴和没有这借鉴是不同的,这里有文野之分,粗细之分,高低之分,快慢之分。"⑤鲁迅就是这样做的。他的作品深刻地反映了中国新民主主义革命时期的人民生活,成为无产阶级领导下

---

① 鲁迅:《且介亭杂文·论"旧形式的采用"》。
② 鲁迅:《准风月谈·关于翻译(上)》。
③ 鲁迅:《集外集拾遗·〈浮士德与城〉后记》。
④ 鲁迅:《集外集拾遗·〈引玉集〉后记》。
⑤ 毛泽东:《在延安文艺座谈会上的讲话》。

的革命文化的重要组成部分,在艺术上创造性地形成了自己的风格,这些伟大的成就同他善于批判地向过去的作品吸收有益的东西是分不开的。他之所以能做到这一点,从根本上来说,就因为他是一个革命者。从他决定从事文艺活动的开始,就是以提高人民的觉悟,推动民族解放和社会改革为目标的。他的创作意图十分明确,就是使文艺为人民革命服务。虽然"五四"时期他还不是一个马克思主义者,但他的彻底地不妥协地反帝反封建的精神是和党在民主革命时期的总路线完全一致的,这就使他在挑选和吸收有益的东西时有了明确的目的和方向。鲁迅在批判那些专门宣扬文学遗产中的消极成分的论客时说:"潦倒而至于昏聩的人,凡是好的,他总归得不到。"①这说明如何批判和吸收是同本人的立场观点分不开的,由于鲁迅是从中国人民和革命文艺的需要出发的,这就保证了他的挑选和批判能有正确的依据。例如易卜生的《傀儡家庭》等剧作,在"五四"时期曾经风行一时,胡适写了《易卜生主义》来宣扬个人主义,还模仿易卜生写了独幕剧《终身大事》。鲁迅则认为当时介绍的意义在于易卜生"敢于攻击社会,敢于独战多数",而当时的《新青年》"是颇有以孤军而被包围于旧垒中之感"的②;他并不同意当时一般人对于易卜生作品的理解。在《娜拉走后怎样》一文中,鲁迅认为娜拉走后"实在只有两条路:不是堕落,就是回来",并且提出了这样的论点:"正无需乎震骇一时的牺牲,不如深沉的韧性的战斗。"正是基于这种认识,他写了批判知识分子脆弱性的小说《伤逝》,深刻地表现了个性解放、婚姻自由决不能离开社会解放而单独解决的思想。1928 年他慨叹"先前欣赏那汲 Ibsen(易卜生)之流的剧本《终身大事》的英年,也多拜倒于《天女散花》,《黛玉葬花》的台下了"。而希望能有"从集团主义的观点,来批评 Ibsen 的论文"。③同样是易卜生的作品,由于观察的出发点和角度不同,就可以产生出不同的理解和评价。这不仅说明了鲁迅批判锋芒的严格和尖锐,而且可以说明鲁迅作品区别于那些外国作家的地方。无论果戈理或契诃夫,拜伦或裴多菲,不管他们对当时那个社会有过多少的批判或反抗,都没有达到要求彻底推翻整个社会制度的高度;而鲁迅,则从被压迫人

---

① 鲁迅:《且介亭杂文二集·"题未定"草(六)》。
②③ 鲁迅:《集外集·〈奔流〉编校后记(三)》。

136

民的愿望出发,从"五四"时期就是要求彻底推翻帝国主义和封建主义在中国的统治的。他首先在思想上站得高,因此在借鉴上就保持清醒的态度,能够取其精华,弃其糟粕。艺术上也是一样,他主张"采用外国的良规,加以发挥,使我们的作品更加丰满是一条路"①,但又反对"只看一个人的著作",认为"必须如蜜蜂一样,采过许多花,这才能酿出蜜来,倘若叮在一处,所得就非常有限,枯燥了"②。他之所以要"拿来",要"占有""挑选",就是要把这些前人的作品作为借鉴;这不但不能代替人民生活这个创作的唯一源泉,而且也不能代替或减少创作时"酿造"的辛勤,他不过是从前人的经验中汲取营养,使作品更加丰满罢了。他的作品就充分证明了这一点,我们很难具体地指出某一篇或某一处是受到某一作家的影响的,因为它已经完全融化在作品中了。同时,他从外国文学中挑选和汲取了些什么,是同他那个时代以及他自己在创作实践中需要有联系的;我们不能简单地认为他所借鉴的作品就一定是外国文学中最好的或者是最适合我们需要的,这要作具体的分析。我们只能从原则和方法上来领会和汲取他的宝贵的经验,在这方面是同样不能硬搬和模仿的。因此我们只是从一些大的方面来考察鲁迅作品与外国文学的关系,这除了可以使我们更深刻地理解他的伟大成就以外,由于如何对待人类文化遗产是长期受到机会主义路线干扰的重大问题,为了坚持批判继承的正确方针,我们对于那种或则鼓吹无批判地全面继承,或则鼓吹"打倒一切"的全盘否定的错误观点,必须坚决予以批判。毛泽东同志指出:"打倒奴隶思想,埋葬教条主义,认真学习外国的好经验,也一定研究外国的坏经验——引以为戒,这就是我们的路线。"③鲁迅在文学战线上的长期实践经验就为我们提供了生动的范例,因而它仍然有它丰富的现实意义和深刻的启发作用。

---

① 鲁迅:《且介亭杂文·〈木刻纪程〉小引》。
② 鲁迅:1936 年 4 月 15 日致颜黎民信。
③ 转引自周恩来总理四届人大《政府工作报告》。

论巴金的小说

一

从 1927 年开始,巴金是在我们文坛上不倦地活动了三十年的作家。他给我们写出了许多激动人心的小说,塑造了一连串的引人向往的青年知识分子的形象,激发了青年人的热情和理想,引起了他们对旧制度的憎恨和对未来的憧憬。他不是那种冷静的客观的观察人生的作家,在他的作品里可以明显地感到作家的爱和憎的激情。他自己说:"我的生活是一个痛苦的挣扎,我的作品也是的。我的每篇小说都是我的追求光明的呼号。光明,这就是我许多年来在暗夜里所呼叫的目标,它带来一幅美丽的图画在前面引诱我。同时惨痛的受苦的图画,像一根鞭子那样在后面鞭打我。在任何时候我都只有向前走的一条路。"又说:"我只是把写作当做我底生活底一部分。我在写作中所走的路径和我在生活中所走的路径是相同的。"[①]对于生活在同样痛苦挣扎中的人们,对于同样有追求光明渴望的读者,特别是那些富于热情和正义感的青年,巴金的作品像一位知心朋友的表白心曲的书信一样,那种激情迅速地感染和吸引了他们,引起了他们精神上的共鸣和对于人生道路的严肃对待的心情。

是什么力量推动作者这样不倦地进行创作呢?这由他的许多作品中可以看出,在作者自己的序跋和散文中也有说明。《灭亡》和《新生》的主角之一李冷是在"五四"之后上大学的,"即刻受了那逐渐澎湃起来的新思潮的洗礼。在他和妹妹的通信中,他常常和她讨论社会问题,介绍新书报给她,后来竟把他的思想也传染给她了"。而他的妹妹李静淑接受了新思想以后,好

---

① 巴金:《巴金短篇小说集(第一集)·写作生活底回顾》。

像得到了生命力。热诚、勇气和希望充满在她的心中,她感到前面有一个不可思议的幸福在等待她,她要努力向它走去。她开始进入梦的世界中了。其实不只《灭亡》和《新生》,他的"爱情三部曲"和"激流三部曲",内容都是写青年人接受了"新思潮的洗礼"以后对于幸福的"梦的世界"的热烈追求的。著名作品《家》中的青年一代高氏兄弟就是这样,"五四"以后,觉新"在本城唯一售卖新书的那家店铺里买了一本最近出版的《新青年》,又买了两三份《每周评论》。他读了,里面一个一个的字像火星一般点燃了他们弟兄的热情。那些新奇的议论和热烈的文句带着一种不可抗拒的力量压倒了他们三个,使他们并不经过长期的思索就信服了"。"五四"的浪潮掀起了青年一代的热情和理想,也引起了他们对于旧的制度和生活的强烈的憎恨;《家》中就再三描写了吴又陵的"吃人的礼教"的说法对于觉民等人的成长所起的影响。像"五四"时代一般人的"只问病源,不开药方"一样,如果说他们的幸福的理想还是属于"梦的世界"的范畴,还只是一种热情和信仰的话,那么他们所憎恶和反抗的对象就非常之具体,因为这是他们在实际生活中所痛切地感受到的,而且直接阻碍着他们的前途和发展。作者在《激流》总序中说:"我的周围是无边的黑暗,但我并不孤独,并不绝望。我无论在什么地方总看见那一股生活之激流在动荡,在创造它自己的径路,以通过黑暗的乱山碎石之中。……具着排山之势,向那唯一的海流去。这唯一的海是什么,而且什么时候才可以流到这海里,就没有人能够确定地知道了。"光明的憧憬对作者和读者都是一种鼓舞,引起了他们反抗现实的热情和勇敢,但周围的无边的黑暗却不能不引起人们的沉思和悲愤;这里不只说明了作家从事创作的心情和态度,也说明了他的作品的生活的根源。他曾说:"我在生活里有过爱和恨,悲哀和渴望;我在写作的时候也有我的爱和恨,悲哀和渴望的。倘没有这些我就不会写小说。"[①]当《家》里的觉慧看到瑞珏被迫搬到城外,其实是向死亡走去的时候,他没有流一滴眼泪。因为"在他底心里憎恨太多了,比爱还多。一片湖水现在他的眼前,一具棺材横在他的面前,还有……现在……将来。这是他所不能够忘记的。他每一想起这些,他底心就被憎恨绞痛着"。因此作者在《家》的后记中说这部作品是"我来向一个垂

---

① 巴金:《短简·关于〈家〉》。

死的制度叫出我底'我控诉'"。其实"我控诉"这句话是可以概括作者对旧制度憎恨的心情和他许多作品中的基本思想的。像"五四"以后很多的进步青年一样,它的真实意义就在于反封建的民主主义精神和同情被压迫者的人道主义精神;而这正是推动作者热情写作的动力。他说:"当热情在我的身体内燃烧起来的时候……许多惨痛的图画包围着我,它们使我的手颤动,他们使我的心颤动,你想我怎能够放下笔,怎么能够爱惜我的精力和健康呢?"①他是严肃地把创作来当作一种革命活动,自觉地把它当作反封建的武器的;虽然他曾多次说明他并不满意于文学生活和自己在创作上的成就,多次表示要直接追求那个"比艺术更长久的东西"的心愿,但这种心情只能帮助读者更多地理解他作品中的精神。他说:"我的文章是直接诉于读者的,我愿它们广阔地被人阅读,引起人对光明爱惜,对黑暗憎恨。我不愿我的文章被少数人珍藏鉴赏。"②这就使他的作品与一切所谓"为艺术而艺术"的作品绝缘,并使它的主要倾向与由"五四"开始的现代文学的主流取得了基本上的一致。他所热情憧憬的"梦的世界"给他的作品增添了乐观的气氛和浪漫主义的色彩,而由于他的大部分作品都有切身生活的感受和体验,这样就使作品的艺术成就有了比较可靠的保证。

当然,上面只是就主要倾向说的,他的作品中并不是没有矛盾。他说:"爱与憎的冲突,思想与行为的冲突,理智与感情的冲突,理想与现实的冲突……这些织成了一个网,掩盖了我的全部生活,全部作品。"③这些矛盾其实就是理想与现实的矛盾,或者说是爱与憎的矛盾;这些存在于作家自己的思想与生活中,也同样反映在作品中人物的性格上面。照我们上面的说法,这种矛盾是可以在认识上得到统一的,作家自己也有这样一种追求,但在各种作品中的表现却仍然是很强烈,而且是颇不一致的。对作品中这种矛盾的不同处理是与作家自己的创作构思以及作品的艺术效果密切联系着的,这就需要我们加以比较详细的论述。

他小说中那些正面的人物所追求的是些什么呢?用作者的话说:"他们所追求的都是同样的东西——青春,生命,活动,幸福,爱情,不仅为他们自

---

①②③　巴金:《生之忏悔·灵魂的呼号》。

己,而且也为别的人,为他们所知道,所深爱的人们。"①被压迫人民追求合理生活的愿望是理想,也是爱的出发点;这当然就会在现实社会中看到是什么力量阻碍着这种追求的实现,就当时的中国说,当然是帝国主义与封建主义。这是现实,也是憎的对象。作者在他的作品中当然也写到这一面,短篇集《神鬼人》序中说:"压迫,争斗,倾轧,苦恼,灾祸,眼泪……在我的周围就只有这些东西。我看不见一张笑脸,我就只听见哭声。"这也就是他所说的"一切旧的传统观念,一切阻碍社会的进化和人性的发展的人为制度,一切摧残爱的努力,它们都是我的最大的敌人"②。理想与现实,爱与憎,这当中自然是有很大距离的;这个距离其实就是一部人民民主革命的历史。但作者所谓"矛盾的网"却往往在人物的心理和性格发展上占着很重要的地位,而且不同的处理往往影响着作品的成就,这当然是和作家自己的思想情绪有联系的。短篇小说《光明》中所写的青年作家张望在创作上的矛盾痛苦的心情,不能不说是作者自己某一时期的心情的反映:"他和他底主人公一样不断地追求光明,追求人间的爱,而结果依旧是黑暗与隔膜。"于是这位作家就慨叹自己不过是"将苦恼种植在人间罢了"。作者自己也曾经说过类似的话:"说把纸笔当作武器来攻击我所恨的,保护我所爱的人;而结果我所恨的依然高踞在那些巍峨的宫殿里,我的笔一点也不能够摇动他们;至于我所爱的,从我这里他们也只得到更多的不幸。这样我完全浪费了我的生命。"③这就是矛盾,他自己的和他作品中的许多主人公的;而且这也是属于那个时代的知识青年中的一种典型的性格。虽然这种想法并不正确,但这种心情却不只是善良的、正直的,而且也是容易理解的。这就使他的作品带有了忧郁性,有时候也流露一点孤独感。作者自己曾说他"自小就带了忧郁性",又说"我的孤独,我的黑暗,我的恐怖都是我自己去找来的"。④ 在《灭亡》序中他说:"我一生中没有得着一个了解我的人!"这种情绪也表现在许多作品中的人物形象身上,特别是《雨》和一些短篇。《雨》中的吴仁民说:"我永远是孤独的,热情的。"在热闹的群集中间他常常会感到孤寂。这种忧

---

① 巴金:《巴金短篇小说集(第一集)·〈复仇集〉序》。
② 巴金:《巴金短篇小说集(第一集)·写作生活底回顾》。
③ 巴金:《巴金短篇小说集(第二集)·跋》。
④ 巴金:《爱情的三部曲·总序》。

郁性和孤独感虽然作者归因于一种性格,但这自然是那些为"五四"浪潮所觉醒而还没有和群众结合的青年知识分子的一种不健康的情绪。不过这种忧郁性在他的作品中并不占主要地位,流露在他作品中的激情主要还是鼓舞人去热爱生活的,而并不是顾影自怜式的抒情。这是因为作者自己也在矛盾中,他随时努力在克服这种情绪;而且他对将来的光明是从不怀疑的,因此在许多地方就给作品带来了乐观主义的色彩。他说:"我个人的痛苦,那是不要紧的。当整个人类底黎明的未来,在我前面闪耀的时候,我底个人的痛苦算得什么?"[①]他用对将来的信仰来鼓舞自己,也从友谊或爱情中得到欢乐。他回忆在他15岁时"立誓献身的一瞬间",就"并不觉得孤独,并没有忿恨"[②]。因此在他的作品中写到了许多人的献身(《灭亡》、《新生》、"爱情三部曲"等),他并且以为这是用信仰来征服了死。在《秋》的序中,他说是友情使他"听见快乐的笑声","洗去这小说底阴郁的颜色"。他以为使他有勇气在矛盾和痛苦中挣扎的,就是信仰与友情。在《〈爱情的三部曲〉作者的自白》中他说:"没有信仰,我不能够生活;没有朋友,我的生活里就没有快乐。"照我们的理解,所谓信仰与友情其实就是思想比较接近的一些青年人的互相鼓舞,和对于将来光明的一种朦胧而坚定的信念;那根源其实还是由于对旧制度的憎恨来的。这并没有从根本上冲破那个"矛盾的网",因此心情上仍然充满了苦痛;而所谓"献身"虽然是勇敢的,却不只并不一定是必要的(有时且带来不好的后果,如《电》中敏的死),而且也不是解决矛盾的正当方法,因为解决矛盾正是为了要生活。不过这种思想毕竟使他作品中的阴郁性不占主要地位,而带有了乐观主义的色彩。在作者思想感情中既存有矛盾,自然也会影响到对各种作品中人物形象的不同处理和在写作上的不同的方法。大体上说,当小说的构思主要植根于作者的经历与体验的时候,作品就深厚一些,光彩一些。而当有些作品的构思过多地宣泄了作者的情绪和思想的时候,虽然那也可以感染一些带有类似情绪的读者,但就不能不给作品带来一定的损害了。这种情况是比较复杂的,必须就具体的作品来说明。但总的说来,作者对待创作的态度是非常严肃的,爱憎

---

① 巴金:《巴金短篇小说集(第一集)·写作生活底回顾》。
② 巴金:《雾·〈爱情的三部曲〉作者的自白》。

极其分明,他是努力使文学作为革命的武器的;而且事实上他的作品也在中国人民民主革命的过程中发生了很大的启蒙作用。

二

巴金多次表示不满意那些连"安那其"(无政府主义)是什么都弄不清楚的人来批评他小说中的"安那其"。这种不满是有理由的,倒并不一定在于批评者对于"安那其"的理解的程度。第一,小说是一种文艺创作,它的来源是生活,虽然与作家的思想有很密切的联系,但它绝不可能完全等同于某一种社会政治思想。第二,如巴金自己所说:"我虽然信仰从外国输入的'安那其',但我仍还是一个中国人,我的血管里有的也是中国人的血。有时候我不免要站在中国人的立场上看事情,发议论。"①我们看问题不能过于简单化。作者信仰"安那其",对作品自然不可能没有影响,在某些人物性格的塑造上和作品的思想倾向上,这种影响是存在的,虽然在不同的作品中也有不同的表现。但作为一位中国现代作家,如他所说,他有"中国人的立场",他对生活中的爱憎是受着具体的时代环境的制约的。单纯的对一种社会思想的信仰不可能写成小说,他必须在生活中有所感受。如前所说,他的思想主要表现为对旧制度的憎恨和对光明未来的追求,他小说的题材主要来源于现实生活,那么,在"五四"以后中国新民主主义革命时期的社会环境下,他作品中主要的思想倾向自然表现为反帝反封建的民主主义精神。这也是他对待创作所采取的态度,这与他所宣称的信仰是既有某种联系而又并不一致的。

早在《灭亡》序中,作者就称巴尔托罗美·凡宰地为"先生",并翻译过他的自传《一个无产者生活的故事》。1927 年 8 月,这位"先生"被烧死在波士顿查尔斯顿监狱内的电椅上,这件事给了巴金以很深的影响。在好几处地方他都谈到过这件事,说他自己是在重读着凡宰地写给他的"两封布满了颤抖的字迹的信"以后才把《灭亡》写完的。② 他称赞这位"先生"是"全世界良

---

① 巴金:《〈火〉第二部·后记》。
② 巴金:《巴金短篇小说集(第一集)·写作生活底回顾》。

心的化身"①；在小说《电椅》里，作者对凡宰地的牺牲更作了充满悲愤情绪的诗意的描述。但即使这样，他仍然宣称："为了爱我的'先生'，我反而不得不背弃了他所教给我的爱和宽恕，去宣传憎恨，宣传复仇。"②这就是说他的思想和行动主要仍然是从现实出发的，他要不倦地追求合理的生活和充实的生命。他认为"那些杀身成仁的志士勇敢地戴上荆棘的王冠将生命当作敝屣，他们并非对于生已感到厌倦，相反的，他们倒是乐生的人"③。这说明从他的开始创作起，对于劳动人民的解放和享有合理的生活就是他所追求的目标，而在当时的黑暗的中国，他所看到的现象却都引起了他的憎恨，虽然他对前途是抱有坚强信念的人。这样，反对社会黑暗的民主主义精神和同情被压迫者的人道主义精神就自然成为他创作中的主导倾向，因而这些作品也就与我们现代文学的主流保有了基本上的一致。

他对民主主义本来是很醉心的。他曾读过许多关于法国大革命的书，而且以他自己的理解，用富有感情的笔触创作了短篇集《沉默集》中的几篇描写法国大革命的小说。当他在博物馆中看到马拉被刺的故事以后，他说："一百数十年前的景象激起了我脑海中的波澜，我悲痛地想起当时的巨大损失，我觉得和那些在赛纳河畔啼饥号寒的人民起了同感。"于是启发他写出了短篇《马拉的死》。他说写这样的作品"既非'替古人担忧'，亦非'借酒浇愁'。一言以蔽之，不敢忘历史的教训而已"④。他所谓"历史的教训"简单地说就是"凡为人民所憎恨的党派是必然会败亡的"⑤。他对马拉特别赋予同情，就因为他以为当时"最为有产阶级和反动分子憎恨的就是所谓'人民之友'的马拉……在当时的革命领袖中深得下层阶级敬爱的，就只有他一个"。他坦白地说他"是一个马拉的崇拜者"，而且对资产阶级的历史家称马拉为"疯子"非常不满，他认为"在巴黎人民的心中，他永远是一个最仁爱的人"。⑥ 我们并不打算在这里作历史人物的评价，我们只在说明，巴金

----

① 巴金：《巴金短篇小说集（第一集）·我底眼泪》。

② 巴金：《灭亡·序》。

③ 巴金：《梦与醉·生》。

④ 巴金：《沉默集·序二》。

⑤ 巴金：《巴金短篇小说集（第二集）·法国大革命的故事》。

⑥ 巴金：《马拉、哥代和亚当·鲁克斯》。

的所谓"历史的教训"显然是联系到中国民主革命的实际的。他曾说："我们都是法国大革命的产儿，都是在它的余荫之下生活，要是没有它，恐怕我们至今还会垂着辫子跪在畜牲的面前挨了板子还要称谢呢！"[①]这里他对中国资产阶级领导的辛亥革命结束了帝制一事给予了很高的评价，但这个革命从反封建的历史任务来看其实是失败了的；作者对此感触很深，因此他才要接受"历史的教训"，才以他的作品对旧制度提出那样激动的"控诉"！对于卢骚也是一样，他曾多次地抒发了他在巴黎卢骚铜像面前的崇敬的和要求战斗的感情，认为卢骚永远是他的"鼓舞的泉源"。并且说："在我的疑惑、不安的日子里，我不知有若干次冒着微雨立在他的面前对他申诉我的苦痛的胸怀。"[②]我们知道作者的疑惑、不安主要是产生于生活中的现实与理想的矛盾，那么他所希望得到的鼓舞正是民主主义的战斗力量。他致力研究法国大革命史，可以说是他"向西方找真理"的一个步骤，目的正是为了给中国的民主革命寻求道路的。他说："我在许多古旧的书本里同着法俄两国人民经历过那两次大革命的艰苦的斗争，我更以一颗诚实的心去体验了那种种多变化的生活。我给自己建立了一个坚强的信仰。"[③]他的所谓"坚强的信仰"就是前面所说的"安那其"，这种社会思想是发生于西方民主革命之后的，而在中国的现实条件下他就不能不首先向旧制度反抗，并自然地投身于反帝反封建的民主革命的洪流。当然，这种思想仍然是属于资产阶级范畴的，但在中国的新民主主义革命时代，特别是在作品中通过形象所具体表现出来的思想倾向，就不能不是鼓舞人们去反抗现实，追求合理的生活；因而也就和现代文学的主要特征——反帝反封建的精神取得了基本上的一致。

《雷》(《电》的附录)里面的革命青年德说："影，告诉你，我看见多一个青年反抗家庭，反抗社会，我总是高兴的。"这几句话正表现了巴金小说的主要精神。在《春》里面，引起淑英思想开始变化的是新出的杂志和西洋小说；"在那些书里面她看见另外一种新奇的生活，那里也有像她这样年纪的女子，但她们底行为是那么勇敢，那么自然，而且最使人羡慕的是她们能够支

---

① 巴金：《巴金短篇小说集(第二集)·法国大革命的故事》。
② 巴金：《马拉、哥代和亚当·鲁克斯》。
③ 巴金：《爱情的三部曲·总序》。

配自己的命运,她们能够自由地生活,自由地爱,和她完全两样"。而琴对她的鼓舞的话是:"旧礼教不晓得吃了多少女子。梅姐、大表嫂、鸣凤,都是我们亲眼看见的。还有蕙姐,她走的又是这条路……不过现在也有不少的中国女子起来反抗命运,反抗旧礼教了。她们至少也要做到外国女子那样。"我们知道琴和淑英都是背叛了封建大家庭而走上新的道路的青年,在这里,不管外国女子的生活实质上究竟是怎样,但它对于琴和淑英她们所发生的实际影响却是鼓舞她们去反抗家庭,反抗旧礼教的。沿着这条道路坚强地走下去,在新民主主义革命时代的中国,她们是完全可以走上一条与那些为她们所景慕的外国女子全不相同的新的道路的;虽然这还须经过不少的曲折与崎岖。对于这些青年人来说,将来的目标和理想是很朦胧的,而且也是并不十分重要的,反正在想象中非常自由与美好就行了。《秋》里面觉民和琴在互相表达了爱以后,作者描写他们"把两颗心合成一颗,为着一个理想的大目标尽力。不过这时那个大目标更被他们美化了,成了更梦幻、更朦胧的东西。"在巴金小说中的那些正面人物,那些富于热情和勇敢的知识青年,大致都有一个美丽的大目标在追求着。但一方面因为小说毕竟是反映生活的,而大目标是属于未来的东西;另一方面在这些人物的心目中,那个大目标也确实是有点朦胧的,包括为大家所最熟悉的人物觉慧在内;而最具体最现实的事情却是直接压在他们头上的旧势力。因此无论是由法国大革命史或西洋小说来的也好,由"安那其"的社会思想来的也好,在作品中最激动人的部分都不是这些道理,而是植根于现实生活中的矛盾与斗争。短篇《奴隶的心》中那个奴隶的儿子申诉道:"我们整年整月辛苦地劳动着。我们底祖父吊死在树上,我们底父亲病死在监牢里,我们底母亲姊妹被人奸污,我们底孩子在痛哭,而那般人呀,从你们那般人中间是找不出来一个有良心的。"凡是在作品中表现出了封建制度的残酷性、阶级间的矛盾与对比,以及人们为反抗这些不合理事物而斗争的场景时,由于作者有现实生活的深刻感受以及鲜明的爱憎态度,读来就特别使人激动。这就说明,巴金作品中的主要倾向仍然是反封建的民主主义精神。

对于中国的半殖民地地位,对于帝国主义者所加予中国人民的创伤,作者也同样用创作来表现了他的强烈的憎恨。他的小说《新生》的初稿是在"一·二八"战火中被烧掉了的,在自序中他说:"我要来重新造出那被日本的爆炸弹所毁灭了的东西,我要来试验我底精力究竟是否会被那帝国主义的爆炸弹所克服。"他终于胜利了,用作者的话说,这部书的存在也能"证明东方侵略者的暴行"。1935年他因病躺在医院里,梦中还在北京参加"一二·九"的学生运动,"我真羡慕那梦中的我啊!"在《新生》中,他曾当作背景地多次描写了上海的街景,这些可憎恶的景象作者是把它当作激发人的觉悟和推动人走向革命的环境气氛来写的。

在短篇《发的故事》中,他对朝鲜革命者的奋斗精神,寄予了极大的景慕与同情;在短篇《窗下》中,他借一件凄凉的爱情故事侧面地写出了日本人和汉奸的无耻行径:这些作品都是写得很真实动人的。抗战开始以后,他不只写了抗战三部曲的《火》,而且还写了一些短篇,表现了一个正直的爱国者的应有的感情。在《摩娜·利莎》一篇里,他写了一个情愿让她丈夫为抗战贡献生命的法国妇女的形象;而在《还魂草》与《某夫妇》中,则对日本帝国主义者滥炸中国居民的暴行控诉出了庄严的人道的声音。在《某夫妇》的后面写道:"要是该小明(被炸死者温的小孩)出来替父亲报仇,那么未免太迟了,至少也还要等十几年,在这广大的中国土地上不是还有着温的许多朋友么?不是还有着无数的像我这样的和温同命运的知识分子么?若说报仇,那应该是我们的事,无论如何不该轮到小明。"在这里,作者对帝国主义的仇恨和爱国主义的热情是与他反封建的战斗精神完全一致的。

这种反帝反封建的民主主义精神在作品中常常是与对于人的尊重和对于被损害者的同情渗透在一起的,而且正是通过具体人物的遭遇和感受才更强烈地激动了读者的心弦。他的最初创作《灭亡》的开头,在两个主要人物登场的时候,就是因为戒严司令部秘书长的汽车撞死一个行人而随便地离开了,这两个彼此不认识的青年由于都富有正义感和人道主义精神,在同样地愤慨不平的反应中遂开始了他们的友谊,而且以后又都走上了革命的道路。《家》中的主要人物觉慧是向来反对坐轿子的,觉新说"他是一个人道主义者"。在他和另外一些青年积极从事社会活动的时候,作者叙述道:"因为这时候那一群新的播种者已经染受了人道主义、社会主义底精神。甚至在这些集会聚谈中,他们那群二十岁左右的青年,就已经夸大地把改良社会,解放人群的责任放在自己肩上了。"另一人物琴在她心中盘旋的问题是:"难道因为几千年来这路上就浸饱了女人底血泪,所以现在和将来的女人还要继续在那里断送她们底青春,流尽她们底眼泪,呕尽她们底心血吗?"这种精神贯彻在他的许多作品里;短篇《一件小事》中的菜贩的悲惨的遭遇,《五十多个》中逃荒农民们的与饥饿的搏斗,《煤坑》中的矿工的非人的生活,都深深地引起了我们对于不合理的社会制度的憎恨。作者在《复仇集》序中说:"我虽不能苦人类之所苦,而我却是以人类之悲为自己之悲的。"他说他的眼泪将"会变成其他几篇新的小说";对于被损害者的关心与同情正是推动他努力写作的巨大动力。短篇集《抹布集》中所叙述的"是两篇被踏践,被侮辱的人的故事",作者在肮脏的"抹布"上发现了纯洁的光辉。看到了社会上的种种不平和不幸,作家的正直的心不能不为这些受难者提出控诉,并鼓舞人们去变革这个制度。他要用他的活动、他的作品来为改变那个不合理的社会制度尽一把力,他要鼓舞人去革命。因此我们可以说,他作品中所表现的思想倾向是与中国人民民主革命和现代文学的思想主流基本一致的。

三

但他对"安那其"的信仰是那样的坚定,对作品也不可能是没有影响的,虽然这种影响在不同的作品中也有不同的情况。他的第一部作品叫作《灭亡》,主角杜大心所作的一首歌可以认为是这部作品的主题歌:

> 对于最先起来反抗压迫的人,
> 灭亡一定会降临到他底一身:
> 我自己本也知道这样的事情,
> 然而我底命运却是早已注定!

> 告诉我:在什么时候,在什么地方,
> 没有牺牲,而自由居然会得胜在战场?
> 为了我至爱的被压迫的同胞,我甘愿灭亡,
> 我知道我能够做到,而且也愿意做到这样……

革命者为了理想而不惜贡献出自己的一切以至生命,本来是高尚的和有觉悟的一种表现,是值得我们去歌颂的。虽然牺牲本身并不是目的,因为

有时候坚持斗争要比死更其复杂、艰苦得多；并不能简单地认为凡是勇敢地献出自己生命的就是正确的和值得歌颂的。但革命者杜大心的想法却是："他自己底命运是决定的了；监禁和死亡，而且愈快愈好，愈惨愈好。他决定要做一个为同胞复仇的人，如果他不能够达到目的，那么，他当以自己底极悲惨的牺牲去感动后一代，要他们来继续他底工作。"这样，实际上就是简单地把死来当作革命者唯一的手段和目的；而且这也是《新生》《电》等作品中许多人所追求并实际得到的结果。作者把这当作考验每一个人的重要标志，"平常留恋着生的人，一想到死，便不免有畏惧，悲哀等的念头"，而怀着理想立誓献身的人就有了"灵魂的微笑"；这种把牺牲来绝对化的思想，就使革命者不能不只限于不"平常"的少数的人，而这些人的努力也不久就都走上了一条"于心无愧"的献身的方式；这是与中国人民在民主革命道路中的实践脱离了的。杜大心决定去暗刺戒严司令，他也知道这就是去死，但"他把死当作自己的义务，想拿死来安息他一生中的长久不息的苦斗，因此他一旦知道死就在目前了，自己快要到了永久的安息地，心里也就很坦然了"。他在决心去灭亡的那一天的日记上面写着："死也是卸掉人生重责的一个妙法。"作者曾多次诅咒那个不合理的制度，而暗杀的最高效果却只能是针对着个人，很难从根本上来动摇制度；更重要的，一个真正的革命者是不应该想到要安息自己的苦斗的，即使是用死这种方式。《秋》里面描写觉民那些青年人的小团体的活动也足以说明这种情形。作者写道："它（理想和希望）使这般青年人在牺牲里找到满足，在毁灭里找到丰富的生命。他们宝爱这思想，也宝爱有着这同样思想的人。这好像是一个精神上的家庭，他们和各地方的朋友都是同一个家庭里的兄弟姊妹。"这些青年人自由集合的群众性团体当然不能以革命政党的活动原则来要求它，但仅只凭一个朦胧的理想来团结了一些彼此知心的青年友人，不要求组织和纪律，不需要领导和群众，也不计划行动的步骤和效果，而单纯地把牺牲当作唯一的义务和结果；整个活动变成了追求牺牲的过程，最先勇敢地走上献身的人得到了最大的歌颂，这是不能不发生一些消极影响的。《电》里面的敏说："我只希望早一天得到一个机会把生命牺牲掉。"方亚凡牺牲后，"他全身染了血，但嘴唇上留着微笑"。《雨》里面的高志元说："反正我们是要死的。如果不能够毁掉罪恶，那么就率性毁掉自己也好。"当然，我们并不会把作品中某些人物的思想简单地当作作家自己的思想,譬如《灭亡》中的杜大心,作者自己就说"他是一个病态的革命家"①;也不能说类似这样的人物就不能写,或者不够典型;重要的在于作者如何来写,即作者所显示的态度和倾向。显然,作者对这类人物是充满了同情和颂扬的,而必要的批判却非常少,即使有也是很无力的。在他承认杜大心是"病态的革命家"的同时,接着就说:"但要说他参加革命的动机不正确,就未免太冤枉他了。"一个愿意为理想献身的人诚然是很难说他的动机不纯正的,但难道因为动机纯正就一切行为和后果都是值得歌颂的吗?《雨》中的吴仁民厌恶冷静,要求活动与暖热,这个动机原也是很正当的,但他的想法却变为:"我一定要去'打野鸡'。那鲜红嘴唇,那暖热的肉体,那种使人兴奋的气味,那种使人陶醉的拥抱,那才是热,我需要热。那时候我的血燃烧了。我的心好像要溶化了,我差不多不感觉到自己的存在了。那一定是很痛快的。"而当时正在积极从事革命活动的高志元却对此抱有"同情的眼光",以为很能够了解这种心情;"不仅了解,而且高志元也多少有着这种渴望——热和力的渴望"。作者一向是把对于热与力的追求当作从事革命的动力的。他在一篇散文中曾说:"我爱都市,我爱机械,我爱所谓物质文明。那是动的,热的,迅速的,有力的。"②他对于革命生活的描写也是这样:"这真正是一个丰富的生活。好几股电光在那里面闪耀。牺牲,同情,热爱,忠诚,力量……我看见了许多事物,许多人。"③他最热爱他的"爱情三部曲",而最后一部的名字叫作《电》,也就是一种热与力的歌颂。这样,这些作品一方面激发了读者的正义与热情,但同时又觉得革命很可怕,要追求牺牲,包括爱情和生命;而同时这种献身又非常美丽,满足了自我的骄傲和伟大感。他说他的企图在于用信仰来征服死,因此才"把那些朋友(作品中的人物)都送到永恒里去"④,这里所说的信仰在由作品所得的实际感受上是带有一点神秘性的,多少有点类乎宗教的性质了。他说:"在《电》里面就没有不死的东西,只除了信仰。"⑤这样,那种牺牲或献身的重要意义也就主要在于牺牲者本人的虔诚了。这样,就自然从动机上来原谅了人的

---

① 巴金:《灭亡(七版)·题记》。
② 巴金:《旅途随笔·海珠桥》。
③ 巴金:《巴金短篇小说集(第二集)·春雨》。
④⑤ 巴金:《雾·〈爱情的三部曲〉作者的自白》。

行为的一切缺点和错误,因为他认为献身本身就是伟大的和值得歌颂的。凡是对这一方面表现得比较突出的作品,例如《灭亡》《新生》《电》,那对青年读者所发生的消极影响也就比较大。因为它迎合和刺激了这些青年性格中的不健康的方面,而这些因素对中国人民革命和青年人自己都是会有消极影响的。

当然,以上所说的这种弱点在作品中是得到了一定程度的补救的。第一,《新生》第三篇的题目就叫作"死并不是完结";但内容只抄了《约翰福音》的一句话:"一粒麦子不落在地里死了,仍旧是一粒;若是死了,就结出许多子粒来。"当作一部小说来看,这样的独立的一"篇"当然是无力的;但他在前面也曾描写过杜大心的死对于别人所起的影响,譬如李静淑就说:"我却因他底死而得到新生,而舍弃了悬崖上的生活。"这样,对于革命者牺牲的积极意义就多少突出了一些。第二,作者也用生活本身,即情节开展的逻辑性来事实上对于那种单纯献身的观点作出了一些批判;《灭亡》中写杜大心谋刺戒严司令的结果是:"戒严司令并没有死。他正在庆幸因了杜大心底一颗子弹,他得了五十万现款,他底几个姨太太也添了不少的首饰。然而杜大心底头却逐渐化成臭水,从电杆上的竹笼中滴下来,使得行人掩鼻了。"这样的写法是符合生活本身的逻辑的,因而也就对那种徒逞一时之快的恐怖暗杀方式作出了批判。这正是一个作家忠实于生活的结果。

在作者看来,这个世界里应该灭亡的人很多,除过革命者的自觉的灭亡以外,至少还有两类人应该灭亡,而革命者的灭亡正是为了推动这两类人的灭亡。杜大心认为他所负的责任在于"使得现世界早日毁灭,吃人的主人和自愿被吃的奴隶们早日灭亡"。对于"吃人的主人"的憎恨自然是可以理解的,他说,"凡是把自己底幸福建筑在别人底苦痛上面的人都应该灭亡的";但所谓"自愿被吃的奴隶"实际上正是这些革命者对于一般人民群众的理解,因为不只事实上"自愿被吃的奴隶"毕竟很少,而且他明白地说,"对于那些吃草根,吃树皮,吃土块,吃小孩,以至于吃自己,而终于免不掉死得像蛆一样的人,我是不能爱的",而这些处于悲惨境遇的人是很难理解为自愿被吃的。《雨》中的吴仁民在电车上看到乘客们拥挤的状态,他"望着那些蠢然的笑脸!他的心突然感到寂寞起来"。他自语着:"就忘了这个世界罢。这个卑下的世界!就索性让它毁灭也好!完全毁灭倒也是痛快的事,比较那零碎的,迟缓的改造痛快得多。"这种否定一切,特别是看不起群众的情绪,在他作品中的许多革命者的人物身上都存在着,而且缺乏应有的批判。《灭亡》写的是革命者的灭亡,续篇《新生》写的是继起的革命者的灭亡;既然渺视那些"蠢然的""奴隶",当然也就很难危及"吃人的主人",结果灭亡的似乎只有革命者自己。这样的革命方式和道路是会给读者带来一些消极影响的。当然,我们并没有把杜大心或别的人物的语言就简单地当作作者自己的思想,但他并不是用批判而的确是以同情的笔调写出的,那么它所带给读者的也就只能是同情和了解了。而且作者自己也说,他"所追求的乃是痛苦","信仰不会给我带来幸福,而且我也不需要幸福"。[①] 这种把众人的幸福与自己的痛苦都看作追求目标的想法,是一种"我不入地狱,谁入地狱"的普度众生的态度,这与只有解放全人类才能解放自己的无产阶级所领导的与群众相结合的革命路线是完全不同的。这也就是《灭亡》《新生》这些作品虽然具有激发读者的热情和革命思想的作用,但同时也包含着一些不健康的思想倾向的原因。

文学作品本来是通过形象来激发人的明确的爱憎的,而且由于作者重视对于热情的赞扬,他的作品中特别注意于爱与憎的关系的描写。《灭亡》中杜大心与李静淑的争论,主要是围绕着爱与憎的人生态度而发的。他们都有点把爱憎来抽象化和绝对化了;要爱就爱一切人,否则就憎恶一切。作者对这种关系也似乎有他的统一的观点,那就是"本书里面虽表现着对于人类的深刻的憎恨,但作者的憎恨底出发点乃是一个'爱'字"[②]。这样,实际上就是说人类之爱是美丽的,但它是不存在的,只是我们追求的对象,而目前的一切却都是值得憎恶的;如果还有爱,那也只有在志同道合的青年男女之间在牺牲之前的瞬间还可能发生,但这种火花也终必为憎所熄灭。这就是爱与憎的矛盾,或者说是悲剧,它在巴金的作品中常常赢得一些善良而稚嫩的青年们的廉价的眼泪。杜大心说:"至少在这人掠夺人,人压迫人,人吃人,人骑人,人打人,人杀人的时候,我是不能爱谁的,我也不能叫人们彼此相爱的。"让人爱这些人压迫人的现象固然是过于天真和荒谬,但一个立志

---

① 巴金:《雾·〈爱情的三部曲〉作者的自白》。
② 巴金:《灭亡》中所写朱乐无作的杜大心遗著《生之忏悔》的序中语。

推翻旧制度的革命者为什么不可以爱那些被压迫者呢？而被压迫的劳动人民之间又为什么不可以彼此相爱呢？他的"爱情三部曲"是写恋爱与革命的，但如他自己所说："它既不写恋爱妨害革命，也不写恋爱帮助革命。它只描写一群青年的性格，活动与死亡。"①这群青年的恋爱似乎只为了表现他们是热爱人类的，但他们的革命活动却是毁灭现存的一切，而最后是只有他们自己走向死亡。这也是《灭亡》《新生》中所写的内容；由于这些人物有性格，作者对这类狂热的不满现状的青年相当熟悉，而笔下又充满了同情和感染力，因此对于一些青年知识分子有激发他们走向革命的启蒙作用，但作者自己所信仰的"安那其"并不是对作品没有发生任何消极作用的。譬如对于热情的过度的赞扬与歌颂，有时是会给读者带来一些不健康的东西的。热情，是有阶级内容的，把它抽象化而过度地加以同情，就不一定妥当了。《电》里面的敏要炸死旅长，作者写道："这不是理智在命令他，这是感情，这是经验，这是环境，它们使他明白和平的工作是没有用的，别人不给他们这么长的时间。"结果旅长只受了一点微伤，而把革命团体的整个行动计划都给毁了，敏自己也牺牲了。但当作《电》中成熟了的革命者的性格的李佩珠却只悲痛地说："我知道，我早就知道。但是他已经定下决心了。你想象看，他经历了那么多苦痛生活，眼看着许多人死，他是一个太多感情的人。激动毁了他。他随时都渴望着牺牲。"这些人的革命行动好像是不需要领导和必要的纪律的，虽然动机无可厚非，但他的盲目行动把整个计划都给毁了，而居于主要地位的李佩珠等却仍然对他充满了同情。这样，就必然如作者所说的："这样的热情也许像一座火山，爆发以后剩下来的就只有死，毁了别的东西，也毁了自己。"②这对集体，对自己，又会有些什么好处呢？而且这样泛滥下去，可以发展到吴仁民的"打野鸡"，也可以发展到另一女性慧的"一杯水"式的恋爱至上主义；尽管这些人还仍然随时准备献身，但那些生活是很难不称之为堕落的。作者显然也并不赞成热情的泛滥，他要信仰来指导它。他说："信仰并不拘束热情，反而加强它，但更重要的是指导它。"③但实际上那种与理智相对立的热情是很难不向消极方面发展的；敏，更不要说

---

① 巴金：《爱情的三部曲·总序》。

②③ 巴金：《雾·〈爱情的三部曲〉作者的自白》。

李佩珠,他们并不是没有信仰的人,但这种信仰只鼓励了他们的狂热,而并不是改造了他们的感情。这样,这些地方就不能不给读者带来一些消极的东西了。在作者早期的作品中,例如《灭亡》和《新生》,这种倾向就比较更显著。

四

"爱情三部曲"是他最喜爱的作品。为什么呢?照作者的话讲,这三本书是为他自己写的,写给自己看的。"我可以说在这'爱情的三部曲'里面活动的人物全是我的朋友。"而"三部曲"中的《电》,又是他在全部作品中"自己最喜欢的一本"。这里面有两层意思:第一,这部作品是最能表现他自己的思想和感情的;第二,作品中的人物形象都是值得同情或歌颂的,都是他的"朋友"。"爱情三部曲"正是通过这些作者所热爱的人物来从事一种作者所歌颂的活动以表现他自己的思想倾向的,特别是《电》。作者说:"它只描写一群青年的性格,活动与死亡。这一群青年有良心,有热情,想做出一点有利于大家的事情,为了这他们就牺牲了他们的个人的一切。他们也许幼稚,也许会常常犯错误,他们的努力也许不会有一点效果。然而他们的牺牲精神,他们的英雄气概,他们的洁白的心却使得每个有良心的人都流下感激的眼泪来。"①这里就很清楚地说明了作者的写作企图和他为什么最喜欢这部作品的原因。他是花了很大力量企图描写值得为人感激和仿效的正面人物的活动的,他说:"这里面的人物差不多全是主人公,都占着同样重要的地位"②,因之他才主要采取了同情或歌颂的态度。但"写给自己看的"书既然出版了,就必然和广大读者发生了联系,作者的思想感情当然也会通过作品感染给读者,这也正是作者自己的写作企图;但企图和结果之间是会有距离的,读者是否也会把作品中的那些人物都看作值得感激的"朋友"呢?就不一定了。每个读者根据他自己的经验、学识、修养等等,都有不同的接受和批判的能力,而那些真正接受了作者的写作企图的人就一定也会感受到作者的思想情绪,如我们在上面所谈的。但事实上这样的情形并不多。因为:

---

　　①② 巴金:《爱情的三部曲·总序》。

第一,这部作品也有它写得很成功的地方,譬如读后可以激发读者的变革现实的热情和正义感,而且大多数读者是可以有这种批判能力的;第二,凡是作者过于热心地宣泄他所热爱的思想的时候,由于这种构思和现实生活之间有了距离,因而艺术的真实性也就受到了一定的损害,那么它对于读者的感染力也就相对地减少了。这样,读者虽然也承认"爱情三部曲"是一部比较好的作品,但所热爱的角度和深度就和作者的感受有了一定的距离。即在作者自己的全部作品中,大多数人也认为"激流三部曲"的成就是比较更高的。

他在"爱情三部曲"序中说他"所注重的乃是性格的描写",又说:"我在当时的计划是这样:在《雾》里写一个模糊的,优柔寡断的性格;在《雨》里写一种粗暴的、浮躁的性格,这性格恰恰是前一种的反面,也是对于前一种的反动,但比前一种已经有了进步;在最后一部的《电》里面,就描写一种近乎健全的性格。"写小说当然是应该注重描写人物的性格的,而且这也是作者在创作上获得成就的重要原因。他从来是非常注重人物的个性特征和性格的成长过程的,《新生》第一篇的题目就叫作"一个人格底成长",内容正是写李冷由孤独冷僻而逐渐走上积极和献身的成长过程的。《灭亡》中的写杜大心、张为群,也都是从他们的具体经历来描写他们的性格的。但作者多少有点把人的性格理解得过于抽象化和固定化的倾向,仿佛性格是一种与生俱来而且很难改变的人的属性,他自己曾说:"我的一生也许就是一个悲剧,但这是由性格上来的(我自小就带了忧郁性),我的性格就毁坏了我一生的幸福,使我在苦痛中得到满足。"[1]在《雨》的自序中又说:"我和别的许多人不同,我生下来就带了阴郁性。"《雨》中写方亚丹与吴仁民之间的争辩,作者写道:"他被吴仁民的话语感动了,然而在他与吴仁民之间究竟隔了一些栅栏,两种差异的性格是不能够达到完全的相互了解,不仅是因了年龄的相差。"《雾》里面陈真自述他的性格道:"我这人就像一座雪下的火山,热情一旦燃烧起来溶化了雪,那时的爆发,连我自己也害怕!其实我也很明白怎样做才好,怎样做才有更大的效果,但是做起事情来我就管不了那许多。我永远给热情蒙蔽了眼睛,我永远看不见未来。所以我甘愿为目前的工作牺

---

① 巴金:《爱情的三部曲·总序》。

牲了未来的数十年的光阴。这就是我的不治之病的起因,这就是我的悲剧的顶点了。"在他的作品中像这种描写性格的地方是很多的,因此他作品中的人物性格一般都比较鲜明;但因为作者多少有点使人物性格脱离了典型环境的倾向,这样,就使许多性格的表现缺少了孕育他们的必要的时代气氛和社会基础,人物活动的现实根据和性格发展的逻辑性有的地方就不够充分。像《雾》中的周如水的优柔寡断和《雨》中吴仁民的粗暴浮躁,他们的性格是被多方面地表现出来了的,但总使人感到好像一株已被锯倒的大树,虽然看来仍然枝叶扶疏,却好像与植根的土壤割断了联系似的。《电》里面的人物很多,头绪也很多,虽然在叙述上可以看出作者驾驭多种线索的手腕,但因为这些青年实际上都是一种人,作者又没有给他们更多地显示自己活动的情节和机会,因此除少数人外,许多人物的性格面貌是不够清晰的。像作者所应用的写法一样,我们看到的也多是"黄瘦的雄,三角脸的陈清,塌鼻头的云,小脸上戴一副大眼镜的克,眉清目秀的影,面貌丰满的慧,圆脸亮眼睛的敏,小眼睛高颧骨的碧"等等外形上的特征,而性格却是不够清晰的。

《雾》的情节比较简单,是通过一个不幸的恋爱故事来写周如水的缺乏勇气的犹豫不决的性格的。作者在序中说:"我所描写的是一个性格,这个性格是完全地被写出来了。这描写是相当地真实的。而且这并不是一个独特的例子,在中国具有着这性格的人是不少的。"的确,类似周如水式的知识分子在那个时代是并不缺少的,作者也对他有所批判,不只对他的"土还主义"和"童心的恢复便是新时代的开始"的改良主义幻想作了嘲笑,而且最后还让这个人物走向了投水自杀的结局。这种批判多半是通过另一人物陈真或是在陈真性格的对比中发生作用的,例如陈真说他"没有勇气和现实痛苦的生活对面,所以常常逃避到美丽的梦境里去"等等;但作者对他仍然是带有惋惜和同情的。而且因为小说着重在周如水的内心的描写,别的人物的分量反而显得比较单薄了。陈真是另一个很重要的人物,他的主要活动也在《雾》里,到《雨》里他一出场就被汽车辗死了;虽然别的许多人的活动都受了他的影响。作者对这个人物是充满了热情的,他描写陈真是"一个如此忠实,如此努力,如此热情的同志";他"抛弃了富裕的家庭,抛弃了安乐的生活,抛弃了学者的前途,在很小的年纪就加入到社会运动里面,生活在窄小的亭子间里,广大的会场里,简陋的茅屋里,陈真并不是一个单在一些外国名词中间绕圈子的人"。这是一个杜大心型的革命青年,在他的生活中完全没有快乐,他把自己的健康消磨在繁重的工作里,得到了许多人的敬佩。一直到他死后,他的事迹仍然是鼓舞人们从事活动的力量。在他的性格的对比下,周如水就更其显得苍白和渺小了。但作者对陈真的活动正面写出的地方较少,他的性格多半是由别人的印象或叙述来完成的;因此这个人物的轮廓虽然画出来了,但作者对他似乎只是作为理想人物来写的,因此形象的完整性就不很充分。

就小说的动人程度和艺术成就来看,我以为在"爱情三部曲"中以《雨》为最好;不简陋,不枝蔓,虽然充满了一种淫雨式的阴郁凄凉的情调,但读来是会感到真实和动人的。像吴仁民这种类型的知识分子的确写得很真实,他不满意一切,也不满意自己;偏激、粗暴,而又十分脆弱;说得很多,做得极少。作者自负地说:"我写活了一个吴仁民。我的描写完全是真实的。我把那个朋友的外表的和内部的生活观察得十分清楚,而且表现得十分忠实。他的长处和短处,他的渴望与挣扎,他的悲哀与欢乐,他的全面目都现在《雨》里面了。"[1]这个性格是通过一连串的爱情波折来表现的,特别是写他在两个女人的爱的包围中演着紧张的悲喜剧的时候,读来是很富于艺术吸引力的。它使人沉浸在那种紧张而又凄凉的氛围中,而这几个人物的性格也就非常逼真了。吴仁民在恋爱中经历了许多痛苦,爱把他的粗暴的心给软化了,痛苦又引起了他的反抗和追求的激情,因此整个作品虽然凄凉,却并不伤感。作品的最后是他决定"以后甘愿牺牲掉一切个人的享受去追求那黎明的将来。他不再要求什么爱情的陶醉,把时间白白浪费在爱情的悲喜剧里面了"。郑玉雯起初是一个自愿抛弃学校生活去从事革命工作的女性,后来终于走到一个她所不喜爱的官僚的怀里;她强烈地眷恋着以前的爱人,最后并为爱而自杀了。她的经历和巴金的短篇小说《一个女人》中的那个曾从事过革命活动而随后又陷在沉重烦琐的家务中的女子的精神苦痛是颇类似的,是一个人经不起风浪而走向消极或堕落面的发展。熊智君带着她的瘦弱多病的身躯,她在爱情中所受的播弄和精神上的打击是更为凄楚的,最后为了救吴仁民而自愿随那个官僚走去的结局更增加了故事的

---

① 巴金:《爱情的三部曲·总序》。

悲剧性,也更使她自己和吴仁民的性格得到了充实。其余的人物如方亚丹和高志元,虽然在作品中不占显著的地位,但对整个作品也是有作用的。当作一本爱情小说看(作者自己是不这样看的),《雨》是写得很完整动人的;而且通过那种不幸的爱情故事也暴露了不合理的社会制度的残酷性质。

吴仁民到《电》中已经成为一个成熟的居于指导地位的革命工作者,完全不像《雨》中那样的粗暴了。但因为对他正面的写出很少,而只是把他定型化和理想化了,因此不只失去了性格的光彩,引不起读者的亲切感,而且和他以前的性格也有判若两人的感觉,当中缺乏必要的转变和发展的描写。如果有,那就是《雨》中的爱情波折所给予他的痛苦,而这对于完成人物性格的发展是很不够的。作者说他写《雨》中的吴仁民是有一个朋友作为原型的;他说:后来这个朋友"已经不是《雨》里的吴仁民了。然而他并不曾改变到《电》里面的吴仁民的样子。《电》里面的吴仁民可以是他,而事实上却决不是他。不知道是生活使他变得沉静,还是他的热情有了寄托,总之,我最近从日本归来在这里和他相见时,我确实觉得他可以安安稳稳地做一位大学教授了"①。应该说,《电》里面的吴仁民不只事实上不是那个原型,而且也很难说"可以是他";如果要完成这个"可能"的话,那还得要经过漫长艰苦的一段路程;因为做一个成熟的革命家和做大学教授毕竟是不同的。但作品中却缺少了这方面的必要的描写,他在《电》中一出场就已经很老练了,这就多少减退了人物性格的光彩。

和吴仁民同样经历了《雾》《雨》《电》,而在《电》中成为重要的负指导责任的革命者李佩珠是作者着意写出的一个理想的完美的性格。他希望渴求光明的青年读者"能够从李佩珠那里得到一个答复"②。他对这个人物是充满了热爱的。在作品中刚出现的时候,李佩珠还是生活在优裕的环境中的一个天真的年轻姑娘,是被陈真叫作小资产阶级女性的人物。作者在《雨》中描写她读了许多革命书籍,特别是女革命家传记所给予这个女性的精神上的影响。她的父亲李剑虹也是一个有革命思想的学者,他在作品中的作用可以说正是为了给李佩珠的发育成长准备条件的。这是一个在温室中顺利成长起来的女性,她为书籍中的理想鼓舞着,决定献身于伟大的事业;"只

---

①② 巴金:《爱情的三部曲·总序》。

觉得身体内装满了什么东西,要发泄出来一样"。到了《电》中,她已经成为主角,成为革命活动的指导者了。她在重要关头表现得沉着、勇敢;写得比吴仁民生动。最后她与吴仁民相爱了,她说:"也许我们明天就全会同归于尽,今天你就不许我们过活得更幸福一点吗?这爱情只会增加我的勇气的。"作者是把吴仁民与李佩珠的相爱当作"最自然最理想的结合"来写的,他把"爱情三部曲"分作三个时期,而《电》是顶点;是热情的归结,信仰的开花。他说:"吴仁民和李佩珠,只有这两个人是经历了那三个时期而存在的,而且他们还要继续地活下去。"①在《电》里,在李佩珠的周围还有许多青年,作者是通过他所鼓吹的革命行动来写这些人物的;但也许由于作者关于实际活动的生活经验不够,也许是过于把人物性格和行动来理想化了,总之,这些人物的面貌都是不够清晰的。李佩珠的所谓健全的性格也并没有得到十分完满的表现,而且当作经历了三个时期的性格发展说,这条线索也有点过于单纯了。但作为一个走向革命的小资产阶级青年来说,李佩珠比较别的人的确是更其沉练和勇敢的,而且她的面貌也是比较鲜明的。

《电》是着重描写信仰和行动的,因此作者的思想倾向就得到了更其显明的表现。《电》从工会、妇女协会、学校等各方面综合地描写了一个小城市中的革命活动,而且是把主要力量放在革命团体内部这一方面来写;写这群青年的性格、活动和死亡。这样,除过这种活动的正义性质以外,人们也不能不从这些人的行动、计划和方式中去看他们失败的原因。那种内部没有严密的组织和纪律,没有坚强的群众基础,而只有一些彼此思想接近的青年,单纯凭着自己的热情和勇敢就想在残暴的反动统治下立刻打开一个局面的企图,不是注定要失败的吗?固然革命者是不应该惧怕牺牲的,但如果是对于革命事业不能带来任何好处的单纯的献身,那不正是那些吃人的统治者所欢迎的吗?当然,《电》并没有悲观或感伤的色彩,而且从吴仁民与李佩珠的结合中更暗示了对于黎明的未来的确信;但作者对于这些青年人的狂热和偏激采取了一种无批判地歌颂的态度,是会给读者带来一些消极影响的。从这里也可以说明,作者自己所最喜爱的作品,即比较充分地表现了他自己的社会思想的作品,在客观上并不一定就是最能够代表作者创作成

---

① 巴金:《雾·〈爱情的三部曲〉作者的自白》。

就的作品；因为衡量一部作品的成就毕竟是有一个客观标准的。

五

"激流三部曲"是比较"爱情三部曲"规模更其宏大的作品，它久已为读者所熟悉，特别是其中的《家》，二十多年来一直受到青年人的欢迎，成了鼓舞他们追求光明的力量；它显示了作者对中国现代文学的贡献，可以说事实上是作者的代表作品。这是有许多原因的，除过前面所说的作者的"控诉"式的吐露"积愤"的鲜明的爱憎态度以外，作者对他所写的生活是充分熟悉的，他对于作品中的那些人物的精神面貌（无论正面人物或反面人物）是感受极深的；而且因为要具体通过一个家庭的没落和分化来写出封建宗法制度的崩溃和革命势力的激荡，因此他花了很大力量来描写这个大家庭内部的形形色色，它的主要成员们的虚伪、庸俗和堕落，以及对于青年人的命运和精神的摧残；他是非常忠实于生活的。在"激流三部曲"中，现实主义的创作方法占有了主导的地位。作者在《〈激流〉总序》中说他"所要展示给读者的乃是描写过去十多年间的一幅图画"，他"无论在什么地方总看见那一股生活之激流在动荡，在创造它自己底径路，以通过黑暗的乱山碎石中间"。正因为他所展示的是"生活之激流"，他的生活经验和他的要求变革的激情都在作品中得到了积极的发挥，因此作品就特别富于激动人心的力量了。

《家》里面最引起人们热爱的人物是觉慧，作者以很大的激情来塑造了这一形象，使他成为新生的正义力量的代表，给读者带来一种乐观情绪和鼓舞的力量。觉慧坚决反对觉新式的"作揖哲学"和"无抵抗主义"，这正是"五四"革命精神的发扬；他的信念很单纯，但他"不顾忌，不害怕，不妥协"。他并不想对那个家庭寄托什么希望，他热心于交结新朋友、讨论社会问题、编辑刊物、创办阅报社等等社会活动，最后是怀着叛逆的心情勇敢地离开那个家庭远走了。作者说觉慧做过一些他做过的事情，而且正是"不顾忌，不害怕，不妥协"那九个字帮助他自己得到了初步的解放，帮助觉慧"逃出那个正在崩溃的旧家庭，去找寻自己的新天地"。[①] 可以想见，像曹雪芹的《红楼

---

① 巴金：《短简·关于〈家〉》。

梦》一样,《家》虽然并不就是作者的自传,但在作者进行艺术构思时是与他自己的生活经历密切联系着的,这也正是作品之所以能有比较深厚的现实基础的重要原因。他说:"我要写这种家庭怎样必然地走上崩溃的路,逼近它自己亲手掘成的墓穴。我要写包含在那里面的倾轧、斗争和悲剧。我要写一些可爱的年轻的生命怎样在那里面受苦、挣扎而终于不免灭亡。我最后还要写一个叛徒,一个幼稚而大胆的叛徒。我要把希望寄托在他的身上,要他给我们带进来一点新鲜空气,在那旧家庭里面我们是闷得透不过气来了。"[①]应该说,这种创作意图不只是正当的和符合生活面貌的,而且也是在作品中得到了成功的实现的。以觉慧而论,他的确是"幼稚"的,他感到"这旧家庭里面的一切简直是一个复杂的结,他这直率的热烈的心是无法把它解开的"。但这种"幼稚"也正是对于旧的一切表示怀疑和否定的"五四"精神的体现;他虽然对周围的一切还不能作出科学的分析,但他知道这般人是"无可挽救的了",因此他自己无所顾忌地选择了叛徒的道路,"夸大地把改良社会,解放人群的责任放在自己底肩上了"。即使在他与鸣凤热恋时,他在外面活动的时候也"确实忘了鸣凤",只有回到那和沙漠一样寂寞的家里时,才"不能不因思念她而苦恼"。"激流三部曲"主要是写作者所憎恨的制度的,与"爱情三部曲"的主要是写作者所同情的青年性格的不同;即使像觉慧这样作者所歌颂的叛逆性格,也主要是由于周围的理应引起憎恨的事物所激成的。他亲眼看见一些可爱的青年的生命怎样因了不必要的牺牲而灭亡,"一片湖水现在他的眼前,一具棺材横在他的面前",这些都是他所不能够忘记的,因此才激发起了他的诅咒和叛逆的感情。作者通过觉慧写出了革命力量在青年中的激荡,写出了包含在旧的势力内部的矛盾和斗争,也通过觉慧来对觉新的"作揖主义"和别人的懦弱性格作了批判。在《春》与《秋》中,更通过淑英、淑华等人的成长过程写出了觉慧的行动对这个家庭所产生的巨大影响。这个性格的确是给我们带来了"新鲜空气"的,他到上海是因为向往那里的"未知的新的活动","还有那广大的群众和新文化运动";在《秋》中觉新读了他在上海所写的激烈的带煽动性的文章,"证实"他已"参加了革命党的工作"。"激流三部曲"中并没有正面地具体描写觉慧

① 巴金:《短简·关于〈家〉》。

离开家庭以后所走的道路,但对封建家庭的叛逆正是走上民主革命的起点,根据觉慧性格的逻辑发展,在中国具体历史的条件下,他是一定会找到中国人民革命的主流和领导力量的。这也正是这部作品所产生的巨大的教育意义,它为当时的青年人提供了值得学习和仿效的艺术形象的。《家》的时代毕竟不是《红楼梦》的时代了,虽然环境气氛和时代精神在"激流三部曲"中表现得还不够充分,使人不能十分真切地感受到那个家庭与当时各种社会关系的联系,但我们也多少在这里看到了"五四"革命浪潮的影响,看到了四川军阀混战对人民的骚扰,也看到学生们向督军署请愿和罢课的斗争,以及地主派人下乡收租情况的描述;这一切都表示了这是一个人民革命力量正在艰苦斗争和不断壮大的时代,而这种背景就给觉慧这些青年人的叛逆的勇气和出路提供了现实的根据。

关于青年女性的描写在"激流三部曲"中占有重要的地位,这里显示了封建主义的残酷性和作者的人道主义精神。在《家》中,梅的默默的牺牲,瑞珏的惨痛的命运,鸣凤的投湖的悲剧,都不能不引起人们的强烈的同情和对旧制度旧礼教的憎恨,作者的那种富有感情的笔触很自然地激起了读者的同情和悲愤。另一方面,作者也写了琴和许倩如,这是正面力量的萌芽,虽然许倩如只是一个影子,而琴还正在觉醒的过程中。但女性本来是受有更大的压迫的,作者至少在这里歌颂了青春的生机和希望的火花。而在《春》与《秋》中,就不只琴的性格有了进一步的发展,而且花了很大力量描写了淑英的觉悟和成长,最后终于使她也走上了觉慧的道路。当然,这里仍然有蕙、淑贞、倩儿等不同性格和遭遇的青年女性的牺牲的悲剧,但在淑华和芸的身上也又滋生了觉悟的萌芽,而像翠环那样的性格也含孕着少女的正直和美丽。作者一方面痛惜这些少女们的青春和命运受到摧残,一方面又摆在生活的激流中去考验她们;聪明的读者是会从这些人的不同的性格、道路和结局中吸取教训的。

觉新和觉民是始终贯串在"激流三部曲"中的人物,特别是觉新,作者对他所花的笔墨最多,而且可以说是整个作品布局的主干。通过各种事件的考验和残酷的折磨,这个人物的面貌是清晰地呈现出来了。这是一个为旧制度所熏陶而失掉了反抗性格的青年人,但心底里仍然蕴藏着是非和爱憎的界限,因此精神上就更其痛苦。他也理解夺去了他的幸福和前途、夺去了他所最爱的两个女人的是"全个礼教,全个传统,全个迷信",但他无力挣扎,只能伤心地痛哭。作者通过觉慧,曾多次地批判了他的怯弱;但压力太沉重了,使他很难勇敢起来。而且以后他又经历了蕙的死、海臣的死等等重大折磨,但他实际上却只扮演了一个为旧礼教帮凶的角色。作者对他是有一些批判的,但同情和原谅却显然太多了;读者只有把他当作一个牺牲者的心情下才可能产生一点惋惜;但这种情绪却往往又为这个人物自己的行动所否定了。因此觉新的进退失据的狼狈心情也同样传染给了读者,使人不知道对他究竟应该采取何种态度——同情还是批判,爱还是憎?人物性格当然是很复杂的,但作者对他的处境的解剖显然过多了,而批判却相对地是无力的,而且还批评了觉民等不能理解他大哥的痛苦。这种态度只能说是一种珍惜青春的善良的愿望,他说:"一个年轻人底心犹如一炉旺火,少量的浇水纵使是不断地浇,也很难使它完全熄灭。它还要燃烧,还在挣扎。甚至那最弱的心也憧憬着活跃的生命。"这就是他终于在《秋》中使觉新有机会获得新生的根据;但这个结局在作品中只透露了一点火花,并未具体地写出来。因为这是与这个人物性格的发展线索不十分和谐的。而且正因为作者对觉新的同情太多了,在"激流三部曲"中对他所作的描述的分量很重,内容就难免有点烦冗,有些地方就很难引起读者的兴味。觉民的性格是沉着的,也是比较定型的;作者给他安排了一个比较顺利的遭遇,使他胜利地得到了爱情,跨过了逃婚的斗争。他虽然也有改变和发展,但都是顺着一条路向前的,他自信可以掌握自己的命运。在《春》和《秋》中,他已站在斗争的前缘,他不妥协地和那些长辈们当面争辩,并卫护着淑英、淑华的成长。在给觉慧的信中他说:"我现在是'过激派'了。在我们家里你是第一个'过激派',我便是第二个。我要做许多使他们讨厌的事情,我要制造第三个'过激派。'"这第三个就是淑英,淑英的成长和出走是贯串在《春》里面的主线,而觉民的活动就为这事件的开展准备了条件。

淑英是《春》里的主角,她从觉慧的出走引起了心灵的波动,从蕙的遭遇和命运里又深切地感到摆在自己前面的危机,于是在觉民、琴等人的鼓舞下,像在温室里的花卉一样,她含苞了,而且渴求着自由与阳光。她的心逐渐坚强了起来,最后终于走上了觉慧的道路,理解了"春天是我们的"的意义。《春》和《秋》中所展开的是比《家》中更加深了的矛盾。《春》里面主要描写在长辈们的虚伪与堕落的衬托下，一些心灵纯洁的小儿女的活动，为淑英性格的成长和觉醒提供了条件。情节的开展比《家》来得迂缓，矛盾冲突虽不像在《家》里那样直接与尖锐，但却更深化了，而精神仍是一贯的。淑华的活动主要在《秋》里，这是个性格单纯开朗的少女，她的爽直快乐的声音常常调剂了某些场面中的忧郁情调，给作品带来了一些明朗的气氛。她最后也逐渐成熟了起来，有了"战斗的欲望"，而且与旧势力进行了面对面的争辩。和她成为对比的是淑贞的命运，正当淑华争取到进学堂的机会的时候，淑贞就跳井自杀了。这是个生活在愚蠢和浅妄的包围中而从来没有快乐的木然的少女，通过她的遭遇暴露了那些"长辈"们的虚伪和丑恶，说明了封建主义对于人们的精神上和肉体上的严重的摧残。这些少女们的活动，包括绮霞、倩儿、翠环等人，显示了作家的善良的灵魂和人道主义精神。

对于那些虚伪、荒淫和愚昧的上一代的人们，作者并没有把他们漫画化，却仍然无情地投入了深刻的憎恨和诅咒。从高老太爷一直到《秋》里面克明的死，对那些旧制度的卫护者们的那种表面十分严峻而其实极度虚伪和顽固的道学面孔是刻画出了的。《春》里面作者更多地和厌恶地勾画了克安、克定等人的荒淫无耻的堕落活动，他们的盗卖财物、私蓄倡优、玩弄丫头奶妈等的无耻行径是不堪入目的；而在他们的放纵和影响下，觉群、觉世等小一辈的无赖恶劣的品质也已渐成定型，正说明了这种制度和教育的野蛮和残酷。《秋》里面所写的面更扩大了，已不限于高家的范围，周家和郑家也占了很大的比重；通过周伯涛、郑国光、冯乐山、陈克家等等所谓书香缙绅之家的这些不同性格的描写，这个阶层的虚伪、堕落和无耻的面貌是更多方面地揭露出来了。这就不只补充了高家那些"克"字辈人物的精神堕落的面貌，而且说明了这是一个制度的产物，充分地表现了这些形象的社会意义。另外一些庸俗、泼辣和愚蠢的女眷们的活动，例如陈姨太、王氏、沈氏等，更以她们的丑恶的形象引起了人们的深深的厌恶。通过一些善良性格的牺牲，例如蕙的死和葬，枚的死，以及一些不幸的丫鬟的命运，这些人物的"吃人的"面貌和作者的极端憎恶的情绪是更鲜明地表现出来了。

在《秋》的最后觉民说："没有一个永久的秋天，秋天或者就要过去了。"作者曾说他"本来给《秋》预定了一个灰色的结局，想用觉新的自杀和觉民的被捕收场",但在友情的鼓舞下,他决定"洗去这小说底阴郁的颜色"。 应该说,那个预定的计划是更接近于他的"爱情三部曲"或者《灭亡》《新生》的处理的,但在他所勾画的狰狞的"吃人者"面前,在对于光明的追求和愿意给读者以乐观和鼓舞的情绪下,他终于改变了预定的计划,给作品增添了健康的明朗的色彩。这也不仅表现在对于最后结局的处理,整个作品就是会令人感到正面力量的滋长的。作者以很大的热情描写了青年一代的活动,描写他们彼此间没有任何猜忌的坦白的聚会,以及互相的关切和爱护;也着重地叙述和歌颂了青年人的革命组织均社的活动,说他们"要贡献出他们底年轻的热诚,和他们底青春的活力,来为他们底唯一的目的服务"。这唯一的目的是"为人类谋幸福,为多数人,为那些陷于困苦的深渊中的人"。作者说"这些青年人的思想里有的是夸张,但是也不缺少诚实"。这种说法是切合实际的;因此尽管那种社会活动的方式仍然不够很健全,但它既不是作品的主要部分,而在作品中所起的作用也只在于增加了一些积极乐观的气氛和色彩。例如商业场失火了,觉新失了业,并直接影响到高家的争执和分裂,但这些青年人办的"利群周报社"也被烧,却连校样都没有损失,不到两星期就什么都弄好了。因此《春》和《秋》虽然没有《家》里面那样激荡,但这条"生活的激流"还是一直淌漾下来的;到下流虽然迂缓了一些,但那阻力也濒于崩溃了。新的力量和新的道路虽然在这些作品中还很朦胧,但它仍然有很大的鼓舞力,它吸引我们憎恨那种腐朽没落的制度,并为美好的将来而斗争。

六

　　除过长篇以外,巴金还写了许多的中篇、短篇小说;这些作品中不乏成功的佳作,而且也可以帮助我们多方面地了解作者的思想和风格。这些作品中的题材更广泛了,我们看到了比在长篇中更宽阔的社会生活。像收在《将军集》中的《还乡》,是写乡民们反对恶霸乡长的尖锐的群众斗争的,也暴露了乡长和上级政权之间的关系,乡民们说:"他有的是钱呀! 连县长都是他的好朋友,县长都肯听他的话!"而在它的姊妹篇《月夜》中,更描写了这个

---

①　巴金:《秋·序》。

恶霸杀死了参加农会的农民的惨象。"在这悲哀的空气的包围中,仿佛整个乡村都哭起来了。"特别是《月夜》,写得是很精练的。在《五十多个》一篇中,作者描写了农民们挣扎逃荒的遭遇;他们遭了水灾,又遭了大兵们的抢和烧,结果只剩下"两只空手,一条性命"。饥饿和寒冷逼着他们,于是只好漂泊了。但到处都找不到可以立足的地方,这五十多个人中男女老少都有,在漂泊流浪中不断地和饥饿寒冷挣扎,共同的困苦像一根带子似地把他们缚在一起;小孩被卖掉了,老头冻死了,这一群人只是拼命地一块儿在死亡的边缘上挣扎。他们愤怒地想到自己很早就缴过修堤的钱,却不知道被人用在什么地方去了。这是多么悲惨的景象:"孙二嫂坐在雪地上低了头摇着她怀里的死孩子在哭泣,赵寡妇偎着她的儿子在路旁昏睡了。沈老娘抱着她那孙女倒在雪堆里。吴大娘大声哭着那僵卧在她面前的八岁的孩子。"但他们并没有失去求生的勇气,仍然是五十多个向前面的村庄走着。这是用速写式的笔调写的,抒情的气氛很浓,也写出了劳动人民的友爱、互助和坚毅的品质。另外也有一些写工人生活的作品。短篇《煤坑》通过一个初下窑的矿工的感受,描写了煤矿工人的悲惨生活。工作条件非常危险,随时可能送掉命,但不断地还有许多人从农村来,甘愿拿性命去冒险。有的人无力做工了,为了领一点恤金来赡养家属,甚至不惜故意点燃煤气来把自己连同伙伴一块活埋在里边。此外在《砂丁》和《雪》里,作者更进一步地揭露了矿工们的非人生活,也描写了这些工人们的反抗情绪。特别是在《雪》里,作者更描述了矿工们组织工会和罢工的斗争。以上所述的这些取材于工农生活的作品虽然数量不多,但它表现了作家的探索和追求,对劳动人民的被压迫地位和革命要求的热烈的同情;这是非常可贵的,也是推动作家前进的力量。《抹布集》中收了两篇描述被踏践与被侮辱者的故事,作者从这些像抹布一样的微贱人物的灵魂里,发现了放射出来的洁白的光芒。《杨嫂》写一个善良的爱护孩子的老妈子的悲惨的一生;《第二个母亲》写一个变作了女人的男子的一生的遭遇。他是唱戏的旦角,后来就像女人一样地给一个官吏做了姨太太,受人的玩弄和践踏;但他的性格却是非常善良的。

知识分子是作者一向所熟悉的,在这些短篇中,也从各种角度描绘了知识分子的不同面貌;其中有作者所厌恶和批判的人物,也有类似"爱情三部曲"中那种为作者所歌颂的革命者的形象。《知识阶级》和《沉落》都是揭露大学教授的卑劣行径和虚伪的丑态的;在前一篇里,通过学校中校长和院长的派系倾轧,描写了教授们利用学生来闹风潮和勾引女学生等卑劣行为,以及毫无原则地只为巩固自己地位而进行各种拉拢的活动。《沉落》是攻击那种标榜"勿抗恶"的虚伪的学者态度的;这里写的是一个很有地位的学者和教授,他认为"一切存在的东西都有它存在的理由"。因此他主张"勿抗恶",对人宽容;提倡埋头读书,赞美明人小品和他们的生活态度,但实际却连他自己也感到是"愈陷愈深地沉下去了"。作者通过一个青年和他的来往,尖锐地讽刺和批判了这个人物。

另外也有一些是写革命者活动的故事的。《星》写一个小城市中的紧张的武装革命活动,有点类似《电》;但因为是通过一个并未参加活动的作家的感受用侧面写的,革命活动只起了背景说明的作用,因此对于主角秋星和家桢的革命者的品质和精神面貌倒有了比较深刻的描绘;同时对这个旁观者的作家也作了一些善意的批判。短篇《雨》写一个革命者被捕后在她的友人和母亲那里所引起的震动,这位母亲默默地然而坚强地承受了这一打击;最后证明这个革命者已经牺牲,她的友人们在悲愤中却更坚强地活动起来了。《春雨》里写一个知识分子同情而又不满他哥哥的只为了吃饭去教书的态度和所过着的忧郁寂寞的生活,他决定"在唐·吉诃德和韩姆列德中间"选择一个;他勇敢地向前走,成为一个革命者。故事就在这弟兄二人的两种生活和两种性格的对比中展开,最后哥哥为肺病和穷困折磨死了,但嫂嫂却决定跟着弟弟做他所做的那些事情去了。另一篇《父亲买新皮鞋回来的时候》是更令人感动的;它通过一个8岁的小孩的感受写他父亲从事秘密革命活动和最后牺牲的情形。当这个小孩过生日,他父亲答应给他买新皮鞋回来的时候,他从此就永远地失去父亲了。后来这个小孩长大后也成了革命者,而且也有了一个8岁的小孩,但他仍然不能给他的小孩带回所许的一双新皮鞋。"为了公道"好像是一种遗传病,给这个革命者的家庭夺去了好几代的生命。作品的最后说:"孩子,去罢,你长大起来,你去,去把历史改造过。用你曾祖的血,用你祖父的血,用你父亲的血,用你自己的血去改造历史罢!"这是一篇富有抒情气氛的悲壮的故事,它热烈地歌颂了革命者的勇敢地献出一切的精神,读来是很令人激动的。在这些取材于知识分子的篇章里,作者常常选取动人的情节来集中地突出他们性格的某一方面,有的加以尖锐的讽刺和批判,有的则赋予热烈的同情和歌颂,不只爱憎分明,而且有些篇写得的确很成功,是富于艺术感染力的。

很多人都以为巴金的作品富于浪漫主义色彩,这在他早期所写的短篇小说中尤为显著。他写了好些篇取材于外国,特别是法国社会生活的小说。这里面不缺乏爱情的故事和少年人的情怀,也很富于异域情调,写得也极缠绵婉曲;但即使如此,正如他自己所说,也并不能说这是"美丽的诗的情绪底描写",而其实是"人类的痛苦底呼吁"。① 这里面的人物多的是心理上的矛盾和精神的苦闷,好些故事都是些不幸者的凄凉的遭遇,但也包含着激动人向上和追求的因素。他在《复仇集》序中说:"这里有被战争夺去了爱儿的法国的老妇,有为恋爱所苦恼着的意大利的贫乐师,有为自己底爱妻为自己底同胞复仇的犹太青年,有无力升学的法国学生,有意大利的亡命者,有薄命的法国女子,有波兰的女革命党,有监狱中的俄国囚徒,他们是人类的一份子,他们是同样具有着人性的生物。"这些人物大抵都是在不合理的社会制度下的不幸者或反抗者,譬如《狮子》一篇写一个残暴地打骂学生的法国中学学监,绰号叫"狮子"的莫勒地耶的故事;却原来因为他自己的母亲原是学校中的女厨子,被学监勾引得有孕后又遗弃了,他从小生活在贫困中,无力再升学;现在他的妹妹又做了学校中的女厨子,为了每月一百多法郎不得不像奴隶似的劳动,因此他才对那些有钱读书的人感到憎恨,他的打骂正是为了复仇和出气。现在又有学监看中他的妹妹了,他极端憎恨,他也知道学生叫他"狮子",他说:"当狮子饥饿了的时候它会怒吼起来,我现在是饥饿了。"这里写的正是一种阶级仇恨的自发的和变态的表现,里面是充满了血与泪的。《马赛底夜》描写了隐藏在豪华都市的心脏中的罪恶和荒淫,这里勾画了妓院和下等电影院中的游娼的活动。一个慈祥面貌的妓女在街上拉人,口中喃喃地说:"先生,为了慈善,为了怜悯,为了救活人命……"一个旅馆的下女说,半年前她和六个女伴一同到这城市里来,如今那六个女子都做了娼妓,只剩她一个人还在苦苦地劳动。"马赛底夜"的月色很好,但照着的却是那么多的罪恶与不幸。《亚丽安娜》写一个波兰女革命者亡命在巴黎的故事,通过爱情的纠葛,作者把这个人物的精神面貌是写得相当清晰的。

---

① 巴金:《巴金短篇小说集(第一集)·〈复仇集〉序》。

《将军》写一个流落在上海的白俄诺维科夫，他向妻子要钱，每晚喝酒，醉后就自称将军，使自己活在酒和彼得堡的怀念里；但他的妻子安娜却只能靠着美国水兵的蹂躏，供给他生活。最后他终于醉倒在马路上死掉了。这里作者揭露了这个"将军"的精神空虚和堕落，并给予了辛辣的嘲讽。类似上述这些作品，尽管有取材殊异、构思奇巧的地方，但它的社会意义仍然是很丰富的。

除过前面提到过的取材于法国大革命的几篇历史小说以外，《神·鬼·人》中的以日本为背景的几篇小说另是一个新的方面。他在序中说"生活的洪炉"使他"离开了那从空虚里生出来的神和鬼"，而认识了"我是一个人。我像一个人的样子用坚定的脚步，走向人的新天地去!"《神》里写长谷川由一个无神论者而变为终日念经的佛教徒的心理状态；他连报也不看，因为"不知道总比知道了袖手旁观好一点"，他正是由悲愤沦落到逃避的。他念念不忘一个为爱情自杀的女子和一个死在牢里的无神论者，但这种惨痛的回忆在他身上却只成了追求神通力的鼓舞，这里深沉地写出了一个精神空虚者的一生的悲剧。《鬼》中的堀口君是个类似长谷川的人物，他希望能见到他的被拆散了的情人的灵魂，他信仰了宗教；他的道理很简单："要是没有鬼，那么我们在什么地方去找寻公道？这世界里一切因果报应都要在鬼的世界里找到说明。"作者深刻地刻画和批判了这个埋藏在自己造成的命运圈子里的宛转呻吟的人物。《人》里面写的是在日本监牢里的几个囚犯；这里有思想犯，有为了偷三本书而关进来的，也有因为养活父母而改扮女装去做咖啡店侍女被关进来了的青年，等等，他们的态度也各不相同。作者在这里批判了软弱的生活态度，而突出地强调了人的尊严，结尾正是那句"我是一个人!"他是以此来作这几篇小说的结论的，但最后这一篇写得还不够明朗有力。以作品的艺术成就来看，似乎《鬼》中的那个形象写得比较完整和深刻。

《长生塔》中的几篇是以童话的形式来揭露旧制度的基础和秘密的。这里表面上讲的是些荒唐的故事——长生的塔，隐身的珠，能言的树，但它却真实地揭露了社会上阶级对立的关系和歌颂了人民的反抗力量。

除了前面已经提到过的抗战时期所写的《还魂草》一书外，他所写的短篇小说的一些重要方面我们在这里大致都谈到了。在这多量的作品里面,当然并不能说每篇都是写得很成功的;有少数的篇章确实比较平庸,在他的长篇中所存在的某些弱点有时也有类似的表现;但不只多数写得较好,而且其中的总的精神是一致的,爱憎的界限是分明的,也是很容易为读者所理解的。由于短篇小说通常都是摄取一个生活片断或一两个人物的精神面貌来集中写出的,因此不只所反映的生活面较长篇广阔,而且在构思和艺术表现的集中和精练上,也是有他的独特成就的。通过这些作品可以使我们更深入地了解作家的思想倾向和艺术特点。

七

抗战期间作者写了长篇小说《火》,共分三部,这其实是可以称作"抗战三部曲"的。这里表现了作者的爱国主义热情和对侵略者的愤慨,他希望以此来鼓舞全国人民的坚持抗战的勇气。作者在第一部后记中说:"我写这小说,不仅想发散我的热情,宣泄我的悲愤,并且想鼓舞别人的勇气,巩固别人的信仰。我还想使人从一些简单的年轻人的活动里看出黎明中国的希望。老实说,我想写一本宣传的东西。"这个创作意图是庄严的,他感到中国人民正处在火一般的斗争中,而且正是从这里可以看出新中国的希望来。第一、二部的主角冯文淑在经历了长期的前方工作后回到昆明,作者描写她做梦时都觉得"四面都是火,她被包围在火中",作者殷切地希望人们在这"火的包围"中受到锻炼,我们的民族由此得到新生。《火》的第一部是描写抗战开始后上海青年的抗日救亡活动的;作者通过冯文淑、朱素贞、刘波、周欣等人的活动,给抗战初期上海的斗争情况和青年们的爱国精神勾画了一个轮廓。作者描写文淑在参加了伤兵医院看护工作以后的情形说:"全房间的人的心里都响着同样的声音。仿佛每个人都含着眼泪微笑,每个人都亲切地互相看望,阶级的不同,环境的差异和言语的隔膜在这一刻都消灭了。每个人都忘了自己,一个共同的目标把他们的心连结在一起,好像成了一颗心似的。这情景太使文淑感动了。"作者所描写的这种气氛是大体上可以概括全书的,特别是第一、二部,他正是要点燃读者的爱国的热情之火的。这里所写的那些青年虽然各有不同的性格和经历,但他们都动起来了,而且表现了一致的工作热情。在这些人物当中,刘波是比较坚强和成熟的,他的面貌也写得比较清晰。文淑由一个活泼、单纯的姑娘而勇敢地参加了实际工作，表现了一般青年的火炽的爱国热情。但总的说来，《火》第一部只勾画了"八一三"以后上海青年活动的一个轮廓，人物性格是不够鲜明的。第二部写得比较好；上海沦陷后由冯文淑等青年组织的战地服务团深入了战地，做各种抗战宣传和组织民众的工作，《火》第二部就是写这个团体的工作和活动情形的。这里一共有十几个人，除团长曾明远年纪略大外，大家都是青年；共同过着流动的艰苦的生活和一块儿做着同样的工作，但彼此间的性格还是有差别的；其中如冯文淑、周欣、李南星、王东、张利英、方群文等人，都写得比较清晰。特别是冯文淑，作者用了很大的热情来描写她的成长和变化，是能给人以较深的印象。这是一个有一对酒窝的美丽的少女，乐观活泼，喜爱幻想，但却非常坚定和勇敢；她在农民身上发现了朴素和真诚，认为"没有想到在外面会过得这样快乐"。到最后撤退时他们一连走了五天，她还穿着草鞋走了一天半路，而且经过了敌机轰炸和同伴牺牲的打击，但她仍然保持着饱满的情绪，跨过了大别山。这虽然是一个还未完全成熟和定型的人物，但她表现了青年人的爱国热情和值得宝贵的性格特点，是能给读者以鼓舞的。当这些人在某地做了许多宣传工作之后，敌人逼近了，他们当中的李南星等几个人就秘密留下来，和当地人民在一起做组织游击队等抗日工作；其余的则随着军队向后撤退了。这部作品相当真实地写出了一个群众抗日团体的工作情形和其中一些成员们的性格特点，内容比较完整，是反映了抗战初期那个时代的一些社会面貌的。《火》第三部又名《田惠世》，写于1943年。抗战后期国民党统治区的政治情况给读者带来了低沉阴郁的情绪，这部作品和前两部虽然在故事情节上还有一些联系，但气氛和情调却显然低沉多了。作品写冯文淑由前方回到了后方，住在朱素贞那里（她已经由护士成了一个战时的大学生），她们和一个基督徒田惠世的家庭建立了友谊。作者说："在这本小书中，我想写一个宗教者的生与死，我还想写一个宗教者和非宗教者间的思想和情感的交流。"[①]田惠世是这部作品的主角；这是一个正直慈祥，笃守教义的爱国的老年基督教徒，他把全部精力都用来帮助人，爱人，尤其是爱穷人。他的一家都为他的人格所感召，都在从事着正直

---

① 巴金：《〈火〉（第三部）·后记》。

和严肃的工作。他办着一个竭力拥护抗战的《北辰》的刊物，由上海、广州、香港而至昆明，经过了各种的失败和挫折，但他毫不灰心，一直到他的死。他的虔诚的信念是："用牺牲代替谦卑、伪善的说教，用爱拯救世界，使慈悲与爱怜不致成为空话，信仰不致成为装饰，要这样做，基督教才能够有将来，才能够战胜人类兽性，才能够把人们引进天国。"由于他的这种人格的感动，竟使在抗日工作中受过锻炼的热情勇敢的冯文淑也与他的一家建立了亲密的友谊，而且最后还参加了《北辰》的工作。作者写那原因是："基督徒不基督徒都是一样的，只要你相信爱，相信真理，只要你愿意散播生命种子，鼓励人求生。"而且写另一青年朱素贞后来成为勇敢地暗杀大汉奸的人，也是为了相信爱的缘故。应该说，这部作品是写得不成功的；我们并不反对在作品中写基督徒，或者把基督徒写成值得人崇敬的爱国者；但作为一部文学作品，这部书是缺乏艺术力量的。第一，田惠世这个人物缺少具体的行动，作者着重描写他的心灵世界，但读者最多只能理解这是一个好人，并没有什么可以引人感动的艺术光彩。第二，文淑和素贞在这部书里的性格都比较模糊，特别是文淑；而如果与前两部联系起来看，则她们性格的发展线索是不够令人信服的。作为《火》的第三部，比之前面所写的青年们为祖国解放所作的勇敢的活动，这一部就未免过于晦暗和缥缈了；从这里是很难看出"黎明中国的希望"的。作者在后记中说，"这书中的人物和事实全是虚拟的"，这恐怕是写得不成功的根本原因。大概作者受到当时政治环境的压抑，心境有些低沉，于是就决定"写一个宗教者和一个非宗教者间的思想和情感的交流"，鼓励人相信真理、相信将来，不要为一时的逆流所动摇。但因为平日缺乏关于人物形象的生活积累，于是便只好纯由"虚拟"出发，结果就自然难如人意了。

作者的这种低沉的情绪也表现在他 1944 年以后所写的几部作品里。在长篇《憩园》《第四病室》《寒夜》和短篇集《小人小事》中所写的一些故事，可以说都是生活在"寒夜"里的一些"小人小事"。作者前期的那种激动的热情收敛或者潜藏起来了，他诅咒不合理的制度和反动政治所给予善良的人们的悲惨与不幸。这些人大都是无辜的和值得同情的，而他们所遭遇的悲惨却又似乎是习见的和不可避免的；作者以人道主义者的悲悯的胸怀，写出了这些不大为人注意的小人物的受损害的故事，目的只在控诉那个不合理的社会。这里表现出了在反动统治高压下的一般社会生活的灰暗的色彩，也反映了作者自己的低沉的心情。他收敛起了他那鼓吹反抗和变革的激情，而由平淡的笔沉重地诉出了一些善良的人所受的精神的和物质的摧折。虽然作品中带有过多的阴郁灰暗的气氛，但作者对旧社会的极端厌恶的心情仍然是可以感受到的。他坚信光明的未来，因此希望人们在他的作品中能够得到一点慰藉和温暖；他要读者在别人的痛苦和不幸里面发见更多的爱。在《憩园》后记中他说，"活着究竟是一件美丽的事"，他企图以此来鼓舞那些被损害的小人物的生活意志；这说明了作者的坚强的热爱生活的信念，但也说明了作者当时的低沉抑郁的心情。在《寒夜》后记中他说：

> 我只写了一些耳闻目睹的小事，我只写了一个肺病患者的血痰，我只写了一个渺小的读书人的生与死，但是我并没有撒谎。我亲眼看见那些血痰，它们至今还深印在我的脑际，它们逼着我拿起笔替那些吐尽了血痰死去的人和那些还没有吐尽血痰的人讲话。

他说这些不幸的"被不合理的制度摧毁，被生活拖死的人断气时，已经没有力量呼叫'黎明'了"，作者的心境是很沉重的，他对不合理的制度感到极端的悲愤与难忍。《第四病室》是用一个人在病院中的日记体写的。在那样一个简陋和不负责任的医院里，却有一个善良热诚的女医生；她自己也有无数的不幸，却随时在努力帮助别人减轻痛苦。这里反映了作者自己写作时的心情，也表明了社会上并非全是黑暗，是存在着光明和希望的。他在前记中说："我一个朋友刚刚害霍乱死去，这里的卫生局长却还负责宣言并未发现霍乱。"作者以抑制不住的心情来诅咒这种不合理现象，因此他要通过一些似乎平淡而实悲痛的故事，来为那些被损害者讲话。《寒夜》的故事更其凄凉，它写了一个善良的知识分子汪文宣的生和死。活着的时候他是苦痛的；家庭的不睦，疾病的折磨，生活的拮据，失业的胁迫，使他的精神和身体都不能再支持了，终于在抗战胜利的爆竹声中吐尽了血痰死去了。而死的时候是更其痛苦和凄凉的；他并不想死，但在漫长的寒夜中终于支撑不下去了。这是当时一般善良的知识分子为生活挣扎的结果，作者向那个社会悲愤地提出了他的控诉和抗议。但这些作品由于取材的范围比较狭窄，没有接触到当时社会生活的重要方面；而且那些人物的遭遇和不幸有些也是由于自己的懦弱才让环境给压扁了的,作者对这些人物本身的弱点缺乏批判;从作品中也很难看到当时人民力量已经壮大的时代背景和所谓"黎明中国的希望",而更多的是使人感到一种灰色的阴郁气氛;这是很难给读者带来鼓舞和力量的。作者早期的那种鼓吹反抗和变革的激情既已冲淡,则作品中的那种厌恶和憎恨也就相对地缺乏感人的力量了。比之作者抗战以前的那些使人激动的作品,后期这些作品的成就应该说是比较平庸的。

八

在《沉落集·序》中,作者说他的作品都是在"愤慨的情绪下写成的",而且自述:"态度是一贯,笔调是同样简单。没有含蓄,没有幽默,没有技巧,而且也没有宽容。这也许会被文豪之类视作浅薄,卑俗,但是在这里面却跳动着这个时代的青年的心。我承认我在积极方面还不曾把这时代青年的热望完全表现出来,但在消极方面我总算尽了我的力量。在剪刀和朱笔所允许的范围内,把他们所憎恨的阴影画出来了。"这段话大体上是可以概括他的作品的特点的。那种对旧制度的强烈的憎恨和热情地鼓吹反抗和变革的态度,是贯串在他全部作品中的主要精神。就是这种鲜明的倾向性,或者说是"这个时代的青年的心",鼓动了无数青年读者的正义感和不满现实的激情,并引导他们走向反抗和革命的道路。作者的这种态度完全是自觉的,而且正是推动他不断写作的重要动力,他是把创作当作革命的武器来使用的。在"爱情三部曲"的长序中,他抄录了一个不知名的青年读者给他的信;这是一个大学的女生,她有不满周围一切的苦闷与矛盾,想要作者指示她如何脱离家庭和走上追求光明的道路。她对作者是怀有无限敬意的,信中说:"先生的文章我真读过不少,那些文章给了我激动,痛苦,和希望,我老以为先生的文章是最合于我们青年人的,是写给我们青年看的,我有时候看到书里的人物活动,就常常梦幻似的想到那个人就是指我!那些人就是指我和我的朋友,我常常读到下泪,因为我太像那些角色,那些角色都英勇的寻找自己的路了,我依然天天在这里受永没完结的苦。我愿意勇敢,我真愿意抛弃一切捆束我的东西啊!"应该说,写这封信的人和信中所表现的情绪,在巴金作品的读者中是有代表性的。正是这些单纯、热情,有苦闷、有理想,喜爱幻想却又缺少生活知识的青年们热爱着巴金的作品，并从它们当中得到启发。作者过去创作力量旺盛的时代是青年时期，他笔下的人物也大致都是青年，而他的作品的读者主要也是青年。在《家》的后记中他说："我始终记住：青春是美丽的东西，而且这一直是我底鼓舞的源泉。"正是通过他的作品，展开了"青年的心"的交流，并互相得到了鼓舞。因此我们可以说，巴金的作品主要是一首青春的赞歌，他歌颂青春的美丽和成长，而诅咒那些与青春为敌的摧残生命的势力。他赞美青年人的一切，甚至同情或原谅了他们的幼稚和弱点（这些小资产阶级的知识青年当然是有弱点的），这就是巴金作品取得成就和带有某些弱点的重要原因。在答复上述的那一位青年读者的要求时，巴金说他将要写一部书，"写一个女子怎样经过自杀，逃亡……种种方法，终于获得知识与自由的权利，而离开了她的在崩颓中的大家庭。这是一个真实的故事。这样的一本书写出来对于一般年轻的读者也许有点用处"。这本书大概就是以后写出来的《春》。从这里可以知道，无论是"爱情三部曲"或"激流三部曲"，作者都是自觉地以青年为对象，并为他们提供追求的道路的；而且还常常用了塑造正面形象的方法，使青年感动并自愿以这些人物为榜样，学习和模仿他们的行动。觉民、觉慧、淑英、琴，都是这样的人物，并在青年中起了很大的影响；特别是觉慧，可以说已成为现代文学中少数的最为人所熟悉的典型形象之一。

上述的这种创作态度和他作品中的鲜明的风格特色是有密切联系的。因为是青年人彼此间的热情的鼓舞和心灵的交流，因此它不需要含蓄或幽默，也没有余裕来从事技巧的雕镂；它需要的是单纯、热情、坦白、明朗，这样才能够沟通彼此间的感情，打动对方的心曲。作者在"爱情三部曲"的序中自述他写作时的情形道：

> 我写作时差不多就没有停笔沉思过。字句从我的自来水笔下面写出来，就像水从喷泉里冒出来那样地自然，容易。但那时候我的激动却是别人想象不到的。我差不多把全个心灵都放在那故事上面了。我所写的人物都在我的脑里活动起来，他们和活人没有两样。他们生活，受苦，恋爱，挣扎，笑乐，哭泣以至于死亡。为了他们我忘了自己的存在。好像不是我在写这文章，却是他们自己借了我的笔在生活。

这可以说是一种青春的激情。作者曾多次地自谦说,他的作品中"缺少冷静的思考和周密的构思",其实从另一种意义说,这正是作者风格特色的来源。他已经和作品中的那些青年人共命运同呼吸了,他生活在那些青年人当中,像给一位知心的朋友写长信诉衷曲似的,那需要的只是热情和坦白;连"停笔沉思"都很困难,如何还谈得到"冷静的思考和周密的构思",如何还用得上含蓄或幽默!但在激情中的思考和"像水从喷泉里冒出来那样"的构思是另有它的激动人心的艺术力的,单纯自然和明朗坦白是更符合于青春的特征的,这正是构成巴金作品的艺术成就的重要因素。

在他的作品的各种序跋中,他常常告诉我们那个人物是有模特儿的,另一个又是以某一朋友作原型,等等;这不只说明他所塑造的形象的现实根据,同时也说明了作者对待生活和创作的态度。他在生活中对于他所接触的人是有爱憎和评价的,对于某些生活事件是感受敏锐的,而且常常联系到他所进行的创作构思上面。这样,就不只增强了他所塑造的许多人物的现实根据和社会意义,而且也更多地赋予了作者自己的感情。他说:"我深自庆幸我把自己的感情放进了我的小说里面。"①这的确是增强了作品中的青春的激情和坦白明朗的风格特色的。另外也有一些人物形象并不是根据原型的艺术加工,而是作者综合和集中创造的结果,那上述的情况也是同样存在的。譬如《电》中的李佩珠,作者说:"这个妃格念尔型的女性,完全是我创造出来的。我写她时,我并没有一个模特儿。"②但最后只要他一想,"眼前就现出了李佩珠的充满着青春的活力的鹅蛋形的脸",这个形象已在作者的脑中活生生地存在了,她也同样可以引起读者的激情。鲁迅先生曾说:"作家的取人为模特儿,有两法。一是专用一个人……二是杂取种种人,合成一个……这方法也和中国人的习惯相合,例如画家的画人物,也是静观默察,烂熟于心,然后凝神结想,一挥而就,向来不用一个单独的模特儿的。"③看来巴金所采用的典型化的方法是两种同时并用的,这样就使构思更易于符合作者的创作意图,而可以比较完满地表达和打动"青年的心"了。

---

① 巴金:《短简·关于〈家〉》。
② 巴金:《爱情的三部曲·总序》。
③ 鲁迅:《且介亭杂文末编·〈出关〉的"关"》。

作者自己所谓"没有技巧"只能理解为没有形式主义地单纯追求技巧,而并不是说作者的写作能力还不够圆熟。事实上作者正是熟练地运用了各种手法来完成人物性格的描写的。像《电》中那样电光闪耀的头绪繁多的事件,像《秋》中那种多样的场面和复杂的线索,有时大开大阖,有时错综交织,在处理上都可以看出作者驾驭及叙述的才能和用心。在环境气氛的描写和色彩的渲染上,也同样是有特色的;譬如在描写主人公的悲惨的遭遇和结局时,却并不至给人带来伤感,而很自然地使人感到憎恨和对于未来光明的信心;这在一些短篇中是常常可以见到的。而这一切又都不是孤立的,它从属于人物性格的描写和主题思想的开展。即使描写景物也是如此,譬如《火》第三部中写田惠世一早起来去看冯文淑他们的时候说:

> 我一早起来就到湖上散步,空气好得很,天刚刚亮,还看不见太阳,只有几片粉红的云彩。草上树叶上都还有露水,连蜘蛛网上也挂着露水,就跟一颗一颗的珍珠差不多。后来太阳出来了,路上好像画了一幅画,比画还要好,树叶时时在动……

这当然是为了写田惠世的开朗的心境和性格的。因为是"像喷泉里冒出来的"那种热情的抒发,因此他作品中宁静地描写景物的地方一般很少,而最多的是采用了在叙述中抒发感情的笔调。他的语言流畅,使人很快地就为作品中人物的命运、他们的悲哀和欢乐所吸引了,而且自然地就引起了人们的激动;这应该说是他的作品的重要特点。

因为不只要写出他的人物的遭际,而且要写出他们的追求和憧憬,信仰和理想,因此他很着重于解剖人物的精神世界,描写他们的心理状态;这在他的作品中是常常可以见到的。他经常运用梦境、幻象或独白的写法来突出人物的思想活动,使他们的性格更为清晰,也使读者更易于受到感动。《雨》里面的熊智君说:"在梦里人是很自由的,很大胆的。我们会梦见许多在白日里不敢想到的事情。"因此通过梦境也最容易表现人的理想和憧憬,表现人的精神世界的活动。作者曾写过一篇散文叫《寻梦》,实际上就是写对于理想的追求的。《灭亡》中的杜大心是一个憎恶一切的人,但在梦的世界里他却受到他的幼年时的爱人、他的表妹的爱的抚摩;"她底面貌是如此庄严,如此温柔,如此美丽,如此光辉,他不禁软化了,无力地睡倒在地上"。这是有助于写出杜大心性格的复杂面貌的。《新生》里李冷在就义以前，梦见了他母亲对他的充满了爱怜的说教，醒来后他说："我知道母亲已经死了。她不会活着来说那一番话。那些话是我对自己说的。我躺在床上，借着梦自己在对自己说教。但这说教究竟是美丽的。"这其实就是在梦的形式下的人物的独白，但它是有助于描写人物的心理状态的。《家》中在鸣凤跳水死后曾写了觉慧所做的一个梦；他梦见鸣凤变成了小姐，但他们的爱情又有了新的阻挠，于是他们乘着小船逃走，在波浪和后追汽艇的枪弹下拼命挣扎，终于鸣凤被人夺走了，自己孤零零地飘在河上，一点力气也没有了，大浪卷来，眼前是无边的黑暗。这个梦境的描写对于觉慧和鸣凤的关系，对于使他们分开的社会意义，都是很重要的。《秋》中写觉新梦见蕙向他求救，是写出了觉新内心的矛盾，也是觉新性格开始有所变化的根据。短篇《龙》是更典型的，它就是通过一个梦来写不顾一切困难和危险，而坚持追求丰富的、充实的生命那种理想的。《火》的第三部开头写的冯文淑梦见日本飞机惨炸和四面起火的情形，不只写出了故事的时代背景，而且也是与这个由前方刚到后方的少女的心理相适应的。

有时候并不必在睡梦中，当一个人为某一事件、爱情或信仰所激动，也会突然在脑际出现一种幻象；它变化很快，但这种幻象或遐想是可以表现出人物的心理活动的。《灭亡》中写杜大心在看见汽车碾死人的第二天，又走到那个地方，"霎时间他看见从土地内爬出来昨天的那个尸体，而且站了起来，相貌恰和刚才看见的推粪车的人一样。呀！不只一个，是两个，四个，八个，十个，千个，万个！街上过往的人都是！同样的衣服，同样的面貌。他感到一种压迫，先是怀疑，后来就是恐怖了。'呸！这是不可能的事！我不信！'他努力睁大眼睛，果然什么都没有了。一切依旧是幽静而安闲"。这对描写杜大心的爱与恨是很有力量的。《雨》中写吴仁民在孤寂中忽然看见了死去的陈真，而且和他辩论起来，陈真庄严地告诉他说："我们的努力不会白费的。"显然，这里是在描写吴仁民内心的思想斗争。后来吴仁民经过了爱情的波折和烦恼以后，他在寂寞中让雨打在头上脸上，忽然"一个女人的面孔披开雨丝现出来，接着又是一个，还有第三个。但这些又都消灭了。他的眼前第二次出现了那一条长的鞭子，那是一连串的受苦的面孔做成的，他第一次看见它是在前一个月里他在两个女人的包围中演着爱情的悲喜剧的时候,如今这鞭子却显得比那一次更结实,更有力了"。于是他又注意地望着远处,"他不曾看见黑暗。他只看见一片蓝空。蓝空中渐次涌现了许多脸,许多笑脸,那些脸全是他所不认识的,他们完全没有一点痛苦的痕迹。在那些脸上只有快乐"。这里显然是描写吴仁民在生活中经受波折后的思想变化;他看见了摧毁旧世界的鞭子似的潜伏的力量,也看到了未来的幸福时代;于是他忏悔过去,大雨把他的苦恼都洗去了。这就是《雨》的结束。为了突出作品中人物形象的精神面貌,他常常采用类似上述的一些描写人物的心理状态的手法。他喜欢用书信体(如短篇《爱底十字架》《神》《窗下》《还魂草》等)或日记体(《新生》和《第四病室》)来写作品,同时还有许多短篇都是用第一人称写的,这些都可以说明他是非常注意于内心世界的描绘的;而且通过自我思想上的矛盾和斗争也更容易推动人物性格的发展。他常常用一种带有抒情意味的表白语气来展开故事的情节,因此他作品中的人物是比较易于引起人的同情的。他不屑于花很多笔墨来描绘那些旧社会的渣滓,在他的作品中属于单纯暴露性质的非常之少,其中总有能引起我们同情的人物。他经常把较多的力量花在描写那些正面的,或善良的与值得同情的人物上面,这也正是他喜爱取材于青年知识分子的原因,他是把这些人当作进步力量的源泉来看待的。巴金可以说是一位热烈地歌颂青春的作家。

三十年来,他写出了大量的作品;他是我们现代文学史上创作量最丰富的作家之一;这充分说明了他对革命文学事业的责任感和创作劳动的辛勤。这些作品的成就当然是有参差的;而且由于生活经验和思想的限制,也不能不给他的作品带来一些弱点,尤其是思想上的弱点。我们不同意把这种弱点过分夸大,来否定这样一位有重要成就的作家的贡献;但我们也不赞成那种无批判地把缺点也加以美化的态度。作者在 1951 年新版《家》的后记中说,他没有能给读者指出一条路来,"事实上我本可以更明确地给年轻的读者指一条路,而且也有责任这样做的"。又说:"我没法掩饰自己二十二年前的缺点。而且我还想用我以后的精力来写新的东西。"在 1953 年新版《春》的前记中说:"现在一个自由、独立、平等、幸福的新中国的建设开始了。看见我的敌人的崩溃、灭亡,我感到极大的喜悦。"又说:"现在抽空把过去二十五年中写的东西翻看一遍,我也只有感到愧悚。"我们觉得他这些话除了谦虚的美德以外,面对着新中国成立后的喜悦的心情,也包括他对于自己作品的思想与艺术的更高的要求。他殷切希望今后能写出质量更高的新作品，来贡献于新中国的建设；那么当他再翻看过去的作品时，就自然地产生了一种严格地要求自己和严肃地自我批评的精神。这种精神是可贵的和可敬的，而且读者正是从这里产生了对他的更大的期待和更高的希望。那么，在我们说明他的创作的成就、影响和艺术特色的同时，指出他作品中的一些弱点，特别是来源于思想上的限制的弱点，也就不是没有必要的了。我们是应该向这些"五四"以来的有成就的作家学习的，吸取他们的成功的艺术经验，也吸取他们的某些失败的教训；这对我们都是非常有益的。我们对作者三十年来的创作成就怀着很大的敬意，但也希望能很快看到作者贡献于新中国建设的新的成就；我们相信这个期待是不会落空的。

1957 年 9 月 5 日于青岛

"五四"时期散文的发展及其特点

一

　　1933 年当林语堂主持的《论语》《人间世》等期刊提倡以"幽默""闲适"为内容的小品文的时候,鲁迅先生曾写过一篇文章,题为《小品文的危机》①。他从散文小品这一文体在中国文学史上的发展线索,说明它的生存和发展必须"仗着挣扎与战斗",那些企图把这一文体变成文学上的"小摆设"的人,只能引导人脱离现实,"将粗犷的人心,磨得渐渐的平滑"。因而他认为小品文走到了"危机",并且加以解释说:"但我所谓危机,也如医学上的所谓'极期'(Krisis)一般,是生死的分歧,能一直得到死亡,也能由此至于恢复。"如果沿着那条以"闲适"为内容的"小摆设"的路走去,那么"麻醉性的作品"是一定会导向它自身的死亡的;但如果走的是另外一条路,那结果就会两样,得到的将是生存和发展。他以为有生命的散文小品必须是富有战斗性的,是"匕首"和"投枪",或能在精神上给人以健康的"愉快和休息"的作品,而绝不是"小摆设"。这篇文章的重要意义不仅在于鲁迅先生的这些意见非常全面和正确,以及它在当时起了很大的战斗的和指导方向的作用;特别值得我们注意的是他的这些意见是从丰富的历史经验中概括出来的。他从晋代的清言起,扼要地叙述了散文小品在中国文学史上的线索,特别是"五四"运动以后的发展情况,从而带有总结性地提出了上述的意见。我们知道《论语》《人间世》的主要人物林语堂、周作人在"五四"时期都是提倡写散文的,他们不但都已有散文的专集,而且和鲁迅都曾经是以登载散文为主的著名刊物《语丝》的撰稿人,还都曾写过谈所谓"语丝文体"的文章;在他们

---

　　①　见鲁迅《南腔北调集》。

看来,《论语》《人间世》的提倡闲适小品也许正是"五四"精神的继续,因而对源于文学革命的"五四"时期散文小品的成就给以正确的分析和估计,就特别富于说服力和战斗意义。鲁迅先生在那篇文章中说:

> 到五四运动的时候,才又来了一个展开,散文小品的成功,几乎在小说戏曲和诗歌之上。这之中,自然含着挣扎和战斗,但因为常常取法于英国的随笔(Essay),所以也带一点幽默和雍容;写法也有漂亮和缜密的,这是为了对于旧文学的示威,在表示旧文学之自以为特长者,白话文学也并非做不到。以后的路,本来明明是更分明的挣扎和战斗,因为这原是萌芽于"文学革命"以至"思想革命"的。

这段话虽然简短,但内容十分丰富;它不只在当时具有战斗作用,而且对于"五四"时期散文的发展,敏锐地提出了许多带有启发性的看法;这对我们今天研究中国现代文学史,仍然有很大的意义。鲁迅先生这里对"五四"时期散文的成就作了很高的估计;指出它与"文学革命""思想革命"的联系以及它对旧文学示威的历史作用;联系着晋代清言以后散文的发展和英国随笔一体对中国散文创作的影响,这篇文章也提出了"五四"散文的民族传统和外来影响的问题;此外,还启示我们注意"五四"散文的不同风格和流派,研究它在"挣扎和战斗"过程中的发展及分化。正因为"五四"时期的散文是在反帝反封建的战斗中产生和发展的,而不是供雅人摩挲的"小摆设",所以它才能随着"五四"运动"来了一个展开",收获丰富,取得很大的成就。当我们比较细致地研究"五四"时期散文发展情况的时候,这一历史经验就表现得更为重要和明显了。

我们现在所谓"五四"时期,是指"五四"和第一次国内革命战争这一时期,即 1919 年到 1927 年。在时间概念上与过去习惯所指的新文学运动第一阶段并无很大差别,只是他们的出发点是由 1917 年提倡白话文算起,到 1927 年算作第一个十年而已;例如《中国新文学大系》这一丛书的编选体例、它各集中的"导论",就都是论述到 1927 年为止的。当人们估计"五四"文学革命以后这一时期中的创作收获的时候,尽管思想观点并不相同,但许多人仍然和鲁迅先生得出了同样的结论:散文的收获最为丰富,"几乎在小说戏曲和诗歌之上"。因为这是一个明显的事实,那就是当时写作散文的人非常多,散文作品的数量也多,而作品的内容和风格样式也是多样化的。朱自清于 1927 年 7 月写的《论现代中国的小品散文》一文中说:"但就散文论散文,这三四年的发展确是绚烂极了:有种种的样式,种种的流派,表现着,批评着,解释着人生的各面,迁流曼衍,日新月异;有中国名士风,有外国绅士风,有隐士,有叛徒,在思想上是如此。或描写,或讽刺,或委曲,或缜密,或劲健,或绮丽,或洗练,或流动,或含蓄,在表现上是如此。"[①]朱自清是当时著名的散文作家,他对各种不同风格流派的散文作品是经过仔细考察的;还有其他的人也作过类似的估计,这说明"五四"时期的散文创作确实很繁荣,这一点是无须多加讨论的。我们现在要研究的是形成"五四"时期散文特别繁荣的原因和条件,以及一些重要的有代表性的散文作家在风格上的主要特点。这一方面的探索将不只有助于我们对现代文学史的理解,而且如鲁迅先生所启示,历史经验总是有它的现实意义的。

二

现代文学中最早出现的散文作品是以议论为主的杂感,着重在抨击和讽刺旧社会不合理现象,战斗的锋芒十分锐利;这是为新文化运动和文学革命的任务所决定的。《新青年》设"随感录"栏始于四卷四期(1918 年 4 月),当时写作最多的人是鲁迅、刘半农、钱玄同等人,内容都是"当头一击"的简短文字,如我们在《热风》中所看到的。当时的一般看法,这类杂感也是属于散文的一种。鲁迅先生评许广平的诗时曾说:"那一首诗,意气也未尝不盛,但此种猛烈的攻击,只宜用散文,如'杂感'之类。"[②]可见杂感是包括在散文一体之内的,并不像后来资产阶级文人援引欧美大学"文学概论"中的散文定义那样排斥杂文,如鲁迅先生曾批判过的一些人的观点[③]。"五四"初期所产生的这类文字不只富于强烈的时代精神,反映了新文化运动的战斗锋芒,而且不同的作者在风格上也是各有特色的。鲁迅曾称赞钱玄同

---

① 此文原发表于《文学周报》三百四十五期,写作年月乃据作者自记。1928 年作者将此文作为《背影》序,收入《背影》一书。

② 鲁迅:《两地书·三二》。

③ 鲁迅:《集外集拾遗补编·做"杂文"也不易》。

的文章说:"例如玄同之文,即颇汪洋,而少含蓄,使读者览之了然,无所疑惑,故于表白意见,反为相宜,效力亦复很大。"①今以《新青年》六卷一期钱氏所作"随感录"四四、四五这两篇为例,可以说明鲁迅对他的评论是十分中肯的。《随感录四四》针对上海《时报》上"通信教授典故"的广告,揭其弊害;那则广告声称读者每月只要交费四角,就可得到典故四百余条,钱氏在文中指出破费事小,但若"竟把这四百多个典故熟读牢记,装满了一脑子,以致己学的正当知识被典故驱出脑外,或脑中被典故盘踞满了,容不下正当知识,这才是受害无穷哩!"《随感录四五》是反对有些人笼统地说成语和譬喻可以沿用的,他认为如"无病呻吟"之类的成语固然可用,但可用的成语并不限于"古已有之"的,口语中的某些成语有时更"亲切有味",并举"城头上出棺材"一语为例;反之,有些与事实不合的古已有之的成语,则"决不该沿用",如"束发小生""顿首再拜"等。并且说:"照此类推,则吃煎炒蒸烩的菜,该说'茹毛饮血';穿绸缎呢布的衣,该说'衣其羽皮'……这'茹毛饮血……',确是成语,但是请问,文章可以这样做吗?"由以上二文可以看出,他的文笔汪洋流畅,说理透辟而较少含蓄的特点,是很显著的。刘半农的成就更大,他集有《半农杂文》一书,其中如《奉答王敬轩先生》《作揖主义》等篇,在"五四"时期曾起过很大的作用。他的文章能够寓庄于谐,举重若轻,可谓喜笑怒骂,皆成文章;战斗意气旺盛而又富于感情色彩,读来引人入胜,发人深思,有较强的感染力量。例如徐志摩在《语丝》上发表《都是音乐》一文,认为"诗的真妙处不在它的字义里,却在他的不可捉摸的音节里",又说他会听"无音的乐","你听不着就该怨你自己的耳轮太笨或是皮粗!"鲁迅先生曾写过《"音乐"?》一文加以批判②,刘半农也写了一篇《徐志摩先生的耳朵》,对这种神秘主义的艺术观点给以辛辣的讽刺。为了打击那些吹嘘陈源的英文比英国作家狄更斯更好的论调,他写了《骂瞎了眼的文学史家》一文,由他翻遍了一切英国文学史也找不到此公的名字说到建议北京大学开设《陈源教授之研究》一科,全篇尽用反语,淋漓尽致,旁敲侧击,皆中要害。他在《半农杂文》自序中说:"所以,看我的文章,也就同我对面谈天一

---

① 鲁迅:《两地书·一二》。
② 见鲁迅《集外集》。

样:我谈天时喜欢信口直说,全无隐饰,我文章中也是如此;我谈天时喜欢开玩笑,我文章中也是如此;我谈天时往往要动感情,甚而至于动过度的感情,我文章中也是如此。"这段话颇能说明他的文章特点;由上面的例子也可看出,他的文章虽然有时内容的深度不够,或者笔调流于过度的滑稽,但文字尖锐泼辣,论点鲜明,富于战斗色彩。在《奉答王敬轩先生》那篇有关新文学运动的名文里,除有力地逐一批驳对方论点外,因为对方喜欢偶句,于是最后他更赠以"不学无术,顽固胡闹"八字,说这可以"生为考语,死作墓铭!"文章的气势十分昂扬。鲁迅先生说他是"《新青年》里的一个战士。他活泼,勇敢,很打了几次大仗。譬如罢,答王敬轩的双簧信,'她'字和'牠'字的创造,就都是的。"又说他虽然"浅","却如一条清溪,澄澈见底,纵有多少沉渣和腐草,也不掩其大体的清"。① 鲁迅先生的文章是就他的为人说的,而且还联系到他后来的发展;但"从喷泉里出来的都是水,从血管里出来的都是血"②,就他在"五四"时期所写的文章来说,其风格特点是和鲁迅先生的论点完全一致的。

由钱、刘二人,以及我们所熟悉的鲁迅先生的文章,可以看出"五四"时期的散文由以议论为主的杂感首倡,是有它的时代原因的;正因为这种文体是进行战斗和批判的有力武器,新文化运动的先驱者们才广泛地运用了它,写出了许多富有时代特色的文章。因此我们绝不能把散文这一体裁的范围理解得过于狭窄,它是包括着以议论为特点的杂文在内的。

三

以抒情叙事为主的散文,"五四"初期称之为"美文",它的出现,的确是为了建设新的文学,如鲁迅先生所说,是为了"对于旧文学的示威";这就自然多注意于漂亮缜密等艺术上的特点,风格表现也就因之更为绚烂多样了。新文学运动以来的第一个纯文学杂志,文学研究会主持的《小说月报》,于1921年1月开始革新时发表改革宣言,表明特辟创作一栏,"以俟佳篇",理

---

① 鲁迅:《且介亭杂文·忆刘半农君》。
② 鲁迅:《而已集·革命文学》。

由就是"新文学之创作虽尚在试验时期,然椎轮为大辂之始",而在第一期"创作"栏中的第一篇作品冰心的《笑》,就是"五四"初期影响很大的一篇抒情散文。这篇文章虽然收于她的小说集《超人》中,其实内容完全是抒情散文。它由"雨声渐渐的住了"开始,抒写作者所感觉到的"笑"的影像;以安琪儿、孩子、老妇三者的笑容相似,抒写作者的一种心境和感受。文章很短,但曾为人所传诵,中学教本选了它,语法学家给它通篇作了句式图解;这当然和作家的文笔清丽有关,但从中也可以体会到鲁迅先生所说的新文学在成长中所经历的"挣扎和战斗"的意义。其实不只《超人》一书,还有不少小说集中也收有一些散文随笔,庐隐的《曼丽》,冯文炳的《竹林的故事》,都是例子。就是《呐喊》中所收的《兔和猫》《鸭的喜剧》和《社戏》,文体与《朝花夕拾》相似,其实也可以称为散文。我们这里既不是给文学体裁妄定轩轾,也不是给具体作品划分类别,目的只在说明当时很重视散文的创作,作品数量也非常多而已。其实这很容易理解,除过时代社会的原因以外,就文学本身说,散文的写作可以说是作家的基本功;像美术中的"素描""速写"一样,搞创作的人大致都要练练的,自然它本身也可成为很好的艺术品。因此一般地说,诗人和小说作家都同时写一点散文,这是作家修养的一部分,何况它同时是建设新文学所必需的呢?而且散文不像小说、戏剧那样需要有性格鲜明的人物形象和结构完整的艺术构思,它可以比较自由地抒写作者个人在生活中的所闻所见或所感所思,因而比较更能适应社会上报刊发表的需要,这当然也促进了它的繁荣。1921年北京《晨报》第七版改成副刊,由于每日出版,篇幅不大,特别适宜于发表杂感随笔等短文。其他如上海《民国日报》的《觉悟》,《时事新报》的《学灯》,都是当时著名的提倡新文化的副刊。文学刊物如《语丝》《莽原》等,皆专门提倡散文,这都有助于散文写作的发展。

　　冰心不但是写作抒情散文很早的作家,她的散文在"五四"时期的影响也很大,甚至有人称为"冰心体"①。《往事》集中的散文大半是用流利的文笔抒写作者甜蜜的回忆和感受,如《梦》《往事》《到青龙桥去》等。《寄小读

---

　　①　见《现代中国女作家》中黄英《谢冰心》一文;又《现代十六家小品》中阿英《谢冰心小品序》中也有此说。

者》分"通讯"和"山中杂记"两部分,通讯共29篇,从通讯六起,所谈的大都是作者赴美途中的经历以及到美国后的生活状况,作者说她写的是"花的生活,水的生活,云的生活"。她用细腻清丽的文字描写沿途见闻和自然景物,特别是对湖光海色的描绘,颇为优美。就连题为《山中杂记》的文字也在山与海的比较中尽情地歌颂了海,甚至说即使自杀也"宁愿投海,不愿坠岩"。她在自序中说:"这书中有幼稚的欢笑,也有天真的眼泪。"仅就文字的优美说,这些作品确实不下于古文中那些为人传诵的写景抒情的名篇,在新文学建设初期,这类作品的出现实际上起了对旧文学的示威作用。这当然并不是说只有她一人的作品有这样的意义,出现在同时期的许多作品客观上都有这样的作用,不过由于不同作家的思想倾向和艺术成就有所差别,因而所起的社会作用在程度上也就有所不同了。即以文学研究会这一流派的作家说,叶绍钧、郑振铎、许地山等人都写过一些有特色的散文作品。叶绍钧的散文收在《剑鞘》(与俞平伯合著)和《脚步集》里,文章内容多从现实人生出发,从不使人有无病呻吟的感觉,风格谨严朴素,笔调凝练不苟,因此常常被推荐为青年人学习写作的典范。郑振铎的《海燕》《山中杂记》等散文作品,清丽细腻,写景抒情都有特别的风致。1925年"五卅惨案"发生后他写的《街血洗去后》和叶绍钧的《五月卅一日急雨中》两文都是富有反帝爱国精神的名篇,在读者中曾发生过广泛的影响。许地山的散文流畅而富于理趣,从《空山灵雨》的散记中,我们很容易了解作者的苦闷心情和他那种从现实出发而又带一点怀疑色彩的人生态度。但冰心的文章在当时曾有过更大的影响,这是因为她的散文虽然在思想内容上比较单薄,但在文笔风格上确有其独到的特色。她的文章清丽委婉,用的基本上是提炼了的口语,但也适当地吸收了一些古文、方言和欧化式的成分,来丰富白话文的表现力。茅盾认为"她的散文的价值比小说高"[①],郁达夫以"意在言外,文必己出,哀而不伤,动中法度"四语来概括她的散文特点[②],如果仅就语言风格而论,这些话是说得相当中肯的;而这也是她的文体之所以在当时引起许多人注意的原因。

---

① 茅盾:《冰心论》,《文学》三卷二期。
② 见郁达夫《中国新文学大系·散文二集·导言》。

四

《新青年》以后,由于批判和战斗的需要,以议论为特色的杂文在各种报刊上仍然很多,因为"这原是萌芽于'文学革命'以至'思想革命'的"。在向前进展的过程中,一方面固然需要以创作的实绩来巩固新文学的地位,一方面仍然需要针对不合理的社会现实和文艺现实,进行战斗和批判,而这同时也是为新文学的发展开辟道路。在"五四"时期的报刊中,《语丝》是以杂文为中心的影响很大的期刊,在它的《发刊词》中即声明"周刊上的文字,大抵以简短的感想和批评为主";又说"我们个人的思想尽是不同,但对于一切专断与卑劣之反抗则没有差异"。这可以说是《语丝》这一刊物的总的倾向,因此瞿秋白同志说:"鲁迅当时的《语丝》,革命小资产阶级的文艺思想和批评,正是针对着这些未来的官场学者的。"①《语丝》是同人杂志,各个作者的思想倾向并不相同,其中影响最大的作者是鲁迅先生和周作人。在鲁迅离开北京之前,这个刊物在对一些重大事件的态度上,如对"女师大"事件和《现代评论》派的"正人君子",以及"五卅运动""三一八惨案"等,总的倾向大体上还算一致;但随着时代和人民革命的发展,这些人中间也起了分化,其中鲁迅先生坚决地走上了与革命相结合的道路,而周作人则已浸沉于苦茶古玩之类的封建情感中了。这种分化如就散文的发展来考察,也是很有代表意义的;这不只因为他们二人都写过大量的散文作品,从最初起在思想倾向和风格特色上就很不相同,更重要的是他们的影响都很大,许多作者的发展方向和作品风格在一定程度上都和这两种倾向有关系。我们只要从《语丝》以后一些多登散文的刊物来考察,这两种不同的倾向就极为明显,而一个文艺刊物总是有它所联系的一些作者的。就与鲁迅先生有联系的刊物说,《莽原》注重"文明批评"和"社会批评",鲁迅说他编辑时的情形是:"我所要多登的是议论"②;这种特色在《萌芽》以及后来的《太白》《中流》等刊物上,都有所体现。而与周作人有联系的刊物如《骆驼草》以及《论语》《人间

---

① 《瞿秋白文集(第二卷)·〈鲁迅杂感选集〉序言》。
② 鲁迅:《两地书·三四》。

世》等,则所登的散文大都是一些讲求闲适、旷达,以及知识分子的生活趣味和孤寂心情的文字。当然,许多作者的作风后来有了变化,并不就像周作人那样的每况愈下;但散文写作中这两种不同的倾向却是很早就有其迹象的。由此也可以说明,散文的思想性并不决定于它是议论性质的还是抒情叙事性质的,必须看它所议论或抒写的内容的实质。周作人所写的议论文章就不少,尽管如上所说,他的影响也很大,但那种影响实际上是有很大的消极作用的。

在《语丝》时期,这种分化还不显著,因而在它上面所发表的文章大体上还保有一种共同的特点。这种特点可以由所谓"语丝文体"来说明。在《语丝》第五十二至五十七期中,孙伏园、周作人、林语堂等人曾经讨论过所谓"语丝的文体",这说明人们对《语丝》上文章的特色和它在读者中的印象已经有所觉察,但这些人自己的思想认识上的问题还非常多,因而那些讨论的文章并没有能谈出所以然来。不但如此,在讨论中还宣扬了一些他们自己对"语丝文体"的理解;我们知道鲁迅先生发表在《莽原》第一期的著名论文《论"费厄泼赖"应该缓行》就是针对林语堂在《语丝》五十七期发表的《插论语丝的文体——稳健、骂人及费厄泼赖》一文而发的。可见即使批评的对象同是"未来的官场学者",在态度和战略等问题上仍然是有原则区别的;这里深刻地潜伏着后来分化的根源。就"语丝文体"而论,我觉得最能概括《语丝》中文章特色的,仍然是鲁迅先生的话;他说《语丝》"在不意中显了一种特色,是:任意而谈,无所顾忌,要催促新的产生,对于有害于新的旧物,则竭力加以抨击,——但应该产生怎样的'新',却并无明白的表示,而一到觉得有些危急之际,也还是故意隐约其词"。又说:"不愿意在有权者的刀下,颂扬他的威权,并奚落其敌人来取媚,可以说,也是'语丝派'一种几乎共同的态度。"①这种特色和态度当然跟文体风格有密切的联系;其实它不只概括了"语丝文体"的重要特色,而且可以说这是"五四"时期比较好的散文作品的共同特色。那就是说,具有符合民主革命要求的反帝反封建的精神,能够无所顾忌地抨击消极的社会现象,促进积极事物的成长,乃是一个散文作者取得成就的首要的和必具的条件。"五四"时期的较好的散文作品都在不同程

---

① 鲁迅:《三闲集·我和〈语丝〉的始终》。

度上体现了这一点；反之，一个作者一旦失掉了这种特色，那就自然地走向了另一条道路；他的文章也许还保持着一些个人特点，但既然失掉了重要的时代精神，就很难构成什么值得称道的风格特色了。

<h1 style="text-align:center">五</h1>

从周作人的散文，我们可以说明与"五四"散文发展有关的一些问题。他不只写的文章多，影响相当大，而且如上所述，有不少作者是曾经跟他走过一段路的。他不仅自己写散文，努力提倡散文，而且还有一套关于散文的理论。他认为"小品文是文学发达的极致，它的兴盛必须在王纲解纽的时代"①。他把"五四"新文学视为跟明末公安派、竟陵派文学活动的精神完全一致，整个文学史都是沿着"诗言志"和"文以载道"两种潮流的起伏而发展的；他自己是赞成言志派而竭力反对载道派，并且认为"独抒性灵，不拘格套"就是"五四"新文学运动的精神。由此出发，他大大抬高了小品文的地位，认为"小品文则在个人的文学之尖端，是言志的散文，它集合叙事说理抒情的分子，都浸在自己的性情里，用了适宜的手法调理起来，所以是近代文学的一个潮头"②。这和他在《人的文学》一文中提倡的什么"个人主义的人间本位主义"是完全一致的；既然文学以抒发个人的性情为最高目的，而散文这一体又可以"不拘格套"，因此自然就成了文学的"潮头"和"尖端"。至于文学的社会效用，他是不予考虑的。他曾说："我常想，文学即是不革命，能革命就不必需要文学及其他种种艺术或宗教，因为他已有了他的世界了；接着吻的嘴不再要唱歌，这理由正是一致。"③由这种主张出发，他很早就提倡大家写散文，1921 年 5 月，他在《晨报副刊》上撰《美文》一篇，其中说："但在现代的国语的文学里，还不曾见有这类文章，治新文学的人为什么不去试试呢？"④以后他不只自己写了很多，而且介绍现代散文作者，推荐明人小品，提倡性灵，抒写闲适；认为谈鬼论禅，以及苦茶古玩、草木虫鱼等内

---

① ② 周作人：《看云集·冰雪小品选序》。
③ 周作人：《永日集·燕知草跋》。
④ 见《永日集》。

容才是真正有性情、有价值的文学。这发展的结果就是如 30 年代《论语》《人间世》等刊物中的作品,鲁迅先生所批判的那种引导人脱离现实的"小摆设"。

"五四"文学革命的确是反对文以载道的,但所反对的具体内容是封建主义之道,并非什么道都一律反对;而提倡言志也是为了反对封建陈规和解放思想,是为民主革命服务的,并不是什么"独抒性灵"之类的脱离现实的内容。鲁迅先生说得好:"从前反对卫道文学,原是说那样吃人的'道'不应该卫,而有人要透底,就说什么道也不卫;这'什么道也不卫'难道不也是一种道么?"①其实如果不抽掉具体内容,则无论从文学史上或"五四"时期说,载道派必有其卫道之志,言志派也必有与其志相合之道;所谓"独抒性灵"式的言志,它所载的还是一种个人主义的道。离开了具体内容的分析而从"言志"和"载道"的起伏来看文学史的发展,是什么问题也不能说明的。小品文可以是"小摆设",也可以是"匕首"和"投枪";不同的作家可以言不同的志,也可以载不同的道。他的这种理论之所以有影响,并非因为其中含有什么合理的因素,而是因为它有一定的社会基础,它符合了某些作者思想感情上的要求。当然,不同作者所反对的"道"的内容也并不一致,有的主要仍然是指封建主义的道,有的就是敌视进步思想了,如后来的"论语派"。

周作人自己的散文作品也为他的这种理论提供了例证。在"五四"初期他所写的收在《自己的园地》一书中的文章,还有一些对于封建礼教和文化的轻微的不满;在这本书的《自序二》中,他还自称"说着流氓似的土匪似的话";到《雨天的书·自序(二)》中,就以努力学为周慎自勉,并说:"检阅旧作,满口柴胡,殊少敦厚温和之气";认为"骂那些道学家的"文章是"事既无聊,人亦无聊,文章也就无聊了"。于是他说:"我近来作文极慕平淡自然的境地",希望"能够从容镇静地做出平和冲淡的文章来。我只希望,祈祷,我的心境不要再粗糙下去,荒芜下去,这就是我的大愿望"。《雨天的书》是他的散文集中影响最大的一本,内容已经十分"平和""周慎";《永日集》自序更宣称"至于时事,到现在决不谈了"。他的文章中谈得最多的是一些中外掌故和生活琐事,并通过这些来赞美一种封建士大夫和资产阶级文人的所谓

---

① 鲁迅:《伪自由书·透底》。

"生活情趣"。例如《喝茶》一文就这样写着：

> 喝茶当于瓦屋纸窗之下，清泉绿茶，用素雅的陶瓷茶具，同二三人共饮，得半日之闲，可抵十年的尘梦。喝茶之后，再去继续修各人的胜业，无论为名为利，都无不可，但偶然片刻优游乃正亦断不可少。①

这类文字宣传一种个人主义的人生态度，它所起的作用只能是引导人脱离现实，使人沉溺于生活琐事和低级趣味。由于他有一定的文学修养，这些文章倒是有他自己的语言风格的；他的文章之所以发生过较大影响和曾经得到一些人的赞美，除过那种思想内容有它一定的社会基础之外，和他的文章风格也是有联系的。关于他的散文的语言风格特点，可以用他下面的一段话来说明：

> 小品文，不专说理叙事而以抒情为主的，有人称他为"絮语"过的那种散文上，我想必须有涩味与简单味，这才耐读……以口语为基本，再加上欧化语，古文，方言等分子，杂糅调和，适宜地或奇舊地安排起来，有知识与趣味的两重的统制，才可以造出有雅致的俗语文来。②

应该说，这种风格特点是和他所要表现的内容相适应的；他要通过独白式的"絮语"来抒发个人情感和一己的生活情趣，又要使人喜欢读，于是就用"知识"和"趣味"加以装饰。他所讲的中外掌故和征引的相关的材料使人惊诧于他的知识之"渊博"，而他的生活"趣味"又把庸俗的事物蒙上了一层"雅致"的纱；通过文字的变化和所谓"奇舊地安排"，就不致使人一览无余，而收到一种含蓄和"耐读"的效果。这就是他所说的文章的"涩味"。他曾称赞俞平伯和废名的散文"涩如青果"③，其实这也是他所追求的，那意思是说文章须有经得起咀嚼的回甜的余味。他要求既是俗语文，又要雅致，因此他文章中的文言词汇很多，用他自己的话说，就是"近于明朝人"④；这些语言风格上的特点和他散文的内容不只相适应，而且是不可分割的；这也说明了散文作品的风格特点是不能脱离它的内容而孤立看待的。我们即使只从他早期

---

① 见《雨天的书》。
②④ 周作人：《永日集·燕知草跋》。
③ 周作人：《志摩纪念》，《新月》四卷一期。

的散文来考察,也不难看到他后来沦于政治堕落的思想根源;这里不只表现了作品的思想内容与风格特点之间的联系,而且也深刻地说明了一个人的文艺观点和他的政治立场之间的必然联系。

六

郁达夫在《中国新文学大系·散文二集·导言》中说:"现代散文的最大特征,是每一个作家的每一篇散文里所表现的个性,比以前的任何散文都来得强。……我们只消把现代作家的散文集一翻,则这作家的世系、性格、嗜好、思想、信仰以及生活习惯等等,无不活泼泼地显现在我们的眼前。这一种自叙传的色彩是什么呢,就是文学里所最可宝贵的个性的表现。"这一段话虽然也表现了郁氏个人的文学见解,但他所说的"五四"时期散文的富于作者个性色彩这一特点,却不只是显明的事实,而且也是风格绚烂多彩的重要原因。这是与"五四"以后弥漫于知识分子中的个性解放的思想要求相联系的。当然,真正的个性解放是要到阶级彻底消灭以后才能谈得到的,知识分子如果不和群众的解放斗争相结合而空谈自我的个性解放,那总归是要"一事无成"的。但这种个性主义的思想在当时实际上是指向封建主义与帝国主义的,它反映了初步觉醒了的知识分子反帝反封建的革命要求,反映了他们开始寻找新的道路和新的前途,因而客观上在当时还有一定的进步意义。许多"五四"时期的作家,包括现代文学的奠基人鲁迅和郭沫若,都曾在作品中表现过这样的思想;因为正是现实的黑暗压迫使他感到愤懑,他们要求从帝国主义和封建主义的桎梏中解放出来,找一条新的理想的发展的道路,他们所具体反对的是封建陈规和奴隶道德,而这也正是"五四"思想革命的要求。瞿秋白同志在分析鲁迅前期思想时曾经精辟地论述过这一点,他说:

　　这种个性主义,是一般的知识分子的资产阶级性的幻想。然而在当时的中国,城市的工人阶级还没有成为巨大的自觉的政治力量,而农村的农民群众只有自发的不自觉的反抗斗争。大部分的市侩和守旧的庸众,替统治阶级保守着奴才主义,的确是改革进取的阻碍。为着要光明,为着要征服自然界和旧社会的盲目力量,这种发展个性,思想自由,打破传统的呼声,客观上在当时还有相当的革命意义。①

"五四"时期"这种发展个性,思想自由,打破传统的呼声",是充分地反映在当时的文学运动和作品内容中的。举例说,当时极其推崇青年精神,就因为青年人朝气勃勃,不拘于传统成见,富于追求新事物的精神;所以刊物的名字叫《新青年》《少年中国》,李大钊著文赞美"青春",鲁迅在《狂人日记》篇末高呼"救救孩子"。钱玄同说"人过四十都该枪毙"②,丁西林在《压迫》中也说"一个人一过了四十岁,他脑子里就已经装满了旧的道理,再没有地方装新的道理"。"少年老成"这一成语向来用作褒义,但"五四"以后则在人的心目中显然变成带有讥刺味道的贬义了。以前除过上对下,或长辈对子侄,很少有用"第一人称"自称的,"五四"以后则无论写文章或讲话,"我以为……"等说法很普遍。当时尽管有些论点十分偏颇,如"人过四十都该枪毙"之类,是一种"形式主义地看问题的方法";但就其整个精神说来,却无疑是"生动活泼的,前进的,革命的"③;而且鲜明地反映了那个时代的特点。散文本来是以直接抒发作者的感受情绪为主的一种比较自由的文体,当时许多作者都有点像鲁迅先生所比喻的,在一间铁屋子里从沉睡中刚刚苏醒过来④,光线刺眼,铁屋依然;他当然要大叫大嚷,绝不会感到无话可说的。因此许多散文作品虽然如郁达夫所说,个性色彩甚浓,但透过作者的个人感受仍然是表现了共同的时代精神的。只是由于作者的生活思想和艺术修养等的差别,作品的风格特点和所表现出来的个性色彩也就因之有所不同罢了。

　　因为反对旧文学的"陈陈相因,有肉无骨,有形无神"⑤,所以特别提倡"创造",主张文章要"说自己的话"。最突出的当然要算创造社的主张了;郭沫若曾说:"他们主张个性,要有内在的要求。他们蔑视传统,要有自由的组织。这内在的要求、自由的组织,无形之间便是他们的两个标语。"⑥郁达夫

----

①　《瞿秋白文集(第二卷)·〈鲁迅杂感选集〉序言》。
②　鲁迅《教授杂咏》四首之一即讽此说,见《集外集》。
③　参看毛泽东《反对党八股》,《毛泽东选集》第三卷。
④　见《呐喊·自序》。
⑤　见陈独秀《中国新文学大系·建设理论集·文学革命论》。
⑥　郭沫若:《文艺论集续集·文学革命之回顾》。

甚至说:"我觉得'文学家的作品,都是作家的自叙传'这一句话,是千真万真的。"①我们不能抽象地把他们所说的"尊重主观""表现自我"这些话当作一种文学理论来看待,那当然是不正确的;但他们当时所要表现的"个性"与"自我",实际上是在黑暗现实里被压迫和被侮辱的自我,因此他们的作品就不能不是从现实出发,充满了反抗的精神和理想的憧憬。郁氏所称道的"五四"散文中富于个性表现的特点,主要也是指这样的内容;因此他的评论虽然反映了他个人的文学观点,但的确也说明了当时散文作品的重要特色。

郁达夫也是著名的散文作家,他的散文中抒情的坦白诚挚和文字的委婉动人,是并不下于他的小说的。郭沫若曾说:"他的清新的笔调,在中国的枯槁的社会里面好像吹来了一股清风,立刻吹醒了当时的无数青年的心。"②"清新"确实是他的作品的风格特点。他自己曾说:"原来小品文字的所以可爱的地方,就在它的清、细、真的三点。细密的描写,若不慎加选择,巨细兼收,则清字就谈不上了。"③可见他是很重视"清"的。但使他的作品能够产生强烈的感染力和激动读者心弦的,除过清新的笔调以外,主要还在于他的直率的表白和愤激的热情。他写的多是"解剖自己,阐明苦闷的心理的记载"④,有切身的感受和激越的情绪,而这又是带有很大普遍性,容易引起同时代青年人的共鸣的,因此就易于感染别人了。他曾说:"散记清淡易为,并且包含很广,人间天上,草木虫鱼,无不可谈,平生最爱读这一类书,而自己试来一写,觉得总要把热情渗入,不能达到忘情忘我的境地。"⑤其实富于热情正是他的作品的一个重要特点。在他早期的散文中,就常常在叙事过程中用"我心里叫着说……"等方式来抒发强烈的感受;如《还乡记》一篇写他旅途中的孤寂光景,没有旅伴,也没有送行者,下边就写了这么一段:"我难道真没有享受快乐的资格么?我不能信,我怎么也不能信。"他常常用日记体(如《沧州日记》《病闲日记》等)和书简体(如《海上通信》《给一位文学青年的公开状》等)撰文,就因为这种形式最便于直抒胸臆,倾吐衷

①　郁达夫:《中国新文学大系·散文二集·导言》。
②　郭沫若:《历史人物·论郁达夫》。
③　郁达夫:《闲书·清新的小品文字》。
④　郁达夫:《奇零集·日记文学》。
⑤　《达夫自选集·序》。

曲。如果说富于个性色彩是"五四"散文的重要特点,那么这在郁氏的作品中表现得尤其显著,他常常是直率、热情地抒写自己的见闻和感受的。

他的文学修养很高,散文风格更得力于中国古典文学的熏陶。当时有许多作者取法于英国的随笔(Essay),他却以为这种随笔"不失之太腻,就失之太幽默,没有东方人的小品那么的清丽"[①]。他是更多地从中国古典作品中汲取营养的。他写的旧诗相当好,在一些散文作品中他往往于叙事描写中插入一首抒情的旧诗,使文章跌宕多姿,富于感情色彩。如《骸骨迷恋者的独语》一篇中有一首七律:

> 生死中年两不堪,生非容易死非甘。
> 剧怜病骨如秋鹤,犹吐青丝学晚蚕。
> 一样伤心悲薄命,几人愤世作清谈!
> 何当放棹江湖去,浅水芦花共结庵。

这种情形在他后来所写的游记《屐痕处处》一类文章中颇多,如《钓台的春昼》一文中记他和数年不见的几位做了国民党党官的朋友谈论,他诵了一首"歪诗",结句是"悲歌痛哭终无补,义士纷纷说帝秦",结果他和几位朋友"闹得心里各自难堪"。此文作于1932年,篇首即讥中央党帝(即蒋介石)想学秦始皇,篇末又指斥汉奸罗振玉、郑孝胥辈,愤激之情,溢于笔端,他的一些描写自然景色的文字中总是有这类"以写我忧"的浓厚的抒情笔触的。收在《断残集》《闲书》中的杂文则多就社会现象发抒感触,内容就更加愤激了,如《猥言琐说》《说春游》等篇。《说春游》的起句是:"春天的好处,在于人的不大想吃饭;春天的坏处,在于人的不大想做事。"篇中以"饿骨满郊而烽烟遍地"的现实和阔人"游春的特别专车"对比,给以尖锐的讽刺。这些文字虽然是后来写的,但就他的散文成就和风格特点说,却是与"五四"时期一脉相承的。

七

"五四"文学革命是以反对文言文、提倡白话文开始的,从当时先驱者们

---

① 郁达夫:《闲书·清新的小品文字》。

的主张看来,他们之所以坚决主张"白话当为文学之正宗",主要有两方面的理由:第一,白话能够为一般人所看懂,能够普及;第二,白话是一种完善的文学语言,它远比文言文更富于艺术表现力,更能完满地表现人们的思想感情。因为清末以来社会上已经有过一些以开发民智为目标的通俗性白话书报,更不用说白话小说已有悠久的历史,所以只要不是坚持偏见的人,那么白话文能为更多的人看懂这一点,是常识之内的事情;但第二点就不同了,很多人都对它抱有怀疑的态度。由于诗和文一向是古典文学的主要形式,很多著名诗词和古文名篇都是铿锵可诵、家喻户晓的,大家喜欢这些作品,因而对于用白话文是否也能写出这样好的作品,就多少抱着怀疑的态度。林琴南说白话文是"都下引车卖浆之徒所操之语"①,也有人说"白话鄙俚浅陋,不值识者一哂"②。其中就包括了作为一种文学表现的工具,白话文是不能胜任的这种意思。当时有人反对白话诗,有人说白话不能作"美文",其实都是说白话文只能作为一种通俗教育的工具,而不是一种完善的文学语言。对于这种论调,一方面当然需要据理反驳,但更重要的还是"拿出货色来",用创作的实绩来证明白话可以作诗,可以作"美文",而且它比文言文更富于表现力;这就是鲁迅先生所说的有些"漂亮和缜密"的散文"对于旧文学的示威"的作用,它显示了"旧文学之自以为特长者,白话文学也并非做不到"。所谓"旧文学的特长"主要是指写景抒情方面,因此"五四"时期产生的一些以漂亮、缜密见长的抒情写景的散文,事实上含有"挣扎和战斗"的意义。

用白话写抒情写景的漂亮文字,因为缺少创作实践的经验,缺少现成的形容词、成语和典故等易于引起人们联想的因素,在初期确有不少困难,不像用文言文那样有成规可循。但文言的许多形容词或成语由于习用过久,在人的心目中已经失去了它的形象性和具体的含义,结果只能给人一个类似的概念,不能产生鲜明生动的形象力量。例如"汗牛充栋""过江之鲫"这类成语,本来是富于形象性的,但由于它只是人们从书本得来的知识,与实际生活失掉了联系,结果在人的印象中就只剩下它是表示"多"的抽象意义

---

① 林纾:《致蔡鹤卿太史书》。
② 参看鲁迅《热风·现在的屠杀者》。

了。鲁迅先生曾说：

> 假如有一位精细的读者，请了我去，交给我一枝铅笔和一张纸，说道："您老的文章里，说过这山是'峻嶒'的，那山是'巉岩'的，那究竟是怎么一副样子呀？您不会画画儿也不要紧，就钩出一点轮廓来给我看看罢。请，请，请……"这时我就会腋下出汗，恨无地洞可钻。因为我实在连自己也不知道"峻嶒"和"巉岩"究竟是什么样子，这形容词，是从旧书上钞来的，向来就并没有弄明白，一经切实的考查，就糟了。此外如"幽婉"，"玲珑"，"蹒跚"，"嗫嚅"……之类，还多得很。①

古文中的一些美丽的辞藻，很多都具有这类性质，虽然读起来似乎朗朗上口，结果仍然是似懂非懂。白话文因为必须"从活人的嘴上，采取有生命的词汇"②，自然就明确具体，容易产生鲜明生动的效果。当然，作为文学语言，就不是自然形态的东西，作者必须加以选择和提炼；这是一种创造性的工作，它比用现成的词汇难得多。文言比起白话来，只有字数可以用得较少一点好像是它的长处；但"尚简"虽为历来的作家所重视，但"简"必须和"明"连起来，而文言文的"简"却往往同时带来了意义的含混。"五四"时期就曾有人以为"二桃杀三士"比"两个桃子杀了三个读书人"好得多而闹过笑话，因为这里的"士"指的是"以勇力闻"的武士，并非"读书人"③。如果说准确和鲜明生动同样是文学语言所必具的特征的话，那么白话文确实要准确得多。这些道理许多先驱者曾用各种方式论述过，也起过它的战斗作用，但同样重要的是用事实来证明这些道理，就是用白话文写出一些能与那种脍炙人口的古文名篇媲美的写景抒情的"美文"来。这就需要作者自觉地在语言的锤炼上用功夫，在漂亮和缜密的写法上费心思，这是新文学建设中必经的历程。在这方面，朱自清的散文作品有显著的成就。

朱自清的散文虽然也有以叙事或议论为主的名篇，如《白种人——上帝的骄子!》《执政府大屠杀记》等表现进步思想内容的作品，但更多的是以抒情写景为主的优美小品。他对所写的景物都经过认真的观察和体验，能够

---

① ② 鲁迅：《且介亭杂文二集·人生识字胡涂始》。
③ 见鲁迅《华盖集续编·再来一次》。

准确地把握描写对象的特点,再用经过推敲的形象的语言把它表现出来,因而能够给人以鲜明具体的感受,例如他对《荷塘月色》一文中月夜有无蝉声的问题,就曾观察、推敲了好多次①。他主张"于一言一动之微,一沙一石之细,都不轻轻放过"。"正如显微镜一样,这样可以辨出许多新异的滋味"。② 他的作风是写实的,他常用精雕细琢的手法,使描写的对象如在目前;同时结合写景来抒发作者的感受,收到情景交融的效果。如《温州的踪迹》③中的一组文章,就大体都有这种特点。首篇《月朦胧,鸟朦胧,帘卷海棠红》是描写一幅画的,文题也就是画题;作者并没有从画的成就、笔墨等处着手,而是首先细腻地描写画面形象的位置、色彩和神态,通过具体的描绘,不但生动地写出了画的内容,而且也传达出了"月朦胧,鸟朦胧"的意境。最后他说:"这页画布局那样经济,设色那样柔活,故精彩足以动人。虽是区区尺幅,而情韵之厚已足沦肌浃髓而有余。"其实这几句话也可以概括地说明这篇作品的漂亮缜密的特点。第二篇《绿》是写梅雨潭瀑布和潭水的绿的,要具体地写出"绿"的程度和诱人的美,是不能光用"绿如翡翠""绿油油"等一般的形容词句的,而必须使文学能够像绘画一样地表现出色的浓淡和光的明暗来;这就不只要求作者对描写对象观察得仔细认真,而且还必须找到恰当的语言,能够把具体的景象传达给读者。作者写道:

> 这平铺着,厚积着的绿,着实可爱。她松松的皱缬着,像少妇拖着的裙幅;她轻轻的摆弄着,像跳动的初恋的处女的心;她滑滑的明亮着,像涂了"明油"一般,有鸡蛋清那样软,那样嫩,令人想着所曾触过的最嫩的皮肤;她又不杂些儿尘滓,宛然一块温润的碧玉,只清清的一色——但你却看不透她!我曾见过北京十刹海拂地的绿杨,脱不了鹅黄的底子,似乎太淡了。我又曾见过杭州虎跑寺近旁高峻而深密的"绿壁",丛叠着无穷的碧草与绿叶的,那又似乎太浓了。其余呢,西湖的波太明了,秦淮河的也太暗了。

这里他先用了一连串新鲜的,容易引起人们美的联想的譬喻,来形容"绿"的厚、平、清、软;然后又用两组具体、近似的美景来规定读者想象的范围,使梅

① 见《朱自清文集(第三卷)·杂文遗集·关于"月夜蝉声"》。
② 《朱自清文集(第二卷)·你我·"山野掇拾"》。
③ 见朱自清《踪迹》。

雨潭的"绿"只能在别的两种浓淡、明暗之间的间隙中想象得之。接着他又用了一个分量很重的譬喻:"仿佛蔚蓝的天融了一块在里面似的,这才这般的鲜润呀。"于是"绿"的无与伦比的形象就跃然纸上了。第三篇《白水漈》写的也是瀑布,但与梅雨潭的写"绿"不同,而着重在描写它的如"雾縠"一般的薄和细。在上面三篇文章中,作者都有一些能给人以诚挚感觉的抒情的文句,而且情景交融,文章中流露着浓郁的诗情画意。

　　作者用白话文写出这类文体优美的散文,在语言的提炼和表现上是下过很大功夫的。他用的是口语,从口语中提炼有效的表现方式;偶有一些文言成分,念起来也有口语的韵味,使人感到作者的态度真挚亲切,有如促膝谈心,从容不迫,同时还有娓娓动人的风致。他十分注重文字的洗练和表现方式的效果,在《欧游杂记》序中他曾说:"记述时可也费了一些心在文字上:觉得'是'字句,'有'字句,'在'字句安排最难。显示景物间的关系,短不了这三样句法;可是老用这一套,谁耐烦!再说这三种句子都显示静态,也够沉闷的。于是想方法省略那三个讨厌的字,例如'楼上正中一间大会议厅',可以说'楼上正中是——','楼上有——','——在楼的正中',但我用第一句,盼望给读者整个的印象,或者说更具体的印象。"这种认真推敲的精神在他是一贯的;《你我》自序说:"《给〈一个兵和他的老婆〉的作者》拟原书的口语体,可惜不大像。《给亡妇》想试用不欧化的口语,也没有完全如愿。"[①]《伦敦杂记》序说他避免用"我"字句;一直到他晚年写的《标准与尺度》,在自序中还说他以前"的确用心在节省字句上",为了避免"青年人不容易看懂",他说"我的笔也许放开了些"。这些话中虽然有的只是谦辞,但从中可以看出他对语言的锤炼和表现的严肃认真的态度;这是他取得成就的重要原因。以前有人评论他的散文说:"他文如其人,风华从朴素出来,幽默从忠厚出来,腴厚从平淡出来。"[②]他的散文风格的确是和他对待生活和写作的一贯严肃朴实的态度密切联系的。

---

① 《一个兵和他的老婆》是李健吾用北京口语写的小说。
② 杨振声:《朱自清先生与现代散文》。

八

虽然"五四"时期的散文创作与旧文学处于对立的地位,是"萌芽于'文学革命'以至'思想革命'"的,但散文的收获之所以"几乎在小说戏曲和诗歌之上",实际上是与中国古典文学的悠久传统有联系的。中国传统所谓"散文"或"古文",含义甚广,它是和骈文相对待的名词,而不是和诗相对待的名词;除了小说戏曲一向被认为小道外,集部的诗与文向来是文学的主要表现形式,或者说是正宗。尤其是散文,它本来就是作者表现自己思想感情的最普遍最合适的文学形式,同时也是对青年进行词章训练的主要教材,所以《古文辞类纂》《古文观止》这类书曾经长期是社会上广泛流行的读物。"五四"时期的作家,尽管他们在反对封建文化的战斗中表现得十分激进和勇敢,但他们大抵都受过传统的读古书的教育,很少人没有记诵过一些古文名篇,而对这些文章的阅读和讽诵自然便成为他们文学修养的一个重要部分。虽然文言和白话是两种不同的表达工具,但不只二者间仍有共同的因素,而且除此之外,在创作构思、篇章结构、形象选择以及表达方式等方面,都有不少可资借鉴的地方。不管作者自己是否有意去向那些古典作品学习,它既然已经成为作者文学修养的组成部分,那么写作时自然是会受到影响的。在新文学的各种体裁中,话剧是外来形式,小说虽有传统可资借鉴,实际上所受的外来影响也很深,这是与 19 世纪外国小说中所表现的一些民主思想有联系的。诗与文的历史蕴藏最丰富,它们都是中国文学的主要形式,同样也是"五四"时期作家接触得最多的文学作品,但古典诗歌由于格律、字数等的限制,与文言有不可分割的联系,因此在新诗创作中学习起来就比较困难,不像散文那样关系密切,易于借鉴。这对于散文的写作自然是有利条件;事实上现代文学史中凡是比较成功的作品,总是在艺术风格上带有一定的民族特色的,这里显示出了文学历史的继承关系,同时也说明了"五四"时期散文之所以收获丰富的重要原因。

鲁迅先生在估计"五四"时期散文成就的时候,就大略地勾勒出了一条中国文学史上散文发展的线索,因为这与现代散文的发展是有密切关联的。他说:

晋朝的清言，早和它的朝代一同消歇了。唐末诗风衰落，而小品放了光辉。但罗隐的《谗书》，几乎全部是抗争和愤激之谈；皮日休和陆龟蒙自以为隐士，别人也称之为隐士，而看他们在《皮子文薮》和《笠泽丛书》中的小品文，并没有忘记天下，正是一塌糊涂的泥塘里的光彩和锋芒。明末的小品虽然比较的颓放，却并非全是吟风弄月，其中有不平，有讽刺，有攻击，有破坏。这种作风，也触着了满洲君臣的心病，费去许多助虐的武将的刀锋，帮闲的文臣的笔锋，直到乾隆年间，这才压制下去了。以后呢，就来了"小摆设"。①

以下他就接着论述"五四"时期的散文；这说明他正是从"五四"散文的民族传统和正确的继承关系来考虑问题的。他曾说："我也以为'新文学'和'旧文学'这中间不能有截然的分界，然而有蜕变，有比较的偏向。"②新文学和传统文学在精神上当然有很大的不同，但它们之间仍然是有联系的。"五四"时期的散文作家实际上都从古典散文作品中汲取过营养，只是由于各人的文学观点和思想倾向的不同，他们所喜爱的古代作家和作品也就有所区别罢了。过去的作品是既有精华也有糟粕的，而且究竟什么是精华也随着个人的观点而有所不同；鲁迅先生特别注意"抗争和愤激之谈"，周作人由于提倡性灵闲适，就重视明末小品，但他对现代散文的历史渊源同样是很重视的。在给俞平伯的信中他曾说："我常常说现今的散文小品并非'五四'以后的新出产品，实在是'古已有之'，不过现今重新发达起来罢了。由板桥冬心溯而上之这班明朝文人再上连东坡山谷等，似可编出一本文选，也即为散文小品的源流材料，此件事似大可以做，于教课者亦有便利。现在的小文与宋明诸人之作在文字上固然有点不同，但风致实是一致，或者又加上了一点西洋影响，使他有一种新气息而已。"③他不重视现代作品中的时代精神，而努力"提倡那与旧文学相合之点"自然是错的，那只能使散文成为"小摆设"；但他也同样是从古代作品中寻求营养的，只是正如鲁迅先生"关于取用文学遗

---

①　鲁迅：《南腔北调集·小品文的危机》。
②　鲁迅：《准风月谈·"感旧"以后（上）》。
③　周作人：《中国新文学大系·散文一集·导言》。

产的问题"所说的："潦倒而至于昏聩的人，凡是好的，他总归得不到。"①这当然不是说他所推崇的那些古代作品都是糟粕，只是说他所提倡的那种"风致"近乎说梦而已。事实上不只东坡、山谷的文集中有好作品，就连他们最为推崇的袁中郎，也"正如在中郎脸上，画上花脸，却指给大家看，啧啧赞叹道：'看哪，这多么"性灵"呀！'"②因为如鲁迅先生所说，袁中郎"还有更重要的一方面"③。可见即使同样受到古代作品的影响，作用和效果也是随着作家思想倾向的不同而有很大差别的。

就"五四"时期的一般作家而论，由于"发展个性，思想自由，打破传统的呼声"在当时十分普遍，因此对于古代作品，也特别喜欢那些有创造性的、能"说自己的话"的文章。如俞平伯就曾说：

> 最初的"楚辞"是屈宋说自己的话，汉以后的"楚辞"是打着屈宋的腔调来说话。魏晋以前的骈文，有时还说说自己的话的，以后的四六文呢，都是官样文章了。韩柳倡为古文，本来想打倒四六文的滥调的，结果造出"桐城谬种"来，和"选学妖孽"配对。最好的例是八股，专为圣贤立言，一点不许瞎说，其实《论语》多半记载孔子的私房话。……

> 把表现自我的作家作物压下去，使它们成为旁岔伏流，同时却把谨遵功令的抬起来，有了它们，身前则身名俱泰，身后则垂范后人，天下才智之士何去何从，还有问题吗！中国文坛上的黯淡空气，多半是从这里来的。看到集部里头，差不多总是一堆垃圾，读之昏昏欲睡，便是一例④。

俞氏是散文作家，他对过去作品的评价虽然不无偏颇，但这段话中是洋溢着"五四"时期强烈地反对封建教条的精神的，而且这种观点也有很大的代表性。由于许多作者大致都有类似的批判精神，因此虽然不免否定过多，但他们所推崇的一些古代作品大都是优秀的、富有民主精神的。这就使"五四"时期的散文和民族传统总的说来有了比较紧密的联系，它所接

---

① 鲁迅：《且介亭杂文二集·题未定草（六）》。
② 鲁迅：《花边文学·骂杀与捧杀》。
③ 鲁迅：《且介亭杂文二集·"招贴即扯"》。
④ 俞平伯：《杂拌儿之二·近代散文钞跋》。

受的影响主要是健康的、积极的；这是许多作品富有民族特色和散文创作特别繁荣的重要原因。在俞平伯自己的散文集《杂拌儿》《燕知草》中，类似上述内容的文章也并不多；比较多的倒是一些叙说往事、考核故实和谈论书报的文字。他常常于夹叙夹议中抒发感触，有的地方略带伤感，近于旧日笔记的风格。他文中常杂用文言辞藻，文体比较繁缛，有些地方还使人有晦涩的感觉。

九

鲁迅先生又说"五四"时期的散文"因为常常取法于英国的随笔（Essay），所以也带一点幽默和雍容"。就"五四"散文所受的外来影响考察，英国随笔的影响确实是相当大的。随笔、笔记一类文字在中国有悠久的传统，它的性质本与英国的随笔相近，而自晚清中国人开始向西方找真理以来，多从学习英语入手，在学习外语过程中所接触的一些短篇读物，多半是散文随笔一类文字，因此一般作者对英国随笔是比较熟悉的，在写作散文时自然就容易受到某种影响了。周作人于1921年提倡写美文时就说："这类美文似乎在英语国民里最为发达，如中国所熟知的爱迭生、兰姆、欧文、霍桑诸人都做有很好的美文，近时高尔斯威西、吉欣、契斯透顿也是美文的一类。"[①]这些英国作者之所以为中国所熟知，主要就是因为他们的作品常常被选为英语读物的缘故。但"五四"散文的"常常取法于英国的随笔"，还不只是因为作者对它比较熟悉，而是和"五四"时代流行的个性主义思想有联系的；人们认为随笔这种文体的特点就在于个性色彩非常浓厚，最适宜于坦率地表现作者的思想感情。鲁迅先生翻译的日本厨川白村的《出了象牙之塔》一书中，就有专讲 essay 特点的文章；他从这种文体的"始祖"16 世纪的法国怀疑思想家蒙泰奴叙述起，讲到英国的培根；因为这种文体和新闻杂志事业保有密切的关系而在英国繁荣起来，许多作品原来都是为定期刊物写作的。他说写这种文字需要作者富于诗才学殖，对于人生有敏锐的透察力，其中有美的"诗"，也有锐利的讥刺；"刚以为正在从正面骂人，而却向着

---

① 周作人：《永日集·美文》。

那边莞尔微笑着的样子,也有的"。在讲到这种文体的重要特点时,他说:

> 在 essay,比什么都紧要的要件,就是作者将自己的个人底人格的色采,浓厚地表现出来。从那本质上说,是既非记述,也非说明,又不是议论。以报道为主眼的新闻记事,是应该非人格底(impersonal)地,力避记者这人的个人底主观底的调子(note)的,essay 却正相反,乃是将作者的自我极端地扩大了夸张了而写出的东西,其兴味全在于人格底调子(personal note)。有一个学者,所以,评这文体,说,是将诗歌中的抒情诗,行以散文的东西。倘没有作者这人的神情浮动者,就无聊。作为自己告白的文学,用这体裁是最为便当的。既不象在戏曲和小说那样,要操心于结构和作中人物的性格描写之类,也无须象做诗歌似的,劳精敝神于艺术的技巧。为表现不伪不饰的真的自己计,选用了这一种既是费话也是闲话的 essay 体的小说家和诗人和批评家,历来就很多的原因即在此。①

厨川白村的文学理论是基于柏格森的唯心主义哲学和资产阶级美学流派弗洛伊德的精神分析的,从根本上说是一种错误的理论;但他的著作中有些民主主义的和批评资本主义社会弊端的内容,以及主张文学应该植根于生活和反对为艺术而艺术等观点,与"五四"的精神有所契合,因此他的著作在"五四"时代的中国曾发生过较大的影响。他的《苦闷的象征》一书在1921年的《学灯》上就有过明权的选译,以后又有仲云的选译和鲁迅、丰子恺的两种全译本,因此鲁迅先生说"此书之为我国人所爱重,居然可知"②。后来鲁迅先生又译了他的《出了象牙之塔》,其中就有关于 essay 的好几节文章。这里他把个性的表现提得非常重要,符合了"五四"时代许多作家的思想和要求,同时也给散文随笔的特点作出了理论性的说明。郁达夫曾说:"至如鲁迅先生所翻的厨川白村氏在《出了象牙之塔》里介绍英国 essay 的一段文章,更为弄弄文墨的人,大家所读过的妙文。"③可见它的影响之广泛了。

在厨川白村看来,随笔的好处即在纵意而谈,无所顾忌,容易表现作者

---

① 《鲁迅译文集(第三卷)·出了象牙之塔·Essay》。
② 《集外集拾遗·关于〈苦闷的象征〉》。
③ 《中国新文学大系·散文二集·导言》。

的个性。他说:"如果是冬天,便坐在暖炉旁边的安乐椅子上,倘在夏天,则披浴衣,啜苦茗,随随便便,和好友任心闲话,将这些话照样地移在纸上的东西,就是 essay。兴之所至,也说些以不至于头痛为度的道理罢。也有冷嘲,也有警句罢。既有 humor(滑稽)也有 pathos(感愤)。所谈的题目,天下国家的大事不待言,还有市井的琐事,书籍的批评,相识者的消息,以及自己的过去的追怀,想到什么就纵谈什么,而托于即兴之笔者,是这一类的文章。"①这种特点是符合于"五四"时代知识分子的生活趣味和个性主义的思想观点的。它反对不自然地做作、摆空架子,而要求"再随便些","再淳朴些,再天真些,率直些"②,这也是符合于"五四"时代反对封建虚伪、反对"瞒与骗"的文艺精神的③。当然,文章要写得好,归根到底仍在所谈的内容是作者自己的真知灼见,而又能打动读者心弦的东西;并不是不加思索、一挥而就的急就章。厨川白村也认为"那写法,是将作者的思索体验的世界,只暗示于细心的注意深微的读者们。装着随便的涂鸦模样,其实却是用了雕心刻骨的苦心的文章"④。如果不从表面特点着眼,而追问一下"五四"时代的作者们所思索体验的内容究竟是些什么?那就无论怎样随便也超越不了时代的要求,主要的仍然是反帝反封建的历史内容;也只有反映了这样的时代精神才有可能打动读者的心弦。正如个性主义思想在当时还有一定的积极意义一样,这种关于英国随笔的理论和它对散文创作所发生的影响,在当时也起了一定的积极作用。

但这种影响同时也有消极的一面;鲁迅先生说:"杂文中之一体的随笔,因为有人说它近于英国的 Essay,有些人也就顿首再拜,不敢轻薄。"⑤对外国作品如果到了盲目崇拜的地步,就必然会给创作带来不良的后果。除过那些英国作品的思想内容包含有消极因素之外,即以风格特点而论,它与中国传统笔记散文的主要不同正如鲁迅先生所说,在于"幽默和雍容";如果善于批判地学习,使自己的散文"也带一点幽默和雍容",是有助于新风格的形成

---

① 《鲁迅译文集(第三卷)·出了象牙之塔·Essay》。
② 《鲁迅译文集(第三卷)·出了象牙之塔·自己表现》。
③ 见鲁迅《坟·论睁了眼看》。
④ 《鲁迅译文集(第三卷)·出了象牙之塔·Essay 与新闻杂志》。
⑤ 鲁迅:《且介亭杂文二集·徐懋庸作〈打杂集〉序》。

和风格的多样化的,但如果不顾自己的民族特点,一味地追求幽默和雍容,那结果就像林语堂或徐志摩的文章,甚至如后来以提倡幽默和闲适相标榜的《论语》《人间世》,则其社会作用就只能是麻痹人们的革命意志,或则"将屠夫的凶残,使大家化为一笑"①,或则"将粗犷的人心,摩得渐渐地平滑"②。鲁迅先生说:"幽默既非国产,中国人也不是长于幽默的人民,而现在又实在是难以幽默的时候。"③一味追求幽默,必然要脱离时代,脱离自己的民族和人民。林语堂认为"幽默处俏皮与正经之间",实际上就是提倡一种消极玩世的人生态度,因此鲁迅先生说:"不知俏皮与正经之辨,怎样会知道这'之间'?"并且坦率地宣称:"我不爱'幽默',并且以为这是只有爱开圆桌会议的国民才闹得出来的玩意儿,在中国,却连意译也办不到。"④有些幽默文字本来也可以近于讽刺,是对不合理现象的不满或嘲讽,但一要求"雍容",则虽有所讽,无伤大雅;"绅士淑女们的尊严,确也有一些动摇了,但究竟还留着摇摇摆摆的退走,回家去想的余裕,也就保存了面子"⑤,而绝不是"将那无价值的撕破给人看的"⑥的尖锐的讽刺。林语堂和徐志摩不只后来的倾向很不好,就在他们早期的《剪拂集》或《落叶集》中的散文,也可以看出那种盲目崇拜西方的态度来。

十

一般地说,作者的风格是指通过他的作品所表现出来的总的特点,本来是与作者的个性密切联系的,而在散文中尤其如此。但作者的个性是受时代和阶级的特点所制约的,"五四"揭开了中国新民主主义革命的序幕,反帝反封建的要求在进步知识分子中十分强烈,所谓个性解放的呼声实质上是与社会解放相联系的,因而在散文作品中也深深地打上了时代的烙印。无论抒情或写景,那内容都不同于过去的或外国的作品,都表现着浓厚的作者

---

① 鲁迅:《南腔北调集·"论语一年"》。
② 鲁迅:《南腔北调集·小品文的危机》。
③ 鲁迅:《伪自由书·从讽刺到幽默》。
④⑤ 鲁迅:《南腔北调集·"论语一年"》。
⑥ 鲁迅:《坟·再论雷峰塔的倒掉》。

对现实的感触和情绪,而这些又都是属于现代中国的,特别是"五四"以后觉醒了的知识分子的;更不用说直接由现实出发的议论或叙事的作品了。因此无论在哪一类的文章里,都不难看出作者的苦闷或追求,挣扎或战斗;可以说散文写作的繁荣正是与当时的时代条件密切联系的。

"五四"以后虽然已经产生了共产主义的文化思想,但就一般作家而论,绝大多数还停留在民主主义的阶段,还只能作为"新的文化生力军"的同盟军。在现代文学史上,由民主主义到共产主义本来是许多作家所经历的一条共同的道路,但这一路程的长度和所经历的时间则随着个人的情况而各有不同。在"五四"时代已经完成这一历程的人当然也有,例如瞿秋白同志,在他所写的《饿乡纪程(新俄国游记)》和《赤都心史》两部散文作品中,不只最早地介绍了世界上第一个社会主义国家在建国初期的政治社会情况,而且也真实地记述了作者自己的由民主主义者成为共产主义者的思想变化历程。《饿乡纪程》记述自中国到莫斯科的经历,《赤都心史》则作者在序中自述是"个人心理上之经过,在此赤色的莫斯科里,所闻所见所思所感"。并说"我愿意突出个性,印取自己的思潮",因而其中所表现的个性就与一般作家有显著的不同,他自己在书中说:"由于理论之研究,事实之采访,从而使得'我'的一部分渐起变态。"除内容之外,这两部作品的文笔清新优美,抒情气氛很浓,在风格上也有它的独创性。但当时多数的散文作者还只是革命的小资产阶级知识分子,有的还是资产阶级知识分子,因而在他们的作品中所表现出来的个性就有不同程度的阶级局限性:有的表现了革命民主主义者的强烈的战斗精神,也有的虽然对社会现实有所不满,但作品中却宣扬了一种个人主义的思想和生活态度。作品的成就和风格都不能脱离它所具体反映的思想内容,当时颇为流行的个性主义思想虽然还有一定的进步意义,但如果作者把个性解放的要求没有跟人民革命的目标和任务联系起来,就不可能在社会实践和时代前进的过程中逐步克服自己的认识局限,而终于要堕入个人主义的泥坑里的。许多作者后来的不同的发展道路其实在他们早期的作品中就可以看出端倪来。作品中个性特点的鲜明本来是作家具有独特风格的标志,但这种个性首先是受时代的和阶级的制约的,而"五四"时代即使是优秀的散文作家也还未能完全克服其阶级的局限性,这是当时有些作品经不起时间考验的一个重要原因。

时间的考验是十分严峻的,"五四"离现在不过四十多年,但已经足够证明,凡是今天仍然在读者中流传的散文作品,总是富有革命精神和在艺术上有创造性特点的。鲁迅先生在《小品文的危机》那篇文章的最后说:

> 生存的小品文,必须是匕首,是投枪,能和读者一同杀出一条生存的血路的东西;但自然,它也能给人愉快和休息,然而这并不是"小摆设",更不是抚慰和麻痹,它给人的愉快和休息是休养,是劳作和战斗之前的准备。

这正是他从历史经验中得来的结论;这里他讲到既需要战斗性很强的文字,同样的也需要能"给人愉快和休息"的"美文";范围是广阔的,但都必须能起文艺的战斗武器的作用。鲁迅自己在"五四"时代的作品就充分地证明了这一点,他既写有"投枪"式的许多战斗性的杂文,同时也写了以优美的抒情或叙事为主的《野草》和《朝花夕拾》;它们的内容虽然不同,但都是由一个根上生出来的枝叶,这"根"就是"萌芽于文学革命以至思想革命"的战斗精神。

收在早期的杂文集《热风》和《坟》里的许多文字,带有广泛的社会批评的特色:在内容上是"论时事不留面子,砭锢弊常取类型"[①];在表现方法上则"好用反语,每遇辩论,辄不管三七二十一,就迎头一击"[②]。这说明了他的作品的用讽刺的笔来暴露和议论现实丑恶的特点,也就是瞿秋白同志所说的"神圣的憎恶和讽刺的锋芒"[③]。早期的这两本文集中的文字主要还是针对形形色色的封建思想和社会陋习的,到《华盖集》和《华盖集续编》中的文字,就更多的是对资产阶级右翼"现代评论派"的"正人君子"们的揭露和抨击了。这些文章"反映着'五四'以来中国的思想斗争的通史"[④],在表现上则运用多种手法,使精辟的论点取得形象的特征,如多用譬喻,引古人古事来说明今人今事,引对方的话来举例反驳等;它使读者从生动具体的事例中明白了爱憎的分界和战斗的精神,是真正"和读者一同杀出一条生存的血路的东西"。

---

① 鲁迅:《伪自由书·前记》。
② 鲁迅:《两地书·一二》。
③④ 《瞿秋白文集(第二卷)·〈鲁迅杂感选集〉序言》。

《野草》中所写的内容是作者对自己心境和思想中矛盾的解剖、思索和批判，寓意深厚，意致隽永，在艺术构思和形象选择上都充满了诗的意味。《朝花夕拾》是少年时代生活的回忆，它真实地叙述了书塾、学校生活等往事，对良师挚友的追念，和对人民艺术趣味的发掘等；通过作者富有感情的笔触，既从侧面写出了当时的社会风貌，又生动地叙述了一些引人深思的故事和人物。《野草》深沉含蓄，《朝花夕拾》清新流畅，在风格上也是各有特色的。

"五四"时期的散文虽然数量很多，内容丰富多彩，但若大致分类，也不外抒情、叙事、议论几类；如果需要举出某些典范作品，那么抒情散文《野草》，叙事性质的《朝花夕拾》，都是非常优美的具有独特风格的散文作品，更不用说人所周知的以议论为主的鲁迅杂文了。因此当我们说"五四"时期散文创作的收获非常丰富时，就并不只是指数量，同时也是包括质量而言的。

1963 年 6 月 28 日于北京大学中关园寓所

"五四"新文学前进的道路

一 "鲁迅的方向"的普遍性意义[*]

由"五四"开始的中国现代文学,人们一向习惯称为"新文学"。这个"新"字的意义是与主要产生于封建社会的"旧文学"相对而言的,说明它"从思想到形式"都与过去的文学有了不同的风貌。这是由"五四"运动的历史意义和中国人民革命的性质所决定的。尽管中国现代文学与古典文学传统有着密切的联系,它是历史悠久的中国文学史的一个新的发展部分;尽管古典文学中有许多民主性的精华,而旧民主主义革命时代的作品中还有相当多的反帝反封建的因素;但从文学的时代特点和总的风貌来看,只有从"五四"开始的现代文学才可以说是与中国民主革命的任务同呼吸、共脉搏的,才成为"整个革命机器的一个组成部分"。"五四"是由反帝开始的,到这个运动大规模地展开以后,就又成了汹涌澎湃的反封建运动;当时的群众口号"外争国权,内除国贼"^①,就有力地表现了这个运动的性质。由于当时国内外形势的变化,特别是由于十月社会主义革命的胜利和马克思列宁主义思想的传播,使中国的革命先驱者产生了"民族解放的新希望",因而揭开了中国民主革命的新的一页。"五四"不但是一个彻底地反帝反封建的政治运动,而且也是一个彻底地反帝反封建的思想运动,即新文化运动。新文化运动肇始于"五四"前夕,它一方面反映了中国资本主义在第一次世界大战期间有了进一步的发展,要求继续完成辛亥革命所未能完成的任务,一方面也反映了中国人民在十月革命的号召和影响下,开始寻求有效的革命道路和

---

* 本文是《中国新文学史稿》重版代序。
① 《北京学生致各界书》。

新的思想武器。它为"五四"爱国运动在思想上作了酝酿和准备,并通过"五四"获得了广泛的群众基础,形成了声势浩大的文化新军。"五四"以后各种宣传新思想的白话报刊和群众团体,在全国各地蓬勃地发展起来,马克思主义思想在这种条件下得到了广泛的传播,形成了一个全国规模的思想解放运动,猛烈地冲击着当时还占统治地位的封建文化和社会制度。当时的先驱者由于运用了新的思想武器来观察现实,因而对于推翻帝国主义和封建主义的统治,实现民族独立和民主政治,产生了新的希望和信心;这反过来也就成为寻求革命道理和批判封建文化的强大动力。当时新文化运动的中心口号是"民主"和"科学",这一方面是为中国民主革命的历史任务所决定的,反映了中国人民对于政治和文化的现代化的迫切要求,一方面它也是进行反封建战斗的有力武器,它与封建性的专制主义和蒙昧主义是直接对立的。以"反对旧文学、提倡新文学"为特征的文学革命,就是"五四"新文化运动的一个重要内容。文学革命是由提倡白话文开始的,但它的意义并不只限于文学的形式和表达工具的革新,而是体现了如何能使文学更有效地为人民革命服务这一时代要求的。当时不仅主张白话文是一种完美的文学语言,比文言文更富有艺术表现力,尤其强调的是白话文能够为一般人所看懂,容易普及,而这就实际上体现了文学要与人民群众保持紧密联系的时代要求。除提倡白话文以外,文学革命的更为重要的内容是对旧文学的封建性内容的批判;开始时主要是针对所谓"桐城谬种、选学妖孽"的,"五四"后就逐渐扩大到所谓国粹派和鸳鸯蝴蝶派。这种批判十分尖锐,充分体现了"五四"开始的彻底的不妥协的斗争精神。陈独秀攻击旧文学说:"其形体则陈陈相因,有肉无骨,有形无神,乃装饰品而非实用品;其内容则目光不越帝王权贵,神仙鬼怪,及其个人之穷通利达。所谓宇宙,所谓人生,所谓社会,举非其构思所及。"[①]说明反对旧文学是与要求建设具有现实意义的表现"人生""社会"的新文学密切相联系的。从"五四"文学革命开始,作为中国新民主主义革命的一条重要战线,现代文学就是随着时代的前进和革命的深入而得到发展的。所以"新文学"一词中"新"字的最准确的解释,就在于文学与人民革命的紧密联系。鲁迅说他在《新青年》上的小说"确可以算

---

① 陈独秀:《文学革命论》。

作那时的'革命文学'"①。总的看来,"五四"革命文学传统的最重要的内容,就是对文学如何更好地为人民革命服务这一光荣使命的不断努力和追求。中国古典文学中尽管有许多民主性的精华,历史上大的农民战争也在文学上有不同程度的反映,但就文学运动和创作的主流说,把团结人民和打击敌人作为自己的努力目标,把文学作为改造社会的有力工具,是从"五四"新文学开始的,而且是随着中国革命的步伐而不断前进的。

革命的首要问题是区分敌我,是对革命的对象和动力采取截然不同的立场和态度。就文学创作来说,这正是作家的鲜明的爱憎态度的出发点,是作品的政治倾向性的根本依据。用鲁迅的话说,就是"像热烈地主张着所是一样,热烈地攻击着所非,像热烈地拥抱着所爱一样,更热烈地拥抱着所憎——恰如赫尔库来斯(Hercules)的紧抱了巨人安太乌斯(Antaeus)一样,因为要折断他的肋骨"②。正是在这个根本问题上,就现代文学的主流和总的倾向来说,是符合无产阶级所领导的新民主主义革命的总路线的。它与历史上的任何一个时期的文学不同,是作为人民革命的一条战线而存在的。毛泽东同志在作出"鲁迅的方向,就是中华民族新文化的方向"这一科学论断时,正是一方面指出了鲁迅"代表全民族的大多数",也就是代表全体革命人民,同时又指出了他是"向着敌人冲锋陷阵的最正确、最勇敢、最坚决、最忠实、最热忱的空前的民族英雄"③。鲁迅当然是最伟大和最杰出的代表,所以说"一切革命的文艺工作者"都应该学习鲁迅的"横眉冷对千夫指,俯首甘为孺子牛"的革命精神。但"鲁迅的方向"的意义并不仅指鲁迅一个人的方向,而是指从"五四"开始的"文化新军"的整个队伍,文学就是其中最有成绩的一个部门。这个队伍中的许多人的战绩虽然不能与鲁迅并论,但正如战士与主将的关系一样,从总的倾向说,都是以自己的文学实践向着同一方向作出了贡献的。"五四"时期,鲁迅还不是一个马克思主义者,好些人甚至到新民主主义革命取得全国胜利时也还是民主主义者,但正如毛泽东同志所分析:"小资产阶级文艺家在中国是一个重要的力量。他们

① 鲁迅:《南腔北调集·〈自选集〉自序》。
② 鲁迅:《且介亭杂文二集·再论"文人相轻"》。
③ 毛泽东:《新民主主义论》。

的思想和作品都有很多缺点,但是他们比较地倾向于革命,比较地接近于劳动人民。"①这个论断是可以概括现代文学史上许多作者的情况的,说他们"倾向于革命",就是说他们有反帝反封建的要求,对革命对象有所憎;说他们"接近于劳动人民",就是说他们有与劳动人民结合的愿望,对人民有所爱,这样,经过党的教育和马克思主义理论的学习,经过生活实践和创作实践,总的来说,这些人都向着同一的方向取得了不同程度的进步。经不起历史考验的人当然也有,但正如鲁迅所说,"愈到后来,这队伍也就愈成为纯粹,精锐的队伍了"②。大家都知道鲁迅思想发展的道路是从革命民主主义到共产主义,其实不仅鲁迅如此,这可以说是一种规律性的现象;许多人尽管经历不同,时间有别,在向着同一方向前进的道路中几乎都有着类似的历程。因为这是为中国革命的性质和知识分子的历史道路所决定的。一个人如果确实有将民主革命进行到底的决心,他就必然会在实践中向革命主流靠拢,并最终走向社会主义。从这个角度看,"鲁迅的方向"就具有普遍性的意义。当然,历史情况十分复杂,从"五四"开始的文学队伍也经历了不断分化和组合的过程,其中有倒向敌人阵营的,也有堕落和淘汰的;但就总体和主流而言,则即使是思想长期停留在民主主义的作家,也仍然在同一方向的指引下为革命和文学事业作出了自己的贡献。这就保证了"五四"新文学所开辟的争取民主革命胜利和通向社会主义的前进的道路。

毛泽东同志指出:"五四运动的杰出的历史意义,在于它带着为辛亥革命还不曾有的姿态,这就是彻底地不妥协地反帝国主义和彻底地不妥协地反封建主义。"③反帝反封建是由"五四"开始的中国现代文学的基本特征,这里"彻底地""不妥协地"两个形容词非常重要,这是关系到对敌斗争的重大课题。中国封建社会中早已产生过许多含有反封建意义的作品,而旧民主主义革命时期的文学则由社会性质和革命任务所决定,进步文学也是以反帝反封建为内容的,但都谈不上彻底性和不妥协性。以旧民主主义革命时期而论,当然已经有人把西方民主主义的文化思想和进步文学介绍到

---

① 毛泽东:《在延安文艺座谈会上的讲话》。
② 鲁迅:《二心集·非革命的急进革命论者》。
③ 毛泽东:《新民主主义论》。

中国来,但由于中国资产阶级的软弱,这些介绍新思想的知识分子本身仍然与封建文化有着密切的联系,因而他们不敢把新事物和旧事物对立起来,并采取战斗的态度;反而企图在两者之间寻求联系和共同点,寻求调和与妥协的办法。反映在作品上,则虽然对某些社会腐败现象和封建官僚进行了谴责,对"洋人"的跋扈和外来的侵略表现了义愤,但最尖锐的也只是把批判矛头指向了清朝统治者,而且还对帝国主义存有幻想;并没有敢于要求推翻社会制度。"五四"以来的新文学就不同了,鲁迅作品从开始起就是要根本铲除人吃人的制度,要"扫荡这些食人者,掀掉这筵席,毁坏这厨房","而创造这中国历史上未曾有过的第三样时代"的。① 郭沫若的诗歌唱出了彻底叛逆和热望新生的时代的声音,反映了反帝反封建的高昂的革命情绪。巴金用他的小说对旧社会提出了"控诉",曹禺热切地希望读者能对他所反映的社会悲剧多提出几个"为什么"②。作者们面对强大的敌人,敢于采取战斗的态度,要求从根本上推翻帝国主义和封建主义在中国的统治。这种反帝反封建的彻底性和不妥协性充分体现了一种新的时代精神,体现了无产阶级思想的领导作用;如同斯大林所说:"十月革命开辟了一个新时代,即在世界各被压迫国家中、在和无产阶级结成联盟并在无产阶级领导下进行的殖民地革命的时代。"③这当然也就决定了现代文学向着社会主义文学的发展方向,尽管在开始时民主主义思想仍然占有主要的地位。

毛泽东同志指出:"新民主主义的政治、经济、文化,由于其都是无产阶级领导的缘故,就都具有社会主义的因素,并且不是普通的因素,而是起决定作用的因素。"④这种社会主义因素在文学上的表现当然首先是无产阶级的文艺观以及由作品内容所显示出来的马克思主义世界观对作者创作的指导作用。但这在"五四"初期还只能属于幼芽状态,尽管从方向道路的意义上说它是起决定作用的因素。其次,社会主义因素也表现在文学内容的反帝反封建的彻底性和不妥协性方面;因为这种彻底性不仅是为社会主义扫清道路和准备条件的,而且是只有在无产阶级领导下才能取得的。尽管许

---

① 鲁迅:《坟·灯下漫笔》。

② 参见曹禺《〈日出〉跋》。

③ 斯大林:《十月革命的国际性质》。

④ 毛泽东:《新民主主义论》。

多作者当时从思想范畴上说还是民主主义者,还属于无产阶级的同盟军,但如鲁迅所谓"遵命文学"所显示的社会意义那样,他们的文学实践客观上是无产阶级领导的整个文化战线的一个组成部分,而且许多人正是在无产阶级的思想影响下逐渐改变了自己的世界观的。当然,一个民主主义者在他还没有经过思想立场的根本变化之前,他的非无产阶级思想不可能不影响到他的一切社会实践,自然也会给他的文学活动带来局限;但只要他对旧社会采取"毫不可惜它的溃灭"的坚决态度,则不只这本身就符合无产阶级的利益和要求,而且他自己在实践中也是会逐渐改变他的思想认识的。"五四"以来无产阶级对文化战线的领导作用的重要表现之一就是经过团结和批评,推动了许多民主主义者改造成为马克思主义者。因此反帝反封建的彻底性,对革命的对象采取不妥协的战斗态度,这本身就体现了现代文学向着社会主义前进的道路,就体现了"鲁迅的方向"的普遍性意义。因为这是为中国人民革命的性质和对文学的要求,以及文学创作的现实主义和鲁迅所说的"改良这人生"的要求所决定的。

文学和人民群众的关系,同样是由"五四"开始的新文学的一个重要的"新"的特点。毛泽东同志把"大众的"与"民族的、科学的"一同规定为新民主主义文化的主要特征,正体现了无产阶级领导的新文化中具有起决定作用的社会主义因素的存在。这也是现代文学与过去不同的一个重要方面。虽然对人民的态度是我们衡量一切文学遗产的标志之一,但封建社会的作者很少有直接反映人民思想情绪的作品,他们不可能认识人民群众的智慧和力量。到了旧民主主义革命时代,晚清曾有过不少"启迪民智"的普及文化的活动,这是为了适应资产阶级领导的民主革命的需要的。梁启超的《论小说与群治之关系》的著名论文,就是由"群治"的角度来提倡新小说的;而白话谴责小说的盛行,也反映了资产阶级的启蒙要求。话剧的形式是清末传入中国的,而春柳社的首先上演《黑奴吁天录》,正反映了同一的倾向。其他如新民体散文、新派诗等,皆在同一时代气氛中产生,而这些都是和"群治""新民"等政治要求相联系的。资产阶级在它还领导革命的时代,它也是企图以全民代表的身份来领导群众进行斗争的。但这种居高临下的引导人民群众的态度既无力使革命取得胜利,也无法根本改变文学的面貌,就连那种很不彻底的文学改良运动也都不久就偃旗息鼓了。"五四"以后就不同了,民主是"五四"高举的旗帜,白话文能为更多的人所接受,因此应为"文学之正宗"。20年代初"民众文化"的提倡,"到民间去"的主张在作家中的反应,都可以看出新的特点;而且随着时代的前进和革命的深入,30年代把"大众化"作为革命文艺运动的创作的中心,抗战初期的通俗文艺创作活动和民族形式的讨论等,都是沿着同一方向前进的。直到毛泽东同志《在延安文艺座谈会上的讲话》提出了文学为工农兵服务、为人民大众服务的方向,指出"只有代表群众才能教育群众"的根本原则,都显示了在文学和人民群众的关系上前进的步伐。在创作上这个新的特点就更明显,为什么长达两千余年的中国文学史竟然没有以农民生活为题材的作品,而鲁迅则是把农民作为作品主要人物来描写的第一人?鲁迅不仅认为甚至像阿Q这样落后的农民也蕴有强烈的革命要求,而且确信下一代的农民应该有"为我们所未曾生活过的"新的生活。其他的作者虽然没有达到这样的高度,但在广阔的社会画面中,经受苦难的劳动人民出场了,作者们不仅揭露了上层人物的残暴和卑劣,而且也描绘了处于社会底层的人民的苦难和不幸,以及知识分子的流离和挣扎,等等,并且作者是鲜明地站在被压迫人民一边的。由于大部分作者自己就处于被压迫的地位,因此虽然在生活体验上还存在着严重的局限,但就总的倾向来看,这些作品是反映了人民群众的愿望和情绪的。当然,"五四"新文学只是寻求正确解决文学和人民群众关系问题的一个起点,但它是个良好的开端,我们的现代文学正是沿着这条道路向前发展的。"五四"以来的三十年间,现代文学对于中国革命确实起到了这样的作用,它"使人民群众惊醒起来,感奋起来,推动人民群众走向团结和斗争,实行改造自己的环境"[①]。这就是"五四"革命文学的优良传统,当然也是"鲁迅的方向"所包含的普遍的和历史的意义。

二 关于"五四"革命现实主义传统

当我们谈到"五四"革命文艺传统的时候,它的一个重要内容就是指由"五四"开始的革命现实主义传统。关于"文学革命"的许多进步的主张和论

———————————

① 毛泽东:《在延安文艺座谈会上的讲话》。

点,归根到底必须在创作上得到体现,才能发挥它为人民革命服务的社会作用,因此鲁迅把他的《狂人日记》等最初发表的小说,看作是"显示了'文学革命'的实绩"①。其实现代文学史上的一切进步的创作成果都属于"新文学"的实绩,这些作品就其文艺观和创作方法的主流来说,就是由鲁迅所奠定并向着社会主义文学方向发展的革命现实主义传统。社会生活是创作的唯一源泉,由于作者处于人民革命的时代,本身有认识现实和改造现实的强烈愿望,他们渴望将自己所熟悉和理解的一些社会矛盾和生活画面直接描绘出来,诉诸读者的共鸣,以推动社会的革新和进步,因此虽然许多作品今天看来还有这样或那样的缺点,但时代精神是鲜明的,所反映的生活基本上是真实的。鲁迅说他开始写小说是为了"想利用他的力量,来改良社会",希望能"揭出病苦,引起疗救的注意"。② 而且由于他曾经"和许多农民相亲近,逐渐知道他们是毕生受着压迫,很多苦痛"③,他个人的经历又对知识分子十分熟悉,因此农民和知识分子的生活就成了他写小说的主要题材。"五四"时期的作家,尽管他们在叙述自己的创作经历和发表一些文艺主张中有各不相同的情况,尽管作品的成就高下不一,但由于属于同一的时代,而且阶级地位和对改革的要求又几乎是相近的,因此在描写社会生活和对创作的态度上是有共同倾向的,鲁迅所开始的革命现实主义具有广泛的代表意义。当时的著名作家叶绍钧就说:"现在的创作家,人生观在水平线以上的,撰著的作品可以说有一个一致的普遍的倾向,就是对于黑暗势力的反抗,最多见的是写出家庭的惨状,社会的悲剧,兵乱的灾难,而表示反抗的意思。"④由于作家生活面的限制,"五四"时期的创作所反映的社会面还是比较狭窄的,描写工农群众的题材不多,作者的思想也不尽一致,但客观主义地描写生活的作品很少,反抗黑暗和渴望光明的精神很普遍,这正反映了无产阶级领导的革命对文学的要求和创作上表现现实生活的要求的结合。既然作家并不满足于单纯地揭露黑暗,而为一种社会理想所引导,要求反抗和变革,因此也并不排斥有些作者运用浪漫主义的方法。只是由于文学的

---

① 鲁迅:《且介亭杂文二集·〈中国新文学大系〉小说二集序》。
② 鲁迅:《南腔北调集·我怎么做起小说来》。
③ 鲁迅:《集外集拾遗·英译本〈短篇小说选集〉自序》。
④ 叶绍钧:《创作的要素》。

体裁不同,作家的文学修养不同,在创作方法上有所侧重罢了。一个进步作家总是希望他的作品能给人以启示和教育,绝不愿轻易放弃体现自己社会思想和美学理想的可能,即使是批判、暴露的作品,因为表现了反抗和改革的要求,实际上也表现了作者的理想。诗歌由于感情强烈,主观抒情的成分同形象结合得紧密,就比较易于侧重浪漫主义的创作方法,像郭沫若《女神》中的作品就抒发了作者对旧中国黑暗现实的强烈诅咒和对未来新生活的热切追求,发出了高昂的时代的强音。这些感情是由社会现实迸发的,有牢固的生活基础,因此与革命现实主义的精神从根本上说是一致的。

从另一方面也可以说明这一点,"五四"文学革命在创作上以"桐城谬种、选学妖孽"为抨击目标,接着又以鸳鸯蝴蝶派为批判对象,从创作原则来说,就是批判一种反现实主义的不良倾向。文学研究会宣言中说,"将文艺当作高兴时的游戏或失意时的消遣的时候,现在已经过去了",矛头就是指向鸳鸯蝴蝶派的,茅盾解释他们对这种共同的基本态度的理解是"文学应该反映社会的现象,表现并且讨论一些有关人生一般的问题"①。鲁迅所坚决指斥的"瞒和骗的文艺",就是指那些"对于社会现象,向来就多没有正视的勇气"的封建文人,他们掩盖矛盾,粉饰生活,结果就只能产生出"大团圆"式的反现实主义的作品。鲁迅用麻油和芝麻的关系来形象地比喻文艺和现实的关系,他强烈呼吁:"世界日日改变,我们的作家取下假面,真诚地,深入地,大胆地看取人生并且写出他的血和肉来的时候早了;早就应该有一片崭新的文场,早就应该有几个凶猛的闯将!"②鲁迅要求文学必须真实地反映现实生活,必须是"引导国民精神的前途的灯火"。其实这就是由"五四"开始的革命现实主义传统的真正含义;它产生于无产阶级领导的人民革命的时代,概括了许多进步作家的共同倾向,并且是向着社会主义文学的方向前进的。

革命现实主义的产生除了时代的和社会的原因以外,当然有它的历史渊源和外来影响。作为由作品体现出来的作者认识生活和反映生活的方法,作为前人对文艺规律的探索和运用,中国古典作品中的现实主义是有悠

---

① 茅盾:《中国新文学大系·小说一集·导言》。

② 鲁迅:《坟·论睁了眼看》。

久的传统的。人民的生活方式和心理习惯本来就有深厚的民族传统,而"五四"时期的作家绝大多数都受过古典文学的传统教育,这是他们文艺修养的一个重要来源,因此在创作实践中吸收古典作品的有用成分和艺术经验,是很容易理解的。只是由于时代的差别,这些经验必须加以改造,使之现代化,才能符合反映现代生活的要求。"五四"文学革命的重要内容之一就是对中国文学遗产作出了新的评价。它除了反对封建旧文学以外,还把古典文学中一向不受重视的小说、戏曲和民间文学提到了文学正宗的地位。从创作借鉴的角度来看,由于这些作品的时代离我们较近,语言比较接近口语,所反映的生活面比较广阔,又长期以来为人民所喜爱,因此对新文学的建设特别有帮助。鲁迅就说过"在中国,小说是向来不算文学的";他不仅开始研究"中国小说史",而且认为"自从十八世纪末的《红楼梦》以后,实在也没有产生什么较伟大的作品"①;他高度肯定了《儒林外史》的讽刺艺术,而且认为"非写实决不能成为所谓'讽刺'"②。像《红楼梦》《儒林外史》这些古典小说,它们的艺术特色尽管不同,但都是按照生活的样式来描绘环境和人物的,这些艺术经验对于进行创作的作者来说,当然是值得借鉴的。事实上许多作家都从中国古典作品中吸收过营养,只是为了适应时代的需要,加以改造和现代化罢了。30 年代苏雪林在《〈阿 Q 正传〉及鲁迅创作的艺术》一文中曾说:"鲁迅好用旧小说笔法……但他在安排组织方面,运用一点神通,便能给读者以'新'的感觉了。"这些话基本上是对的,它指出了鲁迅创作艺术的历史渊源,又指出了鲁迅作品能够推陈出新和取得现代化特色的创造性。其实不只鲁迅,许多作家都程度不同地有着类似的特点;因为"五四"以来的现代文学本来就是在人民生活的土壤上,创造性地继承了古典文学的现实主义传统,适应着人民革命的需要和人民的美学爱好而发展起来的。

但"五四"新文学之所以"从思想到形式"都和过去的作品有了不同的风貌,在创作上吸收了外国进步文学的现实主义的经验和方法,是一个非常重要的原因。鲁迅分析"文学革命"以来的创作时就指出:"一方面是由于社会

---

① 鲁迅:《且介亭杂文·〈草鞋脚〉小引》。
② 鲁迅:《且介亭杂文二集·论讽刺》。

的要求的,一方面则是受了西洋文学的影响。"①这是与民主革命的历史任务相联系的,中国的介绍外国进步文学是与晚清的"向西方找真理"同时开始的,而且从开始起就特别注意作品的思想内容和现实主义的创作方法。1909年鲁迅为《域外小说集》写的序言就说:"异域文术新宗,自此始入华土。"并且要求读者"籀读其心声,以相度神思之所在"。"五四"时期许多关于文学革命和创作的主张,实际上都是以外国进步文学作为立论根据的。鲁迅自己就说他开始创作时"所仰仗的全在先前看过的百来篇外国作品和一点医学上的知识",而且把"看外国的短篇小说"作为他的一条创作经验。② 在文学的各种体裁中,话剧是外来形式,新诗是取法于外国诗歌并作为古体诗的对立物出现的,散文"常常取法于英国的随笔"③,小说则从《狂人日记》开始就由于外国文学的影响而取得了"表现的深切和格式的特别"④的特色。可见外国文学作品对现代文学创作的影响是不能低估的。因为我们要进行民主革命,要提倡民主和科学的现代思潮,当然也要求文学取得现代化的特点,因此向外国作品借鉴是带有普遍意义的。这是形成"五四"革命现实主义传统的一个重要因素。

现代文学所受的外国文学的影响从时代和国别来说都是多元的,并不是对某一作家的简单模仿;但无论从介绍者的抉择标准或读者的爱好倾向来说,都不能不受到社会需要的制约,因此总的来说,影响最大的是那些适应民主革命需要的近代现实主义文学,特别是俄罗斯文学和十月革命以后的苏联文学。这是因为如毛泽东同志所指出,"中国有许多事情和十月革命以前的俄国相同,或者近似"⑤。而十月革命又为中国革命开辟了道路,因此作品内容就容易受到中国作者和读者的广泛注意。正如鲁迅所说,好的文学译本"不但在输入新的内容,也在输入新的表现法"⑥。这些外国作品的创作经验和表现方法自然就成为"五四"革命现实主义传统的一个来源。

---

① 鲁迅:《且介亭杂文·〈草鞋脚〉小引》。
② 鲁迅:《南腔北调集·我怎么做起小说来》。
③ 鲁迅:《南腔北调集·小品文的危机》。
④ 鲁迅:《且介亭杂文二集·〈中国新文学大系〉小说二集序》。
⑤ 毛泽东:《论人民民主专政》。
⑥ 鲁迅:《二心集·关于翻译的通信》。

当然,我们接受外国作家或作品的影响必须有一个民族化的过程,否则就会成为最没有出息的文学教条主义;但由于任何进步作家都决不能完全无视中国社会的需要和读者的爱好,因此民族化的过程其实是与借鉴同时开始的;而有的作家,如鲁迅,就较早地自觉地"脱离了外国作家的影响"①。这种既接受又脱离的过程实际上就是民族化的过程,就是说这种影响已经成为中国现代文学的革命现实主义的有机部分了。

我们不能同意那种由于把欧洲的批判现实主义简单地斥之为资产阶级的,而把它对现代文学的影响不加分析地都看作是消极作用的观点。第一,它的作者的世界观当然属于资产阶级的范畴,但世界观并不等于创作方法;虽然作家的思想对创作内容有很大的影响和制约作用,但不仅现实主义作品所反映的社会生活有它的客观性,不仅作者的思想在创作的当时还有一定的进步意义,而且创作方法本身也体现着艺术实践经验的积累,体现着用形象思维来反映社会生活的艺术规律。第二,批判与歌颂,现实与理想,都并不是绝对地对立的。批判、反对旧的原是为了拥护新的,反对封建专制正是为了人民民主,批判了现实的丑恶就体现了作者的一定的美学理想。由于"五四"以来的革命现实主义是在无产阶级领导的人民革命时代形成的,而对于革命的需要来说,反映现实和表现理想是相辅相成的,因此尽管也有某些外国作品在中国产生过消极影响,但总的来看,近代欧洲现实主义文学对中国现代文学的成长是起了积极作用的。鲁迅认为好的作品应该是"和世界的时代思潮合流,而又并未梏亡中国的民族性"②。实际上这就指明了"五四"革命现实主义的现代化和民族化相结合的特点。它既不同于中国古典作品中的现实主义,也不同于欧洲的批判现实主义,而是在特定的历史条件下以中国现实生活为土壤而产生和发展的,因此决不能像周作人那样把它解释为对明朝"公安派"和"竟陵派"的继承③,也不能像胡风那样把它解释为西欧资产阶级文学的"一个新拓的支流"④。

现代文学随着中国人民革命的发展一同前进,在"五卅"以后反帝的

---

① 鲁迅:《且介亭杂文二集·〈中国新文学大系〉小说二集序》。
② 鲁迅:《而已集·当陶元庆君的绘画展览时》。
③ 参见周作人《中国新文学的源流》。
④ 胡风:《论民族形式问题》。

内容大大增加了,接着便是无产阶级革命文学的倡导。鲁迅指出在文学革命"大约十年之后,阶级意识觉醒了起来,前进的作家,就都成了革命文学者"①。随着马克思主义文艺理论和列宁斯大林时代苏联作品的介绍,现代文学的革命现实主义也获得了新的发展。恩格斯对于现实主义的经典的说明和列宁关于文学的党性原则的思想对进步作家起了巨大的指导作用。当然,理论只能起指导和帮助的作用,并不能代替作家去观察和认识生活,但 30 年代的创作之所以取得较大的成就,是同左翼文艺运动的开展和社会主义现实主义创作方法的指导分不开的。1932 年斯大林在会晤苏联作家时提出了"社会主义现实主义"的口号,1934 年在高尔基主持的第一次全苏作家代表大会上,社会主义现实主义的创作方法被写进了苏联作家协会章程。章程规定:社会主义现实主义"要求艺术家从现实的革命发展中真实地、历史地和具体地去描写现实。同时艺术描写的真实性和历史具体性必须与用社会主义精神从思想上改造和教育劳动人民的任务结合起来"。由于在 30 年代的中国,"无产阶级的革命的文艺运动,其实就是惟一的文艺运动"②。因此全苏作家代表大会的酝酿、准备和召开的情况,都及时地被介绍到中国,并且还联系创作进行了理论上的探讨。中国进步作家批判了所谓辩证唯物论的创作方法,并以社会主义现实主义为指导,提倡"手触生活""写最熟悉的事情",因而在创作上也有了比较丰硕的收获。以后毛泽东同志《在延安文艺座谈会上的讲话》中科学地解决了一系列与文艺创作有关的根本问题,并且明确指出:"我们是主张社会主义的现实主义的。"应该承认,社会主义现实主义的创作方法在长达二十年的时期里是对中国现代文学发挥了进步作用的,很多作者在它的指导和影响下产生了一些优秀的作品。这个口号当时在苏联也是理解为要与浪漫主义结合的,日丹诺夫就指出"革命的浪漫主义应当作为一个组成部分列入文学的创造里去"③,高尔基也说过积极的浪漫主义是包括在社会主义现实主义之内的④,因此它与毛泽东同志后来提出的"革

---

① 鲁迅:《且介亭杂文·〈草鞋脚〉小引》。
② 鲁迅:《二心集·黑暗中国的文艺界的现状》。
③ 日丹诺夫:《在第一次苏联作家代表大会上的讲演》。
④ 参见高尔基《我怎样学习写作》。

命的现实主义和革命的浪漫主义相结合"的创作方法在精神实质上是基本一致的。由于在1954年召开的第二次全苏作家代表大会上西蒙诺夫等人攻击社会主义现实主义的规定是"粉饰现实"的根源,并在这次会上通过的苏联作家协会章程中公然取消了"用社会主义精神从思想上改造和教育劳动人民"的任务,阉割了这个口号的革命意义,同时也由于毛泽东同志一贯重视革命气概和伟大理想对于一个作家的重要性,1958年毛泽东同志提出了"两结合"的创作方法,使文艺的反映现实生活和推动历史前进的作用互相结合起来,用以指导作家的创作实践。这是毛泽东思想体系的一个组成部分,它与毛泽东同志历来的提法是完全一致的。早在30年代毛泽东同志就指出:"共产党员应是实事求是的模范,又是具有远见卓识的模范。因为只有实事求是,才能完成确定的任务;只有远见卓识,才能不失前进的方向。"①正如实事求是是毛泽东思想的精髓一样,现实主义从来就是文艺创作的基础,革命气概或理想必须浸注在现实生活的描绘中,而不能成为脱离生活基础的东西。所以当我们考察"五四"以来现代文学创作的前进道路的时候,应该首先看到它是在无产阶级领导的人民革命的历史发展中来具体地反映现实生活的,是随着革命的步伐一同前进的,这才是"五四"革命现实主义传统的真正含义。

当然,"五四"以来的现代文学并不完全是无产阶级文学,尽管社会主义因素在不断地增长和壮大,但民主主义文学仍然发挥着它的推动历史前进的进步作用。就创作方法说,情况也十分复杂,我们上面只是就主流和方向的意义说的,并不排斥不同的作家根据自己对于生活的认识和体验而采取不同的方法。因为作家的主观思想意识虽然非常重要,但并不就是作品成败的决定性因素;一切正确的理论,过去一切优秀的文艺作品,对作家都只能起指导或借鉴的作用,并不能代替作家自己对于生活的观察和体验。只有从生活实际出发才能写出真实感人的作品,才有可能产生积极的社会作用。社会实践及其效果是检验创作成就的标准,我们正是从现代文学对于人民革命所起的作用来衡量它的成就的。

---

① 毛泽东:《中国共产党在民族战争中的地位》。

三 现代文学在斗争中发展

"五四"新文学从开始起就担负着为人民革命服务的历史使命,它是团结人民,教育人民,打击敌人,消灭敌人的有力武器。"五四"运动的成为文化革新运动,不过是中国反帝反封建的资产阶级民主革命的一种表现形式。[①] 由于无产阶级的领导作用和社会主义因素的不断加强,尽管现代文学还不是单一的无产阶级文学,但就世界范围来说,它已经属于全世界无产阶级文学的范畴,同时这也保证了它向着社会主义文学发展的历史方向。

文学战线上无产阶级的领导作用,主要是通过马克思列宁主义的思想影响和党的政策来实现的,总的要求就是要使文学能够很好地为无产阶级领导的人民革命服务。这就不但必须把思想斗争的锋芒针对民主革命的对象——为帝国主义服务的买办文学、封建复古主义文学和为国民党反动派服务的法西斯文学等反共反人民的思想和文学,而且由于参加民主革命的各阶级相互关系的复杂性,还必须坚持对一切非无产阶级思想的批评和斗争;特别对资产阶级文艺思想的斗争,是关系到方向道路问题的必不可少的任务。因此现代文学在发展中充满了革命文学同反动文学、无产阶级文艺思想同资产阶级文艺思想的斗争。现代文学正是在斗争中前进和发展壮大的。

为民主革命服务的文学,首先当然要同代表革命对象利益的封建文学、买办文学和国民党反动派的御用文学进行不调和的斗争。作为"五四"文化革命的旗帜,新文学首先就进行了彻底的反对封建主义文学和文艺思想的斗争。"五四"时期既以"桐城谬种、选学妖孽"为对象,反对封建的"文以载道"的文学,又以鸳鸯蝴蝶派和旧戏为目标,反对小说戏剧是单纯的"消闲"和"游戏"的文艺观点;这都带有鲜明的反对封建文学和文艺思想的性质。以后对《学衡》《甲寅》以及对"读经救国""本位文化"等论调的斗争,都属于反封建性质。虽然由于封建思想本身的腐朽,斗争规模后来逐渐缩小,但它的思想影响是根深蒂固的,所以这种斗争从未完全停止。对于从 1921 年起就倒向敌人一边、公然为帝国主义侵略辩护的胡适以及"现代评论派""新月

---

① 毛泽东:《五四运动》。

派"中的买办文人,革命文艺工作者曾在不同时期多次地进行了斗争;30年代对于"徙倚华洋之间"的"论语派"和40年代后期对于在政治上标榜"第三条道路"的所谓自由主义文学的斗争,也都属于这种性质。经过批判和斗争,揭露了这些人为帝国主义服务的本质,从而大大缩小了他们在读者中间的影响。从30年代开始所进行的同国民党御用文人的斗争,是文化战线上反"围剿"斗争的重要部分。他们打着"民族主义文学"的幌子,实则完全是为反共卖国服务的法西斯文学;后来的所谓"战国策"派、"戡乱文艺"等,都是这类货色。直到中华人民共和国成立为止,这类斗争是从未停止的,进步文艺工作者处于国民党的反动统治之下,坚持斗争,打击了敌人的气焰,扩大了革命文艺的影响,争取和教育了广大的群众。

贯穿于整个新民主主义革命时期文艺思想斗争的一个重要方面,是无产阶级文艺思想同资产阶级文艺思想的斗争。民族资产阶级为了给发展资本主义扫除障碍,虽然也有某种反帝反封建的要求,因而在民主革命时期可以在一定程度上参加统一战线,但它不只在政治上有两面性,常常表现出妥协和改良的倾向,而且这个阶级的文化思想却比较它的政治上的东西还要落后,决不能充当文艺运动的指导思想。文艺战线上两种文艺思想的斗争实质上是争取民主革命的领导权的斗争的反映,是文学究竟朝着社会主义方向还是朝着资本主义方向发展的两条道路的斗争,同时当然也是要不要将反帝反封建的精神坚决贯彻到底的斗争。这种斗争不仅相当激烈,而且情况十分复杂。它有时表现为统一战线内部的斗争,这时斗争的焦点实质上是领导权和方向道路的问题;有时由于资产阶级右翼代表人物已转化为封建主义和帝国主义的代言人,斗争的性质也就因之表现为对敌斗争了。有时资产阶级思想是以赤裸裸的形式出现的,如"新月派";有时则是以运用马克思主义辞藻的形态出现的,如胡风的"主观精神"论。这一切都同当时的革命形势和无产阶级思想阵地的扩大与巩固有关。1949年郭沫若同志在第一次全国文代会上曾经回顾过现代文学的这种历程,他说:"三十年来,除了代表地主阶级的封建文艺已经在理论上解除武装,代表大资产阶级的国民党法西斯文艺,一直受到全国文艺界和全国人民的唾弃以外,中国文艺界的主要论争是存在于这样两条路线之间:一条是代表软弱的自由资产阶级的所谓为艺术而艺术的路线,一条是代表无产阶级和其他革命人民的为人民而艺术的路线。三十年来斗争的结果，就是在欧美没落资产阶级文艺影响之下的为艺术而艺术的文艺理论已经完全破产了，为艺术而艺术的文艺作品也已经丧失了群众。曾经在这种为艺术而艺术的资产阶级文艺思想影响之下的许多文学家艺术家，也逐渐改变了他们的人生观和艺术观，接受了无产阶级文艺思想的领导。而无产阶级文艺思想领导的为人民服务的文学艺术，队伍日益壮大，方向日益明确，因此就日益受到广大人民群众的欢迎和拥护。这样的历史事实说明了中国资产阶级虽然也想在文艺上争取领导，但因为他们不能和人民结合，也就没有争取到的可能。"①郭沫若同志是就三十年总的过程说的，在"五四"初期，则即使提倡为艺术而艺术，也需要进行具体分析，有的仍然有它一定的进步意义。因为封建道学家是主张"文以载道"的，因而主张以艺术本身为目的就有冲破封建藩篱的作用，正如鲁迅后来所说："'为艺术的艺术'在发生时，是对于一种社会的成规的革命，但待到新兴的战斗的艺术出现之际，还拿着这老招牌来明明暗暗阻碍他的发展，那就成为反动。"②我们知道创造社最初就是提倡为艺术而艺术的，但因为他们的精神为"反抗的烈火燃得透明"③，矛头主要是指向封建秩序的，因而从社会作用来考察，就不能忽视它在唤醒青年对现实的反抗上所起的积极作用。这也是创造社能够首先倡导革命文学的原因，它同后来那种以艺术为招牌、促使作家脱离社会现实和进入象牙之塔的论调是不能等量齐观的。在"五四"时期曾经流行过的一些思想观点如"人性论""个性解放"等，都应该作具体的分析。毛泽东同志说："没有几万万人民的个性的解放和个性的发展，一句话，没有一个由共产党领导的新式的资产阶级性质的彻底的民主革命，要想在殖民地半殖民地半封建的废墟上建立起社会主义社会来，那只是完全的空想。"④又说："我们主张无产阶级的人性，人民大众的人性，而地主资产阶级则主张地主资产阶级的人性。"⑤"为艺术而艺术""人性论""个性解放"等等，从思想范畴上说当然是属于资产阶级的东西，而

---

①　郭沫若：《为建设新中国的人民文艺而奋斗》。

②　鲁迅：《南腔北调集・又论"第三种人"》。

③　郭沫若：《我们的文学新运动》。

④　毛泽东：《论联合政府》。

⑤　毛泽东：《在延安文艺座谈会上的讲话》。

且一直是我们不断进行理论批判的对象,但从内容实质和社会作用来考察,就必须首先分析它在当时的历史条件下究竟拥护什么和反对什么,而对之采取不同的态度。如果它是指斥封建文学不合人性,则它虽然是抽象的超阶级的提法,实质上还是主张人民大众的人性的;如果它是反对马克思主义关于文艺的阶级性的理论,则它所主张的人性就只能是地主资产阶级的。当然,我们主要是针对"五四"时期的复杂现象说的;随着革命的深入和马克思主义的传播,作为理论体系,我们对一切资产阶级文艺思想都是进行了批判和斗争的,这是无产阶级文艺思想实现领导作用的重要方式。以"人性论"为例,当"五四"前夕周作人发表《人的文学》一文时,虽然宣扬的是个人主义和超阶级的文学思想,但文章主旨在指斥封建文学为"非人的文学",在当时仍有一定的进步意义;但到30年代初胡适把周作人的这篇文章捧为新文学运动中"关于文学内容的革新"方面的"中心理论"①,就完全成为反对革命文学的反动理论了。此外如"新月派"的主张文学是"基于固定的普遍的人性",胡风所鼓吹的"主观精神"和"人格力量",都是宣扬资产阶级人性论,反对文艺的阶级性和文艺为工农兵服务、为人民大众服务的。毛泽东同志《在延安文艺座谈会上的讲话》中对于人性论的深刻批判就鲜明地指出了两种对立的文艺思想的实质。

文艺斗争和政治斗争是有着密切联系的,有一些论争实际上是在文艺界围绕政治事件所表现的不同政治观点的斗争,如鲁迅对"现代评论派"的斗争。就文艺思想的范围说,三十年间,斗争的重点和主要锋芒由反封建文学到反资产阶级文艺思想,再到反对以运用马克思主义辞藻出现的反马克思主义的文艺观点,反映了革命的深入发展和无产阶级领导作用的加强和巩固。就论争问题的焦点说,由白话文学的争论到文学的有无阶级性,再到文学要不要为无产阶级领导的人民革命服务(如对"第三种人"的斗争、对文学"与抗战无关"论的批判等),要不要坚持文学为工农兵服务、为人民大众服务的方向;问题逐步深入,鲜明地反映了现代文学在发展中的前进步伐。

"五四"以来多次重大的斗争,都发生在革命形势和阶级关系出现急剧变化的时候,充分说明了文艺斗争和政治斗争的联系。因此无产阶级在进

---

① 胡适:《中国新文学大系·建设理论集·导言》。

228

行思想斗争的时候,必须首先从政治上看这些论点是为谁服务的,它在社会实践中的客观效果如何,而决定不同的态度和方法,而不是单纯从抽象的思想范畴出发的。在新民主主义革命时期,民族资产阶级和小资产阶级是参加了无产阶级所领导的统一战线的,无产阶级在文艺界统一战线中的领导就表现在对他们既有团结又有斗争;"在一个问题上有团结,在另一个问题上就有斗争,有批评。各个问题是彼此分开而又联系着的,因而就在产生团结的问题比如抗日的问题上也同时有斗争,有批评"①。在对待统一战线内部的思想斗争问题上,特别是在对待数量很大的小资产阶级文艺家的问题上,无产阶级与"左"右倾机会主义路线是有原则区别的。毛泽东同志在指出"小资产阶级文艺家在中国是一个重要的力量"时就说:"帮助他们克服缺点,争取他们到为劳动人民服务的战线上来,是一个特别重要的任务。"②通过思想斗争和文艺批评,引导小资产阶级文艺家走与工农相结合的道路,改造世界观,是无产阶级体现领导作用的一个重要问题。但我们在前进的道路上是有过"左"的或右的偏向的。有时过分强调了斗争,有时又过分强调了团结。如在30年代初不仅笼统地提出过"反资产阶级"的口号,而且还强调要反对小资产阶级的文学。又如抗战初期"全国文协"强调的所谓"君子作风",就都产生过消极的影响。当然,就主流而言,我们还是坚持了正确的态度的,鲁迅在"左联"成立大会上的发言就既指出了扩大战线和造出大群的新的战士的重要意义,又强调了明确为工农大众的目的和同实际社会斗争接触的必要性,并没有什么片面的东西。

就文艺思想和世界观来说,小资产阶级文艺家基本上都属于资产阶级的范畴。但由于他们比较倾向革命和比较接近劳动人民,因此在社会实践中的客观效果就可以与资产阶级很不相同。例如从进化论的思想出发,有人可以摘取渐变说来反对革命,为帝国主义侵略作辩护,也有人可以从中得出我们民族和人民必须向前发展的结论;又如从"为人生的文学"出发,有人只歌颂"超人"和人类之爱,有人则主张"同情于被损害者与被侮辱者"。同样是在"五四"时期流行的个性解放的思想,有人从此出发把矛头指向束缚中国人民个性发展的民族压迫和封建压迫,有人则提倡什么"真正纯粹的个

---

① ②　毛泽东:《在延安文艺座谈会上的讲话》。

人主义"和光荣的"孤立";它们的影响和效果是很不相同的。当然,即使社会作用是倾向于革命和进步的一些主张也不可能完全消除资产阶级思想体系所带给它们的消极的和不彻底的缺点,这就需要无产阶级思想给以帮助和引导,而不是在斗争的态度和方法上把它和反动思想一例看待。事实上我们针对资产阶级右翼代表人物和其他敌对思想的斗争对小资产阶级文艺家说来就是一种很好的教育。这说明在思想斗争上首先必须从政治上看问题,从客观效果和社会影响上作具体的阶级分析,才能真正分清敌友,才能更好地为无产阶级利益服务。"五四"以来我们在文艺思想斗争方面的经验十分丰富,现代文学正是在斗争中发展过来的。

毛泽东同志指出:"在'五四'以来的文化战线上,文学和艺术是一个重要的有成绩的部门。"①尽管现代文学在前进的道路上也产生过许多缺点,但就主流和总的倾向来说,它是无愧于"对于革命的伟大贡献"这一科学评价的。中国革命的道路是"只有经过民主主义,才能到达社会主义,这是马克思主义的天经地义"②。现代文学在它发展的三十年间,密切配合人民革命,培育了一批坚定的革命文艺工作者,扩大了无产阶级的思想阵地,产生了许多经得起时间考验的优秀作品,积累了丰富的艺术经验;这一切都不仅是作为历史功绩存在的,而且也为中华人民共和国成立以后社会主义文学的发展奠定了坚实的基础。所以当我们回顾由"五四"开始的新文学的前进道路的时候,对"新"字的含义感受很深,它不仅是这一段历史的概括性说明,而且积久弥新,它的经验对今天仍然具有很大的现实意义。

1979年2月4日为"五四"六十周年作

---

① 毛泽东:《在延安文艺座谈会上的讲话》。
② 毛泽东:《论联合政府》。

关于现代文学研究工作的随想

一

从"五四"到中华人民共和国成立的三十年间中国现代文学的研究工作，作为一个特定的历史阶段来考察，是从建国后才开始的。它是一门很年轻的学科，在这门学科的短短三十年的历史中，还包括了那"史无前例"的动乱的十年。在那些文化浩劫的日子里，类似农业上某些地区的"以粮为纲，全面砍光"的情况，结果粮食也并不能上得去一样，现代文学的教学与研究也只孤零零地剩下了一个鲁迅，结果当然是对鲁迅的著作也只能得到曲解和涂饰。粉碎"四人帮"以后的三年多来，澄清是非，拨乱反正，大家做了许多工作。而且为了适应教学工作的迫切需要，目前已经出版了好几部集体编写的"中国现代文学史"。但总的看来，我们的科学水平还不高，距离时代和人民对这门学科的要求还相当远，我们必须多方面地进行深入的研究，努力提高这门学科的学术水平。现在我们面临四化建设的任务，要建设两个文明，物质文明和精神文明；要攀登三个高峰，除科学技术高峰外，还有文学艺术高峰、思想理论高峰。对于建设精神文明，对于攀登思想理论高峰和文学艺术高峰，这门学科都能作出自己应有的贡献。正像列宁所说："为了要理解，必须从经验上开始理解研究。"[①]我们对这段文学发展历史的深入研究，必将有助于我们社会主义文学的繁荣发展。

就现代文学史的编著工作来说，它的质量必然在一定程度上反映了关于现代文学研究工作的整体的学术水平；如果各种各类专题性的研究尚未取得公认的、富有科学性的成果，那么作为综述性的现代文学史著作就很难

---

① 列宁:《黑格尔〈逻辑学〉一书摘要·第三册　主观逻辑或概念论·第三篇　观念》。

超越一般的介绍文学现象的水平。除此之外,作为一门学科,现代文学史也有它自己的性质和特点,我们必须重视这种质的规定性,充分体现这门学科的特点。

文学史既是文艺科学,也是一门历史科学,它是以文学领域的历史发展为对象的学科,因此一部文学史既要体现作为反映人民生活的文学的特点,也要体现作为历史科学,即作为发展过程来考察的学科的特点。文学史家要真实地反映历史面貌,要总结经验、探讨规律,就必须在丰富复杂的文学现象中概括出特点来。文学史是一门历史科学,但它不同于艺术史、宗教史、哲学史等别的历史科学,这是很清楚的;但文学史作为一门文艺科学,它也不同于文艺理论和文学批评,这就没有引起我们足够的重视。虽然这三者都是以文学现象作为研究的对象,有其一致性,但也有各自不同的特点。例如讲作家作品,文学批评可以评论一个作家或者分析他的几部作品,文学史虽然也以作家作品为主要研究对象,但不能把文学史简单地变成作家作品论的汇编,这不符合文学史的要求。作为历史科学的文学史,就要讲文学的历史发展过程,讲重要文学现象的上下左右的联系,讲文学发展的规律性。用列宁的话说,历史科学"最可靠、最必需、最重要的就是不要忘记基本的历史联系,要看某种现象在历史上怎样产生,在发展中经过了哪些主要阶段,并根据它的这种发展去考察它现在是怎样的"①。要正确地阐明文学的发展,就必须从历史上考察它的来龙去脉,它的重要现象的发展过程。写文学史与编"作品选读"不同,作品选是根据某一标准或适应某类读者的需要编选的,并不表示没有入选的作品就不好;但文学史就不同,不论它写得多么简略,讲一个作家和不讲一个作家,讲一个作品和不讲一个作品,讲多讲少,无论繁略都意味着评价。文学史上说这个是杰出作家,那个是伟大作家,都有和其他作家的联系比较问题。它和文学批评只就某一作品进行分析是不同的。文学史当然要以作家的成果作为重要研究对象,但必须把作品放在历史过程中来考察,不能只分析作品的思想性、艺术性,还要探讨它的历史的地位和贡献。文学史不仅要评价作品,还要写出这个作品在文学史上出现的历史背景,上下左右的联系,它给文学史增添了些什么,作出

---

① 列宁:《论国家》。

了什么样的贡献,对后来的文学发展有什么样的影响。每一个作家都有他的思想发展过程和创作道路,也有和他同时代的人、和写同一题材或体裁的人的互相比较问题,只有这样才能使人感到作家作品是在一定的历史条件下出现的,才能看到作家用他们的劳动如何丰富了文学史。例如讲《雷雨》,如果只分析周朴园和繁漪的形象,只讲戏剧冲突的构成,这只是作品分析的讲法。从文学史的角度讲,就要注意到在《雷雨》出现以前,基本上没有大型多幕剧,《雷雨》是第一个能演三四个小时的多幕话剧。《雷雨》推动了我国戏剧文学的发展和艺术水平的提高,抗战时期多幕话剧的创作就达到了一百二十余种。文学史讲文艺运动和思想斗争,更要和一定的历史背景以及当时的社会思潮相联系,要着重考察它对创作所产生的实际影响,这样才能比较准确地写出历史的真实面貌,才可避免把文学史写成作家作品评论的汇编。

文学史不但不同于文学批评,也不同于文艺理论。虽然文学史和文艺理论都要探讨和研究文艺发展的规律,但文艺理论所探讨的文艺的一般的普遍规律不同于文学史所要研究的特定的历史范畴。文学史必须分析具体丰富的文学历史现象,它的规律是渗透到现象中的,而不是用抽象的概念形式体现的;因此必须找出最能充分反映本质的现象,从文学现象的具体面貌来体现文学的发展规律。列宁在《哲学笔记》中指出:"现象比规律更丰富",因为"任何规律都是狭隘的、不完全的、近似的";"反对把规律、概念绝对化、简单化、偶像化"。所以不但不能"以论代史",而且也不能"以论带史",因为"原则不是研究的出发点,而是它的终了的结果";"原则只有在其适合于自然界和历史之时才是正确的"。[①] 我们进行研究当然要遵循马克思主义文艺理论的指导,但它绝不能成为套语或标签,来代替对具体现象的历史分析。不讲文学现象,就不能构成文学史。因为某一现象除了它和许多其他现象所共有的同一本质以外,还包含有不同于其他现象而为其所独有的纯粹个别的因素,这就好像社会发展史不能代替某一国家的通史一样。文学史研究具体现象有助于反映和丰富规律,但不能只抽象地以理论来代替它。文学史要求通过对大量文学现象的研究,抓住那些最能体现这一时

---

① 恩格斯:《反杜林论》。

期的文学特征的典型现象,从中体现规律性的东西。可见虽然文艺理论、文学史、文学批评三者都是以文学作为研究对象,都属于文艺科学的范围,但作为一门独立的学科,文学史是具有它自己的性质和特点的。

作为文学史的方法论来看,鲁迅的许多具体实践仍然给我们以巨大的启发,可以认为是研究文学史的典范。例如他把六朝文学的一章定名为"酒·药·女·佛",关于酒和药同文学的关系,我们已在《魏晋风度及文章与药及酒之关系》一文中得知梗概,女和佛当然是指弥漫于齐梁的宫体诗和崇尚佛教以及佛教翻译文学的影响,这四个字指的都是文学现象,但它既与时代背景和社会思潮有联系,又和文人的生活与作品有联系,是可以反映和概括中古文学史的特征的。他把讲唐代文学的一章取名为"廊庙与山林",那是根据作家在朝或在野而对现实采取不同的态度和倾向加以概括的,其意盖略近于他的一篇讲演的题目《帮忙文学与帮闲文学》,目的是由作家的不同的社会地位来分析作品的不同倾向的。他善于捕捉普遍性的能够反映本质意义的典型现象来论述,其中就体现了规律性的认识。这些章节安排大概是在广州中山大学拟定的,据许寿裳《亡友鲁迅印象记》所记,鲁迅曾和他谈过大意,但这项工作并未完成。就已经写成的著作来说,我们可以举《中国小说史略·清末之谴责小说》一章为例。他把晚清的《二十年目睹之怪现状》《官场现形记》这类的小说叫谴责小说,这个名词确实抓住了19世纪末20世纪初这类小说的特征,现在各种文学史都沿用这个名称,说明它已得到学术界的普遍承认。鲁迅对这一章的写法也值得我们重视,开头一段他就说:"光绪庚子(一九〇〇)后,谴责小说之出特盛。盖嘉庆以来,虽屡平内乱(白莲教,太平天国,捻,回),亦屡挫于外敌(英,法,日本),细民暗昧,尚啜茗听平逆武功,有识者则已翻然思改革,凭敌忾之心,呼维新与爱国,而于'富强'尤致意焉。戊戌变政既不成,越二年即庚子岁而有义和团之变,群乃知政府不足与图治,顿有掊击之意矣。其在小说,则揭发伏藏,显其弊恶,而于时政,严加纠弹,或更扩充,并及风俗。虽命意在于匡世,似与讽刺小说同伦,而辞气浮露,笔无藏锋,甚且过甚其辞,以合时人嗜好,则其度量技术之相去亦远矣,故别谓之谴责小说。"鲁迅这里首先讲了谴责小说产生的时代背景、作品内容和艺术特点,然后重点分析了《官场现形记》《二十年目睹之怪现状》等代表作品的特色,最后则讲了谴责小说堕落成黑幕小说的发展:"此外以抉摘社会弊恶自命,撰作此类小说者尚多,顾什九学步前数书,而甚不逮,徒作谯呵之文,转无感人之力,旋生旋灭,亦多不完。其下者乃至丑诋私敌,等于谤书;又或有嫚骂之志而无抒写之才,则遂堕落而为'黑幕小说'。"这种写法,可以认为是典范性的文学史的写法。他简要地说明了谴责小说是在屡挫于帝国主义侵略,而维新与爱国运动又告失败的戊戌政变与庚子事变之后出现的,是在人民已经认识到"政府不足与图治"而想揭露和掊击它的情况下产生的,因此内容以揭发谴责为主;但由于过于迎合社会流行趣味,情节过于夸张失实,缺乏艺术力量,所以达不到讽刺小说应有的成就。在分析了几部著名的代表作品之后,他又指出这种倾向后来演变为"徒作谯呵之文,转无感人之力",结果遂堕落成为谩骂式的黑幕小说。这种写法不仅完全符合历史的真实面貌,而且总结了许多有益的经验教训,这些经验教训就带有一定的规律性的意义。这就是文学史的写法,它是不同于一般文学批评或文艺理论的写法的。

随着社会生活的复杂化,现代文学史中众多的文学现象当然要比过去更其丰富和多样,它不仅与政治的关系十分密切,而且还有外来的影响;但作为文学史的方法论来看,它所应当遵循的原则仍然是一样的。在这方面,我以为鲁迅的《〈中国新文学大系〉小说二集序》就为我们提供了值得学习的典范。"小说二集"收的是新文学运动以来头十年的除文学研究会和创造社以外的小说作品,鲁迅的序文就是用文学史的笔法来写的。例如他讲自己的小说,首先叙述《新青年》提倡文学革命和当时一般的创作情况,然后说:"在这里发表了创作的短篇小说的,是鲁迅。从一九一八年五月起,《狂人日记》、《孔乙己》、《药》等,陆续的出现了,算是显示了文学革命的实绩,又因为那时的认为'表现的深切和格式的特别',颇激动了一部分青年读者的心。"这种写法不同于他在《我怎样做起小说来》或《答〈北斗〉杂志社问》中那种以作者的口吻的写法,他是以史家的笔法客观地叙述了他的小说在文学史上的地位。他讲了这些作品的"显示了文学革命的实绩"的贡献,讲了创作的主要特色,也讲了它在当时所起的激动人心的社会影响。下面又分析了他的小说的艺术渊源,这些作品与外国文学的关系以及新的主题思想的深度。然后又分析了作者自己从《呐喊》到《彷徨》的思想艺术的发展过程,"此后虽然脱离了外国作家的影响,技巧稍为圆熟,刻画也稍加深切,如

《肥皂》，《离婚》等，但一面也减少了热情"。这里不是孤立地介绍作家作品，而是把作家作品放在历史联系和发展中来考察，这就是文学史的写法。又如鲁迅在这篇文章里对沉钟社的介绍和评论，也是十分精辟的。沉钟社是个青年文学爱好者的团体，取名"沉钟"，是借用德国当代作家霍普特曼的一个剧本的名字。鲁迅讲沉钟社的倾向是"其实也是'为艺术而艺术'的作家团体"，他们"向外，在摄取异域的营养，向内，在挖掘自己的灵魂，要发见心里的眼睛和喉舌，来凝视这世界，将真和美的歌唱给寂寞的人们"。鲁迅特别欣赏《沉钟》周刊眉端所引的吉辛诗句的题辞："我要工作啊，一直到我死之一日。"他对为"五四"所觉醒起来的这些青年人的心情是理解的，但他又历史地分析了他们的处境、遭遇和倾向。他说："但那时觉醒起来的智识青年的心情，是大抵热烈，然而悲凉的。即使寻到一点光明，'径一周三'，却更分明的看见了周围的无涯际的黑暗。"他们要追求外国新的东西，而"摄取来的异城的营养又是'世纪末'的果汁"，即 19 世纪末资产阶级颓废主义的文学。他们比较喜欢的外国作家如王尔德、尼采、波特莱尔、安特列夫等都是消极情绪比较严重的，因此虽然他们是青年，"却唱着饱经忧患的不欲明言的断肠之曲"。但"沉钟社却确是中国的最坚韧，最诚实，挣扎得最久的团体"。他们努力的情况，就像他们刊物的题辞一样，"工作到死掉之一日；如'沉钟'的铸造者，死也得在水底里用自己的脚敲出洪大的钟声。然而他们并不能做到，他们是活着的，时移世易，百事俱非；他们是要歌唱的，而听者却有的睡眠，有的槁死，有的流散，眼前只剩下一片茫茫白地，于是也只好在风尘洊洞中，悲哀孤寂地放下了他们的箜篌了"。这就深刻地说明这些青年作家虽然抱着真诚美好的愿望在竭力地挣扎和追求，但由于脱离了中国社会的实际，结果仍然无法继续下去。在分析他们的总的倾向中也就说明了他们的创作的思想艺术特点及其形成的原因。鲁迅并不是以他们自己所标榜的名言来作为分析的标准，而是从作品的实际倾向来评价他们，把它放在特定的社会背景下，分析他们的主观愿望和客观社会现实的矛盾，说明作品倾向性形成的原因，以及作品流传的情形和所产生的影响。另外，鲁迅在这篇文章里对许多作者的评述，如关于"五四"以后"乡土文学"的分析，都十分精辟；它不仅对作者有中肯的评价，而且写出了历史过程的复杂性，我们可以把它看作现代文学史研究工作的指导性文献。

总之,文学史研究工作不能只看文学作品;例如讲巴金,不能只分析《家》里的几个人物。我们的视野必须扩大,除政治经济形势外,还必须注意到社会思潮与文化思想战线的各种现象,注意到历史的连贯性和文学发展的规律性。规律即是不以人们的意志为转移的客观过程的反映,因此我们必须通过大量文学现象的考察和研究,掌握能够体现一定历史时期文学面貌的典型现象,深入分析和探讨它同各种文学现象之间的联系,它的消长过程,然后才可能揭示出历史发展的客观面貌,才能看出流变,显示全貌,比较准确地评价作家作品的贡献。

二

　　近年来在关于现代文学史编写工作的会议中,大家议论比较多的是下面三个问题:(一)范围和线索;(二)文艺运动与作家作品在书中的比重;(三)评价作家作品的标准。我现在也想就这几个问题谈一点自己的想法。

　　现代文学史以从"五四"新文学运动到中华人民共和国成立的三十年间出现的文学作品和文学现象为研究对象,这同时也就是它研究的范围。这个范围和对象本来应该是没有疑义的,一本现代文学史无论繁简如何不同,它都应该受这种历史规定性的制约,而不为一时的政治气氛或时代潮流所左右。但由于过去政治运动接连不断,每一次运动就砍掉一批作家作品,也就把范围缩紧一些,以致到十年浩劫期间就只剩下一个孤零零的鲁迅了。"四人帮"垮台以后,大家都感到应该解放思想,扩大现代文学史的研究范围,以反映历史的真实面貌;而且事实上如胡适、周作人、徐志摩等过去长期对之采取回避态度的作家也在好几部新编的现代文学史中出现了,说明大家已大体上取得了一致的看法。但在具体处理时究竟扩大到多大呢?目前仍有不同的意见。姚雪垠同志最近在给茅盾同志的信中,谈到现代文学史应该包括旧体诗、词和包天笑、张恨水的章回体小说。这就是值得讨论的意见。他举出了毛主席等老一辈无产阶级革命家和著名新文学作家的旧体诗词,特别强调了苏曼殊和南社诗人的作品;我对此是有所保留的。我以为文学史研究的对象应该是在社会上公开发表过并且得到社会上一定评价的作品,不包括没有产生社会影响的个人手稿,而老一辈革命家和新文学著名作家所写的旧体诗词在新中国成立之前是大致都没有公开发表过的。鲁迅的旧诗多半是作为书法艺术写给友人的,后来才由别人搜集起来。郁达夫的旧诗除在散文游记中间有录存外,也并未在当时结集出版。朱自清的旧诗集取名《敝帚集》《犹贤博弈斋诗钞》,是在他逝世后人们才看到手稿的,其他许多新文学作家也未闻有旧诗专集出版。这是有原因的,"五四"文学革命首先从反对旧诗开始,新诗是最早结有创作果实的部门,因此一般新文学作家最多把写旧诗作为业余爱好,只在朋友间彼此流传,最初并没有公之于世的意思。老一辈革命家长期处于艰苦的战争环境中,他们赋诗言志的情况与鲁迅等是相似的,并非为了公开发表。至于苏曼殊和南社诗人,则确实是专写旧体诗的,但苏曼殊已于"五四"前逝世,南社活动的最后时间虽为1923年,但创作早已成为强弩之末,他们都应该属于旧民主主义革命时代的范围,不是现代文学史所要研究的对象。在这一时期内当然也有一些旧诗集出版,例如吴宓、吴芳吉的诗集,但不仅社会影响甚微,而且明显处于新文学对立面的范畴,因此在现代文学史中是否应该包括旧体诗词,是值得研究的问题。至于章回体小说,则流行的现代文学史中并未一例排斥,马烽、西戎的《吕梁英雄传》,谷斯范的《新水浒》,都采用了章回体的形式,并未有人提出过不同的意见,只是包天笑、张恨水这些作者需要具体研究而已。包天笑在20年代明显处于新文学的对立面,就作品说也很难把它纳之于反帝反封建的现代文学的总的性质的范畴。张恨水的情况比较复杂,他在抗战时主张抗日,解放战争时期有反国民党倾向,曾写过《八十一梦》等较好的作品,但他的代表作是前期的《啼笑因缘》和《金粉世家》,这些作品拥有较多的读者,在城市居民中产生过影响。像这样的作家究竟应该如何评价,是需要进行深入研究的。这就牵涉现代文学史的主流问题。我们当然应该要求一部现代文学史能够显示出中国现代文学发展的全貌和它的丰富复杂的内容,因此我们不赞成把范围搞得很狭小;但无论就文学现象或作家作品说,都不能等量齐观地去对待,而必须突出进步的、民主主义和社会主义的文学的主流,因为只有这样才能反映出历史的真实面貌。各种文学流派和有影响的作家作品都是以它的贡献和同主流的关系来得到不同的评价的,这当中有许多有待深入研究的专题。但明确了主流和全貌的关系,也就明确了发展的线索。50年代我们曾企图用创作方法当作文学史的贯穿线,就是说社会主义现实主义是现代文学发展的道路。后来认识到我们提倡某种创作方法是一件事,但作家采用别的方法也是可以有成就的,因此不能用单一的创作方法来作为文学史发展的线索。后来又有人企图用无产阶级作家队伍成长壮大的过程当作线索,但队伍是以人的政治立场、世界观来划分的,不能说明文学本身在思想艺术质量上的发展;而且民主主义文学即使在今天也仍然有其进步意义,因此这种处理也是不妥善的。其实线索问题实质上就是文学的主流问题。只要真实地反映出主流及其相关的艺术流派的成长发展的过程,包括思想、艺术的收获,做到轻重适当,脉络清楚,就自然形成了历史发展的线索;主观地用一条单纯的线索来贯串历史的进程,反而是会把丰富复杂的历史面貌简单化的。

文学史应该以创作成果为主要研究对象。衡量一个作家对文学史的贡献,主要看他的作品,看作品的质量和数量,然后对它作出应有的评价。文学史不能以文学运动为主,尤其不能以政治运动为主。但同时我们也不能避开不讲文艺运动,因为它确实对创作有影响,有时甚至是促使文学面貌发生根本变化的巨大影响。不讲"五四"新文化运动和文学革命,就不能说明鲁迅小说"显示了文学革命的实绩"的作用;不讲延安的文艺整风运动,就不能说明以赵树理为代表的新的人民文艺的出现;而这些文艺运动之所以会产生如此巨大的作用,又都是和它作为伟大政治运动的一个组成部分密切联系的。重要的是文学史不能仅从政治的角度来考察文艺运动,而必须着眼于某一运动对创作所产生的实际影响;看它是促进了还是阻碍了文学创作的向前发展,或者根本没起什么作用。同时对于影响本身也须进行具体的分析,有时某一文艺运动在产生重大的积极影响的同时,也在某些方面伴随着难以避免的消极影响,这就需要对每一文艺运动作深入细致的考察和研究。对于文学史上历次重大的思想斗争也是如此;文学史不同于文艺思想史,它讲思想斗争是为了说明马列主义文艺思想如何在文学战线上占领了阵地以及它如何影响创作的,因此必须考察和分析这种影响。过去我们只孤立地讲述各次思想斗争的过程,学生讽刺说:"你们讲思想斗争总是'三部曲';第一是敌人猖狂进攻,第二是我们迎头痛击,第三是'销声匿迹了',过一些时候又来一次'三部曲'。"这样不但没有阐明文艺思想斗争对创作的影响,而且即就文艺思想斗争本身来说,也把生动丰富的历史变成了简单的重复,不能说明真实的历史情况。就对创作的影响说,各次论争的情况是很不相同的;例如同样发生在 30 年代前期的同第三种人的论争和对所谓民族主义文学的斗争,影响就很不相同。前者不仅讨论到所谓"第三种文学",而且涉及许多创作原则和作品性质的问题,它对进步作家也不同程度地产生了影响,而后者则实际上只是对国民党御用文学的揭露和反击,对文学创作并未发生直接影响。文学史既以文学作品为主要研究对象,在考察文艺运动或思想论争时就不能不着眼于它对创作所起的作用,因此这不仅是一个文艺运动在一部著作中所占篇幅多寡的问题,重要的还是考察问题的角度和着眼点。

文学史既以创作成果为主要研究对象,因此对作家的评价也主要是看他的作品的成就和贡献,不能牵扯作家的其他许多方面。一个作家是一个社会的人,他除了创作以外,当然还有其他的社会活动和政治活动,特别是他会关心和参加文学领域的运动和论争;我们当然应该注意到他的多方面的社会实践作为研究他的作品的背景和参考,但我们研究和评价他的成就的主要依据是他的作品,而不是他在各种运动中的表现。他在文艺运动或论争中的活动当然会反映出他的文艺思想的某些观点,这些观点当然也会对他的作品产生影响,但我们仍然不能直接以他的主张或观点来代替对他的作品的分析和评价。有人批评我们的某些文学史是"以人定品","以品衡文",这话当然刻薄一点;如果说过去有过某些类似现象的话,那也是历次政治运动干扰的结果。如 1957 年以后有些书曾把丁玲、艾青作为反动作家来批判,应该相信这种情况再也不会出现了。"骂杀"与"捧杀"不是客观的科学态度。我们是根据作品作出评价的,我们讲作家的作品好,并不排除他其他方面表现不好;我们讲他的作品不好,也不排除他其他方面好,他可以对革命作出过很大贡献。这个问题在古典文学的研究中就不存在,现代文学史由于所研究的作家是我们的同时代人,因此常常不免有超越学术范围的干扰;但科学地研究问题必须有勇气排除这些干扰,文学史只能根据作品在客观上所反映的思想倾向和艺术成就来评价,而不能根据作者在政治运动中的表现来评价。我们作出的评价无论是否准确或允当,它是一个可以讨论的学术问题,与政治结论是完全不同的。当然,作家的政治思想观点是会对创作发生影响的,这就需要对作品作深入细致的研究。例如我们讲新月派,既要注意到它作为一个流派的总的特点,也要就某一作家的作品仔细分析。《新月》上不仅刊载文艺作品,还有罗隆基等的政治论文;就诗歌创作说,我们既要注意到闻一多作品中的爱国的内容,但也不能因为他后来成为烈士就把他从新月派中主观地划分出来。文学现象是十分复杂的,要进行具体的分析,绝不能简单化。

文学作品不仅是社会现象,而且是认识现象,因此除了政治倾向外,还要看它是怎样反映了社会生活。一般地讲,文学的政治倾向性和反映生活的真实性是统一的,但各个作家在艺术上的表现是不一样的,这就需要分析。列宁在《一本有才气的书》一文中评论了在巴黎出版的一个沙俄的白匪军官写的一本叫《插到革命背上的十二把刀子》的小说集,列宁说,尽管这个作家的反革命的政治立场决定了他写到革命的时候完全是恶意的、不真实的宣传,但这个作家在描写"他所非常熟悉的、亲身体验过、思考过和感受过的事情"时,"以惊人的才华刻画了旧俄罗斯的代表人物","描写得十分逼真"。列宁认为其中"有几篇小说值得转载,应该奖励有才气的人"。所以我们不仅要看到作家的政治倾向性,还必须看到作品反映生活的真实程度。一部作品塑造的众多的艺术形象,不一定都成功或都失败,要采取分析的态度。我们不能仅从思想倾向或题材意义上来立论,还必须分析作家在艺术上的风格和成就。

我们必须坚持历史唯物主义的原则,尊重客观事实,坚持党性和科学性的统一。无产阶级不需要夸大一些东西或掩盖一些东西来表现自己的立场。历史的真实性、科学性和党性是统一的。我们反对客观主义,要在论述中表现倾向性,但倾向性只能表现在科学的历史真实中,表现在科学的分析和评价中,而不能是外加的拔高一些什么,或者贬低一些什么,也不需要回避什么东西。如第一个话剧剧本是《终身大事》,有人想用欧阳予倩的《黑奴吁天录》来代替,但《黑》剧当时并没有剧本,现有的剧本是后来写的。其实是不必费此心机的。又如《尝试集》是第一部新诗集,这是事实,我们找不到比它更早的新诗集,我们应该尊重历史。但在如何看待和评价中可以体现我们的观点。有一些作品,存在这样那样的问题,但在当时起过作用,也要作出历史的评价。列宁评价托尔斯泰时曾经指出:"托尔斯泰观点中的矛盾,不应该从现代工人运动和现代社会主义的角度去评价(这种评价当然是必要的,然而是不够的),而应该从反对新兴的资本主义,反对群众破产和丧失土地(俄国有宗法式的农村,就一定会有人这样反对)的角度去评价。"①列宁在这里科学地论证了对作家的历史和现实的两种评价的关系。作为文学史的研究,对一个历史上的作家,对于历史上的文学现象,当然应该看到他对今天的意义,但更重要的却是要正确评价他的历史作用和历史地位,这就是列宁所说的"在分析任何一个社会问题时,马克思主义理论的绝对要求,就是要把问题提到一定的历史范围之内"②。"判断历史的功绩,不是根据历史活动家没有提供现代所要求的东西,而是根据他们比他们的前辈提供了新的东西"③。就现代文学史来说,例如创造社在"五四"时期主张"为艺术的艺术",这在当时是有进步意义的,应该给予历史的地位,但30年代邵洵美等人提倡"为艺术而艺术",我们就不能给以有进步意义的评价了。又如周作人"五四"时期写的《人的文学》,是有进步意义的,但30年代胡适在《中国新文学大系·建设理论集·导言》中说周作人的文章是"五四"时期文学革命的纲领,就是直接对抗左翼文艺运动的了。所以任何文学现象或作品都必须置于一定的历史条件下,才能作出科学的评价,而不能用今天的标准予以简单的否定。

要尊重历史事实,就必须对史料进行严格的鉴别。在古典文学的研究中,我们有一套大家所熟知的整理和鉴别文献材料的学问,版本、目录、辨伪、辑佚,都是研究者必须掌握或进行的工作;其实这些工作在现代文学的研究中同样存在,不过还没有引起人们应有的重视罢了。如果我们仅以解放后人民文学出版社的出版刊物作为研究工作的依据,那就有可能产生不应有的谬误。首先,许多作家还仅仅出了选集,我们无法由此衡量作者的全部作品;而且虽然这套选集大部分是作者自己选定的,但取舍的标准很不一致,有的人录取较宽,有的则很严格。例如张天翼就没有出选集,只出了一本薄薄的《速写三篇》,而这是远远不能代表他的创作成果的。更重要的是有一些作家还根据新的认识对原作进行了修改,这就更易引起研究论点

---

① 列宁:《列甫·托尔斯泰是俄国革命的镜子》。
② 列宁:《论民族自决权》。
③ 列宁:《评经济浪漫主义》。

的混乱。如郭沫若同志的《匪徒颂》把原来歌颂罗素和哥尔栋的句子改成了歌颂马克思和恩格斯，有的诗人把诗句中歌颂人道主义的字样改为共产主义。这种事例并非仅见，著名的作品如《倪焕之》《骆驼祥子》等，皆对初版本有所删正。因此仅就作品来说，就有一个严格鉴别和核实的问题。鲁迅在《〈中国新文学大系〉小说二集序》中最后讲到编选体例时讲了两条，一条是有些作品后来作家收集的时候不要了，但他仍然选入；另一条是有些作品发表以后，作家又自己把它加工改变了，但他还是选它第一次发表的本子。我觉得这两条也是我们进行研究工作的原则。我们考察作家思想艺术的变迁和作品的社会影响，不能根据作家后来改动了的本子，必须尊重历史的真实。此外，有关一些文艺运动以及文学社团或文艺期刊等方面的文字记载，常常互有出入；特别是一些当事人后来写的回忆性质的东西，由于年代久远或其他原因，彼此间常有互相抵牾的地方，这就需要经过一番考订审核的功夫，而不能贸然地加以采用。由于关于现代文学的许多资料尚未经过科学的整理，搜求起来比较困难，因此关于史料的整理结集和审订考核的工作，也是现代文学研究中的重要组成部分，应该予以必要的重视。

三

粉碎"四人帮"以后，我们结束了在学术研究和文化艺术上的长期的闭关锁国状态，国际文化学术交流日渐增多，使我们了解到一些国外对中国现代文学的研究情况，也看到了一些他们的出版物和研究成果。由于我国国际地位的提高，我们的文学作品和有关的学术研究成果正在越来越多地引起欧美日本等许多国家人士的注意，他们发表的有关研究中国现代文学的论文或著作也日益增多，而且其中有一些是有相当高的质量和水平的，可以使我们受到一定的启发。过去国外研究汉学的学者多侧重于中国的古代文化，现在则研究现代中国的比重日渐上升，而且还经常举行一些国际性的学术集会。据美方材料，1960—1969 年美国授予汉学研究博士学位共 412人，由 55 所大学颁发；1971—1975 年颁发的汉学研究博士学位即增为 1205人，来自 126 所大学。其中专攻中国语言文学的约占五分之一，关于研究中国现代文学的人数也是日渐上升的。日本是我国的近邻，研究中国文学的人向来很多，而且即使在我国陷入文化浩劫的十年中，他们对中国现代文学的研究也仍然在进行。法国一向是欧洲研究汉学的中心，近年来研究现代中国的趋势日见增长。各种情况都显示，随着我国国际地位的提高，国外对我国文化学术的学习和研究的兴趣正在增强，其中就包括对于中国现代文学的研究。这本来是正常的现象，正如我国也在积极地研究外国文学一样；国际学术文化交流可以增进各国人民之间的互相了解，可以推动学术水平的提高，也使我们可以开扩视野，启发思路，有助于研究工作的深入。因此我们应该了解他们的工作和研究成果，分析他们的长处和局限，科学地阐明我们对一些学术问题的见解。由于社会条件不同等复杂的原因，国外学者对中国现代文学的研究无论在研究方法、评价标准或具体论点上都与我们有较大的差异，因此就有一些人一方面出于对国内研究工作现状的不满，一方面也为国外某些研究方法或论点的新奇所眩惑，认为他们的一些论著表现了研究工作的现代化，代表了这门学科的学术研究的国际水平。这种看法是缺乏分析的。的确，任何学科既以一定的客观事物为自己的研究对象，就都有一个科学水平的问题，而且它只能以研究成果是否符合研究对象本身的客观实际作为衡量的标准。就这种意义来说，科学研究确实是国际性的现象，它所达到的水平并不一定限制在某个国家；正如马克思主义的最高水平并不永远在德国一样，关于中国现代文学研究的高水平著作，在逻辑上也可能是出自国外的学者。但目前并未出现这样的情况，有这种看法的人也并不是在分析研究的基础上所得出来的结论。就我们所知，国外学者的研究情况也是十分复杂的，有的人确实是为了深入理解中国文化和中国人民的生活而研究它在文学上的表现的；有的人则是把文学作品作为一种文献，想从中获得在其他出版物中难以得到的情况和资料；也有少数人实质上是想在我们的作品中寻找所谓"持不同政见者"，因此对于国外学者的研究情况，我们既要了解，也要分析，不能笼统地去对待。我们欢迎他们提出高水平的研究成果，但除了一些难以完全避免的偏见以外，由于他们生活在不同的社会条件下，对中国现代社会和人民生活的特点往往有隔膜之感，因而对于植根于其中的现代文学也就很难有十分中肯的论述；加以目前许多著名作品尚未广泛地翻译成各种外文，而国外研究者掌握汉语的能力也是很参差的，这一切就增加了他们深入研究的困难，因而现在我们还没有看到科学水平很高的学术论著。但他们的某些长处是值得我们学习和借鉴的,他们的论文选题一般范围较小,专业性较强;在他所研究的范围内材料搜罗得比较全,论证时结构比较谨严,脉络清楚,逻辑性较强;文后一般都附有材料来源、索引和参考书目,条理很清楚。在他的题目范围内常有我们平常没有注意到的地方,有些论点也能启发我们的思考,但他们往往忽略了这一选题与其他有关文学现象之间的联系以及它在现代文学发展中所应有的位置。

引起一些人对国外研究论文的兴趣的主要有研究方法和对作家评价的两方面的因素。就研究方法说,他们对于作品采取的结构主义的分析方法和对作家进行的比较文学的论证方式,由于我们过去很少运用,因而引起了一些人的新奇感。就运用这种方法所得出的具体结果来说,只要它符合作家作品的实际,就是应该受到尊重的;如对作品的形式和语言进行技术和结构上的分析有时是可以对作品的特色得出符合实际的论述的。但作为一种方法论来看,这种把人的思维看成是先验性的结构,不重视作家的艺术创造,而只对作品作静态的结构分析的研究,是不可能对文学这一历史性现象得出实事求是的科学结论的。比较文学是欧洲早已流行的研究方法,一些外国学者熟悉欧美国家的作家作品,他们很容易拿我们的作家同外国作家进行比较,他们这样做是很自然的,如有人写《鲁迅与萨特》《老舍与狄更斯》这类的论文。作为反映客观世界和进行艺术思维的文学,不同国家的某些作者之间是可以有类似的或共同的一些特点的,我们并不一般地排斥这种比较研究的方法。例如现代文学史上有不少作家受外国某一作家的影响比较显著,我们也有人进行过这方面的研究,如鲁迅与尼采、郭沫若与惠特曼、茅盾与左拉、曹禺与奥尼尔、夏衍与契诃夫等,这种比较对作家的艺术风格、作品构思方式和创作过程特点的分析,是有益的。但国外有的研究者往往超越了这个范围,他们忽略了不同时代和不同民族的特点而谋求找出某种共同的特征,这样就常常不免求同存异,抽象地看问题;而"异"恰恰是本质的、不能忽视的。因此虽然在某些方面这种比较是有益的,但在另外许多方面又是论证不充分的,不能认为它是一种普遍适用的最先进的方法。我们是努力运用马克思主义来指导我们的研究工作的,我们相信马克思主义不仅是科学的世界观,也是科学的方法论。我们从客观实际出发,尊重历史和尊重事实,具体分析所要研究的课题,以期得出符合事物真实情况的科学的结论,这是不能动摇的。我们当然要学习和借鉴别人的长处,但绝不能像邯郸学步那样,为了追求新奇而放弃了根本的原则。

就对作家的评价来说,国外学者的某些观点也同我们有很大的差别。他们常常重视一些我们注意较少的作家而忽略一些比较重要的作家,其原因也比较复杂,有些是他们的艺术观点和艺术趣味的问题,也有些确实是我们研究工作中的缺点,特别是"左"倾思潮干扰所造成的后果。这需要作具体分析,不能笼统地认为他们的看法就都是正确的或者都是错误的。举例说,有些国外学者对沈从文的评价很高,有的甚至把他和鲁迅并列,而国内则注意较少,差别比较悬殊,这就需要我们认真研究。对于一个写过三十多部小说集而且在文体风格上有自己特色的作家,长期没有得到我们应有的重视,确实是我们研究工作中的缺点,至少是一个薄弱环节。但我们也不能同意他们那种过高的评价。过去的忽略当然有思想和政治上的原因,而且作家自己也不是完全没有责任的,但即使仅就作品的艺术成就来衡量,他也没有达到那样突出的高度。我们过去讲古典诗歌有所谓"大家"和"名家"的区别,"大家"指某一时代公认的突出的高峰,如李白、杜甫这样的诗人,而"名家"则仅指他在某些方面有独到的成就,如唐代的某些边塞诗人。在我看来,沈从文的作品只能认为是"名家"之作,还没有达到"大家"的成就。他善于简洁细腻地描写自然风物和人物心理,在情节结构上富于变化,作品具有湘西一带的浓厚的地方色彩,作者用抒情式的笔调漫叙故事和描摹风习,读来颇有动人之致;这些成就是值得称道的,而且也产生过一定的影响。但作者不仅着重渲染了边地的生活宁静和民性淳朴,歌颂了一种古老的封建性的生活秩序,而且作品中的人物大都只有轮廓,并没有写出丰满的有性格的人物形象来;这即使在他的比较著名的《边城》《长河》等作品中也是如此,很少人物能使人读后留下深刻的印象。当然,对一个作家如何评价是一个可以讨论的学术问题,我们只是说明对于任何人的观点都需要经过思考和分析,不能笼统地认为国外学者的观点就一定是科学的。我们赞成展开广泛的文化学术交流,以便互相学习,促进学术研究的发展,但我们必须首先立足于自己的研究。我们是中国现代社会变革和文学发展的参加者或见证人,中国现代文学是产生在中国的土壤上的,我们有责任对之作出科学的研究和评价,并把我们的研究成果介绍给国外的学者。我们并不要把我们的观点强加于人,但我们相信只要我们的论点是符合历史实际的,是科学的和有充分说服力的,它就一定会逐渐取得那些抱有严肃的科学态度的人们的承认。真理是不可战胜的,过去许多外国学者对"五四"运动的历史意义估计不足,他们讲现代中国总是从辛亥革命讲起,但现在这种情况已有所改变,把"五四"当作一个新的历史时期的起点的人逐渐多起来了,这是同中国人自己研究的结果有联系的。因此我们对国外学者的研究情况不但应该注意和了解,而且应该进行研究的研究,即不但要知道他的具体的论点,而且要分析他如此立论的原因和根据,对之作出我们的评价。所以提高学术水平的关键,仍然在于我们自己的努力。

四

长期以来,现代文学的研究工作都只停留在编写现代文学史教材和孤立地、单一地分析作家作品的格局;为了提高学术水平,必须扩大研究领域。没有多方面的专题性的深入研究,特别是综合性的能够反映历史发展线索的专题研究,就很难提高现代文学史著作的质量。现在我们还有一些长期处于空白状态的项目,如上海文学研究所目前进行的上海"孤岛"时期文学的研究,河南师范大学进行的抗战时期各革命根据地文艺运动的研究,就都是新的课题。即使过去已经进行过一些工作的专题,例如关于某一流派或社团的研究,如果从一个新的角度进行深入的探索,也会有新的收获。构成文学现象的要素很多,每个要素都有它的发展和演变的过程,都需要分别地进行考察和研究。例如某种题材、形象,某种主题,某种创作方法或创作倾向的形成和演变,都不但有它的一定的过程,而且还有它的历史继承性和对后来的影响,都需要进行专题性的研究。对于作家的艺术风格和表现方法,作品的构思和语言结构等特点,也需要从它的渊源、形成的条件以及是如何成熟的等方面进行考察;这样才能打开思路,得到规律性的认识。比如"五四"时期以个性解放为主题的小说很多,郁达夫的《沉沦》、鲁迅的《伤逝》等都反映了知识分子要求个性解放的主题,究竟后来这类形象和主题在文学上是怎么发展的,彼此间的影响又是怎样的,就需要研究。又如《阿Q正传》是写国民性的弱点的，鲁迅到 30 年代还一直这样讲，这样的主题后来是有影响的，30 年代沈从文的《阿丽思中国游记》，张天翼的《鬼土日记》，老舍的《猫城记》，实际上都是写的国民性的弱点，一直到后来写农民性格的局限，或者叫新人的成长，都是与改造国民性有联系的，都有历史发展线索可寻。就人物形象来看，像丁玲的《莎菲女士的日记》中莎菲这样性格的女性并不是孤立的存在，茅盾《蚀》里的几个女性，蒋光慈《冲出云围的月亮》中的曼英等，都有类似的性格特点，都是"五四"以后城市"时代女性"的形象。这些形象有什么特点？她们在不同的作品里有哪些差别，这些形象之间又有什么关系，这些历史性现象都可以进行研究。其他各种形象如农民、知识分子、工人、妇女、资本家等，都可以联系实际生活考察他们在现代文学作品中的出现、变化及其意义。作家的艺术风格和表现等方面也可以进行综合性研究，如有的以讽刺艺术见长，如鲁迅、老舍、张天翼等；有的以抒情见长，从鲁迅的《故乡》《社戏》起，以后如芦焚、沈从文、孙犁等，都有这种特点，可以从艺术表现的角度进行研究。过去我们对作家的艺术特点和艺术经验的研究很少，可以说是我们研究工作中的薄弱环节。我们需要对作家进行艺术思维的过程、塑造形象的方法等进行具体的分析和考察，如柳青的《种谷记》和孙犁的《荷花淀》都是写解放区农村的，都写了农民和农村妇女，但风格很不相同；前者着重于从各个侧面把握人物的性格，后者则善于捕捉一个动人的环节来突出人物的精神面貌，抒情性很强，应该从艺术分析的角度对他们的作品作出深入的分析。对重要作家的专题研究虽然我们已经有了一些成绩，现在仍须继续进行；应该把作家置于具体的历史环境中来考察，注意他在文学发展上的贡献是什么，和过去文学的区别和继承关系，以及在社会上产生了什么样的影响等。这里仅仅是举一些例子，目的在于说明我们需要思路开扩一些，才能打破过去的框框。文艺运动和文艺思想方面同样有许多问题有待研究，如苏联拉普派对中国左翼文艺运动的影响，新月派的诗歌理论和英国浪漫主义诗歌的关系；又如托洛斯基的《文学与革命》是很早就翻译成中文的，他的文艺思想究竟发生过影响没有？总之，必须解放思想，扩大研究领域，方能打破长期来那种只孤立地分析作家作品的范围狭隘的局面。

扩大研究领域只是为研究水平的提高提供了条件和活动范围，重要的还在于质量,在于真正把现代文学的研究提高到新的水平。因此我们必须加强学习,努力实践。要取得有科学性的研究成果,就一定要有材料,有分析,有理论;做到讲事实,讲真话,讲道理。这就要求研究工作者除了掌握历史资料、尊重历史事实之外,必须努力提高自己的马克思主义的理论水平。只有这样才能够从丰富复杂的文学现象中找出带有规律性的东西,并提到理论的高度来分析,从而获得符合历史真实的高质量的学术成果。这是提高研究水平的关键,愿我们在科学的征途上早获丰收。

现代文学的民族风格问题

什么叫新文学？意思就是和传统文学不同，和传统文学对立，有反封建的很重要的意义。"五四"文学革命，提倡新文学，它的历史意义就是体现了中国人民要求现代化。什么叫文学革命？就是要求用现代人的语言表现现代人的思想。现代人的语言就是白话，现代人的思想就是民主主义。这样，自然就要求学习外国的东西，追求新的东西。过去的传统包袱沉重，一定要打倒它。所以强调学习西方，接受外来影响，是必然的。这是和"五四"新文化运动的总精神相一致的。新文化运动提倡民主、科学，文学上就提倡近代现代的民主主义，注重个性。这就要求同旧的东西决裂。"五四"时期很少有人提倡学习旧的东西，如果有的话就是"国粹主义"者，所以在"五四"时期，没有什么人提倡文学革命要和过去的传统发生关系，这是不合时宜的；只有复古派才这样主张，因为旧的东西不合现代化的要求。现代化，是历史潮流。因此，我们谈风格、流派，就应当说，所有流派都是和西方影响有联系的，除过后期的赵树理流派，很难说哪一个流派是有意学习传统而形成的。

从严格意义上讲，中国过去的流派是不发展、不显著的，这并不是说中国文学史上没有流派，可是我们看到它有一个显著的特点，就是时代特点的因素远比艺术个性的因素大得多。比如说，"建安风骨"或"大历十才子"，它是那个时代的共同的东西。建安文学中，曹植、王粲……他们彼此在风格上有什么显著区别？很少。又如，唐诗、宋诗，后人用来不是指不同时代的诗，而是指两种不同的流派。在清朝，如说某人的诗宗唐，他的诗有盛唐风韵，评价就算很高了。就是说，时代特点很明显；但是在同一时代中各个人的特点却并不显著。时代的因素多于艺术个性的因素，这就是封建社会的特点。

"五四"以后就不同了，重视个性解放。"五四"以前，一个人说话，如果一来就是"我怎么样",这叫没有礼貌。对上讲,称"鄙人""卑职",或者客气一点,比如我,就说"瑶以为如何如何"。"五四"以后,动不动就是"我怎么样",像鲁迅在《伤逝》中说的:"我是我自己的,他们谁也没有干涉我的权利!"这确实是"五四"精神。"五四"以前不行。所以马寅初先生(今年100岁,是民主人士中最老的)以前在北大当校长时,作报告有一句口头禅:"兄弟如何如何",下面就发笑。其实他说"兄弟"就是"自己",就是"我"。个性不发达,就不能说"我"。无论"建安风骨"或"大历十才子",一直到"五四"要打倒的"桐城谬种、选学妖孽",实际都是流派。"选学"派是学汉魏六朝的,桐城派是学唐宋八大家的。中国文学史上不是没有流派,但是流派形成的原因,时代特点的因素,占了很大的比重。时代当然有特点,但同一时代的作家,我的风格跟你的风格的差别不显著,艺术个性远没有时代特点强。

谈现代文学流派,从一开始的文学研究会、创造社,或者是民众戏剧社、南国社,都和外国文学流派的影响有联系。"五四"时期把眼光集中到外国是很自然的。那时没有提倡学习古典,继承传统,所以人们的眼光也都集中去考察外国的影响。但是,是否提倡继承民族传统是一回事,实际上现代文学风格、流派的形成是否受了民族传统的影响又是一回事。实际上它是要受到中国民族传统的影响的。这不仅因为中国是文化传统悠久的国家,有很长的历史,而且文学是表现人民生活的,人民的生活方式就有个历史传统。又从作家个人的文学修养看,尽管他自己没有讲这一方面,但他既然写东西,他的文学修养从哪里来?比如,我们总是看了一些作品、学习了一些作品,才开始写东西。"五四"搞现代文学的都是青年人。我们以1919年"五四"这一年为例,年龄最大的是鲁迅,38岁,郭沫若27岁,茅盾23岁,叶圣陶25岁,朱自清21岁,闻一多20岁,冰心19岁。他们的文艺修养从哪儿来?实际上都接受了传统的文学教育的影响。他们提倡新诗,打倒旧诗,但到后来,他们都写一点旧诗,因为他们学过,修养不错。他们追求进步,但受的仍是传统文化的教育,因为外国的东西在"五四"之前还很少,北大在陈独秀之前主持文科的人是桐城派,外国的东西很少,所以实际上古典文学的影响很大。从他们创作以前的经历看,他们受的都是传统文学的影响。不过他们不大讲这一点,甚至于说这是包袱。

另一方面,也不能理解为"五四"时期把古典文学全部否定了。当时确实否定了一些东西，正像提出要打倒"桐城谬种、选学妖孽"口号一样。它们的共同特点就是模仿，而新文学要打倒模仿，提倡创造。但当时也肯定了一些历史上向来不被重视的东西，比如小说戏曲。过去小说是没有地位的。鲁迅写《中国小说史略》，在序言的第一句就说："中国之小说自来无史。"过去的目录学，将中国古书分为经史子集，这不仅是四类，而且先后次序是有价值观念的。在封建社会一个人死了父亲在家里守制，就只能读礼，假使在家里赋诗，是可以引起弹劾的。属于集部的诗的地位已经够低了，小说就更没地位。小说是闲书，小说作者也是一些很不得志的人。所以我们对于诗人生平的材料掌握得很多，有些人也很阔气，比如对于苏东坡的生平，我们就知道得非常详细。对于小说家就不然，比如《红楼梦》，我们在"五四"时期才肯定是曹雪芹写的，考据了半天才肯定下来，但知道得很少，并不像现在有的人把曹雪芹的祖辈世系都考证出来了。《水浒传》的作者到底是施耐庵还是罗贯中，到现在也还是两种说法。罗贯中其人，我们现在知道的只有几条材料。说明在那个社会，一个人倒了霉才写小说；写了小说还不能说是自己写的，写个假名，如什么"居士""山人"之类。"五四"时期把小说地位提得很高，标点出版《红楼梦》《水浒传》等，重新进行评价。鲁迅说，"中国之小说自来无史"，我们可以加一句："有史自鲁迅始。"就是说，"五四"文学革命并不全部否定古典文学，而是把一部分打下去，把另外一部分抬高起来。北大是"五四"以后才设了小说史、戏曲史的课程的。一直到解放以前，大学中文系一开始的必修课，是文字学、音韵学，这是从传统来的。经学是主要的；要通经，就是从小学开始。这就形成一种学风，越古越好，看不起搞小说的。"五四"以前很少有人研究小说、戏曲。对民间文学的重视也是"五四"才开始的，"五四"后北大成立"民间文学研究会"，搜集民间歌谣，出《歌谣周刊》，承认民间文学的重要地位，这都是过去没有的。过去编过《古谣谚》，它是当作文献性的参考书，不是承认其文学价值。

这说明，尽管在理论上没有明说，但为了建设现代新文学，就要到传统中去找一些东西。为什么找小说、戏曲？因为它是用白话写的，是现代人的语言，至少是离现代人的语言比较近。它产生的时代离我们也比较近，宋元以下嘛。所反映的社会生活也比较广阔，像《错斩崔宁》啦，《卖油郎独占花魁》啦；反映市民生活的东西，在诗文里很少。就因为这些因素，才引起了重视。但这也是古典文学，说明并不是古的一概都要打倒。当时强调决裂，有进步意义。但实际上是要继承过去有价值的东西，特别是戏曲、小说、民间文学。要打倒的只是"桐城谬种、选学妖孽"（并不是对《文选》和韩柳等所作的全面的历史评价），因为它只模仿，不创造。文学是创作，创作最不允许规格化、一般化。我们讲机器，就是一根头发的多少分之一都不能错，一定要标准化、通用化，如果说文学艺术也有特点，就是最忌讳一个样子，一定要创作，要提倡表现今天的生活。

这说明，我们的现代文学，从作家的修养讲，从当时对传统的态度讲，不提倡（就像鲁迅提倡不读中国书一样）是一个方面，但是另外一方面，实际在受影响；因为他是一个中国人，和传统有切不断的联系。他翻译、介绍了外国作品，这是看得见的，是过去中国人所不知道的，可以说他受了外国的影响；但对民族传统，他不说，看不见，实际上也还是有影响。而且，对传统文学所持的态度，也是现代化的一部分；我们从"五四"开始才明确了我们过去的文学有些什么东西。比如关于中国文学史的写作。清朝末年林传甲写了第一本中国文学史，再早一点，是个英国人写的，叫翟理斯（H. Giles），用英文写了中国文学简史。清末开始有中国文学史的书。过去也并不是没有。《文心雕龙》也是从历史讲起，从《诗经》《楚辞》讲到齐梁；又如选本，《昭明文选》《古文辞类纂》《经史百家杂钞》，都是用名篇范本来显示文学的历史面貌。但是把文学当成历史现象来考察，找一个发展的过程，从前是没有的，是受外国人影响之后才有的，所以第一部是外国人写的。而且究竟什么叫文学？"五四"以前也不明确，把什么都收罗进文学史来，包括阴阳五行，诸子百家。"五四"以后才把文学的观念逐渐明确了，讲《诗经》《楚辞》，把不要的去掉；而且努力在找规律，不管它是不是正确，但确实是企图用科学的方法使遗产条理化。"五四"以后为什么要做这些工作？可以用一句话来概括：要使中国文学传统现代化。不是不要传统，传统有用，但不现代化，就和现代人没有共同的语言。这是有效果的，假使我们没有经过"五四"，我们还是"五四"以前的思想，用"五四"以前的语言，我们根本没法跟外国交流。"五四"是"向前看"的，充满了青年精神，是面向将来的。叫作《新青年》，叫作《少年中国》，叫作《青年杂志》，"人过四十都应该枪毙"，尽管偏激，但它是向着未来的。而过去呢，金圣叹写《水浒》序："三十未娶，不应再娶;四十未仕,不应再仕。"可以说是精神上的未老先衰,所以"五四"的历史意义很大。你要从形式上考察,不过几千人到天安门游行了一下,规模并不算大,但影响很大。又如,"五四"以前,对一个年轻人说他"少年老成",他就高兴,认为是表扬他;但"五四"以后要说一个年轻人"少年老成",那不是说他没有进取精神吗?"我是一个青年,怎么'少年老成'?"又如像我这样年龄的人,你说:"王先生很有青年气",我很高兴,但要在以前,我六七十岁了,你说我"很有青年气",你不是说我幼稚吗?我什么地方得罪了你?观念很不相同。假使不经过传统的现代化,我们就没法与外人交流。所以承认传统,承认它的价值,但要是不改变,又确实没法迎合世界潮流,把中国推向进步。其标准就是要使传统为现代化服务。所以我说,文学革命,就是用现代人的语言,表现现代人的思想,是现代化的一部分。所以对传统并不是一概否定,而是实际上是受了它的影响。

这很容易理解。我们从作品来看,第一点,文学是表现人的生活的,而且从"五四"开始,文学表现的不是像过去的才子佳人、清官、侠客等人物了,"五四"新文学作品中智识者,普通平民登了场。这些人的生活本身就富有民族特点,你要写他,细节真实是前提,没有细节真实,根本谈不到典型环境与典型性格。这是必要条件,不是从属条件。细节就是中国人生活的细节,习惯就是中国人的习惯,必然有中国人的色彩,有长久的民族传统。而且广大读者的美学爱好、欣赏习惯也是这样。一个作家写作品,总要叫人看得懂,总要意识到说话给谁听,文章写给谁看。一点不考虑"票房价值"是不行的。在中国文学史上,"五四"是充分考虑到这一点的。为什么提倡白话文?当时很大的一个理由就是:文言文只有少数人看得懂,只有白话文才能使多数人看懂。光这一条理由就符合民主革命的要求。以下,"左联"提倡大众化,抗日战争时期讨论民族形式,《讲话》提倡工农兵方向,都是一个精神,就是要求作家的作品要适应读者的欣赏习惯、美学爱好,不能不考虑他喜欢什么。一个国家的文学有民族特点是它成熟的标志,这和科学不一样。我们可以讲美国文学、英国文学、苏联文学,但不能讲美洲化学、欧洲化学、中国化学,哪一个国家的水都是 H_2O,但是文学一定要有各民族的特点,因为人民生活就有民族特点。比方说鲁迅。鲁迅说他追求的风格,像中国旧戏,舞台没有布景,就是几个人在那儿活动;或者像年画,只有几个人头:所以他不大描写风景，也不连续好几页写对话。这是什么风格？照我理解，就是鲁迅注意农民的欣赏趣味。旧戏没有布景，它把注意力集中在演员身上，穿得很显眼；鲁迅对上层的梅兰芳反感，但对社戏中的绍兴大戏和目连戏还是很有兴趣。中国的地方戏，严格说就是农民的艺术。我们现在也仍然有这种趣味。比如说，我在北大图书馆借到一本《巴黎圣母院》，故事很吸引人，但它大篇地静止地描写教堂，可以描写几十页，写教堂宏伟。书已经破破烂烂了，可那几十页还是新的，这说明看小说的人看到那里不看就过去了，他关心那个女的究竟怎么样了，"要知后事如何，且听下回分解"；你那个教堂如何美丽、宏伟，他是不看的，一下就翻过去了。中国文学注重情节发展，它是从平话、口头文学来的，在情节发展中带动人物的性格发展。假如你在家里看小说，很激动，要是你看的是《今古奇观》，你的弟弟妹妹要你讲，你不讲不对；假使你看的是外国小说，你激动得很厉害，但你没法替他们讲，因为确实不好讲，只能看。所以鲁迅对农民的爱好有点偏爱，甚至为农民辩护。他在一篇文章中说：农民看到照相或油画就问：人哪里有半个脸是白的半个脸是黑的？因为西洋画讲色彩的浓淡、光线的明暗，所以脸有黑有白。于是有人讥笑农民不懂艺术。鲁迅说：其实农民也有道理。外国人是站在一个点上看。中国人看画是绕着圈看；绕着看，当然不能一边黑一边白。这说明，鲁迅所追求的风格是要和中国民族传统、要和农民的欣赏习惯相一致。我们的现代文学作家，口头上不大说受传统的影响，或者说主要不是那个东西，但他实际上还是受影响，自觉不自觉地要考虑中国人民的欣赏习惯和美学爱好。鲁迅讲他所用的文学语言，第一句就是"采说书而去其油滑"。说书就是从平话到中国的章回小说。既来源于人民口语，又来源于平话、说书。不过，说书语言有个缺点，就是油滑。要继承传统，又要去掉油滑，使之现代化。总之，文学作品的第一特点是反映人民生活，要有人欣赏，要注重读者的欣赏趣味。"五四"提倡白话文，希望有更多的人看懂他的作品。这就不能不影响到文学作品的民族风格和特点。所以鲁迅讲陶元庆的画时说，既要和世界的时代思潮合流，而又不要取消了中国的民族性。这就是我们的目标。所谓中国人的欣赏习惯，美学爱好，都是一个历史性的范畴，它在发展中也有变化。不能说中国人永远就是这个样子。中国人要不断吸收外来的东西，吸收以后，又加上我们自己的特点，这就分不清哪是外来的,哪是自己的了。我们把胡琴叫作民族乐器,其实胡琴就是外来的嘛,和古筝不一样。但现在是民族的了,不过有了变化,可见我们并不拒绝吸收外来的东西。外来的东西当其还没有被接受,还没有经过民族化时,不能硬要人民接受。这要一个过程,民族特点是历史范畴,是发展的。特别是艺术,马克思说,你要懂音乐,要经过音乐训练,要有音乐的耳朵。完全没有接触过的东西,一下接受也很困难。《讲话》以后,有的音乐家给延安的农民唱歌,唱花腔女高音,唱后问农民的反映,老太太说:"你看人家打摆子都给我们唱歌,还能说不好吗?"不是说农民根本不能接受,但确实要有一个过程。也不能说中国人的习惯都好,有的很难说好不好。20年代有人反对学外国人见了面就拉手(握手),说拉手不卫生,还可能得传染病,我们中国人自己跟自己拉手(抱拳作揖),多好。不能说他毫无道理,但后来我们确实也习惯见面拉手了。我们生活在这个国度,以为自己民族没有什么特点,但在外国人看来,我们的特点很明显。我孤陋寡闻,年轻时曾认为过年吃饺子,不仅中国,各国也这样;过年还能不吃饺子? 其实不说外国,就在中国,过年不吃饺子的地方多得很。作家生活在中国,表现的是中国人的生活,要求细节真实,要考虑读者的兴趣、爱好,所以他的作品里必须带有一定的民族特点。而且越是成功的作家,这些地方就越显著。

第二点,文学作品是要表现人的思想感情的。用什么方式来表现呢?每个民族都有所不同。我们看外国电影,把两手一摊,肩膀一耸,叫毫无办法;中国则是摆摆头,苦笑一下。表现的内容一样,但表现的方式不一样。就是共同的东西,也渗透了这个特点。据何其芳同志在《毛泽东之歌》里记载,斯沫特莱对毛主席说过这样的话:中国人唱《国际歌》和欧洲人唱得不一样,中国人唱得悲哀一些。《国际歌》的词和曲调都是一样的,为什么中国人跟欧洲人唱得不一样? 毛主席说:中国人的经历是受压迫的,所以中国人喜欢古典文学中悲哀的东西。虽然"喜怒哀乐,人之情也",但表现的方式各民族不尽相同。中国人表现高兴时怎么表现呢? 旧戏里,最高兴的无非是"洞房花烛夜,金榜题名时"。状元及第,皇帝下令成亲,就穿上红袍,吹起喇叭,走一圈——完了。而到了表现悲哀时,如《窦娥冤》,又唱又哭泣,鼻涕眼泪,老半天唱不完。看外国电影,表现高兴时,又扔啤酒瓶,又扔礼帽,像狂欢节那样,扭啊扭啊! 而表现悲哀呢,两眼直视,像傻了一样,就完了。我觉得毛主席的讲法是有道理的。文学作品要写细节,写具体的生活,不能抽象地概括地写成社会发展史;一具体,必然就有民族的传统,民族的心理,民族的习惯。画个萝卜,总是根须都得有,你要把根须都去掉,切成块,人家就不知道你画的是梨还是萝卜。没有细节真实,什么都谈不到。表现思想感情的方式,在历史上也会发生变化。刚解放时,路过天安门游行,对着毛主席,青年大学生欢呼万岁,老年人跳不动。青年人说:"这家伙客观主义,不动感情。"其实老年人一边看毛主席,一边摸出手绢擦眼泪,也有感情,只有表现方式不一样。又比如说,从外地回到家,外国人是到火车站迎接,一见面就拥抱接吻;我们不这样,她把炕扫得干干净净的,给你煮两个鸡蛋。感情一样,表现的形式不同。

第三点,文学是语言的艺术,要通过语言来表现社会生活和作家思想。语言当然是民族的,就是学习外国,也只能用民族语言来表示;我们也学外国的好的东西,我们确实不够用的,我们就吸收外国的好东西。比如"五四"时期表现第三人称只有一个"他"字,不分女性的"她"和表示事物的"它"。鲁迅写小说,《明天》里写单四嫂子,用"他";写《风波》,用"伊"字来代替"她"。刘半农把三个字分开,鲁迅肯定他,说这是伟大的创造,到写《祝福》时就用"她"字了。延安整风时,是反对欧化的语言的,这主要是受了翻译作品的影响。小说语言太欧化,人们不习惯,就成了侯宝林说相声的材料。但我们的汉语确实有不够精密的地方。而且表现方式也要学习外国的好的东西。只是有些人因为吸收得过多,又很生硬,欧化句子和人民一般的口语的距离就很突出。老舍写《老张的哲学》和《赵子曰》时就说:"我不和他们争读者,我有我自己的读者。"他把自己的读者着重在北京市民中看旧小说的人,不赞成过于欧化的句子。我抄了几个过于欧化的例子:"我把自己扔在一张椅子里。"我们中国人就说:"一屁股瘫到椅子里。"又比如:"我们可能对永远不会发生的灾难的恐惧。"其实就是"杞人忧天"。再如:"一个已经有了三个男孩子和两个女孩子的老母亲。"我们就说:"一个老妈妈,她有三个儿子和两个女儿。"以上这些例子看起来还可以,听起来就不习惯。广播编辑拿到稿子,首先就要看听得懂听不懂,要改得口语化一些,这跟报刊编辑不一样。所以,我们要承认我们的汉语有不够精密、不够细致的地方,需要学习外国语言的长处,但一定要尊重民族习惯,吸收要有一个过程。鲁迅曾经两次介绍一个保加利亚的作家,叫作跋佐夫,就是注重他这一点。赵树理的作品一出来大家就称赞,最重要的一点就是语言的清新。他的语言和"五四"以来的语言不同。"阎家山有个李有才,外号叫做气不死。""模范不模范,从西往东看,西头吃烙饼,东头喝稀饭。"得到农民的欣赏。我们也不是说我们就只能欣赏农民的口头语言,这是不符合现代化的要求的。但也不能说过于欧化不算毛病。语言是最富于民族特色的,硬要它接受不合它的习惯的东西,就容易引起反感。语言表现上的太欧化,确实应该批评;但是欧化和资产阶级思想,是两个东西。我们有些地方是要吸收人家好的东西,不能笼而统之地反对。有的作家在语言上花了很大功夫。欧阳山是广东人,30年代的作品相当欧化,到延安以后,跟老百姓接触,写出《高乾大》,陕北口语运用得那么好,不容易。但我觉得也不一定要这样。我们讲流派,"五四"以来流派最多的领域就是诗。中国古代诗歌发达。但是传统的固定形式,已经不适合表现现代生活。古汉语是一个字一个单位,现代汉语是两个字一个词。古代说帽子叫"冠",我们现在不能说"帽",一定要说"帽子"。现在双音词多了,写新诗要用五言、七言这种形式就根本不能解决问题。这就要学习人家。人家风格流派多,因此新诗和民族传统的联系就少一些。话剧是一种外来形式。但是它要发展,就不能不注意中国人的欣赏习惯。我们现在把"文明戏"当作很不好的一个词;"五四"提倡话剧,就说"文明戏"很糟糕,其实"文明戏"一开始就是学习外国话剧手法的。我们开始把这种戏叫作"文明戏"时,一点也没有不好的意思。我们和外国文化接触,应该学习人家好的东西。国粹主义者是排外的,把"英吉利"都加犬字旁;后来又说人家的一切都好,叫作"文明"。"文明"这个词在清末是很流行的,结婚叫"文明结婚",手杖叫"文明棍"。"文明"是好的,不是坏的,就像"文化大革命"中什么都要加一个"革命"一样。"文明戏"表示是新的东西,它要发展。戏剧是演给人看的,观众立刻有反应。为了赢得观众,就加一些传统、旧戏手法。但又没有结合好,成了弄噱头,引起反感。所以戏剧跟外国的关系很密切。新月派在北京《晨报》上办两个副刊,一个是诗、一个是戏剧,并没有提倡小说和散文。一个流派要发展,既要符合世界历史潮流,又不要取消了民族特点。小说、散文也受了外国影响,散文介绍了英国的 essay(随笔),随意而写,但毕竟小说、散文和中国传统的联系比较密切。

而且我们开始就有了鲁迅、茅盾这样的大作家,在这方面有所建树。从整体说,现代文学受传统影响还是很深的。不过作家讲自己的创作经验时,多半不讲他从人民生活和民族传统方面所受的影响,而多谈他受的外国影响;原因是民族传统的影响是自然形成的,外国对他的影响是自觉追求的。要追求进步,便认为中国旧有的东西倒是摆脱好。郭老就说,惠特曼的诗如何俘虏了他、打动了他,而中国古典诗歌对他的影响是自然形成的;自然形成并不等于没有。

再讲一点,文学要形象地表现生活。形象就有传统的继承性,能够表现除它以外的更丰富的内容,引起人的联想,比字面的意思范围大得多。比如张光年同志的《黄河大合唱》,表现了中国人民的气概。因为中国人对黄河有感情,黄河是中华民族文化的摇篮。李白诗句:"黄河之水天上来,奔流到海不复回。"民间谚语也说:"不到黄河心不死""跳到黄河洗不清"。因此"黄河愤怒""黄河咆哮",就表现中华民族复兴了。假使我们写《黑龙江大合唱》怎样?黑龙江也是祖国的一部分,但效果就要差。因为说黄河,除字面意义外,还能引起联想,使概念扩大,丰富了表现力。很多传统的现象都有超越本身的意思。比如描写自然风景的松树、梅花,从来在中国诗歌中就是正面形象,一想到这些形象就想到高尚品格。假定把这种诗翻译到外国,虽然松树还是叶子长得像针一样的树,但它的意义恐怕就缩小了。又如,古诗中凡是一写到鹧鸪,就引起一种寂寞凄凉的感情,"宫女如花今何在,只今惟有鹧鸪飞";还有杜鹃,"杜鹃枝上杜鹃啼",表现思归的感情。外国作品也有这种情况,比如他们喜欢描写蔷薇;我们的旧诗写蔷薇的就不多。又如契诃夫描写醋栗,除了它是一种植物以外,还有什么别的意思我就不清楚。所以写旧诗如果完全不用典故,尽管平仄协调,也很难说是好诗。人物形象也有传统性。许多研究《红楼梦》的专家说,没有《西厢记》就没有《红楼梦》。林黛玉和崔莺莺的形象之间也有历史的渊源关系。善于运用这种联系可以使文学作品的民族特点比较丰满。比如老舍写话剧《西望长安》,剧名来自中国的旧诗"西望长安不见家"。一方面是李万铭是在西安落网的,"西望长安不见家"。一方面"不见家"又是"不见佳"的谐音,老舍客气,表示自己的作品写得不见得好。这样,就比字面的意义丰富得多。鲁迅说,《诗经》《楚辞》之所以好,是因为有"文采"和"意想"。用这两个词来表示古典文学的价值,意思是说它们有好的艺术表现力和艺术构思。

因此,尽管"五四"文学革命是反封建的,而且很彻底,没有人说要继承传统,但实际上又继承了过去好的东西。这是我们的现代文学保持了民族特色的原因。所以法捷耶夫评价鲁迅,说:"鲁迅的讽刺和幽默,有人类的共同的性格,但又有不可摹仿的民族特点。"文学作品越有民族特点,对人类贡献越大。所以讲"五四"文学一定要两方面都讲,过去就有片面的看法。一是周作人,他说"五四"新文学是从明末公安、竟陵派来的。明末资本主义已萌芽,有些小品开始注意写心灵。周作人、沈启无、俞平伯、废名这些人,就着重学明末小品。所以他们讲"五四"新文学的源流,就说"五四"是言志的文学,不是载道的文学。周作人也介绍外国,但对外国影响估计得很低。到胡风他们,又认为"五四"文学是西方文艺复兴的一个支流。以上说法都不是毫无根据,但都有片面性。鲁迅就说他写小说,是仰仗读了些外国作品,还劝青年作者多看外国作家的作品,但他又说他后来摆脱了外国的影响,技巧反而圆熟,表现也更加深切。脱离并不等于没有吸收。不能说吃了营养又排泄了,一称重量不增加,就没有吸收;只有把肉放在口袋里,才会立刻增加重量。所以鲁迅注意吸收外国营养,要合乎世界潮流,多读外国书,又说自己受了果戈理、安特列夫的影响;但另一方面,又说他写《肥皂》《离婚》时,脱离了外国影响,而且技巧稍微圆熟。我们要吸收外国的有用的东西,使它取得中国特点,让它为表现中国人民的生活服务。继承民族传统,一定要使古老的东西现代化;如果不现代化,就无异于国粹主义。如果光是外国的好,不讲民族化,就无异于世界主义。不过在"五四"当时强调学习外国是必要的、进步的;实际上,每个作家因为修养的关系,即使他没有讲,他所受的传统的影响还是很深的。比方说郭老,他说他从小就喜欢李白、王维,不喜欢杜甫,更讨厌韩愈;他读了许多唐诗,古文修养好,这对他的诗歌创作是有影响的,虽然在表现形式上,确实看不见传统的什么痕迹。

要讲清新文学的社团、流派,哪一个是学传统、哪一个是学外国的,很困难。当然也可以讲一点,刘大白、刘半农他们是有意学习民间歌谣的,到30年代的中国诗歌会,明确提出反对新月派和现代派,学习民歌体。但形成流派,有显著特点的,只能说是后来的"山药蛋派"。其他社团都不讲和传统文学的关系,只说受了外国的影响,好像和中国传统脱了节,其实并不如此。

我的理解,现代文学是悠久的中国文学史的一个新的发展部分,它和过去有联系,有发展。而且学习外国,也不自今日始,佛教翻译文学就对古典文学产生过影响。一个民族要有气魄,外国的好的东西都敢学。"五四"以后介绍过来的外国作品虽然很复杂,但就影响来看,我们其实还是有选择的。一是受到翻译介绍者本人的兴趣、爱好的制约,一是受到读者欢迎程度和出版情况的制约。为什么人们喜欢拜伦?因为他帮助弱小民族独立。这种制约性和当时的社会条件密切联系,它保证了我们所接受的影响主要是积极的,而且在我们深厚的文化传统的基础上,促使它在民族化的道路上不断发展。

论现代文学与中国古典文学的历史联系

一

现代文学史是几千年的中国文学史的新的发展部分,它与古典文学的关系应该是继承与革新的关系,它们之间有着不可分割的历史联系。每一个民族的文学历史都有它自己独特的面貌和风格,这种民族特点是与人民的生活方式和美学爱好密切联系的,有着长期形成的民族传统。当然,一切民族特点都是历史性的范畴,民族传统也是不断发展的,不能把它理解为凝固的东西,这种发展就意味着革新。现代文学长期以来被称为"新文学",就是指它从"五四"开始,为了适应民主革命的要求而自觉地学习外国进步文学的充满革新精神的特点。鲁迅在谈到文学革命时指出:"一方面是由于社会的要求的,一方面则是受了西洋文学的影响。"①由于痛感自己思想文化的落后,要提倡民主与科学的现代思潮,当然也要求文学具有现代化的特点,因此现代文学在发展中学习和借鉴外国进步文学是一种自觉的行动。这成为提倡革新的重要内容,而且从主要方面说来它对新文学的建设也是起了积极的促进作用的。但这并不说明现代文学与民族传统之间就没有联系,不仅文艺创作所反映的社会生活和它所要适应的人民的欣赏习惯具有鲜明的民族特点,而且许多作家所受的教育和具有的文艺修养都和民族文化传统有着很深的联系,这是现代文学具有民族特色的重要原因。只是为了和国粹主义者划清界限,为了进行反封建的战斗,便很少有人从理论上来全面地论述罢了。我们可以这样来概括:现代文学中的外来影响是自觉追求的,而民族传统则是自然形成

---

① 鲁迅:《〈草鞋脚〉小引》。

的,它的发展方向就是使外来的因素取得民族化的特点,并使民族传统与现代化的要求相适应。用鲁迅的话说就是"都和世界的时代思潮合流,而又并未梏亡中国的民族性",即要求文学发展既符合实现现代化的方向,但"其中仍有中国向来的魂灵"。① 现代文学较之传统的文学确实有了巨大的革新,但它又是继承和发扬了民族传统的。

一个民族或一个作家的文学创作带有鲜明的民族特点,是它趋于成熟的标志。没有民族特色的作品,就谈不上有什么世界意义。中国文学的历史不仅悠久,而且从未间断地形成了一条长流,成为我们民族文化传统的重要组成部分。在长期的发展过程中我们也接受过外来的影响,譬如由印度来的佛教文学,就对中国的小说戏曲发生过积极的影响。但那也是在经过了一定的过程与阶段,在中国文学发展基础上作为营养而逐渐成为它的有机部分的。我们的民族是一个发展着的向上的民族,在它的发展过程中原是勇于接受一切外来的有用事物的,鲁迅在《看镜有感》一文中所称道的汉唐时代主动地摄取外来文化的事例,就是明证。只是到了封建社会的后期,国粹主义思想逐渐占据统治地位,他们顽固守旧,敌视一切新鲜事物,从而导致了国力的衰弱和文化的停滞。因此,"五四"新文化运动把反对国粹主义当作一项重要任务是完全正确的。国粹主义者并不尊重我们的民族文化传统和优秀的文学遗产,他们所要保存的完全是封建糟粕和一切陈规陋习;摧毁这种顽固的保守势力,介绍和学习外来的进步文化,无疑是十分必要的。即使那种内容带有某些消极性的东西,在"五四"当时也是起了解放思想和对封建文化的冲击作用的。

就现代文学的主流说,这种介绍和学习外国文学的思潮同继承和发扬民族传统的要求并不矛盾。正是通过"五四"文学革命才对中国文学遗产提出了新的评价,把一向不受重视的小说、戏曲和民间文学提高到了文学正宗的地位。鲁迅是最早研究中国小说史的人,他深感于"在中国,小说是向来不算文学的"②,而鲁迅开始创作时又是"所仰仗的全在先前看过的百来篇

---

① 鲁迅:《当陶元庆君的绘画展览时》。
② 鲁迅:《〈草鞋脚〉小引》。

外国作品"①,他的小说既是深深植根于中国现实生活的,但又确实受了外国文学的启发和影响。他自己说他后来写的作品如《肥皂》《离婚》等"脱离了外国作家的影响"②,"脱离"并不等于没有受影响,从学习、借鉴到脱离,就体现了对外国文学的一个吸收和融化的过程,也就是使它的有用成分成为具有中国民族特色的现代文学的组成部分,这实际上就体现了在继承和发扬民族文化传统基础上的革新。尽管当时许多作家的爱好、趣味和认识都不尽相同,但无论学习和借鉴外国文学或者中国古典文学,都是为了创造能够受到读者欢迎的新文学这一点,大家一般还是比较明确的;因此就现代文学的主流和发展方向说,作为奠基人的鲁迅的经历、意见和创作特色,仍然是有很大代表性的。

"五四"文学革命当然也有它的历史局限和弱点,这特别表现在许多人的形式主义地看问题的方法上。在对待社会生活和文化遗产对文艺创作的关系,在对待民族传统和外国文学的主次位置的态度,以及在对新文学的源流的认识等问题上,都有过各种各样的带有片面性的看法。这种态度和看法也影响了后来的发展。例如周作人把新文学解释为明朝"公安派"和"竟陵派"的继承③,胡风则把它解释为欧洲文艺复兴以来的"一个新拓的支流"④,就都是既忽略了它所产生的特定的历史条件和现实生活的基础,又片面地夸大了某一方面影响的结果。就现代文学的发展情况说,由于文学革命是在痛感祖国落后而向外国追求进步事物的条件下发生的,因此缺乏分析地接受外国影响的情况是相当普遍地存在的,甚至有的人还主张"全盘西化",对民族文化采取了虚无主义的态度。这表现在创作上就使得一些作品的语言和艺术手法都过于欧化,与民族传统的联系比较薄弱,与人民的欣赏习惯有较大的差距,因而就使读者和影响的范围都相对地缩小了。"左联"时期的提倡大众化,抗战初期进行的利用旧形式的创作的尝试和关于民族形式的讨论,都是为了增强现代文学的民族特色,使它能够适应人民群众的欣赏习惯所作的努力。现代文学的历史说明,凡是在创作上取得显著成

---

① 鲁迅:《我怎么做起小说来》。
② 鲁迅:《〈中国新文学大系〉小说二集序》。
③ 周作人:《中国新文学的源流》。
④ 胡风:《论民族形式的问题》。

就,并受到人民广泛欢迎的作家,他的作品就都不同程度地浸润着民族文化传统,特别是中国古典文学的滋养的。这是形成他的创作特色的一个重要来源。

<h1 style="text-align:center">二</h1>

我们在具体考察中国现代文学与古典文学的历史联系时,不能不首先注意到两者之间的内在精神上的深刻联系。

这首先是爱国主义的文学传统,以及与此相联系的忧国忧民的思想、执着的探索精神和强烈的社会责任感。从屈原的《离骚》开始,"爱国主义"就是中国传统文学的一个中心主题;以屈原为代表的中国知识分子历来具有强烈的忧国忧民的思想,热情而焦虑地关注着祖国的命运和前途,怀着"天下兴亡,匹夫有责"的社会责任感,自觉地运用文学来为祖国和人民抒发自己情感和抱负。古典文学的这一爱国主义传统对于现代文学特别亲切和重要,因为现代文学本身就是中国近代社会民族危机的产物;以文学为工具,唤起民族的觉醒,改变人民的精神面貌,进而促进民族的新生,这几乎是所有中国现代作家走上文学道路的最初的出发点。中国现代文学的伟大奠基者鲁迅,以完全是屈原式的诗句"寄意寒星荃不察,我以我血荐轩辕",作为他献身祖国解放事业的决心书,同时也是他从事文学工作的宣言书,这当然不是偶然的。因此现代文学与民族解放、人民革命事业有着天然的血缘联系,关注民族命运的历史使命感与社会责任感是中国现代作家的基本品格,它与中国古典文学和民族文化的优良传统是一脉相承的。在现代文学史上,为人生的文学,通过干预民族灵魂干预社会生活,成为现代文学的基本文学观念;而"为艺术而艺术"的思潮则在现代中国始终没有得到充分发展的土壤。文学的爱国主义激情常常与执着而痛苦的探索联系在一起,屈原的"路漫漫其修远兮,吾将上下而求索",作为鲁迅以及其后许多现代作家普遍的心境和历程,就表现了强烈的时代精神和他们共同的精神追求。中国现代文学总的看来有一种博大深沉而又抑郁悲壮的"调子"。这当然首先是历史条件和人民情绪的反映,但它与中国古典文学的精神和特色又是息息相通的。

人道主义精神是在长期的历史传统中不断积累和丰富起来的，在中国古典文学中有着深厚的基础。儒家所强调的"仁"以及后来的"民胞物与"的思想，道家的"强梁者不得其死"的自然观，都对古典文学中的人道主义精神有着深刻的影响；在文学作品中，这种人道主义传统突出地表现在对被压迫人民，特别是妇女与儿童的同情。《诗经》中有《伐檀》《硕鼠》那样的诗篇，汉乐府中的著名篇章中就有《妇病行》和《孤儿行》，唐宋传奇以及后来的章回小说中，妇女的形象常常居于主要地位，民间文学中也有像被虐待至死的童养媳"女吊"那样的形象。古典文学中对下层人民的同情和爱的人道主义传统，与现代民主主义精神和社会主义思想结合起来，就形成了中国现代文学的"人民本位主义"的传统。中国现代文学本质上就是人民的文学，它以工人、农民和知识分子为主体的人民作为文学的主要表现对象和接受（服务）对象。它不仅要求在文学内容上真实地反映人民的实际生活，表达人民的情绪、愿望和要求，而且追求为中国老百姓所喜闻乐见的文学形式；"五四"文学革命由倡导白话文开始，延安文艺整风运动从批判党八股开始，中国现代文学的变革都首先体现了文艺必须为最广大的人民群众所接受的这一历史要求。不仅如此，"对待人民的态度如何，在历史上有无进步意义"[①]，也成为对于传统文学作品的基本评价和取舍标准。"五四"时期之所以对《水浒传》这样的作品给以很高评价，就是因为它真实地反映了中国农民的反抗精神，正如钱玄同所说："《水浒》尤非海盗之作，其全书主脑所在，不外'官逼民反'一义，施耐庵实有社会党人之思想也。"[②]这是对古典文学的一次再评价和再发现，当时就是运用了这种眼光对古典文学作出了新的检阅和评价的。从《诗经》"国风"开始，一直到近代小说，一大批真实反映人民生活和愿望的作品或被发掘，或得到了新的肯定，这反过来对现代文学的理论与创作又产生了深远的影响，突出了中国文学中的悠久绵长的人民本位主义的优秀传统。

中国现代文学是从"文学革命"开始的，它当然要反对传统文学中的一切阻碍社会进步的东西，它尖锐地提出了要打破"瞒"与"骗"的精神迷

---

① 毛泽东：《在延安文艺座谈会上的讲话》。
② 钱玄同：《寄陈独秀》。

梦,睁开眼睛,揭示现代中国社会的真实的矛盾运动,把激发变革现实的热情作为自己的基本使命①,因此它必然以革命现实主义为基本的创作方法。"五四"文学革命在一开始就旗帜鲜明地把"推倒陈腐的铺张的古典文学,建设新鲜的立诚的写实文学"②作为文学革命的三大主义之一,就反映了这一历史要求。值得注意的是,"五四"文学革命的先驱者在高举现实主义旗帜、批判传统文学中的"瞒"与"骗"的反现实主义创作倾向的同时,也在古典文学中努力发掘现实主义的积极因素,作为自己所提倡的现实主义文学的渊源和依据。钱玄同在《寄陈独秀》一文中,在尖锐地批判一般传统小说"彼等非有写实派文学之眼光"的同时,充分肯定了《红楼梦》《儒林外史》《官场现形记》《二十年目睹之怪现状》《孽海花》等小说的"价值",其着眼点显然在这些作品的现实主义成就。鲁迅正是据此才对《红楼梦》给以极高评价的,他说:"至于说到《红楼梦》的价值,可是在中国底小说中实在是不可多得的。其要点在敢于如实描写,并无讳饰,和从前的小说叙好人完全是好,坏人完全是坏的,大不相同,所以其中所叙的人物,都是真的人物。总之自有《红楼梦》出来以后,传统的思想和写法都打破了。"③鲁迅在这里所说的打破"传统的思想和写法"的革新精神,"敢于如实描写,并无讳饰"的现实主义精神,都是与"五四"文学革命的时代要求相符合的,也是为中国现代文学所直接继承的。

文学的历史现象从来是纷纭的和复杂的,不能想象任何时代的文学都是清一色的;但作为贯串历史发展的重要线索,它就不可能不是我们民族文化的精髓,例如爱国主义、人民本位主义和现实主义这类文学史的重要现象。正是这些方面,我们可以鲜明地看到中国现代文学和古典文学之间的深刻的精神联系。

三

中国现代文学与古典文学的历史联系(包括继承与革新两个方面)不仅

---

① 鲁迅:《论睁了眼看》。
② 陈独秀:《文学革命论》。
③ 鲁迅:《中国小说的历史的变迁》。

体现在文学内在精神的传统和特色上面，如果我们就文学的各种体裁来考察，就会发现二者之间存在着更为具体和更加深刻的联系。

鲁迅在30年代回顾中国现代小说的历史发展时说："在中国，小说是向来不算文学的。在轻视的眼光下，自从十八世纪末的《红楼梦》以后，实在也没有产生什么较伟大的作品。小说家的侵入文坛，仅是开始'文学革命'运动，即一九一七年以来的事。"①"五四"文学革命在中国小说史上的意义，不仅在于由此开始了现代小说的创造，而且对中国传统小说的价值作出了新的评价；正是这两个方面构成了"小说家""侵入文坛"、小说获得了文学正宗地位的新局面。

"五四"时期，几乎每一篇关于文学革命的发难文章在猛烈批判以"桐城谬种、选学妖孽"为代表的封建旧文学的同时，对一向不被重视的以《红楼梦》为代表的优秀古典小说给以肯定的评价。胡适《文学改良刍议》就明白宣布自己是传统白话小说的继承者："吾惟以施耐庵、曹雪芹、吴趼人为文学正宗"；"吾每谓今日之文学，其足与世界'第一流'文学比较而无愧色者，独有白话小说一项"。陈独秀《文学革命论》也以明清小说为"近代文学之粲然可观者"，称施耐庵、曹雪芹为"盖代文豪"，给予崇高的评价。这一事实清楚地说明"五四"文学革命并不是要打倒所有的传统文学，而是要求对它作出新的评价，是在否定中有肯定、批判中有继承的。就现代小说来说，它对于古典小说的继承也并不仅限于内在精神的联系，而是包括着艺术构思和表现手法等多方面的因素的，鲁迅的小说就和《儒林外史》之间存在着深刻的联系。鲁迅少年时代曾受过传统的教育，学过八股文和试帖诗，他对于《儒林外史》所写的"士林"风习有着深切的感受；他笔下的《白光》里的陈士成，以至《孔乙己》里的孔乙己，在精神世界上与《儒林外史》中的人物是非常类似的。讽刺艺术是鲁迅小说的显著特色，而鲁迅就给《儒林外史》的讽刺艺术以很高的评价；他说"迨吴敬梓《儒林外史》出，乃秉持公心，指摘时弊，机锋所向，尤在士林；其文又戚而能谐，婉而多讽；于是说部中乃始有足称讽刺之书。……既多据自所闻见，而笔又足以达之，故能烛幽索隐，物无遁形，凡官师，儒者，名士，山人，间亦有市井细民，皆现身纸上，声态并作，使

---

① 鲁迅：《〈草鞋脚〉小引》。

彼世相,如在目前……是后亦鲜有以公心讽世之书如《儒林外史》者"①。鲁迅还写过两篇论讽刺的文章,说明"非写实决不能成为所谓'讽刺'",所举的例子之一就是《儒林外史》中的范举人守孝,鲁迅说:"和这相似的情形是现在还可以遇见的。"②鲁迅作品中像《端午节》中方玄绰的买彩票的想法,像《肥皂》中"移风文社"那些人的聚会情形的描绘,是和范进丁忧的"翼翼尽礼""而情伪毕露"的写法可以媲美的,都可以说是"诚微辞之妙选,亦狙击之辣手矣"。在形式和结构上,《儒林外史》也是最近于鲁迅小说的。鲁迅曾经说过,由于现代社会"人们忙于生活,无暇来看长篇",因此,"五四"首先兴起的是"以一目尽传精神"的短篇小说③;但中国传统的短篇小说如唐宋传奇或宋元话本和后来的"拟话本",虽然篇幅不长,但在有头有尾、故事性很强等特点上,反而是更近于《三国演义》《水浒传》等长篇的;只有《儒林外史》"事与其来俱起,亦与其去俱讫,虽云长篇,颇同短制"④,是最近于现代短篇小说的。"五四"时期的短篇创作当然主要是借鉴于外国短篇小说的格式,但同《儒林外史》的形式和结构也是有联系的。在鲁迅的《肥皂》《离婚》等他自己觉得技巧圆熟的作品中,这种"事与其来俱起,亦与其去俱讫"的特点,非常明显;就是在《阿Q正传》《孤独者》等首尾毕具、人物性格随着情节的发展而展开的作品中,那种以突出生活插曲来互相连接的写法,也是颇与《儒林外史》的方法近似的。

鲁迅对中国古典文学有着深厚的修养,从整体上看,他的小说与中国古典诗歌、绘画以及戏剧艺术,都有着很深的继承关系。鲁迅总结他写小说的经验时说:"我力避行文的唠叨,只要觉得够将意思传给别人了,就宁可什么陪衬拖带也没有。中国旧戏上,没有背景,新年卖给孩子看的花纸上,只有主要的几个人……我深信对于我的目的,这方法是适宜的,所以我不去描写风月,对话也决不说到一大篇。"又说:"忘记是谁说的了,总之是,要极省俭的画出一个人的特点,最好是画他的眼睛。我以为这话是极对的。"⑤这里说的都是他对于传统绘画、戏剧的风格特点的追求。鲁迅所

---

①④　鲁迅:《中国小说史略·清之讽刺小说》。

②　鲁迅:《论讽刺》《什么是"讽刺"?》。

③　鲁迅:《〈近代世界短篇小说集〉小引》。

⑤　鲁迅:《我怎么做起小说来》。

引述的是东晋画家顾恺之的观点，所谓"四体妍蚩，本无关于妙处；传神写照，正在阿堵中"①。中国的传统画论和戏剧理论中有不少关于传神写意的类似说法，如"论画以形似，见与儿童邻。作诗必此诗，定知非诗人"（苏轼诗），"所谓画者，不过逸笔草草，不求形似，聊写胸中逸气耳"（元·倪云林），"画者当以意写之，不在形似"（元·汤垕），以及"优孟学孙叔敖抵掌谈笑，至使人谓死者复生，此岂举体皆似，亦得其意思所在而已"（苏轼）等，都是强调从形似中求神似，由有限（画面）中出无限（诗情）的美学原则。所谓"写意"，实际上是对绘画、戏剧、小说……的一种自觉的"诗意追求"。中国是一个有悠久的诗歌传统的国家，诗的因素渗透于一切文学艺术形式中，形成了"抒情诗"的传统。在鲁迅的小说中，有一部分是着重客观写实的，但另一部分则具有浓厚的抒情性；在这类小说中，作者常常通过自然景物的描绘或心情感受的抒发，形成一种情调和气氛，他所着重的正是小说的"抒情"的功能；因此作品的具体描写总是追求"情"与"景（境）"的统一，着意创造诗的"意境"。《在酒楼上》的情节发生在风景凄清的大雪中的狭小阴湿的小酒店，而作品中还有一大段对于酒楼外的废园雪景的富有诗意的描写。结尾是在风雪交加的黄昏中，这一对友人方向相反地告别了，充满了"意兴索然"的感触。《孤独者》写深冬灯下枯坐，"如见雪花片片飘坠，来增补这一望无际的雪堆"中，突然接到了两眼像嵌在雪罗汉上小炭一样黑而有光的正在怀念中的魏连殳的来信，而这位久别的正陷在绝境中的孤独者的信也正是写在大雪深夜中吐了两口血之后的，这是多么沉重、孤寂而悲凉的气氛。到最后送殓归来的时候，却是散出冷静光辉的一轮圆月的清夜，在那里隐约听到狼似的长嗥，"惨伤里夹杂着愤怒和悲哀"。这里主观心理、情愫与客观景物达到了融合的境地，是完全可以作为"诗"来领会的。鲁迅小说对中国"抒情诗"传统的自觉继承，开辟了中国现代小说与古典文学取得联系，从而获得民族特色的一条重要途径。在鲁迅之后，出现了一大批抒情体小说的作者。如郁达夫、废名、艾芜、沈从文、萧红、孙犁等人，他们的作品虽然有着不同的思想倾向，艺术上也各具特点，但在对中国诗歌传统的继承这一方面，又显示

---

① 见《世说新语·巧艺》。

了共同的特色。

在中国现代小说史上，以赵树理为代表的一批作家，则是通过另一途径，以另一种方式取得与中国传统文学的联系的。他们所继承的主要是民间艺术的"史诗传统"，因此他们更重视小说的"说故事"的功能；在小说的结构、语言、表现方式等方面，都十分注意与以农民为主体的普通读者的欣赏习惯、审美趣味与文化水准相适应。用赵树理自己的话来说，就是"在写法上对传统的那一套照顾得多一些"①；所谓"传统的那一套"主要就是指"中国民间文艺传统"。赵树理曾结合自己创作实践中的体会，将民间艺术传统写法总结为四点："一、叙述和描写的关系。任何小说都要有故事。我们通常所见的小说，是把叙述故事融化在描写情景中的。而中国评书式的小说则把描写情景融化在叙述故事中的。""二、从头说起，接上去说。……我们通常读的小说，下一章的开头，总可以不管上一章提过没有，重新开辟一个场面，只要把全书读完，其印象是完整的就行，而农村读者的习惯则是要求故事连贯到底，中间不要跳得接不上气。""三、用保留故事中的种种关节来吸引读者……(这)叫做'扣子'，是根据听书人以听故事为主要目的的心理生出来的办法。""四、粗细问题。……在故事进展方面，直接与主题有关的应细，仅仅起补充或连接作用的不妨粗一点。"②他所总结的这些民间艺术的形式结构特点，其实是可以概括宋元话本以来的大部分中国传统小说的。由于对民间文艺传统的自觉继承与发展，赵树理以及康濯、马烽这一类作家的小说，常常取得了为中国老百姓所喜闻乐见的形式与风格，在促进现代小说与普通人民的结合上起了重要的作用。以鲁迅和赵树理为代表的这两类不同风格的小说家的艺术追求，说明中国现代小说与古典文学传统的联系是多方面和多角度的，也说明实现中国小说的现代化与民族化的道路是十分宽广的。现代作家既然在共同的民族文化传统中孕育成长，则无论自觉或不自觉，他的创作是不可能不与古典文学存在着某种历史联系的。艺术的天地十分广阔，我们只能就总的趋向来考察，而不能将某些明显的有迹可求的艺术特征绝对化，那是反而会顾此失彼的。

---

①② 赵树理:《〈三里湾〉写作前后》。

四

胡适曾经说过,在"五四"文学革命中"用白话来征服诗的壁垒",从而"证明白话可以做中国文学的一切门类的唯一的工具"①,曾经是关键性的一仗。因此,当时所有的先驱者一起上阵,连自称"不喜欢做新诗"的鲁迅也"打打边鼓,凑些热闹"②,写了新诗五首。在理论上也采取了最为激进的姿态,胡适明确提出了"诗体大解放"的口号:"不但打破五言七言的诗体,并且推翻词调曲调的种种束缚;不拘格律;不拘平仄;不拘长短;有什么题目,做什么诗;诗该怎样做,就怎样做。"③刘半农则提出了"破坏旧韵、重造新韵","增多诗体"④的主张。新诗可以说是彻底冲破旧体诗词的束缚,直接借鉴外国诗歌的产物。

但是,能不能据此就说中国现代新诗与古典诗歌之间存在历史的联系呢?

我们先看一个简单明了却很能说明问题的事实:"五四"时期的新一代作家大都能写旧诗,而且功力深厚,写得很好,如鲁迅、郭沫若、茅盾、郁达夫、叶圣陶、朱自清、田汉等人,但他们都不公开在报刊上发表旧诗。鲁迅的旧诗是杨霁云编《集外集》时替他搜罗入集的,其他的人也是一直到全国解放后人们才逐渐知道的。朱自清把他的旧诗集称为《敝帚集》和《犹贤博弈斋诗钞》,就是表示"敝帚自珍"、不供发表的意思,这当然是为了表现他们支持诗歌革命、支持新诗的立场的;鲁迅就劝人对旧诗词"大可不必动手"⑤。但从以后整理、发表的他们的旧诗词中,我们仍然可以看出,这些新作家、新诗人都同时具有很高的古典诗歌的修养。鲁迅的旧诗多为近体诗,近年来研究它与屈原、李商隐、龚自珍等人的联系的文章已经很多。新加坡的郑子

---

① 胡适:《逼上梁山》。
② 鲁迅:《集外集·序言》。
③ 胡适:《谈新诗》。
④ 刘半农:《我之文学改良观》。
⑤ 鲁迅:1934 年 10 月 13 日致杨霁云信。

瑜曾经作过一篇《郁达夫诗出自宋诗考》①,列举出郁达夫的许多旧诗都从宋诗点化而来,而所举的宋诗有相当部分都是比较冷僻、为一般人所不熟悉的,这恰好说明了郁达夫古典文学修养之深厚。郭沫若说"达夫的诗词实在比他的小说或者散文还好"②,这并不是毫无根据的。这个事实说明:"五四"时期的新作家、新诗人尽管在公开场合都提倡新诗,自觉学习外国诗歌,表现出与传统诗词的决绝姿态,但他们自幼自然形成的古典诗词的深厚修养却不能不在他们的实际创作中发生影响;尽管这种影响有一个从"潜在"到"外在"、从"不自觉"到"自觉"的过程,但这种影响存在的本身就表现出了一种深刻的历史联系。

事实上"五四"时期的新诗创作并没有也不可能与古典诗歌的传统完全割裂。胡适在《谈新诗》里就指出了这样一个事实:"我所知道的'新诗人',除了会稽周氏弟兄之外,大都是从旧式诗、词、曲里脱胎出来的。"他并且举例说:"沈尹默君初作的新诗是从古乐府化出来的。"在同一篇文章里他还提出这样的观点:"做新诗的方法根本上就是做一切诗的方法;新诗除了'诗体的解放'一项之外,别无他种特别的做法。"他在谈到"诗需要用具体的做法,不可用抽象的说法"时,所举的例证全部是传统的旧诗词,这几乎已经是一种自觉的借鉴了。朱自清认为胡适的主张"大体上似乎为《新青年》诗人所共信;《新潮》《少年中国》《星期评论》,以及文学研究会诸作者,大体上也这般作他们的诗"③。至于胡适自己写的后来被称为"胡适之体"的白话诗,也早已有人指出是"于旧诗中"取了"元白易懂的一派",而排斥了"温李难懂的一派"④,也就是说对中国古典诗歌传统是既有所扬弃,也有所继承的。前文谈到有人研究郁达夫旧诗与宋诗的关系,其实"五四"前后的"早期白话诗"都与宋诗存在着某种类似的关系。严羽《沧浪诗话》曾用"以文字为诗,以才学为诗,以议论为诗"来概括宋诗的特点。朱自清则进一步指出,宋诗"终于回到了诗如说话的道路,这如说话,的确是条大路"⑤。"五四"早期

① 见《郁达夫研究资料》。
② 郭沫若:《望远镜中看故人——序〈郁达夫诗词钞〉》。
③ 朱自清:《中国新文学大系·诗集·导言》。
④ 冯文炳:《谈新诗》。
⑤ 朱自清:《论雅俗共赏》。

白话诗正是以"作诗如作文"为主要理论旗帜的。我们当然不能从这种历史的相似中得出现代新诗是由宋诗演化而来的,因为新诗是文学革命的产物,它主要是借鉴外国诗歌而来的;但晚清宋诗一派的流行也有它的历史的和社会的原因,而且是不可能不对"五四"初期的作家产生一定的影响的。

当然,在新诗发展史上,早期白话诗带有很大程度的过渡性质。真正开一代新风的,还是郭沫若的《女神》。《女神》可以说是更彻底地打破了旧诗词的镣铐,以至闻一多批评《女神》是走到了过于"欧化"的极端。在影响很大的《〈女神〉之地方色彩》一文里,闻一多尖锐地批评"《女神》中所用的典故,西方的比中国的多多了";"《女神》之作者对于中国文化之隔膜";"《女神》底作者这样富于西方的激动底精神,他对于东方的恬静的美当然不大能领略"。应该说,闻一多的这种批评带有很大偏颇,因为他将《女神》的现代化特点与民族特点截然对立起来,用前者来否定《女神》与传统文化的历史联系,而这是不符合事实的。《女神》中表现得十分突出的泛神论思想,就不但有西方斯宾诺莎学说、东方古印度婆罗门经典《奥义书》的影响,而且融会了郭沫若对中国古代哲学的"再发现"和"再认识";他是把东西方哲学和思想按照自己的理解,加以融化汇合,从而形成了他的"泛神论"思想的。收在《女神》中的《湘累》《棠棣之花》中的屈原形象、聂嫈形象,都是他用"五四"时代精神"照亮"了传统的产物。郭沫若在《女神》中所致力的是将民族文化"现代化"的意图,而不是对民族文化的"隔膜"或"不能领略"。

闻一多当时对传统文化的理解比较狭窄,并且带有某种保守的性质。在同一篇文章中,他热烈地赞颂"东方的文化是绝对的美的,是韵雅的",主张"恢复我们对旧文学底信仰";他的诗作《忆菊》《祈祷》,把诗人对于中国传统文化的热爱和向往,表现得非常真挚和强烈。在理论上他明确提出新诗"要做中西艺术结婚后产生的宁馨儿",强调"真要建设一个好的世界文学,只有各国文学充分发展其地方色彩,同时又贯以一种共同的时代精神,然后并而观之,各种色料虽互相差异,却又互相调和"[①];他的诗歌创作就是这种主张的实践,因此闻一多的格律诗虽然受西方诗歌的影响很深,但

① 闻一多:《〈女神〉之地方色彩》。

它与中国文化传统的联系还是十分明显的。

　　也许更能说明问题的是中国现代派诗歌发展的历史。现代派诗歌显然是从"异域""世纪末的果汁"里摄取营养,并且以反传统为其特点的;但也正是中国最早的现代象征派诗人李金发在理论上最早提出:"东西作家随处有同一的思想,气息,眼光和取材",应"于他们之根本处","把两家所有,试为沟通,或即调和"。① 由于李金发对于中国民族生活与诗歌传统都十分隔膜,他所谓"东西调和"不过是将文言词语嵌入诗中,这不仅没有改变他的诗过于欧化的倾向,反而增加了理解的困难,终因脱离群众而未能获得更多的读者。到了 30 年代,以戴望舒与何其芳、卞之琳诸人为代表的现代派诗人,不仅通晓外国文学,而且有着较高的中国古典文学修养,对处于动乱中的民族生活以及在一部分知识分子中产生的迷茫、梦幻和感伤情绪,有着深切的感受和体验;他们从法国象征派诗人那里接受了现代诗歌的观念,再去反观中国古典诗歌,从而发现了它们之间内在的一致。卞之琳在发表于《新月》四卷四期的《魏尔伦与象征主义·译序》中指出:"'亲切'与'含蓄'是中国古诗与西方象征诗完全相通的特点。"何其芳在《梦中道路》中追述自己写作《燕泥集》的艺术渊源时也说:"这时我读着晚唐五代时期的那些精致的冶艳的诗词,蛊惑于那种憔悴的红颜上的妩媚,又在几位班纳斯派以后的法兰西诗人的篇什中找到了一种同样的迷醉。"即使在诗歌形式上,中国现代诗人也发现了西方的十四行诗"最近于我国的七言律体诗,其中起、承、转、合,用得好,也还可以运用自如"②。

　　西方现代派诗歌与中国古典诗歌中的某些流派(如晚唐的温、李诗派)在诗的艺术思维方式、情感感受与表达方式之间存在着某种内在的相似,是一个很有意义的现象;正是这种发现使得中国的现代派诗人(从戴望舒到以后的《九叶集》诗人)能够逐渐摆脱早期象征派诗人那种对于外国诗歌的模仿和搬弄的现象,而与自己民族诗歌的传统结合起来,逐渐找到了外来形式民族化的道路。

　　同小说领域一样,中国现代新诗与古典诗歌传统的历史联系,道路也是

---

① 李金发:《食客与凶年·自跋》。
② 卞之琳:《雕虫纪历·自序》。

宽广的。除了上述与文人诗歌传统的联系之外,从"五四"时期起,新诗作者就开始了对民歌传统的探索和汲取。刘半农提倡"增多诗体",其中一条途径就是从民间歌谣的借鉴中创作民歌体白话诗,《瓦釜集》里的作品就是这种创作实践的收获。30 年代,中国诗歌会的诗人提倡新诗的"歌谣化"。抗战时期又有从曲艺中汲取养料来创作新诗的尝试,如老舍的《剑北篇》。《在延安文艺座谈会上的讲话》之后,解放区出现了大规模地搜集、整理和学习民歌的运动,并涌现出了像李季的《王贵与李香香》、阮章竞的《漳河水》这样的民歌体叙事诗。这一趋向对新中国成立以后的诗歌创作,也产生了深刻的影响。

五

鲁迅对"五四"时期散文创作的成就曾给以很高的评价,认为"散文小品的成功,几乎在小说戏曲和诗歌之上"①。朱自清在《背影》序中也说:"但就散文论散文,这三四年的发展,确是绚烂极了:有种种的样式,种种的流派。"这种成功是同古典文学中的历史凭借分不开的。在散文的种种不同的样式和流派中,如果大致区分,则依习惯可分为议论、抒情、叙事三大类,而这些内容又都是在古典文学中有着大量存在的。如果说"五四"时期的现代小说、新诗和话剧主要是借鉴外来的形式,那么散文就和古典文学传统有着更为密切的联系。"五四"时期的作家都受过传统的读古书的教育,对古代散文有基本的素养,这是散文获得成功的一个重要原因。

"五四"时期最早出现的散文作品是以议论为主的文章,即杂文。1918年 4 月,《新青年》四卷四期首设《随感录》一栏,主要作者有陈独秀、鲁迅、钱玄同、刘半农等人,从开始起这种文体就是为新文化运动开辟道路的;他们认为杂文是文学的一种主要形式,正是受了古典文学的影响。如刘半农在《我之文学改良观》中就说:"故进一步言之,凡可视为文学上有永久存在之资格与价值者,只诗歌戏曲、小说杂文二种也。"鲁迅也指出:"其实'杂文'也

---

① 鲁迅:《小品文的危机》。

不是现在的新货色,是'古已有之'的。"①30年代关于小品文的讨论中,鲁迅还引述了由晋代清言起的中国古典文学中散文的传统,而且特别发扬了其中带有议论色彩的特点。他指出:"唐末诗风衰落,而小品放了光辉。但罗隐的《谗书》,几乎全部是抗争和愤激之谈;皮日休和陆龟蒙自以为隐士,别人也称之为隐士,而看他们在《皮子文薮》和《笠泽丛书》中的小品文,并没有忘记天下,正是一塌胡涂的泥塘里的光彩和锋芒。明末的小品虽然比较的颓放,却并非全是吟风弄月,其中有不平,有讽刺,有攻击,有破坏。"②现代文学中的杂文在具体写法上也许并不同于这些古代作品,但对其战斗精神的继承和发展则是十分明显的。

就鲁迅自己的杂文在表现方式和艺术风格上同"魏晋文章"有其一脉相承之处,这是鲁迅自己也承认的。据孙伏园记载,刘半农赠送过鲁迅一副对联即"托尼学说,魏晋文章","当时的朋友都认为这副联语很恰当,鲁迅先生自己也不加反对"③。什么是"魏晋文章"的特色呢?鲁迅曾用"清峻、通脱"来概括,并解释说:"通脱即随便之意。此种提倡影响到文坛,便产生多量想说甚么便说甚么的文章。更因思想通脱之后,废除固执,遂能充分容纳异端和外来的思想";"清峻的风格。——就是文章要简约严明的意思"。④ 这就是说,没有"八股"式的规格教条的束缚,思想比较开朗,个性比较鲜明,而表现又要言不烦,简约严明,富有说服力。很显然,魏晋文章的这些特色,正是鲁迅平日所致力,也是在鲁迅杂文中得到继承和发展的。

就具体作者来说,魏晋时代的孔融和嵇康对鲁迅杂文影响最大,尤其是嵇康。鲁迅曾说:"孔融作文,喜用讥嘲的笔调。"⑤据冯雪峰回忆,鲁迅晚年"曾以孔融的态度和遭遇自比"⑥。这里所说的"态度"是指孔融的不屈的反抗精神,并且是通过他的讥嘲笔调表现出来的。孔融文章中运用讽刺手法的地方很多,同鲁迅杂文的风格颇有类似的地方。鲁迅自己说他的杂文是

---

① 鲁迅:《且介亭杂文·序言》。
② 鲁迅:《小品文的危机》。
③ 孙伏园:《鲁迅先生二三事》。
④⑤ 鲁迅:《魏晋风度及文章与药及酒之关系》。
⑥ 冯雪峰:《鲁迅论》。

"论时事不留面子,砭锢弊常取类型"①,在表现方法上则是"好用反语,每遇辩论,辄不管三七二十一,就迎头一击"②。这些话是可以概括鲁迅杂文的特色的。他擅长讽刺的手法,常常给黑暗面以尖利的一击;在表现方法上则多用譬喻、反语,使自己的思想能形象地表现出来;因此也常常援引古人古事来说明今人今事,引对方的话来举例反驳。而这样特点在中国文学史上的类似状态,在以孔融和嵇康为代表的魏晋文章中是十分明显的。鲁迅特别喜爱嵇康的议论文,这是人们熟知的。他说:"嵇康的论文,比阮籍更好,思想新颖,往往与古时旧说反对。"③这些话几乎可以移用来评价鲁迅的杂文。鲁迅特别欣赏嵇康的论难文章,并且对嵇康"所存的集子里还有别人的赠答和论难"④表示赞同;嵇康在他与别人辩难的文章中不仅"针锋相对",而且说理透辟,富有逻辑性,表述方式又多半是通过"据事以类义,援古以证今"⑤;不只风格简约严明,而且富于诗的气氛。这些都对鲁迅杂文的表现方式产生过一定的影响。

除了议论性散文(杂文)之外,"五四"时期还出现了大量的被称为"美文"的叙事性和抒情性的散文(有时也称为"散文小品")。这类散文同传统散文的联系是更为密切的。鲁迅曾指出当时有些散文作者着意于"那和旧文章相合之点","写法也有漂亮和缜密的,这是为了对于旧文学的示威,在表示旧文学之自以为特长者,白话文学也并非做不到"⑥;这种努力在当时是具有进步意义的。冰心的散文就属于"漂亮"这一路;郁达夫在《中国新文学大系·散文二集·导言》中赞扬说:"冰心女士散文的清丽,文字的典雅,思想的纯洁,在中国好算是独一无二的作家了。"郁达夫并且这样谈到了自己读冰心散文的感受:"我以为读了冰心女士的作品,就能够了解中国一切历史上的才女的心情;意在言外,文必己出,哀而不伤,动中法度,是女士的生平,亦即是女士的文章之极致。"这就是说,冰心的人格与文风都是充

---

① 鲁迅:《伪自由书·前记》。
② 鲁迅:《两地书·一二》。
③ 鲁迅:《魏晋风度及文章与药及酒之关系》。
④ 鲁迅:《"题未定"草(六至九)》。
⑤ 刘勰:《文心雕龙·事类篇》。
⑥ 鲁迅:《小品文的危机》。

分地体现了传统文化所特有的美的。所谓"冰心体"散文曾在"五四"时期产生过很大的影响,这同她对文体美的自觉追求是分不开的。她曾在小说中借一个人物之口这样表白:"文体方面我主张'白话文言化''中文西文化',这'化'字大有奥妙,不能道出的,只看作者如何运用罢了!我想如现在的作家能无形中融会古文和西文,拿来应用于新文学,必能为今日中国的文学界,放一异彩。"①冰心的散文正是"无形中融会古文和西文"的典范,它既发挥了白话文流利晓畅的特点,便于现代人思想感情的交流,又吸收了中国古文和外国语言的长处,善于简洁凝练地表达现代人委婉复杂的思想和情绪。"冰心体"之所以能够风靡一时,并不是偶然的。例如冰心在《山中杂记》里有一段比较"山"与"海"的文字,她先从客观、外在的颜色、动静、视野相比,力争"海比山强得多",语言基本上是口语化的;下面在比较处于山或海的包围中的人的主观内心感受时,就引用了两首古诗的句子:"南山塞天地,日月石上生","海上生明月,天涯共此时"。有时现代人的复杂的、难以言传的主观感受,引用适当的古典诗句反而更能传神达意。冰心有深厚的古典文学修养,她在散文里引用古诗词,似乎随手拈来,却构成了文章的有机部分。

"五四"时期强调散文语言的"杂糅"特点的还有周作人。周作人甚至认为这是现代散文语言与现代小说、戏剧语言的一个根本区别。他说:"我也看见有些纯粹口语体的文章……觉得有造成新文体的可能,使小说戏剧有一种新发展",而散文"必须有涩味与简单味,这才耐读,所以他的文词还得变化一点。以口语为基本,再加上欧化语,古文,方言等分子,杂糅调和,适宜地或吝啬地安排起来,有知识与趣味的两重的统制,才可以造出雅致的俗语文来"。②周作人显然敏锐地看到了传统散文所具有的含蓄的美,也就是他所说的"涩味与简单味"同文言文的语言形式有一定的联系,因此他企图创造一种"雅致的俗语文";除了在内容上追求"知识与趣味"之外,在语言形式上就必然要求文言(以及欧化语,方言)与口语的"杂糅"。周作人自己的散文就是他所追求的这种"雅致的俗语文",它在内容和形式上同传统散文(特别是明末小品)存在着深刻的联系,是十分显然的。

---

① 冰心:《超人·遗书》。
② 周作人:《永日集·燕知草跋》。

正因为周作人注意到汉语语言文字的特点,因此他关于现代散文文体曾发表过要"设法利用骈偶"的意见;他说:"因为白话文的语汇少欠丰富,句法也易陷于单调,从汉字的特质上去找出一点妆饰性来,如能用得适合,或者能使营养不良的文章增点血色,亦未可知。"①他并且据此提出了"混合散文的朴实与骈文的华美"②的文体要求。周作人这里提出了建立现代散文与传统散文的联系的一个相当重要的问题,就是认识到它们使用的共同的文字工具——"汉字的特质"。正是在这一点上,传统散文是积累了丰富遗产的。传统散文(包括骈文)十分重视语言文字的声调节奏和装饰性。这是在把握"汉字的特质"基础上对语言形式美的追求和创造。尽管后来的作家发展到了极端,成为形式主义的桎梏;但为了创造新文体,从中是可以汲取合理的内核的。鲁迅就很注意这种特点,他曾应友人之请,作《〈淑姿的信〉序》(收《集外集》),"以文言文中骈文出之,全篇文字也铿锵入调"③。由于鲁迅有深厚的文学修养并掌握了中国语言文字的特质,在他的散文中也常有"杂用骈文句法"的地方。例如:"惨象,已使我目不忍视了;流言,尤使我耳不忍闻。我还有什么话可说呢?我懂得衰亡民族之所以默无声息的缘由了。沉默呵,沉默呵!不在沉默中爆发,就在沉默中灭亡"④;"活着的时候,又须恭听前辈先生的折衷:早上打拱,晚上握手;上午'声光电化',下午'子曰诗云'"⑤;"只要从来如此便是宝贝。即使无名肿毒,倘若生在中国人身上,也便'红肿之处,艳若桃花;溃烂之时,美如乳酪'。国粹所在,妙不可言"⑥。在这些似乎随手拈来的句式中,就有骈散交错、起伏顿挫的特点;它形成了自然的声音节奏,加强了文章的气势。作为文学语言,白话文可以议论和叙事,是比较容易得到社会承认的;但用白话文来抒情写景,就会有许多人怀疑,因为当时还缺少这样的实绩。这就是"五四"时期为什么要提倡"美文",以及许多作者努力创作漂亮和委婉的抒情散文的原因。鲁迅自述他"没有相宜的白话,宁可

① 周作人:《汉文学的传统》。
② 周作人:《苦竹杂记·后记》引《答上海有君书》。
③ 许广平:《鲁迅回忆录·同情妇女》。
④ 鲁迅:《记念刘和珍君》。
⑤ 鲁迅:《随感录四十八》。
⑥ 鲁迅:《随感录三十九》。

引古语"，而且认为称他为文体家(Stylist)的批评者看出了他的文学语言的特点①，就说明他也是十分重视文学语言的建设的。当时一些著名的抒情写景的散文名篇，如朱自清和俞平伯都写了《桨声灯影里的秦淮河》，就是为了证明"旧文学之自以为特长者，白话文学也并非做不到"。既然许多作者是自觉地与古文名篇进行文体风格的竞赛，那自然就要重视传统散文的优点和特点了，这实际上就体现了继承和革新的关系。可见现代散文尽管绚烂多彩、风格各异，但它同传统散文仍然是保持着十分紧密的联系的。

六

比之小说、散文和诗歌来，话剧同古典戏剧的关系当然要薄弱得多；各种文体都是有它自己的特点和不同的发展情况的。但"五四"时期在提高小说地位的同时，也提高了戏剧的地位。胡适在《文学改良刍议》中，为了强调白话文学的正统地位，提出"中国文学当以元代为最盛"，也就自然给以关汉卿为代表的元代戏曲以很高的评价。刘半农在《我之文学改良观》里更进一步明确提出要"提高戏曲对于文学上之位置"，认为"凡可视为文学上有永久存在之资格与价值者，只诗歌戏曲、小说杂文二种也"，而他的立论的基点也是"以现今白话文学尚在幼稚时代，白话之戏曲，尤属完全未经发见，故不得不借此易于着手之已成之局而改良之"。可见当时重视戏剧的原因和重视小说是一样的，除了因为它的时代离现时较近，反映的社会面比较广阔，有利于新文学的建设以外，更多的是着眼于它的语言比较通俗，接近于当时所提倡的白话文；但与此同时，又对传统戏剧的内容展开了尖锐的批判。批判的锋芒主要是指向传统戏剧中封建迷信和封建伦理道德，"仅求娱悦耳目"的戏剧观念，"瞒"与"骗"的大团圆主义创作倾向，以及"戏子打脸之离奇"等"形式主义"程式②。可见"五四"时期对传统戏剧的重新评价，对它的肯定和否定，都是从"五四"文学革命的基本要求出发的。当时的先驱者

---

① 鲁迅：《我怎么做起小说来》。
② 参看钱玄同《寄陈独秀》、胡适《文学进化观念与戏剧改良》等文。

们对于传统戏剧的态度也并不完全一致,主张"全数封闭"①、持全盘否定的极端态度的,仅钱玄同等一二人,刘半农、傅斯年以至胡适都是主张在创造"西洋派"新戏的同时,对传统旧戏加以改良的②。他们所谓创造"新戏",着眼点完全在外国戏剧的移植,强调"西洋文学名著"的翻译与改作;也就是说,批判地继承传统戏剧遗产的问题还没有提到这些先驱者们的艺术探讨的日程。第一次在理论上明确提出这一问题的是北平艺术专门学校戏剧系的熊佛西、赵太侔、余上沅等人,他们于1926年6月至9月在《晨报》副刊上创办《剧刊》,发动"国剧运动";在戏剧形式上,首先提出糅合东、西方戏剧的特点,"在'写意的'和'写实的'两峰间,架起一座桥梁",并且预言"再过几十年大部分的中国戏剧,将要变成介于散文诗歌之间的一种韵文的形式"③。但由于他们主要着力于理论的提倡,艺术实践并未跟上,更重要的是他们同时主张恢复旧戏"目的在于娱乐"的"纯粹艺术倾向"④,脱离了时代与观众的需要,因而这种"国剧运动"并未能产生预期的影响。但戏剧改革的呼声和艺术实践却一直没有停止过;特别是抗日战争爆发后,很多艺术家都热心于利用旧戏形式宣传抗日的艺术尝试,当时称之为"旧瓶装新酒"。但是,在人们的认识与实践中,一般都是把旧戏曲的改造和利用仅仅看作一种普及的措施,并没有把它同话剧创作联起来。许多人都认为要提高现代戏剧水平,仍然在于话剧运动。这样,在很长时期内,戏剧与观众的联系是一种"二元结构":一方面,现代话剧(即所谓"新戏")主要以城市知识分子、市民和一部分工人为观众;另一方面,传统戏曲以农村为广大阵地,同时在城市市民中也拥有大量观众。由于毛泽东在《在延安文艺座谈会上的讲话》中明确提出"文艺首先是为工农兵"的问题,因而农民的欣赏习惯成为解放区戏剧工作者关注的中心,并由此创造了以《白毛女》为代表的新歌剧作品。当时的剧作家马健翎就说:"戏剧是最锐利的武器,逼来逼去,不得不注

---

① 钱玄同:《随感录十八》。
② 参看傅斯年《戏剧改良面面观》、刘半农《我之文学改良观》、胡适《文学进化观念与戏剧改良》等文。
③ 余上沅:《国剧》。
④ 余宗杰:《旧剧之图画的鉴赏》;余上沅:《旧戏评价》。

意'庄稼汉'的爱好。"①正是出于对农民艺术趣味的重视,对他们所喜闻乐见的传统戏曲的继承问题才引起了人们的注意。新歌剧所显示的对传统戏曲的改革成绩,实际上就是促使传统戏曲的"现代化";与此同时,对于话剧创作的民族化也进行了多方面的探索,有些作品吸收和融会了传统戏剧的一些艺术手法,出现了《战斗里成长》等有民族特色的作品。同样,在国统区的话剧创作中也有过类似的尝试,特别是在抗战时期历史剧的创作高潮中,尤为明显。就是在现实题材中,也产生了如田汉的《丽人行》等有鲜明的民族特色的作品。

当然,中国现代话剧主要是受西方影响所产生的一种艺术形式,但这并不意味着它同民族传统就完全没有联系。不过这种联系比较薄弱一些,而且不是表面上的罢了。曹禺谈到他的《雷雨》时曾说过一句十分朴实却耐人寻味的话:"《雷雨》毕竟是中国人写的嘛。"②这就是说,中国的现代剧作家在创作时必然要受到民族传统的制约,不仅他所反映的生活和所表现的思想必然带着中国民族的特色,而且他还必须考虑到中国观众的带有鲜明民族心理的欣赏要求和艺术趣味。这样,现代剧作家在借鉴外国戏剧创作经验的同时,也必然会自觉或不自觉地重视并汲取中国传统戏剧积累的艺术经验。一些有影响的现代话剧作品如田汉的《获虎之夜》《回春之曲》,曹禺的《雷雨》《原野》,郭沫若的《屈原》《孔雀胆》等,都充分地注意到中国观众重故事、重穿插的欣赏习惯,并巧妙地运用戏剧冲突来推动情节的发展,以造成波澜起伏、跳跃跌宕的情势,紧紧抓住了观众;而这正是中国古典戏曲的特点。清代戏曲家李渔,就认为戏曲事件要"未经人见而传之","若此等情节业已见之戏场,则千人共见,万人共见,绝无奇矣,焉用传之"③。中国古典戏曲是讲究情景交融的,它的唱词实际上就是抒情诗,因此诗的味道很浓。现代话剧中有些作品也是以诗意浓郁著称的,如曹禺的《北京人》《家》,夏衍的《上海屋檐下》,郭沫若的《屈原》《虎符》,以及田汉的早期剧作(如《获虎之夜》《南归》)等。这些剧作对于情景交融的诗的意境的追求——

① 马健翎:《十二把镰刀·后记》。
② 胡受昌:《就〈雷雨〉访曹禺同志》,《破与立》1978年第五期。
③ 李渔:《闲情偶寄》。

283

《原野》里沉郁、神秘的旷野，《上海屋檐下》"郁闷得使人不舒服"的黄梅天气，《屈原》里的雷电，都是这种诗的意境的创造，出色地体现了中国古典文学的抒情写意的美学原则。它们既是写实的，又是写意的；既是现代化的，又是民族化的；既有个人的风格特色，又实现了借鉴外国与继承传统的统一。

鲁迅曾说：只有用"现今想要参与世界上的事业的中国人的心里的尺来量"，才能真正"懂得"中国现代文学艺术。① 这是很能概括中国现代文学的基本特点的。中国现代作家首先是"想要参与世界上的事业的"现代人，因此必然要追求文学的现代化，努力汲取外国思想文化中的优秀东西，以使中国文学与世界的时代潮流合流，并对世界文学的发展作出自己的贡献；另一方面，中国现代作家又是"中国人"，"其中仍有中国向来的魂灵"，"固有的东方情调，又自然而然地从作品中渗出，融成特别的丰神"②，使中国现代文学又具有鲜明的民族特色。我们从"五四"以来各种文学体裁的发展概貌中，就可以清楚地看到这种历史的特征。中国现代文学史本身就是一个不断追求外来文化民族化和民族文化现代化的过程，它正是在这种追求中日趋成熟的；就文学史的发展线索看，它与古典文学之间自然就存在一种继承和革新的历史联系。事实说明，越是有民族特色的艺术，就越有世界意义。正如鲁迅所说："现在的文学也一样，有地方色彩的，倒容易成为世界的，即为别国所注意。打出世界上去，即于中国之活动有利。"③鲁迅自己的作品就充分地体现了这一点，因此法捷耶夫称他为"真正的中国作家"，说"他的讽刺和幽默虽然具有人类共同的性格，但也带有不可模仿的民族特点"。④ 其他的作家虽然成就各不相同，但就总的方向来说，却都具有类似的特点。中国现代文学正是以自己独特的民族特色与民族风格，独立于世界文学之林的。随着国际文化交流的发展，它必将成为世界各国人民共同的精神财富，为人类文化的发展作出应有的贡献。

1986 年 1 月 30 日

---

① 鲁迅：《当陶元庆君的绘画展览时》。
② 鲁迅：《〈陶元庆氏西洋绘画展览会目录〉序》。
③ 鲁迅：1934 年 4 月 19 日致陈烟桥信。
④ 见 1949 年 10 月 19 日《人民日报》。

"五四"时期对中国传统文学的价值重估

一

今年是"五四"运动七十周年。"五四"对中国社会和中国文化所发生的深刻影响,就是我们平常所说的"新文化运动";文学革命是它的重要组成部分。尽管中国社会的历史变迁——从古老的封建旧中国走向现代化的转变和发展,早在上世纪中叶即已开始,而文化上的变革直到"五四"时期,才真正进入了深层文化结构的根本改造;即价值观念、思维方式、道德情操、审美趣味以至民族性格等的变革与再造。

新文化运动是在世界形势和西方文化的影响下,中国人民对现代化的历史要求的一种自觉的反应。文学革命如果用一句话来扼要地说明,就是要求用现代人的语言(白话)来表达现代人的思想感情(民主科学);它是与封建专制主义和蒙昧主义直接对立的。因此就价值观念说,现代化就是对待文化评估的重要尺度,这是与社会发展相适应的一种重新评价的态度。鲁迅的《狂人日记》大声疾呼:"从来如此,便对么?"它是一种时代的呼声,因此才发生了那么激动人心的社会影响。胡适在《新思潮的意义》中对此更有明晰的理论表述:"新思潮的根本意义只是一种新态度,这种新态度可叫做'评判的态度'";"对于习俗相传下来的制度风俗,要问:'这种制度现在还有存在的价值吗?'""对于古代遗传下来的圣贤教训,要问:'这句话至今日还是不错吗?'""对于社会上胡涂公认的行为与信仰,都要问:'大家公认的,就不会错了吗? 人家这样做,我也该这样做吗? 难道没有别样做法比这个更好,更有理,更有益的吗?'"胡适由此而作出了一个重要的概括:"'重新估定一切价值',便是评判的态度的最好解释。"周作人后来对胡适这一概括给以很高评价,他说:"新文化的精神是什么? 据胡适之先生的解说,是评判的态度,是重新估定一切价值。"①"重新估定一切价值"可以说是"五四"新文化运动的理论旗帜,对于一切传统的价值观念和价值判断,包括权威的"圣贤教训"和社会公认的习惯势力,都要质疑和批判,当然同时这也就意味着新的价值观念的倡导和确立。它同样也是文学革命的精神,由于过去"文学"一词含义极广,几乎包括一切文化典籍,因此对传统文学进行价值重估是新文化运动和文学革命的一项重要任务。

用什么价值尺度来进行评判呢?胡适提倡要"重新分别一个好与不好"②,那标准又是依据什么呢?应该说就是"人"的觉醒和解放;这是由现代化要求所产生的必然命题,所以鲁迅说"最初,文学革命者的要求是人性的解放"③,沈雁冰在革新后的《小说月报》上讨论文学问题,首先提出的是"文学和人的关系"④;周作人提倡"人的文学",以及当时对国民性和启蒙运动的讨论等,都说明了人(国民)的觉醒和解放是前驱者们注意的焦点,而这正是为了适应中国走向现代化的历史潮流,挣脱封建主义的束缚,推动社会的发展,使之成为"现代中国人",即实现"人"的现代化的。这既是"重新估定一切价值"的出发点,也是评判和重估的尺度。既然是价值重估,就不是简单地否定;它对传统当然要有否定和批判,但也必然有所肯定和继承,而且这并不是截然分开的,而是否定中有肯定、批判中有继承的。文学革命的目的是提倡和建设新文学,对传统文学的价值重估不仅可为建设新文学提供借鉴,而且对于文学革命本身也是必须进行的工作。胡适在《历史的文学观念论》一文中说:"吾辈之攻古文家,正以其不明文学之趋势而强欲作一千年二千年以上的古文。此说不破,则白话之文学无有列为文学正宗之一日,而世之文人将犹鄙薄之以为小道邪径而不肯以全力经营造作之。如是,则吾国将永无以全副精神实地试验白话文学之日。"视白话文学为正宗,提高小说戏曲和民间文学的地位,"正式否认骈文古文律诗古诗是正宗",都是为文学革命开辟道路的,其中当然包括了对传统文学的新的审视,也就是价值重估的工作。有的人对问题提得更其尖锐,如"桐城谬种"

---

① 周作人:《复古的反动》。
② 胡适:《新思潮的意义》。
③ 鲁迅:《〈草鞋脚〉小引》。
④ 见《小说月报》十二卷一期。

"选学妖孽"之类，但值得注意的是这些前驱者所抨击的直接对象并不是历史上的桐城派或选学派，而是当时以模仿古人为能事的旧式文人，所以才叫"谬种"或"妖孽"；至于桐城派或选学派本身，当然评价也不高，把它们与骈文古文律诗古诗等同列；不承认它们的传统的权威的"正宗"地位，而并不是彻底打倒。陈独秀在《文学革命论》中对韩愈的评价，最足以表示这种评判的精神；他一方面承认韩愈"变八代之法，开宋元之先，自是文界豪杰之士"，一方面又指出"不满于昌黎者二事：一曰文犹师古……二曰误于'文以载道'之谬见"。"师古"就是不敢创新，"载道"就是宣扬封建教义，都是与现代化的追求相悖的。所以对传统文学的价值重估，就是要求站在现代的高度，对传统的价值观进行新的评判，而不是予以简单地否定。这是新文化运动的重要组成部分，是与社会的前进步伐相适应的。

"五四"新文化运动是在中西文化的撞击、对比和汇合的社会文化背景下产生的，人们正因为从与传统文学异质的西方文学那里获得了新的价值观念，才引起了对中国传统文学的反观和重估。社会发展的内在要求当然是文学革命之所以发生的根本原因，而西方文学的影响也是不容忽视的基本因素。正如鲁迅所说，"五四"文学革命的发生，"一方面是由于社会的要求的，一方面则是受了西洋文学的影响"①。陈独秀提倡文学革命的出发点，就是"今日中国文学，委琐陈腐，远不能与欧美并肩"②。文学革命正是要将从清末开始酝酿的变革引向文学的深层结构，包括文学观念、审美意识、情感表现方式以及文学语言等多方面的根本变革，因此西方文学当然成了它的重要参照系统。中国文学史上也曾有过多次的文学变革，但都是在传统体系内部进行的局部性的调整，如唐代的古文运动，它是打着"复古"的旗帜，对传统文学某一方面的理论和写作规范进行质疑的；有些文体的变化则是吸收了民间文学的营养产生的。总之，都不像"五四"文学革命那样全面的深层的变革。朱自清在谈到中国诗的发展线索时说，"按诗的发展的旧路，各体都出于歌谣，四言出于《国风》、《小雅》，五七言出于乐府诗"；但"新诗不取法于歌谣，最主要的原因还是外国的影响；别的原因都只在这一个影

① 鲁迅：《〈草鞋脚〉小引》。
② 陈独秀：《文学革命论》。

响之下发生作用"。他接着说，"这是欧化，但不如说是现代化"；"现代化是新路，比旧路短得多；要'迎头赶上'人家，非走这条新路不可"。①这里讲的是新文学与现代化的关系，但他反观了传统诗歌的发展线索，这不仅说明对传统文学的重估与建设新文学同样是文学革命的重要内容，而且说明重估的价值观同样也是受西方文学的影响，是由现代化的历史要求出发的。

正因为把外国文学作为重要的参照系，因此对中国文学也能放开眼光，把它放在世界文学的大格局中进行考察，重视中国文学与外国文学关系的研究。郑振铎把"中国文学的外来影响考"作为对传统文学的"新开辟的研究的途径"加以提倡②，而且认为研究者应有"世界的观念"③。胡适《白话文学史》开辟了"佛教的翻译文学"专章，对印度佛教文学对中国文学的影响进行了考察；以后陈寅恪等人更就此领域进行过深入的研究。正是从开放的、中外文化交流的角度，鲁迅赞扬了汉、唐时代敢于吸收外来文化的闳放的眼光，"凡取用外来事物的时候，就如将彼俘来一样，自由驱使，绝不介怀"。鲁迅正是从传统文学发展的历史考察中，得出了下述的结论："要进步或不退步，总须时时自出新裁，至少也必取材异域，倘若各种顾忌，各种小心，各种唠叨，这么做即违了祖宗，那么做又象了夷狄，终生惴惴如在薄冰上，发抖尚且来不及，怎么会做出好东西来。"④鲁迅的这一意见，体现了当时对待中外文化的态度，也体现了对传统文学重估的一种现代的价值观。

"五四"时期的先驱者们既是现代新文学历史的开创者，同时又是传统文学历史的新的解释者，而且这二者是互相联系和渗透的。他们对于传统的理解，一定程度上实际也是对他们自身的理解，或者说他们要在对传统的新解释中来发现和肯定自己。因此，几乎每一篇关于文学革命的发难文章，在猛烈地批判封建正统文学的同时，对于传统文学中他们认为有价值的另一部分，总是给以肯定的评价。胡适《文学改良刍议》就明白宣布自己是传统白话小说的继承者，"吾惟以施耐庵、曹雪芹、吴趼人为文学正宗"；陈独

---

① 朱自清：《新诗杂话·真诗》。
② 郑振铎：《研究中国文学的新途径》，原载《小说月报》十七卷号外，收于《中国文学研究》上册。
③ 西谛(郑振铎)：《整理中国文学的提议》，原载《文学旬刊》五十一期。
④ 鲁迅：《坟·看镜有感》。

秀《文学革命论》在尖锐地批判了明代前后七子等"十八妖魔辈"的同时,也认为"元明剧本、明清小说,乃近代文学之灿然可观者"。即使被认为最偏激的钱玄同,在响应胡适的《文学改良刍议》的同时,也极力赞赏汉魏之歌诗乐府:"短如《公无渡河》,长如《焦仲卿妻诗》,皆纯为白描,不用一典,而作诗者之情感,诗中人之状况,皆如一一活现于纸上。"①历史已经证明:本世纪对于中国传统文学的科学整理和研究,作出最卓越的贡献者,恰恰是高举"五四"新文化运动和文学革命旗帜的那一代人。这就雄辩地说明,"五四"时期对传统文学的"重新估定价值"绝不是简单粗暴的"全盘否定"传统,而恰恰是用现代的科学的观点与方法对传统文学进行再认识、再估价与再发现,使其在新的文学变革中获得新的生命力,从而有助于推动社会的现代化进程。

二

传统对于中国古代文化典籍的分类,是以儒家经典作为价值尺度的,所谓经史子集的"四部"不仅是指四个类别,而且是依价值的高下来厘定其排列次序的。例如《四库全书总目提要》,除《诗经》列于经部以外,属于文学范围的只存于四部之末的集部,而集部之内也是受传统价值观念的制约、十分杂乱的。集部有词曲一类,但不收杂剧、传奇,只录论曲之书;小说则列于子部,只收《世说新语》《朝野金载》之类,不收《西游记》《水浒》等名作,所以鲁迅说:"小说家的侵入文坛,仅是开始'文学革命'运动,即 1917 年以来的事。"②那么诗文应该是集部的主要内容了,其实也很杂乱。郑振铎说:"有人以为集部都是文学书,其实不然。《离骚草木疏》亦附在集部,所谓'诗话'之类,尤为芜杂。即在'别集'及'总集'中,如果严格地讲起来,所谓'奏疏',所谓'论说'之类够得上称为文学的,实在也很少。还有二程(程灏程颐)集中多讲性理之文,及卢文弨、段玉裁、桂馥、钱大昕诸人文集中,多言汉

---

① 钱玄同:《寄陈独秀》。
② 鲁迅:《〈草鞋脚〉小引》。

学考证之文,这种文字也是很难叫他做文学的。"①所以对于传统文学的价值重估,首先在于破除文学攀附六经、宣扬文以载道的传统观念,以西方文学观为参照,取得文学的独立地位。胡适等人十分重视文学的"正宗"问题,目的就在提高小说、戏剧以及白话文学、民间文学的地位,确立新的文学观念。这是"五四"文学革命的重要内容,也是对传统文学价值重估的出发点。以"中国文学史"这类书籍为例,中国文学虽然历史悠久,但历来只有作品选一类"总集"式的书籍,根本没有阐述文学发展的文学史著作。最早的中国文学史是英国人翟理斯写的,1901 年伦敦出版。中国人写的"中国文学史"出现于本世纪之初,已是受了外来影响的产物;但内容十分庞杂,文学观念混淆不清,直到"五四"以后,才有了许多种表现新的文学观念的文学史著作。例如 1905 年前后出版的黄人的《中国文学史》(国学扶轮社印行),所收范围就包括制、诰、策、谕,以及小说、传奇,骈散、制艺,乃至金石碑帖、音韵文字,内容十分庞杂。1910 年林传甲的《中国文学史》(日本宏文堂印行)也是按音韵、训诂、群经、诸子、史传、骈散等类分篇叙述的。直至 1918年出版的谢无量《中国大文学史》,还是将论述范围扩及经学、文字学、诸子哲学,乃至史学和理学。② 只有经过"五四"文学革命,通过对西方文学观念的输入和对"文以载道"观念的批判,20 年代出现的文学史著作才使文学与经学分离,获得了独立的地位与价值,科学地确定了文学的概念和范围,从而使对传统文学的整理与研究获得了科学的基础。这是"五四"一代学者们的历史贡献,是新的价值观的一种体现。

较之传统的文学观念,似乎文学的范围缩小了,但另一方面它又扩大了。即以小说戏曲来说,向来就不被重视,鲁迅慨叹"在中国,小说是向来不算文学的"③。他写《中国小说史略》,序言中第一句话就说"中国之小说自来无史"。1916 年王国维《宋元戏曲考》出版,序中也说"世之为此学者自余始"。把小说戏曲视为中国文学之正宗,正是扩大研究领域、价值重估的结果。这是符合当时的时代精神的;第一,它们都是宋元以降作品,离我们的

---

①　西谛(郑振铎):《整理中国文学的提议》。

②　参看陈玉堂《中国文学史书目提要》。

③　鲁迅:《〈草鞋脚〉小引》。

时代较近;第二,它们都是用白话或比较接近口语的文学语言写的;第三,它们所描写的社会面比较广阔,不像古代诗文那样局限于文人生活。小说戏曲中当然也有某些儒家圣经贤传的载道内容,它也毕竟是产生于封建社会的作品;但流传于广阔的社会面的大众文化与仅仅流行于社会上层的道德、理学之类的系统的天人之际的学说不同,它已成了民族性格的一部分。它当然也有弱点需要批判,即习惯所谓国民劣根性,但它既是一种动态的历史范畴,随着社会的发展也会逐渐变化,而且"人的现代化"是必须以之为起点的。这就是"五四"以后俗文学的研究盛极一时的原因,郑振铎写了《中国俗文学史》,不仅小说戏曲,连弹词、鼓词以至佛曲宝卷等,都包括在研究者的视野之内了。北京大学开设了"中国小说史"和"中国戏曲史"的课程,鲁迅写了《中国小说史略》,吴梅写了《中国戏曲概论》;胡适提倡"新红学",刘半农主张"提高戏曲对于文学上之位置"[①],所有这些变化,既是研究领域的开拓,也体现了价值重估的结果。西谛(郑振铎)在《整理中国文学的提议》中就明确提出"我们站在现代,而去整理中国文学便非有:(一)打破一切传袭的文学观念的勇气与(二)近代的文学研究的精神不可"。他认为:"中国文学所以不能充分发达,便是吃了传袭的文学观念的亏。大部分的人,都中了儒学的毒";必须"把金玉从沙石中分析出来"。用新的文学观念来反观传统文学,重新分辨金玉和沙石,就是价值重估的工作。

陈独秀在《文学革命论》中高张文学革命军三大主义的第一条,就是"推倒雕琢的阿谀的贵族文学,建设平易的抒情的国民文学",周作人写了《平民文学》,指出"平民的文学正与贵族的文学相反","乃是研究平民生活——人的生活——的文学"。与"五四"时期高扬的民主、科学的思潮相适应,对民间文学当然也给予了高度的重视;北京大学成立了"民间文学研究会",创办了《歌谣周刊》。这种精神同样表现在对传统文学研究领域的开拓和价值的重估上。胡适在为徐嘉瑞的《中古文学概论》所作的序中,对这种评价尺度的变化曾作过明确的说明,他指出过去讲两汉文学,只讲从贾谊《鹏鸟赋》到祢衡《鹦鹉赋》的一条线,"但我们现在知道,这一条线只能代表贵族文学和庙堂文学,而不能代表那真有生命的民间文学……直到建安、黄初的文学时

---

① 刘半农:《我之文学改良观》。

期,曹操父子出来,方才大胆地模仿提倡那自由朴茂的乐府诗体。从此以后的诗人,大都经过一个模拟古乐府的时期,于是两汉平民文学的价值方才大明白于世,而《孤儿行》《陌上桑》一类的诗歌遂从民间文学一跃而升作正统文学的一部分了。"胡适充分肯定了徐嘉瑞此书的观点:"认定中古文学史上最重要的部分是在那时候的平民文学,所以他把平民文学的叙述放在主要的地位,而这一千年的贵族文学只占了一个很不冠冕的位子。"其实这正是"五四"时期普遍流行的观点。从古代歌谣,《诗经》中的"国风",《楚辞》中的"九歌",乐府诗,六朝民歌,直至后来的俗文学,或被重新发掘,或给以新的阐释和评价,都成为当时文学研究的"热点"。更重要的,是关于民间文学在传统文学的历史发展中所起的作用,第一次得到科学的说明。无论是"五四"时期的胡适,还是稍后的鲁迅,都揭示了中国传统文学发展的一个"规律性"的现象:"文学的新方式都是出于民间的",文人学士从中吸取营养,使文学获得新的生命,发展到极端,又成为新的束缚,"文学的生命又须另向民间去寻新方向发展"。① 对于民间文学在传统文学发展中的地位与作用的"重估",是与"五四"时期新的文化价值观完全适应的。

"五四"文学革命是以提倡白话、反对文言为突破口的。当时的发难者主要申述了两方面的理由:第一是白话是一种最好的文学语言,有利于表情达意;第二是白话能为更多的人所看懂。关于后者,同提倡民间文学的道理是一样的,是民主思潮的时代反映,要求语言文字能适合大多数人的需要;但这必须无损于文学语言的表现能力,因此需要从理论和实践上予以证明。胡适写了《白话文学史》,一方面固然是要树立白话的文学正宗地位,一方面也正是为了替白话是最好的文学语言找寻历史的根据,这就自然牵涉到对传统文学的重估问题。胡适不仅把王梵志、寒山、拾得列为"白话大诗人",而且认为"中国文学史上何尝没有代表时代的文学?但我们不该向那'古文传统史'里去寻,应该向那旁行斜出的'不肖'文学里去寻。因为不肖古人,所以能代表当世!"②胡适的某些具体论点并不一定得到学术界的普遍承认,但这种价值重估的精神是符合时代要求的。他后来总结说:"我们

---

① 胡适:《〈词选〉自序》,并参看鲁迅《门外文谈》。
② 胡适:《白话文学史·引子》。

在那时候所提出的新的文学史观,正是要给全国读文学史的人们戴上一副新的眼镜,使他们忽然看见那平时看不见的琼楼玉宇,奇葩瑶草,使他们忽然惊叹天地之大,历史之全! 大家戴了新眼镜去重看中国文学史,拿《水浒传》《金瓶梅》来比当时的正统文学,当然不但何、李的假古董不值一笑,就是公安、竟陵也都成了扭扭捏捏的小家数了! 拿《儒林外史》《红楼梦》来比方、姚、曾、吴,也当然再不会发那'举天下之美无以易乎桐城姚氏者也'的伧陋见解了!"①当时对传统文学的再评价是全面的,从古到今的。他们所评判的旧的文学观念,除了"文以载道"以外,还有独尊某种文学的"正统"观念;"以文学为一种忧时散闷,闲时消遣的东西"的观念;"以仿古为高,学古为则"的观念②;"沾沾于声调字句之间,既无高远之思想,又无真挚的情感"的只重形式的观念③。他们的理论根据则主要是文学的进化观念。这其实是一种朴素的历史主义观点,是反对尊古复古,为文学革命提供根据的。胡适的解释是"文学者,随时代而变迁者也。一时代有一时代之文学"④。郑振铎则解释得更有弹性:"所谓'进化'者,本不完全是多进化而益上的意思。他乃是把事物的真相显示出来,使人有了时代的正确观念,使人明白每件东西都是时时随了环境之变异而在变动,有时是'进化',有时也许是在'退化'。"⑤所以他们强调的实际上是文学和时代环境的关系,观念和社会发展的关系。这是新的文学观念的依据,也是进行价值重估的尺度。经过"五四"以来对传统文学的反观和整理,文学的内涵和范围明确了,叙述的条理清晰了,对作品的评价也不是只凭直观意会而重视逻辑论证了,这就为中国文学史的研究成为一门科学奠定了坚实的基础。

三

观念变了,自然要引起方法的变革。"五四"时期是十分重视方法论的。《新潮》(一卷五号)上曾发表过毛子水的一篇文章,题目叫《国故和科学精

---

① 胡适:《中国新文学大系·建设理论集·导言》。

② 西谛(郑振铎):《整理中国文学的提议》。

③④ 胡适:《文学改良刍议》。

⑤ 郑振铎:《研究中国文学的新途径》。

神》。文章反复强调:"必须具有科学精神的人,才可以去研究国故。"科学是"五四"的重要指导思想之一,当时对科学方法的提倡和讨论是很热烈的,胡适就说:"中国人有一个大毛病,这病有两种病症:一方面是'目的热',一方面是'方法盲'。"①他主张"用科学的研究法去做国故的研究"②。这首先必须对传统的在儒家文以载道的观念影响下的反科学的研究方法进行批判,郑振铎称之为"附会"与"曲解的灾祸"。他说:"古代许多很好的纯文学,也被儒家解释得死板板的无一毫生气。《诗经》里很好的一首抒情诗(《关雎》)……被汉儒一解释便变成'后妃之德也,风之始也。所以风天下而正夫妇'了。""自朱熹作《通鉴纲目》贬曹操,以三国正统予刘而不予曹,于是后之评《三国演义》者,几无一处不以作者为贬曹操,是写曹操的奸恶的。无论曹操的一举一动,都以为奸谋,是恶行。""为儒者所不道的稗官小说,开卷亦必说了许多大道理。无论书中内容如何,而其著书之旨,则必为劝忠劝孝。"③在儒学的体系中,所有中国传统文学都成了儒家经典的注释,根本谈不到文学的独立价值。"五四"时期曾流行过一阵"疑古"的风气,表示对传统说法的怀疑,要求重新评估;这不仅指对古书记载或说法的怀疑,也包括对传统作品笺注、研究中的许多附会、曲解之说的怀疑,实际上就是提倡一种"实事求是"的科学精神。毛子水的《国故和科学精神》一文正是这样说明的:"凡是一说,必有证据,证据先备,才可以下判断。对于一个事实,有一个精确的、公平的解析,不盲从他人的说话,不固守他人的思想,择善而从,这都是'科学的精神'。"这种科学的精神或方法是包括对材料真伪的审核和对论证逻辑性的周密两方面说的;胡适写了《治学的方法和材料》,郑振铎写了《研究中国文学的新途径》,都是提倡郑振铎称之为"归纳的考察"的方法的;他说:"自归纳的考察方法创立后,'无征不信'便成了诸种学者的一个信条。"④它确实是当时普遍运用的一种方法。

这种归纳的考察方法当然是受到西方的影响和启发的,郑振铎就说:"归纳的考察,倡始于倍根;有了这个观念,于是近代思想,乃能大为发展,近

---

① 胡适:《问题与主义》。
② 胡适:《论国故学——答毛子水》。
③ 西谛(郑振铎):《整理中国文学的提议》。
④ 郑振铎:《研究中国文学的新途径》。

代科学乃能立定了它们的基础。在以前,无论研究什么问题或事件,都有了一个定理或原则,然后再拿这个定理或原则去作为讨论或研究的准的。"而归纳的方法则是"他们不轻下定论,他们下的定论便是集合了许多证据的归纳的结果"。① 这里,"从原则出发"与"从事实出发",确实是两条不同的研究路线。一般地说,由于归纳法通常是在同类现象的类比中发现问题,而在遍搜事例中归纳出结论的,因此在这种方法适用的范围内,如作者的生平事迹、作品的版本目录、文字的校勘训诂等方面,是可以得出正确的结论的。清代乾嘉学派的朴学,所用的也是这种考据方法,这也是他们受到近代学者赞许的原因。但清儒所致力的主要是经学和小学,"五四"时期继承了他们的治学精神,参照西方科学方法,而移之于文学的研究,就受到了很大的局限。因此最有成就的仍然是在它所适应的范围内,如"新红学"的提出,小说戏曲的作者和版本的考订,以及作品的系年等;而对于作品本身的分析和研究,就相对地薄弱了。

"五四"新文化运动本来是在受到西方文化的影响下产生的,因此不只归纳考察的方法,许多问题的提出和讨论都可以从中看到西方的影响:如中国的史诗问题,古代神话问题,"在宋元之前,为什么中国没有发生过戏剧和小说的大作品"②,等等。胡适提倡"比较的研究",就表现了以西方文化为参照系的时代特点。他说:"附会是我们应该排斥的,但比较的研究是我们应该提倡的。有许多现象,孤立的说来说去,总说不通,总说不明白;一有了比较,竟不须解释,自然明白了。"他主张"打破闭关孤立的态度,要存比较研究的虚心"③,向西方学习科学的方法来研究中国文学。虽然比较文学的研究在中国没有得到很大的发展,但这种要求和研究方法也是从"五四"开始提倡的;正如郑振铎所说:"现在却是与西方文学相接触了,这个伟大的接触,一定会有一个新的更伟大的时代出现的。"④

就方法论的意义讲,"五四"时期研究传统文学最有收获的应该说是如鲁迅后来所概括的"知人论世"的精神。这是估定价值的依据,也是一种既尊重历史又富于时代精神的谨严的治学态度。郑振铎认为,"一个伟大的作

---

①②④　郑振铎:《研究中国文学的新途径》。
③　　胡适:《〈国学季刊〉发刊宣言》。

品的产生,不单只该赞颂那产生这作品的作家的天才,还该注意到这作品的产生的时代与环境"①;胡适更强调对于古人,必须"各还他一个本来面目,然后评判各代各家各人的义理的是非"。他说:"不还他们的本来面目,则多诬古人。不评判他们的是非,则多误今人。但不先弄明白了他们的本来面目,我们决不配评判他们的是非。"②"五四"以后对于中国传统文学的研究最有新意、成就最显著的著作,都是带有这种明显的时代精神的。鲁迅对于嵇康和中国小说史的研究,胡适对于吴敬梓和曹雪芹的研究,郑振铎对于小说、戏曲和俗文学的研究,都是明显的例证。他们运用了"知人论世"的观点和方法,对传统文学作出了不同于前人的评价,既阐明了历史上产生这些作家和作品的时代和环境,又能站在新的时代精神的高度给予新的评价;虽然有的还缺乏应有的对作品的艺术特色的深入细致的分析,但就价值重估而言,是体现了现代人的眼光和要求的。

四

在对传统文学进行价值重估时,更重要的是发掘和重视文学本身的真和美的价值。过去以温柔敦厚为诗教,对文学作品的正统的评价一向偏重道德伦理等的教化作用,但真、善、美之间原是有联系的,除去对"善"的内容赋予不同于过去的、充满现代精神的新的理解之外,"五四"时期更着重发扬文学作品的真实和审美的特性,这是更符合文学的本质特征和科学精神的。真实是文学的生命,当陈独秀将"推倒陈腐的铺张的古典文学,建设新鲜的立诚的写实文学"作为文学革命三大主义之一,高举起现实主义旗帜时,就已经包含了要重视真实性和提倡现实主义的内容;鲁迅在尖锐地批判传统文学中反现实主义的瞒与骗的文艺的同时,也称赞《红楼梦》的作者"是比较的敢于实写的"③。"五四"时期的前驱者,无论鲁迅或胡适,都对传统的小说和戏曲中的"大团圆"结局进行过猛烈的抨击,其主要理由就在于它不真

---

① 郑振铎:《中国文学研究者向哪里去?》,收于《中国文学研究》下册。
② 胡适:《〈国学季刊〉发刊宣言》。
③ 鲁迅:《坟·论睁了眼看》。

实；与此同时，他们也努力在传统文学中发掘现实主义的积极因素，作为新文学建设的渊源和依据。《红楼梦》之所以得到当时众口一词的高度评价，正是由于它敢于正视现实的成就。鲁迅说："至于说到《红楼梦》的价值，可是在中国底小说中实在是不可多得的。其要点在敢于如实描写，并无讳饰，和从前的小说叙好人完全是好，坏人完全是坏的，大不相同，所以其中所叙的人物，都是真的人物。"[①]由此可见，"五四"那一代学人坚持"敢于如实描写，并无讳饰"的真实性的价值尺度是非常严格的。胡适的《白话文学史》认为杜诗是中国文学走向"成人期"的标志，就因为杜甫的作品"内容是写实的，意境是写实的"。这种高度重视文学的真实性的观点是"五四"时期重估传统作品的重要尺度，也是完全符合新文学提倡现实主义的精神的。

至于以新的审美观点和艺术趣味来审视和评价传统文学作品，是更能在文学的本质特征和变革的深刻性上体现"五四"的时代精神的。在这方面，鲁迅的贡献特别显著。在本世纪初所写的《摩罗诗力说》里，他已尖锐地批判了正统的"持人性情"的诗论，使许多抒情诗"多拘于无形之囹圄，不能舒两间之真美"，接着便指出了屈原作品的价值："抽写哀怨，郁为奇文。茫洋在前，顾忌皆去"，"放言无惮，为前人所不敢言"。虽然鲁迅认为屈原作品中还缺乏"反抗挑战"之音，距离他所向往的那种"能宣彼妙音，传其灵觉，以美善吾人之性情，崇大吾人之思理"的审美理想还相当远，因此说"感动后世，为力非强"；但就中国传统诗歌说来，他仍然认为是不可多得的"伟美之声"。在《中国小说史略》中，他认为唐人传奇"叙述宛转，文辞华艳"，"实唐代特绝之作"，"成就乃特异"，"而大归则究在文采与意想"。所谓"文采与意想"，就是我们现在所说的艺术表现力和艺术构思，是蕴含着深刻的美学评价的。又如讲明代小说，他评《西游记》为"虽述变幻恍忽之事，亦每杂解颐之言，使神魔皆有人情，精魅亦通世故，而玩世不恭之意寓焉"。评《金瓶梅》为"故就文辞与意象以观《金瓶梅》，则不外描写世情，尽其情伪，又缘衰世，万事不纲，爱发苦言，每极峻急，然亦时涉隐曲，猥黩者多"。这些评价都是就文辞和意象两方面考察的，十分重视作品的艺术质量和审美特点。

我们所以比较详细地介绍了鲁迅的观点，是因为对于传统文学的美学

---

① 鲁迅：《中国小说的历史的变迁》。

选择中，不仅有时代和社会的深刻影响，而且有个人气质、修养和爱好的鲜明印记。与提倡小说戏曲等新观念为多数人所异口同声者不同，审美观点常常带有鲜明的个性特征；尽管当时的前驱者都有追求新的富有时代精神的新观念的愿望，但在具体评述中则不能没有强烈的主体色彩。鲁迅在《中国小说史略》中以对《儒林外史》的评价为最高，这当然是同他对知识分子命运的特殊关心和感受分不开的。胡适在《白话文学史》中，十分重视作品的"诙谐的风趣"，他认为杜甫晚年的诗即使谈穷说苦也"常带有嘲戏的风味"，"正因为他是个爱开口笑的人，所以他的吞声哭使人觉得格外悲哀，格外严肃"；他认为这最能显示杜甫的"真面目""真好处"。他还从陶潜那里（和杜甫同是胡适最喜爱的诗人）也发现了"诙谐"：认为这既是人生的境界，也是诗的境界。这种审美趣味就是与胡适本人的个性分不开的。其他许多学者在对传统文学的艺术评价中，也都有互不相同的美学观点和趣味。鲁迅的观点之所以有代表性，是因为它既体现了"五四"时期的时代精神，又能经得起历史的考验，许多精辟的论述今天仍然能给我们以很大的启发。尊重个性，重视自我，是"五四"时期与社会发展密切相关的时代精神，也是重估传统文学的一种独立自主的意识，因而在观察角度和美学评价上就自然呈现出千姿百态的面貌了。《新潮》一卷一期的一篇《故书新评》，其中说："果其以我为主，而读故书，故书何不可读之有。若忘其自我，为故书所用，则索我于地狱中矣。"①既然"以我为主"，则对传统文学的重估中就不能不深刻地打上时代与个人的烙印。所谓"重估"，从主体意识方面说，就是在以往的历史中"寻找"和"发现"符合于自己所生活的时代和自我的美学爱好的东西，因而它必然是有所否定、又有所肯定的。所以无论在具体评价上彼此的观点如何不同，"五四"新文化运动绝不是对所有传统的东西都采取全盘否定的态度，则是无疑的。鲁迅对封建文化的批判是尖锐的和彻底的，但他所赞扬和肯定的价值也是鲜明的和深刻的。当然，任何历史时期都不可能只有一种声音，何况"五四"时期属于社会激烈动荡的时代，但就代表时代精神的主旋律来说，"五四"时期的一代人又是有其惊人的共同点的。

中国社会的现代化进程是漫长而艰巨的，现代文化的创造和同外来文

---

① 《故书新评》，《新潮》一卷一期，署名"记者"。

化的融合同样是一个长期的历史进程;这个历史阶段远未结束,我们今天仍处在这个进程之中。作为现代化的起点,"五四"新文化运动所提出或讨论过的许多问题,今天仍然是学术文化领域注意的热点。尽管问题的提法不同了,内容进入到更深的层次,更广阔也更复杂了,但就许多方面来说,仍属于同"五四"时期相同的类型或范畴;其根本原因就在于我们所面临的仍然是现代化的问题。就社会发展来说是如此,就现代文化的创造和建设来说也是如此。

　　文学革命是"五四"新文化运动的重要组成部分,它的目标是要创造一种符合世界潮流和社会进步的新文学。在谈到对传统文学的价值重估时,我们不能不注意到一个基本事实,即当时对传统文学重估最热忱的倡导者,如我们一再提到的鲁迅、胡适、郑振铎等人,同时也是现代新文学的主要创造者;这就说明二者之间所存在的深刻联系。他们在传统文学中所发现和肯定的价值特点,也正是体现在他们所创造的新文学作品中的基本特征。鲁迅后来曾说:"我也以为'新文学'和'旧文学'这中间不能有截然的分界,然而有蜕变,有比较的偏向。"[1]同样是鲁迅的话:"新文化仍然有所承传,于旧文化也仍然有所择取。"[2]"我们不但是文艺上的遗产的保存者,而且也是开拓者和建设者。"[3]历史已经显示了"五四"一代人的无可置疑的功绩和贡献,它同样也启示我们在中国现代化的进程中对待传统文化所应采取的态度。

1989 年 2 月 14 日于北京大学寓所

---

① 鲁迅:《准风月谈·"感旧"以后(上)》。
② 鲁迅:《集外集拾遗·〈浮士德与城〉后记》。
③ 鲁迅:《集外集拾遗·〈引玉集〉后记》。

念朱自清先生

一　生平点滴

朱自清先生是我的老师，从 1934 年我在清华中国文学系求学起，系主任就是朱先生。式瞻仪形，亲承音旨，一直是追随着朱先生学习的。以后在昆明入清华研究院，导师也是朱先生；毕业后在清华文科研究所工作，复员后又回清华大学服务，都是在朱先生的指导下做工作的。特别是在他逝世前的五六年，更是常常在一处。自信对于他的平生治学和为人，是有相当的了解的；现在谨就记忆所及，分述于后。

关于他多少年来一贯的严肃认真的负责态度，凡是认识他的人都很熟悉。学生的报告或论文等，他总是详细地加以批改和指导，绝不随便发还了事。作者以前上他所授的"文辞研究"一课，因为是关于中国文学批评的专门课程，内容比较干燥一点，班上只有作者一人听课；但他仍然如平常一样地讲授，不只从不缺课，而且照样地做报告和考试。在昆明时，朱先生因为生活清苦，在五华中学兼教一班国文，作者同时也在那里兼课，他的住所离学校很远，但从来没有因为风雨或事故误过课。有一次因为联大临时开会不能分身，在昆明又没有电话或工友可以利用，他一早就老远地亲自到中学去请假，这种情形在一般中学教员也是很少有的。1948 年 6 月初，在他逝世前两个月，他的胃病发了，吃一点东西就要吐，但他仍然没有吃就上课去了，结果在班上大吐，由同学们扶回家里。作者去看他时，他说如果过三两天还不能起床，就嘱作者代他上"中国文学史"和"中国文学批评"两课程，但休息了几天后，他又勉强自己去上课了。平日凡是报章杂志约他撰文，或同学请他讲演，只要他答应了，是绝不会爽约的。一次在清华中文系欢送毕业同学的会上，他勖勉同学说："青年人对政治有热忱，是很好的事情；但一个人也应该把他的本分工作做好，人家才会相信你。"这是朱先生自己的做人态度；但不幸在当时的环境下，是太不适宜于培植好树了。他在《文学的严肃性》一文中曾说，"现在更是严肃的时期"；又说，"时代要求严肃更迫切了"。这种严肃的负责精神，整个地贯彻着他一生的治学和为人。

他虽然负责，并不揽权，更不跋扈。相反地，和蔼成了他生活的习惯。尊重别人的意见是他经常的态度。路上遇着，老远就跟人点头，不论是同事、学生或工友。你随便告诉他点事情，他总会谢谢你的。他主持清华中文系十多年，自己的工作极忙，但从来没有役使过助教或同学；和每一位的情感都是很融洽的。虽然是这样的谦虚和蔼，他自己的信念却很坚定。据赵凤喈所写的《忏悔录》说：他竞选国民党的伪立法委员，找朱先生签名赞助，朱先生说"我不能签名"。在他逝世的前两日，已经开刀后卧在医院的病榻，还谆谆嘱咐家人，说他已经签名拒绝接受美国的"救济"，以后不要买他们的配售面粉。朱先生在《论气节》一文中，解释"气"是积极的有所为，"节"是消极的有所不为。从他平生的言行中，我们领略到了这种中国人民的优良传统，古狷者的耿介态度。

闻一多先生被刺后，朱先生在《中国学术界的大损失》一文中说："他是不甘心的，我们也是不甘心的！"在生前，闻先生和朱先生的私交并不如一般所想象的那么深，他对于闻先生《全集》的编纂，照着闻先生的遗志来计划清华中文系的系务，都并不只是为了私谊。在《闻集》的搜集和整理上，他实在花费了不少的精力；如果不是他主持，《闻集》是不会问世的。闻先生死后，他在成都，给作者的信就说："一多先生之死，令人悲愤。其遗稿拟由研究所同人合力编成，设法付印。此事到北平再商。"在他逝世前的两年，他无时不在为闻先生的遗作操心。死前一日，他把闻先生的手稿都分类编目，一共是二百五十四册又二包，都存在清华中文系，目录在校刊上公开发表。闻先生的《全唐诗人小传》是未完成的工作，他计划自 1948 年暑假后起，由清华中文系同人集体完成，扩充内容，改为《全唐诗人事迹汇编》。死前一月，7 月 15 日闻先生死难二周年纪念会，他还出席报告《闻集》的编纂经过，说"又找到两篇文章没有来得及收进去，很遗憾"。他死后我在他的书桌上看见一个纸条子，是入医院之前写的；上书"闻集补遗：(一)《现代英国诗人》序。(二)《匡斋谈艺》。(三)《岑嘉州交游事辑》。(四)《论羊枣的死》"。

他已经又搜罗到四篇闻先生的作品了。闻先生的全集于1948年8月底出版，而朱先生已于8月12日积劳逝世。这又何尝不可以说"他是不甘心的，我们也是不甘心的"。

他逝世前半年中的主要工作，是为开明书店编辑《高级国文读本》，全书六册，选文全用语体，都是当代作家的作品。后边附列"篇题""音义""讨论""练习"四个项目，也都是用语体作的。在当时说，一般的中学教本还都是选的一些陈腐的文言滥调，这套书不只选文本身是好的读本，附列的项目也同样是好的读本。因为要赶着下学期开学前出版，他工作得很紧张，工作时又仔细认真，一连三四天都弄不好一篇。半年中胃病发了三次，都和这工作有关。到他死时关于选文的各种材料还整齐地放在书架上，而工作已经停顿了。

朱先生入殓时，作者在医院遇着闻家骃先生，闻先生说："死不得的，各方面都需要他！"是的，各方面都需要他工作。

他死时才51岁，前一年作者还谈过为他的五十诞辰庆祝，他说："明年再说罢，明年才是五十足岁。"这是辞谢的话。这年四月，作者和李广田、范叔平两先生到他寓所，曾谈起由北京的文艺界开一茶会，并出一特刊，只纪念他在作家方面三十年来的成绩，并不惊动清华同人。他谦虚地说他并没有什么值得庆祝的成就，而且生日在十月，到时他请客小聚好了。作者曾和李广田先生计议，等到十月时我们再筹备好了。谁想到八月，负责筹备的竟是他的追悼会！

朱先生平日工作得太劳顿了，他计划做的和正在做的事情都太多，大家劝他多休息总没有效力。逝世前半年体力渐弱，面目清癯，体重减低到三十五公斤，走一点路都很吃力。他自己也很为身体担忧，但工作却毫不减轻，一清早就坐在桌子前。他当然也有衰老的感觉。不过并不因此消极；他把唐人的诗句"夕阳无限好，只是近黄昏"，改写作"但得夕阳无限好，何须惆怅近黄昏"，写好放在写字桌的玻璃板下边，当作自己的警惕。这种负责工作的精神是何等的严肃！

朱先生这病已拖了十几年，如果不是在反动统治下多少年生活的颠沛和艰苦，朱先生是绝不会死的。1945年在昆明，胃病也曾严重地发过一次，暑假他去成都，打算在成都四圣祠医院根治，但"八一五"的胜利到了，他写信告诉作者说:"胃病已暂平复,胜利既临,俟到北平再为根治。"谁想回到北平的日子,精神物质比抗战时期都难过呢! 一直拖到胃上穿了大洞才借钱入医院,而体力已衰弱得不能支持了。

朱先生死后,我接到一位老同学来信说:"天之将丧斯文也,闻朱二师,二年间竟相继逝世! 遥望北国,能不下泪!"但这并不是偶然的,在国民党反动统治的环境下,是很难培养一棵好树的。朱先生才50岁,他可以做很多有益的事情,他也要做很多有益的事情;但竟这样地结束了他的一生。

二 新诗创作

朱先生在大学里学的是哲学,我们在《新潮》上还可以看见他写的关于心理学的文章。"五四"的浪潮促使他走上了创作的路,他开始写诗。诗是"文学革命"最早结有果实的部门,虽然不像小说那样一开始就有了丰硕的收获。这在当时是含有一点战斗意义的。因为小说还有《水浒》《红楼》等旧小说可以借镜;而韵文又是旧文学自以为瑰宝的,文学革命一定要在诗的国土攫有权力,那才算是成功,才不只是"通俗教育"的东西。因此在《新青年》上,鲁迅、李大钊、陈独秀,这些不以诗人闻名的人,也都有作品出现。用鲁迅的话说,是"因为那时诗坛寂寞,所以打打边鼓"①。在这种情形下,为"五四"浪潮觉醒了的青年们,捺不住热情的冲涌,许多人也都纷纷地喊出了他们的声音。朱先生开始写诗是1919年2月29日(据《雪朝》),正是"五四"的前夜。初期的新诗,虽然标示着要靠"语气的自然节奏",但大都没有脱离旧诗词的影响;朱先生的诗却比较更多地摆脱了旧诗词的束缚,使新诗向前跨了一步。他是文学研究会的早期会员之一。1922年出版的《诗》月刊,是"五四"以来最早出现的诗刊,算作文学研究会的定期刊物。朱先生说,"这是刘延陵、俞平伯、圣陶和我几个人办的"②。在上面他写了好些诗。茅盾先生曾说:文学研究会作家的创作态度是一般地以为"文学应该反映社

---

① 鲁迅:《集外集·序言》。
② 朱自清:《中国新文学大系·诗集·选诗杂记》。

会的现象,表现并且讨论一些有关人生一般的问题"①。在正视现实和面向人生的态度上,朱先生的诗也毫不例外地表现了这种精神。

朱先生在"五四"时期写了四十多首诗,这是他早期创作的主要收获。这些诗大都收在他的诗文集《踪迹》和文学研究会丛书之一的《雪朝》里。《雪朝》1922年初版,是一本诗合集,作者八人:朱自清、周作人、俞平伯、徐玉诺、郭绍虞、叶绍钧、刘延陵、郑振铎。先生是第一位。

在这些诗里,无论是白话诗,还是散文诗,无论是小诗,还是长诗,大多是抒唱个人对生活的感受和追求的。在"五四"时期进步思潮的影响下,具有民主思想的朱先生对黑暗现实采取了否定的态度。《黑暗》一诗所描绘的那笼罩一切的浓重黑暗,是朱先生对现实生活的真实感受。在《小舱中的现代》里,先生从那些饥兽般的人们在人生战场上紧张的挣扎中,"认识了那窒息着似的现代了"。

黑暗的重压迫使朱先生更加渴望光明。他在一些咏物寓意的短诗中,借灯光、煤火等形象,抒写自己向往未来、渴望光明的心情。比如,他在《灯光》里,热烈赞美那在黑暗中照耀着的明亮的灯光。在《煤》里,他歌颂在"黑裸裸的身材里""透出赤和热""美丽而光明"的煤。在《北河沿的路灯》里,那一行在无边的黑暗中,闪烁于城墙上的路灯,它帮助诗人"看出前途坦坦",朱先生祝福它"永久而无限"。在《送韩伯画往俄国》中,朱先生以"红云"喻苏联,赞扬那"提着真心""从大路上向红云跑去"的友人,显示了朱先生对十月革命的向往。而《光明》一诗,朱先生在表达了自己热望光明的心情后,提出了"你要光明,你自己去造!"字里行间洋溢着可贵的进取精神。

然而怎样才能创造光明呢?朱先生当时并不明确,因此常常在一些诗中流露出怅惘和惶惑的痛苦,这怅惘和惶惑,正反映了那些为"五四"觉醒了而未能和革命主流相结合的知识青年的彷徨苦闷的心情。在《匆匆》里,朱先生用轻曼的笔调,将自然界的燕子、柳树、阳光,以及个人的感觉——光阴悄悄挪移等编织在联想中,细腻地刻画了时间匆匆逝去的踪迹,曲折地,然而却准确地传达了知识青年在"五四"运动影响下,有所觉醒,但未找到明确道路的苦闷情绪。《笑声》则唱出对失去欢乐的慨叹;《独自》《怅惘》等诗里

---

① 茅盾:《中国新文学大系·小说一集·导言》。

抒唱的也都是孤独悲怆的情绪。1922 年写的长诗《毁灭》，虽然也流露了这种寂寞的感情，但可贵的是，就在感到前途一片迷茫的境况里，主人公"我"并不消极悲观，仍然鞭策着自己继续向前追求。朱先生写道：

> 从此我不再仰眼看青天，
>
> 不再低头看白水，
>
> 只谨慎着我双双的脚步；
>
> 我要一步步踏在泥土上，
>
> 打上深深的脚印！
>
> 虽然这些印迹是极微细的，
>
> 且必将磨灭的，
>
> 虽然这迟迟的行步
>
> 不称那迢迢无尽的程途，
>
> 但现在平常而渺小的我，
>
> 只看到一个个分明的脚步，
>
> 便有十分的欣悦——
>
> 那些远远远远的
>
> 是再不能，也不想理会的了。
>
> 别耽搁吧，
>
> 走！走！走！

诗中写出了"五四"高潮过去后青年怎样要摆脱人间各种欢乐和悲苦的纠缠，要摒弃"巧妙的玄言"，收敛起所有的幻想，"还原了一个平平常常的我！""五四"落潮后，在知识青年中，苦闷、彷徨是普遍的现象，他们有的颓废苦闷，有的绝望空想，而朱先生却以正视人生的态度，"要一步步踏在泥土上，打上深深的脚印"。就是这种现实主义的精神，终于促使他走向了人民。同时全诗律调由低抑到轻扬，盘旋回荡，曲折顿挫，无论在意境和技巧上都超过了当时一般诗歌的水平。这首诗发表后，俞平伯先生即有《读〈毁灭〉》一文，备加称誉。1924 年，革命渐趋高涨，作为一个爱国的有正义感的诗人，诗中就较多地表现了反帝、反封建的激情。《赠 A. S.》比较有名。在这首诗中，朱先生热情地赞美了"手像火把"，"眼像波涛"，志在推倒反动派的

"黄金的王宫","要建红色的天国在地上"的革命者。

1924 年朱先生的诗文集《踪迹》出版,在读者中有过很大的影响。郑振铎先生说:"朱自清的《踪迹》是远远的超过《尝试集》里的任何最好的一首。功力的深厚,已经不是'尝试'之作,而是用了全力来写着的。"①

1925 年,帝国主义反动派在上海制造了骇人听闻的"五卅"惨案,为抗议帝国主义的暴行,朱先生于 6 月 10 日写下了《血歌——为五卅惨剧作》一诗。在这首诗中,朱先生愤怒地控诉了帝国主义反动派的凶残。诗中说他们的暴行使"太阳在发抖"! 在他们的镇压下,革命群众的血像"长长的扬子江,黄海的茫茫"! 但是中国人民是吓不倒的,他们将记住同胞的血,前仆后继,继续战斗。诗人写道:

> 中国人的血!
>
> 中国人的血!
>
> 都是兄弟们,
>
> 都是好兄弟们!
>
> 　　破了天灵盖!
>
> 断了肚肠子!
>
> 还是兄弟们,
>
> 还是好兄弟们!
>
> 　　我们的头还在颈上!
>
> 我们的心还在腔里!
>
> 我们的血呢?
>
> 　　"起哟!
>
> 　　起哟!"

诗中多用重叠句,全诗读起来铿锵有力,也很好地表达了诗人愤激的心情。此诗写后载于亚东图书馆 1925 年 6 月初版的《我们的六月》和《小说月报》第十六卷第七号(1925 年 7 月),未收入《朱自清文集》,最近作者从《我们的六月》中抄下来,送给北京大学、北京师范大学、北京师范学院中文系中国现

---

① 郑振铎:《中国新文学大系·文学论争集·导言》。

代文学教研室主编的《中国现代文学史参考资料》，现已收入《新诗选》第一集。

《血歌》以后，朱先生就很少写诗了。他在《背影·序》中说："我是大时代中一名小卒，是个平凡不过的人。才力的单薄是不用说的。所以一向写不出什么好东西。我写过诗，写过小说，写过散文。二十五岁以前，喜欢写诗；近几年诗情枯竭，搁笔已久。前年一个朋友看了我偶然写下的《战争》，说我不能做抒情诗，只能做史诗；这其实就是说我不能做诗。我自己也有些觉得如此，便越发懒怠起来。"在这里，朱先生说"懒怠"是托词；"诗情枯竭"倒是真的。这也不是他对诗已经没有兴趣了，而是自1925年到清华教书以来，生活定型了，热情也减退了些，日常生活的感触和思想用散文写比较更方便；"五四"时期的高亢情绪潜伏下去，诗就少了。到闻一多先生遇难后，他又压不住愤怒的火焰，拾起久不写诗的笔，写下了诚挚沉痛的悼诗。人民的力量激发了他的诗情的复苏。他是诗人，早期给人的印象也是诗人。郭沫若先生在1932年出版的《创造十年》中，还称他为文学研究会的诗人朱自清，那时他已久不写诗了。

三　新诗理论

朱先生尽管在1925年以后就很少写诗，但他对新诗成长的关注却始终如一。他后来转向古典诗歌的研究，也是为了新诗的发展；因此尽管他的旧诗写得很好，但他的旧诗集《敝帚集》和《犹贤博弈斋诗钞》生前很少示人，更不发表，看他所取的旧诗集的名字就可知道，他只是自娱而已。但对新诗的发展却倾注了很大的热情，对各种诗歌理论和创作流派都密切注意，及时地写了大量新诗评论文章。早在20年代，他就为白采的《羸疾者的爱》和潘漠华、冯雪峰、应修人、汪静之四人的诗集《湖畔》写过评论，细致地分析了他们的风格特点。30年代，他为《中国新文学大系》编诗选集，撰写《导言》和《选诗杂记》，以后又了两篇《新诗杂话》，发表于1937年1月《文学·新诗专号》上。40年代，在抗日战争的艰难环境中，朱先生又以极大的热情写了《抗战与诗》等十二篇讨论新诗艺术的文章，汇成《新诗杂话》一书。直到1947年先生逝世前一年，还执笔写了《今天的诗》一文，念念不忘讨论"诗的道路"问题。朱先生关于新诗发展和新诗艺术的上述文字,特别是《中国新文学大系·诗集·导言》与《新诗杂话》,不仅在当时产生了巨大的影响,对新诗创作起了指导和推动的作用,而且具有很高的理论价值,对新诗理论建设作出了开拓性的贡献。

朱先生新诗理论的核心,按我的理解,就是新诗的"现代化"问题。先生在收入《新诗杂话》中的《真诗》《朗读与诗》等文中,对中国旧诗与新诗发展的道路作了历史的比较,他指出:"按诗的发展的旧路,各体都出于歌谣","都依附音乐而起,然后脱离音乐而存";新诗却"不出于音乐,不起于民间,跟过去各种诗体全异",新诗是"接受了外国的影响"而产生的。它输入了西洋种种诗歌观念,"新诗的语言不是民间的语言,而是欧化或现代化语言",它一开始就作为一种不依附音乐的独立的诗而存在,尽管"屡次有人提倡新诗采取民歌(徒歌和乐歌)的形式,并有人实地试验","但是效果绝不显著,这见得那种简单的音乐已经不能配合我们现代人复杂的情思"。朱先生一再强调:"这是欧化,但不如说是现代化";朱先生认为,"现代化是不可避免。现代化是新路,比旧路短得多;要'迎头赶上'人家,非走这条路不可"。在朱先生看来,作为新诗发展必由之路的"现代化"与新诗的民族化、群众化,并不是矛盾的。30年代他写了《中国歌谣》一书,系统地考察了古代和现代的歌谣艺术特点,目的就是为新诗创作提供借鉴。在《新诗杂话》中他指出,"'民族形式讨论'的结论不错",新诗"也不妨取法于歌谣,山歌长于譬喻,并且巧于复沓,都可学"。他肯定抗战以来新诗创作有意加重"散文成分"的努力,以及朗诵诗的创造,认为这是符合新诗发展现代化要求的,同时是"为了诉诸大众,为了诗的普及","这也可以说是民间化的趋势"。[①] 我认为,朱先生上述精辟的分析,对于今天探讨新诗现代化与民族化更进一步结合,仍然具有启示意义。

在朱先生的新诗"现代化"理论中,新诗思想内容的现代化,占据着重要的位置。朱先生在考察中国新诗的诞生历史时,首先注意的就是启蒙期的新诗与"五四"思想解放运动的密切关系:"那时是个解放的时代。解放从思想起头,人人对于一切传统都有意见,都爱议论,作文如此,作诗也如此。他

---

① 朱自清:《新诗杂话·抗战与诗》。

们关心人生,大自然,以及被损害的人。关心人生,便阐发自我的价值;关心大自然,便阐发泛神论;关心被损害的人,便阐发人道主义";这样,"说理"就成为初期新诗的"主调之一",而"诗与哲理"的结合与统一,也成为中国新诗的一个重要历史特征与传统,它表现了新诗与时代及时代先进思潮之间的血肉联系。朱先生还以十分明确的语言指出,"从新诗运动开始,就有社会主义倾向的诗";他并且具体考察了新、旧诗人与人民之间的不同的关系和态度,以充分揭示新诗在思想倾向上的"现代化"特征。他说:"旧诗里原有叙述民间疾苦的诗……可是新诗人的立场不同,不是从上层往下看,是与劳苦的人站在一层而代他们说话。"朱先生以极大热情为这类社会主义倾向的"表现劳苦生活"的诗辩护,指出"有些人不承认这类诗是诗,以为必得表现微妙的情境的才是的",是一种狭隘的观念。[①] 在论述新诗中的"爱国诗"时,他也着重于将新诗人(如闻一多)与传统爱国诗人(如陆游)在国家观念上的不同揭示出来,强调新诗人所表达的国家"观念"尽管包括、却"超越了社稷和民族",而是一个现代化的"理想的完美的中国",这个观念"不必讳言是外来的"[②];朱先生所强调的依然是新诗思想的现代化。

当然,朱先生对新诗形式上的现代化是给予了更多的注意的;在他看来,"新诗运动从诗体解放下手"[③],新诗能否取代旧诗,关键在于能否彻底打破旧诗的形式镣铐,建立起现代化的新诗形式。他作为一个新诗人和古典诗歌的研究学者,深知"诗的传统力量比文的传统大得多,特别在形式上"[④];因此,新诗人在挣脱"旧镣铐""寻找新世界"的过程中的每一个新的创造,都引起他近乎狂喜般的强烈反应,只要是"旧诗里没有的",他都以科学的态度给人有分析的肯定[⑤],并上升到理论的高度,使之成为新诗理论的点滴财富。他正是以这样的科学的实事求是的精神,肯定了闻一多、徐志摩、陆志韦、梁宗岱、卞之琳、冯至等在"融化"外国诗体,创造"新格式与新音节"的努力,并总结"归纳各位作家试验的成果",提出了"不要像旧诗那样凝

① 朱自清:《新诗杂话·新诗的进步》。
② 朱自清:《新诗杂话·爱国诗》。
③ 朱自清:《中国新文学大系·诗集·导言》。
④ 朱自清:《新诗杂话·真诗》。
⑤ 朱自清:《中国新文学大系·诗集·选诗杂记》。

成定型",只需注意"段的匀称"和"行的均齐"原则,"尽可'相体裁衣'"的主张;肯定了艾青、臧克家等诗人"一面虽然趋向散文化,一面却也注意'匀称'和'均齐'"的创造自由诗的经验[①];朱先生对新诗艺术在表现手段上的创造也给予极大重视:他肯定了闻一多、徐志摩等格律诗派的理想的爱情诗开拓了新的抒情艺术,"他们的奇丽的譬喻""也增富了我们的语言";李金发、戴望舒等的象征派"发现事物间的新关系,并且用最经济的方法将这关系组成诗"[②];卞之琳"在微细的琐屑的事物里发现了诗";冯至"在平淡的日常生活里发现了诗",丰富与发展了诗的"感觉"[③];等等。朱先生进而提出了"兼容并包"的原则,主张"将诗的定义放宽些",允许"表现劳苦生活的诗"与"表现微妙的情境"的诗,散文化的自由诗与格律诗……"并存",在自由竞争与创造中求得各自的发展,为新诗的繁荣作出各自的贡献。[④]朱先生的上述新诗理论活动都是与新诗创作实践密切结合的,这不仅显示了朱先生诗人兼学者的特色,而且使得他的理论主张始终保持着新鲜的生命力。这些观点在今天的新诗创作实践中仍然会继续发挥作用,并得到新的丰富与发展。

四　散文艺术

朱先生不仅写诗,也写散文。他是 1923 年后转向散文创作的,以后一直没有间断过,并且以自己独特的艺术风格,为中国现代散文增添了瑰丽的色彩,成为"五四"以来优秀的散文作家。

朱先生早期散文收在《踪迹》和《背影》里。在这些散文中,有一部分以夹叙夹议为主的名篇。比如《温州的踪迹·生命的价格——七毛钱》《航船中的文明》《海行杂记》《旅行杂记》《白种人——上帝的骄子》《执政府大屠杀记》《哀韦杰三君》等。这些散文直接从现实生活取材,从一个角度抨击当时的黑暗社会,有较强的现实意义。在《生命的价格——七毛钱》里,先生叙述"一条低贱的生命"的故事,针砭了买卖人口的社会现象。在《白种人——上帝的骄

---

①　朱自清:《新诗杂话·诗的形式》。

②④　朱自清:《新诗杂话·新诗的进步》。

③　朱自清:《新诗杂话·诗与感觉》。

子》中,他通过生活的片段,勾出一个傲慢的"小西洋人"的形象,指出这"小西洋人"脸上"缩印着一部中国外交史",提出民族平等的正义要求。这在帝国主义横行、北洋军阀卖国求荣的 20 年代,有着激发民族意识的现实意义。在《执政府大屠杀记》里,先生以自己的亲身经历揭露段祺瑞政府有预谋有组织地屠杀爱国群众的血腥罪行,为震惊中外的"三一八"惨案留下了珍贵的记录,并启示人们向反动军阀讨还血债。而在《哀韦杰三君》里,先生则为"三一八"惨案的死难者韦杰三君奉献出自己深挚的悼念和敬意,语挚情深,感人肺腑。先生对于北洋军阀统治下的黑暗社会的憎恶是非常明显的。

但这时期先生写得更多的是叙事、抒情的小品文,也正是这些美文显示了他在散文创作的显著成绩。这些散文叙述个人的经历和感受,描绘山水景物,曲折地抒发了他对社会现实的不满情绪。大家熟知的《背影》,是先生早期散文的代表作。它通过作者对父亲背影的描叙,表达了一个辛苦辗转的知识分子在动荡不安的时代中苦于世态炎凉的思想感情。同时也从一个小康之家日益破落的角度,曲折地反映了在帝国主义和北洋军阀统治下,中国人民的趋于贫困化。在《荷塘月色》这篇写景抒情散文里,先是诉说了自己的不宁静的心境,然后描写了一个宁静的与现实不同的环境——荷塘月色,通过对传统的"出污泥而不染"的荷花和高寒孤洁的明月的描绘,象征性地抒发了自己洁身自好和向往美好的新生活的心情。还有《温州的踪迹》里的《"月朦胧,鸟朦胧,帘卷海棠红"》《绿》《白水漈》,以及《桨声灯影里的秦淮河》等,都是以写景抒情见长的散文名篇,不仅描绘景色逼真细微,引人入胜,而且意境和感情也都具有"现代化"的时代特点。他的早期散文一般都写得"漂亮而缜密"。叙事性散文比较含蓄,能将丰富的情感寓于朴素的描写和叙述中,写景的散文则能寓情于景,情景交融,流露着浓郁的诗情画意。而且,无论是叙事散文还是写景散文,篇章布局都是十分精当的。比如《桨声灯影里的秦淮河》,好像信笔写去,时间、地点和人物都不受一点拘束,随便得很,但从全篇的内容看,则既有对秦淮河往事的追述,也有自己在秦淮河的见闻和感触;既有对秦淮河夜景的描写,也有对河上歌女行动的记叙,谈古说今,自然天成之致。从表现手法说,有细腻的近景描绘,有疏淡的远景勾勒;有静景,有动景,有实景,有虚景,起伏跌宕,变化多姿。文章紧紧抓住了"灯影",从各个角度进行了细针密缕的描绘和渲染,遂使全文层次井然,有条不紊,逼真地再现了当时秦淮河的美的境界。又如《温州的踪迹》中的《月朦胧,鸟朦胧,帘卷海棠红》是描写一幅画的,文题也是画题;作者并没有从画的成就、笔墨等处着手,而是首先细腻地描写画面形象的位置、色彩和神态,通过具体的描绘,不但生动地写出了画的内容,而且,也传达出了"月朦胧,鸟朦胧"的意境。最后他说:"这页画布局那样经济,设色那样柔活,故精彩足以动人。虽是区区尺幅,而情韵之厚已足沦肌浃髓而有余。"其实这几句话,也是可以概括先生早期散文漂亮缜密的特点的。

朱先生早期散文在遣词造句上也有特点。他的语言凝练明净,善于以精雕细刻的功夫,明确、具体地表现描写对象的特点,在朴素自然中见精工。他很重视自然真实的美,不过分运用华丽的辞藻去修饰,用字遣词却十分凝练和贴切。在《荷塘月色》中,他描绘月光如水般照着荷花和荷叶用"泻"字,青雾弥漫着荷塘用"浮"字,而荷叶拥挤的情景则用"挨"字,还有用"田田"形容叶子的鲜绿茂盛,用"亭亭"比喻荷叶直立的状态。这些字就将月光、青雾、荷叶的动态和情态写活了。他注意造句的形象性,善于抓住事物的特征,采用新鲜的比喻,唤起读者的联想。在《绿》中,为了说明梅雨潭的"绿波"没有用"绿油油""绿如翡翠"一类的形容词,而是用一连串新鲜的比喻,引起人们美的联想。他说,梅雨潭的绿波"像少妇拖着裙幅","像跳动的初恋的处女的心",像"最嫩的皮肤",像"温润的碧玉";如跟梅雨潭的绿波相比,"北京什刹海拂地的绿杨"太淡了,"杭州虎跑寺近旁"的"碧草绿叶"太浓了,"西湖的波太明了,秦淮河的也太暗了"。这样,通过色的浓淡和光的明暗,将梅雨潭"绿波"的厚、平、清、软的具体景象传达给读者。在《白水漈》中,他突出描写白水漈瀑布的细和薄。他写那凌虚而下的瀑布,"只剩一片飞烟"似的"影子",而这影子,像"袅袅的""软弧",像"橡皮带儿",被"微风的纤手"和"不可知的巧手"争夺着。通过"影子"的轻,"软弧"和"橡皮带子"的软,精密地描写出了白水漈瀑布在微风中的形态,让读者感受到它的细和薄。而在《荷塘月色》中,朱先生不仅将"有婀娜地开着的,有羞涩地打着朵儿"的荷花,比作"粒粒的明珠""碧天里的星星""刚出浴的美人",而且把荷花的"缕缕清香",比成"仿佛远处高楼上渺茫的歌声",以荷香比远处歌声,用听觉来补充嗅觉,使人们想象荷香恍如歌声那样飘忽不定,或断或续,不绝如缕。这种新鲜的比喻充满了浓郁的诗情画意,使文章显得十分漂亮。

先生这种漂亮缜密的写法与他的创作态度是分不开的。他认为散文写作应提倡写实,作家必须深入观察,努力创新。他说,作家"于一言一动之微,一沙一石之细,都不轻轻放过","正如显微镜一样,这样可以辨出许多新异的滋味"。① 他还说:"人生如万花筒,因时地的殊异,变化无穷,我们要能多方面的了解,多方面的感受,多方面的参加,才有趣可言。"②因此,他对所写的景物都经过认真的观察和体验。他对于《荷塘月色》中提到的月夜蝉声问题,是几经观察推敲而后确定的。③ 正因为如此,他才能够准确把握描写对象的具体特征,以至细微的变化,然后用形象的语言表达出来。

"五四"时期,散文的收获是最丰富的。"五四"高潮后,散文从议论性较强的杂感转向多种风格的创作,出现了繁荣的景象。鲁迅曾说,"五四"时期"散文小品的成功,几乎在小说戏曲和诗歌之上"④。在散文的百花筒里,朱先生的散文独具一格,它以写景抒情的很高的艺术成就,显示了"旧文学之自以为特长者,白话文学也并非做不到",尽了"对于旧文学的示威"的历史任务⑤,为现代文学的建设作出了贡献。

1927年以后,国内政治形势的变化使朱先生思想上的苦闷加深了。他说:"在旧时代正在崩坏,新局面尚未到来的时候,衰颓与骚动使得大家惶惶然。……只有参加革命或反革命,才能解决这惶惶然。不能或不愿参加这种实际行动时,便只有暂时逃避的一法。"⑥因此,这时他写的散文集《你我》《欧游杂记》《伦敦杂记》中,就反映了在这样的时代背景下一个正直的知识分子的苦闷的心境。在《论无话可说》一文里,他总结了十年来的文学生活,说明了自己当时的心情。他说:"十年前我写过诗;后来不写诗了,写散文;入中年以后,散文也不大写得出了——现在是,比散文还要'散'的无话可说! 许多人苦于有话说不出,另有许多人苦于有话无处说;他们的苦还在话中,我这无话可说的苦还在话外,我觉得自己是一张枯叶,一张烂纸,在这

---

① 朱自清:《山野掇拾》。
② 朱自清:《"海阔天空"与"古今中外"》。
③ 朱自清:《关于月夜蝉声》。
④⑤ 鲁迅:《小品文的危机》。
⑥ 朱自清:《那里走》。

个大时代里。……我是个懒人，平心而论，又不曾遭过怎样了不得的逆境；既不深思力索，又未亲自体验，范畴终于只是范畴，此外也只是廉价的，新瓶里装旧酒的感伤。当时芝麻黄豆大的事，都不惜郑重地写出来，现在看着，苦笑而已。"这里充分说明了由于生活和环境的限制，朱先生很难走在时代的最前列。但他又不甘心写一些身边琐事或幽默小品，心境是很苦闷的。因此《你我》中的散文多写对往事的回忆。他说："我们依着时光老人的导引，一步步去温寻已失的自己；这走的便是'忆之路'。在'忆之路'上愈走得远，愈是有味；因苦味渐已蒸散而甜味却还留着的缘故。最远的地方是'儿时'，在那里只有一味极淡极淡的甜；所以许多人都惦记着那里。这'忆之路'是颇长的，也是世界上的一条大路。要成为一个自由的'世界民'，这条路不可不走走的。"①《你我》中有回忆儿时婚姻的《择偶记》，有悼念前妻的《给亡妇》，有记叙过去冬天同父亲兄弟围坐吃"白水豆腐"，与S君月夜游西湖，跟天真孩子们一起的《冬天》，还有描写以往生活琐事的《看花》《南京》《潭柘寺》《戒坛寺》，等等。他用精神的丝缕牵着已逝的时光，正反映了他对现实"无话可说"的苦闷心境。以后在《欧游杂记》《伦敦杂记》中，他避免"我"字的出现，对自然风光只作客观的描写。在《欧游杂记·序》里他说："书中各篇以记述景物为主，极少说到自己的地方。这是有意避免的：一则自己外行，何必放言高论；二则这个时代，身边琐事说来到底无谓。"在《伦敦杂记·自序》里也说："写这些杂记时，我还是抱着写《欧游杂记》的态度，就是避免'我'的出现。身边琐事还是没有，浪漫的异域感也还是没有。……只能老老实实写出所见所闻，象新闻报道一般。"但实际上他对现实生活仍然是非常关心的。我们从他一部分序、跋、读书录之类的散文中，可以看出他对社会现实的关注。比如他评《叶圣陶的短篇小说》，就强调现实生活对作家思想的影响，肯定叶圣陶小说反映现实生活的成就。他评《子夜》，指出《子夜》反映的是"民族资本主义的发展与崩溃"，"相信一个新时代是要到来的"，认为"如此取材""才有出路"。这种积极的思想因素，从他写的《欧游杂记》《伦敦杂记》中也可以看出来。在《威尼斯》一文中，他记述了参观国际艺术展览的情形，客观地评价了苏联的作品，流露了对社会主义苏联的称赞。

①　朱自清：《"海阔天空"与"古今中外"》。

在《乞丐》里,也写出了伦敦资本主义社会两极分化的严重情况。30 年代《论语》《人世间》等刊物提倡幽默小品的时候,他没有参加;而为鲁迅先生等所支持的散文刊物《太白》出版时,他是编辑委员之一。以后他叙述这一段历史的时候曾说:"知识分子讲究生活的趣味,讲究个人的好恶,讲究身边琐事,文坛上就出现了'言志派',其实是玩世派。更进一步讲究幽默,为幽默而幽默,无意义的幽默。幽默代替了严肃,文坛上一片空虚。"[①]他对人生的态度从来是很严肃的。

这时期朱先生的散文更注意文字的洗练。他在《欧游杂记·序》中说:"记述时也费了一些心在文字上:觉得'是'字句、'有'字句、'在'字句安排最难。显示景物间的关系,短不了这三样句法,可是老用这一套,谁耐烦!再说这三种句子都显示静态,也够沉闷的。"他这时期的文章所用全是口语,从口语中提取有效的表现方式;偶有一些文言成分,念起来也有口语的韵味,读后使人觉得作者态度亲切诚挚,有一种娓娓动人的风采。比如在《欧游杂记》中,他说瑞士的"阿尔卑斯有的是重峦叠嶂,怎么看也不会穷。山上不但可以看山,还可以看谷;稀稀疏疏错错落落的房舍,仿佛有鸡鸣犬吠的声音,在山肚里,在山脚下。看风景能够流连低徊固然高雅,但目不暇接地过去,新境层出不穷,也未尝不淋漓痛快。"朱先生用精练的口语,细细地谈着,使读者如临其境,如闻其声。而这样的文字在《欧游杂记》《伦敦杂记》中比比皆是。

就是评论文章,朱先生也善于用形象化的语言使评论对象的特点鲜明突出,增强文章的生动性。这时期他写了不少富有文采的评论文章。比如对孙福熙《山野掇拾》一书的批评。为了说明这本书的长处是具有"浓密的滋味",作者用一连串的形象化短语加以表达。他说:"你若看过瀼瀼的朝霞,皱皱的水波,茫茫的冷月,薄薄的女衫,你若吃过上好的皮丝,鲜嫩的毛笋,新制的龙井茶:你一定懂得我的话。"为了说明《山野掇拾》作者的爱自然,朱先生采用排比句,增强表达效果。文中写道:"他爱风吹不绝的柳树,他爱水珠飞溅的瀑布,他爱绿的蚱蜢,黑的蚂蚁,赭褐的六足四翼不曾相识的东西。"这样,评论性的文章充满了诗意,使读者能抓住特点,得到具体

---

① 朱自清:《标准与尺度·论严肃》。

的艺术感受。从这时期起，朱先生的散文逐渐增加了议论性，文字也更加严谨。对于需要一点语文训练和写作修养的人，他的文章确实堪称典范。叶圣陶先生曾说："现在大学里如果开现代本国文学的课程，或者有人编现代本国文学史，论到文体的完美，文字的全写口语，朱先生该是首先被提及的。"①

抗战期间，他写过一本散文集《语文影》，书中分两辑，《语文影之辑》是讨论语文的意义的；《人生一角之辑》是讨论生活片段的。另外还有一部分文章收在《杂文遗集》中。在这些散文里，朱先生表示了自己的抗日态度。在《蒙自杂记》《钟明〈呕心苦唇录〉序》《新中国在望中》等文中，表现了他对夺取抗战的胜利充满信心，字里行间洋溢着乐观主义的情绪，同时他对国统区人民的悲惨生活赋以极大的同情，当时成都贫民因为没有饭吃，一群一群地吃起"大户"来。这幅饥民乞食图，给朱先生留下了深刻的印象。他写下了《论吃饭》等文，表达了自己对那些"吃大户"的贫民的深切同情。

这时期朱先生的散文不像以前那样常常采用大量的比喻、排比等修辞手法，而是用简洁的笔触，直接写出自己的看法。比如《西南采风录·序》，他写了采风的传说，作者采集歌谣的过程，介绍《西南采风录》的内容梗概及不足之处，肯定了作者的努力，并指出"这是一本有意义的民俗的记录"等，才用了一千多字。文中几乎没有用比喻、排比等修辞手法。又如《我是扬州人》，朱先生叙说自己的家世，简直就如同和读者谈话一般。《关于"月夜蝉声"》《外东消夏录》《飞》等，都具有这种特点。有些文章的文字还比较隐晦，不像前期那样注重文字的优美。如《语文影·人生一角之辑》中的文章便是这样。这些讨论生活的片段正如后来他在《标准与尺度·序》中说："叶圣陶先生曾经写信给我，说这些文章青年人不容易看懂。闻一多先生也和我说过那些讨论片段的文章，作法有些像诗。我那时写这种短文，的确很用心在节省字句上。"

抗战后期，先生的思想发生了变化，特别是闻一多先生被杀之后，态度更为急进。抗战胜利以后，他写的文字很多，主要收在《标准与尺度》和《论雅俗共赏》两书里，所谈的都是现实的问题。在《论且顾眼前》中说，这伙

---

① 叶圣陶：《朱佩弦先生》。

人在抗战中"发国难财",在胜利后,"发接收财或胜利财",他们将"财富集中在他们手里,享乐也集中在他们手里",使"战祸起在自己家里,动乱比抗战时更甚"。文章的锋芒是直接指向国民党统治者的。在《中国学术的大损失——悼闻一多先生》《闻一多先生怎样走着中国文学的道路》等文中,他肯定了闻一多先生对民主运动所作的贡献,揭露了国民党反动派的凶残和卑劣,也表示了继续斗争的决心。在《回来杂记》中,通过描写北平物价上涨,有拦路抢劫,美军为非作歹,而警察连管都不敢管的事实,显示了国统区经济萧条,社会混乱的情景。因此他坚定地相信:"大多数在饥饿线上挣扎的人能以眼睁睁白供养着这班骄奢淫逸的人尽情的自在的享乐吗?"人民终究要起来,"使历史变质"①。

朱先生思想的深刻变化,使他终于勇敢地靠近了人民,走向了为人民的道路。针对当时有些人讨厌标语口号,他写下了《论标语口号》一文,要求知识分子对群众的标语口号要看主流和本质,不应"不分皂白的讨厌起来",应该了解"标语口号是有它们存在的理由"。他还在《论书生的酸气》《知识分子今天的任务》《文艺节纪念》等文中,要求知识分子"看清楚自己",应该"把握着现在,认清了现在",开始"向民间去"。

朱先生还在一些散文中说明了自己对文艺的看法。在《文学的标准与尺度》一文中,他说:"胜利却带来了一个动乱时代,民主运动发展,'民主'成了广大应用的尺度,文学也在其中。这时候知识阶级渐渐走近了民众,'人道主义'那个尺度变质成为社会主义的尺度……文学终于要配合上那新的'民主'的尺度向前迈进的。"他还多次讲到文艺大众的问题,十分推崇《李有才板话》,认为赵树理的《李有才板话》的出现,是结束了通俗化,开始了大众化。而这关键是人民生活的改变,以及作家与人民共同生活的结果。他说:"有了那种生活,才有那种农民,才有那种快板,才有快板里那种新的语言。赵先生和那些农民共同生活了很久,也才能用新的语言写出书里的那些新的故事。这里说'新的语言',因为快板和那些故事的语言或文体都尽量扬弃了民族形式的封建气氛,而采取了改变中的农民的活的口语。自己正在觉醒的人民,特别宝爱自己的语言,但是李有才这些人还不能自己写作,他

---

① 朱自清:《论且顾眼前》。

们需要赵先生这样的代言人。"①朱先生认为文学的"生路",就是"为新时代服务",这个为"新时代服务",也就是为反内战、争民主的斗争服务,"尽了反封建反帝国主义的任务"。②

因为思想有了变化,所谈的都是现实的问题。他这时的文章偏于说理,情致虽然不如早年,但思想坚定,针对现实,文字又周密妥帖,影响之大,非早年所可比拟。他自称为杂文,可以看出他自己意趣的归向。因了多年研究古代历史的关系,他分析现实问题也常常从历史的发展来说明,但娓娓动听,使人知道今后的发展也是"其来有自"和"势所必至"的,一点也不学究气。他说他讲话是"现代的立场";"所谓现代的立场,按我的了解,可以说就是'雅俗共赏'的立场,也可以说是偏重俗人或常人的立场,也可以说是近于人民的立场"③。这时期他写得很快很多。他说:"经过这一年复员以来,事情忙了,心情也变了,我得多写些,写得快些,随便些,容易懂些。"又说:"经过这一年来的训练,我的笔也许放开了些。不久以前一位青年向我说,他觉得我的文字还是简省字句,不过不难懂。训练大概是有些效验的。"④他不断学习,把写作当作自己的社会责任;同时又处处为读者着想,要求文字能更普及,多少改掉了一些向来重视文字修饰的习惯。这都是他接近人民的结果。

总之,朱先生的散文在中国现代文学史上是有很高的成就的。从他写作的开始起,就是正视人生的;不断地学习,努力地工作,是他一贯的态度。中间虽有一段时间在思想上略嫌停滞,但并没有走错了路。一个真正"为人生"的作家,经过了多年的苦闷和摸索,到他的晚年,朱先生终于勇敢地靠近了人民,走向了"为人民"的道路;同时人民也给了他很大的力量。在如火如荼的运动中,他不顾政治迫害,不顾自己病体的衰弱,毅然地参加在革命的青年人的行列里,热情地工作,直到他积劳成疾辞世的一天。要不是生活在黑暗的国民党统治下,经历着长久的颠沛艰苦的岁月,朱先生是一定能亲眼见到祖国人民的解放的。

---

① 朱自清:《论通俗化》。
② 朱自清:《什么是文学的"生路"?》。
③ 朱自清:《论雅俗共赏·序》。
④ 朱自清:《标准与尺度·自序》。

五　学术研究

　　朱先生不只是一位作家,也是一位学者。他平日治学的谨严不苟,和他的做人态度是一致的。"中国文学批评"是他多少年来专门致力的学问,清华研究院中国文学部特设文学批评一组,就是当闻一多先生任主任时因了朱先生的专长设立的。"文学批评""文辞研究",都是朱先生讲授过的属于这种性质的课程。关于这方面的材料,他搜集得非常多。每一个历史的意念和用词,都加以详细的分析,研究它的演变和确切的含义。《诗言志辨》一书只是写成的关于这些材料的极小的部分,但已经廓清了多少错误的观念。这书收着《诗言志》《诗比兴》《诗教》和《诗正变》四篇论文,都是多少年来研究的结晶。他在自序中说:"现在我们固然愿意有些人去试写中国文学批评史,但更愿意有许多人分头来搜集材料,寻出各个批评的意念如何发生、如何演变——寻出他们的史迹。这个得认真的仔细的考辨,一个字不放松,像汉学家考辨经史子书。"从这里可以看出朱先生治学的谨严态度。其他的文章如《论逼真与如画》《好与妙》等,也都是从中国文学批评的历史意义去分析的。朱先生认为"现代文学里批评一类也还没有发展"是写中国文学批评史的困难之一,因此他关于新文艺的论文也都是从历史的演变分析起,再和现实的要求联系起来。抗战前清华大学的讲义曾印有《诗文评钞》,是朱先生编的;各种诗文评的书籍,评点本的集子,他收罗得非常多。关于研究材料的排比和归纳,都已经做了许多,到他死时书斋里还堆着很多的卡片和手稿。

　　每周四个钟头的全年课程"中国文学史",他连着讲授过好多年。从古到今的纲目材料和有关的参考书籍,也都已安置就绪。死前两月,才把缺着的一部分关于戏曲小说的书籍买齐,希望写一部新的观点的中国文学史。他在林庚著的《中国文学史》序文上说:"文学史的研究得有别的许多学科做依据,主要的是史学,广义的是史学。"这也是朱先生写文学史的态度,他死前还正打算写一篇关于"宋朝说话人的四家"的考证论文,交《清华学报》发表,就是整理文学史讲稿的心得。但是文章和"中国文学史"都同样没有能够写成。

朱先生是诗人,中国诗,从《诗经》到现代,他都有深湛的研究。"诗选"是他多少年来所担任的课程;陶、谢、李贺,他都作过详审的行年考证。例如逯钦立氏所作的《论文笔》和《陶渊明年谱稿》,里面一再引朱先生《〈文选序〉"事出于沉思,义归乎翰藻"说》及《陶渊明年谱中之问题》二文,说"所见良是",又说"足解众纷",可见朱先生治学谨严的一斑。宋诗尤其是他专门致力的学问,讲授已多次,《宋诗钞略》是他在昆明时根据《宋诗钞》所选的教本;苏、黄、后山,他都有独到的研究。遗稿中有《宋五家诗钞》一种,诠释极详确精审,现已编入《全集》中。他曾计划仿朱彝尊《经义考》例,纂《诗总集考》一书,也收集了一些材料,但未完成。因为讲诗,抗战前曾在清华授过"歌谣"的课程,将现代歌谣和《诗经》《乐府》对照着讲,编有讲义;《中国歌谣》现已出版。

逝世前,他的兴趣特别集中于唐、宋一段,曾买了许多关于韩愈的书,拟开课讲授,也有新的研究成绩,但并未整理就绪。又计划根据闻一多先生所辑的《全唐诗人小传》,由中文系同人合力辑成《全唐诗人事迹汇编》一书,但未开始。

朱先生治学的范围很广,造诣很深,但有两点精神是特别值得我们效法的,也是最令我们敬佩的。第一,他的观点是历史的,他的立场是人民的,在《古文学的欣赏》一文中,他说:"人情或人性不相远,而历史是连续的,这才说得上接受古文学。但是这是现代,我们有我们的立场。得弄清楚自己的立场,再弄清楚古文学的立场,所谓'知己知彼',然后才能分别出那些是该扬弃的,那些是该保留的。弄清楚立场就是清算,也就是批判;'批判的接受'就是一面接受着,一面批判着,自己有立场,却并不妨碍了解或认识古文学,因为一面可以设身处地为古人着想,一面还是可以回到自己立场上批判的。"基于这种观点,他反对烦琐的死板的考据。1947年曾在师范大学讲演过一次"文学的考证和批评",但文章一直没有完成。他以为绝对的超然客观,事实上是不可能的。所以考证必须和批评联系起来,才有价值。他推崇郭沫若先生的《十批判书》,曾在《大公报·图书副刊》为文介绍过,也就是根据这种道理。他主张诗是应该散文化的,所以他喜欢宋诗;他以为文是应该载道的,虽然道的意义因时代而不同,所以他研究韩愈,这都是从当时的实际历史着手的,并不是比附。他为文介绍闻一多先生治中国文学的道路,这道路他自己是同意的。

第二,他虽然是有成就的专门学者,但并不鄙视学术的普及工作。他不只注意到学术的高度和深度,更注意到为一般人所能接受的广度。他作《经典常谈》,用语体文写《古诗十九首释》,编中学教本,和叶圣陶先生合著《精读指导举隅》和《略读指导举隅》,都是为了普及的。他曾计划选取《古诗源》《六朝文絜》《古文观止》和《唐诗三百首》四书,全都重新详细地用语体文作过注释,以备一般人的阅读,但这工作并未完成。他很推崇浦江清先生的词的讲解,郭沫若先生的古书今译,都是为了普及着想的。他愿意一般人都有机会学习,让他们知道古书里并没有什么特殊的神秘。他治学的各方面都是如此,谨严而不烦琐,专门而不孤僻;基本的立场是历史的,现实的。

六　说诗缀忆

诗与批评,是朱先生平生治学精力集注的所在;就诗在中国文学史中的地位,和批评历来与诗的关系说,朱先生对文学批评的研究,更增加了他对中国诗的了解的深度。譬如说,“风调”是一个批评的习语,也是一个批评的意念,以前人批评一首诗常常说“不失风调”,这句话究竟包括些什么内在的含义呢? 经统计的结果,凡经过这句话所批评的诗,都是著名的七言绝句;这是一首好的七绝的标准。再从罗列的各种例证来分析,知道“风”是指抒情的成分,“调”是指音节的铿锵;由此知道七绝这一体是不适于叙述和描写的,而且不能有拗体。我们把唐人七绝作一仔细的分析,都不脱此标准。然后再研究“风”的标准大部是由七绝的形式决定的;“调”的标准是因为七绝可以入乐的缘故,有名的王昌龄等旗亭会饮(事见《说郛》)和李白的《清平调》,就是例证。从这一点来阐发,譬如说《阳关三叠》,七绝的最后句子在入乐时是要复沓的,因此要把全诗的重力凝聚到第四句,才会特别有力量。再就唐人七绝作一统计,知道有四分之三以上的诗,第四句都包有限制性的否定用词,就是为了加强诗的表现力量。像“只今惟有鹧鸪飞”或“不及汪伦送我情”这些,都是例子。经过这样的研究,批评的意念固然弄清楚了,对诗本身的了解不也更深刻了许多吗?

又譬如说,朱子以为“陶诗平淡出于自然”,钟嵘《诗品》说“自然意旨,罕得其人",这两处"自然"的含义并不相同。朱子所谓平淡是指文辞形式,"自然"是指生活内容,指陶的人格。钟嵘所谓自然是说不用典,像陶诗只能算质直,并非自然。这两种意思都和现在我们普通所说的自然不同,读诗的人一定得弄清楚。又如谢诗的警句"池塘生春草",古今论述的人很多,《石林诗话》以为好处在"无所用意,猝然与景相遇";元遗山《论诗绝句》赞为"万古千秋五字新";但王若虚却说"反复求之,不得佳处,乃晋人自行夸大耳"。朱先生把谢诗的句子都详细分析排列过一次,知道里面表情和叙述的句子非常少,它的成就和特点只在描写,说理的句子对于描写的关系只是接附,并不交融;"池塘生春草"是叙述的句子,叙述本来不能代替描写,但在声色富艳的谢诗中,这种类似《十九首》风格的句子,倒显得格外清新。如以描写来说,像"近涧涓密石,远山映疏木"这种句子,岂不更写得细密具体! 涓字的本义是小流,包括声音,映字有光有色,而且两句中远近山水对列,读者觉得很美丽。只有像这样经过严密分析后所得到的了解,才能谈得上研究。

从来有两种人是诗人的劲敌,一种人把诗只看成考据校勘或笺证的对象,而忘记了它还是一首整体的诗;另外一种人又仅凭直觉的印象,把一首诗讲得连篇累牍,其实和原诗毫不相干。前者目无全牛,像一个解剖的医生,结果把美人变成了骷髅;后者不求甚解,主张诗无达诂,结果也只是隔靴搔痒,借酒浇愁。在说诗的态度上,朱先生有一个最简单的原则,就是诗是精粹的语言,它的内涵应该是丰富的,多义的;诗的欣赏必然植基于语言文字的含义的了解,多了解一分,多欣赏一分。因为这样,研究是必需的,"诗无达诂"是无义的;但研究的目的在于欣赏与接受,不能止于研究,得筌而忘鱼。他在《古文学的欣赏》一文中说:"个人生活在群体中,多少能够体会别人,多少能够为别人着想。关心朋友,关心大众,恕道和同情,都由于设身处地为别人着想;甚至'替古人担忧'也由于此。"又说:"人情或人性不相远,而历史是连续的,这才说得上接受古文学。"这种从谨严研究出发的了解和欣赏,再加上对古人的关心态度,就是朱先生说诗的立场。听他娓娓讲述时只有一个感想,就是朱先生的确是个诗人;诗人是懂得历来诗人们内心的深处和曲折的。

《宋诗钞·东坡诗钞》的小序说:"梅溪之注,恒钉其间,则子瞻之精神,反为所掩。"朱先生对这话常加推许,王十朋的态度就是上面所说的第一种人。近人殷石臞注《谢灵运诗》绪言有云："'俯濯石下潭,仰看条上猿',写景命意,两都奇绝,盖俯濯乃指猿影言。非灵运自濯;句虽在上,而其主格乃在下句,灵运当系先见潭底之影而后仰视耳。若此之类,非细参证,前贤孤诣,便多抹杀。"照他所讲,诚然是妙,但有点太妙了;因为细味全诗原文,俯濯的仍然是谢氏自己,这就犯了我们上面所说的第二种情形。朱先生讲诗,从语言文字的分析入手,而最后绘出一整个的意境,是最合乎诗人的原意的。他在《国文月刊》所发表的用语体文写的《古诗十九首释》,就是代表的例证。

什么是诗?原是很难说的。丘迟的"暮春三月,江南草长,杂花生树,群莺乱飞",也许比陈子昂的"前不见古人,后不见来者,念天地之悠悠,独怆然而涕下",念起来更像诗。朱先生向来认为诗国是辽阔的,虽然成功的程度并不一样;只把某一种形式的诗当作诗的正统,其实都是一种褊狭的观念。他喜欢宋诗,也就是因为宋诗的范围和内容更广博,更多样;并不就是尊宋黜唐。"取材广而命意新",是宋诗的特点,也是诗人应该有的态度。他以为诗并不限于抒情描写,说理的也有好诗。从东晋的玄言诗,到禅宗的语录,他给宋诗中的说理内容找到了一条历史的线索。像黄山谷的《赣上食莲有感》,用抒情或描写的写法,绝难写得这么好。同样地,在形式上他也不反对诗中用散文式的句法,而且认为散文化毋宁说是诗的必然趋势。诗和文的分别本来不在形式,像"而无车马喧"是著名的好诗,但开首用虚字的句法就是散文的。唐诗中好的篇章大半是古诗,杜诗中散文化的句子就很多。到了黄山谷,精练句法,散文化的程度更加深了;像"公如大国楚,吞五湖三江","我观江南山,如目不受垢",您能说它不是好诗!他这种态度和他对新诗的主张也是一致的;诗的好坏只在一首诗所表现的本身,并不在种种外在的限制。诗的国土是很辽阔的,但成功的程度却是参差的。

诗是精粹的语言,它的特点在用有限的语言文字来表现出丰富复杂的意义;因此诗的语言必须是富于联想的,多义的。诗的最大忌讳是一览无余,所以欣赏诗应当从咀嚼文字着手。许多人不懂得诗是多义的,各得其一解,就成了"诗无达诂"。有的人又忽略了诗是整体的,重读了诗中的一句或两句,就也会发生了歧说。陶诗《归田园居》"常恐霜霰至,零落同草莽",注家本《九辩》《离骚》中霰雪纷糅和草木零落的意思,及《小雅·颏弁》

"如彼雨雪，先集惟霰"的话，多发挥陶诗有寄托，不满当时政治，而发扬渊明的忠愤思想。这是可能的，但只是联想的一部分；诗的意思并不专指政治一方面，并不这样狭小。又如陶诗《乞食》一首，有的注者过于重读了"愧我非韩才"一句，遂多系于故国旧君之思，也是未就全诗着想。因此诗的欣赏，必须以语言文字的分析了解为基础。苏东坡《汲江煎茶诗》"大瓢贮月归春瓮"，月字除了写汲水者的情趣外，还有"水清"和"夜汲"两种意思，因此这是好诗。诗中用典也同样是为了引起联想，丰富诗的表现力。最好的用典是能使不懂这典的人也可以欣赏这首诗，不过懂得的人了解得更多一点，欣赏也更深一些。陶诗"心远地自偏"，意思很明白，注家也向来不释出处；但"心远"之义实本于《庄子·则阳篇》，知道了可以懂得更多一点。《则阳篇》云："故圣人，其穷也，使家人忘其贫；其达也，使王公忘其爵禄而化卑。其于物也，与之为娱矣；其于人也，乐物之通而保己焉。故或不言而饮人以和，与人并立而使人化，父子之宜，彼其乎归居，而一闲其所施。其于人心者，若是其远也！"懂得了这一段的意义，"心远"所表现的自然更丰富了，对这首诗的了解自然也更深刻了一些。苏东坡《饮湖上初晴后雨》中的"若把西湖比西子，淡妆浓抹总相宜"，传为千古咏西湖的绝唱，但除了如一般所了解的以美人比风景外，至少还有两层相似处：西施是越人，地理人物之灵是相应的，西子与西湖两词间的声音相近。所以用典的是非，完全看它是丰富了还是阻碍了诗的表现力，是否更能帮助人的了解和欣赏；因为用少数文字来表现多量意义，本来是诗的基本要求。

诗要表现得有力量，写法就得具体，新鲜；用现代化习语说就是形象化。苏东坡的《新城道中》说："岭上晴云披絮帽，树头初日挂铜钲。"以絮帽铜钲入诗，以前是没有的，但确乎给人一种新鲜的感觉。黄山谷的《过家》说："舍傍旧佣保，少换老欲尽。"又说："系船三百里，去梦无一寸。"读起来都非常明确具体，所以有力量。这都是要诗人从生活中去体验的，并不全靠读书。朱先生常说：中国诗人对后来影响最大的是陶渊明、杜甫和苏轼三家；他们的集子注家最多，学习的人也多。这并不只因为他们写诗的技巧好，最重要的是因为他们都抱有严肃的人生见解；这种见解是由生活的体验来的，并不在于多读书。东坡诗中用事的丰缛，有时反为诗累。对这三大家，朱先生都有深湛的研究。除宋诗人外，早年他喜欢的诗人是陶潜、李贺，晚年所致力研究的诗人是韩愈、杜甫,这多少也表示了他自己的思想的变化。他说诗的态度比较客观,力求对古人了解;中国诗,从《诗经》到现代,他都当作一条线索似的全部来处理和研究,他对新诗的许多主张都是有着文学史的发展根据的。

这里所写的主张和例证,都是朱先生说过的,作者相信不至有什么错误。由这一点点记忆中的鳞爪,固然不足以说明朱先生的治学造诣,但也很可使我们感觉到他平日从事研究教学工作时的严谨和细致。

七 《中国新文学研究纲要》

朱自清先生遗稿《中国新文学研究纲要》,是他在清华大学讲授"中国新文学研究"课程的讲义,它只是一个纲目性的章节提纲,并未写成完整的文字。但仅就现存的这份《纲要》来看,无论就章节体例的安排,或作家作品的取舍,都可以概略地看出他对中国现代文学发展的观点和评价;它不仅显示了一个"五四"新文学运动的参加者和早期作家对新文学发展的关心和研究,而且有许多地方对于今天治中国现代文学史的专业工作者也仍有启发和参考的意义。朱先生逝世以后,在筹备出版《朱自清全集》的过程中,本拟把《纲要》收入,在浦江清先生所拟《全集》目录中,此稿定为第十六种,并推定由李广田先生整理;后因《全集》改出精简本的《朱自清文集》,有多种拟目皆被删削,《纲要》也在其列,因此迄今未问世。现在不仅朱先生逝世已达三十余年,编委中郑振铎、吴晗、浦江清、李广田诸先生皆先后逝世,而此稿仍尘封朱宅,令人黯然。现在《文艺论丛》第十四期决定刊出此稿,笔者重读一遍,朱先生之风度音容,犹历历在目,愿就此略述所见。

朱先生讲授"中国新文学研究"的课程,始于 1929 年春季。当时距"五四"已有十年,新文学运动已经历了它的倡导和开创的时期,各种文学体裁都出现了许多作者和作品,赢得了读者的爱好,产生了广泛的社会影响。但当时还没有人对这一阶段的历程作过系统的回顾和总结,更没有人在大学讲坛上开过这类性质的课程。1935 年《中国新文学大系》出版,目的就是要把 1927 年以前的史料和作品,给以"整理,保存,评价"[①];阿英在《史料·索引》一卷中"总史"部分录文三篇,都是附在文学史或论文后面的一些概述性章节。其中周作人《中国新文学之源流》作于 1933 年;胡适《五十年来之中国文学》作于 1923 年,文章只叙述到 1922 年;陈子展的《最近三十年中国文学史》作于 1932 年。姑不谈这些文章的观点如何,仅就内容范围说就谈不上是企图对新文学历史从文学运动到作家作品作全面的叙述和评价。因此朱先生的《纲要》可以说是最早用历史总结的态度来系统研究新文学的成果。当时大学中文系的课程还有着浓厚的尊古之风,所谓许(慎)、郑(玄)之学仍然是学生入门的先导,文字、声韵、训诂之类课程充斥其间,而"新文学"是没有地位的。朱先生开设此课后,受到同学的热烈欢迎,燕京、师大两校也由于同学的要求,请他兼课;但他无疑受到了压力,1933 年以后就再没有教这门课程了。在讲授期间,他对内容随时有所补充,例如张天翼的《鬼土日记》和臧克家的《烙印》,就是在作品刚出版他就增入讲稿的,因此这门课程实际上既有文学史的性质,也有当代文学批评的性质,他是十分重视新文学的发展和引导同学们关心现实的。"中国现代文学史"今天已成为大学中文系学生必修的重要课程,它本身也已经成为一门独立的学科,如果我们用历史的观点看问题。朱先生的《纲要》无论从哪一方面说都是带有开创性的,它显示着前驱者开拓的足迹。

《纲要》分《总论》《各论》两部分,共计八章。《总论》三章,第一章《背景》追述历史渊源,由戊戌变法讲起,目的是讲晚清文学改良运动的兴起和失败及其与新文学运动的关系。第二章《经过》由《新青年》提倡文学革命开始,一直讲到 1933 年,包括文艺运动、思想论争以及各种文学流派的重要主张,大致是以时间先后为序的文学史的讲法,论列颇详。第三章《"外国的影响"与现在的分野》则是从创作上不同的风格流派着眼,讲述外国文学对中国新文学的影响及其对各种文学流派的形成在思想和风格上所起的作用。鲁迅曾说过新文学的起来"一方面是由于社会的要求的,一方面则是受了西洋文学的影响"[②]。朱先生在《总论》中正是从中国社会历史背景和外国文

---

① 赵家璧:《中国新文学大系·建设理论集·前言》。
② 鲁迅:《〈草鞋脚〉小引》。

学影响这两方面来进行考察的。《各论》五章中的前四章是《诗》《小说》《戏剧》和《散文》，除对各类体裁的创作理论有所介绍外，着重在每一文体的重要作家作品在艺术成就和特点上的分析和评介。最后一章《文学批评》是介绍各种不同的有影响的文学主张和批评理论的。从《纲要》整体的章节安排可以看出，朱先生是以作家的创作成果作为主要研究对象的；《总论》部分讲述新文学运动的经过和发展，它的历史背景和外来影响，也都是从它同创作的关系着眼的。他很重视各种不同的创作倾向和流派的发展，而且非常注意作家的个人风格。我以为这些方面都是可以给我们以启发的。长期以来这种先有总论然后按文体分类来写文学史的方法就为一些人所诟病；的确，事实上有少数擅长多种文体的作家，例如郭沫若，就诗歌、小说、戏剧、散文都写过，而用这种按文体分类评述的方法自然会把一个作家的创作分割于不同的章节，不容易使读者得到完整的印象。但事情有利即有弊，历史现象总是错综复杂的，当人们用文字来叙述历史过程时，只能选择那种最容易表现历史本来面目和作者观点的体例，很难要求一点毛病也没有。这正如旧小说中的"话分两头"一样，其实两件事是同时发生的，但作者只能分开叙述。文学史的体例安排也是这样，撰述者只能权衡轻重，择善而从；对于由此带来的一些难以避免的缺陷，他当然可以用一些补救的办法使读者领会，但任何一种体例安排都不可能完美无缺。文学史的任务是通过重要的文学现象来阐明文学发展的规律，它不能只是"作家论"的汇编。每一种文体除过同其他各类体裁有文学作品的共同性以外，还有它自己的特殊的问题和规律。例如新诗，就有新形式如何建立以及声调格律等许多问题，而且由于对这些问题的不同理解，遂形成了创作上的不同风格和流派。可见依照文体分类来安排章节的体例并不是毫无可取的。问题在于作者的着眼点是什么。如果是着重在文艺运动，甚至政治运动方面，企图把文学史作为文艺思想斗争史，甚至党内两条路线斗争史的"插图"，那么按文体分类的体例确实是不适应的。如果只着重在少数重要作家的评传方面，例如只讲鲁迅、郭沫若、茅盾等几位有突出成就的作家，把许多文学现象和有影响的作品都认为不是重点而可以从略，那么这种按文体分类的办法也是不必要的。但如果着眼在创作成果，着眼在从丰富的文学现象来探讨各类作品产生和发展的社会原因和历史经验，它的艺术成就和社会影响，那么朱先生所采用的这种体例就是比较恰当的。当然,我们只是说明朱先生着重于创作成果的特点,并不强调这种体例就是最好的。这是一个属于百家争鸣性质的问题,每个作者都可以选择他认为最能体现自己写作意图的安排方式。学术著作的质量主要决定于它的内容的科学性和正确程度,体例仅只是为表述内容服务的一种方式。在《纲要·各论》的五章中,我们可以看到论诗的一章内容最为丰富,这一方面是因为朱先生自己是诗人,他一向关注新诗的成长。他为《中国新文学大系》编选诗集,抗战时期写过专著《新诗杂话》,一直到逝世前一年还写过讨论"诗的道路"的文章《今天的诗》。他致力于古典诗歌的研究也是为了新诗的发展,对新诗一贯倾注了很大的热情。他对各种诗歌理论和创作流派都密切注意,探讨其优劣和得失,因此《诗》一章讲述较详是很自然的。另一方面,新诗在"五四"文学革命中是首先结有创作果实的部门,争论最多,受到的压力也最大;而且由于受到不同的外国诗的影响,风格流派也最多,因此在总结它的发展过程时,自然就需要更多的笔墨了。我们从《诗》这一章的内容,就很容易看出《纲要》的以创作成果为主要讲述对象的特点。

《纲要》评述文学现象和不同流派的态度,应该说是客观的和谨严的。凡是重要的,即有一定社会基础并发生过相当影响的,它都予以评介,而且首先是介绍论述对象自身的主张和特点。它比较尊重客观事实和重视社会影响,避免武断和偏爱,让学生有思考判断的余地,这也是《纲要》的一个显著特点。朱先生自己是作家,又是一定文学社团的成员,他的爱好、倾向和观点都是很明显的,这在《纲要》中也有所体现,但总的看来,他并不是从门户成见或个人好恶出发,而是尊重客观事实的。就是在表述他自己的看法和评价时,也是先从叙述事实根据开始的。例如他在《总论》中列了一节《革命文学与无产阶级文学时期》,比较全面地介绍了创造社、太阳社和"左联"成立初期的文学观点和主张,但在《小说》一章中讲到"普罗文学第一期的倾向"时,他指出了下面三点:(一)革命遗事的平面描写;(二)革命理论的拟人描写;(三)题材的剪取,人物的活动,完全是概念在支配着。这三点是他的看法和评价,并且还说华汉的《地泉》是"用小说体演绎政治纲领";但他同时也介绍了左翼作家茅盾和钱杏邨对这些作品的意见。我们知道在倡导无产阶级文学初期所出现的一些作品,一般说都带有概念化的倾向,例如《地泉》，就是瞿秋白认为"'不应当怎么样写'的标本"①。因此《纲要》的评述是符合实际的，茅盾和钱杏邨也提出了类似的看法，可见朱先生的写作态度是客观的和谨严的。

此外，《纲要》也为我们了解朱先生自己的文艺思想提供了一些可靠的根据。朱先生既是一位有影响的作家，治现代文学史的人当然也要研究他的文艺思想及其发展，《纲要》在这方面就是有价值的参考资料。例如1932年关于《第三种人》的论争，在以"第三种人"自居的苏汶等人看来，朱先生显然既非左翼也非右翼，而是他们所说的"作家之群"的人物，《纲要》虽然也对"左联"当时的一些"狭窄的"论点和"宗派主义的"做法不满意，但他是希望"左翼文坛的态度和理论"能有所改善，具体说就是对于"较进步的作家"可以承认他们有"创作自由的原则"，而不必用狭义的"武器文学"来强求他们，在观点上与"第三种人"是有区别的。当然，他同"左联"的指导思想也有距离，但他并不同意"第三种人"的态度。我们由此不但可以了解朱先生当时的文艺观点，而且对于我们考察和评价这次论争的历史意义，也是有参考价值的。

当然，从今天的观点看来，即从现代文学史作为一门学科所已经达到的水平来看，《纲要》所体现的观点和处理方式，可议之处是相当多的；这毕竟是半个世纪以前的东西，它不可能不受到当时历史条件的制约。文学史上有许多现象和作品是必须经过一定的时间考验，经过广大读者的选择和反应，才能比较清晰地显示出它的价值和意义的；同代人或同代距离过近的人有时很难作出严格的历史性的科学评价。中国文学史上如钟嵘《诗品》列陶渊明于"中品"，《河岳英灵集》不选杜诗，在后人看来都是很难理解的；而《文心雕龙》历评以往各代著名文人，竟无只句涉及陶诗，这些都是受到时代限制的很明显的事例。但后人对于《文心雕龙》《诗品》以及《唐人选唐诗》仍予以很大重视者，就因为它们代表了当时人们的认识和观点。中国现代文学史作为一门学科，这些年来的研究工作已得到了普遍的重视和相当的进展，这同《纲要》写作时所面临的情况完全不同，因此其中有一些可议之处是很容易理解的。除此之外，《纲要》当然也不能不受到朱先生自己当时的文

---

① 瞿秋白：《革命的浪漫谛克》。

艺观点和学术思想的限制,它还不是企图运用历史唯物主义文艺理论来考察和总结文学历史的著作。但我们不能超越历史实际来苛求前人,而只能根据客观事实来给予一定的历史评价。

朱先生是"五四"新文学运动的参加者和现代文学史上的重要作家,一直到逝世,他始终忠于"五四"精神,忠于民主和科学的理想;他之所以始终关注新文学的成长,正是他忠于"五四"精神的生动体现。今天的研究者可以不赞同他的某些具体的观点,但作为前驱者的足迹,《纲要》不仅有它的历史价值,而且仍然会给人以新的启发。

八　日记琐拾

为了整理编集朱先生的《全集》,我有机会把他的遗作全部读了一次,特别是他的日记部分,使人感触最深。我在《全集》中的《日记选录》前记云:

> 朱先生的日记,最早的存有 1924 年的一册;以后从 1931 年 9 月起,到 1948 年 8 月 2 日——入医院前三天,逝世前十天,十七年间,无一日间断。这些关于他生命活动中最丰富的三分之一多的真实纪录,如果都印出来,是非常可宝贵的。但朱先生纪录的原意只是供一己的备忘和反省,并不预备发表;所以其中琐碎的事务记载最多。还有一些语涉时贤,未便发表的。所以现在只能按时间年月,就足以代表他生活和思想底具体活动经历的,择选一部分,编在《全集》中作为了解和研究他平生治学为人的参考。因为本来是为自己看的,所以文字方面不只是用文言,而且也很少修饰;尤其是自 1935 年以后,常常是中英日三种文字互用的。这里虽然尽量选用他的中文记载,但也有比较重要的几条,是编者由英日文选译的。这些也并未注明,因为只要符于原意,译文的拙劣就只好请读者原谅了。

现在他的全部遗稿已整理完竣,是值得欣慰的。(后来《日记选录》部分未收入《朱自清文集》,但于 60 年代初发表于上海文艺出版社所出之《中国现代文艺资料丛刊》第三辑。)像朱先生这样一位严肃的文化教育工作者,多少年来不断地工作,也不断地进步,爱护青年,正视现实,我们从他的作品中已经知道许多了;特别是像作者这样追随朱先生学习和工作多年的人,平日常常跟他见面和谈话,自以为对他平生的治学和为人,已经很了解,但自看完他的全稿,特别是他的全部日记后,才更深一层地懂得了朱先生思想发展的道路。在旧社会中,人和人的关系本来是很难全部坦白的,但即使这样,现在也并不证明我们对朱先生的认识有什么错误,反而更证实了,也更加深了我们对他的印象和了解;他是这样一个完整的人,内心和对外的表现是完全一致的。

朱先生是作家,而且是"五四"以来三十年间从未脱离过写作生活的人,对文学的看法,向来是很严肃的。1924 年 9 月 19 日的日记中登载他的一个讲演大纲,首先即认为文学是改造社会的途径,并主张少写一己,这在当时即是很进步的。虽然直到他的晚年才认识了文学必须和人民结合的途径,但在日记中各处所记的许多对作家和作品的意见,在当时也还是公允的和进步的。至少我们可以这样说,他是坚持了"五四"以来"文学是为人生"这一传统的,而且也是不断进步着的作家。

作为一位学者和教育工作者,他的认真和负责的态度,多少年来是一贯的。1936 年起他开始授"中国文学批评"一课,日记云:"此科目必须以大部时间处理研究之。"学校初迁昆明时,一切还在草创,他负的行政事务很忙,1939 年 1 月 12 日的日记即云:"自南迁以来,皆未能集注精力于研究工作,此乃极严重之现象。每日习于上午去学校办公,下午访友或买物,晚则参加宴会茶会,日日如此,如何是好!"这可看出他对学术工作是如何的热忱和负责。但他治学的态度和方法也和一般学院派的人不同,比较注重于综合的说明和一般历史原因的解释。吴晗《明初的学校》一文写成,他看毕后,于 1948 年 1 月 23 日记云:"应送《清华学报》刊载,可稍调和学院派之气氛。"同年 4 月 12 日日记云:"芝生谓余等之研究工作兼有京派海派之风,其言甚是;惟望能兼有二者之长。"这可以看出他治学的态度和方向。所以他不只对学术的研究热心,对教学工作也是很负责认真的。1946 年 1 月 9 日的日记云:"昨日通宵未睡好,余亦不知表已走慢,致今晨误过考试时间。余着衣始毕,二学生已上楼,仰视日光,始疑表有错误。彼等问是否生病,当告以经过情形,并接受彼等建议,将考试时间延至星期五早 9 时至 11 时,憾甚。"凡是受过他教的学生都知道,他平常是从不缺课的,即或万一因病不能来,也必定要请假,而且下次上课时还要频频示歉;所以在他看起来,这种偶然的疏失是很严重的。这精神也同样可从他对青年的爱护上看出来;1935年"一二·九"学生运动后,12日清华学生又进城游行示威,越铁路由西便门冲城时,他怕学生受迫害,即随在学生后面,想劝回学校。1936年2月19日夜,二十九军士兵突入清华,捕去学生二十一人,当夜有六位女同学是避在朱先生家里的。1937年10月,学校初迁长沙,学生为请求贷金事与梅贻琦冲突,当月20日的日记云:"青年人对中年人之态度仍为现社会中最重要且最困恼之一问题,此责自不应由青年人负之。"言外之意,对学生实在是很同情的。1945年昆明"一二·一"惨案发生后,朱先生于次日的日记云:"上午开教授会,选代表三人慰问同学,并参加今日下午之死者装殓仪式。会中心情均极严重。约有二十教授参加仪式。余未往,但肃穆静坐二小时余,谴责自我之错误不良习惯,悲愤不已。""一二·一"运动是朱先生思想转变的关键,这转变正是由爱护青年的教师立场出发的。

无可讳言的,朱先生的思想和政治立场的转向是晚年的事情,以前他是相信国民党政府的。在"七七"前夕,"一二·九"运动后一年,1936年12月20日的日记云:"陈君来访,谈及国事,彼思想甚左,余坦白告以余之立场与政府相同。"但他平日并不过问政治,1942年昆明学生发生倒孔运动后,国民党大批拉拢大学教授入党,在1943年5月9日的日记中,曾记载闻一多先生和他商量一同加入国民党,因了他的拒绝,才都没有加入。他思想转变的时期和闻先生差不多,都在此后一二年,这当然是国民党反动统治急骤法西斯化的结果。到1945年昆明"一二·一"学生运动时,他的立场已经很显明了。12月4日的日记云:"上午开教授会,为罢课三日后之问题激辩至六小时。决议包括三项:(一)为悼念死伤学生,由学校宣布停课一周。(二)慰问被侮辱同人。(三)向有关负责当局抗议。会中空气紧张,且几濒分裂;但少数人未逞所欲,结果甚佳。"当时有些国民党党团教授还意图粉饰,但毕竟失败了。次年1月20日,他签名昆明文化界反内战的时局宣言,2月22日,他促成教授发表对"一二·一"凶手李宗黄逍遥法外的抗议书。但朱先生毕竟是学者,在同一天他竟受了国民党党团分子的欺骗,在抗议苏联的东北问题宣言上签了名;日记云:"对东北问题之宣言余同意签名,但告以须不涉及内政,只为单纯之爱国表示。"但事情并不那样单纯,次日的日记云:"图书馆前有连续之关于东北问题演说,某君似为首脑。会后有示威游行,但联大学生极少参加,大部皆作壁上观。此显然为党团领导,甚悔前者对东北问题之签名。"这是当时国民党分子导演的得意之作,一直扮演了好几天;在朱先生的日记中,也好几次后悔他上了一次当。但显然的,他的态度反而更坚决了。闻一多先生被刺的时候,他已经准备复员,到了成都,7月17日的日记云:"报载一多于15日下午5时遇刺,身中七弹。其子在旁,亦中五弹,一多当时毙命,其子仍在极危险情况中。此诚惨绝人寰之事。自李公朴被刺后,余即时时为一多之安全担心,但绝未想到发生如此之突然与手段如此之卑鄙!此成何世界!"以后他在各处参加追悼会演说,为文纪念,更担负起整理编辑《闻一多全集》的重任,这难道仅只是为了个人的私谊!

复员以后,他随时参加青年人的聚会,朗诵诗,扭秧歌,写进步的文章,主张为人民的文学,谈诗的阶级性;态度显然是更激进了。1947年2月23日,签名抗议北平当局任意逮捕人民书,5月26日,签名呼吁和平宣言,而且他持宣言稿到处请人签署;日记云:"即访新林院北院诸友征求签署,共遭四次拒绝。"1948年5月22日签名抗议国民党北平市党部吴铸人谈话宣言,6月18日签名抗议美国扶植日本并拒绝领取美援面粉宣言;日记云:"此事每月须损失六百万法币,影响家用甚大,但余仍决定签名。因余等既反美扶日,自应直接由己身做起,此虽只为精神上之抗议,但绝不应逃避个人责任。"此后一个多月,他就进医院了;而在逝世前还谆谆嘱咐家人勿领取美援面粉,这是如何的律己精神。7月9日又签名抗议"七五"枪杀东北学生事件。当日日记又云:"读《论知识分子及其改造》一书,内容新颖扼要,对个人主义之论述警辟。"23日他扶病参加《中建》半月刊召集的座谈会,讨论"知识分子今天的任务",他主张知识分子亟需改造,但以前过久了"独"的生活,现在要变向"群"的方面,这过程很艰苦;他身体不好,要慢慢地来。但在这以后二十天,他就逝世了。这样一位对学术有造诣的学者,一位努力了二三十年的文艺作家,一位爱护青年的教育工作者,而更重要的,一位立场进步坚定而又有决心来改造自己的大学教授,他没有机会看到他所渴望已久的解放后的新中国,这是他的不幸,也同样是人民的不幸。

九 逝世前后

那是 1948 年 8 月 6 日,从早上九点钟起,清华中文系的同人还和往常一样地集聚在工字厅里,评阅新生入学考试的国文试卷。朱先生下一学年休假,身体又不好,没有参加普通的阅卷工作;只等各地的考卷都来齐了,他再来评阅投考研究院的一部分。校方每人发给两百万元(当时的"法币")的阅卷费,余冠英先生提议大家以一日所得,聚餐一次。大家笑笑,自然是赞成的;但自然也觉得是等朱先生来了才举行的。一切都和平常一样,并没有什么不幸的预感。十点多钟的时候,看见朱太太匆匆地跑到工字厅里间,和外文系主任陈福田说话,接着便一块走出去了;大家也都没有留意。又过了半个钟头,我偶然出外边去,还看见他俩在院子里讲话,是说医生的事情。我也并不十分在意;那半年中,朱先生的胃病已经发过三次,但过几天又看见他曳杖出行了,又坐在办公室里工作,体力虽然明显地衰弱了,面貌也异常清癯,体重只消瘦到三十五公斤,但见了人还和往常一样地娓娓谈笑,是绝不会使人联想到意外的。我想大概是陈福田有好医生来介绍的,他患胃疾已经十几年,慢性的病是要慢慢来调理和治疗的。下午又去阅卷,才听浦江清先生说朱先生的病是五号夜里发的,校医说可能是盲肠炎,上午已经送到北大医院去了。盲肠炎的割治在现在医学本来是很简单的手术,但朱先生的体力实在太衰弱了,总使人心里担忧。第二天得到的消息,说开刀已经完毕,仍然是胃溃疡,已破了一个洞,但经过情形良好,全部手术只用了四十分钟,现在注射葡萄糖和盐水维持营养,每三小时注射一次盘尼西林来防止发炎,可以说已经脱去危险期了。自己对医学的常识太缺乏,只能听一些由医生口里辗转传来的说明,对于已脱危险的话,只有若信若疑地默祝它的真实了。

8 号是礼拜天,阅卷的工作停止了,好几位同事都进城去看朱先生,我也去了。他安静地躺在病房里,鼻子里有医生插着的管子,说话很不方便;但仍然在说话,神志很清楚。他听医生说十二指肠可能还有毛病,深恐这次开刀并不能断根;又嘱托说研究院的试卷请浦江清先生批阅,并对外边的许多事都很关心。我们自然是劝他少思虑,多休息,这些都用不着操心的。这时才相信了医生所说的危险已过的话，大概靠得住；觉得只要静养，复原是没有问题的。并且觉得在这期间，还是少来打扰他比较好些。

9日过了一天，10日中午，医院用电话通知清华大学校方，说朱先生的病很危险。下午我赶着到了医院，去看他的人已经挤满了一院子，医生都不让和病人见面。朱太太已经好几天没有睡觉了，对大家叙述着病况和医生的诊断；据说是转了肾脏炎，肾脏完全失去了功能，肚子很胀，已有轻微中毒的现象。现在由医生在肚子上通上皮管，用人工方法来代替排泄机能。体温较常人还低，用热袋子保护着。医生口口声声说开刀的经过是没有问题；但现在转了别的病，所以情形很严重。从医生的表情观察，大家都意识到是很危险的。朱先生的神志据说还很清楚，但无力说话；他的三个孩子也进去看他了，没有说什么，大家默默地都含着眼泪。他嘱托家人说他已签名拒绝"美援"，不要买美国的配售面粉，就是这天的事。

次日上午，怀着一种不能抑制的焦急的心绪，又坐在工字厅看卷子；一面静等着城里报告病况的电话。11时，知道朱先生已经小便了一百西西，心里平静了一点，想来肾脏的机能是可以慢慢恢复的。但到下午，朱太太又打发人来说病况严重，说有小量的鲜血吐出，医生承认是胃部新出的；喘气，肺部有发炎现象，正用人工输进氧气。又说如果胃部的血出多了，只有第二次开刀。胃部怎么会又出血呢？常识的判断也恐怕是开刀的手术上有问题；本来起初是由陈福田介绍北大医院的外科主任关大夫亲自开刀的，关是北平有名的医生，又是清华校友，但临时却换了一位姓朱的大夫。医生的谈话处处想说明开刀的经过没有问题，严重的是发生了另外的病。大概起初医院并没有很注意，像照应一个普通小病一样地应付过去了；9日起才感觉到这病的严重，又对于关大夫没有亲自来有一点歉疚，于是处处说不是胃的毛病，对病人的照应和关心也较前增加了。朱先生的体力太衰弱是大家都知道的，开刀后抵抗力减低，各部分都可能出毛病；他自然也知道，所以每次胃病发了，他都避免用开刀的办法。就平常一般的情形看来，说朱先生今年会死，是意外的；没有人会这样感觉的。但就到医院开刀以后说，知道他身体状况的人都捏着一把汗，觉得是有点担险，这天的心情自然是沉重的，焦躁的。只希望胃部不必再开刀，肾脏和呼吸的情形慢慢能转好。遇到这种情形，对现代医学会发生了迷信。但心里愈克制自己向往于希望的时候,不敢想的威胁也偶然会一下子来突击你的思路。一个人只有在这时才会相信命运的。

12日上午,我实在看不下卷子了,走出来吃了点东西又进城去了;医生的报告和昨日一样,胃也并没有大量出血,看样子今天是不要紧的。11时多他要起来大便;就这一次,扶上病床去就逝世了!时间是1948年8月12日11时40分。没有说一句话,没有留一句遗言。大家几天来都候在院子里,除了朱太太,谁也没有瞻仰到他最后的目光。就这样地结束了他的一生,从入院到逝世只有六天。

大家都啜泣着,忙着;换衣服,烧纸张。下午3时,我同朱太太和他的三公子乔森,照应着把他的遗体移到医院后的停尸房里;下边搁着冰,他平静地躺在洋铁的床架上。和平常一样的,除了面色苍白,眼睛闭着外,安闲端静,像睡了一样。朱太太坐在旁边的一个小凳子上不住地哭;我也啜泣,没有勇气来劝朱太太不要哭!这天下午,我对不少的新闻记者絮述着朱先生的生平、著述和学校的善后办法。等到棺木、花圈等买好,和余冠英先生回校时,已是快九点钟了。

13日,这不祥的日子,天下着雨,是那年第一个秋凉的早晨,但人的心境却更凄凉,八点多钟大家就都又挤到北大医院里,院子小,人很多,天色阴暗落雨。学生,同事,清华、北大的许多人都来参加了。先是瞻仰遗容,随后一具薄棺,简单地,或者说是草率地,立刻就入殓了。接着便抬上了卡车,送葬的人坐了几辆汽车,一直开向了阜成门外的广济寺下院,在那里举行火葬。就在这个荒凉的古寺里,将棺木安置在那个嵌着"五蕴皆空"的匾额的砖龛中,用泥和砖封起前面来,龛顶上有一个烟囱;在冯友兰先生主祭,大家举行了一个简单的仪式以后,开始在下面举火了。前边肃立着一百多人,啜泣的,失声的;烟一缕缕地从龛顶上冒出,逐渐多也逐渐浓了。就这样完结了一个人的最后存在,那在社会上活动了多少年,产生了多少成果的形体。骨灰是要两天后才能来取的;朱太太和她的孩子,仍由她的朋友暂时陪着住在城里。我和很多的清华同事们,疲惫地凄凉地拖回了清华园。

隔了一天,15日早晨,是应该领取骨灰的时候了。一早我就进了城,照料着买好香烛祭物和盛遗骨的瓷罐等;接着便陪着朱太太,他的三公子乔森,四公子思俞,坐车到广济寺去。乔森刚考上育英中学的高中部,学校16

日就要开学了，嘱他赶快写信去请假。十一点钟，又到了那个荒凉的古寺，又站在那个砖龛面前；一切都和前两天离开的情形一样，只是站着的人少了，更增添了不少凄凉悲痛的感觉。和尚把用泥封着的龛门打开，里边什么也没有了，除了地下的一些灰。朱太太号啕着，其余的人哽咽着；这就是一个严肃地从事学术文化工作的人的结束！和尚用铁筛把骨灰筛过了一次，剩下的倒在屋檐下，大家开始来检取遗骨，烧得很干净，很碎，很少有长到二寸的大块。大家耐心地拨来拨去，不放过一个微小的碎片。一块、两块、一片、两片，怀着一种无可奈何的悲痛的心绪，倾出这活着的人所能尽的最后的忠诚。检取了有两个多钟头，已经再检不出来了，但仍然都蹲在那里拨着，每个人的两手都黑黑的。一阵号啕的哭声和许多人的说话声突然拥进了寺院，又是一具棺木移到那个"五蕴皆空"的龛子里了，无端地给人又增加了许多悲伤。我匆匆地拉着朱太太走到佛殿上，摆设上灵骨的祭坛，上香祭奠了一番，就赶快捧着灵骨离开了。又到城里接上她的幼女蓉隽，便一起回清华园了。

下午两点半钟到了朱先生那个离开了十天的寓所；一切和以前一样，只是里面失去了主人。将灵骨供奉起来烧奠了一次，把朱太太扶在沙发上休息；我又走进了朱先生的书房。冷清清地，但并不凌乱，写字桌上的文具、烟斗，和以前一样地陈列着；玻璃板下面仍然是那两句"但得夕阳无限好，何须惆怅近黄昏"的诗句；抽屉里搁着半篇文章，题目是《论白话》，只写了一千七百字，还没有完成，一切都和平常一样，像是主人临时出去了似的。复员以来的两年，就在这书房里，常常看见他埋头工作，或和人亲切地谈话；他家里的人平常是不来打扰的。但现在主人是再也不会进来工作了，《论白话》是永远也不能完成了，永远！我怅惘地退了出来，又踱到朱太太旁边；她说接到了她长子迈先从蚌埠来的电报，说 17 日可以飞到北平。她哭着说："他来了能看见些什么呢！活活的一个人，只剩一把灰了。"您怎么劝慰她呢？您能说她说的不对吗？十天前还是好好地在书房里工作着的，他没有完成的和正待起始的工作还多得很；这些工作都是为许多人所期待着的，都是和多数人有密切关系的，但他再也不能工作了，他已经成了一把灰了！

我默念着，这十几年来的每一件事情，这十天间的种种经过，我不能劝她，我也有抑制不住的悲痛。

念闻一多先生

一　生命的诗

　　闻一多先生在《人民的诗人——屈原》一文中赞美屈原说："最使屈原成为人民热爱与崇敬的对象的，是他的行义，不是他的文采。如果对于当时那在暴风雨前窒息得奄奄待毙的楚国人民，屈原的《离骚》唤醒了他们的反抗情绪，那么，屈原的死，更把那反抗情绪提高到爆炸的边沿……历史决定了暴风雨的时代必然要来到，屈原一再地给这时代执行了催生的任务，屈原的言行，无一不是与人民相配合的，虽则也许是不自觉的。"这些话对屈原来说也许有点溢美，但它真实地使我们体会到闻先生的感情和精神；除了他是完全地自觉自愿与屈原不同以外，这不就是闻先生平生言行的最真实的评价？这不就是那"前足跨出大门，后足就不准备再跨进大门"的大无畏的精神的写照？如果说历史上屈原配称作"人民的诗人"的话，现在历史已经跨入了新的时代，最配称为"人民的诗人"的无疑是闻先生了。他所催生的不只是对人民的救援，而且是人民自己掌握命运的新的时代。经过四十年历史的曲折和反思，我们在深沉的怀念中，更清晰地认识到这一点：闻先生，他是以自己的"行义"来得到人民的热爱和崇敬的；不只他的作品，他的一生，整个是一首诗——一首壮丽的史诗。

　　说他的生活是诗的，并不等于说他的生活是感情的；虽则他的生命是充满了热情，但一种追求真理和酷爱正义的理智力量，更给他的热情指示了一个明确的方向。闻先生一生的事迹，都是基于这种要求的发展；所以一点也不夸张地说，他的一生，就是一首庄严美丽的诗。这种精神，可以从他生平的许多事实中得到说明；他的思想，他的行为，甚至他治学的方向，都可以说经过转变；但这种追求真理和酷爱正义的精神，却是从来如此的。它指引

338

着闻先生的一生,使他的生平成为一首庄严的诗。

　　作者自 1934 年在清华上学起,直到他死,在闻先生的指导下研究学问,有十二年之久,对于闻先生的作人和治学,知之甚审,现在回忆起来的每一件事情,都宛在目前,都可从中领略到闻先生这种精神的充溢。

　　闻先生在外国是学艺术的,对于西洋文学,造诣甚深。回国后曾创作过不少的新诗,他的诗集《红烛》《死水》以及诗歌理论,在现代文学史上有不可磨灭的地位。后来又致力于中国古典诗歌的研究,说研究,那是的确的,除过"五四"以前的学生时期写过几首旧诗以外,他从来不作旧诗,而且非常反对这类事情。老舍先生到昆明,曾与罗莘田等人互相唱和,联大同学开欢迎会时,闻先生便即席表示了不赞成的意见。在中国诗中,杜甫是闻先生最喜爱的诗人;他的《少陵先生年谱会笺》是他早期的研究成果,他讲《诗经》,讲汉乐府,都认为那是民间的作品,是最原始,但也是最健康的东西。"《诗经》中女人的爱是赤裸裸的,绝不像后代那样扭扭捏捏",这是他常说的话。讲唐诗,他喜欢陈子昂、杜甫,不讲六朝的靡靡之音,不喜欢晚唐的诗体,词曲更是不讲的,主要就是因为那些作品不够真率,不够健康。研究古代神话,他想给中国找寻出已经失传了的史诗的原素;讲《楚辞》,他给屈原估定了一个新的地位;讲《周易》,他用文字训诂来从这部书里找出了一些新的社会史料。这些工作,都是有成绩、有收获的。他治学谨严,用力极勤,文稿皆用工整小楷写就,一天的工作时间常常到十小时以上,因此在许多方面都有创获和成就。在治学的道路上,同样可以看出他那种追求真理和面对人生的基本精神来。

　　闻先生是诗人,学者,他坚守着自己的工作:创作、研究、教学。抗战前在北京的时候,从未对时局发表意见,但即使在那时,他的面对现实的态度还是很明显的。不过他对当时的政府还未完全失望,因而也就只致力于学术工作罢了。1936 年暑假,闻先生至河南安阳调查发掘甲骨情形,那时北平学生情绪极高,正是"一二·九"运动的次年,他回北平后对学生说:"当然,中国只有抗日才有出路,同学们的运动是无可责备的。但我这次路经洛阳时,才觉得在那里政府是有一点准备,和在北平的所见不同,因此我们不能对政府完全失望。"到"七七事变"后,闻先生随校南迁,生活环境越苦,闻先生的治学之功益勤。他把国事的责任寄托在当时政府的身上了。

学校由湘迁滇，闻先生舍去了乘车坐船的机会，随学生步行，沿途娓娓为同学解说古迹民情及国家社会诸问题，历时三月，毫无倦态。从那时起，他就自然地留下了很长的胡须，抗战期间，皆未剃除。平日对附逆之教授文人，深恶痛绝。但他一贯认为学术文化是他的本位工作，如果不对现实完全失望，他是不会那么热烈地参加的。

1941年清华大学成立文科研究所，地点在昆明东北郊司家营，闻先生主持工作，他全家也住在那里。后来我在研究所当了助教，也住在那里。全所只是农村的一个小院，因此得与闻先生朝夕相处，受益甚多。《闻一多全集·年谱》引用友人冯夷（赵俪生同志）《混着血丝的记忆》一文，其中转录了我于1944年10月给他信中的一段话，勾起了我对当时情况的记忆；当时冯夷在陕西教书，我在信中同他谈了闻先生的情况，兹移录如下："闻一多先生近来甚为热情，对国事颇多进步主张，因之甚为当局及联大同仁所忌，但闻先生老当益壮，视教授如敝屣，故亦行之若素也。昆明宪政促成会闻先生推动甚力，双十节召开纪念会时，闻先生朗读宣言……态度激昂，群众甚为感动，末决议召集国是会议，组织联合政府等……当场……略有骚动，复归镇静。现闻先生为援助贫病作家，纪念鲁迅，文协，及青年人主办之刊物等，皆帮忙不少，态度之诚挚，为弟十年来所仅见。……在联大上课时，旁听者满坑满谷，青年人对之甚为钦敬。……"这就是我当时对闻先生积极从事民主运动的印象，就在这之前不久，闻先生介绍我加入了民盟。

1945年8月15日，日本无条件投降，那时闻先生正住在研究所里，昆明城中群情沸腾，各报竞出号外，到夜里自然地形成了群众游行，爆竹之声不绝；但司家营要到次日下午三点钟，才能看到报纸。这天早晨我由城里带了报纸下乡，到时才十二点钟，他听说后高兴极了，那种热情的样子真像十几岁的青年，下午便到镇上的小理发馆，把八年来留着的长须剃掉了。过了几天，北平研究院徐旭生先生等到所里，大家同庆胜利，说起建国的前途来，有人深忧有内战发生，闻先生很肯定地说："不会的，绝不会的！大家都知道打不得了，谁还再打呢！"对国事前途，寄予了诚挚美好的希望和信心。联大复员，图书运输不易，大家都恐怕到北平后一时没有必要的参考书，闻先生说："我们对现实认识得太少了，一时没有古书，念念现代书也是好的。"这些地方，我们可以看出闻先生是一个多么热爱正义的人。

闻先生个人生活最困苦的时候，是 1940 年和 1941 年，那时他居于昆明乡下，孜孜于《周易》的研究；一家八口，终日开水白菜，绝未言苦。他热烈地对时局发表意见之时，由于兼课和治印等收入，个人的生活已略有改善，所以那些说他参加民主运动是因为熬不住穷苦的人，对闻先生实在是极大的诬蔑。他平日从不以个人的生活享受为意，正因为这样，所以一些想用利禄来诱使他不讲话的人，也弄得束手无策了。

闻先生在联大，是同学中最受欢迎的教授，这不仅因为他学识渊博和教学有方，更重要的是他的思想感情在学生中引起了强烈的共鸣；他懂得青年人的苦闷，也懂得青年人的要求，他每次讲演，总是听众极多而掌声雷动的。1945 年昆明"一二·一"学生运动发生惨案，闻先生是最能替同学说话的教授，他请傅斯年效法蔡孑民先生的精神，他为四烈士作墓志，都使同学们非常感动。正因为他这样热爱正义，在当时那种社会里，他才惨遭不幸的。

至于闻先生的死，那悲愤的倒是活着的人和他的家属；在他自己，是早就把死置于度外的。很多爱护他的人早就劝他躲避一下，甚至暂时沉默一下，他都谢绝了。他要用生命来唤醒国人，争取民主，终于用他的血来完成了一首庄严的诗。

闻先生平常不大喜欢看电影，1946 年 4 月底，在昆明晓东街遇着闻先生从南屏电影院看戏出来，他一见面就说："这部片子非常好，你可以看看，我已经看过三次了。"我当时有点奇怪，后来看了之后，才知道内容是叙述了一位波兰音乐家的故事，那位音乐家一生颠沛流离，历尽艰难困苦，但对工作的热忱和努力，从未少懈，后来曲成演奏，受到人们的热烈欢迎，竟以奏曲时精力过于集中，致命亡琴前。像这种全力以赴地为工作献身的精神，正是闻先生生平所服膺的。闻先生的确是诗人，他这种为真理和正义奋斗不懈的精神，使他底一生也成了"诗的"——那样庄严，那样美丽。

现在回忆起闻先生遇难后的一些情况，还不能不令人感慨系之。虽然这一暴行当时震动了全国，激起了广大人民的愤怒与抗议，但在他遇难的昆明，追悼会是在不能不举行的特务横行的空气中由"官方"主办的；虽然他们自称也是闻先生的朋友，但连火葬的仪式都不让群众去参加。全国各地当然都有青年学生和民主人士主持的追悼会，但哪一处不受到特务的威胁和干涉！而在北京，闻先生工作多年的地方，那一年是并没有任何团体举行过一次追悼会仪式的。起先复员归来的联大同学们打算在北大开会追悼,胡适说闻先生是他的朋友,要过些日子等复员的人都回来了才盛大举行;话很漂亮,终于拖到11月上课后取消了自己的诺言。到第二年周年纪念时,各校的学生才自己举行了他们的哀悼集会,但那些曾经自称为闻先生朋友的人,却并没有出席。他们在言谈中有时也称赞闻先生对"学术"的贡献,惋惜他牺牲得很惨,但又慨叹闻先生为人太天真了;言外之意,当然是有点"自取其咎",不懂得"明哲保身"的意思。更有意思的事是发生在1948年,那时正值解放前夕,北京局势愈来愈紧,于是自称为闻先生朋友的人也一天天多起来,甚至还有人把闻先生早年赠给他的相片挂起来,而且告诉人说"这是护照"。这些本来是不值得一说的,只是在回忆和对比中不能不使人感到四十年来历史的巨变。就闻先生来说,他早已从抗战的生活体验中看透了那个社会和教育制度,他说:"抗战以来八九年教书生活的经验,使我整个的否定了我们的教育。我不知道我还能继续支持这样的生活多久,如果我真是有廉耻的话!"①他不但彻底否定了那种教育制度,而且也从根本上认清了封建文化的毒害,他说:"封建社会是病态的社会,儒学就是用来维持封建社会的假秩序的。他们要把整个社会弄得死板不动,所以封建社会的东西全是要不得的。"②他一旦彻底地否定了封建主义之后,就坚决地做了时代的鼓手、人民的战士。转变的过程是那样的短暂,而作风和行动又是那样坚决、那样勇敢,全心全意地为新中国催生! 当时闻先生说:"真正的力量在人民。我们应该把自己的知识配合他们的力量。没有知识是不成的,但是知识不配合人民的力量,决无用处。"③这些话今天听起来也许并不十分新鲜,但在当时的昆明,像闻先生这样的人来大声疾呼,却不啻是抛下了一颗炸弹:它炸醒了青年人的心,也炸醒了大后方被压迫的人民。闻先生自己是不以战士自居的,他严肃地工作——写文章,讲演,刻钢板,跑路;他是用全生命来投身于他所认定的事业的,终于用他的"行义",谱写了一首壮丽的诗。

---

① 闻一多:《八年的回忆与感想》。
② 闻一多:《五四历史座谈》。
③ 闻一多:《给西南联大的从军回校同学讲话》。

二　诗歌艺术

闻先生的第一个诗集《红烛》出版于 1923 年,收 1920 年至 1922 年间在清华和旅美期间作品,从中可以明显地感受到"五四"的时代精神,因为它真实地抒发了觉醒了的爱国青年的思想情绪。"红烛"是诗人的心的象征,他要"烧破世人的梦,烧沸世人的血——也救出他们的灵魂,也捣破他们的监狱!"这是献身的誓辞,"红烛啊!……灰心流泪你的果,创造光明你的因"。"莫问收获,但问耕耘。"他是抱定了"蜡炬成灰泪始干"的心愿来从事耕耘的。闻先生说:"五四时代我受到的思想影响是爱国的,民主的,觉得我们中国人应该如何团结起来救国。"[①]这种爱国主义、民主主义的思想内容是他的诗歌创作的灵魂,《红烛》一诗作为"序诗",就充分体现了这种精神。不仅诗集《红烛》,就是在诗的艺术上更为成熟、可以作为他的代表作的诗集《死水》,就思想内容的实质看,仍然是前后一脉相承的。诗中说:

> 这是一沟绝望的死水,
> 这里断不是美的所在,
> 不如让给丑恶来开垦,
> 看他造出个什么世界。

朱自清先生在《闻一多全集·朱序》中引了上述四句诗之后说:"这不是'恶之华'的赞颂,而是索性让'丑恶'早些'恶贯满盈','绝望'里才有希望。……那时跟他的青年们很多,他领着他们作诗,也领着他们从'绝望'里向一个理想挣扎着,那理想就是'咱们的中国!'(《一句话》)。"朱先生的话是中肯的,因为爱国主义思想确实是贯穿在他全部作品中的主要内容。

然而闻先生写的是抒情诗,这些诗既不是思想感情的直接宣泄,也不是社会生活的客观描绘,他是诗歌艺术的追求者和新诗格律的建树者。如果说追求真理和酷爱正义体现了他对真与善的追求的话,那么他对诗歌艺术的探索和实践就体现了他对于美的追求。美与真和善原是统一的,因此他

---

① 闻一多:《五四历史座谈》。

十分重视诗的抒情方式的选择和创造,这才是他的诗歌的主要特点。闻先生认为"诗是被热烈的情感蒸发了的水气之凝结"[1],所以他诗中的感情既是丰厚热烈的,又是含蓄凝练的;它的语言和格式是经过推敲和锤炼,是经得起吟诵咀嚼和能够引起读者联想或共鸣的,而不是一览无余式的淡乎寡味的陈述。这就需要诗人的精心的创造。请看《红烛》中的《忆菊》一诗,它是"诗人底花"的颂歌,诗中强烈地抒发了他的炽烈的感情:"我要赞美我祖国的花,我要赞美我如花的祖国!"但这是"卒章显其志"的句子,前面有三十行都是对各种不同的形状、色彩、品种,以及处于不同气候和环境的菊花的充满绚烂彩色的形象的描绘,宛如一个精心布置的富有艺术情趣的大型的"菊展"。这一切,不能不引起诗人由衷的赞颂:"啊!自然美底总收成啊!我们祖国之秋底杰作啊!""啊!四千年的华胄底名花啊!你有高超的历史,你有逸雅的风俗!"当"习习的秋风"吹得落英缤纷、弥漫大地时,"金底黄,玉底白,春酿底绿,秋山底紫……"这是多么富于色彩的一簇美丽的鲜花,使人感到只有这样描写才和我们灿烂的祖国相称,才体味到诗人心中"希望之花"的美好理想。如果说诗人的风格在《红烛》中还在形成过程的话,那么《死水》中的风格特色已经完全圆熟。他用浓重的笔来描绘形象,烘托意境,新奇的比喻中富有变幻的色彩配置,加以和谐的音节和整饬的诗句的优美诗形,使诗人的情绪得到了充分的抒发,而又蕴意深沉,给人以独特的审美感受。譬如《一个观念》这首诗,从题目看,想用诗来表达一个观念是很困难的,很容易流于空泛;其实这首诗同《发现》《祈祷》《一句话》等诗篇表现的是同样的感情,所谓"一个观念"就是诗人对有五千年文化的中华民族的深厚的爱;但他并没有直抒胸臆,而是用一连串的比喻把"观念"拟人化了,然后用强劲有力的诗句来写出了凝聚迸发的感情:

> 你降伏了我!你绚缦的长虹——
> 五千多年的记忆,你不要动,
> 如今我只问怎样抱得紧你……
> 你是那样的横蛮,那样美丽!

---

[1] 闻一多:《〈冬夜〉评论》。

344

闻先生抒情诗的重要特点在于作者致力于主观情愫的客观对象化,因此情感表现得蕴藉和含蓄;在鲜明的对象中蕴含着耐人吟味的暗示性,因此能够激起读者的丰富的联想,使之投入审美再创造的过程。诗集《死水》中的首篇《口供》,是抒发诗人内心感情的矛盾的,既有着强烈的爱国激情,又有着苦闷阴郁的心境,这是知识分子当时比较普遍的感受,富有时代特色;但在诗中他既没有铺写触发这种感情的具体事件,也没有坦直地倾泻自己的情感,而是通过艺术的想象,幻化为具体客观的形象。诗中如"青松和大海,鸦背驮着夕阳,/黄昏里织满了蝙蝠的翅膀"这样的句子;以及"一壶苦茶""苍蝇似的思想,垃圾桶里爬"等比喻,都是主观情绪的客观化,读起来甚至有点朦胧的感觉,但它在新诗的抒情方式上无疑是一种新的创造和发展。朱自清先生在《中国新文学大系·诗集·导言》中说闻先生作诗"靠理智的控制比情感的驱遣多些",其实读者还是可以感受到作者的热情的,只是在抒情方式上控制了感情,使之更加深沉和含蓄而已。

重视在诗中驰骋自己的想象,展开幻想的翅膀,是闻诗的重要特色。《红烛》中的名篇《太阳吟》,是写旅美时的思乡情绪的;太阳每天从东方照到西方,诗人对它敞开了丰富奇特的想象,尽情地诉说自己对家乡的感情:"太阳啊——神速的金乌——太阳!/让我骑着你每日绕行地球一周/也便能天天望见一次家乡!"此诗分十二小节,每节三行,一韵到底,音调铿锵;诗中感情真挚,却都是用丰富多彩的想象表现出来的。《青春》一诗是怎样歌颂从残冬闯出来的青春的生命力呢:"神秘的生命,/在绿嫩的树皮里膨胀着,/快要送出带着鞘子的/翡翠的芽儿来了。"这样就把生机勃勃的新生的力量镕铸在他所幻想的形象中去了。《死水》中的《也许》一首是葬歌,是情人对死者诉说感情的,内容其实就是我们通常说的"安息罢"的意义,但像这样新鲜、细腻的思绪却是诗人独特的创造:"也许你听这蚯蚓翻泥,/听这小草根须吸水,/也许你听这般的音乐/比那咒骂的人声更美";这就使感情表现得更为深沉有力。想象力的驰骋和幻想的开拓并不意味着诗与现实的脱节,它只表现了诗歌反映现实的自身的特点。《死水》中的诗大都是作者回国以后写的,他看到的现实并不是"如花的祖国",而是充满了黑暗的社会和呻吟着的人民,因此他把爱国的感情和对现实的不满,都倾注在带有愤激之情的诗篇中了。"我来了，我喊一声，迸着血泪，/这不是我的中华，不对，不对！"①因此他高呼："突然青天里一个霹雳/爆一声：/'咱们的中国！'"②他不安于"尺方的墙内"的静谧和安宁，他在"静夜"中听到的是"四邻的呻吟"，看到的是"孤儿寡妇颤抖的身影""战壕里的痉挛"等"各种惨剧"③，因此在《荒村》《天安门》《罪过》等诸篇中，就有了遣责黑暗社会和同情人民苦难的内容。但即使是这些篇章，也同样是运用丰富的想象来捕捉形象的，因此它不是剑拔弩张式的呼喊，而是深沉含蓄的抒情。

闻先生是格律诗派的主要诗人，创造新诗格律是他对诗歌艺术的重要贡献。他是十分重视诗歌的形式美的。他认为"新诗的格式是根据内容的精神制造成的"，要"相体裁衣"，"由我们自己的意匠来随时造"。他追求的是"内容与格式""精神与形体的调和的美"④，他的诗篇就是照着这样的要求来创作的，特别是《死水》，而且取得了重大的成功。无论是从韵脚音尺等听觉上的和谐说，还是从诗的句和节的视觉上的整齐匀称说，他的成就都是创造性的，读来都有整饬和谐的感觉。他对英国诗深有研究，主张音尺的协调就是由英诗借鉴来的，但基于对民族文化的热爱，从汉字的构造特点出发，他既注意平仄和韵脚等古典诗歌的手法，更重视诗画同源辞藻色彩的运用和内在节奏的和谐，因此能够反复咏叹，富于变化。他努力为自己的感觉和情绪找到具体的形象，力求新鲜和真切，并融情入景，在谨严的诗形中表达凝练的内容，使之成为富有个性的诗人自己的声音。《死水》中各首诗的格式和用韵是不同的，但从整体来看，又都是他根据内容的需要所作的试验，是他对诗歌艺术追求的成果。就其所受的影响而言，他的诗歌艺术可以看作"中西艺术结婚后产生的宁馨儿"⑤，但由于他对民族文化的热爱和对中国古典诗歌的深邃修养，特别是对律诗的研究，因此就总体看来他的诗歌风格仍然是富有民族特色的。正如他自己所说："技术无妨西化，甚至可以

①　闻一多：《发现》。
②　闻一多：《一句话》。
③　闻一多：《静夜》。
④　闻一多：《诗的格律》。
⑤　闻一多：《〈女神〉之地方色彩》。

尽量的西化,但本质和精神却要自己的。"①他确实做到了这一点。

三　诗歌理论

闻先生的第一本诗集《红烛》出版时,中国新诗发展已经经历了早期白话诗的尝试时期和《女神》的开创时期。胡适《尝试集》的历史意义是用自己的艺术"尝试"证明"白话可以作诗"②;胡适以及其他白话诗人的创作,从内容到形式都突破了中国古典诗词的传统,创作了白话新诗;但这种解放又带有明显的"尝试"性质,用胡适的话说,就像是放了脚的女人,很不自然和彻底;这是新诗发展过程中必然会出现的历史现象。郭沫若的《女神》以"绝端的自由,绝端的自主"的彻底破坏精神,冲决了传统诗词的旧形式,淋漓地抒发着诗人在"五四"时期所感受到的自由奔放的思想,磅礴雄伟的气势和情绪,没有任何规范和约束,似乎一切都是倾泻而出的。在《女神》开辟了新诗发展的道路之后,就需要探索新的建设规范,使诗歌的内容和形式得到和谐的结合和统一。闻先生在新诗发展上所起的正是这样的历史作用。应该说,他是自觉地意识到这种历史使命的,早在 1922 年留学美国期间,他就宣称"余对于中国文学抱有使命",即"领袖一种文学之潮流或派别"。③ 当时他把这个"潮流或派别"称为"极端唯美主义",这显然是不确切的;但也透露出诗人的文学观念已经由初期新诗的注重新旧的对立转为注重美丑的艺术追求,这是历史发展的轨迹;差不多同时,创造社主要批评家成仿吾在《诗之防御战》(1922 年 5 月发表)中就这样明确指出:"文学只有美丑之分,原无新旧之别。"可见新诗发展到闻一多的时代,任务的重点已经由"破旧"转向了"立新"。在这个意义上,我们可以说,闻一多与郭沫若是代表了新诗发展的不同阶段的,所以闻先生的诗歌理论不仅是他个人的一种主张,而且是反映了新诗发展史上的历史要求的。

闻先生早期诗歌理论中最引人注目的是他的《〈女神〉之时代精神》与

---

① 　闻一多:《悼玮德》。

② 　参看胡适《逼上梁山》。

③ 　《闻一多全集·年谱》。

《〈女神〉之地方色彩》二文;从他对《女神》得失的评论中,我们可以看出闻一多与郭沫若之间的前后发展关系。正是闻先生首先肯定了《女神》的时代精神,高度评价"《女神》真不愧为时代底一个肖子"。这说明闻先生绝不是超然于时代、社会之外的唯美主义诗人。他的诗歌观同强调诗歌与时代、人民密切联系的新诗主流是相通的;因此他一再喊"冤",强调他与郭沫若一样心中"有火",绝不是什么"技巧专家"①。更值得注意的是他对郭沫若诗歌理论的批评:他反对郭沫若关于诗是一种"自然流露""不是'做'出来的,只是'写'出来的"的主张,明确提出诗是一种选择的艺术:"选择是创造艺术的程序中最紧要的一层手续。自然的不都是美的,美不是现成的。其实没有选择,便没有艺术,因为那样便无以鉴别美丑了。"②在新诗发展过程中,人们首先注意的是新诗的现实性、战斗性的品格,现在第一次注意到新诗美的品格;早期人们强调的是要到现实人生社会去发现诗,现在进一步认识到"自然的不都是美的",而必须根据诗人的审美理想,从"自然(现实)中去提炼、选择出美来"。这显然标志着对新诗认识的深化,要求新诗的内容和形式都表现出美的力量,成为一种完美的艺术,这就是闻先生诗论的实际意义。

为了这个目标,闻先生主要作了以下三方面的探索:

第一,关于诗的抒情本质与抒情方式。早期白话诗是"五四"思想解放运动的产物,它是自觉服从于思想革命的需要的,因此早期白话诗一般都具有偏于说理的倾向。加以当时诗人在表现社会人生时,大都是印象的,同情的,较少把自己的感受融化在创作中,这就形成了早期白话诗比较缺乏强烈感情的弱点。创造社诗人正是抓住这一点对早期白话诗进行批判的。在郭沫若称为投向诗坛的"爆击弹"③的《诗之防御战》一文中,成仿吾反复强调了文学与诗的抒情本质:"文学是直诉于我们的感情,而不是刺激我们的理智的创造";"不仅诗的全体要以他所传达的情绪之深浅决定他的优劣,而且一句一字亦必以情感的贫富为选择的标准"。郭沫若也这样强调:"诗的本职专在抒情。"④稍后一些,鲁迅在谈到"诗美"时,也认为"诗歌是本以抒发

---

① 闻一多:《给臧克家先生》。
② 闻一多:《〈女神〉之地方色彩》。
③ 郭沫若:《创造十年》。
④ 郭沫若:《论诗三札》。

自己的热情的",“诗歌不能凭仗了哲学和智力来认识,所以感情已经冰结的思想家,即对于诗人往往有谬误的判断和隔膜的揶揄"。① 这都说明,随着新诗创作的发展,注重诗的抒情本质已经逐渐成为诗坛的共同倾向。《女神》对于新诗发展的主要贡献之一,就是现代抒情诗的创造。郭沫若采取了直抒胸臆的抒情方式,主张“诗是情绪的直写"②把诗作为“人格创造的表现"③,努力创造自我抒情的主人公形象。闻先生同样也把“偏重理智”看作早期白话诗的根本弱点,认为“哲理本不宜入诗",“诗家的主人是情绪"④,在这一点上,他与创造社诗人是一致的。但闻先生同时又批评了“把自身的人格”“赤裸裸的和盘托出"的“自我的表现"。他把这称作“伪浪漫派的作品"⑤;他特意推荐了邓以蛰的《诗与历史》一文,显然赞同邓文的观点:“如果只在感情的旋涡里沉浮着,旋转着,而没有一个具体的境遇以作知觉依皈的凭借,这样的诗,结果不是无病呻吟,便是言之无物。"闻先生曾这样介绍自己的作诗过程:在“初得某种感触"、有了创作冲动时并不作诗,而有意识地对这种冲动加以压制,等到“感触已过,历时数日,甚至数月之后",“记得的只是最根本最主要的情绪的轮廓。然后再用想象来装成那模糊影响的轮廓",把主观情绪化为具体形象。⑥ 鲁迅也说过同样意思的话:“我以为感情正烈的时候,不宜做诗,否则锋铓太露,能将‘诗美’杀掉。"⑦这实际上是提出了诗歌创作的重要的美学原则。首先,诗是抒情的,同时又必须注意感情的节制,在放纵与控制之间取得艺术的平衡;其次,诗不仅是抒情的,诗的抒情方式还必须是艺术的;即必须注意和研究表达感情的手段与方式。诗不能“锋铓太露",“赤裸裸地和盘托出",而必须通过具体的形象与“暗示"⑧。这些论点显然标志着对“诗的抒情本质"认识的深化。

第二,关于艺术想象力在诗歌中的地位与作用,诗与现实的关系。朱自

---

① 鲁迅:《诗歌之敌》。
② 郭沫若:《文学的本质》。
③ 郭沫若:《论诗三札》。
④ 闻一多:《泰果尔批评》。
⑤ 闻一多:《诗的格律》。
⑥ 闻一多:《给左明先生》。
⑦ 鲁迅:《两地书·三二》。
⑧ 闻一多:《论〈悔与回〉》。

清在《中国新文学大系·诗集·导言》中论及早期白话诗时说:"胡氏(指胡适)后来却提倡'诗的经验主义',可以代表当时一般作诗的态度,那便是以描写实生活为主题,而不重想象,中国诗的传统原来如此,因此有人称这时期诗为自然主义。"胡适在《论新诗》里所提出的"诗要用具体的作法,不可用抽象的说法"的原则,是早期白话诗人在艺术上的共同追求。所谓"具体的做法",一是白描,二是比喻象征。无论是白描或比喻象征,都具有明白平实的特点,缺乏飞腾的艺术想象力。茅盾说早期白话诗大都"具有'历史文件'的性质"①,这是很能概括早期白话诗的历史价值与历史局限性的。

最早向早期白话诗不重想象的平实倾向提出挑战的,是创造社诗人。郭沫若在《论诗三札》里把诗的艺术概括为一个公式:"诗=(直觉+情调+想象)+(适当的文字)"。把"想象"作为诗歌艺术的基本艺术特征,这是对诗歌艺术规律认识的深化。闻先生则在理论上更加明确和系统地提出了想象力在诗歌艺术中的地位和作用。他在著名的《〈冬夜〉评论》里曾尖锐地指出,早期白话诗"极沉痼的痛病,那就是弱于或竟完全缺乏幻想力",而这是根本违反诗歌创作规律的;他认为诗人唯有"跨在幻想的狂恣的翅膀上遨游,然后大着胆引嗓高歌",才能创造出真正的"开扩的艺术"。闻先生从两个方面论证了他的这一论断。一是诗的本质特征,他认为,诗是由"外在的原素"("音节、语言描绘"等)与"内在的原素"("幻象"即能动的想象与"情感")组成的,而"诗的真正精神"正在后者而不在前者。闻一多指出,中国传统诗歌"常依赖重叠抽象的声音表示他们的意象","幻象""薄弱"是其根本的弱点,因此新诗的建设就必须建筑在"幻象"的丰富与开拓上。其次,闻先生考察了诗与现实的关系:他并不反对诗歌反映现实与时代,他充分肯定《冬夜》作为"一个时代的镜子",其"历史上的价值是不可磨灭的";但同时他又坚持诗歌反映时代与现实应该有自己的特点,认为"要作诗决不能还死死地贴在平凡琐俗的境域里!"②"太琐碎,太写实"就会失去了诗美③;他甚至说"绝对的写实主义便是艺术的破产"④。闻先生认为,诗的长处并不在如

---

① 茅盾:《论初期白话诗》。
② 闻一多:《〈冬夜〉评论》。
③ 闻一多:《给左明先生》。
④ 闻一多:《诗的格律》。

实描摹生活,而是表现从现实生活中升华出来的"情绪",因此他主张在初有感触时不能写诗,而必须"遗忘""琐碎的枝节",留下"最主要的情绪的轮廓""用想象来装成"[①];诗必须从生活出发,又必须与生活的琐碎、具体形态保持一定"距离",要做到这一点就必须借助于想象的翅膀,借助于诗人的幻想力。应该说闻先生的这一认识是反映了诗歌艺术的规律的;朱自清先生曾经说,"诗也许比别的文艺形式更依靠想象"[②],说的也是这一意思。

第三,关于诗的形式美。现代新诗的建立,是从"诗体解放下手"[③]的。胡适曾说,"若想有一种新内容和新精神,不能不先打破那些束缚精神的枷锁镣铐";因此他提出了"推翻词调曲谱的种种束缚;不拘格律,不拘平仄,不拘长短;有什么题目,做什么诗,诗该怎样做就怎样做"的主张。[④] 这种主张对新诗的建立曾起过重要的作用。郭沫若对诗歌形式的态度更为彻底,他宣称"形式方面我主张绝端的自由,绝端的自主"[⑤]。在新诗发展转向建设为主的时候,首先提出的仍然是形式问题。由强调诗的散文化到注重诗的音乐性,由强调打破旧格律的镣铐到主张要有一定束缚、要建立新格律,是有它历史发展的逻辑性的。成仿吾在《诗之防御战》里说:"诗的本质是想象,诗的现形是音乐,除了想象与音乐,我不知诗歌还留有什么。"闻先生甚至说,一个好的诗人"乐意戴着脚镣跳舞"[⑥]。当然,在闻先生之前,已经有一些人进行过新诗格律化的尝试,但系统全面地提出诗的形式美的理论,并产生了重大影响的,则是闻先生。关于闻先生这方面的理论,已有不少论述,这里仅指出几点:首先,应联系闻一多整个诗歌理论体系来理解他关于形式美的理论。诗的形式的强调与对诗的抒情本质的重视是一致的,他在《泰果尔批评》一文中说:"我们还要记住这是抒情的诗,别种的诗若是可以离形体而独立,抒情诗是万万不能的。"新诗格律化的严格要求显然是同"理性节制感情"的原则与"和谐""均齐"审美特征的提倡相适应的。其次,闻先

---

① 闻一多:《给左明先生》。

② 朱自清:《新诗杂话·诗与感受》。

③ 朱自清:《中国新文学大系·诗集·导言》。

④ 胡适:《谈新诗》。

⑤ 郭沫若:《论诗三札》。

⑥ 闻一多:《诗的格律》。

生关于诗的形式的音乐美、建筑美、绘画美的理论是一个完整的统一体,不能只注意音乐美,而忽略了建筑美和绘画美。他的"三美"理论有一个共同的出发点,就是努力创造具有民族特色的诗歌新形式。建筑美的理论基础显然基于汉字的特点与民族的欣赏习惯,他说,"我们的文字是象形的,我们中国人欣赏文艺的时候,至少有一半的印象是要靠眼睛来传达的"[①];绘画美的强调是考虑了中国诗画相通的传统。他提倡的新诗格律的理论核心"音尺"(又称"音组""顿"),也是植根于现代汉语复音词占优势的基础上的。按照卞之琳先生的意见,"新诗格律的基本单位'音尺'或'音组'或'顿'之间相互配置关系上,闻先生实验和提出过的每行用一定数目的'二字尺'(即二字顿)'三字尺'(即三字顿)如何适当安排的问题,我认为直到现在还是最先进的考虑"[②]。闻先生关于新诗格律化的倡导,其主导方面无疑是积极的;它有力地纠正了由于早期新诗创作过于散漫自由、一些人创作态度不够严肃所造成的某种混乱局面,使新诗趋向精练和集中,具有相对规范的形式,从而巩固了新诗的地位。此后格律体的新诗与自由体新诗一直成为新诗的两种主要诗体,互相竞争,又互相渗透和促进,对新诗的发展起了重要的推动作用。

四　说诗解颐

我上清华大学和跟他一起工作的时候,闻先生已不写诗了,他把全部精力都用在研究中国古典文学方面。我先后听过他的七门课:"诗经""楚辞""乐府诗""唐诗""中国古代神话研究""周易""中国文学史专题研究";都是有关古典文学的。关于他的深厚的学术造诣和贡献,遗文俱在,论者已多,而且由于我以后研究的方向没有沿着闻先生的治学途径前进,也感到无从阐发。但在听课和接触的过程中,仍然留下了许多难以忘怀的深刻印象;现在把这些零碎的回忆写下来,作为对闻先生的怀念。

1935 年的"楚辞"课,他是用缓慢的声调念《世说新语》的句子"痛饮酒,熟读《离骚》,方得为真名士"开始的;次年的"诗经"课,他一上课就先念

---

① 　闻一多:《诗的格律》。
② 　卞之琳:《完成与开端:纪念诗人闻一多八十生辰》。

《汉书·匡衡传》的："无说诗，匡鼎来，匡语诗，解人颐。"现在《全集》中收有《匡斋尺牍》，遗作中尚有《匡斋谈艺》一文。匡斋是他的书室名，用意就在扩大研究对象的联系面，能够收到引人入胜、触类旁通的效果，像匡衡的说诗能使人解颐那样。事实也的确如此，他的许多用低沉的声音娓娓道来的解说，过了半个世纪仍然记忆犹新。譬如他讲《诗经》中的风诗是爱情诗，就从"风"字的古义讲起，说"风"字从虫，"虫"就是《书经·仲虺之诰》中的"虺"字的原字，即蛇；然后又叙述《论衡》和《新序》中记载的孙叔敖见两头蛇的故事，习俗认为不祥，见之者死，其实就是蛇在交尾。这是"虺"字的原义，《颜氏家训·勉学篇》引《庄子》佚文就说"蛖"（虺）二首，它本来就是指异性相接，所以《左传》上说"风马牛不相及"，意思是说马牛不同类，故不能"风"；后世训"风"为"远"，实误。由此发展下来的词汇，如风流、风韵、风情、风月、风骚，以及争风吃醋等等，皆与异性相慕之情有关。他援引了许多的史实以及后来的演变，妙语迭出，十分生动。现在《说鱼》一文收入《全集》，他解释"鱼"字是"情侣"的隐语，引用了自古迄今、包括各民族民歌的许多例证，其中讲到"鱼书"一词的出处《饮马长城窟行》，他说："书函何以要刻成鱼形呢……现在才恍然大悟，那是象征爱情的。"在课堂上他更加以发挥，说京剧《玉堂春》中苏三戴的行枷作双鲤鱼状，中藏诉状，与《饮马长城窟行》中之"双鲤鱼"意义相同，也是暗示爱情的流风余韵。我一直记得他讲《匏有苦叶》一诗时所发挥的"匏"（葫芦）在上古人民生活中的重要作用的一些话，他说："匏不但是各种食品的容器，盛水的工具，类似救生圈一样的涉水用品，而且是一个乐器，所以后来认为是八音之一。"不仅如此，鼓和管弦器都是由匏开始的；鼓是乐器的祖宗，当人们需要韵律来表现情绪时，就不禁要对器物作打击，使之发出声音，最早的器物对象就是匏；但匏是经不起猛烈打击的，于是就用兽皮蒙在匏上，这就是最初的鼓，它的声音表示了最原始的生命情调。有时匏裂了，就用原始的绳索把它绑起来；后来发现，当人们用手拨动绑匏的绳子时，它可以发出动听的声音，于是弦乐器开始产生了。由打击乐到管弦乐是音乐由韵律到旋律的发展，都与古代人民日常用的"匏"有关。"八音"之说把笙竽一类吹管乐器归名于匏，说明人们知道匏与音乐的关系，但对它在乐器制作史上的重要性已经茫然了。以后闻先生作《伏羲考》，更从文化人类学角度说明伏羲和女娲都是葫芦的化身，都来源于原始的图腾。可以看出，他阐发诗意也是从文化发展和民俗学的广泛范围着眼的。我们现在读《匡斋尺牍》中讲《芣苢》和《狼跋》的文字，看到他是如何把诗讲得活灵活现，妙语解颐，其实在课堂上讲授中对每一篇都是如此。如他将《摽有梅》和《木瓜》联系起来讲，认为"摽"是古"抛"字，作"掷"字解；抛梅与"投我以木瓜"意义相似，皆男女赠物结好之意。而"梅"不仅因为它是妇女所主有的蔬果之类，而且"梅"字从"每"，"每"与"母"古同字，古"妻"字也从"母"从友，所以"梅"是象征可为妻为母的果子，是用来向男方求偶的。然后又讲了《晋书》记载潘岳貌美，在洛阳道上被许多妇女投之以果，满载而归的故事，以及许多少数民族的习俗，接着就描绘了一幅上古人民于果熟时群众欢聚的场面，在歌舞中女郎掷果求偶、男子解玉佩相报并结为好侣的古代民俗。绘声绘色，确实是生动解颐的。他的诠释新解都是建立在严格的考据训诂基础上的，可谓言必有据，但他知道"训诂学不是诗"，而且慨叹于"明明一部歌谣集，为什么没人认真的把它当文艺看呢！"[1]经过他的诠解，《诗经》确实成为抒写初民生活和感情的抒情诗了。

讲其他古代作品也是这样，如讲《离骚》"女媭之婵媛兮"，他先认定"婵媛"应从一本作"掸援"，应从手，所以王逸解释为"牵引"。然后引《方言》《说文》，说明"掸援"即"嘽咺"，即"喘"，"口气引"也；如此则女媭之发怒喘息，与下文"申申其詈予"就连贯起来了。后人以为本句是形容女性的，遂妄改为从女，甚至有改为婵娟的，释为"女子好貌"，与原义相去甚远。汉乐府《有所思》中"妃呼豨"一语，旧释为"乐中之音"，本身无义，闻先生则解释为乐工所记表情动作的旁注，"妃"读如"悲"，"呼豨"读为"歔欷"，"妃呼豨"就是表示歌者至此应该有悲切的表情，与后世戏曲所谓"作悲介"相似。又如他讲乐府诗《饮马长城窟行》的首句"青青河畔草"，对青色就发挥了一大段。他说："青青河畔草"的"青"，当然是绿色的，但青天白日的"青"是蓝色，青布是黑色，青的颜色很不稳定，为什么呢？就因为"青出于蓝"。古代只有植物染料，多用蓝、黄二色，所以墨子说"染于苍则苍，染于黄则黄"；青色须用蓝色染料多次制成，比蓝色名贵，所以说"青出于蓝而胜于蓝"。绿色由蓝黄合制，古称间色，比较易得，所以多为贱者所服。他接着讲了许多人们对色彩

---

① 闻一多：《匡斋尺牍》。

354

的心理好尚的变化与时代条件的关系,例证很多,十分精辟。闻先生是精于绘画的,对色彩素有研究,在课堂讲到古代器物的时候,他常常随手用粉笔在黑板上勾勒示意,例如古代的战车,寥寥几笔,形态宛然,极大地增强了教学的效果。

除过匡斋以外,闻先生还用过两个室名。在研究古文字的文稿上署璞堂,《全集》中收有《璞堂杂识》一文,此取待琢之玉或归真返璞之意,未敢妄断;但在研究唐诗的文稿上所署的"思唐室",意义是很清楚的。就我听他讲唐诗的印象说,他对唐代文化和国力的繁荣强盛,确实是神往的,言辞间充满了感情。他认为抒情诗是中国文学的正统,诗在唐代不仅发达到了极致,而且和生活的关系最密切,甚至可以说诗就是全面的生活,人与人之间的关系离不开诗。其他文化现象如绘画、工艺等,都受到诗的影响。当讲到盛唐的时代气氛时,他提高声音朗诵了王维的诗句"九天阊阖开宫殿,万国衣冠拜冕旒",说这是何等的气派! 又说唐代的长安不仅是京都,而且是一个国际中心,波斯人、日本人都来了,国力强盛,文化繁荣,是历史上最光荣的时代,也是诗的时代。他的诗人气质和热爱祖国文化的情绪是十分富有感染力的,及今思之,犹感奋然。在讲诗时,他重视诗人同时代的关系和诗人的生活态度,几乎所有的唐代重要诗人他都作了生平和作品的系年;在此基础上他才着重讲作者的风格特点和历史地位,然后再从艺术的角度选讲某一诗人的几首有代表性的作品。他讲唐诗和讲《诗经》《楚辞》不同,由于用到文字训诂的地方很少,因此讲抒情艺术的比重就增多了。但也很少在章句上作烦琐的剖析,而常常是朗朗吟诵,着重在体味作者的性格和情绪,作为其风格特点的说明和例证;他是相信人如其诗的。我们现在读他的《唐诗杂论》,是容易领会到他讲唐诗的特点的。

闻先生对古典文学的研究博大精深,我这里写的只是课堂上的感受和回忆,既不是阐发研究,也不是全面介绍;即就回忆而言,由于时间久远,不仅挂一漏万,而且难免有记错的地方,只因怀念心切,有一种非写不已的冲动,遂缕记之如上。

五 治学风范

我当学生的时候，闻先生正全力研究古代文献，醉心于考据训诂之学，尤其钦佩王念孙父子的成就。他曾细致地比较过王氏父子、孙诒让和俞樾的造诣和造就，引导学生注意知识面的广博和治学的谨严。我上"诗经"课的时候，他讲需要编一部《诗经字典》，并要求班上的学生各在《诗经》中选一个字，然后把所有各篇中有这个字的句子都集中起来，按照句法结构把它分为几类，然后再从声和形的两方面来求义，并注意古代虚辞的用法和含义。他强调开始最好只看正文，不看旧注；如无法着手，也可先看看马瑞辰的《毛诗传笺通释》和陈奂的《诗毛氏传疏》。这是他布置的必须完成的作业。可以看出，他是在训练学生运用训诂学的基本功。在"中国古代神话研究"班上，他要求学生各选定一个古代神话故事的题目，从类书中先把有关材料摘录出来，再复查原书，将材料按时代先后排序，分析其繁简情况及有无矛盾现象，然后再考察它的来源和流变过程，写出一个报告。有时学生在作业中过于草率或犯了常识性的错误，他的批评是很严厉的。记得在昆明的"中国文学史专题研究"班上，有一次他曾发了火。这门课是为研究生开的，个别的四年级学生经允许也可选修，班上只有六七个人。每次由一个学生先讲一个题目，然后大家讨论，闻先生最后讲话。那次一位同学在发言中竟引用了《史记》的"三皇本纪"，而《史记》中并无此篇，有一篇《三王世家》还是褚少孙补的，不是司马迁原文。这一次闻先生真生气了，讲了许多有关治学的材料和方法的问题，强调必须有一丝不苟的认真求实态度和关于古籍知识的基本素养，口气十分严峻。但如果他发现了某一学生的作业报告有新意并且论证谨严的话，他也是不吝赞许的，甚至有点"逢人说项"的味道。记得在北京时他对孙作云的《九歌·山鬼》的文章，在昆明时对于朱德熙的关于甲骨文的报告和汪曾祺的关于唐诗的报告，就都多次加以称誉，推荐给我们看，我感到从这些事例中是可以体会到闻先生的治学精神的。现在我还保存着一张1942年昆明西南联大中文系招收三年级转学生的"国学常识"试题，题目是闻先生出的，从中可以看出他心目中的基本知识的内容和范围。不论如此要求是否适宜，至少它也算有关闻先生的一条史料，因此将全文移录于下：

国立西南联合大学转学生考试

三十一年七月

国学常识

（任答十问　答案写在题纸上）

（一）下列十个名词是否都是易经的卦名？请将误列的指出来：

蒙　萃　既畜　大过　谦

济　盈　丰　妇妹　苞

（二）下列五篇《尚书》那几篇是今文？那几篇是古文？

尧典　益稷　旅獒　金滕　君牙

（三）下列十篇《诗经》中那几篇是"有其义而亡其辞"的"笙诗"？

鹿鸣　白华　华黍　南山有台　由庚

崇丘　鹤鸣　鱼丽　南垓　由仪

（四）下列五篇《礼记》，那几篇属于大戴？那几篇属于小戴？

深衣　曾子立事　内则　帝繫姓　仲尼燕居

（五）下列春秋十二公的次序是乱的，试依时代先后用数目字标出来：

隐公　昭公　僖公　宣公　文公　成公

哀公　桓公　襄公　定公　庄公　闵公

（六）史记一百三十篇是如何分配的？试分别填注出来：

本纪（　）篇　书（　）篇　表（　）篇

世家（　）篇　列传（　）篇

（七）水经注是郦道元作的呢还是他注的？如果是他注释的，那末原作者
是谁？

（八）杜佑《通典》和马瑞临《文献通考》体例是否一样的？郑樵《通志》和他
们有甚么不同？

（九）二十五史，表和志不具备的是那几史？

（十）史记《太史公自序》所说的诸子六家是那六家？《汉书·艺文志》诸子十家是那十家。荀子非十二子篇所"非"的是那十二子？

（十一）下列各条那几条是惠施之学？那几条是公孙龙之学？

白马非马　　指不至　　一尺之棰日取其半万世不竭

鸡三足　　丁子有尾　　今日适越而昔来

（十二）下列各条著者和书名有错误吗？请指出来：

陆法言《广韵》　　许慎《说文解字》　　张揖《广雅疏证》

贾谊《新语》　　陆贾《新语》　　扬雄《法言》

仲长统《昌论》　　荀悦《申鉴》　　王符《潜夫之言》

（十三）下列各条学派传承有错误吗？请指出来：

周敦颐是陈抟的弟子　　程颐是欧阳修的弟子

朱熹是李侗的弟子　　徐爱是王守仁的弟子

颜元是李塨的弟子　　曾国藩是倭仁的弟子

（十四）下列各篇《楚辞》，那几篇是属于《九歌》的？那几篇是属于《九章》的？

《湘君》　　《悲回风》　　《国殇》　　《少司命》　　《橘颂》

《怀沙》　　《礼魂》　　《惜诵》　　《哀郢》　　《东君》

（十五）下列各篇乐府那些篇是汉乐府？那篇是晋南北朝乐府？

《团扇郎》　　《华山畿》　　《蒿里》　　《梁甫吟》　　《欢闻变》

《上之回》　　《前溪》　　《乌生八九子》　　《乌夜啼》　　《阿子》

（十六）下列各家,那几个是初唐诗人,那几个是盛唐诗人,那几个是中唐和晚唐诗人？

王昌龄　　贾岛　　宋之问　　李白　　杜牧

王绩　　王维　　元稹　　元结　　罗隐

（十七）下列各家的文学渊源有错误吗？请指出来：

李翱学古文于韩愈　　黄庭坚学诗于黄庶

曾幾学诗于韩驹　　李后主学词于冯延巳

曾国藩学古文于姚鼐　　梁启超学诗于黄遵宪

（十八）试注明下列各杂剧传奇的作者及其时代：

《唐明皇秋夜梧桐雨》　　《东堂老劝破家子弟》

《绣襦记》　　　　　　　《还魂记》

《燕子笺》　　　　　　　《长生殿》

《桃花扇》　　　　　　　《南西厢》

（十九）指出下列各韵书的部数：

切韵（　　）韵　　广韵（　　）韵　　集韵（　　）韵

五音集韵（　　）韵　　平水韵（　　）韵

韵府群玉（　　）韵　　洪武正韵（　　）韵

中原音韵（　　）部　　中华新韵（　　）部

（二十）注出下列各家所分的古韵部数：

顾炎武（　　）部　　　江永（　　）部

戴震（　　）部　　　　段玉裁（　　）部

江有诰（　　）部　　　孔广森（　　）部

王念孙（　　）部　　　夏炘（　　）部

黄侃（　　）部

（二十一）指出下列各书的著者：

《仓颉篇》　　《急就篇》　　《训纂篇》　　《方言》　　　《释名》

《玉篇》　　《类篇》　　《字汇》　　《经籍纂诂》

（二十二）注明下列各字在六书中属于那一类？

马　　鼠　　鸡　　犬　　牛　　上　　下

一　　二　　三　　江　　河　　日　　月

星　　令　　长　　武　　信　　义

这个题目虽然由二十二题中任答十题,选择性较大,但对于中文系学生来说,毕竟艰深了些,即使是现代古典文献专业的学生,也并不很容易。但从中可以看出闻先生是多么注意知识素养的广博,以及十分重视从文字训诂入手来研究古代文化和文学的治学道路。

这些只是他治学的准备和途径,他与清代朴学家根本不同,他的视野要开阔得多。他知道"清人较为客观,但训诂学不是诗"[①],他是从历史和文化

---

① 闻一多:《匡斋尺牍》。

的整体上来观察问题的。他说:"我的历史课题甚至伸到历史以前,所以我研究神话,我的文化课题超过了文化圈外,所以我又在研究以原始社会为对象的文化人类学。"①抗战时期北京研究院的徐炳昶先生也住在昆明东郊,离清华文科研究所不远,与闻先生时相过从;徐先生是研究传说与古代史的专家,他们见面时谈的几乎都是神话与图腾一类文化人类学的问题。我在文科研究所当助教的时候,所里的一项主要工作是校释《管子》一书,在闻先生主持下,由许维遹先生负责,我也参加了一点工作,闻先生就十分重视管子的经济思想。《管子校释》稿解放后受到郭沫若先生的重视,由他加工整理,郭、闻、许三人署名,已于 50 年代刊行问世,我还当过他《庄子内篇校释》属稿时的助手,听到过他许多发人深省的议论,远远超过校释的范围。朱自清先生编《闻集》的时候,我分工担任了《九章》遗稿的整理工作。读他的遗著,似乎他专注于文字训诂之学,其实并不如此;他的《周易义证类纂》就明白说明"以钩稽古代社会史类之目的解《周易》,不注象数,不涉义理",而是从经济、社会、心灵等方面分类阐发的。只是由于不幸遭难,他的研究才被迫中断了。他说:"我始终没有忘记除了我们的今天外,还有那二千年前的昨天,除了我们这角落外还有整个世界。"②无论从纵向或横向说,他的眼光都是十分开阔的,观察方式完全是宏观的。学术界像他这样学贯中西、博古通今的人并不多,这是应该视为风范的。

以前的清华文科似乎有一种大家默契的学风,就是要求对古代文化现象作出合理的科学的解释。冯友兰先生认为清朝学者的治学态度是"信古",要求遵守家法;"五四"时期的学者是"疑古",要重新估定价值,喜作翻案文章;我们应该在"释古"上多用力,无论"信"与"疑"必须作出合理的符合当时情况的解释。这个意见似乎为大家所接受,并从不同方面作出了努力。但既然着重在新释,由于各自的观点方法或角度的不同,同一问题的结论就可能很不相同;这也不要紧,只要能言之成理、持之有故,就可以存在,因为新释本来就带有研究和探索的性质。闻先生的《诗经新义》、朱自清先生的《诗言志辨》都是在这种学风下产生的成果。我是深受这种学风的熏陶的,1948 年我的《中古文学史论》脱稿,由于研究的时代范围是过去所谓韩

---

① ② 闻一多:《给臧克家先生》。

愈"文起八代之衰"的"八代",我在自序中说:"我们和前人不同的,是心中并没有宗散宗骈的先见,因之也就没有'衰'与'不衰'的问题。即使是衰的,也自有它所以如此的时代和社会的原因,而阐发这些史实的关联,却正是一个研究文学史的人底最重要的职责。"这段话就是当时我对这种学风的理解。应该说,30年代清华的学术空气还是比较浓厚的。闻、朱两先生相继逝世之后,冯友兰先生为文说:"闻一多先生与朱佩弦先生是一代的学人作家,也是清华中国文学系的柱石。……一多佩弦之死专就清华中国文学系说,真是有栋折榱崩之感。'江山代有才人出'。我相信,将来必定有人能继续他们二位的工作。"① 近闻清华大学又在筹建中国文学系,时值盛世,政通人和,百家争鸣的融洽宽松的气氛已经形成,对于闻先生的风范和优良的传统学风,定能有所继承和发扬,这是最值得告慰于闻先生的事情。

1986年9月26日脱稿

---

① 冯友兰:《回念朱佩弦先生与闻一多先生》。